D1003035

L'ÉQUILIBRE DU MONDE

Né à Bombay en 1952, Rohinton Mistry vit à Toronto. *L'Équilibre du monde* a été salué comme un événement par la critique internationale. Il a été couronné au Canada par le Giller Prize. *Un si long voyage*, autre roman, est publié chez Albin Michel.

ROHINTON MISTRY

L'Équilibre du monde

ROMAN TRADUIT DE L'ANGLAIS PAR FRANÇOISE ADELSTAIN

ALBIN MICHEL

Titre original :

A FINE BALANCE

Publié par McClelland & Stewart Inc., Toronto.

Pour Freny

« Vous qui tenez ce livre d'une main blanche, vous qui vous enfoncez dans un moelleux fauteuil en vous disant : Peut-être ceci va-t-il m'amuser. Après avoir lu les secrètes infortunes du Père Goriot, vous dînerez avec appétit en mettant votre insensibilité sur le compte de l'auteur, en le taxant d'exagération, en l'accusant de poésie. Ah ! sachez-le : ce drame n'est ni une fiction, ni un roman. *All is true.* »

HONORÉ DE BALZAC, *Le Père Goriot,*

Prologue : 1975

Plein à craquer, l'express du matin se traînait péniblement quand, soudain, il bondit, comme pour reprendre de la vitesse. Sa feinte déséquilibra les voyageurs. Les grappes humaines qui, sur les marchepieds, s'accrochaient aux portières s'étirèrent dangereusement, bulles de savon menacées d'éclatement.

Dans le compartiment, ballotté au milieu de la foule, Maneck Kohlah se retint à la barre au-dessus de sa tête. Le coude d'un passager heurta les livres qu'il tenait dans l'autre main. Un garçon mince, assis non loin, se retrouva catapulté dans les bras de l'homme qui lui faisait face. Les livres de Maneck leur dégringolèrent dessus.

« Aïe », dit le garçon, quand le premier volume lui atterrit sur le dos.

Riant, lui et son oncle se désenchevêtrèrent. Ishvar Darji, qu'une balafre à la joue gauche défigurait, aida son neveu à se rasseoir. « Ça va, Om ?

— A part une bosse dans le dos, tout va bien », dit Omprakash Darji, ramassant les deux livres recouverts de papier d'emballage et cherchant du regard celui qui les avait laissés tomber.

Maneck en revendiqua la propriété. A l'idée de ces deux gros manuels écrasant la frêle colonne vertébrale, il frissonna. Cela lui rappela le moineau qu'il

13

avait tué d'une pierre, des années auparavant ; il en avait été malade.

Il s'excusa, fébrilement : « Je suis tellement désolé, les livres m'ont échappé et...

— Vous en faites pas, dit Ishvar. C'était pas de votre faute. » Et à l'adresse de son neveu : « Une chance que ça n'ait pas été l'inverse, hein ? Avec mon poids, si je t'étais tombé dessus, je t'aurais brisé les os. »

Ils se remirent à rire, et Maneck avec eux, comme pour mieux s'excuser.

Ishvar Darji n'était pas gros, mais le contraste entre sa corpulence et la maigreur d'Omprakash leur donnait toujours matière à plaisanterie. Chacun, à tour de rôle, y allait de son bon mot. Le soir, au dîner, Ishvar veillait à remplir plus que la sienne l'assiette émaillée de son neveu ; quand ils s'arrêtaient dans un dhaba [1] au bord de la route, il attendait qu'Omprakash aille chercher de l'eau, ou se rende aux latrines, pour faire glisser sur sa feuille de bananier une partie de sa ration.

Si Omprakash protestait, Ishvar lui disait : « Que vont-ils penser au village quand nous rentrerons ? Que j'ai laissé mon neveu mourir de faim à la ville et que j'ai gardé toute la nourriture pour moi tout seul ? Mange, mange ! Le seul moyen que j'aie de préserver mon honneur est de t'engraisser ! »

A quoi Omprakash répliquait : « Tu n'as pas de souci à te faire. Même si ton honneur ne pèse que moitié aussi lourd que toi, il te reste de la marge. »

Malgré les efforts de l'oncle, le corps d'Omprakash s'obstinait à demeurer d'une maigreur d'allumette. Tout comme leur bourse, toujours aussi plate et affamée, maintenait à l'état de rêve leur retour triomphal au village.

L'express ralentit à nouveau. En chuintant, les boggies s'arrêtèrent. Le train se trouvait entre deux

---

1. La plupart des mots et expressions en langue originale sont explicités dans le glossaire situé en fin de volume.

gares. Pendant quelques instants, l'air continua à s'échapper des freins pneumatiques, puis plus rien.

Omprakash regarda par la fenêtre, essayant de repérer l'endroit. Au-delà du parapet, des cahutes s'étiraient le long d'un égout à ciel ouvert. Des enfants s'amusaient avec des bâtons et des pierres, tandis qu'un chiot excité bondissait autour d'eux, tâchant d'entrer dans le jeu. Tout près, un homme torse nu trayait une vache. Un spectacle que l'on pouvait voir n'importe où.

Les bouffées âcres d'un feu de bouses dérivaient jusqu'au convoi. A l'avant, à la hauteur du passage à niveau, une foule s'était rassemblée. Des hommes sautèrent du train et se mirent à marcher le long des voies.

« Espérons que nous arriverons à temps, dit Omprakash. Si quelqu'un arrive avant nous, on est fichus, c'est sûr. »

Maneck Kohlah leur demanda s'ils allaient loin. Ishvar donna le nom de la gare. « Oh, je descends là, moi aussi », dit Maneck, tripotant les poils de sa moustache.

Ishvar leva les yeux sur l'enchevêtrement de poignets dressés vers le plafond, dans l'espoir d'apercevoir un cadran de montre. « Quelle heure est-il, s'il vous plaît ? » demanda-t-il par-dessus son épaule. D'un geste élégant, l'homme releva son poignet de chemise, révélant sa montre : neuf heures moins le quart.

« Allons, yaar, venez là ! » dit Omprakash, tapotant le siège entre ses cuisses.

« Pas aussi obéissant que les bœufs de notre village, hein ? » dit son oncle.

Maneck rit. C'était la pure vérité, ajouta Ishvar : jamais, depuis son enfance, il n'avait vu leur village perdre une course de chars à bœufs, les jours de fête.

« Donnez au train une dose d'opium et il courra comme les bœufs », dit Omprakash.

Un vendeur de peignes, brandissant un grand peigne en plastique dont il faisait vibrer les dents, se fraya un chemin à travers le compartiment bondé, au milieu des grognements et des grondements des gens excédés.

« Pchitt ! » le héla Omprakash.

« Bandeaux de plastique, incassables, barrettes en plastique, en forme de fleur, en forme de papillon, peignes de couleur, incassables. » Le vendeur débita son boniment sur un ton monotone, sans conviction, se demandant s'il s'agissait d'un véritable client ou d'un plaisantin voulant juste passer le temps. « Grands et petits peignes, roses, orange, marron, verts, bleus et jaunes — incassables. »

Omprakash les essaya tous en les passant dans ses cheveux, et finit par choisir un modèle de poche, rouge. Des profondeurs de son pantalon, il sortit une pièce. Bousculé de tous côtés, ici un coude, là une épaule, le vendeur chercha de la monnaie. Il frotta les peignes contre sa manche de chemise pour essuyer l'huile que les cheveux d'Omprakash y avaient laissée puis les rangea dans sa sacoche, gardant en main le grand à double rangée de dents, qu'il fit à nouveau vibrer en s'éloignant.

« Qu'est-ce que tu as fait de ton peigne jaune ? demanda Ihsvar.

— Cassé en deux.

— Comment ça ?

— Il était dans ma poche arrière. Je me suis assis dessus.

— C'est pas un endroit pour un peigne. Ça doit servir à ta tête, Om, pas à ton derrière. »

Il s'adressait toujours à son neveu par ce diminutif, ne l'appelant Omprakash que lorsqu'il était fâché contre lui.

« Si ç'avait été *ton* derrière, le peigne se serait cassé en mille morceaux », rétorqua le neveu, ce qui fit rire Ishvar.

La cicatrice de sa joue gauche, qui formait une sorte de point d'ancrage immobile autour duquel son sourire ondoyait tranquillement, ne le gênait pas.

Il donna une tape sous le menton d'Omprakash. Si l'on se fiait à leur différence d'âge — quarante-six ans contre dix-sept —, on risquait fort de se tromper sur l'état réel de leurs relations. « Souris, Om. Ta bouche coléreuse ne convient pas à ta coiffure de héros. » Il fit un clin d'œil à Maneck pour l'inclure dans le jeu. « Avec un toupet comme ça, toutes les filles vont te courir après. Mais ne t'inquiète pas, je te choisirai une bonne épouse. Une femme grande et forte, avec assez de chair pour deux. »

Omprakash grimaça un sourire et se passa le peigne neuf dans les cheveux. Le train ne donnait toujours aucun signe de redémarrage. Les hommes qui étaient descendus revinrent en racontant qu'on avait découvert un nouveau corps sur la voie, à la hauteur du passage à niveau. Maneck se glissa vers la porte afin de mieux entendre. Une façon agréable, rapide de disparaître, pensa-t-il, à condition que le train l'ait touché de plein fouet.

« Ça a peut-être un rapport avec l'état d'urgence, dit quelqu'un.

— Quel état d'urgence ?

— Le Premier ministre a fait un discours à la radio ce matin. Quelque chose à propos du pays qui serait menacé de l'intérieur.

— Ça m'a tout l'air d'un nouveau tamasha du gouvernement.

— Qu'est-ce qu'ils ont tous à choisir les rails de chemin de fer pour mourir ? grommela un autre. Aucune considération pour les gens comme nous. Meurtre, suicide, assassinat des terroristes naxalites, mort en préventive — tout est bon pour retarder les trains. Qu'est-ce qu'ils ont contre le poison, ou le saut dans le vide, ou le couteau ? »

Le grondement tant attendu se fit enfin entendre, la longue colonne vertébrale en acier se mit à frissonner. Le soulagement éclaira le visage des passagers. Quand le compartiment cahota sur le passage à niveau, chacun se dévissa la tête pour voir la cause de leur retard. Trois policiers en uniforme se tenaient près du corps grossièrement recouvert, qui attendait son transport à la morgue. « Ram, Ram », murmurèrent quelques passagers en se touchant le front ou en joignant les mains.

Maneck Kohlah descendit du train derrière l'oncle et le neveu, et ils quittèrent le quai tous ensemble. « Excusez-moi, dit-il en sortant une lettre de sa poche. Je ne suis pas d'ici, pouvez-vous me dire comment me rendre à cette adresse ?

— Ce n'est pas à nous qu'il faut poser la question, dit Ishvar sans même regarder. Nous non plus, on n'est pas d'ici. »

Mais Omprakash prit la peine de lire ce qui était écrit. « Regarde, fit-il, c'est le même nom ! »

Tirant un bout de papier chiffonné de sa propre poche, Ishvar constata que son neveu avait raison. C'était bien le même nom : Dina Dalal, et la même adresse.

« Pourquoi allez-vous chez Dina Dalal ? Etes-vous tailleur ? demanda Omprakash avec une soudaine hostilité.

— Tailleur, moî ? Non, c'est une amie de ma mère.

— Tu vois, dit Ishvar en tapant sur l'épaule de son neveu. Pas de panique. Allons, essayons de trouver la maison. »

A Maneck qui ne comprenait pas de quoi il retournait, il expliqua en sortant de la gare : « Om et moi, nous sommes tailleurs. Dina Dalal a du travail pour deux tailleurs. Nous venons nous présenter.

— Et vous pensiez que je venais voler votre boulot. Ne vous inquiétez pas, je ne suis qu'un étudiant. Dina Dalal et ma mère ont été à l'école ensemble. Je vais habiter chez elle pendant quelques mois, c'est tout. »

Ils se renseignèrent auprès d'un paanwalla et suivirent la rue qu'il leur indiqua. Omprakash n'était pas encore totalement rassuré. « Si vous devez demeurer chez elle plusieurs mois, où est votre malle, où sont vos affaires ? Deux livres, c'est tout ce que vous avez ?

— Aujourd'hui, je vais simplement faire sa connaissance. J'apporterai mes affaires de la résidence universitaire le mois prochain. »

Ils dépassèrent un mendiant affalé sur une petite planche de bois équipée de roulettes qui le haussait à quinze centimètres au-dessus du sol. Il était amputé des cinq doigts aux deux mains, et des jambes à la hauteur du bassin. « O babu, ek paisa day-ray! chantait-il, secouant une boîte de conserve entre ses paumes bandées. O babu! Hai babu! Aray, babu, ek paisa day-ray!

— C'est un des pires que j'aie vus depuis que je viens en ville », dit Ishvar.

Les deux autres acquiescèrent, et Omprakash déposa une pièce dans la boîte. Ils traversèrent la rue, demandant à nouveau leur chemin.

« Ça fait deux mois que je vis dans cette ville, dit Maneck, mais c'est tellement immense que je ne reconnais que quelques grandes rues. Les petites se ressemblent toutes.

— Nous, ça fait six mois, et on a le même problème. Au début, on était complètement perdus. La première fois, on n'a même pas pu monter dans un train — il en est passé deux ou trois avant qu'on apprenne à pousser. »

Maneck dit qu'il détestait cet endroit et n'avait qu'une hâte : retourner chez lui, dans les montagnes, l'année suivante, quand il aurait fini l'université.

« Nous aussi nous ne sommes là que pour peu de temps, dit Ishvar. Pour gagner un peu d'argent, et puis on rentrera au village. A quoi ça sert une si grande ville? Le bruit, la foule, pas de place pour vivre, pas assez d'eau, des ordures partout. C'est terrible.

— Notre village est loin d'ici, dit Omprakash. Il faut une bonne journée de train — du matin jusqu'au soir — pour y arriver.

— Et nous y arriverons, confirma Ishvar. Rien ne vaut l'endroit où on est né.

— Moi, je suis du Nord, dit Maneck. Il faut un

jour et une nuit, plus un autre jour, pour s'y rendre. Des fenêtres de notre maison, on voit les sommets couverts de neige.

— Une rivière coule près de notre village, dit Ishvar. On la voit briller et on l'entend chanter. C'est un bel endroit. »

Ils marchèrent en silence pendant un moment, tout à leurs souvenirs. Omprakash rompit le charme en disant, le doigt pointé sur l'étal d'un marchand de sorbets à la pastèque : « Ça serait bien, non, par une telle chaleur ? »

Le marchand plongea sa louche dans le bac, remua, faisant tinter des cubes de glace dans une mer rouge foncé. « Prenons-en, acquiesça Maneck. Ça a l'air délicieux.

— Pas nous, se hâta de dire Ishvar. Nous avons eu un copieux petit déjeuner. »

La convoitise s'effaça des traits d'Omprakash.

« Comme vous voulez », dit Maneck, en commandant un grand verre.

Il observa les deux tailleurs, dont les yeux évitaient avec soin le bac tentateur et le verre givré qu'il tenait en main, nota la fatigue sur leur visage, la pauvreté de leurs vêtements, l'usure de leurs chappals.

Il but la moitié de son verre et dit :

« J'en ai assez. Vous le voulez ? »

Ils firent non de la tête.

« Je vais le jeter.

— Bon, yaar, dans ce cas », dit Omprakash qui avala quelques gorgées, puis passa le verre à son oncle.

Quand il eut lampé la dernière goutte, l'oncle rendit le verre au vendeur. « C'était délicieux, dit-il à Maneck, avec un large sourire. Vous avez été très aimable de le partager avec nous, nous avons vraiment apprécié, merci beaucoup. » Un excès de remerciements qui lui valut un regard désapprobateur de son neveu.

Que de gratitude pour un sorbet, pensa Maneck. On les sentait tellement sevrés de simple gentillesse.

Sur la plaque de cuivre, à la porte donnant sur la véranda, on pouvait lire, en lettres que les années avaient couvertes de vert-de-gris : *Mr & Mrs Rustom K. Dalal.* Dina Dalal vint leur ouvrir, prit le bout de papier qu'ils lui tendaient, reconnaissant sa propre écriture.

« Vous êtes tailleurs ?

— Hahnji », dit Ishvar en hochant vigoureusement la tête.

Elle les invita tous les trois à entrer.

La véranda, autrefois galerie ouverte, avait été transformée en pièce d'habitation par les parents du défunt mari de Dina Dalal, alors qu'il était encore enfant. Ils avaient décidé d'en faire la chambre de jeux qui manquait dans le minuscule appartement. Murée de briques, la galerie avait en outre été dotée d'une fenêtre grillagée.

« Mais je n'ai besoin que de deux tailleurs, dit Dina Dalal.

— Pardonnez-moi, mais je ne suis pas tailleur. Je m'appelle Maneck Kohlah. »

Il vint se placer devant Ishvar et Omprakash.

« Oh, c'est vous Maneck ! Soyez le bienvenu ! Désolée, je ne vous situais pas. Ça fait des années que je n'ai pas vu votre maman. Quant à vous, je ne vous ai jamais vu. »

Laissant les tailleurs sur la véranda, elle le fit entrer dans la première pièce. « Vous voulez bien attendre ici quelques minutes, le temps que je règle les choses avec les deux autres ?

— Bien sûr. »

Maneck remarqua le mobilier miteux : le canapé défoncé, deux chaises au siège effiloché, une table basse toute rayée, une grande table recouverte d'une nappe de toile cirée déchirée aux couleurs passées. Elle ne doit pas vivre ici, décida-t-il, ce devait être une affaire de famille, une pension. Les murs avaient désespérément besoin d'une couche de peinture. Il se livra au même jeu avec les plaques de plâtre dégradé qu'avec les nuages, imaginant des animaux et des paysages. Un chien serrant des mains. Un faucon fondant du ciel. Un homme avec une canne grimpant une montagne.

Dina Dalal passa la main dans ses cheveux noirs, pas encore envahis de gris, et observa les tailleurs. Quarante-deux ans, un front lisse, les seize années pendant lesquelles elle avait dû se débrouiller toute seule n'avaient pas durci l'éclat de son regard qui, il y a bien longtemps, incitait les amis de son frère à s'affronter pour l'impressionner.

Elle demanda aux tailleurs leur nom et leurs états de service. Ils affirmèrent tout connaître sur les vêtements de femme. « Nous pouvons même prendre des mesures directement sur le client, et fabriquer n'importe quel modèle », dit Ishvar d'un ton assuré, approuvé de la tête par Omprakash.

« Dans ce que je vous propose, il n'y aura pas de clients à mesurer. Vous coudrez directement à partir de patrons en papier. Chaque semaine, vous devrez produire deux douzaines, trois douzaines de modèles, selon ce que demandera la société, dans le même style.

— Un jeu d'enfant, dit Ishvar. Mais nous le ferons.

— Et vous, qu'en pensez-vous ? demanda-t-elle à Omprakash, qui prenait une mine dédaigneuse. Vous n'avez pas dit un mot.

— Mon neveu ne parle que quand il n'est pas d'accord, dit Ishvar. Son silence est bon signe. »

Le visage d'Ishvar plaisait bien à Dina Dalal, une de ces physionomies qui mettent les gens à l'aise et encouragent la conversation. Mais il y avait le garçon, avec ses lèvres serrées qui décourageaient les mots, son menton trop petit par rapport au reste du visage, même si, quand il souriait, tout semblait proportionné.

Elle précisa les conditions d'embauche : ils devraient apporter leurs propres machines à coudre ; ils seraient payés à la pièce. « Plus vous faites de robes, plus vous gagnez d'argent », dit-elle, et Ishvar reconnut que c'était juste. Les tarifs dépendraient de la complexité des modèles. Ils travailleraient de huit heures du matin à six heures du soir — jamais moins, plus si ça leur chantait. Et pas question de fumer ou de mâcher du paan.

« Du paan, on n'en mâche pas, dit Ishvar. Mais parfois on aime bien fumer une beedi.

— Vous irez fumer dehors. »

Les conditions étaient acceptables. « Où se trouve votre boutique ? demanda Ishvar. Où devons-nous apporter les machines ?

— Ici même. Quand vous viendrez la semaine prochaine, je vous montrerai où les mettre, dans la pièce du fond.

— Okayji, merci, vous pouvez compter sur nous lundi. » Ils saluèrent Maneck en partant. « Nous nous reverrons bientôt, hahn.

— Sûr », fit Maneck et, remarquant l'air interrogateur de Dina Dalal, il lui raconta leur rencontre dans le train.

« Faites attention de ne pas parler à n'importe qui, dit-elle. Vous ne savez jamais si vous ne tombez pas sur un escroc. Vous n'êtes plus dans votre petit village de montagne.

— Ils m'ont paru très gentils.

— Hum, oui. » Sur quoi elle s'excusa à nouveau de l'avoir pris pour un tailleur. « Je ne vous voyais pas bien parce que vous vous teniez derrière eux, et de plus j'ai de mauvais yeux. »

Comment ai-je pu confondre, se dit-elle, un si beau garçon avec un tailleur aux jambes arquées ? Et si costaud en plus. Ce doit être le fameux air des montagnes, l'eau et la nourriture saines.

Elle l'observa d'un peu plus près, la tête penchée de côté. « Ça fait plus de vingt ans, mais votre visage me rappelle tellement celui de votre maman. Vous savez, Aban et moi nous étions en classe ensemble.

— Oui, je sais. Maman me l'a raconté dans sa lettre. Elle voulait aussi vous faire savoir que je m'installerai ici à partir du mois prochain, et qu'elle vous postera le chèque du loyer.

— Très bien, très bien, dit-elle, pressée d'en revenir au passé. Nous étions de vraies petites terreurs à l'école. Avec une troisième fille, Zenobia. Nous trois réunies, c'étaient les ennuis assurés, avec une majuscule, disaient les professeurs. »

A ce souvenir, un sourire pensif éclaira son visage. « Bon, laissez-moi vous montrer ma maison et votre chambre.

— Vous vivez ici ?

— Et où ailleurs ? »

Tout en lui faisant visiter le petit appartement défraîchi, elle lui demanda ce qu'il étudiait.

« Les procédés de réfrigération et de climatisation.

— Alors, j'espère que vous pourrez trouver un remède à cette chaleur écrasante, rendre mon appartement plus confortable. »

Quel triste endroit, se dit-il. Ça ne vaut pas mieux que la résidence universitaire. Pourtant, il avait hâte de s'y installer. N'importe quoi conviendrait, après ce qui s'était passé là-bas.

« Voici votre future chambre.

— C'est très agréable. Merci, Mrs Dalal. »

Une armoire dans un angle, avec, sur le dessus, une valise difforme, tout éraflée. Un petit bureau à côté de l'armoire. Comme dans la pièce du devant, le plafond sombre s'écaillait, et sur les murs jamais repeints le plâtre apparaissait à plusieurs endroits. D'autres taches, à l'emplacement de trous colmatés, faisaient penser à des blessures mal cicatrisées. Deux lits d'une personne étaient disposés perpendiculairement aux murs. Il se demanda si elle allait partager la chambre avec lui.

« Je déménagerai l'un des lits dans l'autre chambre, pour moi. »

Par la porte ouverte, il aperçut une pièce plus petite et encore plus délabrée, encombrée d'une armoire (avec également une valise sur le haut), d'une table boiteuse, de deux chaises et de trois coffres rouillés empilés sur deux tréteaux.

« Je vous chasse de votre propre chambre », marmonna Maneck que la dépression gagnait.

— Ne soyez pas bête, dit-elle sèchement. Je voulais un hôte payant, et j'ai la grande chance de tomber sur un gentil garçon parsi — le fils de mon amie d'école.

— C'est très aimable à vous, Mrs Dalal.

— Autre chose encore : appelez-moi tante Dina. »

Maneck acquiesça.

« Vous pouvez apporter vos affaires n'importe quand. Si vous êtes malheureux à la résidence, cette chambre est prête — nous n'avons pas besoin d'attendre le mois prochain.

— Non, ça va, mais merci, Mrs...

— Qu'est-ce que j'ai dit !

— Tante Dina. »

Ils se sourirent.

Après le départ de Maneck, elle se mit à arpenter la chambre, soudain très agitée, comme si elle s'apprêtait à partir pour un long voyage. Plus besoin à présent d'aller prier son frère de lui avancer le montant du loyer du mois suivant. Elle respira profondément. Une fois de plus, sa fragile indépendance était préservée.

Demain elle rapporterait de chez Au Revoir Export le premier lot de robes à coudre.

1

La ville du bord de mer

Dina Dalal se permettait rarement de jeter sur son passé un regard triste ou amer, ou de se demander pourquoi les choses avaient tourné comme elles avaient tourné, la privant de l'avenir brillant que tout le monde lui prédisait quand elle faisait ses études, quand elle s'appelait encore Dina Schroff. Et s'il lui arrivait de plonger dans ces pensées moroses, elle se forçait à en émerger rapidement. À quoi bon remâcher la même histoire, se disait-elle — par quelque biais qu'elle la prenne, elle finissait toujours de la même façon.

Son père était un médecin généraliste à la clientèle modeste et qui respectait le serment d'Hippocrate avec plus de ferveur que beaucoup de ses confrères. Au début de la carrière du Dr Schroff, ses pairs, sa famille, les médecins plus âgés voyaient dans son zèle au travail une caractéristique typique de sa jeunesse et de sa vigueur. « C'est tellement tonique, cet enthousiasme des jeunes », disaient-ils en hochant la tête, sûrs que le temps plomberait cet idéalisme d'une dose salutaire de cynisme, sans compter les responsabilités familiales.

Mais ni le mariage ni la naissance d'un fils, suivie, onze ans plus tard, par celle d'une fille, n'avaient changé quoi que ce fût chez le Dr Schroff. Avec le temps le déséquilibre entre sa ferveur à soulager les souffrances et son désir de gagner confortablement sa vie n'avait fait que s'accroître.

« Quelle déception, disaient amis et parents. Nous qui avions mis en lui de si grands espoirs. Et le voilà qui continue à travailler comme un esclave, comme un fanatique, refusant les plaisirs de la vie. Pauvre Mrs Schroff. Jamais de vacances, jamais de fêtes — une existence sans la moindre distraction. »

Passé la cinquantaine, âge où la plupart des généralistes envisageaient de travailler à mi-temps ou de s'adjoindre les services peu rémunérés d'un plus jeune, ou même de vendre leur clientèle afin de prendre leur retraite, le Dr Schroff n'avait toujours ni le compte en banque ni le caractère qui produisent de tels avantages. Il se porta au contraire volontaire pour diriger une campagne de soins dans les districts de l'intérieur, dans ces villages où la typhoïde et le choléra continuaient à tuer régulièrement.

Mais Mrs Schroff se lança dans une autre sorte de campagne : dissuader son mari de se précipiter vers une mort qu'elle savait certaine. Pour cela, elle tenta de s'adjoindre Dina qui, à douze ans, était le chouchou de son père. Mrs Schroff savait que son fils, Nusswan, ne lui serait d'aucune aide. L'enrôler dans cette entreprise aurait supprimé toute chance de voir son mari revenir sur sa décision.

Le brutal changement des relations père-fils remontait à sept ans auparavant, le jour du seizième anniversaire de Nusswan. Au cours du dîner qui réunissait oncles et tantes, l'un d'entre eux dit : « Eh bien, Nusswan, tu vas bientôt commencer tes études de médecine, pour suivre les traces de ton père.

— Je ne veux pas être médecin. Je veux entrer dans les affaires — import-export. »

Certains approuvèrent, d'autres se récrièrent, feignant d'être horrifiés. « Est-ce vrai ? dirent-ils à l'adresse du Dr Schroff. Pas de partenariat père-fils ?

— Bien sûr que c'est vrai. Mes enfants sont libres de faire ce qui leur plaît. »

Mais la petite Dina, cinq ans, avait vu le chagrin

sur le visage de son père, avant qu'il ait pu le dissimuler. Elle se précipita sur ses genoux en criant : « Papa, quand je serai grande, je veux être docteur comme toi. »

Et tout le monde de rire et d'applaudir, et de s'exclamer : quelle petite fille intelligente, qui sait ce qu'elle veut. Puis de murmurer que le fils n'était à l'évidence pas fait de la même étoffe que son père. Pas d'ambition : il n'irait pas loin.

Les années passant, Dina avait exprimé à nouveau son souhait; son père continuait de lui apparaître comme une sorte de dieu qui procurait la santé, combattait la maladie et parfois réussissait, temporairement, à déjouer la mort. Quant au Dr Schroff, sa fille le ravissait. Le jour de la réunion des parents d'élèves, à l'école du couvent, le directeur et les professeurs ne tarissaient pas d'éloges sur son compte. Ce qu'elle entreprendrait, elle le réussirait, le Dr Schroff en était certain.

Mrs Schroff, pour sa part, était certaine qu'il lui fallait absolument l'aide de Dina pour convaincre le Dr Schroff de renoncer à son projet philanthropique stupide. Mais Dina refusa de coopérer, désapprouvant tout recours à des procédés tortueux pour garder son père bien-aimé à la maison.

Mrs Schroff employa alors d'autres méthodes, sachant qu'invoquer des raisons d'argent ou de sécurité, celle du docteur ou celle de sa famille, ne servirait à rien. Elle lui parla de ses malades, qu'il abandonnerait, vieux, fragiles, impuissants. « Que feront-ils si tu vas aussi loin ? Ils ont confiance en toi, ils comptent sur toi. Comment peux-tu être si cruel ? Tu ne sais pas tout ce que tu représentes pour eux.

— Là n'est pas la question », dit le Dr Schroff.

Patiemment, il lui expliqua qu'il y avait pléthore de médecins en ville capables de soigner toutes sortes de maux et de douleurs — alors que là où il se rendait, il n'y en avait même pas un. Il serra sa femme dans ses bras, l'embrassa beaucoup plus qu'il n'avait coutume de le faire. « Je te promets de revenir bientôt. Avant même que tu ne commences à t'habituer à mon absence. »

Mais le Dr Schroff ne put tenir sa promesse. Trois semaines après le début de la campagne d'assistance il mourut, non de typhoïde ou de choléra, mais d'une morsure de cobra, loin de tout endroit où l'on pouvait se procurer l'antidote.

Mrs Schroff accueillit la nouvelle calmement. Les gens prétendirent que c'était parce qu'elle était femme de médecin, plus familiarisée avec la mort que d'autres mortels. Son mari, supputèrent-ils, avait dû souvent lui parler du décès de ses patients, la préparant ainsi à l'inévitable.

Quand on la vit, alerte, organiser les funérailles, se chargeant de tout avec une superbe efficacité, on commença à se demander s'il n'y avait pas quelque chose d'un peu anormal dans son comportement. Entre deux plongeons dans son sac à main pour en retirer les fonds nécessaires aux diverses dépenses, elle accepta les condoléances, réconforta les parents éplorés, installa la lampe à huile à la tête du lit du Dr Schroff, lava et repassa son sari blanc, s'assura de la provision d'encens et de santal. Elle donna personnellement des instructions au cuisinier pour le repas végétarien du lendemain.

Au quatrième jour des cérémonies funéraires, Dina pleurait toujours. Mrs Schroff, qui vérifiait la facture que lui présentaient les Tours du Silence pour le bungalow de la prière, lui dit sèchement : « Allons, ma fille, ressaisis-toi. Papa n'aimerait pas te voir ainsi. »

Dina fit donc de son mieux pour se maîtriser.

Puis, d'un ton absent, et tout en rédigeant son chèque, Mrs Schroff ajouta : « Tu aurais pu l'en empêcher, si tu avais voulu. Il t'aurait écoutée. »

Les sanglots de Dina reprirent de plus belle. Mais à présent, la douleur d'avoir perdu son père s'accompagnait de larmes de colère, de haine même, envers sa mère. Il lui fallut plusieurs mois pour comprendre que les propos de sa mère ne contenaient ni méchanceté ni accusation, juste l'énoncé de ce qu'elle considérait comme un fait.

Six mois après la mort de son mari, le pilier qu'était Mrs Schroff, sur lequel tout le monde s'appuyait, commença à se lézarder. Elle se retira de la vie quotidienne, perdant tout intérêt pour la tenue de sa maison ou pour sa propre personne.

Nusswan, qui avait alors vingt-trois ans et était très soucieux de son propre avenir, ne s'en préoccupa guère. Mais, à douze ans, Dina aurait eu bien besoin qu'un parent s'occupe d'elle pendant encore quelques années. Son père lui manquait terriblement. Le repliement de sa mère rendit les choses encore pires.

Quand son père mourut, cela faisait deux ans que Nusswan Schroff était entré dans les affaires. Célibataire, il habitait toujours chez ses parents, mettait de l'argent de côté tout en cherchant appartement et épouse convenables. Avec la disparition, en quelque sorte, de ses deux parents, il se rendit compte que si la chasse à l'appartement était devenue inutile, celle d'une épouse avait gagné en urgence.

Il assumait à présent le rôle de chef de famille et de tuteur légal de Dina, de façon très satisfaisante, voulurent bien reconnaître tous les autres membres de la famille. Ils le félicitèrent de sa décision, admirent qu'ils s'étaient trompés sur ses capacités.

Il géra également les finances, promettant que sa mère et sa sœur ne manqueraient jamais de rien ; il les entretiendrait sur son propre salaire, dit-il, sachant fort bien néanmoins que ce ne serait pas nécessaire. La vente du dispensaire de son père avait rapporté assez d'argent.

La première décision de Nusswan, chef de famille, fut de réduire la domesticité. Il garda le cuisinier, qui venait tous les jours à mi-temps et préparait les deux principaux repas, renvoya Lily, la servante à demeure. « Nous ne pouvons avoir le même train de vie qu'auparavant, déclara-t-il. Je n'ai pas les moyens de payer tous ces gages. »

Mrs Schroff émit quelques objections : « Qui se chargera du nettoyage ? Mes mains et mes pieds ne sont plus aussi agiles qu'autrefois.

— Ne t'inquiète pas, maman, nous nous partagerons les tâches. Tu peux faire les choses faciles, épousseter les meubles par exemple. Chacun peut laver sa tasse et sa soucoupe. Et Dina est jeune, pleine d'énergie. Ce sera bon pour elle d'apprendre à s'occuper d'une maison.

— Tu as peut-être raison », opina Mrs Schroff, vaguement convaincue de la nécessité de faire des économies.

Mais Dina savait qu'il y avait une autre raison. La semaine précédente, en passant devant la cuisine, au milieu de la nuit, pour se rendre aux toilettes, elle avait vu son frère et l'ayah : Lily assise à une extré-mité de la table, ses pieds écartés jusqu'aux deux bords ; Nusswan, sa culotte de pyjama autour des chevilles, debout devant Lily, l'attirait vers lui en la prenant par les hanches. Dina observa ses fesses nues avec une curiosité endormie puis, renonçant à utiliser les toilettes, retourna se glisser dans son lit, les joues enfiévrées. Mais elle avait dû s'attarder une minute de trop car Nusswan s'était aperçu de sa présence.

Pas un mot de tout cela ne transpira. Lily partit (avec un modeste bonus), déclarant, en larmes, qu'elle ne retrouverait jamais une si aimable famille. Dina se sentit désolée pour elle, tout en la méprisant.

Après quoi, les nouvelles mesures entrèrent en vigueur. Chacun y mit du sien. On trouva à l'expé-rience un parfum de jeu. « C'est comme si on faisait du camping, dit Mrs Schroff.

— C'est l'esprit de la chose », dit Nusswan.

Les jours passant, les tâches imparties à Dina augmentèrent. A titre de participation, Nusswan continua de laver sa tasse, sa soucoupe et son assiette de petit déjeuner, avant d'aller travailler. Et ce fut tout.

Un matin, sa dernière goutte de thé avalée, il dit :
« Je suis très en retard aujourd'hui. Dina, s'il te plaît,
fais ma vaisselle.

— Je ne suis pas ta servante ! Lave ta vaisselle sale
toi-même ! » Après des semaines de refoulement, elle
explosait. « Tu avais dit que chacun ferait son travail ! Toutes tes choses puantes, tu me les laisses !

— Écoutez-moi la petite tigresse, dit Nusswan,
amusé.

— Tu ne dois pas parler ainsi à ton grand frère, la
gourmanda gentiment Mrs Schroff. Rappelle-toi,
nous devons tout partager.

— Il triche ! Il ne fait rien ! C'est moi qui fais
tout ! »

Nusswan embrassa sa mère : « Au revoir maman »,
et donna une tape affectueuse sur l'épaule de Dina.
Qui se rétracta. « La tigresse est toujours furieuse »,
dit-il.

Sur quoi il partit travailler.

Mrs Schroff tenta de calmer Dina, lui promettant
de revoir la question avec Nusswan, peut-être même
de le convaincre d'engager une ayah à mi-temps, mais
sa résolution fondit au fil des heures. Et les choses
continuèrent comme avant. En pis même car, au lieu
de rétablir l'équité dans la maison, Mrs Schroff ne
tarda pas à figurer sur la liste sans cesse croissante
des corvées de sa fille.

Désormais, il fallait lui dire ce qu'elle avait à faire.
Quand on plaçait une assiette pleine devant elle, elle
mangeait, sans bénéfice apparent toutefois,
puisqu'elle continuait à perdre du poids. Il fallait lui
rappeler de prendre un bain et de changer de vêtements. Si on lui tendait sa brosse à dents enduite de
dentifrice, elle se lavait les dents. Le plus désagréable
pour Dina était d'aider sa mère à se laver les cheveux
— ils tombaient en touffes sur le sol de la salle de
bains, et tombaient encore quand elle la coiffait.

Une fois par mois, Mrs Schroff assistait aux
prières dites pour son mari au temple du feu. A
écouter la voix apaisante du vieux Dustoor Framji

prier pour l'âme du défunt elle se sentait, disait-elle, beaucoup mieux. Dina manquait l'école pour accompagner sa mère, craignant qu'elle ne s'égare.

Avant de commencer la cérémonie, Dustoor Framji serrait avec onctuosité la main de Mrs Schroff et donnait à Dina une longue étreinte, de celles qu'il réservait aux adolescentes et aux jeunes femmes. Son côté caresseur et peloteur lui avait valu le surnom de Dustoor Daab-Chaab, ainsi que l'hostilité de ses collègues qui lui reprochaient non pas tant son attitude que son manque de subtilité, son refus de feindre de se comporter en père ou en guide spirituel. Ils craignaient de le voir un jour dépasser la mesure, apportant ainsi la disgrâce au temple.

Pressée contre Dustoor Daab-Chaab, qui lui tapotait la tête, lui frottait le cou et lui caressait le dos, Dina se tortillait dans tous les sens. Il avait une barbe très courte, râpeuse comme de l'écorce de cocotier, qui lui égratignait les joues et le front. Il ne la relâchait que contraint, quand elle avait trouvé assez de courage pour s'arracher à ses bras.

Quand elles rentraient du temple, et pendant le reste de la journée, Dina essayait de faire parler sa mère, lui demandant son avis sur des travaux ménagers ou sur des recettes de cuisine puis, n'obtenant pas de résultat, de lui faire raconter sa vie de jeune mariée avec papa. Devant les silences rêveurs de Mrs Schroff, Dina se sentait impuissante. Mais bientôt, l'instinct de la jeunesse l'emportait — elle aurait droit un jour, à n'en pas douter, à sa part de chagrins et de soucis, inutile d'en être accablée prématurément.

Mrs Schroff s'exprimait par monosyllabes ou par des soupirs, puis attendait une réponse, les yeux fixés sur le visage de sa fille. En matière d'époussetage, elle se bornait au cadre de la photo de son mari, prise le jour de la remise de son diplôme. La plupart de son temps, elle le passait à regarder par la fenêtre.

Nusswan préférait considérer la déchéance de sa mère comme la renonciation convenant à une veuve, qui se dépouille des scories de la vie pour plonger dans le domaine spirituel. Il reporta toute son attention sur l'éducation de Dina. La pensée de l'énorme responsabilité qui pesait sur ses épaules ne cessait de le tourmenter.

Il avait toujours vu son père s'adonner à une stricte discipline ; il le respectait, en avait même un peu peur. S'il voulait remplacer son père, il lui faudrait, décida-t-il, susciter cette même crainte chez les autres, aussi demandait-il dans ses prières courage et assistance. Il confia à des parents — oncles et tantes — que la méfiance, l'entêtement de Dina le rendaient fou et que seule l'aide du Tout-Puissant lui donnait la force d'accomplir son devoir.

Sa sincérité les toucha. Ils promirent de prier pour lui. « Ne t'inquiète pas, Nusswan, tout ira bien. Nous allumerons une lampe au temple du feu. »

Conforté par leur soutien, Nusswan emmena Dina avec lui au temple du feu, une fois par semaine. Lui fourrant un bâtonnet de santal dans la main, il lui murmurait sur un ton féroce : « Maintenant, prie comme il faut — demande à Dadaji de t'aider à devenir une bonne fille, demande-Lui de te rendre obéissante. »

La laissant inclinée devant le sanctuaire, il déambulait le long du mur auquel étaient accrochés les portraits de plusieurs dustoors et grands prêtres. Il glissait d'image en image, caressant les guirlandes, étreignant les cadres pour en embrasser le verre, et finissant par le très grand portrait de Zarathoustra auquel il collait ses lèvres pendant une bonne minute. Puis, prenant des cendres dans le récipient placé à la porte du sanctuaire, il en étalait une pincée sur son front, une autre sur sa gorge et, déboutonnant le haut de sa chemise, en frottait une poignée sur sa poitrine.

Comme de la poudre de talc, pensait Dina qui, toujours inclinée, l'observait du coin de l'œil, luttant pour réfréner son envie de rire. Elle gardait la tête baissée jusqu'à ce qu'il ait fini ses singeries.

« As-tu prié convenablement ? » lui demandait-il une fois dehors.

Elle hochait la tête.

« Bien. Maintenant, toutes les mauvaises pensées vont quitter ton esprit, tu éprouveras paix et quiétude dans ton cœur. »

Dina n'eut plus l'autorisation de se rendre chez ses amies pendant les vacances. « C'est inutile, dit Nusswan. Tu les vois tous les jours à l'école. » Elles pouvaient venir la voir, après avoir obtenu la permission de Nusswan, mais ça n'était pas très drôle car il traînait toujours dans les parages.

Un jour il les entendit, Dina et son amie Zenobia, qui, dans la pièce à côté, se moquaient de ses dents. Cela ne fit que lui confirmer la nécessité de surveiller étroitement ces petites diablesses. Zenobia disait qu'il ressemblait à un cheval.

« Oui, un cheval avec une denture bon marché, ajouta Dina.

— Une telle quantité d'ivoire, ça rendrait fier un éléphant », surenchérit Zenobia.

Elles ne se tenaient plus de rire quand il entra dans la pièce. Il les fixa d'un regard noir puis tourna les talons avec une lenteur menaçante, laissant derrière lui silence et misère. Mais oui, ça marche, constata-t-il, surpris et triomphant — la peur, ça marche.

Ses mauvaises dents avaient toujours tourmenté Nusswan qui, les dernières années de son adolescence, avait essayé de les faire redresser. Ce qui lui avait valu les taquineries sans pitié de Dina, alors âgée de six ou sept ans. Mais trouvant le traitement orthodontique trop douloureux, il abandonna, se plaignant qu'avec un père médecin on ne se soit pas occupé de cette question dans son enfance. Et dénonçant une preuve de partialité dans la parfaite dentition de Dina.

Peinée, sa mère avait tenté de lui expliquer : « C'est entièrement de ma faute, mon fils. Je ne savais pas qu'il faut masser tous les jours les gencives des enfants, pousser gentiment les dents vers l'intérieur. La vieille infirmière qui m'assistait à la naissance de Dina m'a appris le truc, mais c'était trop tard pour toi. »

Nusswan n'avait jamais été convaincu. Et maintenant, une fois son amie partie, Dina dut payer le prix. Il lui demanda de répéter ce qu'elles avaient dit. Elle s'exécuta, crânement.

« Tu as toujours sorti tout ce qui te passait par la tête. Mais tu n'es plus une enfant. Il faut que quelqu'un t'enseigne le respect. » Il soupira. « C'est mon devoir, je suppose. » Et, tout de go, il se mit à la gifler. Ne s'arrêtant que lorsque sa lèvre inférieure se fendit.

« Tu n'es qu'un cochon ! sanglota-t-elle. Tu veux que je devienne aussi laide que toi ! »

Sur quoi, il s'empara d'une règle et, la poursuivant autour de la pièce, frappa tout ce qui lui tombait sous la main. Pour une fois, Mrs Schroff s'aperçut que quelque chose n'allait pas. « Pourquoi pleures-tu, ma fille ?

— C'est cet imbécile de Dracula. Il m'a frappée et m'a fait saigner !

— Là, là, ma pauvre enfant. »

Elle serra Dina dans ses bras puis retourna s'asseoir près de la fenêtre.

Deux jours après cette scène, Nusswan essaya de faire la paix en apportant à sa sœur une collection de rubans. « Ils seront très jolis dans tes tresses », dit-il.

Attrapant son cartable, elle en sortit ses ciseaux à papier et réduisit les rubans en mille morceaux.

« Regarde, maman ! s'écria-t-il, presque en pleurs. Regarde ta garce de fille ! Comme elle me remercie de dépenser pour elle l'argent que j'ai tant de mal à gagner ! »

Pour faire régner la discipline, Nusswan élut la règle instrument privilégié. Ses reproches portaient principalement sur l'état de ses vêtements. Après les avoir lavés, repassés et pliés, Dina devait les ranger en quatre piles dans l'armoire : chemises blanches, chemises de couleur, pantalons blancs, pantalons de couleur. Il lui arrivait, délibérément, de placer une chemise à fines rayures au milieu des blanches, ou un pantalon pied-de-poule parmi les blancs. Malgré les coups, elle ne se lassait jamais de provoquer son frère.

« A la façon dont elle se comporte, j'ai le sentiment que Satan lui-même s'est réfugié dans son cœur », dit-il aux parents qui s'enquéraient des dernières nouvelles. « Je devrais peut-être l'expédier en pension.

— Non, non, ne prends pas des mesures aussi violentes. La pension a ruiné la vie de nombreuses jeunes filles parsies. Sois assuré que Dieu te récompensera pour ta patience et ta dévotion. Et Dina elle aussi te remerciera quand elle aura l'âge de comprendre que tu agis pour son bien. »

Ils partirent en murmurant que ce garçon était un saint — on devrait souhaiter à toutes les filles d'avoir un frère comme Nusswan.

Son courage renforcé, Nusswan persévéra. Il acheta tous les vêtements de Dina, décidant de ce qui convenait à une jeune fille. Et, comme il lui permettait rarement de l'accompagner dans ses achats, les vêtements ne lui allaient pas. « Je ne veux pas de discussions fastidieuses en présence des vendeurs, dit-il. Tu me mets toujours dans l'embarras. » Quand elle avait besoin d'uniformes neufs, il se rendait à l'école le jour où venaient les tailleurs, afin de surveiller la prise des mesures. Il les questionnait sur le prix et la qualité des tissus, essayant de découvrir si le directeur touchait des dessous-de-table. La même cérémonie se déroulait chaque année, à la terreur de Dina qui se demandait quelle nouvelle mortification allait lui être infligée en présence de ses camarades de classe.

A présent, toutes ses amies portaient les cheveux

courts, et elle supplia qu'on lui accorde le même privilège. Elle essaya de marchander : « Si tu me laisses couper mes cheveux, je nettoierai la salle à manger tous les jours, et pas seulement un jour sur deux. Ou bien je cirerai tes chaussures tous les soirs.

— Non, dit Nusswan. A quatorze ans, on est trop jeune pour porter des coiffures fantaisie ; les tresses, c'est ce qui te convient. Par ailleurs, je n'ai pas les moyens de te payer le coiffeur. »

Mais il s'empressa d'ajouter le cirage des chaussures à la liste de ses tâches.

Huit jours après avoir essuyé un ultime refus, réfugiée dans la salle de bains de l'école, et aidée de Zenobia, Dina se débarrassa de ses tresses. Zenobia souhaitait devenir coiffeuse, aussi bénit-elle le sort qui remettait entre ses mains la tête de son amie. « Coupons toutes ces pendouilleries, dit-elle. Faisons-les vraiment courts.

— Tu n'es pas folle ? Nusswan en sautera au plafond. »

Elles s'entendirent sur une coupe au carré, et Zenobia lui égalisa les cheveux à un centimètre environ au-dessus des épaules. Le résultat fut un peu bancal, mais n'en réjouit pas moins les filles.

N'osant pas jeter ses tresses sacrifiées dans la poubelle, Dina les mit dans son cartable et courut chez elle. Fièrement elle arpenta la maison, essayant, chaque fois qu'elle passait devant un des nombreux miroirs, d'apercevoir sa tête sous un angle nouveau. Puis elle alla trouver sa mère dans sa chambre et attendit — qu'elle manifeste sa surprise, son ravissement, ou quoi que ce fût. Mais Mrs Schroff ne remarqua rien.

« Est-ce que ma nouvelle coiffure te plaît, maman ? » finit-elle par demander.

Mrs Schroff la fixa d'un œil vide. Puis :

« Très jolie, ma fille, très jolie. »

Ce soir-là, Nusswan rentra assez tard. Il salua sa mère, expliquant qu'il avait eu beaucoup de travail au bureau. Puis il vit Dina. Il inspira à fond et porta sa main à son front. Epuisé, il aurait bien voulu trouver une autre solution que la correction. Mais une telle insolence, un tel défi, ne pouvait demeurer impuni ; sinon, il n'oserait plus se regarder dans la glace.

« S'il te plaît, Dina, viens ici. Explique-moi pourquoi tu m'as désobéi. »

Elle se gratta le cou, où quelques petits cheveux tombés des ciseaux lui irritaient la peau. « En quoi est-ce que je t'ai désobéi ? »

Il la gifla.

« C'est moi qui pose les questions, pas toi.

— Tu as dit que tu n'avais pas les moyens de me payer une coupe. Celle-ci est gratuite, je l'ai faite moi-même. »

Nouvelle gifle.

« Je t'interdis de me répondre. » S'emparant de la règle, il l'abattit à plat sur les paumes de sa sœur puis, étant donné la gravité de l'offense, la frappa avec le tranchant sur les rotules. « Ça t'apprendra à ressembler à une femme perdue.

— Tu t'es regardé dans la glace ? Avec tes cheveux, tu as l'air d'un clown. »

Nusswan jugeait son style de coiffure un modèle d'élégance et de dignité. Raie au milieu, il maintenait l'ordre de chaque côté par les applications judicieuses d'une pommade épaisse. La taquinerie de Dina provoqua un accès de furie disciplinaire. La cinglant sur les mollets et sur les bras, il la tira jusqu'à la salle de bains, où il se mit à lui arracher ses vêtements.

« Je ne veux plus t'entendre dire un mot ! Plus un seul ! Aujourd'hui tu as dépassé les limites ! Commence par prendre un bain, créature souillée ! Débarrasse-toi de ces rognures de cheveux avant que tu ne les répandes dans toute la maison et n'attires le mauvais sort sur nous !

— Ne t'inquiète pas, avec ta figure, tu repousseras n'importe quel mauvais sort. » Elle était nue sur le carrelage, maintenant, mais il ne partait pas. « J'ai besoin d'eau chaude », dit-elle.

Il plongea un pot dans le baquet d'eau froide et le lui balança. Frissonnante, elle le défiait du regard, les bouts de seins raidis. Il en pinça un, fortement, elle fléchit sous la douleur. « Parce que tes seins commencent à pousser, tu te prends pour une femme. Je devrais te les couper sur-le-champ, et ta méchante langue avec. »

Il la regardait d'un air bizarre, et elle prit peur. Elle comprit que ses reparties le mettaient en rage, que cela avait un vague rapport avec le jeune buisson de poils que révélait son entrecuisse et sur lequel il avait les yeux fixés. Pour sa sécurité, mieux valait jouer les soumises. Elle se retourna et se mit à pleurer, enfouissant son visage dans ses mains.

Satisfait, il s'en alla. Le cartable, sur le lit de sa sœur, attira son attention. Il l'ouvrit, aux fins d'inspection, et la première chose qu'il vit, ce furent les tresses. Grinçant des dents, il en saisit une, la fit danser entre le pouce et l'index. Alors, lentement, un sourire détendit ses traits.

Quand Dina eut pris son bain, il saisit du fil électrique noir et rattacha ses tresses au reste de sa chevelure. « Tu les porteras ainsi, chaque jour, même à l'école, jusqu'à ce que tes cheveux aient repoussé. »

Si seulement elle avait jeté ces maudites choses, se dit-elle. Elle avait l'impression que des rats morts pendaient de sa tête.

Le lendemain matin, elle emporta le rouleau de fil électrique à l'école. A grand-peine, car les cheveux s'emmêlaient dans le fil, elle ôta les tresses. La journée de classe terminée, elle les fixa de nouveau, aidée de Zenobia. C'est ainsi que, durant la semaine, elle échappa à la punition de Nusswan.

Mais quelques jours plus tard, des émeutes éclatèrent en ville, provoquées par la Partition et le départ des Anglais, et Dina fut confinée à la maison ainsi que Nusswan. On avait proclamé le couvre-feu total, dans tous les quartiers. Bureaux, commerces, écoles, universités, tout était fermé, et elle dut porter sans répit les tresses détestées. Nusswan ne l'autorisa à les ôter que pour prendre un bain, et il veilla à ce qu'elle les rattache aussitôt après.

Bloqué dans l'appartement, Nusswan n'arrêtait pas de se lamenter. « Chaque jour que je passe à la maison, je perds de l'argent. Ces maudits sauvages illettrés ne méritent pas l'indépendance. S'ils veulent absolument se massacrer, qu'ils aillent ailleurs et le fassent tranquillement. Dans leurs villages, peut-être. Sans troubler notre belle ville du bord de mer. »

Le couvre-feu levé, Dina courut à l'école, heureuse comme un oiseau libéré de sa cage, aspirant à ces huit heures pendant lesquelles Nusswan n'existait pas. Ce soulagement, lui aussi l'éprouva. Quand il rentra, à la fin de la première journée de retour à la normale, il était d'humeur joyeuse. « Le couvre-feu est levé, et ta punition avec. Nous pouvons jeter tes tresses », dit-il. Ajoutant généreusement : « Au fond, les cheveux courts te vont bien. »

Ouvrant sa serviette, il en sortit un nouveau ruban. « Tu peux porter ça à la place du fil électrique, fit-il en plaisantant.

— Porte-le toi-même », rétorqua-t-elle.

Trois ans après la mort de son père, Nusswan se maria. Quelques semaines plus tard, sa mère se retira complètement de la vie. Aux instructions qu'on lui donnait et auxquelles elle obéissait jusqu'alors — lève-toi, bois ton thé, lave-toi les mains, avale ton médicament —, elle opposa désormais un mur d'incompréhension.

S'occuper d'elle devint une tâche dépassant les capacités de Dina. Quand l'odeur s'échappant de la chambre de Mrs Schroff fut trop insupportable pour qu'on pût feindre de l'ignorer, Nusswan aborda timidement le sujet avec sa femme. Il n'osa pas lui demander son aide tout de go, mais espéra que, sous l'effet de son bon naturel, elle la proposerait d'elle-même. « Ruby, ma chérie, l'état de Mama s'aggrave. Elle a besoin de beaucoup d'attention, tout le temps.

— Mets-la dans un établissement de soins. Elle y sera bien mieux qu'ici. »

Il hocha la tête, conciliant, mais prit une décision beaucoup moins onéreuse et plus humaine que d'expédier sa mère dans une « usine » pour vieux — comme n'auraient pas manqué de le dire certains parents : il engagea une infirmière à plein temps.

Cette solution ne dura guère : Mrs Schroff mourut quelques mois plus tard, et les gens comprirent enfin qu'une femme de médecin n'était pas plus immunisée contre le chagrin que le commun des mortels.

Elle mourut le même jour du calendrier shahenshahi que son mari. Et c'est Dustoor Framji qui dit les prières, pour l'un puis pour l'autre, au même temple du feu. Avec le temps, Dina avait appris à échapper au piège de ses étreintes plus qu'amicales. Quand il approchait, elle lui tendait une main polie puis reculait d'un pas, puis d'un autre, et ainsi de suite. Ne pouvant la poursuivre à travers la salle de prière, au milieu de la fumée de santal s'élevant des grands encensoirs, il ne pouvait que rester planté là, un sourire idiot aux lèvres.

Passé le premier mois de prières à la mémoire de Mrs Schroff, Nusswan décida que Dina devait renoncer à se présenter à l'examen de fin d'études. Son dernier bulletin de notes était lamentable. Sans la directrice qui, par fidélité envers le Dr Schroff, ne voulut y voir que l'indice d'un égarement passager, elle aurait dû redoubler.

« C'est très aimable à miss Lamb de te pousser, dit Nusswan. Mais il n'en demeure pas moins que tes résultats sont désespérants. Je n'ai pas l'intention de te payer encore une année scolaire.

— Tu m'obliges à récurer et à laver sans arrêt, je n'ai même pas une heure par jour pour étudier ! A quoi tu t'attendais ?

— Ne te cherche pas d'excuses. Une fille jeune et forte faisant un peu de travaux ménagers — quel rapport avec les études ? Sais-tu quelle chance tu as ? Il y a des milliers d'enfants dans cette ville qui cirent les chaussures dans les gares ou ramassent les papiers, les bouteilles, les plastiques — et qui vont à l'école le soir. Et tu te plains ? Ce qui te manque, c'est le désir d'apprendre. Ça suffit comme ça, fini l'école. »

Dina ne voulait pas céder sans se battre. Elle espérait aussi que la femme de Nusswan interviendrait en sa faveur. Mais Ruby préféra rester à l'écart, si bien que, le lendemain matin, en se rendant au marché, Dina courut chez son grand-père.

Grand-père vivait avec un des oncles de Dina dans

une pièce qui sentait le baume suri. Elle retint sa respiration, l'étreignit, puis lâcha ce qu'elle avait sur le cœur : « S'il te plaît, grand-papa ! S'il te plaît, dis-lui d'arrêter de me traiter de cette manière ! »

Déjà bien avancé sur le chemin de la sénilité, le vieil homme mit un certain temps à reconnaître Dina, et encore plus longtemps à comprendre ce qu'elle voulait. Il ne portait pas son appareil dentaire, ce qui rendait ses propos difficiles à déchiffrer.

« Veux-tu que j'aille chercher tes dents ? proposa-t-elle.

— Non, non, non ! Pas de dents. Toutes tordues, font mal dans la bouche. Salaud de dentiste, type inutile. Mon menuisier ferait de meilleures dents. »

Elle répéta, lentement, tout ce qu'elle venait de dire, et il finit par saisir de quoi il s'agissait. « Passer ton exam ? Qui, toi ? Bien sûr que tu dois le passer. Bien sûr. Tu dois avoir ton diplôme. Puis ensuite la faculté. Bien sûr, je le dirai à ce salopard effronté, je l'ordonnerai à Nauzer — non, Nevil —, à Nusswan, voilà, je l'y obligerai. »

Il envoya un serviteur porter un mot à Nusswan, lui demandant de venir le voir le plus tôt possible avec Dina. Nusswan ne pouvait refuser. Il attachait une grande importance à l'opinion que la famille avait de lui. Il repoussa le moment de plusieurs jours, invoquant une surcharge de travail, puis y alla, emmenant Ruby avec lui afin d'avoir un allié à ses côtés. Elle reçut la mission de s'immiscer dans les bonnes grâces du vieil homme, par tous les moyens possibles.

Depuis la visite de Dina, la mémoire de grand-papa avait vagabondé. Il ne se rappelait rien de leur conversation. Il portait ses dents, cette fois-ci, mais n'avait pas grand-chose à dire. A force d'insistance, on finit par éveiller un certain souvenir en lui : il sembla les reconnaître. Sur quoi, ignorant Ruby, il décida que Nusswan et Dina étaient mari et femme. Cajoleries, flatteries, rien n'y fit : il s'accrocha à sa certitude.

Ruby s'assit sur le canapé, tenant la main du vieil homme. Elle lui demanda s'il aimerait qu'elle lui masse les pieds et, sans attendre la réponse, s'empara du gauche, qu'elle se mit à malaxer. Les ongles, jaunes, n'avaient pas connu les ciseaux depuis longtemps.

Furieux, il lui retira son pied. « Kya karta hai ? Chalo, jao ! »

Stupéfaite de s'entendre interpeller en hindi, Ruby le fixait bouche ouverte. Grand-père s'adressa à Nusswan : « Elle ne comprend pas ? Quelle langue parle donc ton ayah ? Dis-lui de se lever de mon canapé, d'aller attendre dans la cuisine. »

Ruby se leva d'un bond et se réfugia près de la porte. « Grossier vieux bonhomme ! siffla-t-elle. Juste parce que ma peau est un peu foncée ! »

Grommelant un vague au revoir, Nusswan suivit sa femme, non sans lancer un regard triomphant à Dina, qui essayait de clarifier la situation. Elle resta près de grand-père, espérant qu'il trouverait en lui quelque ressource cachée et viendrait à son secours. Une heure plus tard, elle abandonna elle aussi, l'embrassa sur le front, et partit.

Ce fut la dernière fois qu'elle le vit vivant. Un mois plus tard, il mourut dans son sommeil. Pendant l'enterrement, Dina se demanda de combien avaient poussé les ongles de pied de grand-papa, sous le drap blanc qui recouvrait tout son corps, sauf son visage.

Pendant quatre ans, Nusswan avait fidèlement mis de l'argent de côté en vue du mariage de Dina. Ayant ainsi amassé une somme considérable, il envisageait de la marier dans un avenir proche, sûr de lui trouver, sans difficulté, un bon parti. Dina, se disait-il en se rengorgeant, était devenue une belle jeune femme, elle méritait ce qu'il y avait de mieux. La cérémonie serait somptueuse, ainsi qu'il se devait pour la sœur d'un brillant homme d'affaires — les gens en parleraient encore longtemps après.

Quand elle eut dix-huit ans, il se mit à inviter chez lui des célibataires estimés convenables. Elle les trouva tous répugnants; c'étaient des amis de son frère, et ils lui rappelaient Nusswan dans tout ce qu'ils disaient ou faisaient.

Lui, pourtant, était convaincu que, tôt ou tard, elle en trouverait un à son goût. Sortie de l'adolescence, elle était maintenant libre d'aller et venir comme elle l'entendait, mais tant qu'elle s'acquittait des travaux ménagers et faisait les courses en suivant les instructions de Ruby, un calme relatif régnait à la maison. Désormais les disputes, quand il y en avait, opposaient Ruby et Dina, comme si Nusswan avait délégué ce rôle à sa femme.

Parfois, au marché, Dina prenait une initiative, substituant un chou-fleur à un chou, ou, saisie d'une envie soudaine, achetait des chickoos à la place d'oranges. Ruby l'accusait alors de sabotage : « Fille méchante, vicieuse, qui gâches les repas que j'ai soigneusement élaborés pour mon mari. » Elle débitait accusation ct verdict sans hausser le ton, d'une façon mécanique, c'était là son rôle de femme mariée.

Mais chamailleries et prises de bec n'éclataient pas toujours. Les deux femmes travaillaient souvent côte à côte, et paisiblement. Parmi les objets que Ruby avait apportés avec elle, après son mariage, figurait une petite machine à coudre à pédale. Elle apprit à Dina à s'en servir, pour confectionner des articles simples tels que taies d'oreillers, draps et rideaux.

Ruby eut un fils, prénommé Xerxes, et Dina l'aida à s'en occuper. Elle cousait des vêtements, tricotait bonnets et pull-overs. Pour le premier anniversaire de son neveu, elle confectionna une paire de bottines. Le matin de cet heureux jour, les deux femmes parèrent Xerxes de guirlandes de roses et de lis, et lui imprimèrent un grand teelo rouge sur le front.

« Quel adorable bout de chou, dit Dina, riant de bonheur.

— Et ces bottines que tu lui as faites — c'est vraiment trop mignon ! » dit Ruby en l'étreignant avec force.

Dina préférait toutefois, une fois son travail achevé, s'évader de la maison. Pour payer ses sorties, elle ne disposait que de ce qu'elle réussissait à subtiliser de l'argent des courses. Elle avait pourtant la conscience tranquille ; ce n'était, se disait-elle, qu'une infime partie de ce qui lui revenait, de ce qu'elle aurait dû toucher en échange de toutes les besognes qu'elle effectuait.

Ruby exigeait des comptes jusqu'à la dernière paisa. « Je veux voir les factures et les reçus. Pour chaque article, disait-elle en frappant du poing sur la table de la cuisine, en raclant le couvercle de la casserole.

— Depuis quand les poissonniers et les marchands de légumes ambulants donnent-ils des reçus ? » rétorquait Dina.

Elle lui balançait les factures des articles achetés en magasin et la monnaie qui restait après qu'elle avait triché sur les prix non marqués. Laissant sa belle-sœur à quatre pattes sur le sol pour ramasser les pièces, elle quittait la cuisine.

Ses économies lui permettaient de payer les trajets en autobus. Dina se promena dans des parcs, visita des musées, se rendit au cinéma (à l'extérieur seulement, pour regarder les affiches) et s'aventura dans des bibliothèques publiques. A voir toutes ces têtes penchées sur les livres, elle se sentit déplacée, elle qui n'avait même pas passé son examen de fin d'études.

Cette impression se dissipa quand elle se rendit compte de ce que ces graves personnages tenaient entre leurs mains : cela allait de textes au titre imprononçable comme *Areopagitica* de John Milton à *La Semaine indienne illustrée*. A la longue, les immenses salles de lecture, avec leur plafond haut, leur parquet craquant et leurs boiseries sombres, devinrent ses sanctuaires favoris. Les ventilateurs imposants qui pendaient au bout de longues perches balayaient l'air avec un *whoosh* réconfortant, les fauteuils de cuir, les odeurs de moisi, le crissement des pages que l'on tourne, tout cela était apaisant. Et surtout, les gens se parlaient en chuchotant. Le seul cri que Dina entendit jamais fut celui que poussa un portier rembarrant un mendiant qui essayait d'entrer. Au fil des heures, Dina feuilletait les encyclopédies, se plongeait dans des livres d'art, ouvrait des manuels de médecine poussiéreux, et terminait sa visite en s'asseyant quelques minutes, les yeux fermés, dans quelque coin sombre du vieux bâtiment, où le temps s'arrêtait si on le voulait.

Les bibliothèques les plus modernes disposaient de salles de musique. On y trouvait aussi un éclairage fluorescent, des tables en Formica, l'air conditionné, des murs peints de couleurs vives, et une foule de gens. Elle les jugeait froides et inhospitalières, ne s'y rendait que pour écouter des disques. Elle ne connaissait pas grand-chose en musique — quelques noms comme Brahms, Mozart, Schumann et Bach, que ses oreilles avaient enregistrés dans son enfance quand son père allumait la radio ou mettait quelque chose sur le gramophone, la prenait sur ses genoux et disait : « Ça fait oublier tous les soucis de la vie, n'est-ce pas ? », ce que Dina approuvait en hochant la tête avec sérieux.

A la bibliothèque, elle prenait les disques au hasard, essayant de se rappeler ceux qui lui plaisaient et qu'elle réécouterait un autre jour. C'était compliqué parce que les symphonies, les concertos, les sonates ne se singularisaient que par des numéros précédés de lettres comme Op., K et BWV, dont elle ignorait la signification. Quand la chance lui souriait, un nom résonnait dans sa mémoire ; la musique familière envahissait son esprit et, avec elle, l'impression de reconquérir le passé ; elle éprouvait un sentiment d'accomplissement proche de l'extase, comme si elle récupérait un membre manquant.

Elle désirait et redoutait à la fois ces expériences musicales. A la félicité absolue qu'elles lui procuraient succédait une colère diffuse quand elle reprenait le cours de sa vie auprès de Nusswan et de Ruby. Les querelles les plus sérieuses éclataient les jours où elle revenait de la salle de musique.

Magazines et journaux posaient beaucoup moins de difficultés. En lisant les quotidiens, elle découvrit l'existence de plusieurs groupes culturels, qui patronnaient concerts et récitals. Nombre de ces représentations — en général celles données par des amateurs locaux ou d'obscurs étrangers — étaient gratuites. Elle se mit à y assister, trouvant là une agréable diversion à ses heures de bibliothèque. Les artistes lui en étaient sans nul doute reconnaissants, compte tenu du maigre auditoire qu'attiraient ces soirées.

Au foyer, elle se tenait à l'écart de la petite foule, avec le sentiment d'être un imposteur. Tous ces gens semblaient si experts en musique, à en juger par leur façon de consulter les programmes et d'en souligner certains points. Elle attendait avec impatience que les portes s'ouvrent, que règne cette pénombre qui dissimulerait ses insuffisances.

Dans la salle de concert, la musique ne la touchait pas avec la même force qu'à la bibliothèque. Ici, la comédie humaine avait une importance égale à celle de la musique. Bientôt, elle reconnut les familiers.

Tel ce vieil homme qui, à chaque concert, s'endormait quatre minutes précisément après le début du morceau ; les retardataires, pour éviter de lui cogner les genoux, contournaient sa rangée. A la septième minute, ses lunettes lui glissaient sur le nez. Et à la onzième (quand le morceau était long, et qu'il n'avait donc pas été réveillé par les applaudissements), son dentier ressortait. Dina croyait voir grand-papa.

Deux sœurs, la cinquantaine, grandes et minces, le menton pointu, s'asseyaient toujours au premier rang et applaudissaient souvent à contretemps, troublant ainsi le sommeil du vieil homme. Dina ne connaissait rien en matière de sonates et de mouvements, mais comprenait qu'une pause ne signifiait pas nécessairement la fin d'un morceau. Elle se fiait

52

à un individu, portant bouc, lunettes rondes cerclées de fer et béret, image même de l'expert, qui applaudissait quand il convenait.

Il y avait aussi un amusant bonhomme d'âge moyen, vêtu toujours du même costume marron, et qui connaissait tout le monde. Il courait comme un fou dans le foyer, secouait la tête en tous sens et accueillait chacun en lui prédisant une merveilleuse soirée. Ses cravates faisaient l'objet d'éternelles spéculations. Certains soirs, elles pendaient, dévalant le long de sa poitrine, ballottant jusque sur sa braguette. D'autres fois, elles atteignaient à peine son estomac. Quant aux nœuds, ils allaient du microscopique à la grosseur d'un samosa. Il caracolait d'une personne à l'autre, se bornant à de brefs commentaires parce que, expliquait-il, il ne disposait que de quelques minutes avant le lever du rideau et avait encore tant de monde à accueillir.

Dans le hall, Dina finit par remarquer un jeune homme qui, comme elle, se tenait à l'écart et observait le joyeux tohu-bohu de la foule. Sa hâte de partir de chez elle la faisait arriver, en général, en avance, aussi le voyait-elle venir sur son vélo, très proprement vêtu, en descendre et franchir les portes en le poussant à la main. Le portier lui accordait ce privilège en échange d'un pourboire. Il rangeait son vélo contre un mur du bâtiment, fermait le cadenas, ôtait sa serviette du porte-bagages. Il enlevait les pinces qui resserraient le bas de son _____ et observer comme un signe
dans sa serviette ... costume marron délaissait
... tacite conspiration. Le
... jeune homme dans sa tournée
... « Bonjour Rustom ! Comment allez-
... est ainsi que Dina apprit son nom.
... és bien merci », dit Rustom, jetant un regard
... ar-dessus le costume marron en direction de Dina,
qui les considérait, amusée.

« Dites-moi, que pensez-vous du pianiste aujourd'hui ? Est-il capable de la profondeur requise dans le mouvement lent ? Pensez-vous que le largo — oh, excusez-moi, excusez-moi, je reviens dans une minute, le temps de dire bonjour à Mr Medhora que j'aperçois là-bas. »

Il était parti. Rustom sourit à Dina, secouant la tête et mimant le désespoir.

La sonnerie retentit et les portes de l'auditorium s'ouvrirent. Les deux sœurs se hâtèrent vers le premier rang, à pas sautillants synchronisés, déplièrent les sièges rembourrés marronnasse et s'y affalèrent triomphalement, échangeant un large sourire pour avoir gagné une fois de plus à leur jeu secret des chaises musicales. Dina prit son siège habituel, au centre, approximativement dans la rangée du milieu.

Rustom s'approcha d'elle.

« Cette place est libre ? »

Elle acquiesça, il s'assit.

« Ce Mr Toddywalla est un sacré personnage, n'est-ce pas ?

— Ah, c'est ainsi qu'il s'appelle ? Oui, il est très drôle.

— Même quand le concert est couci-couça, on peut toujours compter sur lui pour nous amuser. »

Les lumières faiblirent, les deux musiciens firent leur apparition sur scène, sous des applaudissements clairsemés. « Au fait, je m'appelle Rustom », dit-il, en se penchant vers elle et en lui tendant la flûte.

Elle mur.. damiano s'éleva le *la* argenté, auquel main que, ...

quée de prime ab...

trop tard ; il l'avait tiré

Pendant l'entracte, Ru... ff », sans serrer la un café ou une boisson fr... pas remar-

« Non, merci. »

Ils observèrent le public qui ... tait toilettes ou vers les rafraîchissement...

régulièrement à ces concerts, je vous y vois tout le temps, dit-il.

— Oui, j'aime beaucoup ça.

— Est-ce que vous jouez vous-même ? Du piano ou...

— Non.

— Vous avez de si longs doigts, j'étais sûr que vous jouiez du piano.

— Non, je ne joue pas », répéta-t-elle. Le rouge aux joues, elle regarda ses doigts. « Je ne connais rien en musique, j'aime simplement l'écouter.

— Je crois que c'est ce qu'il y a de mieux à faire. » Elle n'était pas très sûre de ce qu'il voulait dire, mais elle hocha la tête. « Et vous, est-ce que...?

— Comme tous les bons parents parsis, les miens m'ont fait prendre des leçons de violon quand j'étais jeune, dit-il en riant.

— Vous n'en jouez plus ?

— De temps en temps. Quand l'envie me vient de me torturer, je le sors de son étui pour le faire grincer et pleurer. »

Elle sourit.

« Ça doit du moins rendre vos parents heureux de vous entendre jouer.

— Non, ils sont morts. Je vis seul. »

Son sourire s'effaça, mais, avant qu'elle ait pu lui manifester sa compassion, il s'empressa d'ajouter : « Seuls les voisins souffrent quand je joue », et ils se remirent à rire.

Désormais, ils s'assirent toujours l'un à côté de l'autre. La semaine suivante, elle accepta de prendre un Mangola pendant l'entracte. Ils étaient en train de siroter leur boisson, admirant les perles de buée qui se formaient sur le verre givré de la bouteille, quand Mr Toddywalla s'approcha d'eux.

« Alors, Rustom, que pensez-vous de cette première partie ? A mon sens, c'est limite. Le flûtiste devrait faire quelques exercices de respiration avant de songer à donner un nouveau récital. » Et ainsi de suite, jusqu'à ce que Rustom ne puisse éviter de le présenter à Dina, ce pour quoi il était venu. Ceci fait, il fila, gambadant vers ses nouvelles victimes.

A la fin du concert, Rustom accompagna Dina jusqu'à l'arrêt de l'autobus, poussant sa bicyclette à la main. Pour rompre le silence, elle demanda : « Vous n'avez jamais peur de rouler au milieu de toute cette circulation ?

— Je fais ça depuis des années. C'est devenu une seconde nature. »

Il attendit qu'elle monte dans le bus, puis pédala derrière le véhicule rouge à deux étages jusqu'à ce que leurs chemins se séparent. Elle l'observait d'en haut, sans qu'il la voie. Elle suivit du regard la silhouette, tantôt la perdant, tantôt la retrouvant à la lumière d'un réverbère, voyageant avec elle jusqu'à ce qu'elle ne soit plus qu'un point que seule son imagination lui certifiait être Rustom.

En quelques semaines, ils devinrent un couple aux yeux des habitués des concerts. Ceux-ci scrutaient chacun de leurs mouvements avec bienveillance et curiosité. Rustom et Dina s'en amusaient, tout en rangeant ces manifestations d'attention dans la même catégorie que les bouffonneries de Mr Toddy-walla.

Un jour que Rustom venait d'arriver et cherchait à localiser Dina dans la foule, une des deux sœurs du premier rang accourut pour lui murmurer : « Elle est là, ne vous inquiétez pas. Elle est juste allée aux toilettes. »

Il pleuvait à verse, et Dina, trempée, essayait de se sécher un peu, mais son minuscule mouchoir n'y suffisait pas. La serviette sur la tringle avait un aspect peu engageant. Quand Dina sortit des toilettes, ses cheveux dégoulinaient toujours.

« Que s'est-il passé ? demanda Rustom.

— Mon parapluie s'est retourné et j'ai eu du mal à le remettre à l'endroit. »

Rustom lui tendit son grand mouchoir. La signification d'un tel geste n'échappa pas aux observateurs : accepterait-elle ou n'accepterait-elle pas ?

« Non merci, dit-elle, en passant les doigts dans ses cheveux mouillés. Ils seront bientôt secs. »

Le public retint son souffle.

« Ne craignez rien, mon mouchoir est propre, dit-il en souriant. Écoutez, retournez là-dedans vous sécher. Pendant ce temps, j'irai nous chercher deux cafés. »

Comme elle hésitait encore, il menaça d'ôter sa chemise et de lui entourer la tête avec, en plein milieu du hall. En riant, elle accepta et rentra dans les toilettes. Les habitués poussèrent un soupir de bonheur.

Il se dégageait du mouchoir une odeur que Dina jugea plaisante. Pas celle d'un parfum, mais celle d'un corps humain propre. La même qui lui parvenait parfois quand elle était assise à ses côtés. Elle pressa le mouchoir contre son nez et respira profondément, puis, très embarrassée, le replia.

Quand ils sortirent de l'auditorium, il pleuvait encore un peu. Ils marchèrent jusqu'à l'arrêt d'autobus. Les feuilles des arbres semblaient grésiller sous le crachin. Dina frissonna.

« Vous avez froid ?

— Un peu.

— J'espère que vous n'avez pas de fièvre. Toute cette humidité. Ecoutez, pourquoi ne mettriez-vous pas mon imperméable, moi je prendrais votre parapluie.

— Ne soyez pas bête, il est cassé. De toute façon, comment pourriez-vous pédaler en tenant un parapluie ?

— Bien sûr que je peux. Je peux pédaler la tête en bas si nécessaire. »

Il insista, et ils firent l'échange dans l'abribus. En l'aidant à enfiler l'imperméable, Rustom lui effleura l'épaule de la main. Elle sentit la chaleur de ses doigts sur sa peau. A l'exception des manches un peu trop longues, l'imperméable lui allait très bien. Sans compter la tiédeur du corps de Rustom qu'il avait emmagasinée et qui, Dina s'en rendait compte, chassait le froid de son propre corps.

L'un près de l'autre, ils regardèrent la pluie cisailler la lumière des réverbères. Puis, pour la première fois, ils se tinrent par la main, ce qui leur sembla chose toute naturelle. Ils eurent du mal à se séparer quand le bus arriva.

A dater de ce jour, Rustom ne se servit de sa bicyclette que pour aller travailler. Le soir, il prenait l'autobus, de façon à pouvoir raccompagner Dina chez elle.

« Je vais me marier, annonça Dina pendant le dîner.

— Ah. » Son frère rayonna de satisfaction. « Bien, bien. Qui est-ce, Solly ou Porus ? »

Soit les derniers en date des jeunes gens qu'il lui avait présentés.

Dina secoua la tête.

« Alors ce doit être Dara ou Firdosh, dit Ruby, avec un sourire entendu. Ils sont tous les deux fous de toi.

— Il s'appelle Rustom Dalal. »

Le nom surprit Nusswan. Ce n'était celui d'aucun des nombreux candidats qu'il avait amenés depuis trois ans. Peut-être Dina l'avait-elle connu à l'occasion d'une de ces réunions familiales qu'il détestait tant. « Et quand l'avons-nous rencontré ?

— *Nous,* pas. *Moi,* oui. »

Nusswan n'apprécia pas la réponse. Qu'elle méprisât tous ses efforts, rejetât tous ses choix, au profit d'un total étranger, l'offensait profondément. « Ainsi, de but en blanc, tu veux épouser ce garçon ? Que sais-tu de lui et de sa famille ? Que sait-il de toi et de ta famille ?

— Tout. » Ce fut dit sur un tel ton qu'il en conçut quelque inquiétude. « Ça fait un an et demi que je connais Rustom.

« — Je vois. Un secret bien gardé. Et que fait-il, ce Dalal, ton Rustom caché ?

— Il est chimiste-pharmacien.

— Vraiment ! Chimiste-pharmacien ! Pourquoi n'emploies-tu pas le mot qui convient ? Ce n'est qu'un foutu préparateur, qui mélange à longueur de journées des poudres derrière un comptoir. »

Ce n'était pas le moment, se reprocha-t-il aussitôt, de perdre son sang-froid. « Alors, quand allons-nous faire la connaissance de ton père la Fiole ?

— A quoi bon ? Pour que tu puisses l'insulter en personne ?

— Je n'ai aucune raison de l'insulter. Mais mon devoir est de le rencontrer, et ensuite de te donner mon avis autorisé. Au bout du compte, ce sera à toi de décider. »

Le jour fixé, Rustom arriva avec une boîte de sucreries pour Nusswan et Ruby qu'il déposa entre les mains du petit Xerxes, et un parapluie neuf pour Dina. Ils échangèrent un clin d'œil.

« Il est superbe, dit-elle en l'ouvrant. Cette forme de pagode est ravissante. »

En tissu vert océan, le parapluie avait un manche en acier inoxydable, terriblement pointu à l'extrémité.

« C'est une arme dangereuse, plaisanta Nusswan. Ne le pointe pas sur n'importe qui. »

Ils prirent le thé, avec des canapés au fromage et des biscuits maison, et le temps passa sans déplaisir. Mais le soir, après le départ du visiteur, Nusswan déclara qu'il ne comprenait pas ce que sa sœur avait dans la tête — un cerveau, ou de la sciure de bois ?

« Choisir quelqu'un sans allure, sans argent, sans perspectives. Certains fiancés offrent des bagues de diamant. D'autres une montre en or, ou du moins une petite broche. Et le tien, qu'est-ce qu'il apporte ? Un foutu parapluie ! Quand je pense à tout ce temps que j'ai perdu, à toute cette énergie que j'ai dépensée pour te présenter des comptables, des superintendants de police, des ingénieurs. Tous de familles respectables. Comment vais-je garder la tête haute quand on saura que ma sœur a épousé un obscur préparateur en pharmacie ? N'espère pas me voir heureux, ni que j'assiste au mariage. Pour moi, ce sera un jour sombre, très sombre. »

Quelle tristesse, se lamenta-t-il, que, à seule fin de le blesser, lui, elle gâche sa vie ! « Souviens-toi de ce que je dis : ta méchanceté viendra te hanter. Je n'ai pas le pouvoir de t'en empêcher, tu as vingt et un ans, tu n'es plus la petite fille sur laquelle je devais veiller. Et si tu es décidée à jeter ta vie dans le caniveau, je ne peux que te regarder faire, impuissant. »

Ce discours, Dina s'y était attendue. Les mots glissèrent sur elle et fondirent dans l'oubli, sans la toucher. A la façon dont la pluie avait glissé sur l'imperméable de Rustom, cette merveilleuse nuit. Mais elle se demanda, comme bien souvent déjà, qui avait inculqué à son frère un tel art du délire. Ni leur père ni leur mère n'avaient eu ce talent.

Quelques jours suffirent à Nusswan pour se calmer. Puisque Dina allait se marier et quitter la maison, mieux valait que la séparation se fasse amicalement, dans le calme. Secrètement, il n'était pas mécontent que Rustom fût une maigre proie. Si ses amis avaient été évincés au profit de quelqu'un de supérieur, ç'aurait été insupportable.

Il intervint dans les préparatifs du mariage avec plus d'enthousiasme et de générosité que Dina ne l'avait espéré. Il voulut louer une salle pour la réception et tout payer, sans toucher à l'argent qu'il avait mis de côté pour elle. « La cérémonie aura lieu après le coucher du soleil, puis il y aura le dîner. Nous en remontrerons à tous — tout le monde t'enviera. Un orchestre de quatre musiciens, une décoration florale, des lumières. Je peux me permettre trois cents invités. Mais pas d'alcool — c'est trop cher et trop risqué. La police de la prohibition est partout, tu graisses la patte à l'un, il en vient dix autres pour réclamer leur part. »

Cette nuit-là, au lit, Ruby, qui attendait leur

deuxième enfant, se déclara consternée par les extra-vagances de Nusswan. « C'est à Rustom Dalal de dépenser. Pas à toi — d'autant qu'elle ne t'a même pas laissé choisir le mari. Elle n'apprécie jamais ce que tu fais pour elle. »

De toute façon, les goûts de Rustom et Dina étaient des plus simples. Le mariage eut lieu le matin. A la demande de Dina, ce fut une cérémonie calme, dans ce même temple du feu où se disaient les prières pour ses parents, le jour anniversaire de leur mort. Dustoor Framji, à présent vieux et bossu, y assista, réfugié dans un coin, ulcéré qu'on ne lui ait pas demandé de diriger le rituel. Le temps calmait ses ardeurs, et il avait rarement l'occasion désormais de retenir dans ses bras des jeunes femmes à la chair fraîche. Le surnom de Dustoor Daab-Chaab, toute-fois, continuait à lui coller à la peau, alors même que tout le reste disparaissait. « C'est injurieux, maugréa-t-il auprès d'un de ses collègues. Surtout après tant d'années de rapports avec la famille Schroff. Pour la mort, ils viennent me trouver — pour sarosnu-paa-tru, pour afargan, baaj, faroksy. Mais pour une occa-sion heureuse, un mariage ashirvaad, on ne veut pas de moi. C'est une indignité. »

En fin d'après-midi, les Schroff donnèrent une réception chez eux. Nusswan avait insisté pour qu'il y ait un minimum de célébration, et il avait fait appel à un traiteur. Il vint quarante-huit personnes, dont six amis de Rustom, sans compter sa tante Shi-rin et l'oncle Darab. Le reste appartenait au cercle de Nusswan, et incluait des membres éloignés de la famille que l'on ne pouvait laisser à l'écart sans ris-quer les critiques de proches parents — ces insinua-tions, ces chuchotements auxquels il était si sensible.

On mobilisa la salle à manger, le salon, le bureau de Nusswan et les quatre chambres, de façon à per-mettre aux gens d'aller et venir, et l'on dressa des tables chargées de nourriture et de boissons. Riant, hurlant, le petit Xerxes et ses amis se poursuivaient de pièce en pièce, ivres de découvertes et d'aventures, goûtant cette soudaine liberté dans une maison qui, jusque-là, leur avait donné plutôt l'impression d'une prison, avec pour surveillant le sinistre et sévère papa de Xerxes. Intérieurement, Nusswan grognait chaque fois que l'un d'entre eux venait se jeter dans ses jambes, mais, pour la galerie, souriait et tapotait la tête de l'enfant.

Dans le courant de la soirée, il alla jusqu'à sortir quatre bouteilles de whisky, sous les applaudissements de tous. « On va enfin mettre un peu d'animation dans cette soirée, et chez ces nouveaux mariés », se confièrent les hommes, avec force rires et hochements de tête, et en se chuchotant des choses qui n'étaient pas pour des oreilles féminines.

« Eh bien, mon beau-frère, dit Nusswan, en plaçant deux verres vides devant Rustom, c'est toi le spécialiste. A toi de préparer la dose de Johnnie Walker qui convient à chacun.

— D'accord », dit Rustom sans rechigner.

Il saisit les verres.

« Je plaisantais, je plaisantais, protesta Nusswan. Il n'est pas question qu'un jeune marié travaille à son propre mariage. »

Ce fut sa seule allusion pharmaceutique de la soirée.

Une heure après qu'on eut servi du whisky, Ruby alla dans la cuisine : il était temps d'annoncer le dîner. La table de la salle à manger, poussée contre un mur, fut dressée en buffet. « Place s'il vous plaît ! Place s'il vous plaît », crièrent les serveurs, trébuchant sous le poids des plats chauds. Chacun s'écarta avec empressement pour laisser passer la nourriture.

Les arômes qui emplissaient la maison depuis le début de la réception, agaçant les narines et énervant les palais, soudain submergèrent la foule. Un grand silence tomba sur la pièce. Puis on entendit quelqu'un glousser que, pour ce qui concernait les Parsis, la nourriture passait bien avant la conversation. Ce que s'empressa de corriger quelqu'un d'autre : non, non, la conversation venait en troisième position, après une chose que l'on ne pouvait mentionner en présence des dames et des enfants. Ceux qui se trouvaient à portée de voix accueillirent la plaisanterie éculée avec de gros rires.

Ruby frappa dans ses mains : « Allons, tout le monde ! Le dîner est servi. S'il vous plaît, ne faites pas de manières, il y en a amplement pour tous ! » Jouant les hôtesses selon les règles, elle passa de l'un à l'autre, répétant à chaque fois sur un ton contrit : « Je vous en prie, pardonnez-nous, nous n'avons rien pu trouver qui soit digne de vous. »

A quoi chacun répliqua : « Que dites-vous, Ruby, tout est merveilleux ! », profitant de l'occasion pour s'enquérir de sa santé et de la date prévue pour l'accouchement.

De son côté, Nusswan houspillait gaiement les invités qui ne remplissaient pas assez leur assiette. « Qu'est-ce que c'est que ça, Mina, c'est une plaisanterie ? Même mon moineau mourrait de faim avec une si petite quantité. » Mina eut droit à une portion supplémentaire de biryani. « Une minute, Hosa, une minute, prends un autre kebâb, c'est délicieux, crois-moi, allons, sois chic », et de balancer deux kebâbs de plus dans l'assiette qui se dérobait. « Tu viens en redemander, promis ? »

Quand tout le monde fut servi, Dina remarqua l'oncle et la tante de Rustom, Darab et Shirin, qui se tenaient à l'écart dans la véranda. Elle alla vers eux : « Je vous souhaite un bon appétit. Avez-vous tout ce qu'il vous faut ?

— Plus qu'assez, mon enfant, plus qu'assez. C'est délicieux. » Shirin lui fit signe d'approcher, encore plus près, de se pencher, jusqu'à ce que l'oreille de Dina fût à portée de sa bouche : « Si tu as besoin de quoi que ce soit — je dis bien de quoi que ce soit, n'hésite pas à venir nous trouver, Darab et moi. »

Et oncle Darab, qui avait l'ouïe très fine, approuva :

« Quel que soit le problème. Rustom est quasiment notre fils. Et tu es quasiment notre fille.

— Merci beaucoup. »

Dina comprit que c'était là plus que la banale formule de bienvenue d'une belle-famille. Elle demeura à côté d'eux pendant qu'ils mangeaient. Debout près de la grande table, Nusswan l'invita, en désignant du doigt assiette et fourchette, à venir se servir. Oui, plus tard, lui répondit-elle également par signes, et elle resta auprès de tante Shirin et d'oncle Darab, qui la couvaient de regards adorateurs.

Quelques invités traînaient encore quand Nusswan donna au personnel le feu vert pour commencer à nettoyer. Les traînards comprirent, remercièrent et s'éclipsèrent.

En sortant, l'un d'entre eux saisit Rustom par la manche et, secoué de rire, l'haleine chargée de whisky, lui chuchota qu'ils avaient bien de la chance, lui et sa jeune épouse, de n'avoir pas de belle-mère. Ni d'un côté ni de l'autre. « C'est pas juste, pas juste ! Personne pour vous demander si vous avez bien fonctionné la première nuit ! Personne pour inspecter les draps ! » Et, lui enfonçant un doigt dans l'estomac, il ajouta : « Vous vous en tirez à bon compte ! »

« Bonne nuit, tout le monde, bonne nuit, firent Nusswan et Ruby. Et merci infiniment d'avoir accepté notre invitation. »

Le dernier invité parti, Rustom leur dit :

« Ce fut une merveilleuse soirée. Merci à vous deux de l'avoir organisée.

— Oui, ajouta Dina, ce fut merveilleux. Merci beaucoup.

— Ce n'est rien — vraiment rien, dit Nusswan, approuvé par Ruby. C'était de notre devoir. »

A l'origine, Dina et Rustom avaient accepté l'invitation de Nusswan de passer leur première nuit chez lui. Maintenant, ils se rendaient compte qu'il fallait ranger tout l'appartement et qu'il valait mieux qu'ils aillent directement chez Rustom.

« Ne vous inquiétez pas, ces garçons vont tout nettoyer, ils sont payés pour ça. Ne changez rien à vos plans », dit Nusswan en les embrassant.

C'était la seconde fois de la journée, pour Dina. Le premier baiser, il le lui avait donné le matin, à la fin de la bénédiction nuptiale ; ç'avait été aussi le premier depuis sept ans.

Sa gorge se serra. Elle déglutit quand Nusswan s'essuya les yeux d'un geste rapide. « Je vous souhaite beaucoup de bonheur », dit-il.

Dina alla chercher une valise qu'elle remplit de ce dont elle avait besoin pour la nuit. Le reste de ses affaires lui serait livré plus tard. Notamment des meubles qui lui venaient de ses parents. Nusswan les accompagna au bout du passage, jusqu'à un taxi, leur fit de grands signes quand la voiture démarra. Stupéfaite, elle nota que sa voix tremblait quand il leur dit : « Soyez heureux. Que Dieu vous bénisse ! »

Ils se réveillèrent tard, le lendemain matin. Rustom avait pris une semaine de congé, bien qu'ils n'eussent pas les moyens de partir en voyage de noces.

Dina prépara le thé dans la cuisine sinistre, sous le regard inquiet de son époux. Avec son plafond et ses murs noircis par la fumée, c'était la pièce la plus sombre de l'appartement. La mère de Rustom avait cuisiné toute sa vie sur des réchauds à charbon, sa brève pratique du kérosène s'étant soldée par un désastre — une coulée, des flammes, des brûlures jusqu'aux cuisses ; le charbon était plus obéissant, avait-elle conclu.

Rustom aurait voulu repeindre toutes les pièces de l'appartement avant le mariage, malheureusement l'argent n'avait pas suivi. « Tu n'as pas l'habitude de vivre dans ces conditions, s'excusa-t-il. Rien que ces horribles murs.

— Ça n'a pas d'importance, dit-elle gaiement. Nous les ferons peindre dans quelque temps. »

Peut-être à cause de la présence de Dina, inhabituelle à cette heure-ci, il nota des choses qu'il n'avait pas remarquées jusque-là. « Après la mort de mes parents, je me suis débarrassé de beaucoup d'objets. Un fatras, selon moi. J'envisageais de vivre comme un sadhu, avec mon seul violon pour compagnie, et, en guise de mortification, non pas un lit de clous mais des cordes grinçantes.

— Est-ce qu'elles sont vraiment faites de boyau de chat ?

— C'était le cas, autrefois. Et dans les temps très anciens, pour se procurer leurs cordes, les violonistes devaient partir à la chasse au chat. Il n'existait pas de magasins spécialisés comme L.M. Furtado ou Godin & Company. Dans tous les grands conservatoires d'Europe, on enseignait la musique et la façon d'éviscérer un animal.

— Ne fais pas l'idiot, si tôt le matin. »

Cet humour particulier, toutefois, était ce qu'elle préférait en lui.

« Quoi qu'il en soit, j'ai trouvé mon bel ange, la période sadhu est terminée. Les boyaux peuvent se reposer.

— J'aime t'entendre jouer. Tu devrais t'exercer davantage.

— Tu plaisantes ? Je joue encore plus mal que le type de la semaine dernière, à Patkar Hall. Il jouait comme si ses ouïes étaient bouchées.

— Ouah ! Que c'est laid ! »

Sa mine le fit rire. « Je n'y peux rien. C'est leur nom. Viens, je vais te montrer mes ouïes. » Il attrapa l'étui à violon, rangé sur le haut de l'armoire. « Tu vois la forme des deux orifices dans la table d'harmonie ?

— Ils ressemblent exactement à un *s*. » Les doigts de Dina suivirent les courbes, touchèrent doucement les cordes. « Joue quelque chose puisque tu le tiens. »

Il ferma l'étui et, se haussant sur la pointe des pieds, le glissa là où il l'avait pris. « Joue, joue, joue — c'est ce que mes parents n'arrêtaient pas de me dire. » Il lui prit la main, la porta à ses lèvres. « Si seulement j'avais gardé leur grand lit. » Puis demanda timidement : « Tu as bien dormi ?

— Oh ! oui. »

Elle rougit en repensant à cette première nuit qu'ils venaient de passer, enlacés dans le lit étroit.

Après le petit déjeuner composé d'une omelette et de toasts beurrés, il ouvrit la porte d'entrée, lui dit qu'il avait une surprise pour elle. « Il faisait trop noir pour te le montrer hier soir.

— Qu'est-ce que c'est ?

— Il faut que tu sortes. »

Elle découvrit la nouvelle plaque de cuivre, rutilante au soleil, sur laquelle était gravé : *Mr & Mrs Rustom K. Dalal*. Il rayonna au plaisir qu'elle manifesta. « Je l'ai vissée avant-hier.

— Elle est très belle.

— Changer le nom sur la plaque, c'est facile, gloussa-t-il. Beaucoup plus facile que de changer le nom sur la quittance de loyer.

— Qu'est-ce que tu veux dire ?

— Le loyer est au nom de mon père, bien qu'il soit mort depuis neuf ans. Le propriétaire espère que, à bout de patience, je lui offrirai de l'argent pour transférer l'appartement à mon nom. Il n'arrête pas de le suggérer.

— Tu vas le faire ?

— Bien sûr que non ! Et il n'y peut rien. La loi sur les locations nous protège. Peu importe le nom auquel est établie la quittance. Et, en ta qualité d'épouse, tu as le droit de vivre ici. Même si je devais mourir demain.

— Rustom ! Ne dis pas des choses pareilles.

— Parfois, quand le collecteur de loyers arrive avec la quittance au nom de mon père, l'envie me prend de lui dire d'aller voir plus haut, au ciel, là où demeure le locataire.

— Pour moi, le ciel est dans cet appartement », dit-elle en posant la tête sur son épaule.

Rustom la serra plus fort et l'embrassa — « Pour moi aussi. » — puis frotta la plaque de sa manche, histoire de la faire briller un peu plus. Ils étaient encore en train de l'admirer quand deux voitures à bras s'arrêtèrent devant leur porte, chargée des affaires venant de chez les Schroff.

Rustom avait commencé par retenir une camionnette car Dina avait demandé à Nusswan de lui laisser l'énorme armoire de papa, celle qui était surmontée d'un fronton en bois de rose incrusté d'un soleil et de fleurs. Elle abandonnerait tout le reste en échange de cette seule armoire. Nusswan promit d'y réfléchir et, pour finir, refusa. Prétextant qu'on ne pourrait pas la faire passer par l'étroite porte de l'appartement de Rustom sans l'abîmer, ce qui constituerait une injure à la mémoire de leur père, et que, par ailleurs, elle était bien trop grande pour de si petites pièces.

Dina reçut donc une autre armoire, plus petite et plus quelconque, un bureau et deux lits jumeaux. Ainsi qu'une grande caisse remplie d'ustensiles de cuisine, que Ruby avait rassemblés après s'être renseignée discrètement pour savoir si la cuisine de Rustom était convenablement équipée. Elle leur donna donc, pour commencer, des casseroles et des poêles, un fourneau, des couverts, une planche et un rouleau à pâtisserie.

Les deux voitures déchargées, on réunit les deux lits. L'un des voituriers proposa d'acheter le vieux. Rustom le lui laissa pour trente roupies, et en reçut dix autres, du second voiturier, pour le matelas.

Voyant Dina les suivre des yeux, il s'excusa : « Je sais ce que tu ressens, mais il n'y a pas de place dans l'appartement pour un lit supplémentaire. »

Elle se demanda à quelle distance l'un de l'autre ils dormiraient cette nuit, dans leurs lits jumeaux.

Mais au matin du second jour, l'un des deux lits était intact. Rassurée, elle consacra sa journée à l'organisation de son foyer. Pour commencer, elle mit fin à la livraison par Seva Sadan des repas du soir de Rustom. Et, pour le déjeuner, quand il reprendrait le travail, elle lui préparerait quelque chose à emporter.

« Fini les repas dehors, ou pas de repas du tout », dit-elle en grimpant sur une chaise pour inspecter l'étagère du haut.

Elle y découvrit une série de récipients en cuivre et en laiton, une bouilloire et un assortiment de couteaux de cuisine. « Tout ça est fichu, dit Rustom. J'avais l'intention de les vendre aux puces. Je le ferai demain, c'est promis.

— Ne sois pas bête. Ce sont de vieilles choses solides. On peut les réparer, les rétamer. De nos jours, on ne trouve plus cette qualité. »

Le jour où elle entendit un rétameur crier sous ses fenêtres, elle le fit monter, lui confia les récipients et lui demanda de réparer la poignée de la bouilloire. Elle le surveilla pendant toute l'opération, emportant, quand il avait fini, chaque casserole dans la salle de bains et la remplissant d'eau pour vérifier.

Quand le rémouleur passa devant chez elle, elle tapa deux fois dans ses mains pour attirer son attention. Bientôt le tranchant des lames commença à retrouver son éclat. Elle écoutait avec délices les martèlements et les grincements, toute cette énergie dépensée pour mettre en ordre sa maison en vue des dizaines d'années de bonheur qui l'attendaient avec Rustom. Une vie, cela se fabrique, se disait-elle, comme n'importe quoi d'autre, il faut la pétrir, la ciseler, la polir afin d'en tirer le meilleur.

Le rémouleur détournait le visage pour éviter les étincelles qui jaillissaient de sa meule. Comme les pétards de Divali, pensa-t-elle, tandis que les coups de marteau résonnaient gaiement dans ses oreilles.

Pour fêter leur premier anniversaire de mariage, Dina et Rustom allèrent au cinéma et dînèrent au restaurant. Ils virent *Submarine Command,* avec en vedette William Holden, qui jouait le rôle d'un officier de marine américain pendant la guerre de Corée. Ils se tinrent les mains pendant toute la durée de la projection, puis se rendirent à la Wayside Inn, où ils mangèrent des biryanis de poulet.

L'année suivante, Dina voulut voir quelque chose de moins triste. Aussi choisirent-ils *High Society* qui venait tout juste de sortir, avec Bing Crosby. Elle avait acheté une robe neuve pour l'occasion, bleue, avec un pan coquin qui ballait à chaque pas.

« Je me demande si tu dois porter ça, dit Rustom, surgissant derrière elle et lui caressant les hanches.

— Pourquoi ?

— Tu vas affoler les hommes dans la rue. Tu ferais bien de prendre ton parapluie-pagode pour te protéger.

— Tu ne te battras pas pour me protéger ?

— D'accord. Dans ce cas, je porterai ta lance. Ou mieux encore, je prendrai mon violon — le grincement les effraiera davantage. »

Le film leur plut énormément. La robe bleue leur fournit matière à plaisanter toute la soirée ; ils imaginaient les femmes mourant d'envie et les hommes pleins du désir de porter la main sur elle. Ils allèrent

71

dîner chez Mongini, dont les desserts étaient fort réputés.

Pour leur troisième anniversaire, ils décidèrent d'inviter Nusswan, Ruby et les deux enfants à dîner chez eux. Les deux couples entretenaient des relations cordiales depuis le mariage. Dina et Rustom étaient toujours invités pour l'anniversaire des enfants, ainsi que pour Navroze et Khordad Sal. Dina, seule ou avec Rustom, avait pris l'habitude de passer à l'improviste avec des friandises pour ses neveux, ou simplement pour dire bonjour. Toutes les tensions, tous les mauvais sentiments qui les avaient opposés avaient totalement disparu, au point qu'on avait du mal à se les rappeler. C'était à se demander s'il n'y avait pas eu une grande part d'imagination.

La petite soirée se déroula au mieux. Dina n'avait pu s'offrir une nouvelle robe et portait la bleue de l'année précédente. Ruby admira la robe et vanta la cuisine. Le pulao-dal, dit-elle, était vraiment délicieux. A quoi Dina répliqua qu'elle devait énormément à l'enseignement de sa belle-sœur. « Mais il me reste encore beaucoup de chemin à parcourir avant d'arriver à ton niveau. »

Pour les deux garçons, qui n'avaient que six et trois ans, Dina avait préparé des plats à part, sans épices. Mais Xerxes et Zarir insistèrent pour manger comme les grandes personnes. Ruby les laissa en goûter un peu, ils en réclamèrent davantage, malgré la langue qui leur sortait de la bouche.

« Ce n'est pas grave, dit Dina en riant, la glace apaisera le feu.

— Je peux en avoir maintenant ? s'écrièrent en chœur les enfants.

— Il faut qu'oncle Rustom aille la chercher. Nous n'avons pas de glacière comme la vôtre, pour la conserver. Tenez, prenez ça en attendant. »

Elle leur versa dans la bouche des cristaux de sucre qui ornaient le plateau traditionnel, avec ses guirlandes et ses noix de coco.

Un peu plus tard, tandis que Dina et Ruby débarrassaient la table, Rustom déclara qu'il était temps d'aller chez Kwality Family Pack. « S'ils n'ont pas de fraise, qu'est-ce que je prends — vanille ou chocolat ?

— Chocolat, dit Xerxes.

— Lanille, dit Zarir, et tout le monde s'esclaffa.

— Lanille ! le taquina Rustom. Il faut toujours que tu sois différent des autres, n'est-ce pas ?

— Je me demande d'où il tient ça, dit Nusswan. Sûrement pas de son père. » Et tout le monde de se remettre à rire. Il saisit l'occasion pour ajouter : « Et vous deux, Rustom ? Il est temps de fonder une famille, me semble-t-il. Trois ans de vacances, ça suffit. »

Rustom se contenta de sourire, refusant d'entamer une discussion. Il ouvrit la porte, et Nusswan bondit : « Veux-tu que je t'accompagne ?

— Non, repose-toi, tu es l'invité. Par ailleurs, si on y va en marchant, ça prendra trop de temps. Seul, j'enfourche ma bicyclette, dix minutes plus tard je suis de retour. »

Dina sortit des assiettes propres et des petites cuillers pour la glace, et alluma le feu sous la bouilloire. « Le thé devrait être prêt quand il reviendra. »

Un quart d'heure plus tard, ils attendaient toujours. « Où peut-il être ? Le thé va être trop fort. Vous deux, vous devriez peut-être boire le vôtre.

— Non, nous attendrons Rustom, dit Ruby.

— Il doit y avoir beaucoup de circulation, ou bien un incident chez le marchand de glaces », dit Nusswan.

Dina fit rebouillir de l'eau pour diluer l'infusion, replaça le cache sur la théière. « Ça fait trois quarts d'heure qu'il est parti.

— Peut-être qu'il ne restait plus rien dans la première boutique, dit Nusswan. La fraise est très demandée, ils en manquent toujours. Il est peut-être allé ailleurs, plus loin.

— Non, il ne le ferait pas, il sait que je m'inquiéterais.

— Peut-être qu'il a crevé, dit Ruby.

« — Même en poussant son vélo à la main, il ne faut que vingt minutes. »

Elle sortit sur la véranda pour voir si elle ne l'apercevait pas. Cela lui rappela les soirs où ils se séparaient après un concert et où elle montait sur l'impériale du bus pour essayer de ne pas perdre de vue la bicyclette qui s'éloignait.

Le souvenir la fit sourire, mais bien vite l'anxiété reprit ses droits « Je crois que je vais aller aux nouvelles.

— Non, j'y vais, proposa Nusswan.

— Mais tu ne sais pas où est la boutique, ni quel chemin prend Rustom. Vous pourriez vous manquer. »

Pour finir, ils partirent tous les deux. « Il doit y avoir une explication très simple », ne cessait de répéter Nusswan, afin de la calmer.

Elle hochait la tête, accélérant le pas. Il avait du mal à la suivre. Il était plus de neuf heures, les rues étaient calmes. Sur le trottoir, dans la ruelle au fond de laquelle se tenait le glacier, ils virent un attroupement. En s'approchant, ils constatèrent également la présence de policiers.

« Je me demande ce qui se passe », dit Nusswan, essayant de dissimuler son inquiétude.

Dina fut la première à apercevoir la bicyclette. « C'est celle de Rustom, dit-elle d'une voix étrange qu'elle-même ne reconnut pas.

— En es-tu sûre ? »

Mais il savait qu'elle l'était. Le vélo était en piteux état, sauf la selle, intacte. Écartant la foule, Nusswan se dirigea vers les policiers. Dans les oreilles de Dina, une tempête se déchaîna, empêchant les mots de l'atteindre, comme s'ils venaient de très loin.

« Un salaud de chauffeur de camion, dit l'inspecteur adjoint. Il l'a heurté et s'est enfui. Le pauvre homme n'a aucune chance de s'en sortir, je crois. La tête complètement écrasée. Mais l'ambulance l'a tout de même conduit à l'hôpital. »

Une chienne lapait l'épaisse flaque rose près de la

bicyclette. Il y avait bien de la glace à la fraise, pensa Dina, dans un brouillard. Un policier donna un coup de pied au roquet jaunâtre. La chienne glapit, recula, puis s'y remit. Un nouveau coup de pied la fit hurler.

« Arrêtez ! Quel mal vous a-t-elle fait ? Laissez-la manger !

— Oui, madame », dit le policier stupéfait.

La chienne avala goulûment, geignant de plaisir tout en gardant un œil sur le pied de l'homme.

L'inspecteur donna à Nusswan le nom de l'hôpital. Il nota son adresse et demanda la sienne à Dina qui regardait fixement le vélo tordu. La police allait conserver l'engin pour le moment, expliqua doucement l'inspecteur — à titre de preuve, au cas où le chauffeur serait retrouvé. Il proposa de les déposer en voiture à l'hôpital.

« Merci, dit Nusswan. Mais ils vont se demander, à la maison, ce qu'on est devenus.

— Pas de problème, je vais envoyer un agent leur dire de ne pas s'en faire, qu'il y a eu un accident et que vous êtes à l'hôpital. Vous leur expliquerez tout plus tard. »

Grâce à l'inspecteur adjoint, les formalités furent rapidement expédiées, et Nusswan et Dina purent quitter l'hôpital sans délai. « Prenons un taxi, dit Nusswan.

— Non, je veux marcher. »

Quand elle arriva chez elle, elle pleurait sans bruit, un flot de larmes qui inondait ses joues. Nusswan la serra dans ses bras, lui caressa la tête. « Ma pauvre sœur, murmura-t-il. Ma pauvre petite sœur. Si seulement je pouvais te le ramener. Pleure, pleure tout ton soûl. » Lui-même versa quelques larmes en racontant l'accident à Ruby.

« Oh, mon Dieu ! sanglota celle-ci. Pourquoi un tel malheur ? Tout l'univers de Dina détruit en quelques minutes ! Comment est-ce possible ? Pourquoi permet-Il que de telles choses arrivent ? » Elle se reprit avant de réveiller les enfants, tandis que Dina allait enlever sa robe bleue.

« Est-ce qu'on peut manger la glace à la fraise maintenant ? demandèrent Xerxes et Zarir.

— Oncle Rustom n'est pas bien, nous devons rentrer », dit Ruby, décidant qu'il valait mieux leur expliquer les choses petit à petit.

« Toi aussi, tu dois rentrer avec nous, tu ne peux pas rester seule ici, dit Nusswan quand Dina sortit de sa chambre.

— Bien entendu, c'est évident », ajouta Ruby, pressant la main de sa belle-sœur dans les siennes.

Sans parler, Dina se rendit à la cuisine et entreprit d'empaqueter ce qui restait de pulao-dal. « Puis-je t'aider ? » s'inquiéta Ruby, qui l'observait.

Dina hocha la tête.

« C'est absurde de gâcher cette nourriture. En chemin, nous pouvons la donner à un mendiant. »

Plus tard, quand Nusswan raconterait à tout un chacun ce qui s'était passé, il ne manquerait pas de dire à quel point l'attitude digne de sa sœur cette nuit-là l'avait impressionné. « Elle n'a pas hurlé, ne s'est pas frappé la poitrine, ne s'est pas arraché les cheveux, rien de ce à quoi on s'attend de la part d'une femme qui vient de subir un tel choc, une telle perte. » Mais il se rappelait aussi la dignité de sa mère, dans une occasion similaire, et la déchéance qui avait suivi. Il espérait que Dina réagirait autrement.

Dans sa valise, Dina mit un sari blanc et d'autres objets dont elle pouvait avoir besoin dans les jours à venir. C'était la même valise qu'elle avait prise, trois ans auparavant, pour sa nuit de noces.

A l'issue des quatre jours de prières qui suivirent l'enterrement, Dina se prépara à regagner son appartement. « Qu'est-ce qui te presse ? dit Nusswan. Reste encore un peu.

— Bien sûr, insista Ruby. Ici tu es en famille. Qu'est-ce que tu feras là-bas, toute seule ? »

Dina céda facilement. Elle ne se sentait pas prête à rentrer. Les heures les plus pénibles étaient celles qui précédaient l'aube. Elle dormait un bras posé sur un oreiller. Parfois, elle donnait un léger coup de coude, signalant ainsi à Rustom qu'elle voulait qu'il la prenne dans ses bras. Désormais aucun poids n'écrasait son corps, et elle ouvrait les yeux sur le vide, reprenant conscience de sa perte dans le noir, avant le lever du soleil. Il lui arrivait d'appeler Rustom ; alors Ruby ou Nusswan, s'ils l'entendaient, entraient dans sa chambre, la serraient contre eux, lui caressaient les cheveux.

« Ne crois pas que tu seras une charge pour nous en restant, dit Nusswan. En fait, tu tiendras compagnie à Ruby. »

Et Dina resta. Le bruit se répandant qu'elle habitait temporairement chez son frère, parents proches et lointains se succédèrent en visites de condoléances. Une fois tenus les propos de circonstance, la conversation prenait tout naturellement un tour général, au grand plaisir de Nusswan et de Ruby. « C'est ce qu'il y a de mieux pour Dina », se disaient-ils.

Tante Shirin et oncle Darab étaient restés prier dans les Tours du Silence pendant les quatre jours requis. Ils vinrent voir Dina au bout d'une semaine. Ils s'assirent, acceptèrent un verre de cordial au citron et dirent : « Pour nous, c'est comme si nous avions perdu un fils. Mais souviens-toi, tu es toujours notre fille. Si tu as besoin de quoi que ce soit, viens nous trouver. Rappelle-toi : de quoi que ce soit. »

Ce qui eut pour effet de piquer Ruby au vif.

« C'est très aimable à vous. Mais nous sommes là, Nusswan et moi, pour veiller sur elle.

— Oui, bien entendu, grâce à Dieu, s'empressèrent de dire les vieillards, frappés par l'âpreté de sa voix. Puisse-t-Il vous accorder une longue et florissante vie. Dina a beaucoup de chance de vous avoir tous les deux. »

77

Ils partirent peu après, espérant avoir apaisé Ruby.

Un mois s'écoula, et Dina retrouva ses anciennes habitudes, reprit sa place dans la maisonnée. On congédia la servante. Dina ne s'en offusqua pas ; cela lui donnait quelque chose à faire pour combler le vide de ces longues journées. Xerxes et Zarir, bien entendu, trouvèrent formidable que tante Dina vive avec eux. Xerxes était en onzième, et Zarir venait d'entrer au jardin d'enfants. Elle proposa de les emmener à l'école : c'était sur son chemin quand elle se rendait au bazar le matin.

Les fins d'après-midi du dimanche, Nusswan organisa des parties de cartes. Deux heures de rummy, sous le regard attentif des enfants. Parfois, Dina autorisait Xerxes et Zarir à tenir ses cartes. A sept heures, les femmes commençaient à préparer le dîner tandis que Nusswan faisait des châteaux de cartes avec les enfants ou jetait un nouveau coup d'œil au journal du dimanche.

Une fois par semaine, Dina allait nettoyer son appartement, suivant le même rituel que du vivant de Rustom. Quand elle avait fini, elle se faisait du thé. Elle s'asseyait dans la petite cuisine défraîchie, en proie aux souvenirs, pleurant parfois, pendant que le thé refroidissait. Souvent elle n'en buvait qu'une demi-tasse et jetait le reste.

Au bout de plusieurs semaines de cette forme de deuil, elle laissa une partie d'elle-même prétendre que tout était normal, que l'appartement était occupé, la séparation temporaire. Elle n'y voyait pas de mal, et le faire-semblant était si réconfortant.

Un soir, alors que la nuit tombait et que les voitures commençaient à allumer leurs phares, elle se surprit sur la véranda en train de guetter l'arrivée de Rustom et de sa bicyclette. Un frisson la parcourut. Elle décida que c'en était assez. Flirter avec la folie était une chose ; quand la folie commençait à flirter avec vous, il était temps de tout arrêter.

Elle renonça au nettoyage hebdomadaire. Si une

visite à l'appartement s'avérait nécessaire, elle préférait ne pas y aller seule et emmenait ses neveux avec elle. Xerxes et Zarir se plaisaient à explorer cet espace sans vie. Les pièces familières semblaient soudain isolées, mystérieuses, pleines de meubles et pourtant inexplicablement vides. Ce calme de musée les déconcertait. Ils criaient, couraient, glissaient à travers l'appartement, pour voir s'ils pouvaient en chasser le vide.

En passant un après-midi prendre quelques affaires, Dina trouva un mot du propriétaire. Les enfants entreprirent d'organiser une course de cross-country, dont Xerxes établit le tracé. « On partira de la véranda, puis on courra tout droit jusqu'à la cuisine, puis aux WC, puis on reviendra en traversant les pièces. Compris, Zarir ?

— Compris », dit Zarir.

Dina annonça : « A vos marques, prêts, partez. » Elle ouvrit les fenêtres de la pièce du devant et lut la lettre. On l'avisait que, puisque les lieux n'étaient plus occupés, l'appartement devait être débarrassé de tout son contenu et les clefs rendues dans les trente jours.

Le soir, elle montra la lettre à Nusswan.

« Canaille de propriétaire, s'exclama-t-il. Même pas trois mois que le pauvre Rustom a disparu et le serpent attaque. Pas question. Tu *dois* garder l'appartement.

— Oui, je crois que je vais y retourner dès la semaine prochaine.

— Ce n'est pas ce que je voulais dire. Reste ici un an, deux ans — autant que tu le voudras. Mais n'abandonne pas ton droit. Crois-moi, d'ici peu il sera impossible de trouver à se loger en ville. Un vieil appartement comme le tien sera une mine d'or.

— C'est vrai, dit Ruby. On m'a raconté que le fils de Putli Maasi a dû verser un pugree de vingt mille roupies rien que pour pousser la porte. Et le loyer est de cinq cents roupies par mois. Pour un appartement encore plus petit que le tien.

— Oui, mais mon loyer...

— Ne t'en fais pas, je le paierai, dit Nusswan. Et mon avocat va répondre à cette lettre. »

Il réfléchissait : tôt ou tard, Dina se remarierait. Et il serait alors vraiment malheureux que le manque d'appartement constitue un handicap. Il refusait catégoriquement l'idée que le couple vive chez lui. Une situation qui ne pourrait conduire qu'à des heurts et des querelles.

Pour le premier anniversaire de la mort de Rustom, Nusswan prit une matinée de congé. La veille, il avait prévenu l'école de Xerxes et le jardin d'enfants de Zarir qu'ils seraient « absents afin de pouvoir assister aux prières à la mémoire de leur oncle, au temple du feu ». Dina leur fut reconnaissante d'être tous venus.

« Difficile de réaliser, dit Nusswan sur le chemin du retour, qu'une année entière s'est écoulée. Le temps passe si vite. »

Quelques jours plus tard, il marqua officiellement la fin de la période de deuil en invitant quelques amis pour le thé.

Parmi eux se trouvaient Porus et Solly, deux des nombreux célibataires qu'il avait chaudement recommandés à Dina autrefois. Ils étaient toujours célibataires, et toujours dignes d'être choisis, affirma Nusswan, si l'on voulait bien oublier quelques menues imperfections comme un léger embonpoint et des cheveux grisonnants.

Se félicitant de sa finesse, il dit à Dina en aparté : « Tu sais, aussi bien Porus que Solly sauteraient sur la moindre chance de t'épouser. Le cabinet d'avocats de Porus est florissant au-delà de toute espérance. Quant à Solly, il est à présent un associé à part entière dans son cabinet de comptabilité. Le fait que tu sois veuve ne leur poserait aucun problème.

— Comme c'est aimable. »

Le sarcasme ne plut pas à Nusswan. Cela lui rappela l'ancienne Dina — cette sœur têtue, insolente, méfiante qu'il croyait disparue. Néanmoins il passa outre, et poursuivit sans s'énerver.

« Laisse-moi te dire, Dina, que tu m'impressionnes beaucoup. Personne ne pourra t'accuser de la moindre frivolité pendant ton deuil. Tu as joué ton rôle avec une parfaite correction.

— Je ne jouais pas. Et ce n'était pas difficile.

— Je sais, je sais, reprit-il vivement, regrettant les mots employés. Ce que je voulais dire, c'est que j'admire ta dignité. Mais tu es encore si jeune. Ça fait plus d'un an, et tu dois penser à ton avenir.

— Ne t'en fais pas, je comprends ton inquiétude.

— Bien, c'est tout ce que je voulais dire. Allons, c'est l'heure des cartes. Ruby! appela-t-il. C'est l'heure du rummy! »

Désormais, les choses allaient progresser, Nusswan en était sûr.

Les semaines suivantes, il continua d'inviter son lot de vieux célibataires. « Dina, laisse-moi te présenter... » Sur quoi, il s'exclamait : « Mais où ai-je la tête? Tu connais déjà Temton. Ce sera donc une deuxième présentation. »

Le tout dit sur un ton laissant entendre qu'une relation intense allait repartir, une passion se raviver. Profondément irritée, Dina s'efforçait cependant de ne pas le manifester tout en versant le thé et en passant les sandwiches. Après le départ des visiteurs, Nusswan reprenait ses insinuations massues, vantant l'allure de celui-ci, commentant la carrière méritoire de celui-là, insistant sur l'héritage qu'allait toucher un troisième.

Au bout de quatre mois de ce régime, et Dina ne manifestant toujours aucun signe de coopération, Nusswan perdit patience. « J'ai fait preuve de tact, j'ai été gentil, j'ai été raisonnable. Quel fils de raja attends-tu donc? Chaque garçon que je te présente, tu lui tournes le dos et vas te planter à l'autre bout de la pièce. Qu'est-ce que tu veux?

— Rien.

— Comment peux-tu ne rien vouloir ? Ta vie entière ne sera rien. Ne sois pas stupide.

— Je sais que tu fais ça pour mon bien, mais ça ne m'intéresse tout simplement pas. »

De nouveau, l'image de l'ancienne Dina, la petite sœur ingrate, se présenta à Nusswan. Il la soupçonna de mépriser ses amis. Tous de si bons garçons. Néanmoins, il refusait de céder à la colère.

« D'accord. Comme je l'ai dit, je suis une personne raisonnable. Si aucun de ces hommes ne te plaît, personne ne te force. Trouves-en un toi-même. Ou adressons-nous à une entremetteuse. Il paraît que Mrs Ginwalla a le meilleur taux de réussite en matière de kaaj. Dis-moi ce que tu préfères.

— Je ne veux pas me remarier si vite.

— Vite ? Tu appelles ça vite ? Tu as vingt-six ans. Qu'est-ce que tu espères ? Que Rustom revienne miraculeusement ? Fais attention, sinon tu deviendras folle comme tante Bapsy — elle du moins avait une excuse, on n'a jamais retrouvé le corps de son mari après l'explosion du bassin.

— C'est horrible de dire une chose pareille ! »

Dégoûtée, Dina quitta la pièce.

Elle était très jeune alors, mais elle se rappelait très clairement le jour où cela s'était passé, durant la guerre, quand deux cargos britanniques chargés de munitions avaient explosé après leur amarrage, tuant des milliers de personnes dans le port. On entendait encore les détonations que les rumeurs parlant d'espions nazis commençaient à circuler. Les autorités avaient eu beau affirmer que nombre de disparus avaient été pulvérisés sous l'effet du souffle mortel, tante Bapsy avait refusé d'admettre cette théorie. Son mari était vivant, elle le sentait, errant, amnésique, quelque part, et ce n'était qu'une question de temps pour qu'on le localise. Ou bien alors, admettait-elle, un sadhu sans scrupules l'avait hypnotisé, lui avait donné une drogue quelconque, et l'avait emmené au loin en esclavage. Dans l'un ou l'autre cas on le retrouverait, elle en était sûre. Les dix-huit années qui s'étaient écoulées depuis la tragédie n'avaient pas entamé sa foi. Elle passait son temps à bavarder avec lui, en l'occurrence avec sa photographie qui trônait enchâssée dans un lourd cadre d'argent sur sa table de nuit, lui racontant en détail toutes les nouvelles et ragots du jour.

« C'est ton comportement dépressif qui me rappelle tante Bapsy, dit Nusswan en suivant Dina dans l'autre pièce. Quelle excuse as-tu ? Tu as été à l'enterrement de Rustom, tu as vu son corps, tu as entendu les prières. Ça fait plus d'un an qu'il est mort et digéré. » Ce disant, il roula des yeux vers le ciel pour demander pardon de cette irrévérence. « Sais-tu quelle chance tu as de vivre dans notre communauté ? Chez les non-illuminés, les veuves sont jetées, comme des ordures. Si tu étais hindoue, jadis tu aurais dû te comporter en bonne petite sati, sauter sur le bûcher de ton époux et griller avec lui.

— Je peux toujours aller aux Tours du Silence et laisser les vautours me dévorer, si ça peut te rendre heureux.

— Effrontée ! Incapable de retenir ta langue ! Quel blasphème ! Tout ce que je dis, c'est : apprécie ta position. Tu as la possibilité de vivre pleinement, de te remarier, d'avoir des enfants. A moins que tu ne préfères vivre à jamais de ma charité ? »

Dina ne répondit pas. Mais le lendemain, en l'absence de Nusswan, parti travailler, elle commença à retransporter ses affaires dans l'appartement de Rustom.

Ruby essaya de l'en empêcher, la suivant de pièce en pièce, plaidant : « Tu connais ton frère, son emportement. Il ne pense pas tout ce qu'il dit.

— Pas plus qu'il ne dit tout ce qu'il pense. »

Le soir, Ruby raconta tout à Nusswan. « Ha, ha ! ricana-t-il, assez fort pour que Dina l'entende. Qu'elle parte, si elle veut ! J'aimerais bien voir comment elle gagnera sa vie. »

A la fin du dîner, alors qu'ils étaient encore assis à

table, il s'éclaircit la gorge : « En tant que chef de famille, mon devoir est de te dire que je n'approuve pas ce que tu fais. Tu commets une grande faute que tu regretteras. Le monde est dur à l'extérieur, mais je ne vais pas te supplier de rester. Tu es la bienvenue ici, si tu te montres raisonnable.

— Merci du discours, dit Dina.

— C'est ça, moque-toi de moi. Tu l'as fait toute ta vie, pourquoi arrêter maintenant ? Souviens-toi, c'est *ta* décision, personne ne te fiche dehors. Aucun de nos parents ne me blâmera, j'ai fait tout mon possible pour t'aider. Et continuerai à le faire. »

Les enfants ne tardèrent pas à comprendre que tante Dina s'en allait. Ce qui les bouleversa, puis les mit en colère. Xerxes lui cacha son sac à main, en criant : « Non, tante ! Tu ne dois pas partir ! » Quand elle menaça de partir sans le sac, Zarir, en larmes, le lui rendit.

« Vous pourrez toujours venir me voir, les cajola-t-elle, les serrant dans ses bras et leur essuyant les yeux. Le samedi et le dimanche. Et peut-être pendant les vacances. Ce sera tellement amusant. »

Le projet les excita, mais ils auraient de beaucoup préféré qu'elle demeure avec eux pour toujours.

Le lendemain de son retour chez elle, Dina alla rendre visite à l'oncle et à la tante de Rustom. « Darab ! Regarde qui est là ! s'écria tante Shirin. Notre chère Dina ! Entre, mon enfant, entre. »

Oncle Darab apparut, encore vêtu de son pyjama, et embrassa Dina, disant qu'il attendait ce moment depuis longtemps. « Excuse ma tenue », poursuivit-il en s'asseyant face à elle, le visage éclairé par un large sourire.

Comme toujours, Dina fut émue du bonheur qu'ils manifestaient en la voyant. Il y avait quelque chose de palpable dans l'amour qu'ils déversaient sur elle, comme le lait que sa mère déversait sur elle le jour de son anniversaire, une demi-tasse de lait chaud, avec des pétales de rose flottant à la surface, qui formait de petites rigoles blanches sur la peau brun clair de son visage, de son front et de sa poitrine.

« Le plus dur, dit-elle, est de quitter les petits garçons. Je me suis beaucoup attachée à eux.

— Oui, c'est toujours comme ça avec les enfants, dit tante Shirin. Mais Rustom nous a raconté la manière honteuse dont ton frère te traitait avant ton mariage.

— Ce n'est pas un mauvais homme, protesta faiblement Dina. Simplement, il a ses idées.

— Oui, bien sûr. » Tante Shirin appréciait la loyauté familiale. « Quoi qu'il en soit, tu es la bienvenue. Nous sommes si heureux que tu restes avec nous.

— Oh — Dina se dépêcha de dissiper le malentendu —, en réalité, j'ai décidé de vivre désormais dans l'appartement de Rustom. Je suis venue juste pour vous demander si vous pouviez me trouver du travail. »

A ces mots, la bouche d'oncle Darab se tordit. Il s'efforça d'avaler la déception qui soudain l'avait rempli, ses petits bruits de déglutition troublant le calme, tandis que tante Shirin jouait désespérément avec l'ourlet de son tablier. « Travail, dit-elle d'une voix sans timbre, incapable de penser. Ma chère enfant... oui, travailler, tu dois travailler. Quel travail, Darab ? Quel travail vois-tu pour elle ? »

Dina attendit la réponse dans un silence coupable. Mais il luttait toujours contre la boule qui lui obstruait la gorge. « Va te changer, le houspilla tante Shirin. Il est plus de midi, et tu traînes toujours en vêtements de nuit. »

Il obéit et sortit de la pièce. Lâchant son ourlet, tante Shirin se passa les mains sur le visage et se redressa. Le temps que Darab revienne, ayant abandonné son pyjama à rayures bleues pour un pantalon kaki et une saharienne, elle avait trouvé le début d'une solution.

« Dis-moi, mon enfant, sais-tu coudre ?

— Oui, un peu. Ruby m'a appris à me servir d'une machine.

— Bon. Alors tu auras du travail. Je peux te passer ma Singer. Elle est vieille, mais elle marche très bien. »

Depuis des années, afin d'apporter un complément au salaire que la Compagnie des transports versait à son mari, tante Shirin faisait de la couture à domicile. Des travaux simples — pyjamas, chemises de nuit, brassières pour bébés, draps, taies d'oreillers, nappes. « Tu peux devenir mon associée, dit-elle. J'ai beaucoup à faire, plus que mes faibles yeux ne le permettent maintenant. Nous commencerons demain. »

Dina attrapa son sac à main, embrassa tante Shirin et oncle Darab. Ils la raccompagnèrent à la porte. Soudain, une forte agitation dans la rue les ramena vers le balcon. Une foule immense défilait sous leurs fenêtres.

« Encore une de ces imbéciles de morchas à propos de la langue, dit oncle Darab, en montrant les bannières. Les idiots veulent diviser l'État selon des frontières linguistiques.

— Tout le monde veut tout changer, dit tante Shirin. Pourquoi les gens n'apprennent-ils pas à se contenter de ce qui existe ? En attendant, rentrons. Dina ne peut pas partir maintenant. Toute la circulation est bloquée. »

On la sentait ravie, heureuse de pouvoir jouir de la compagnie de Dina pendant quelques heures encore.

Les jours suivants, Dina fut présentée à la clientèle. A chaque arrêt, elle attendait nerveusement au côté de tante Shirin, un sourire timide aux lèvres, essayant de se remémorer les noms et les instructions. Tante Shirin lui réserva la plupart des nouveaux travaux.

A la fin de la semaine, Dina protesta. « Je ne peux pas en accepter autant. Je ne peux pas vous priver de votre revenu.

— Ma chère enfant, tu ne me prives de rien. La retraite de Darab nous suffit. De toute façon, j'allais abandonner, ça devenait trop dur pour moi. Tiens, n'oublie pas ce nouveau modèle. »

En plus des commandes, tante Shirin fournit des informations sur les clients qui aideraient Dina à traiter avec eux : « La famille Munshi est la meilleure — ils payent toujours très vite. Les Parekh aussi, sauf qu'ils aiment marchander. Sois ferme, dis-leur que j'ai fixé les tarifs. Qui d'autre ? Ah oui, Mr Savuk-shaw. Il a un gros problème avec la bouteille. A la fin du mois, il ne reste plus un sou pour sa pauvre femme. Fais-toi bien payer d'avance. »

Chez les Surtee, la situation était assez particulière. Chaque fois que le couple se querellait, Mrs Surtee refusait de préparer le dîner. Elle sortait tous les pyjamas de son mari de l'armoire et y mettait le feu, ramassant les cendres et les bouts calcinés dans une assiette qu'elle lui présentait à son retour du travail.

« Résultat, dit tante Shirin, un supplément de couture pour toi. Tous les deux ou trois mois, après qu'ils se seront rabibochés, Mrs Surtee te passera une grosse commande de pyjamas. Mais tu dois faire semblant de trouver ça normal, sinon elle te renverra. »

La collection de portraits continua de s'enrichir avec la description des Davar et des Kotwal, des Mehta et des Pavri, des Vatcha et des Seervai. « Tu dois en avoir marre de tous ces détails, dit tante Shirin. Une dernière chose, et la plus importante : ne mesure jamais la hauteur de l'entrejambe des messieurs. Demande qu'on te passe un modèle. Et si vraiment c'est impossible, veille à ce qu'il y ait quelqu'un dans la pièce quand tu prends les mesures, une femme, une mère ou une sœur. Autrement, avant que tu t'en rendes compte, ils bougent comme ci comme ça et tu te retrouves avec quelque chose dans la main, que tu ne voulais pas. Crois-moi, j'ai eu une vilaine expérience quand j'étais jeune et innocente. »

Ce dernier conseil, Dina l'avait très présent à l'esprit quand il lui fallut rencontrer Fredoon, un célibataire vivant seul. « Bien que ce soit un parfait gentleman, lui avait dit tante Shirin, les gens ont la langue venimeuse. Ils vont raconter qu'il y a anguille sous roche. Ta réputation sera perdue. »

Quoique ne se souciant guère de la langue des gens et ne croyant pas que Fredoon pût représenter un danger quelconque, Dina se tenait prête à décamper au cas où il lui aurait demandé de mesurer son entrejambe. Afin de rassurer tante Shirin, elle affirma qu'un ami assistait toujours à leurs rencontres. Ce qu'elle ne dit pas, c'est que l'ami n'était autre que Fredoon. Car c'est ce qu'il devint bientôt. Ses commandes consistaient surtout en petites robes, pantalons courts et blouses que, pour aider Dina, il avait décidé d'offrir en cadeaux d'anniversaire aux enfants de ses amis et parents, au lieu d'enveloppes pleines de roupies.

Leur amitié grandit. Dina l'accompagnait souvent dans des magasins choisir le tissu des vêtements. Leurs courses terminées, ils allaient prendre un thé et des gâteaux chez Bastani. Parfois, en rentrant, il l'invitait à dîner chez lui, de côtelettes de mouton frites au vindaloo qu'il achetait au passage. Il l'encourageait à inventer de nouveaux modèles, à s'affirmer davantage devant ses clients, à demander des prix plus élevés.

Au bout de quelques mois, Dina avait acquis une certaine confiance en elle. Grâce à l'enseignement de sa belle-sœur, les travaux lui paraissaient faciles. Et quand elle tombait sur un cas un peu retors, elle consultait tante Shirin. Ses visites procuraient un tel plaisir au vieux couple qu'elle les multipliait, se prétendant arrêtée par telle ou telle difficulté : cols à ruchés, manches raglan, plissés accordéon.

De ces travaux, il restait toujours des chutes de tissu, que tante Shirin lui suggéra de garder. « Ne gâche rien — souviens-toi, il y a un emploi pour chaque chose. Ces morceaux peuvent être très utiles. » Et elle lui en fit tout de suite la démonstration en fabriquant une serviette hygiénique pelucheuse.

« Quelle bonne idée », dit Dina. Tout ce qui pouvait concourir à soulager son budget était le bienvenu. Le rembourrage qu'elle utilisait n'était pas aussi absorbant que celui des serviettes qu'elle achetait, mais celles qu'elle fabriquait pouvaient être changées plus fréquemment puisqu'elles ne coûtaient rien. A titre de précaution supplémentaire, elle porta une jupe très sombre pendant toute la durée de ses règles.

Ainsi consacré au travail, le temps passait vite dans le petit appartement. Tandis que ses yeux et ses doigts s'absorbaient dans la couture, elle apprit à percevoir avec une particulière acuité les bruits provenant des appartements alentour. Elle recueillait les sons, les assortissait, les réécoutait mentalement, créant ainsi un tableau de la vie que menait ses voisins, tout comme elle transformait les mesures en vêtements.

La politique de Rustom envers ses voisins avait consisté à les éviter autant que possible. Un petit sahibji-salaam suffisait, disait-il, sinon on se retrouvait mêlé à toutes sortes de cancans et de kaana-sori qu'on ne pouvait plus contrôler. Mais le bruit du lavage des plats et des assiettes, des sonnettes de porte, des marchandages avec les vendeurs, des lessives — les *flop* et les *flap* des vêtements battus dans l'eau savonneuse — les querelles familiales, les disputes avec les domestiques —, tout cela aussi ressemblait à des commérages. Et elle se rendit compte que les bruits provenant de son propre appartement raconteraient sa vie, pour peu qu'on prît la peine de les écouter. La parfaite intimité n'existait pas, la vie était un récital perpétuel dans une salle de concert retenant un auditoire captif.

Parfois, l'envie lui prenait d'assister, comme jadis, à des concerts, mais elle n'osait la satisfaire. Elle se méfiait de tout ce qui risquait de la raccrocher à des jours disparus. Le chemin vers l'autosuffisance ne pouvait déboucher du passé.

Quand la couture fut devenue une affaire de rou-

·tine pour Dina, tante Shirin lui apprit à tricoter des pull-overs. « Il n'y a pas une grande demande de vêtements tricotés, dit-elle; pourtant certains en commandent, pour le style, ou bien parce qu'ils vont passer des vacances à la montagne. » Lorsqu'elle eut assez progressé, tante Shirin lui offrit toute sa collection d'albums de modèles et d'aiguilles.

Enfin, elle lui enseigna la broderie, non sans l'avertir : « La broderie sur les serviettes de table et les nappes à thé est très recherchée et c'est bien payé. Mais ça fatigue beaucoup les yeux. N'en fais pas trop ou tu en sentiras les effets après quarante ans. »

C'est ainsi que, trois ans plus tard, quand tante Shirin mourut, suivie d'oncle Darab quelques mois après, Dina se sentit en mesure de diriger ses affaires. Elle se sentit aussi très seule, comme si elle avait perdu ses parents pour la deuxième fois.

Démentant les affirmations catégoriques de Nusswan, selon lesquelles personne ne pourrait lui reprocher le départ de Dina, la famille se scinda rapidement en deux camps. Quelques-uns professant la
neutralité et se sentant à l'aise de part et d'autre, une
bonne moitié se rangeant fermement aux côtés de
Dina. Pour bien montrer qu'ils approuvaient son
indépendance d'esprit, ils ne cessaient de lui apporter des idées sur la façon de faire fortune.

« Les petits gâteaux secs. C'est là qu'est l'argent. »

« Pourquoi n'ouvres-tu pas une crèche ? N'importe
quelle mère préférerait te confier ses enfants, plutôt
qu'à une ayah. »

« Fabrique un bon sorbet à la rose et tu ne t'en
repentiras pas. Les gens l'achèteront par litres. »

Dina les écoutait avec gratitude, tête penchée,
exposer leurs plans. Elle devint maître en l'art de
hocher la tête sans s'engager. Quand les travaux de
couture se faisaient rares, elle honorait leurs commandes de gâteaux, bhakras, vasanus et autres coo-
mas.

Puis son amie Zenobia eut une idée de génie : la
coupe de cheveux pour enfants, à domicile. Zenobia,
qui avait réalisé l'ambition de sa jeunesse, était à
présent coiffeuse principale au Venus Beauty Salon.
Le soir, après la fermeture, elle donna des cours à
Dina, à partir d'une perruque collée sur un crâne en

plâtre de Paris. Les dents du peigne se prenaient constamment dans les tresses de la tignasse bon marché.

« Ne t'inquiète pas, dit-elle, c'est beaucoup plus facile avec de vrais cheveux. » Elle préleva sur le stock du salon ciseaux, pinces, brosse, peigne, talc et houppette. Après quoi elles dressèrent une liste d'amis et parents avec enfants susceptibles de servir de cobayes. Xerxes et Zarir n'y figurèrent pas ; Nusswan aurait sans aucun doute saisi l'occasion de ne pas payer une séance de coiffeur, mais Dina, désormais, se sentait mal à l'aise chez lui.

« Tu prends les gosses l'un après l'autre, jusqu'à ce que tu aies rasé tout le lot, dit Zenobia. C'est une simple question d'entraînement. » Elle examina les résultats, et déclara bientôt Dina prête à exercer. Dina se lança alors dans le porte-à-porte.

Au bout de quelques jours, cependant, l'entreprise se révéla totalement négative. Ni elle ni Zenobia ne s'étaient rappelé que, pour la plupart des gens, conserver des mèches de cheveux chez soi portait malheur. Rien que la pensée de cheveux tombant sur le sol, raconta Dina à son amie, faisait sauter au plafond les éventuels clients. « Madame, n'avez-vous aucune considération pour vos semblables ? Que nous avons-vous fait pour que vous vouliez apporter le malheur entre nos quatre murs ? »

Certains voulurent bien lui offrir la tête de leurs enfants. « Mais seulement si vous pratiquez dehors. » Dina refusa. Il y avait des limites à ce qu'elle était prête à faire. Elle était coiffeuse pour enfants à domicile et pas un vulgaire barbier sur le trottoir.

Toutefois, elle ne raccrocha pas définitivement ses ciseaux. Les enfants de ses amis continuèrent à bénéficier de ses talents, même si, se souvenant de ses débuts, il leur arrivait de se cacher quand tante Dina débarquait.

Malgré tout cela, elle avait parfois du mal à payer le loyer ou la facture d'électricité. De leur vivant, tante Shirin et oncle Darab lui avaient souvent avancé quarante ou cinquante roupies. Désormais, il ne restait que Nusswan.

« Bien entendu, c'est mon devoir, l'assura-t-il, hypocrite. Tu es sûre que soixante suffiront ?

— Oui, merci. Je te rembourserai le mois prochain.

— Rien ne presse. Alors, dis-moi, as-tu trouvé un amoureux ?

— Non. »

Elle se demanda s'il avait des soupçons concernant Fredoon. Peut-être quelqu'un les avait-il vus ensemble, et en avait-il parlé à Nusswan.

Durant ces deux dernières années, le célibataire s'était mué d'ami en amoureux. Si Dina avait toujours du mal à admettre l'idée du mariage, elle se plaisait en la compagnie de Fredoon parce qu'il était content simplement d'être avec elle, ne se sentait pas tenu de mener une conversation intelligente ni de se livrer aux activités mondaines habituelles aux couples. Rester dans l'appartement de Fredoon ou se promener dans un jardin public les satisfaisait tous deux.

Mais quand ils s'aventuraient dans le jardin privé de l'intimité, leur relation prenait un côté trouble. Il y avait un certain nombre de choses qu'elle se refusait à faire. Le lit — n'importe quel lit — était exclu, sacré et réservé uniquement aux couples mariés. Ils utilisaient donc une chaise. Puis un jour, alors qu'elle levait une jambe pour la passer autour de Fredoon, l'image de Rustom enfourchant sa bicyclette lui revint brusquement à l'esprit. A présent, la chaise, comme le lit, était impraticable.

« Oh, Seigneur ! » grogna Fredoon.

Il remit son pantalon et alla faire du thé.

Quelques jours plus tard, il la persuada d'adopter la position debout. Il entreprit dès lors de raffiner le procédé, trouva une estrade peu élevée sur laquelle elle pût se tenir ; ainsi leurs tailles s'accordèrent-elles mieux. Puis il acheta un tabouret, prit des mesures de leurs corps, scia deux centimètres et demi des pieds du tabouret, lui conférant ainsi la hauteur idoine pour que Dina puisse y poser une jambe. Tantôt elle y posait la droite, tantôt la gauche. Il plaça ces accessoires contre le mur et fit pendre du plafond des coussins, à la hauteur appropriée pour sa tête, son dos et ses hanches.

« C'est confortable ? » demanda-t-il tendrement, et elle fit signe que oui.

Mais ils ne pouvaient qu'approcher la plénitude que procure le lit. Ce qui n'aurait dû être qu'épices occasionnelles pour varier le menu devint le plat principal, laissant l'appétit troublé et insatisfait.

Le mur opposé de la chambre de Fredoon était percé d'une petite fenêtre. Qui donnait sur un réverbère. Un jour, entre le crépuscule et la tombée de la nuit, pendant qu'ils se livraient à leurs ébats verticaux, il se mit à pleuvoir. Une odeur de jardin mouillé leur parvint par la fenêtre. Les yeux entrouverts, Dina vit les gouttes de pluie former un rideau de brume autour du réverbère. De temps à autre, une main, ou un coude, ou une épaule, quittait le coussin, s'égarait sur le mur nu, et la fraîcheur du ciment paraissait délicieuse à leur chair surchauffée.

« Mmm », dit-elle, tous ses sens épanouis, et il fut heureux. La pluie tombait plus dru à présent. Elle en voyait les aiguilles traverser le halo du réverbère.

Elle regarda ainsi pendant quelques minutes, puis se raidit. « S'il te plaît, arrête, murmura-t-elle, mais il continua à bouger.

— Arrête, j'ai dit ! S'il te plaît, Fredoon, arrête !

— Pourquoi ? Pourquoi ? Qu'est-ce qui ne va pas ? »

Elle frissonna.

« La pluie...

— La pluie ? Je vais fermer la fenêtre si tu veux. »

Elle secoua la tête.

« Quelque chose m'a fait penser à Rustom. »

Il lui prit le visage dans ses mains, mais elle le repoussa, échappa à son étreinte pour plonger dans le souvenir de cette nuit si ancienne : elle portait l'imperméable de Rustom ; l'orage avait cassé son parapluie. Et, après le concert, sous l'abribus, ils s'étaient tenus par la main pour la première fois, leurs paumes moites de la pluie bienfaisante qui tombait.

Se rappelant la pureté de ce moment, Dina l'opposa à ce qui était en train de se passer. Ce que Fredoon et elle faisaient dans cette chambre paraissait sordide, un procédé mécanique qui la remplissait de honte et de remords. Elle frissonna.

Sans mot dire, Freedon lui tendit son soutien-gorge et son slip. Elle lui tourna le dos et recula, tout en s'habillant, vers le mur tapissé de coussins. Il enfila son pantalon et fit du thé.

Plus tard, il essaya de la dérider. « Dans tous ces foutus films hindis, la pluie rapproche les deux héros, gémit-il. Or, depuis un moment, elle gâche mon existence. » Elle sourit, ce qui l'encouragea. « Ne t'en fais pas, je vais démonter tout ça et imaginer un nouveau cadre à notre action. »

Et Fredoon continua ses essais. Toutefois, ni ses efforts créatifs ni la consultation secrète de manuels de sexologie ne parvenaient à éloigner totalement le passé. C'était une chose glissante, découvrit-il, qui se faufilait dans le présent au moindre prétexte, esquivant les défenses les plus fortes.

Mais Fredoon ne se plaignait pas, et Dina l'aimait pour cela. Elle était résolue à taire son existence à Nusswan le plus longtemps possible.

« Toujours pas de petit ami ? demanda Nusswan, en comptant l'argent qu'il sortait de son portefeuille. Souviens-toi, tu as presque trente ans. Tu vas te dessécher et il sera trop tard pour avoir des enfants. Je peux encore te trouver un mari convenable. Qu'est-ce qui te pousse à trimer comme une esclave ? »

Elle empocha les soixante roupies et le laissa dire. Ce qui revenait à lui payer l'intérêt de son prêt, pensa-t-elle, philosophe — un intérêt un peu excessif, mais c'était la seule monnaie qu'elle avait à sa disposition et qu'il acceptait.

Depuis cinq ans, le violon reposait sur le haut de l'armoire. A l'occasion des grands nettoyages bisannuels, quand Dina s'enveloppait la tête d'un linge blanc et passait sur les murs et les plafonds le balai à long manche, elle dépoussiérait le haut de l'armoire sans faire bouger la boîte noire.

Ce manège continua encore six ans, pendant lesquels elle feignit d'ignorer l'existence du violon. Or voici qu'approchait le douzième anniversaire de la mort de Rustom. Le temps était venu de vendre l'instrument, décida-t-elle. Mieux valait que quelqu'un s'en serve, fasse de la musique avec. Elle monta sur une chaise et descendit la boîte. Les fermoirs de métal rouillés crissèrent quand elle les ouvrit ; puis elle souleva le couvercle et resta bouche bée.

La table d'harmonie s'était totalement effondrée autour des ouïes. Les quatre cordes pendouillaient entre le manche et les chevilles, quant à la doublure de feutre de l'étui, mangée par des insectes, il n'en restait que des bribes. Des morceaux de feutrine lie-de-vin collaient aux doigts de Dina. Elle eut mal au cœur. D'une main tremblante, elle retira l'archet de son compartiment, à l'intérieur du couvercle. Le crin s'échappa à l'une des extrémités comme une longue et mince queue de cheval ; il ne resta qu'une douzaine de fils intacts. Elle remit le tout en place et décida de le porter chez L.M. Furtado & Co.

En chemin, elle dut se réfugier à l'intérieur d'une bibliothèque pour éviter une bande de manifestants qui occupaient toute la rue, cassaient les vitrines et hurlaient des slogans accusant les Indiens du Sud, qui affluaient en ville, de leur voler leurs emplois. Les Jeep de la police arrivèrent au moment où la manifestation se disloquait. Dina attendit encore quelques minutes avant de quitter l'abri de la bibliothèque.

Chez L.M. Furtado & Co., Mr Mascarenhas était

occupé à surveiller le nettoyage de la grande vitrine blindée, dont les débris brillaient entre deux guitares, un banjo, des bongos et quelques partitions des derniers succès de Cliff Richard. En voyant entrer Dina, Mr Mascarenhas reprit sa place derrière le comptoir.

« C'est navrant, dit-elle en montrant la vitrine.

— C'est ce qu'il en coûte de diriger une affaire, de nos jours », dit-il en ouvrant l'étui. Ce qu'il découvrit le laissa pantois. « Comment est-ce arrivé ? » Il ne reconnaissait pas Dina que Rustom lui avait présentée jàdis, un jour qu'il était passé acheter une corde de mi. « Personne n'en joue donc plus ?

— Non, pas depuis quelques années. »

Mr Mascarenhas se gratta l'oreille droite, fronça fortement les sourcils autour de l'épaisse monture noire de ses lunettes. « Quand un violon est au repos, il faut desserrer les cordes, détendre l'archet, dit-il d'une voix sévère. Nous, les humains, nous desserrons notre ceinture quand nous rentrons chez nous, et nous nous détendons, n'est-ce pas ? »

Dina acquiesça, feignant la honte.

« Est-ce qu'on peut le réparer ?

— Tout peut se réparer. La question est : quel son aura-t-il après la réparation ?

— Et quel son aura-t-il ?

— Horrible. Comme le cri d'un chat furieux. Mais on peut mettre une nouvelle doublure de feutre à l'étui. C'est un bon étui, solide. »

Elle vendit l'étui à Mr Mascarenhas pour cinquante roupies, et lui laissa les restes du violon. Peut-être, lui dit-il, réussirait-il à le vendre, une fois réparé, à bas prix, à un débutant. « De toute façon, les débutants grincent et raclent, ça ne fera pas de différence. Si je le vends, je vous verserai cinquante roupies de plus. »

La pensée qu'un jeune, plein d'enthousiasme, pourrait l'acquérir la réconforta. L'idée aurait plu à Rustom — celle de son violon continuant à tourmenter la race humaine.

De temps en temps, des bouffées de culpabilité revenaient l'angoisser. Au lieu de laisser le violon se désintégrer en haut de l'armoire, elle aurait dû le donner à Xerxes et à Zarir et les encourager à prendre des leçons.

Puis, un matin, quelqu'un sonna à la porte et annonça qu'il avait un paquet pour Mrs Dalal.

« C'est moi », dit-elle.

Le jeune homme, vêtu, selon la mode, d'un pantalon serré et d'une chemise jaune canari non boutonnée en haut, retourna à sa camionnette chercher l'objet. Dina se demanda s'il pouvait s'agir du violon. Six mois avaient passé depuis qu'elle l'avait apporté chez Furtado & Co. Peut-être Mr Mascarenhas le lui renvoyait-il parce que l'instrument avait dépassé le stade du réparable.

Le jeune homme reparut dans l'encadrement de la porte, tirant la bicyclette mutilée de Rustom. « De la part du poste de police », dit-il.

Il n'eut pas le temps d'obtenir qu'elle signe le reçu : la main de Dina glissa le long du chambranle, le corps suivit et se retrouva allongé gracieusement sur le sol. Dina s'évanouit.

« Ma-ji! cria le livreur, paniqué. Dois-je appeler une ambulance? Êtes-vous malade? »

Il l'éventa frénétiquement avec le reçu, sous différents angles du visage, espérant que l'un de ces coups d'air ramènerait le souffle dans ses narines. Elle bougea, il éventa encore plus fort. Encouragé par la légère amélioration, il lui prit le poignet comme pour vérifier son pouls. Il ne savait pas exactement quoi faire du poignet, mais il avait vu le geste effectué plusieurs fois dans un film dont le héros était un médecin, et l'héroïne, sa fidèle infirmière à la poitrine plantureuse.

Dina bougea de nouveau, le garçon relâcha le poignet, content de son premier succès médical. « Ma-ji! Que s'est-il passé? Dois-je aller chercher quelqu'un? »

Elle secoua la tête. « La chaleur... ça va maintenant. » L'image du cadre et du guidon tordus flotta devant ses yeux. Un instant, elle se demanda pourquoi la police avait peint le vélo en marron-rouge : avant il était noir.

Puis le brouillard se dissipa, sa vue retrouva son acuité. « Il est complètement rouillé, dit-elle.

— Complètement », approuva-t-il, tout en lisant l'étiquette qui portait le numéro du dossier et la date. « Pas étonnant. Il est resté douze ans dans le débarras où l'on garde les pièces à conviction ; les fenêtres sont cassées et il y a une fuite au plafond. Au bout de douze moussons, les os humains rouilleraient eux aussi. »

Dans son chagrin, Dina s'en prit au garçon :

« Est-ce une façon de traiter les pièces à conviction ? S'ils attrapaient le criminel, comment pourraient-ils le prouver devant le tribunal, avec une pièce à conviction endommagée ?

— Je suis d'accord avec vous. Mais toute la bâtisse fuit. Les employés prennent l'humidité, comme les pièces à conviction. Les dossiers importants aussi, ce qui fait que l'encre coule. Il n'y a que le grand patron qui a un bureau sec. »

Voyant que son explication la réconfortait un peu, il essaya à nouveau. « Figurez-vous, ma-ji, un jour on a eu un sac de blé dans la resserre. Quelqu'un avait assassiné le propriétaire pour le voler. Il y avait des taches de sang sur la toile de jute. Quand le temps du procès est arrivé, les rats avaient mangé la plus grande partie du blé. Le juge a prononcé le non-lieu pour manque de preuves. » Il rit prudemment, espérant qu'elle verrait le côté drôle de l'histoire.

« Vous trouvez qu'il y a de quoi rire ? lui lança Dina, furieuse. Le criminel se promène librement. Que devient la justice ?

— C'est terrible, vraiment terrible », acquiesça le garçon.

Sur quoi, il lui tendit le reçu à signer, la remercia et s'esquiva.

Elle lut l'exemplaire du reçu qui lui revenait. Il stipulait que le dossier était clos et le bien rendu à l'ayant droit.

Dina n'était pas superstitieuse, mais la réapparition de la bicyclette après ce qui était arrivé au violon, c'était plus qu'elle n'en pouvait supporter. Il y avait là, conclut-elle, un message. Elle acheva la dernière commande de Fredoon, une robe de soirée pour sa nièce, la lui livra, lui serra la main et lui dit qu'ils ne pourraient plus se voir car elle arrêtait la couture et allait se marier.

De ce jour, Dina ne revit plus jamais Fredoon. Pour éviter de tomber sur lui, elle abandonna les autres clients qu'elle possédait dans le même immeuble. Il lui restait bien assez de travail pour la faire vivre.

Cinq années pleines s'écoulèrent ainsi. Puis, en temps prévu, la prophétie de tante Shirin se réalisa. À quarante-deux ans, Dina commença à souffrir de troubles de la vue. En l'espace de douze mois, elle dut changer deux fois de lunettes. Les verres étaient devenus énormes.

« Arrêtez de forcer vos yeux, ou acceptez la cécité », dit le médecin. Petit homme sec, il avait une drôle de façon de frétiller des doigts dans toute la pièce pour vérifier la vision périphérique de sa patiente. Comme un enfant chassant les papillons, pensa Dina.

Mais sa brutalité soudaine l'indigna, l'effraya aussi. Que ferait-elle si elle ne pouvait plus coudre ?

La chance, suivant son propre calendrier, apporta une solution. Zenobia, l'amie de Dina, lui parla de la directrice du service exportation d'une grande société textile. « Mrs Gupta est une de mes fidèles clientes. Je lui ai rendu des tas de services, elle peut sûrement te trouver un travail facile. »

Un après-midi de cette semaine-là, au Venus Beauty Salon, dans les odeurs de péroxyde d'hydrogène et autres produits chimiques destinés à l'embellissement de ces dames, Dina attendit le moment d'être présentée à Mrs Gupta, enfouie sous un séchoir. « Encore quelques minutes, chuchota Zenobia. Avec le gonflant que je vais donner à ses cheveux, elle sera d'une humeur excellente. »

De sa chaise, dans la partie du salon réservée à l'accueil, Dina vit Zenobia s'activer, tel un architecte, un sculpteur même, sur la chevelure de l'épouse du directeur, et créer un monument. Tout en suivant des yeux la construction, Dina se regardait dans une glace, imaginant l'édifice sur sa propre tête.

Zenobia procéda ensuite au démantèlement prudent de l'échafaudage de pinces et de rouleaux, et termina la coiffure. Les deux femmes se dirigèrent vers la zone d'accueil. Mrs Gupta rayonnait.

« C'est très beau, se sentit obligée de dire Dina, une fois les présentations accomplies.

— Oh, merci, dit la dame. Mais tout le crédit en revient à Zenobia, c'est elle qui a du talent. Je ne procure que la matière brute. »

Elles se mirent à rire, et Zenobia affirma qu'elle n'y était pour rien. « C'est la structure du visage de Mrs Gupta — regardez ses pommettes, son élégant port de tête : voilà les responsables de l'effet final.

— Assez, assez ! Vous me faite rougir ! » coassa Mrs Gupta.

Tout en discourant sur le côté magique des shampooings et des lotions d'importation, Zenobia orienta la conversation vers l'industrie du vêtement, avec autant d'habileté qu'elle avait dressé spirales et volutes. Mrs Gupta ne demandait pas mieux que de parler de ses réussites à Au Revoir Export.

« En une année, j'ai doublé le chiffre d'affaires, dit-elle. De grandes marques prestigieuses, dans le monde entier, réclament mes créations. » Sa société — elle employa le possessif tout du long — avait commencé à approvisionner en vêtements de femmes des boutiques américaines et européennes. L'exécution se faisait ici, aux normes étrangères, et dans de petites unités.

« C'est plus économique pour moi. Mieux que

d'avoir une grosse usine, qui pourrait être paralysée par une grève. Qui voudrait traiter avec des goondas de syndicalistes s'il peut l'éviter? Surtout de nos jours, avec tous ces troubles dans le pays. Et des dirigeants, comme ce Jay Prakash Narayan, qui encouragent la désobéissance civile, qui ne font que créer des problèmes. Quand on pense qu'il est le second Mahatma Gandhi. »

Poussée par Zenobia, Mrs Gupta reconnut que Dina serait idéale pour ce travail. « Oui, vous pouvez facilement recruter des tailleurs et les diriger. Pas besoin de vous épuiser vous-même.

— Mais je n'ai jamais fabriqué des choses compliquées ou à la dernière mode, confessa Dina, sous le regard fâché de Zenobia. Que des vêtements simples. Des robes de fillette, des uniformes scolaires, des pyjamas.

— Cela aussi, c'est simple », lui assura Mrs Gupta. « Tout ce que vous avez à faire, c'est de suivre le patron en papier, comme vous suivez votre ombre.

— Exactement, renchérit Zenobia. Et pas besoin d'investissement, tu peux facilement loger deux tailleurs dans ta pièce du fond.

— Et le propriétaire? demanda Dina. Il pourrait me créer de gros ennuis si j'installe un atelier dans l'appartement.

— Il n'a pas à le savoir, dit Zenobia. Garde le silence, n'en parle ni à tes voisins ni à quiconque. »

Les tailleurs devraient fournir leur propre machine à coudre, car telle était la norme, à en croire Mrs Gupta. Et le travail à la pièce était meilleur, il créait une émulation, contrairement au salaire quotidien, qui n'était qu'un moyen de perdre du temps. « Rappelez-vous toujours une chose, insista-t-elle. Vous êtes le patron, c'est à vous de définir les règles. Ne vous laissez jamais déborder. Les tailleurs sont des gens très bizarres — ils travaillent avec de petites aiguilles, mais se pavanent comme s'ils portaient de grosses épées. »

Convaincue, Dina se mit donc en quête de deux

tailleurs, parcourant le clapier de ruelles formant le ventre sordide de la cité. Jour après jour, elle pénétra dans des immeubles et des boutiques délabrés, à l'équilibre aussi précaire que des châteaux de cartes. Elle vit d'innombrables tailleurs — perchés dans des soupentes minuscules, tapis dans des kholis qui ressemblaient à des terriers, courbés dans des alcôves puantes, ou assis jambes croisées au coin des rues —, tous produisant une grande variété d'articles allant des toiles à matelas aux vêtements de mariage.

Ceux qui désiraient se joindre à elle semblaient incapables d'accomplir des travaux pour l'exportation. Elle vit des exemples de leurs productions : cols mal fichus, ourlets bancals, manches disparates. Et ceux qui avaient du savoir-faire voulaient travailler chez eux. Or, Mrs Gupta avait mis une stricte condition à son accord : il fallait que tout s'effectue sous la surveillance du contractant. Aucune exception, même pour l'amie de Zenobia, car les modèles d'Au Revoir Export devaient rester secrets.

Ce que Dina avait de mieux à faire était d'écrire son adresse sur de petits bouts de papier qu'elle laissait dans les boutiques d'assez bonne qualité. « Si vous connaissez quelqu'un qui travaille aussi bien que vous et qui cherche un emploi, envoyez-le-moi », disait-elle. Nombre de patrons jetaient le papier dès qu'elle avait tourné le dos. Quelques-uns le roulaient en un petit cône pour se curer les oreilles, avant de s'en débarrasser.

Pendant ce temps, Zenobia soumit une autre idée à Dina : prendre un pensionnaire. Cela ne nécessitait qu'un investissement élémentaire : lit, armoire, lavabo ; et pour les repas, cuisiner juste un peu plus que ce qu'elle cuisinait pour elle.

« Tu veux dire, une sorte d'hôte payant ? Jamais. Les hôtes payants n'apportent que des Ennuis avec un *E* majuscule. Je me rappelle ce cas chez Firozsha Baag. Quels horribles moments ces pauvres gens ont vécus !

— Ne sois pas paranoïaque. Nous ne laisserons

pas entrer chez toi des escrocs ou des cinglés... Pense au loyer mensuel — revenu garanti.

— Non baba, je ne veux pas courir le risque. On m'a raconté des tas d'histoires de harcèlement de gens âgés et de femmes seules. »

Mais, voyant fondre ses maigres économies, elle céda. Zenobia lui assura qu'elles n'accepteraient que quelqu'un de fiable, de préférence un résident temporaire, disposant d'un foyer où retourner. « Tu cherches les tailleurs, dit-elle. Je m'occupe du pensionnaire. »

Dina continua donc à déposer son nom et son adresse dans des échoppes de tailleurs, s'éloignant de plus en plus, prenant le train pour se rendre dans les faubourgs du nord — des parties de la ville qu'elle n'avait jamais vues en quarante-deux années d'existence. Mais elle était arrêtée assez fréquemment par les défilés et les manifestations antigouvernementales qui bloquaient la circulation dans la rue. Il lui arrivait de se trouver dans un autobus à impériale, d'où elle avait une bonne vue sur la multitude. Bannières et slogans accusaient Madame le Premier ministre de mauvaise gestion et de corruption, la sommant de démissionner pour se conformer au jugement qui l'avait décrétée coupable de truquages électoraux.

A supposer que le Premier ministre se retire, en résulterait-il un bien quelconque? se demandait Dina.

Un après-midi, dans son train de banlieue qui s'était arrêté à un feu de signalisation, elle regardait au-delà du remblai sourdre d'un égout souterrain un ruisseau de fange noire. Des hommes halaient une corde qui disparaissait dans le sol. Bras noirs jusqu'aux coudes, la boue noire dégoulinant de leurs mains et de la corde. Des taudis derrière eux, une fumée épaisse s'élevait, provenant des braseros allumés pour la cuisine. Les hommes essayaient de déboucher l'égout.

Puis un garçon surgit de la terre, accroché à un

bout de la corde. Enduit de cette fange graisseuse, il se dressa, frissonnant et luisant au soleil, d'une terrible beauté. Ses cheveux, raides de boue, tissaient autour de sa tête une couronne de flammes noires. La fumée qui, derrière lui, s'enroulait en boucles vers le ciel, parachevait ce tableau de l'enfer.

Dina, le nez protégé contre la puanteur, contempla ce spectacle, fascinée et tremblante, jusqu'au départ du train. Mais cette vision la poursuivit toute la journée et les jours suivants.

Ces trajets, longs et déprimants, les images sordides, tout cela l'épuisait. Son moral était plus bas que jamais. Zenobia le voyait à ses yeux. « Pourquoi ce visage sinistre ? dit-elle, pinçant les joues de son amie.

— J'en ai plus qu'assez. Je ne veux plus continuer.

— Tu ne dois pas abandonner maintenant. Ecoute, d'autres personnes m'ont contactée pour la place de pensionnaire. Et l'un d'eux est Maneck Kohlah — le fils d'Aban. Tu te souviens d'elle ? Elle était à l'école avec nous. Elle m'a écrit que Maneck déteste la résidence universitaire où il est inscrit, il cherche désespérément à s'en aller. Je veux simplement m'assurer que nous avons dégoté le bon numéro.

— Tous ces trajets en train, ce n'est qu'une perte d'argent, dit Dina, qui n'écoutait pas.

— Mais réfléchis un peu — comme ta vie sera facile quand tu auras trouvé les tailleurs. Tu veux perdre ton indépendance et retourner vivre avec Nusswan, c'est ça ?

— Ne plaisante jamais avec ça. »

Cette perspective la convainquit de continuer à laisser son adresse dans les échoppes. Elle se prenait pour ces enfants perdus, dans un conte de fées dont le titre lui échappait, qui laissaient derrière eux des miettes de pain, dans l'espoir qu'on viendrait les sauver. Mais les oiseaux avaient dévoré le pain. Viendrait-on la sauver, se demandait-elle, ou sa trace de bouts de papier serait-elle dévorée, par le vent, par le ruisseau de fange, par l'armée affamée de ramasseurs qui parcouraient les rues, sac au dos ?

Découragée, elle pénétra dans une ruelle au milieu de laquelle dévalait un ruisselet d'eaux usées. Pelures de légumes, mégots de cigarettes, coquilles d'œufs bondissaient à la surface. Un peu plus loin, la ruelle s'étranglait encore pour n'être plus qu'un égout. Des enfants y faisaient flotter des bateaux en papier, les poussaient sur le courant léthargique. On avait jeté des planches en travers, qui formaient des passe-relles pour entrer dans les boutiques et les maisons. Quand un bateau plongeait sous une planche et émergeait intact de l'autre côté, les enfants applau-dissaient, heureux.

Dina entendit, sortant d'une porte, le bourdonne-ment familier d'une machine à coudre. Ce serait sa dernière visite de la journée, décida-t-elle, s'avançant avec précaution sur la planche.

A mi-chemin, son pied passa au travers d'un trou. Un petit cri lui échappa ; elle conserva son équilibre, mais perdit sa chaussure. Les gosses se précipi-tèrent, hurlant, tâtonnant sous la surface noirâtre, luttant pour récupérer l'objet.

Elle atteignit l'entrée de la boutique, récupéra sa chaussure dégoulinante, donna au gamin qui l'avait retrouvée une pièce de vingt-cinq paisas. Le bruit de la machine avait cessé ; l'utilisateur se tenait sur le pas de la porte, attiré par le tumulte.

« Qu'est-ce que vous fabriquez encore, vauriens ? cria-t-il aux enfants.

— Ils m'aidaient, dit Dina. Je venais chez vous, et ma chaussure est tombée.

— Ah bon, grommela-t-il. Ils sont toujours en train de jouer de mauvais tours. » Flairant en Dina un client potentiel, il changea de ton. « S'il vous plaît, entrez. »

L'exposé de sa recherche le déçut. Il s'en débar-rassa d'un : « D'acc, j'essaierai », jouant avec son mètre tandis qu'elle lui notait son nom et son adresse.

Soudain, son visage s'illumina. « Eh bien, vous avez frappé à la bonne porte. J'ai deux merveilleux tailleurs pour vous. Je vous les enverrai demain.

— Vraiment ? fit-elle, sceptique.

— Oh oui ! deux superbes tailleurs, ou alors je ne m'appelle pas Nawaz. Leur problème, c'est qu'ils n'ont pas de boutique à eux, et qu'ils travaillent à l'extérieur. Mais ils sont très doués. Vous serez très heureuse de les avoir.

— D'accord, je les verrai demain. »

Elle partit, sans se faire d'illusions. Des promesses de ce genre, elle en avait reçu plusieurs ces dernières semaines.

Revenue chez elle, elle se lava les pieds et nettoya ses chaussures, encore malade à la pensée de cette ruelle et de ces enfants jouant avec leurs bateaux en papier. Rien ne pouvait lui rendre l'espoir — ni la promesse du tailleur ni l'affirmation de Zenobia qu'un pensionnaire était au coin de la rue, que le fils de leur amie d'école, Maneck Kohlah, allait débarquer un jour pour visiter la chambre.

Aussi, le lendemain matin, quand la sonnette de la porte retentit, Dina accueillit-elle sa chance à bras ouverts. L'hôte payant se tenait devant elle, ainsi que le résultat de sa quête de la veille : deux tailleurs nommés Ishvar et Omprakash Darji.

Comme aurait dit Zenobia, les trois zozos étaient arrivés ensemble.

2

Pour que s'épanouissent les rêves

Les bureaux d'Au Revoir Export ressemblaient, odeur comprise, à un entrepôt; sur le sol s'empilaient des balles de coton enveloppées de toile de jute. L'odeur chimique de tissu neuf flottait dans l'air. Des bouts de plastique blanc, de papier, de ficelle, de matériaux d'emballage jonchaient le parquet poussiéreux. Dina repéra la directrice, assise à un bureau caché derrière des rayonnages métalliques.

« Bonjour! l'amie de Zenobia — Mrs Dalal! Comment allez-vous? » dit Mrs Gupta.

Elles se serrèrent la main. Dina lui raconta qu'elle avait trouvé deux bons tailleurs et qu'elle était prête à démarrer.

« Merveilleux, absolument merveilleux! » dit Mrs Gupta, mais il était évident que l'annonce de Dina n'était pas la seule cause de son excellente humeur. La cause véritable ne tarda pas à émerger : elle avait un nouveau rendez-vous au Venus Beauty Salon dans l'après-midi. Des boucles désordonnées, qui s'étaient échappées durant la semaine, allaient retrouver le droit chemin.

Cet événement aurait suffi à lui seul à assurer le bonheur de Mrs Gupta, mais il y avait d'autres bonnes nouvelles; des faits mineurs, mais irritants, allaient cesser de perturber sa vie — à la suite de la proclamation, la veille, par le Premier ministre de l'état d'urgence, la majorité de l'opposition parlementaire avait été arrêtée, ainsi que des milliers de syndicalistes, d'étudiants et de travailleurs sociaux. « N'est-ce pas de bonnes nouvelles ? » Elle rayonnait de joie.

Dina hocha la tête, sceptique. « Je croyais que le tribunal l'avait jugée coupable de truquages électoraux.

— Non, non, non ! dit Mrs Gupta. Sottises, ça sera annulé en appel. A présent, tous ces perturbateurs qui l'avaient accusée à tort sont en prison. Plus de grèves, de défilés et autres troubles idiots.

— Oh, bien », dit Dina.

La directrice ouvrit son livre de commandes et sélectionna un modèle. « Voici trente-six robes à exécuter, cela vous servira de test. Un test d'adresse, de précision et de régularité dans l'exécution. Si vos deux tailleurs font leurs preuves, je vous passerai d'autres commandes. De beaucoup plus grosses commandes. Comme je vous l'ai déjà dit, je préfère traiter avec des personnes privées. Ces feignants de syndiqués veulent travailler moins et gagner plus. C'est la plaie de ce pays — la paresse. Avec ça, des dirigeants politiques qui les encouragent, qui disent à l'armée et à la police de désobéir à des ordres illégaux. Dites-moi, voulez-vous : comment la loi peut-elle être illégale ? Absurde et ridicule. Ils n'ont que ce qu'ils méritent en prison.

— Oui, ils n'ont que ce qu'ils méritent », répéta Dina, absorbée dans l'étude du modèle. Elle souhaitait que la directrice s'en tienne au travail et cesse de divaguer sur la politique. « Regardez, Mrs Gupta, l'ourlet du modèle a trois centimètres de large, mais selon le patron il ne devrait en avoir que deux. »

L'écart était trop faible pour que Mrs Gupta le prenne en considération. Elle hocha la tête et haussa les épaules, ce qui fit glisser son sari. Une main jaillit pour l'empêcher de glisser davantage. « Grâce à Dieu, le Premier ministre a pris des mesures fermes, comme elle l'a dit à la radio. Nous avons de la chance d'avoir une personnalité forte en une période dangereuse comme celle-ci. » Elle écarta d'autres questions. « J'ai confiance en vous, Mrs Dalal, contentez-vous de suivre le modèle. Mais avez-vous vu les nouvelles affiches aujourd'hui ? Elles sont placardées partout. »

Dina ne les avait pas vues ; elle tenait absolument à mesurer le tissu qui lui était alloué pour les trente-six robes, au cas où il n'y en aurait pas assez. A la réflexion, elle y renonça, cela pourrait offenser la directrice.

« "Pour l'heure, c'est de Discipline dont nous avons besoin", tel est le message du Premier ministre sur l'affiche. Et je pense qu'elle a tout à fait raison. » Mrs Gupta se rapprocha et lui murmura : « Ce ne serait pas une mauvaise idée de placarder des affiches dans l'entrée d'Au Revoir. Regardez ces deux vauriens dans le coin. En train de bavarder au lieu de remplir mes rayonnages. »

Dina hocha la tête, et gloussa en signe de connivence. « Dois-je revenir dans une semaine ?

— S'il vous plaît. Et bonne chance. Rappelez-vous, soyez ferme, sinon vos tailleurs vous marcheront sur la tête. »

Dina commença de ramasser les ballots de tissu, mais dut s'arrêter. La directrice claqua deux fois des doigts pour ordonner à un homme de charger les paquets dans l'ascenseur.

« Je dirai bonjour de votre part à Zenobia cet après-midi. Souhaitez-moi aussi bonne chance, s'esclaffa Mrs Gupta. Mes pauvres cheveux vont repasser sur le billard.

— Oui, bien sûr, bonne chance. »

De retour chez elle, Dina vida la pièce du fond pour que les tailleurs s'y installent. L'hôte payant n'arriverait pas avant le mois prochain, ce qui lui laisserait le temps de s'habituer à l'une des deux nouveautés. Elle examina les patrons en papier et lut ce qui était inscrit sur les étiquettes : Chantal Boutique, New York. Enervée, elle décida de commencer à couper les modèles, de façon qu'ils soient prêts pour lundi. L'état d'urgence l'inquiétait. En cas de bagarres, les tailleurs ne pourraient peut-être pas venir. Elle ne savait même pas où ils habitaient. Si, pour ce premier essai, elle ne respectait pas la date de livraison, l'effet serait désastreux.

Les Darji arrivèrent ponctuellement le lundi à huit heures, en taxi, avec leurs machines. « Location-vente, dit Ishvar, tapotant fièrement les Singer. Dans trois ans, quand nous aurons fini de payer, elles nous appartiendront. »

Les deux hommes avaient dû investir toutes leurs économies dans ce premier versement, car ils prièrent Dina de régler le taxi. « S'il vous plaît, déduisez-le de nos gains de cette semaine », dit Ishvar.

Ils transportèrent les machines dans la pièce du fond. Ajustèrent les courroies de transmission, réglèrent la tension du fil, chargèrent les bobines, et firent quelques piqûres sur des bouts de tissu pour vérifier les points. Un quart d'heure plus tard, ils étaient prêts à se mettre au travail.

Et du travail, ils en accomplirent. Comme des anges, se dit Dina. Va-et-vient des pédales, bourdonnement des volants d'entraînement, danse des aiguilles piquant couture après couture le tissu qui se déroulait, se transformait en manches, cols, devants, dos, plis et jupes.

Je suis le surveillant, s'obligeait-elle à se répéter, je ne dois pas me joindre au travail. Elle tournait autour d'eux, vérifiant les pièces achevées, encourageant, conseillant. Elle observait les hommes courbés sur leurs machines, sourcils froncés. La longueur inusitée de l'ongle de l'auriculaire l'intriguait; ils s'en servaient pour maintenir les coutures et faire des plis. La cicatrice qui déformait la joue d'Ishvar avait un côté saugrenu : quelle pouvait bien en être la cause ? Il ne semblait pas être le genre de type à se battre au couteau. Son sourire ainsi que sa drôle de moustache aux contours indécis réparaient un peu les dégâts. D'Ishvar, ses yeux glissèrent au silencieux Omprakash. La silhouette squelettique, anguleuse, paraissait le prolongement mécanique de la machine à coudre. Aussi fragile que du cristal taillé, se dit-elle avec un brin d'inquiétude. Et ces cheveux huilés — elle espérait qu'ils ne tacheraient pas le tissu.

L'heure du repas arriva et passa et ils continuèrent à travailler, ne s'arrêtant que pour demander un verre d'eau. « Merci, dit Ishvar en le vidant d'un trait. C'est bon et frais.

— Vous ne mangez jamais pour le déjeuner ? »

Il secoua la tête violemment, comme s'il trouvait cette idée absurde. « Un repas le soir, c'est suffisant. Davantage, c'est perdre son temps et gâcher la nour-riture. » Un peu plus tard, il questionna : « Dinabai, qu'est-ce que c'est que cet état d'urgence dont ils parlent ?

— Des problèmes de gouvernement — des jeux auxquels se livrent les gens au pouvoir. Ça ne touche pas les gens ordinaires comme nous.

— C'est ce que je disais, murmura Omprakash. Mon oncle se faisait du souci pour rien. »

Ils se remirent à leurs Singer, et Dina pensa que le travail à la pièce était une brillante trouvaille. Elle rinça le verre et le plaça à part. Désormais ce serait le verre des tailleurs.

Dans le courant de l'après-midi, Ishvar lui parut mal à l'aise. Il se pliait sur sa machine, jambes ser-rées, comme s'il souffrait d'une crampe d'estomac. Ses pieds dérapaient sur la pédale.

« Que se passe-t-il ? demanda-t-elle.

— Rien, rien. »

Il sourit d'un air embarrassé.

Son neveu, petit doigt levé, vint à son aide. « Il a besoin d'aller.

— Pourquoi ne l'avez-vous pas dit plus tôt ?

— Je n'osais pas », dit Ishvar.

Elle lui indiqua les toilettes. La porte se referma, et elle entendit le flot frapper la cuvette. Il s'écoulait à jets intermittents, signe d'une vessie trop pleine.

Omprakash succéda à son oncle. « La chasse d'eau est en dérangement, lui cria Dina. Prenez de l'eau dans le baquet. »

Elle s'inquiéta de l'odeur. A vivre seule depuis si longtemps, je suis devenue trop difficile, se dit-elle. Nourriture différente, habitudes différentes — il était tout naturel que leur urine laisse une étrange odeur.

La pile de robes grandit sans que Dina n'eût rien d'autre à faire que d'ouvrir la porte chaque matin. Ishvar lui adressait un mot ou un sourire, mais la silhouette squelettique d'Omprakash filait comme une flèche devant elle, muette. Perché sur son tabouret comme une petite chouette maussade, se disait-elle.

Les trois douzaines de robes furent terminées avant la date prévue, ce qui ravit Mrs Gupta. Elle passa une nouvelle commande, de six douzaines cette fois-ci. Et Dina repartit avec, en sécurité dans son sac, le paiement du premier lot. Et avec le sentiment, une pointe de culpabilité, d'avoir reçu de l'argent pour rien. Quelle facilité, comparé à ces journées qui n'en finissaient pas, où ses doigts et ses yeux s'empêtraient, à coudre et à broder.

Le soulagement des tailleurs, en apprenant l'approbation de la société d'exportation, fut énorme. « Du moment qu'ils acceptent le premier lot, le reste ne posera pas plus de problème, se vanta Ishvar, pris d'un soudain accès de confiance, tandis qu'elle leur versait leur salaire.

— Oui, mais attention, ils vérifieront toujours la qualité. Et nous devons livrer à temps.

— Hahnji, ne vous inquiétez pas. Vous aurez toujours une production de première qualité, et à l'heure. »

Dina osa croire que ses jours de labeur et d'angoisse touchaient à leur fin.

Les tailleurs commencèrent à faire une pause régulière pour le déjeuner. Dina en conclut que la devise d'Ishvar — un repas par jour — devait beaucoup plus à l'état de leur porte-monnaie qu'à l'ascétisme ou à une stricte éthique du travail. Mais elle fut heureuse de pouvoir, grâce à son entreprise, améliorer leur mode de nourriture.

A une heure pile, Omprakash annonça : « J'ai faim, allons-y. » Ils déposèrent leur travail, rangèrent précieusement dans le tiroir leurs petits ciseaux, et partirent.

Ils mangeaient au Vishram, l'établissement végétarien du coin. Il n'y avait pas de secret au Vishram : tous s'affairaient à ciel ouvert — l'homme qui coupait les légumes, celui qui les faisait frire dans une énorme poêle au fond noirci, le garçon qui faisait la vaisselle. La petite salle ne contenant qu'une seule table, Ishvar et Omprakash n'attendirent pas qu'un siège se libère : ils mangèrent debout, avec la foule, à l'extérieur. Puis ils se dépêchèrent de retourner travailler, passant devant le mendiant cul-de-jatte qui se balançait sur sa planche dans le crissement aigu de ses roulettes rouillées.

Dina ne tarda pas à s'apercevoir que ses employés ne travaillaient plus à la vitesse folle de leurs débuts. Ils faisaient des pauses plus nombreuses, durant lesquelles, debout sur le pas de la porte, ils tiraient sur leurs beedis. Typique, se dit-elle : dès qu'ils ont un peu d'argent en poche, ils se relâchent.

Se souvenant des conseils de fermeté que lui avaient donnés Mrs Gupta et Zenobia, elle leur fit remarquer, d'une voix qu'elle jugea sévère, le travail qui était en train de s'accumuler.

« Non, non, ne vous inquiétez pas, dit Ishvar. Tout sera fini à temps. Mais si vous préférez, nous pouvons fumer tout en cousant. »

Dina détestait cette odeur, sans compter qu'une étincelle risquait de trouer le tissu. « Vous ne devriez pas fumer du tout, ni dedans ni dehors. Le cancer dévorera vos poumons.

— Pas besoin de se préoccuper du cancer, dit Omprakash. Cette ville nous aura dévorés avant, c'est sûr.

« — Que se passe-t-il ? J'entends enfin des mots sortir de votre bouche ? »

Ishvar gloussa.

« Je vous l'avais dit : il ne parle que quand il n'est pas d'accord.

— En tout cas, ne vous faites pas de souci pour l'argent : travaillez dur, et vous en gagnerez plein.

— Sûrement pas avec ce que vous nous donnez, marmonna Omprakash.

— Pardon ?

— Rien, rien, dit Ishvar. Il s'adressait à moi. Il a mal à la tête. »

Elle lui demanda s'il voulait prendre un Aspro. Omprakash refusa, mais dès lors sa voix se fit de plus en souvent entendre.

« C'est loin, l'endroit où vous allez chercher le travail ? demanda-t-il.

— Pas très. A environ une heure d'ici. »

Elle était contente qu'il s'investisse, qu'il fasse un effort pour se rendre agréable.

« Si vous avez besoin d'aide pour transporter les robes, dites-le-nous. »

Comme c'est gentil, pensa-t-elle.

« Et quel est le nom de la société ? »

Dans son plaisir de le voir sortir de son silence maussade, elle faillit laisser échapper le nom, puis prétendit ne pas avoir entendu. Il répéta la question.

« Que vous importe le nom. Tout ce qui m'intéresse, c'est le travail.

— Très juste, dit Ishvar. C'est aussi ce qui nous intéresse. »

Son neveu se renfrogna. Au bout d'un moment, il essaya de nouveau : y avait-il une ou plusieurs sociétés ? Est-ce qu'on lui versait une commission ou le prix était-il fixé pour l'ensemble de la commande ?

Ishvar était gêné. « Moins de bavardage, Omprakash, et plus de travail. »

A présent, Dina regrettait le silence du neveu. Elle comprit ce qu'il cherchait, et à dater de ce jour elle s'assura que le tissu ne portait aucune mention de son origine. Elle déchira sur les paquets étiquettes et marques révélatrices de leur provenance, mit les factures sous clef, dans le buffet. Son optimisme commença à se fissurer. Elle sut que la route était devenue cahoteuse.

Les Darji vivaient loin, à la merci du chemin de fer. Pourtant, Dina s'inquiétait désormais s'ils avaient du retard, s'imaginant qu'ils l'avaient quittée pour un travail mieux payé. Et comme elle ne pouvait leur laisser soupçonner ses craintes, elle dissimulait son soulagement de les voir arriver sous une manifestation de mécontentement.

La veille du jour où devait être effectuée la livraison, ils n'arrivèrent qu'à dix heures. « Il y a eu un accident, le train a pris du retard, expliqua Ishvar. Encore un pauvre type écrasé sur la voie.

— Ça arrive trop souvent », dit Omprakash.

L'odeur d'estomac vide qui s'échappait de leur bouche, comme d'un cocon plein de vers, était déplaisante. Leurs excuses ne l'intéressaient pas. Mais son silence pouvait passer pour de la faiblesse, aussi leur dit-elle sèchement : « Sous l'état d'urgence, affirme le gouvernement, les trains sont à l'heure. Étrange que le vôtre continue à être en retard.

— Si le gouvernement tenait ses promesses, les dieux viendraient lui tresser des couronnes », rétorqua Ishvar, avec un rire conciliant.

Son offre de paix amusa Dina. Elle sourit, il fut soulagé. Il n'était pas assez bête, en ce qui le concernait, pour risquer de compromettre une source de revenus réguliers — Omprakash et lui avaient beaucoup de chance de travailler pour Dina Dalal.

Ils reprirent leurs tabourets de bois, rechargèrent les bobines et se remirent à coudre, tandis que le ciel se chargeait de pluie. La tristesse, qui émanait des nuages gris, s'infiltra dans la pièce. Omprakash insinua que l'ampoule de quarante watts était trop faible.

« Si je dépassais mon quota mensuel, on me couperait le compteur, dit-elle. Nous serions alors dans le noir complet. »

Ishvar suggéra de transporter les machines dans la pièce du devant, qui était beaucoup plus claire.

« Impossible. On verrait les machines de la rue, et le propriétaire me causerait des ennuis. La loi interdit d'avoir un atelier dans un appartement, même s'il ne s'agit que de deux machines à coudre. Je suis déjà harcelée par le propriétaire, pour d'autres raisons. »

Cela, les tailleurs le comprenaient. Eux aussi savaient ce qu'il en est des propriétaires et des tourments qu'ils vous infligent. Ils travaillèrent toute la matinée, l'estomac gargouillant, attendant la pause du déjeuner. Ils n'avaient rien mangé depuis qu'ils s'étaient levés.

« Double ration de thé pour moi aujourd'hui, dit Omprakash. Avec un petit pain au beurre pour tremper.

— Fais attention à ta machine, dit Ishvar. Ou tu finiras avec deux doigts au lieu d'un double thé. »

Ils n'arrêtaient pas de surveiller la pendule. A l'heure de la délivrance, leurs pieds quittèrent les pédales et cherchèrent leurs sandales.

« Ne partez pas, leur dit Dina. Ce travail est urgent, et vous étiez en retard ce matin. La directrice sera furieuse si les robes ne sont pas prêtes. »

Sois ferme, sois sévère, se répétait-elle.

Ishvar hésita ; son neveu n'allait pas bien prendre la chose. Il lui lança un regard inquisiteur, qui rencontra un œil indigné.

« Allons-y, marmonna Omprakash sans regarder Dina. J'ai faim.

— Votre neveu a toujours faim. Est-ce qu'il a des vers ?

— Non, non. Om se porte bien. »

Dina n'en fut pas convaincue. Le soupçon l'avait déjà effleurée la première semaine. Outre la maigreur d'Omprakash et le fait qu'il se plaignait constamment de maux de tête et d'être affamé, elle avait observé qu'il se grattait fréquemment l'arrière-train; et cela, c'était une preuve ou elle ne s'y connaissait pas.

« Vous devriez aller le faire examiner par un médecin. Il est si maigre — une véritable publicité pour les Allumettes Wimco.

— Non, non, il va bien. Et qui a assez d'argent pour le docteur?

— Travaillez dur, et vous en aurez plein. Finissez ce travail rapidement, l'encouragea-t-elle. Plus tôt je le livrerai, plus vite vous aurez votre argent.

— Cinq minutes d'arrêt pour un thé ne changeront rien, cracha Omprakash.

— Vos cinq minutes se transforment toujours en trente-cinq. Écoutez, *je* vous ferai du thé plus tard. Un thé de luxe spécial, pas ce poison bouilli que vous buvez au coin de la rue. Mais d'abord, finissez le travail. De cette façon, tout le monde sera content — vous, moi, la directrice.

— D'accord. »

Ishvar céda, se débarrassa de ses sandales et reprit sa place. La pédale en fonte, chauffée toute la matinée par son pied, n'avait pas eu le temps de refroidir.

Surmontant le bruit des deux Singer, qui avaient repris leur course, et le martèlement des aiguilles, les chuchotements furieux d'Omprakash parvinrent aux oreilles de son oncle : « Tu la laisses *toujours* nous houspiller. Je ne sais pas ce qui te prend. A partir de maintenant, c'est *moi* qui parlerai. »

Ishvar approuva de la tête. Il ne voulait pas que Dina l'entende se disputer avec Om, ou le réprimander.

A deux heures de l'après-midi, les tempes battant sous l'effet du bruit, Dina décida d'aller livrer ce qui était achevé. Elle s'en voulait. Un patron comme il faut ne devait pas supplier et soudoyer avec du thé. Elle avait besoin d'encore un peu d'expérience, conclut-elle, pour s'habituer à les houspiller.

De dessous sa table à ouvrage elle sortit les sacs de plastique transparent et le papier qui avaient servi à emballer les ballots de tissu. Se rappelant le conseil

121

de tante Shirin, elle ne jetait rien. Les petites chutes de tissu continuaient de s'accumuler. De quoi fabriquer des serviettes hygiéniques pour un couvent de nonnes. Les morceaux plus grands formaient une pile séparée. Elle ne savait pas encore très bien ce qu'elle en ferait — un couvre-lit en patchwork, peut-être.

Elle prit le paquet de robes et son sac. Débarquer un jour avant le délai imparti impressionnerait Mrs Gupta.

Puis, n'ayant pas oublié la curiosité d'Omprakash, elle cadenassa la porte, de l'extérieur, pour le cas où il déciderait de la suivre.

L'arrière-train douloureux et les yeux larmoyants, les tailleurs s'installèrent dans la pièce du devant. Comparé aux tabourets de bois sur lesquels ils avaient passé cette longue matinée, le vieux canapé, malgré ses ressorts cassés, leur parut luxueux, et le plaisir d'autant plus fort qu'il était dérobé. En s'enfonçant dans les coussins, ils sentirent s'échapper de leurs os un peu de la raideur due à leur profession. Les pieds nus posés sur la table basse, ils sortirent leur paquet de Ganesh Beedis et en allumèrent une, aspirant avec avidité la fumée. Un morceau de l'emballage du paquet leur servit de cendrier.

Omprakash se gratta la tête, examina sa moisson de pellicules. De l'ongle démesuré de ses auriculaires, il en récolta d'autres, tout aussi graisseuses, qu'il secoua sur le sol. Il n'aurait pas voulu admettre qu'il n'en pouvait plus — en perdant son temps, il damait le pion à Dina Dalal. Si elle croyait pouvoir les mener comme des bœufs sous le joug, elle se trompait. Il était toujours un être humain, même si son oncle se comportait parfois comme si ce n'était plus le cas.

Ishvar accorda à son neveu une heure de paresse. La faim pesait lourd dans leurs ventres vides. Il regarda, amusé, Omprakash se tortiller et se blottir dans les coussins, bien décidé qu'il était à tirer le maximum de plaisir du canapé de Dina Dalal. Méditatif, Ishvar gardait le doigt posé sur la joue dont la chair figée emprisonnait son sourire.

Riant, bâillant, s'étirant, ils laissaient fuir le temps, rois temporaires du canapé bancal, maîtres du petit appartement, quand une batterie de coups à la porte vint interrompre leur repos illicite.

« Je sais que vous êtes là ! hurla le visiteur. Ce cadenas sur la porte ne me trompe pas ! » Les tailleurs se tinrent cois. Les coups reprirent. « Payer le loyer ne signifie rien. Nous savons ce qui se passe derrière le cadenas ! Vous et votre business illégal, vous serez flanqués dehors ! »

Les tailleurs comprirent — il y avait du propriétaire là-dessous. Mais qu'est-ce que c'était que cette histoire de cadenas ? Les coups à la porte cessèrent. « Vite, couche-toi par terre ! » murmura Ishvar, au cas où le forcené déciderait de regarder par la fenêtre.

Quelque chose tomba, par la fente réservée au courrier, puis ce fut le silence. Ils attendirent quelques instants avant de s'aventurer vers la porte. Par terre, il y avait une grande enveloppe adressée à Mrs Rustom Dalal. Ishvar tourna la poignée. La porte s'entrouvrit d'un demi-centimètre et buta contre le loquet extérieur, confirmant la présence du cadenas.

« Elle nous a enfermés, fulmina Omprakash. Cette sale bonne femme. Qu'est-ce qu'elle s'imagine ?

— Il doit y avoir une raison. Ne te fâche pas.

— Ouvrons la lettre. »

Ishvar la lui arracha des mains et la posa sur un meuble. Ils se renfoncèrent dans les coussins, allumèrent de nouvelles beedis, mais l'intrusion avait gâché leur plaisir. La langueur s'évanouissait, supplantée par un mécontentement qui leur nouait l'estomac. Les bouts de fil accrochés à leurs vêtements leur rappelaient le travail qui les attendait dans la pièce du fond. La pendule égrena son funeste avertissement : elle allait bientôt rentrer. Bientôt, il leur faudrait mettre fin à ce repos illicite.

« Elle nous gruge, grommela Omprakash. Nous devrions travailler directement pour la boîte. Pourquoi doit-elle se placer au milieu ? » Ses lèvres bougeaient un peu, prudemment, produisant des mots, sa beedi se consumait, en équilibre instable au coin de sa bouche.

Ishvar sourit avec indulgence. La beedi, qui se balançait insolemment, aussi mortelle qu'un pistolet d'enfant, visait Dina Dalal. « Plus le moment approche de son retour, plus tu as l'air d'avoir sucé un citron acide. » Il poursuivit sur un ton plus sérieux : « Elle est au milieu parce que nous n'avons pas de boutique. Elle nous laisse coudre ici, elle apporte le tissu, elle obtient les commandes. En plus, avec le travail à la pièce, nous avons plus d'indépendance...

— Laisse tomber, yaar. Elle nous traite comme des esclaves et tu parles d'indépendance. Elle fait de l'argent avec notre sueur sans lever le petit doigt. Regarde sa maison. Electricité, eau courante, tout. Et nous, qu'est-ce qu'on a ? Une case puante dans le bidonville. Nous ne ramasserons jamais assez pour pouvoir retourner au village.

— Tu abandonnes déjà ? C'est pas comme ça qu'on gagne dans la vie. Bats-toi et résiste, Om, même si la vie te flanque des coups. »

Tenant sa beedi entre l'annulaire et l'auriculaire, il la porta à ses lèvres en mimant un coup de poing.

« Je découvrirai où elle va, tu verras, dit Omprakash, hochant la tête avec défi.

— Ton mégot fait un joli mouvement quand tu bouges comme ça.

— Attends seulement, j'obtiendrai l'adresse de la société.

— Comment ? Tu crois qu'elle te la donnera ? »

Omprakash alla dans l'autre pièce et en revint muni d'une grande paire de ciseaux. Il l'empoigna à deux mains et la brandit d'un geste théâtral. « Je les lui flanque sous la gorge, et elle nous dira tout ce que nous voulons savoir. »

Son oncle lui donna une tape sur la tête. « Que dirait ton père s'il t'entendait ? Des mots stupides qui sortent de ta bouche comme les points de ta machine. Et avec autant d'insouciance. »

Honteux, Omprakash abaissa les ciseaux. « Un de ces jours, je la mettrai hors circuit — je la suivrai jusqu'à la boîte.

— Je ne savais pas que tu étais capable de traverser des portes cadenassées comme le grand Goghia Pasha. Serais-tu Omprakash Pasha ? » Ishvar tira sur sa cigarette, souffla la fumée par les narines et sourit au visage renfrogné. « Écoute, mon neveu, c'est ainsi que fonctionne le monde. Certains sont au milieu, d'autres en bordure. Il faut de la patience pour que les rêves s'épanouissent et fournissent des fruits.

— La patience, c'est bon pour se laisser pousser la barbe. Avec ce qu'elle nous verse, on ne pourrait pas se payer le ghee et le bois pour notre bûcher funéraire. » Il se gratta furieusement la tête. « Et pourquoi lui parles-tu toujours sur ce ton idiot, comme si tu n'étais qu'un ignorant venu de sa campagne ?

— N'est-ce pas ce que je suis ? Les gens aiment se sentir supérieurs. Si ma façon de parler aide Dinabai à se sentir bien, quel mal y a-t-il ? » Savourant les dernières délices de sa beedi, il répéta : « Patience, Om. Certaines choses ne peuvent être changées, il faut simplement les accepter.

— Tu veux tout et son contraire. D'abord, tu me dis bats-toi, n'abandonne pas. Et maintenant, tu me dis accepte. Tu balances d'un côté à l'autre, comme un pot sans cul.

— Ta grand-mère Roopa employait toujours cette expression, dit Ishvar en riant.

— Prends une décision, yaar, choisis.

— Comment faire ? je ne suis qu'un être humain. »

Et il se remit à rire, un rire qui se transforma en toux féroce, le secouant des pieds à la tête. Il alla à la fenêtre, écarta le rideau et cracha. S'il avait été assez près, il aurait vu les habituelles taches de sang.

Un taxi approcha au moment où il allait retirer sa tête de la fenêtre. « Vite, elle revient ! » murmura-t-il.

Ils entreprirent d'éliminer les traces de leur comportement, tapotant les coussins, remettant la table basse à sa place, fourrant dans leurs poches les bouts d'allumettes et les cendres. Une étincelle s'échappa de la beedi qui pendait à la bouche d'Omprakash, comme pour se moquer de son précédent éclat de rage incendiaire. Il la chassa de la tapisserie. Ils tirèrent une dernière bouffée tout en courant vers la pièce du fond, puis éteignirent les mégots et les jetèrent par la fenêtre.

Dina paya le taxi et fouilla dans son sac à la recherche de la clef. Le cadenas de cuivre terni pendait, triste et massif. Elle tourna la clef, non sans un pincement de culpabilité, n'ayant rien d'un geôlier.

Omprakash tendit les bras pour la soulager de son paquet. « Je vous ai entendue arriver.

— Il y en a encore plein d'autres », dit-elle, indiquant les ballots de tissu empilés devant la porte.

Il regarda rapidement, essayant d'apercevoir le nom de la société ou l'adresse.

Quand tout fut à l'intérieur, Ishvar lui donna l'enveloppe. « Quelqu'un a frappé à la porte en disant que le cadenas ne le trompait pas. Il a laissé ceci pour vous.

— Ce doit être le collecteur de loyers. » Elle mit la lettre de côté, sans l'ouvrir. « Vous a-t-il vus ?

— Non, nous sommes restés cachés.

— Bien. »

Elle posa son sac, se déchaussa et enfila des mules.

« Est-ce que vous nous avez enfermés en partant ? demanda Ishvar.

— Vous ne le saviez pas ? Je devais le faire.

— Pourquoi ? bondit Omprakash. Vous nous prenez pour des voleurs, ou quoi ? Vous pensez qu'on va rafler tous vos biens et filer avec ?

— Ne soyez pas stupide. Est-ce que je possède quelque chose qui mérite que je me fasse du souci ?

126

C'est à cause du propriétaire. Il pourrait débarquer en mon absence et vous flanquer dehors. Mais avec un cadenas, il n'osera pas. Briser un cadenas, c'est enfreindre la loi.

— Très juste », dit Ishvar.

Il avait hâte de voir le modèle des nouvelles robes. Tandis que son neveu faisait grise mine, il débarrassa la table de sa nappe afin de pouvoir étaler les patrons en papier.

« Combien par robe cette fois-ci ? » demanda Omprakash, tâtant la popeline.

Elle ne se donna pas la peine de répondre. Ishvar se mit à manipuler les différents morceaux, bientôt absorbé par la difficulté comme un enfant avec un puzzle. Omprakash revint à la charge : « Modèle très difficile. Regardez tous ces godets qu'il faut insérer pour donner l'ampleur de la jupe. On va vous compter plus, cette fois-ci, c'est sûr.

— Arrêtez de faire le roquet. Laissez vos aînés travailler. Respectez du moins votre oncle, si vous ne pouvez me respecter moi. »

Ishvar ajusta les morceaux du patron sur la robe modèle, se parlant à lui-même. « La manche, oui. Et le dos, avec une couture au milieu — oui, c'est facile. » Cette dernière remarque lui valut une grimace furieuse de son neveu.

« Oui, extrêmement facile, dit Dina. Plus simple que ce que vous venez de terminer. Et je vous annonce qu'ils payent quand même cinq roupies la pièce.

— Cinq roupies, impossible, dit Omprakash. Vous avez dit que vous rapporteriez des robes chères. Celles-ci ne méritent pas qu'on perde notre temps.

— Je rapporte ce que la société me donne. Sinon, ils nous rayeront de leur liste.

— Tu le feras, dit Ishvar. C'est un péché que de refuser un salaire.

— Alors, tu le feras, toi. Moi je ne marche pas pour cinq roupies », affirma Omprakash, mais Ishvar adressa un signe de tête rassurant à Dina.

Elle alla préparer le thé qu'elle leur avait promis. La dissension entre les deux hommes était une bonne chose ; l'oncle materait la rébellion du neveu. Elle loucha sur les tasses et les soucoupes cerclées de rose. Rose clair ou rose foncé ? Service rose clair pour les tailleurs, trancha-t-elle — elle le mettrait de côté avec le verre. Rose foncé pour moi.

En attendant que l'eau bouille dans la bouilloire, elle vérifia le treillis protégeant les vitres cassées, et découvrit une brèche. Encore ces maudits chats, fulmina-t-elle. Qui viennent voler de la nourriture ou s'abriter de la pluie. Et qui sait quels microbes ils apportent, attrapés dans les gouttières.

Elle répara l'accroc, enroulant les coins autour d'un clou. La bouilloire se manifesta par un bon jet de vapeur. Elle la laissa fournir un dernier bouillon, tout au plaisir que lui procuraient l'épais brouillard de vapeur et les gargouillis de l'eau : illusions de bavardages, d'amitié, d'une vie trépidante.

A contrecœur, elle baissa la flamme, et le nuage blanc s'effilocha en tortillons. Elle remplit les trois tasses, s'empara des deux rose clair.

« Ah ! » soupira Ishvar, acceptant la tasse avec reconnaissance. Omprakash continua de coudre sans lever les yeux, la mine toujours renfrognée. Elle posa la tasse à côté de lui.

« Je n'en veux pas », marmonna-t-il.

Dina retourna sans mot dire à la cuisine chercher sa propre tasse.

« Délicieux », dit Ishvar, quand elle revint. Il lampait à grand bruit, pour tenter son neveu. « Bien meilleur que celui du Vishram.

— Ils doivent le laisser bouillir toute la journée, dit Dina. Ça gâche tout. Rien de meilleur qu'un thé frais quand on est fatigué.

— Très juste. »

Il avala une autre gorgée, poussa un autre soupir engageant. Omprakash saisit sa tasse. Les deux autres firent semblant de ne rien remarquer. Il engloutit le thé, sans se départir de sa moue coléreuse.

Il restait encore deux heures de travail à accomplir, qu'il passa à coudre de travers et à grommeler. Ishvar accueillit avec soulagement les six coups de l'horloge. Maintenir la paix entre son neveu et Dinabai devenait difficile.

La matinée touchait à sa fin quand Ibrahim, le collecteur de loyers, se prépara à rendre visite à Dina Dalal pour exiger une réponse à la lettre qu'il avait déposée la veille. L'allure digne dans son sherwani noir, la tête coiffée d'un fez marron, il souriait aux locataires qu'il rencontrait, les saluait d'un « Salaam » ou d'un « Comment allez-vous ? ». La nature l'avait doté d'un sourire automatique, qui se formait chaque fois qu'il ouvrait la bouche pour parler. Ce tic buccal avait pourtant un inconvénient lorsque la teneur de son message exigeait plus de solennité dans le reste du visage — des sourcils froncés par exemple, pour un loyer en retard.

Ibrahim était un homme d'un âge mur, mais il paraissait beaucoup plus vieux. Dans sa main gauche, encore douloureuse des coups donnés à la porte la veille, il tenait un classeur en plastique fermé par deux courroies de caoutchouc. L'objet contenait les récépissés de loyers, des factures, des bulletins de commande pour des réparations, les procès-verbaux des querelles et des procès concernant les six immeubles dont il avait la charge. Certains de ces procès dataient de l'époque où, jeune homme de dix-neuf ans, il venait juste d'entrer au service du père de l'actuel propriétaire. D'autres étaient encore plus anciens, il les avait hérités de son prédécesseur.

Tout était si bien répertorié qu'Ibrahim avait parfois l'illusion de traîner avec lui les immeubles eux-mêmes. Le classeur que lui avait transmis, près d'un demi-siècle auparavant, le collecteur précédent, n'était pas en plastique, mais fabriqué grossièrement à l'aide de deux planchettes de bois retenues par une lanière de cuir. Il en sourdait l'odeur de son propriétaire. Une bande de coton effiloché, cousue au cuir, l'entourait, pour maintenir le contenu. Noirci, éraflé, le bois s'était gondolé ; quand on ouvrait la boîte, il s'en échappait une odeur rance de tabac.

Jeune et ambitieux, Ibrahim avait honte de se montrer avec une telle relique. Bien qu'elle ne contînt que des documents respectables, il savait que les gens ne la jugeaient qu'à sa présentation, à cette bande de coton qui ressemblait à celles, immondes, que portaient les sordides jyotshis et autres diseurs de bonne aventure sur les marchés, et qui abritaient leurs cartes de charlatans et leurs faux horoscopes. Qu'on pût le prendre pour un de ces odieux saltimbanques le mortifiait. Il commença à nourrir de sérieux doutes sur ce travail qui l'obligeait à se déplacer avec un tel objet — il avait le sentiment qu'on l'avait floué, comme lorsqu'un vendeur de bazar truquait les poids et les prix.

Puis, un jour béni, l'attache de cuir céda. Ibrahim déposa l'épave au bureau du propriétaire. L'employé l'examina, confirma le décès par causes naturelles, et remplit le formulaire de demande approprié. Ibrahim reçut une longue ficelle en attendant que les formalités progressent.

Au bout de quinze jours, le nouveau classeur arriva. En carton bouilli, très élégant et d'apparence moderne, couleur terre de Sienne. Ibrahim fut ravi. L'optimisme lui revint, quant aux perspectives d'avenir de son emploi.

Le nouveau classeur sous le bras, il pouvait marcher la tête droite et plastronner comme un notaire, en faisant sa tournée. C'était un classeur beaucoup plus élaboré que l'ancien, avec poches et compartiments. Notes, plaintes, correspondance, tout s'y rangeait avec ordre. Ce qui n'était pas superflu, car les tâches d'Ibrahim ne cessaient de croître, au travail et chez lui.

Fils de parents âgés, Ibrahim devint époux, puis père. Et la fonction de collecteur de loyers se mit à bourgeonner elle aussi. Il devint l'espion du propriétaire, maître chanteur, livreur de menaces, bref, tourmenteur des locataires. Il était chargé, entre autres, de découvrir toutes les histoires sales et secrètes que recelaient les six immeubles, les aventures extraconjugales par exemple, et son employeur lui apprit à convertir les adultères en hausses de loyer — les coupables n'osant pas protester ou arguer de la loi sur la location. Quand la situation l'exigeait, que le propriétaire allait trop loin, s'attirant des représailles juridiques, Ibrahim savait alors jouer les plaideurs et les cajoleurs. Ses larmes convainquaient le locataire de se désister, d'avoir pitié du pauvre propriétaire assiégé, martyr de l'habitat moderne, qui n'avait jamais pensé à mal.

Pour qu'Ibrahim pût jouer ses divers rôles, les poches et compartiments du classeur étaient indispensables. Parvenu à cette étape de sa carrière, il lui fallut constater l'obstacle que constituait son sourire automatique. Accompagner menaces et avertissements d'un sourire plaisant n'était pas une bonne stratégie. Si seulement il pouvait le transformer en sourire carnassier... Mais les muscles responsables échappaient à son contrôle. La difficulté n'était pas moindre lorsqu'il devait exprimer des regrets pour des réparations non faites, ou présenter ses condoléances en cas de mort chez un locataire. Très vite, en raison de ce malencontreux étalage dentaire, il fut accusé de vilenie, de méchanceté, d'incompétence, de débilité mentale, voire de démonisme.

Il usa ainsi, avec son sourire indépendant de sa volonté, trois classeurs en carton bouilli, tous couleur terre de Sienne, et ajouta vingt-quatre années à sa carcasse. Vingt-quatre années de corvées pendant lesquelles sa jeunesse s'enfuit, et l'ambition de sa période dorée se teinta d'amertume. Désespéré, meurtri par la certitude qu'il ne devait plus compter sur d'heureuses perspectives, il regardait sa femme, ses deux fils et ses deux filles qui croyaient toujours en lui, et son angoisse en augmentait d'autant. Il se demandait ce qu'il avait fait pour mériter une vie si morne, si dénuée d'espoir. A moins que ces sentiments ne fussent le lot de tout être humain ? Le Maître de l'Univers se désintéressait-il donc de l'égalité — ce qu'on appelle la justice n'existait donc pas ?

Il n'avait plus de raison, semblait-il, d'aller au masjid aussi souvent qu'auparavant Il n'assista plus qu'irrégulièrement à la prière du vendredi. Et il se mit à chercher des guides dans des pratiques qu'il avait jadis méprisées, les jugeant réservées aux ignorants.

Les jyotshis et les diseurs de bonne aventure lui parurent réconfortants. Ils proposaient des solutions à ses problèmes d'argent et lui donnaient des conseils pour améliorer son avenir, qui devenait son passé à une vitesse alarmante. Leurs prédictions s'avéraient une drogue apaisante.

Il ne s'en tint d'ailleurs ni aux chiromanciens ni aux astrologues. En quête de drogues plus fortes, il se tourna vers des messagers moins orthodoxes : colombes trieuses de cartes, perroquets lecteurs de graphiques, vaches communicatrices, serpents interprétateurs d'horoscopes. Inquiet à la pensée qu'une de ses connaissances pût le remarquer à l'occasion d'une de ces excursions douteuses, il décida, bien à contrecœur, de ne pas porter son fez distinctif. Il eut le sentiment d'abandonner un ami cher. Il n'avait omis qu'une seule fois de revêtir cet élément de vêtement quotidien — pendant la Partition, en 1947, quand, à la suite des massacres communautaires perpétrés sur la toute nouvelle frontière, des émeutes avaient éclaté dans tout le pays, et qu'arborer un fez dans un quartier hindou était aussi mortel que de posséder un prépuce dans un environnement musulman. Dans certains endroits, mieux valait aller tête nue, car faire le mauvais choix entre fez, calot blanc et turban pouvait signifier la perte de ladite tête.

Par bonheur, sa présence parmi les oiseaux augures passa relativement inaperçue. Accroupi sur un coin de trottoir aux côtés du gardien de l'animal, il posait sa question, et la colombe ou le perroquet sautait de sa cage pour lui apporter la lumière.

La séance de divination avec vache, en revanche, attira un large public. L'animal, caparaçonné de brocart rutilant, le cou ceint d'un collier de minuscules clochettes d'argent, fut amené au milieu du cercle des spectateurs par un homme portant un tambour. Malgré sa chemise et son turban de couleur vive, l'homme paraissait terne en comparaison de la vache chamarrée. L'humain et la bête firent le tour du cercle : une fois, deux fois, trois fois — le temps qu'il fallut au gardien pour réciter le curriculum vitae de sa vache, en insistant sur les prédictions et les prophéties qui s'étaient accomplies à la date prévue. Sa voix rauque et assourdissante, ses yeux injectés de sang, sa gesticulation folle, toute cette frénésie était calculée pour faire contrepoint au maintien calme de la vache. La courte biographie achevée, le tambour qui pendait silencieux à l'épaule du narrateur se mit en branle. Ce tambour-là ne se battait pas, on le frottait simplement. L'homme continua à conduire la vache autour du cercle, frottant la peau du tambour avec un bâton, produisant un horrible chevrotement, un grognement, une plainte. C'était un son à réveiller les morts et à stupéfier les vivants, un son surnaturel, une convocation des esprits et des forces de l'au-delà à descendre, à venir assister à la divination bovine.

Quand la plainte du tambour s'arrêta, l'homme glissa à l'oreille de la vache la question du client, suffisamment fort pour que tout le cercle des humains puisse l'entendre. Et elle répondit en secouant ou agitant sa tête savamment maquillée, faisant tinter les clochettes d'argent autour de son cou. La foule éclata en applaudissements émerveillés. Puis le frottement reprit, tandis que l'on ramassait les offrandes.

Un jour, après que la question d'Ibrahim eut été introduite dans l'oreille brune, douce et ouverte de la vache, il n'y eut pas de réponse. L'homme la répéta, plus fort. La vache réagit. Soit parce que cela faisait des années qu'on lui infligeait cet odieux tambour, soit qu'elle ne supportait plus ce braillement grossier et quotidien dans son oreille, elle éventra son gardien de ses cornes vermillon.

Pendant un instant, les spectateurs crurent que la vache répondait un peu plus énergiquement qu'à l'habitude. Puis elle renversa l'homme sur le sol et le piétina. Ils comprirent alors que ce comportement ne faisait pas partie de la prophétie, surtout quand le sang de l'homme se mit à couler.

Aux cris de vache folle! Vache folle! la foule s'égailla. Mais maintenant qu'elle en avait fini avec son tourmenteur, la bête se tenait là, placide, clignant ses bons yeux aux longs cils, chassant de sa queue les mouches qui assaillaient sa mamelle.

L'étrange mort de l'homme convainquit Ibrahim qu'il ne fallait plus compter sur cette méthode pour obtenir des conseils divins. Quelques jours plus tard, un nouvel attelage vache-frotteur de tambour s'empara de l'emplacement, mais Ibrahim évita les représentations. Il existait d'autres systèmes, plus sûrs, de se procurer une assistance surnaturelle.

Alors que l'incident était encore frais dans sa mémoire, il fut témoin d'une autre mort. En l'occurrence, le propriétaire d'un serpent divinateur, dont on avait omis de vider les glandes venimeuses. Par la suite, Ibrahim frissonnait chaque fois qu'il se représentait la scène : c'est dans son corps que le cobra aurait pu planter ses crocs, car il était accroupi tout près, afin de mieux observer les mouvements de l'animal.

Bouleversé par ces deux destins, le collecteur de loyers renonça à la faune des diseurs de bonne aventure. Comme s'il émergeait d'un cauchemar, il recoiffa son fez et entreprit de retrouver sa personnalité perdue. Combien d'argent, qui aurait pu servir aux besoins de sa famille, avait-il détourné pour satisfaire ses penchants blasphématoires? se dit-il, un soir que, assis au bord de la mer, il contemplait le soleil couchant baigner le masjid, à l'extrémité de la longue digue. Il regarda la marée se retirer, dénudant les secrets cachés sous les vagues, et il frissonna. Ses propres secrets, fruits de la confusion et du désespoir, resurgirent des profondeurs bourbeuses. Il tenta de les repousser, de les maintenir au fond, de les noyer. Mais, aussi glissants que des anguilles, ils lui échappaient et revenaient le hanter à la surface. Il n'y avait qu'un moyen de les vaincre — il revint, pénitent, au masjid, prêt à accepter ce que le destin lui réservait.

Entre autres choses, ce fut le classeur en plastique. Après vingt-quatre années de carton bouilli, l'ère du plastique avait fait irruption dans le bureau du propriétaire. Pour Ibrahim, cela n'avait plus d'importance. Il avait appris que la dignité ne s'acquiert pas à coups d'accoutrements et d'accessoires ; elle arrivait sans qu'on la réclame, grandissait en fonction des capacités de chacun à supporter l'adversité. Si le bureau lui avait fourni, pour transporter les documents, un de ces paniers que les coolies posent sur leur tête, il l'aurait accepté sans se plaindre.

Le classeur en plastique avait toutefois un avantage — il tenait la mousson en respect. Désormais, Ibrahim ne devait que très rarement recopier des documents sur lesquels l'encre avait décidé de folâtrer avec la pluie en folles volutes. Etant donné le tremblement qui commençait à agiter ses mains, c'était une bénédiction. Sans compter que, un coup de torchon mouillé, et toutes les taches — de morve et de chiques de tabac, de pois verts ou bruns — disparaissaient, ce qui lui permettait de se présenter sans gêne devant son patron.

Dans son foyer aussi, des bouleversements survinrent qu'il accepta avec soumission. Après tout, quel autre choix avait-il ? Sa fille aînée mourut de tuberculose, puis ce fut le tour de sa femme. Après quoi, ses fils disparurent dans les bas-fonds, revenant périodiquement lui extorquer de l'argent. Quant à sa dernière fille, au moment où il commençait à se dire qu'elle allait compenser tout le reste, elle le quitta pour se prostituer. Sa vie, se dit-il, ressemblait à un mauvais film hindi, moins la fin heureuse.

A quoi bon continuer à travailler, à faire la tournée des six immeubles pour ramasser les loyers ? Pourquoi ne pas sauter du haut d'un de ces bâtiments ? Pourquoi ne pas faire un tas de tous ces récipissés et de l'argent, l'arroser d'essence et se jeter dans le feu ? Comment son cœur pouvait-il continuer de battre au lieu d'exploser, son esprit demeurer sain au lieu de se briser en éclats comme un miroir qui tombe ? Étaient-ils fabriqués dans un matériau synthétique, comme l'indestructible classeur en plastique ? Et pourquoi le temps, ce grand vandale, le négligeait-il ?

Mais pour le plastique aussi les jours et les années étaient comptés. Il pouvait se fendre, se déchirer, se craqueler comme le carton bouilli. Comme la peau et les os. Une simple affaire de patience. C'est ainsi que le classeur actuel était le troisième de sa sorte en vingt et un ans.

Il l'examinait de temps en temps et voyait se refléter sur la surface défraîchie les rides de son front. A l'intérieur, les soufflets commençaient à se déchirer, les compartiments semblaient prêts à se rebeller ; dans les compartiments de son corps, la rébellion avait déjà commencé. Du plastique ou de la chair, qui gagnerait cette course ridicule ? se demanda-t-il en arrivant devant l'appartement. Il essuya le tabac à priser qui collait à ses narines et à ses doigts, et sonna à la porte.

En apercevant le fez marron à travers l'œilleton, Dina imposa silence à ses tailleurs. « Pas un bruit tant qu'il est là », murmura-t-elle.

« Comment allez-vous ? » sourit le collecteur de loyers, dévoilant des dents horriblement tachées et deux grands vides : le sourire doux, innocent, d'un ange vieilli.

Sans lui rendre son salut, elle dit : « C'est pour quoi ? Ce n'est pas encore le moment de payer le loyer. »

Il fit passer le classeur dans l'autre main. « C'est

exact, ma sœur. Je suis venu pour votre réponse à la lettre du propriétaire.

— Je vois. Attendez une minute. » Elle ferma la porte et chercha l'enveloppe qu'elle n'avait pas ouverte. « Où l'ai-je mise ? » chuchota-ṭ-elle aux tailleurs.

Tous trois farfouillèrent parmi l'amas de choses sur la table. Elle se surprit à observer Omprakash, la façon dont il pliait les doigts, bougeait ses mains. Son angulosité ne la dérangeait plus. Elle lui découvrait la beauté rare d'un oiseau.

Ishvar trouva l'enveloppe sous un amas de tissus. Elle la déchira et lut — vite, la première fois, puis lentement, pour bien absorber le jargon juridique. Finalement, elle en comprit la substance : il était interdit d'installer une entreprise dans des locaux résidentiels, elle devait cesser ses activités commerciales immédiatement, sous peine d'expulsion.

Les joues brûlantes, elle se précipita à la porte. « Qu'est-ce que c'est que cette absurdité ? Dites à votre patron que son harcèlement ne servira à rien. »

Ibrahim soupira, haussa les épaules, et la voix : « Vous êtes prévenue, Mrs Dalal ! Nous ne tolérerons pas que vous enfreigniez la loi ! La prochaine fois, ce n'est pas une lettre aimable que vous recevrez, mais un avis d'expulsion ! Ne croyez pas que... »

Elle lui claqua la porte au nez. Aussitôt, il s'arrêta de crier, soulagé de ne pas avoir à débiter tout son discours. Essoufflé, il s'essuya le front et partit.

Dina relut la lettre, consternée. A peine trois semaines que les tailleurs étaient là et les ennuis commençaient. Devait-elle montrer la lettre à Nusswan, lui demander son avis ? Elle opta pour la négative : il en ferait un drame. Mieux valait ne pas tenir compte de l'avertissement et continuer discrètement.

A présent, elle n'avait pas d'autre choix que de mettre les tailleurs dans la confidence, les convaincre de la nécessité d'agir dans le plus grand secret. Elle en discuta avec Ishvar.

Ils convinrent de la fable à servir au collecteur de

loyers, si jamais il tombait sur eux en train d'entrer ou de sortir de l'appartement. Ils affirmeraient être le cuisinier et l'homme de ménage de Dina.

Omprakash se déclara insulté. « Je suis tailleur, pas son maaderchod de domestique, qui lave et qui balaye », dit-il lorsqu'ils repartirent le soir.

« Ne fais pas l'enfant, Om. C'est juste une histoire pour éviter des ennuis avec le propriétaire.

— Des ennuis pour qui ? Pour elle. Pourquoi je devrais m'en inquiéter ? Elle ne nous verse même pas un salaire correct. Si on meurt demain, elle prendra deux autres tailleurs.

— Est-ce que tu arrêteras un jour de parler sans réfléchir ? Si elle est fichue dehors, on n'aura plus d'endroit où travailler. Qu'est-ce qui ne va pas dans ta tête ? C'est notre premier boulot décent depuis notre arrivée en ville.

— Et il faudrait que je m'en réjouisse ? Est-ce que ce boulot va tout arranger pour nous ?

— Mais ça ne fait que trois semaines. Patience, Om. La ville offre plein de possibilités, on peut réaliser ses rêves.

— J'en ai marre de la ville. Elle ne nous a apporté que de la misère. J'aimerais être mort dans notre village. J'aimerais avoir brûlé comme le reste de ma famille. »

Le visage d'Ishvar s'assombrit, sa joue abîmée tressaillit sous l'effet de la peine. Il passa le bras autour des épaules de son neveu. « Crois-moi, Om, ça va aller mieux. Et nous retournerons bientôt au village. »

3

Dans un village
au bord d'une rivière

Dans le village, et dans leur famille, on était cordonnier de père en fils; c'est-à-dire qu'ils appartenaient à la caste Chamaar, celle des tanneurs et des travailleurs du cuir. Mais, voilà très longtemps, bien avant la naissance d'Omprakash, alors que son père, Narayan, et son oncle, Ishvar, étaient encore de jeunes garçons de dix et douze ans, leur père les avait envoyés apprendre la couture.

Les amis de leur père prirent peur pour la famille. « Dukhi Mochi est devenu fou, se lamentèrent-ils. Les yeux grands ouverts, il attire le désastre sur sa maisonnée. » Et la consternation fut générale dans tout le village : quelqu'un avait osé briser la chaîne immémoriale de la caste, la contrepartie n'allait pas tarder.

La décision de Dukhi Mochi de faire de ses fils des tailleurs était en effet courageuse, étant donné qu'il avait passé l'essentiel de sa vie à respecter sans regimber les traditions du système des castes. Comme ses ancêtres avant lui, il avait accepté depuis l'enfance la profession à laquelle il était prédestiné pour son actuelle réincarnation.

Il avait cinq ans quand il avait commencé à s'initier à la vocation des Chamaars aux côtés de son père. La région ne comptant qu'une très faible population musulmane, il n'y avait pas d'abattoir proche où les Chamaars pouvaient se procurer des peaux. Il leur fallait attendre qu'une vache ou un buffle meure de mort naturelle dans le village. On faisait alors appel aux Chamaars pour enlever la carcasse. Parfois on la leur donnait, parfois ils devaient payer, cela dépendait de la quantité de travail gratuit que le propriétaire — d'une caste supérieure — de l'animal avait pu extorquer aux Chamaars durant l'année.

Les Chamaars dépiautaient la bête, mangeaient la viande et tannaient la peau, qui se transformait en sandales, fouets, harnais et outres. Dukhi apprit à apprécier ce moyen d'existence que constituait un animal mort pour sa famille. Et, au fur et à mesure qu'il acquérait de l'adresse, sa peau, imperceptiblement mais inexorablement, s'imprégnait de cette même odeur qui était en partie celle de son père, la puanteur de celui qui travaille le cuir, qui ne disparaissait pas après qu'il s'était lavé et frotté dans la rivière.

Dukhi ne prit conscience que ses pores en étaient imbibés que le jour où sa mère, en l'embrassant, plissa le nez et dit, d'une voix où se mêlaient orgueil et inquiétude : « Tu deviens adulte, mon fils, je renifle le changement. »

Pendant un certain temps, après cela, il ne cessa de porter son avant-bras à son nez pour voir si l'odeur persistait. Est-ce que le dépiautage, se demandait-il, l'en débarrasserait ? Ou bien pénétrait-elle au-delà de la peau ? Il s'enfonça une aiguille dans le doigt pour humer son sang mais le test ne fut pas concluant, la minuscule tache rubis ne constituant pas un échantillon suffisant. Et, en ce qui concernait les muscles et les os, la puanteur se nichait-elle en eux également ? Non qu'il voulût la chasser, il était heureux, alors, d'avoir la même odeur que son père.

Outre le tannage et le travail du cuir, Dukhi apprit ce que signifiait être un Chamaar, un intouchable, dans une société villageoise. Cette partie de son éducation ne nécessita pas d'instruction particulière. Comme la puanteur des animaux morts qui les imprégnait lui et son père, la morale du système des castes maculait tout. Et, au cas où cela n'aurait pas suffi, le bavardage des adultes, les conversations entre son père et sa mère comblaient les vides de sa connaissance du monde.

Le village s'étendait au bord d'une petite rivière, et les Chamaars avaient l'autorisation d'habiter en aval, en contrebas des Brahmanes et des propriétaires terriens. En fin d'après-midi, les hommes chamaars, parmi eux le père de Dukhi, s'asseyaient sous un arbre pour fumer, pour parler du jour qui s'achevait et du nouveau qui se lèverait le lendemain. Autour d'eux, les oiseaux criaient. Plus haut sur la rive, s'élevait la fumée des feux allumés pour la cuisine, comme autant de messages de faim, et le courant paresseux de la rivière charriait les déchets des castes supérieures.

Dukhi regardait de loin, en attendant le retour de son père. Dans le crépuscule grandissant, les contours des hommes devenaient flous. Bientôt, Dukhi ne discernait que l'extrémité incandescente de leurs beedis, trouant l'obscurité comme des lucioles, au rythme du mouvement des mains. Puis les beedis s'éteignaient et, un à un, les hommes se dispersaient.

Tout en mangeant, le père de Dukhi répétait à sa femme ce qu'il avait appris. « La vache du Pandit est malade. Il essaie de la vendre avant qu'elle meure.

— Qui l'aura si elle meurt ? C'est ton tour, non ?

— Non, c'est celui de Bhola. Mais, à son travail, on l'a accusé de vol. Même si le Pandit lui laisse la carcasse, il aura besoin de mon aide — on lui a coupé les doigts de la main gauche aujourd'hui.

— Bhola a de la chance. L'année dernière, c'est toute sa main que Chhagan a perdue. Pour la même raison. »

Le père de Dukhi prit une gorgée d'eau, la fit tourner dans sa bouche avant de l'avaler. Il s'essuya les lèvres du dos de la main. « Dosu a été fouetté pour s'être trop approché du puits. Il n'apprendra jamais. » Il continua à manger en silence, écoutant le concert des grenouilles dans la nuit humide. Au bout

143

d'un moment, il demanda à sa femme : « Tu ne manges pas ?

— C'est mon jour de jeûne. »

Ce qui signifiait, selon son code, qu'il n'y avait pas assez de nourriture pour tout le monde.

Le père de Dukhi hocha la tête, prit une autre bouchée. « As-tu vu la femme de Buddhu récemment ?

— Non, pas depuis plusieurs jours.

— Et tu n'es pas près de la revoir. Elle doit se cacher dans sa hutte. Elle a refusé d'aller aux champs avec le fils du zamindar, alors ils lui ont rasé la tête et l'ont promenée nue sur toute la place. »

C'est ainsi que, chaque soir, Dukhi entendit son père relater, sans fioritures, les événements du village. Durant ses années d'enfance, il dressa un catalogue des crimes, réels ou imaginaires, qu'une personne de basse caste pouvait commettre, et des punitions correspondantes, qui se gravèrent dans sa mémoire. Parvenu à l'adolescence, il savait tout ce qui lui était nécessaire pour ne pas franchir cette ligne invisible qui sépare les castes, pour survivre au village comme ses ancêtres, avec l'humiliation et l'endurance en guise de compagnons.

Dès que Dukhi Mochi eut dix-huit ans, ses parents le marièrent à une fille chamaar nommée Roopa, qui en avait quatorze. En six ans, elle donna naissance à trois filles. Aucune ne survécut au-delà de quelques mois.

Puis ils eurent un fils, à la grande joie des familles. On prénomma l'enfant Ishvar, et Roopa s'occupa de lui avec l'ardeur et la dévotion que l'on doit aux enfants mâles. Elle veilla à ce qu'il eût toujours suffisamment à manger. Qu'elle-même fût affamée allait de soi — ce qui lui arrivait également afin que Dukhi pût se nourrir. Mais, pour cet enfant, elle n'hésitait pas non plus à voler. Elle ne connaissait pas d'ailleurs de mère qui n'eût pris le même risque pour son propre enfant.

Quand son lait fut tari, Roopa commença à rendre des visites nocturnes aux vaches de différents propriétaires. Pendant que Dukhi et l'enfant dormaient, elle se glissait hors de la cabane avec un haandi de cuivre, parfois entre minuit et le chant du coq. Elle avançait sans trébucher, pour en avoir reconnu le tracé dans la journée, sur le chemin plongé dans l'obscurité totale, car allumer une lampe était trop dangereux. La nuit frôlait ses joues comme une toile d'araignée. Parfois la toile d'araignée existait.

Elle ne tirait qu'un peu de lait à chaque vache; le propriétaire ne constaterait ainsi aucune baisse dans sa production. Quand Dukhi voyait le lait, le matin, il comprenait. S'il se réveillait la nuit, quand elle partait, il ne disait rien et restait allongé, frissonnant, jusqu'à son retour. Il se demanda souvent s'il ne devait pas y aller à sa place.

Bientôt, Ishvar perdit ses dents de lait, et Roopa entreprit des visites hebdomadaires aux vergers, au moment de la récolte. Dans le noir, ses doigts tâtaient le fruit, pour s'assurer qu'il était mûr, avant de le cueillir. Là encore, elle se limitait à quelques fruits dans chaque arbre, ce qui ne se remarquerait pas. Seuls s'entendaient dans l'obscurité le bruit de son propre souffle et celui des petites créatures qui s'enfuyaient à son approche.

Une nuit qu'elle remplissait son sac d'oranges, la lueur d'une lanterne apparut soudain au milieu des arbres. Assis sur sa couche de bambous et de cordes, un homme l'observait. Je suis perdue, se dit-elle, lâchant son sac et se préparant à détaler.

« N'aie pas peur », dit l'homme. Il parlait d'une voix douce, dans sa main un gros bâton. « Tu peux en prendre un peu, ça m'est égal. »

Elle se retourna, haletant de peur, se demandant si elle pouvait le croire.

« Vas-y, prends-en, répéta-t-il en souriant. Le propriétaire m'a engagé pour surveiller. Mais je m'en fiche. C'est un salaud de riche. »

Roopa reprit le sac et se remit à cueillir. Une orange s'échappa de ses mains tremblantes. Elle regarda par-dessus son épaule. Les yeux de l'homme suivaient les mouvements de son corps. « Je vous suis reconnaissante, dit-elle, mal à l'aise.

— Tu as de la chance que ce soit moi, et pas quelque méchant homme. Vas-y, prends-en autant que tu veux. »

Il fredonna quelque chose d'une voix sans timbre, un mélange de grognements et de soupirs. Renonçant à fredonner, il essaya de siffler. Le résultat ne fut pas plus probant. Il bâilla, se tint coi, mais continua à la regarder.

Roopa jugea sa récolte suffisante ; il était temps de partir. La devinant, il dit : « Il me suffit d'un cri et ils vont tous accourir.

— Comment ?

— Il me suffirait de crier, et le propriétaire et son fils s'amèneraient immédiatement. Ils te déshabilleraient et te fouetteraient. »

Elle se mit à trembler, lui à sourire. « Ne crains rien, je ne crierai pas. » Elle noua le haut du sac, et il poursuivit : « Après t'avoir fouettée, ils te manqueraient probablement de respect et saliraient ton honneur. Chacun à son tour, ils feraient des choses honteuses à ton adorable petit corps. »

Roopa joignit les mains, en signe d'adieu et de remerciement.

« Ne pars pas encore, prends-en autant que tu veux, dit-il.

— Merci, j'en ai assez.

— Tu es sûre ? Je peux t'en donner d'autres, si tu veux. »

Il posa son bâton et se leva de sa couche.

« Merci, ça suffit.

— Vraiment ? Attends, tu ne peux pas partir comme ça. » Il se mit à rire. « Tu ne m'as rien donné en échange. »

Il s'approcha d'elle. Elle recula, se força à rire, elle aussi.

« Je n'ai rien. C'est pour ça que je suis venue en pleine nuit, pour mon enfant.

— Tu as quelque chose. » Il avança la main et

pétrit son sein gauche. Elle la repoussa. « Il me suffit d'un seul cri », lui rappela-t-il, en glissant la main dans son corsage.

Elle frissonna, mais ne réagit pas. Il la poussa vers la couche, lui déchira le haut du corsage. Elle croisa les bras sur sa poitrine. Il les lui écarta, enfouit sa bouche dans ses seins, riant doucement tandis qu'elle essayait de se dégager. « Je t'ai donné tant d'oranges. Tu ne veux même pas me laisser goûter tes douces mangues ?

— S'il vous plaît, laissez-moi partir.

— Dès que j'aurai mangé mon bhojpuri brinjal. Déshabille-toi.

— Je vous en supplie, laissez-moi partir.

— Il me suffit d'un seul cri. »

Elle se déshabilla en pleurant, s'allongea, continua à pleurer tout le temps qu'il s'agita et haleta sur son corps. Elle entendit la brise froisser les feuilles des arbres, droits comme autant de sentinelles muettes. Un chien hurla, déclenchant le chœur des autres. L'huile de coco qui imprégnait les cheveux de l'homme laissait des marques sur son visage et sur son cou, poissait sa poitrine. L'odeur forte montait à ses narines.

Quelques minutes plus tard, il roula sur lui-même. Roopa, attrapant ses vêtements et le sac d'oranges, s'enfuit nue à travers le verger. Quand elle fut certaine qu'il ne la suivait pas, elle s'arrêta et se rhabilla.

En l'entendant entrer, Dukhi fit semblant de dormir. Il l'entendit sangloter tout bas à plusieurs reprises, et sut, à son odeur, ce qui lui était arrivé. Il voulut s'approcher, lui parler, la réconforter. Mais les mots lui manquaient, sans compter la crainte d'en apprendre trop. Alors, il pleura en silence, déversant dans ses larmes sa honte, sa colère, son humiliation ; il souhaita mourir cette nuit même.

Le lendemain matin, Roopa se comporta comme si rien ne s'était produit. Alors Dukhi ne dit rien, et ils mangèrent les oranges.

Deux ans après la naissance d'Ishvar, Roopa et Dukhi eurent un autre fils. Ils le prénommèrent Narayan. Il portait une marque rouge sombre sur la poitrine, et la vieille voisine qui assista Roopa pendant l'accouchement dit qu'elle avait déjà vu une marque semblable. « Ça signifie qu'il aura un cœur brave et généreux. Vous serez très fiers de cet enfant. »

L'annonce de la naissance d'un second fils suscita de l'envie dans les foyers de castes supérieures où des mariages s'étaient déroulés à peu près à la même époque que celui de Dukhi et de Roopa, mais où les femmes n'avaient toujours pas procréé, en tout cas pas d'enfant mâle. Il leur était difficile de ne pas éprouver de jalousie — elles à qui la naissance de filles valait souvent de mauvais traitements de la part de leur époux ou de leur belle-famille. On leur ordonnait parfois de se débarrasser discrètement du nouveau-né. Elles n'avaient pas d'autre choix, alors, que d'étrangler le bébé avec ses langes, de l'empoisonner ou de le laisser mourir de faim.

« Que se passe-t-il dans ce monde ? se plaignaient-elles. Pourquoi deux fils chez des intouchables, et pas un seul chez nous ? » Que pouvait donc bien transmettre un Chamaar à ses fils pour que les dieux le récompensent ainsi ? Quelque chose ne tournait pas rond, on avait subverti la loi de Manu. Quelqu'un, dans le village, avait à coup sûr commis un acte offensant les divinités, il fallait organiser des cérémonies spéciales pour apaiser les dieux et faire pousser dans ces ventres un fruit mâle.

Une de ces femmes, pourtant, proposait une théorie beaucoup plus terre à terre pour expliquer la situation. Les deux garçons, disait-elle, n'étaient peut-être pas les fils de Dukhi. Le Chamaar avait peut-être voyagé au loin et kidnappé les nouveau-nés d'un Brahmane — ce qui effectivement expliquerait tout...

La rumeur commença à se répandre, faisant craindre à Dukhi pour la sécurité de sa famille. Par précaution, il devint obséquieux. Chaque fois qu'il croisait une personne de haute caste sur la route, il se prosternait d'une façon abjecte — mais à distance, afin qu'on ne pût pas l'accuser de la contaminer avec son ombre. Il rasa sa moustache, bien que sa forme et sa longueur fussent conformes aux règles de la caste, avec ses extrémités recourbées humblement vers le sol, contrairement aux fières moustaches des hautes castes qui se dressaient vers le ciel. Ses enfants et lui se vêtirent des haillons les plus sales qu'il put trouver dans ses maigres possessions. Pour éviter qu'on ne les accuse de pollution, il recommanda à Roopa de ne jamais se montrer dans le voisinage du puits du village, et de charger son amie Padma de leur rapporter l'eau potable. Quelles que fussent les tâches qu'on lui commandât de faire, il les accomplit sans discuter, sans penser à un salaire, prenant bien garde de ne pas fixer le visage mais les pieds de la personne de haute caste. Il savait que le moindre reproche encouru pouvait prendre les proportions d'un incendie qui dévorerait sa famille.

Par bonheur, les gens des hautes castes se contentèrent en majorité de discours philosophiques sur la question des ventres stériles. Il était évident, dirent-ils, que le monde traversait Kaliyug, l'Âge des Ténèbres, et que les femmes qui n'avaient pas de fils ne représentaient pas la seule aberration de l'ordre cosmique. « Observez la récente sécheresse, dirent-ils. Une sécheresse qui est survenue bien que nous ayons accompli les pujas requises. Et quand les pluies sont arrivées, elles sont tombées en trombes sauvages ; rappelez-vous les inondations, les huttes emportées. Sans parler du veau à deux têtes dans le district voisin. »

Personne, au village, n'avait vu le veau à deux têtes, car la distance était grande entre les deux districts, rendant impossible de faire l'aller-retour dans la journée, d'avoir regagné la sécurité de sa hutte avant la tombée de la nuit. Mais tous avaient entendu parler de cette naissance monstrueuse.

« Oui, oui, dirent-ils. Les Pandits ont tout à fait raison. C'est Kaliyug qui est la cause de tous nos ennuis. »

Le remède, conseillèrent les Pandits, consistait dans l'observance vigilante de l'ordre dharmique. Ils avaient chacun une place déterminée dans le monde, et tant qu'ils veilleraient à y demeurer, ils émergeraient intacts des Ténèbres de Kaliyug. Mais en cas de transgression — si l'ordre venait à être souillé —, inutile de dire quelles calamités risquaient de s'abattre sur l'univers.

Le consensus ainsi obtenu, le village connut une augmentation sévère des flagellations infligées aux intouchables, les Pandits et les Thakurs s'efforçant de rétablir, à coups de fouet, l'ordre du monde. Les crimes étaient variés, issus d'une imagination fertile : un Bhunghi avait osé laisser ses yeux sales croiser ceux d'un Brahmane ; un Chamaar avait marché du mauvais côté de la route menant au temple et l'avait profanée ; un autre s'était égaré à proximité du lieu où se déroulait une puja et permis à ses oreilles impures d'entendre les shlokhas sacrés ; une fillette bhunghi n'avait pas soigneusement effacé ses empreintes dans la cour poussiéreuse d'un Thakur, après avoir achevé son travail — sa plaidoirie invoquant l'usure de son balai était irrecevable.

Dukhi, lui aussi, contribua, par quelques morceaux de sa peau, à arracher l'univers aux griffes des Ténèbres. Il fut chargé de mener paître un troupeau de chèvres, en l'absence du propriétaire parti pour la journée. « Surveille-les attentivement, dit l'homme, surtout le bouc qui a une corne cassée et une longue barbe. C'est un vrai diable. » Dukhi reçut la promesse d'un verre de lait de chèvre en récompense.

Il passa la matinée à s'occuper du troupeau, rêvant au plaisir qu'Ishvar et Narayan auraient à boire le lait. Mais, sous la chaleur de l'après-midi, il s'endormit. Les animaux allèrent piétiner la propriété voisine. Quand le propriétaire rentra le soir, au lieu du verre de lait, Dukhi reçut des coups de verge.

C'était peu cher payé, se dit-il, au regard de ce qui aurait pu se passer, si la fantaisie en avait pris l'homme. Cette nuit-là, Roopa alla voler du beurre pour l'appliquer sur les épaules et le dos zébrés de son mari.

Le beurre, Roopa le volait sans remords. En fait, elle ne considérait même pas qu'il s'agît d'un vol. Le seigneur Krishna n'en avait-il pas fait son occupation à temps plein, quand il était adolescent, il y a des éternités de cela, à Mathurâ ?

Quand ils eurent l'âge requis, Dukhi entreprit d'enseigner à ses fils la technique du métier auquel ils étaient enchaînés de naissance. Ishvar avait sept ans quand il fut conduit auprès de son premier cadavre d'animal. Narayan voulut y aller aussi, mais Dukhi lui dit qu'il était encore trop jeune. Il lui promit, en revanche, qu'il pourrait les aider, par exemple, à saler les peaux, à gratter les poils et les bouts de chair pourrie avec un couteau émoussé, à cueillir les fruits du myrobalan pour tanner les peaux.

En arrivant à la ferme du Thakur Premji, Dukhi, Ishvar et quelques autres Chamaars furent dirigés vers le champ où gisait le buffle. Perchée sur le monticule noir, une aigrette picorait les insectes enfouis dans la peau. Elle s'envola à l'approche des hommes. Des nuées de mouches bourdonnaient au-dessus de l'animal.

« Il est mort ? demanda Dukhi.

— Évidemment, dit le Thakur. Tu crois que je peux me permettre de céder le bétail vivant ? »

Secouant la tête et grommelant quelque chose sur la stupidité de ces achhoot-jatis, il les abandonna à leur tâche.

Dukhi et ses amis placèrent leur carriole derrière le buffle. Attrapant l'animal par les pattes, ils le hissèrent le long d'une planche inclinée qu'ils maintenaient humide afin que la masse pût glisser plus facilement.

« Regardez! s'écria l'un d'eux. Il est vivant, il respire!

— Aray Chhotu, pas si fort, dit Dukhi. Ou ils ne nous laisseront pas le prendre. De toute façon, il est quasiment mort — c'est une affaire de quelques heures. »

Ils se remirent au travail, transpirant et grognant, Chhotu injuriant le Thakur à voix basse. « Salaud d'hypocrite. Veut nous casser les reins. Ça serait tellement plus facile de le tuer, de l'épiauter ici et de le découper en morceaux.

— C'est sûr, dit Dukhi. Mais comment Sa Merde de Haute Caste accepterait-elle ça? La pureté de sa terre en serait souillée.

— La seule chose de haute caste qu'il y a chez lui, c'est son petit lund, dit Chhotu. Toutes les nuits, il se nourrit du choot haute caste de sa femme. »

Les hommes gloussèrent, puis redoublèrent d'efforts. « On le voit en ville une fois par semaine, dit quelqu'un. En train de bâfrer du poulet, du mouton, du bœuf, tout ce qui lui plaît.

— Ils sont tous pareils, dit Dukhi. Végétariens en public, mangeurs de viande en privé. Allons, poussez! »

Ishvar écoutait attentivement la conversation, tout en poussant de ses petites mains, encouragé par les hommes. « Là, on va y arriver! Pousse, Ishvar, pousse! Plus fort! Plus fort! »

Au milieu des plaisanteries, des jurons et des taquineries, le bœuf soudain se ranima, souleva la tête une dernière fois avant d'expirer. Surpris, les adultes reculèrent d'un bond pour éviter les cornes. Mais l'extrémité d'une corne accrocha la joue gauche d'Ishvar. Assommé, il s'évanouit.

Dukhi prit le garçon dans ses bras et partit en courant vers sa cahute. Ses jambes avalaient la distance, suivies fidèlement, en ce plein midi, par l'ombre rabougrie de sa silhouette et de celle de son fils. La sueur coulait de ses sourcils, éclaboussait le visage de l'enfant. Ishvar bougea, sa langue pointa, goûtant le sel de son père sur ses lèvres. Dukhi respira mieux, réconforté par ce signe de vie.

« Hélas Bhagwan ! hurla Roopa en voyant son fils sanguinolent. Aray père d'Ishvar, qu'as-tu fait à mon enfant ! Quelle urgence y avait-il de l'emmener aujourd'hui ? Un si petit garçon ! Tu ne pouvais pas attendre qu'il soit un peu plus vieux ?

— Il a sept ans, répondit calmement Dukhi. J'en avais cinq quand mon père m'a emmené.

— C'est une raison ? Et si tu avais été blessé et tué à cinq ans, tu ferais la même chose à ton fils ?

— Si j'avais été tué à cinq ans, je n'aurais pas de fils », dit Dukhi encore plus calmement.

Il sortit ramasser les feuilles qui soigneraient la blessure, les hacha très fin, jusqu'à leur donner la consistance d'une pâte. Puis il retourna travailler.

Roopa lava la balafre puis appliqua dessus l'onguent vert foncé. Peu à peu, sa fureur contre Dukhi se calmait. Elle attacha des amulettes protectrices aux bras de son enfant, se convainquant que c'était le mauvais œil des femmes brahmanes qui avait blessé Ishvar.

Quant aux femmes stériles, elles se rassurèrent également : l'univers redevenait normal ; le garçon intouchable avait perdu son beau visage, il était défiguré, comme cela devait être.

Quand Dukhi rentra le soir, il s'assit par terre, dans le coin où il prenait ses repas. Ishvar et Narayan se pelotonnèrent contre lui, respirant avec bonheur l'odeur de beedi que soufflait son haleine, et qui atténuait temporairement la puanteur des peaux, du tanin et des détritus. Le fumet des chapatis que Roopa était en train de faire cuire aiguisait leur appétit.

La blessure suppura pendant quelques jours avant de commencer à cicatriser, mais bientôt toute cause d'inquiétude disparut. Ce côté du visage d'Ishvar n'en demeura pas moins à jamais figé. Essayant de ne pas prendre la chose au tragique, son père remarqua : « Dieu veut que mon fils pleure moitié moins que les autres mortels. »

Il préféra négliger le fait que le sourire d'Ishvar, également, n'était qu'un demi-sourire.

L'année du dixième anniversaire d'Ishvar et du huitième de Narayan, la saison des pluies fut excellente. Dukhi lutta pendant tous ces mois de mousson pour colmater les fuites de son toit, chapardant des pleines brassées de chaume. Les champs se remirent de la sécheresse, le bétail grandit, en pleine santé. Dukhi attendit, en vain, que meurent des animaux.

La poursuite du beau temps, promesse de récoltes somptueuses pour les zamindars, signifiait une saison maigre pour les intouchables sans terre. Le travail reprendrait pour eux au moment de la moisson, mais, d'ici là, ils dépendaient de la charité ou de misérables tâches que daignaient leur donner les propriétaires.

Après plusieurs jours de paresse, Dukhi fut heureux de se voir convoqué par le Thakur Premji. A l'arrière de la maison, des piments rouges, dans un sac plein, attendaient qu'on les réduise en poudre. « Est-ce que tu peux finir ça avant le coucher du soleil ? demanda Premji. Ou peut-être vaut-il mieux que vous soyez deux ? »

Se refusant à partager la récompense, aussi maigre fût-elle, qui l'attendait, Dukhi affirma : « Ne vous inquiétez pas, Thakurji, tout sera fait avant que le soleil disparaisse. » Il déversa les piments dans l'énorme mortier et sélectionna l'un des trois longs et lourds pilons qui reposaient à côté. Il se mit à taper avec vigueur, souriant fréquemment au Thakur qui resta à l'observer pendant un moment.

Après son départ, Dhuki ralentit. Pour maintenir un tel rythme, il fallait trois hommes, pilonnant tour à tour. A l'heure du déjeuner, il en était à la moitié du sac, et il s'arrêta pour manger. Regardant autour de lui pour s'assurer que personne ne le voyait, il prit dans le mortier une pincée de poudre qu'il répandit sur son chapati. Il était temps, car le domestique du Thakur apparut avec un bidon d'eau.

C'est en fin d'après-midi, alors que le sac était presque vide, que l'accident se produisit. Sans que rien pût le laisser prévoir, sans qu'il eût changé quoi que ce soit au rythme du pilon, le mortier se fendit en deux moitiés bien nettes et s'effondra. Une des moitiés atterrit sur le pied gauche de Dukhi, qu'elle écrasa.

La femme du Thakur regardait par la fenêtre de la cuisine. « Oh, mon mari ! Viens vite ! hurla-t-elle. Cet âne bâté de Chamaar a cassé notre mortier ! »

Ses cris réveillèrent Thakur Premji, qui somnolait sous l'auvent, berçant son petit-fils dans ses bras. Il passa l'enfant endormi à une servante et se précipita à l'arrière de la maison. Étalé sur le sol, Dukhi essayait de bander son pied en sang avec le linge qu'il enroulait d'habitude autour de sa tête, comme un mince turban.

« Qu'as-tu fait, animal écervelé ! C'est pour ça que je t'ai engagé ?

— Pardonnez-moi, Thakurji. Je n'ai rien fait. Il devait y avoir un défaut dans la pierre.

— Menteur ! » Il leva sa canne d'un geste menaçant. « Non seulement tu casses, mais en plus tu me mens ! Si tu n'as rien fait, comment a-t-il pu se casser ? Un gros récipient en pierre dure ! Est-ce que c'est du verre, pour se briser comme ça ?

— Je jure sur la tête de mes enfants, supplia Dukhi. J'écrasais les piments, comme je l'ai fait toute la journée. Regardez, Thakurji, le sac est presque vide, le travail...

— Debout ! Pars d'ici tout de suite ! Je ne veux plus jamais te voir !

— Mais, Thakurji, le travail... »

Thakur Premji lui assena sa canne sur le dos. « Debout, j'ai dit ! Et fous le camp ! »

Dukhi se mit debout et recula en boitant, hors d'atteinte. « Thakurji, ayez pitié, ça fait des jours que je n'ai pas travaillé, je ne... »

Le Thakur vociféra, fou de rage : « Écoute-moi, chien puant ! Tu as cassé mon bien, et pourtant je te laisse partir ! Si je n'avais pas le cœur si tendre, je te remettrais à la police. Maintenant, fous le camp ! »

Il continuait à faire tournoyer sa canne. Dukhi se jeta de côté, mais son pied blessé le gênait. Plusieurs coups touchèrent leur cible avant qu'il ait pu franchir la porte. Il clopina jusque chez lui, maudissant le Thakur et sa progéniture.

« Fiche-moi la paix », lâcha-t-il à l'intention de Roopa, qui l'assaillait de questions. Comme elle insistait, collée à lui, le priant de la laisser examiner son pied, il la frappa. Furieux et humilié, il resta assis toute la soirée sans mot dire. A la grande frayeur d'Ishvar et de Narayan qui n'avaient jamais vu leur père dans cet état.

Plus tard, il laissa Roopa nettoyer et bander la plaie, et mangea ce qu'elle lui servit, mais toujours sans parler. « Tu te sentiras mieux si tu me racontes », lui dit-elle.

Il lui raconta deux jours plus tard, son amertume débordant comme le suintement nauséeux de sa plaie. Le jour où les chèvres s'étaient égarées, il avait accepté sans broncher d'être battu. Après tout, c'était sa faute, il s'était endormi. Mais cette fois-ci, il n'avait rien fait de mal. Il avait travaillé dur toute la journée, moyennant quoi il avait été fouetté et privé de son dû. « Par-dessus le marché, j'ai le pied écrasé. J'aurais pu tuer ce Thakur. Un vulgaire voleur. Et ils sont tous les mêmes. Ils nous traitent comme des animaux. L'ont toujours fait, aussi loin qu'on remonte.

— Chut, dit-elle. C'est mauvais pour les garçons d'entendre dire des choses pareilles. Tu n'as pas eu de chance, c'est tout.

— Je crache à leur figure de hautes castes. A partir de maintenant, je n'aurai plus besoin de leurs boulots minables. »

Quand son pied fut guéri, Dukhi quitta le village. Il partit à l'aube et arriva en ville avant midi, cheminant dans des chars à bœufs, et même à bord d'un camion. Il choisit un coin de rue, s'assurant qu'aucun cordonnier n'exerçait dans les environs. Étalant alêne, marteau, clous, tasseaux et morceaux de cuir en demi-cercle autour de lui, il s'installa sur le trottoir et attendit que les citadins viennent faire réparer leurs chaussures.

Escarpins, mocassins, babouches défilèrent devant lui, dans des variétés de formes et de couleurs qui l'intriguèrent et l'inquiétèrent. Si l'un d'entre eux décidait de s'arrêter, serait-il capable d'effectuer la réparation? Ces chaussures paraissaient tellement plus complexes que les simples sandales auxquelles il était habitué.

Au bout d'un moment, quelqu'un fit halte devant Dukhi, se débarrassa de son chappal droit, et indiqua de son gros orteil les lanières cassées. « Combien pour ça? »

Dukhi prit l'objet en mains et le retourna. « Deux annas.

— Deux annas? N'es-tu pas paagal? Autant m'acheter des chappals neufs si je dois payer deux annas à un mochi comme toi.

— Aray, sahab, qui vous donnera des chappals neufs pour deux annas? »

Ils marchandèrent un peu, puis s'entendirent sur un anna. Dukhi gratta la semelle pour dénuder la rainure dans laquelle s'inséraient les lanières. La saleté s'écailla en grosses croûtes. Il n'y avait pas de différence, conclut-il, entre la saleté du village et celle des villes : elles avaient la même apparence et la même odeur.

Il replaça les lanières dans la fente et les fixa avec un rang de nouvelles agrafes. Avant de remettre son chappal, l'homme tira sur la couture, puis fit quelques pas, agita ses doigts de pieds, grommela son approbation et paya.

Six heures et cinq clients plus tard, il fut temps de plier bagage. Avec l'argent, Dukhi acheta quelques denrées — un peu de farine, trois oignons, quatre pommes de terre, deux piments verts, forts — et prit le chemin du retour. La circulation était moins dense que le matin. Il marcha longtemps avant de se faire prendre en stop. Quand il atteignit le village, la nuit était tombée. Roopa et les enfants l'attendaient avec anxiété.

Plusieurs jours s'étaient ainsi écoulés, sur son coin de trottoir, quand Dukhi vit se diriger vers lui son ami Ashraf. « Je ne savais pas que tu faisais le cordonnier près de chez moi », dit Ashraf, tout surpris.

Ashraf était le tailleur musulman de la ville. Dukhi et lui étaient du même âge, et c'est chez lui que Dukhi se rendait, aux rares occasions où il avait les moyens d'offrir quelque chose à Roopa ou aux enfants — le tailleur hindou ne travaillait pas pour les intouchables.

En apprenant les malheurs de Dukhi au village, Ashraf lui demanda : « Ça te plairait d'essayer de faire quelque chose d'autre ? Quelque chose qui paierait mieux ?

— Où ça ?

— Viens avec moi. »

Ils se dirigèrent vers la partie opposée de la ville, de l'autre côté de la voie de chemin de fer, vers le dépôt de bois. Là, Ashraf présenta Dukhi à son oncle, le directeur du lieu.

Dès lors, Dukhi eut toujours du travail au dépôt : charger et décharger les camions, aider à faire les livraisons. Porter et transporter, debout sur ses jambes et en compagnie d'autres hommes, lui plaisait infiniment mieux que de rester accroupi toute la journée, à converser avec les pieds d'étrangers. Sans compter la bonne odeur de bois frais, qui le soulageait de la puanteur des chaussures sales.

Un matin, en se rendant au dépôt, Dukhi constata que la circulation était plus difficile que d'habitude. Le char à bœufs qui le transportait disparut dans des nuages de poussière. Il dut souvent se ranger sur le côté, et faillit même une fois, pour laisser passer un gros autocar, tomber dans le fossé. « Que se passe-t-il ? demanda-t-il au bouvier. Où vont-ils tous ? »

L'homme haussa les épaules, occupé à ramener son bœuf sur la route. Il eut beau aiguillonner la bête, rien n'y fit ; Dukhi et lui durent sauter à bas de la carriole et pousser.

En arrivant en ville, Dukhi vit les rues décorées de bannières et de drapeaux. On attendait la visite, apprit-il, de quelques dirigeants du Congrès national indien. Ashraf et lui décidèrent de se mêler à la foule.

Les discours commencèrent Les politiciens dirent qu'ils étaient venus répandre le message du Mahatma sur la lutte pour la liberté et la lutte pour la justice. « Il y a trop longtemps que nous sommes des esclaves dans notre propre pays. Et le temps est venu de lutter pour la liberté. Dans cette lutte, nous n'avons besoin ni de fusils ni d'épées. Nous n'avons besoin ni de paroles violentes ni de haine. Avec la vérité et l'ahimsa nous convaincrons les Anglais que le moment est arrivé pour eux de partir. »

La foule applaudit ; l'orateur continua : « Vous conviendrez que, pour secouer le joug de l'esclavage, nous devons être forts. Personne ne peut dire le contraire. Et seuls ceux qui possèdent une force authentique peuvent employer le pouvoir de la vérité et de la non-violence. Mais comment acquérir un début de force quand une maladie sévit dans nos rangs ? Nous devons d'abord nous débarrasser de cette maladie qui empoisonne le corps de notre mère patrie.

« Quelle est cette maladie ? demanderez-vous. Cette maladie, mes frères et mes sœurs, est la notion d'intouchabilité qui nous ravage depuis des siècles, déniant toute dignité à nos concitoyens êtres humains. Il faut éradiquer cette maladie de notre société, de nos cœurs, de nos esprits. Personne n'est intouchable, car nous sommes tous les enfants du même Dieu. Souvenez-vous de ce que dit Ghandiji, que l'intouchabilité empoisonne l'hindouisme comme une goutte d'arsenic empoisonne le lait. »

Après lui, d'autres vinrent parler de sujets relatifs à la lutte pour la liberté, des hommes qui passaient, honorablement, leur temps en prison pour cause de désobéissance civile, pour avoir refusé de respecter des lois injustes. Dukhi et Ashraf restèrent jusqu'à la fin, quand les orateurs demandèrent à la foule de s'engager à expulser de son esprit, de sa parole et de ses actes tout préjugé de caste. « Nous portons ce message dans tout le pays, et partout nous demandons au peuple de s'unir et de combattre ce système impie, bigot et maléfique. »

La foule prêta le serment qu'exigeait le Mahatma, répétant les mots avec enthousiasme. La réunion était terminée.

« Je me demande, dit Dukhi à Ashraf, si les zamindars dans nos villages applaudiront jamais un discours prêchant la disparition du système des castes.

— Ils applaudiront et continueront comme avant. Le diable a dérobé leur sens de la justice — ils ne voient ni ne sentent. Tu devrais quitter ton village, amener ta famille ici.

— Pour habiter où ? Là-bas, du moins, nous avons une cahute. De plus, c'est là que mes ancêtres ont toujours vécu. Comment pourrais-je quitter cette terre ? Ce n'est pas bien de s'éloigner de son village natal. On finit par oublier qui on est.

— C'est vrai, dit Ashraf. Mais envoie au moins tes fils ici pour quelque temps. Pour apprendre un métier.

— On ne le leur laisserait pas pratiquer dans le village. »

Ce pessimisme impatienta Ashraf. « Les choses changeront, nah. Tu as entendu ces hommes à la réunion. Envoie-moi tes fils. Je leur apprendrai la couture dans ma boutique. »

Un instant, à cette vision de l'avenir, les yeux de Dukhi étincelèrent. « Non, fit-il. Mieux vaut rester là où nous sommes. »

Vint le temps de la moisson, et Dukhi cessa de se rendre au dépôt de bois. Son vœu d'échapper aux exploitants avait faibli, car la distance était longue jusqu'à la ville et les moyens de transport peu fiables. Il partait aux champs avant l'aube et revenait à la nuit tombée, le dos douloureux, porteur des nouvelles des villages environnants qu'il avait manquées depuis plusieurs mois.

Ces nouvelles étaient les mêmes que celles qu'il avait entendues, soir après soir, durant toute son enfance ; seuls les noms avaient changé. Pour avoir marché sur le côté de la rue réservé aux hautes castes, Sita avait été lapidé, mais pas jusqu'à en mourir — les jets de pierre avaient cessé au premier sang. Gambhir avait eu moins de chance ; on lui avait versé du plomb fondu dans les oreilles parce qu'il s'était aventuré à proximité du temple pendant qu'on y disait les prières. Dayaram, reniant son engagement de labourer le champ d'un propriétaire, avait été forcé de manger les excréments de son employeur sur la place du village. Au lieu de s'en tenir aux quelques morceaux de bois que pouvait lui rapporter une journée de bûcheronnage, Dhiraj avait essayé de négocier ses gages à l'avance ; furieux, le Pandit l'avait accusé d'avoir empoisonné ses vaches, et l'avait fait pendre.

Pendant que Dukhi peinait aux champs, et étant donné le manque de carcasses de bêtes, ses fils n'avaient pas de travail. Afin de les occuper, Roopa les envoyait ramasser du bois pour le feu. Il leur arrivait aussi de trouver des bouses de vache, mais rarement, car les gardiens du troupeau ramassaient avec zèle la précieuse denrée. Roopa ne s'en servait pas comme carburant, préférant en enduire l'entrée de la hutte. Une fois sec, à la fois dur et doux, le fumier formait un seuil aussi solide que la terre cuite, de la même consistance que le sol des corrals.

Il restait néanmoins aux garçons de nombreuses heures inoccupées, pour courir au bord de la rivière ou chasser les lapins sauvages. Ils savaient exactement ce que leur caste autorisait ou interdisait ; l'instinct et l'écoute des conversations de leurs aînés avaient dressé dans leur esprit des frontières aussi évidentes qu'un mur de pierre. Leur mère n'en craignait pas moins de les voir se créer des ennuis. Elle attendait avec impatience que s'achèvent le moissonnage et le battage et qu'ils s'installent sous ses yeux pour tamiser les grains perdus qu'ils avaient ramassés.

Les deux frères passaient parfois leur matinée aux abords de l'école du village. Ils écoutaient les enfants des hautes castes réciter l'alphabet, apprendre, en chantant des comptines, les couleurs, les chiffres, la mousson. Les voix criardes s'échappaient par la fenêtre comme des volées de moineaux. Après, cachés au milieu des arbres, au bord de la rivière, Ishvar et Narayan essayaient de répéter ce qu'ils avaient entendu.

Si, poussés par la curiosité, ils s'approchaient trop et se faisaient repérer par le maître, celui-ci les chassait aussitôt : « Petits ânes effrontés ! Filez, ou je vous brise les os ! » Mais Ishvar et Narayan étaient très doués pour l'espionnage ; ils savaient se faufiler assez près pour entendre la craie crisser sur les ardoises.

La craie et les ardoises les fascinaient. Ils rêvaient de tenir les bâtonnets blancs dans leurs mains, de tracer des paraphes blancs comme les autres enfants, de dessiner des cabanes, des vaches, des chèvres et des fleurs. Faire surgir ces choses du néant tenait de la magie.

Un matin qu'Ishvar et Narayan se tenaient tapis au milieu des buissons, les écoliers sortirent dans la cour répéter une danse pour la fête des moissons. Il n'y avait pas un nuage dans le ciel, des bribes de chants leur parvenaient des champs, dans le lointain. Les moissonneurs chantaient la douleur de leur dos meurtri, le grésillement de leur peau au soleil. Ishvar et Narayan essayèrent, en vain, de repérer la voix de leur père.

Les écoliers se prirent par la main et, pieds nus, formèrent deux cercles concentriques se mouvant dans des sens opposés. A intervalles réguliers, les deux cercles inversaient le mouvement. D'où de grands éclats de rire, car certains enfants tournaient en retard, se heurtaient et s'enchevêtraient.

Ishvar et Narayan les observèrent un moment puis, soudain, se rendirent compte que la salle de classe était vide. Ils rampèrent à quatre pattes, firent le tour du bâtiment et pénétrèrent dans la pièce par une fenêtre.

Dans un coin, les chaussures des enfants s'alignaient en rangées bien nettes ; dans un autre, derrière le tableau noir, leurs paniers-repas. L'odeur de nourriture se mélangeait à celle de la poussière de craie. Les garçons se dirigèrent vers le placard où l'on gardait les ardoises et les craies. Ils s'équipèrent et s'assirent par terre jambes croisées, l'ardoise sur les genoux, comme ils l'avaient si souvent vu faire aux enfants. Mais ils ne savaient pas très bien comment passer à l'étape suivante. Narayan attendit que son frère aîné commence.

Nerveux, Ishvar tint la craie au-dessus de l'ardoise et, doucement, un peu apeuré, l'appuya, dessina une ligne, puis une autre, et encore une autre. Il sourit à Narayan — vois comme c'est facile de tracer sa marque !

Alors Narayan, les doigts tremblants d'excitation, traça une courte ligne blanche, qu'il montra triomphalement Ils s'enhardirent, délaissant les lignes droites pour des boucles, des courbes et des gribouillis de toutes formes, ne s'arrêtant que pour admirer, s'émerveiller de l'aisance avec laquelle ils pouvaient créer, puis effacer d'un revers de main, et recréer à volonté. Riant aussi de ce qu'ils pouvaient faire avec la poussière de craie déposée sur leurs doigts — de drôles de lignes épaisses sur le front, comme les marques de caste des Brahmanes.

Ils ouvrirent de nouveau le placard pour en inventorier le contenu, déroulèrent des abécédaires, ouvrirent des livres d'images. Égarés dans ce monde interdit, ils ne remarquèrent pas que la danse dans la cour s'était arrêtée, pas plus qu'ils n'entendirent le maître arriver à pas de loup derrière eux. Il les attrapa par l'oreille et les tira dehors.

« Racaille de Chamaars ! Vous voilà devenus bien courageux pour oser entrer dans l'école ! » Il leur tordit violemment l'oreille, sous la douleur ils se mirent à pleurer. Les petits écoliers, apeurés, se serraient les uns contre les autres. « C'est ça que vous apprennent vos parents ? A profaner les outils du savoir ? Répondez-moi ! C'est ça ? »

Il leur lâcha l'oreille, à seule fin de leur bourrer la tête de coups.

« Non, maître, sanglota Ishvar, ce n'est pas ça.

— Alors, pourquoi êtes-vous entrés ?

— On voulait juste regarder...

— Regarder ! Eh bien, je vais vous montrer ! Je vais vous montrer le dos de ma main ! » Et il gifla Ishvar, six fois de suite, puis administra le même traitement à son frère. « Et ça, sur votre front, c'est quoi, créatures éhontées ? Quel blasphème ! »

Ils les frappa encore, jusqu'à en avoir mal à la main.

« Prends la canne dans le placard, ordonna-t-il à une petite fille. Et vous deux, enlevez votre culotte. Quand j'en aurai fini, aucun de vous, garçons achhoots, ne rêvera jamais plus de s'amuser avec des choses auxquelles vous n'avez pas le droit de toucher. »

On lui tendit la canne et il demanda à quatre élèves plus âgés de maintenir par terre les contrevenants, face au sol, en les immobilisant par les mains et les chevilles. Et la punition commença, les coups tombant alternativement sur chaque frère. Les élèves sursautaient chaque fois que la canne s'abattait sur les fesses nues. Un petit garçon se mit à pleurer.

Après une douzaine de coups, le maître s'arrêta, pantelant. « Que cela vous serve de leçon, souffla-t-il. Et maintenant, fichez le camp, et que je ne revoie plus jamais vos visages sales. »

La culotte ballottant sur les jambes, Ishvar et Narayan s'enfuirent, butant et trébuchant. A ce spectacle comique, les autres enfants éclatèrent de rire, heureux du soulagement qu'il leur procurait.

Dukhi n'apprit que le soir la punition infligée à ses fils. Il pria Roopa d'attendre pour faire cuire les chapatis. « Pourquoi ? demanda-t-elle, alarmée. Après toute une journée aux champs, tu n'as pas faim ? Où veux-tu donc aller ?

— Chez le Pandit Lalluram. Il doit faire quelque chose.

— Attends, supplia-t-elle. Ne dérange pas un homme si important à l'heure du dîner. »

Mais Dukhi se lava les mains, et partit.

Pandit Lalluram n'était pas n'importe quel Brahmane, c'était un Brahmane Chit-Pavan — un descendant des purs parmi les purs, des gardiens de la Connaissance Sacrée. Ni chef du village, ni fonctionnaire du gouvernement, il n'en méritait pas moins, disaient ses pairs, par son âge, son sens de la justice et cette Connaissance Sacrée enfermée à l'intérieur de son crâne luisant, leur respect inconditionnel.

Toutes sortes de querelles, à propos de la terre, de l'eau ou des animaux, aboutissaient devant lui, pour arbitrage. Les disputes familiales, concernant des brus désobéissantes, des épouses têtues et des maris volages, étaient également de sa juridiction. Ses pouvoirs étant incontestables, chacun repartait satisfait : la victime, avec l'illusion d'avoir obtenu justice ; le coupable, libre d'agir comme avant ; et Pandit Lalluram, en récompense du mal qu'il s'était donné, recevait, des deux parties, tissus, blé, fruits et friandises.

Le Pandit avait aussi la réputation de faire régner l'harmonie dans la commune. C'est ainsi que, par exemple, chaque fois que ses coreligionnaires se déchaînaient contre les musulmans et l'abattage des vaches, il les persuadait qu'un hindou ne devait pas condamner les mangeurs de vache. A cause de sa religion, expliquait-il, le musulman, pauvre garçon encombré de quatre femmes, avait besoin de manger la chair des animaux pour s'échauffer le sang et honorer ses quatre épouses — il était carnivore par nécessité et non par goût de la viande ou pour harceler les hindous, et par conséquent, méritait la pitié et qu'on le laisse en paix satisfaire les exigences de sa religion.

Ses états de service impeccables valaient à Pandit Lalluram d'innombrables partisans. Son honnêteté et sa droiture sont tels, disaient-ils, que même un intouchable peut obtenir justice de ses mains. Qu'aucun intouchable n'ait pu, de mémoire d'homme, corroborer ces dires, n'était pas la question. Certains croyaient se rappeler, vaguement, une histoire concernant un propriétaire terrien qui avait fouetté à mort un Bhunghi au motif qu'il était arrivé en retard, bien après le coucher du soleil, pour ramasser les excréments de la maison. Pandit Lalluram avait décrété — à moins que ce ne fût son père, peut-être même son grand-père, en tout cas, quelqu'un avait décrété — qu'il s'agissait d'une offense sérieuse, mais pas assez sérieuse cependant pour autoriser la mise à mort, et que le propriétaire, en échange, devait fournir nourriture, abri et vêtements à la veuve et aux enfants pendant six ans. A moins que ce ne fût six mois, ou six semaines ?

Se fondant sur cette réputation, Dukhi s'assit aux pieds de Pandit Lalluram et lui raconta le traitement infligé à ses fils. Enfoncé dans son fauteuil, le vieux sage, qui venait d'achever de dîner, rota bruyamment plusieurs fois pendant le récit de son visiteur. Dukhi s'arrêta poliment à chaque éructation, tandis que Pandit Lalluram murmurait un « Hai Ram », remerciant d'avoir été gratifié d'un appareil digestif doté d'une telle capacité d'assimilation.

« Il a tellement frappé mes fils — vous devriez voir leur visage tout enflé, Panditji, dit Dukhi. Et leur dos, on dirait qu'un tigre furieux l'a raclé de ses griffes.

— Pauvres enfants », compatit Pandit Lalluram. Il

se leva et se dirigea vers une étagère. « Tiens, passe-leur cette pommade sur le dos. Ça calmera la dou-leur. »

Dukhi inclina la tête.

« Merci, Panditji, vous êtes vraiment bon. » Il déroula son turban et s'en servit pour envelopper la petite boîte en fer. « Panditji, il y a quelque temps, j'ai été méchamment frappé par Thakur Premji pour une faute dont je n'étais pas responsable. Mais je ne suis pas venu vous trouver. Je ne voulais pas vous ennuyer. »

Pandit Lalluram haussa les sourcils, se frotta le gros orteil. Branlant du chef, il malaxa sueur et saleté en petites boules noires qui échappèrent à ses doigts.

« Cette fois-là, j'ai souffert en silence, dit Dukhi. Mais pour mes enfants, je viens vous trouver. On les a battus injustement. »

Toujours silencieux, Pandit Lalluram renifla les doigts qui avaient fini de masser son orteil. Il pivota sur une fesse, et lâcha un vent. Dukhi se pencha en arrière pour laisser la voie libre, se demandant de quel châtiment pouvait bien être passible celui qui osait gêner la circulation des flatulences brahma-niques.

« Ce ne sont que des enfants, plaida-t-il, et ils ne faisaient pas de mal. » Il attendit la réponse. « Ils ne faisaient pas de mal, Panditji », répéta-t-il, voulant au moins que le sage exprime son accord avec lui. « Cet instituteur devrait être puni pour ce qu'il a fait. »

Pandit Lalluram poussa un long soupir. Il se pen-cha de côté et se moucha entre ses doigts, projetant sur le sol un épais filament de mucus. Qui, en atter-rissant, souleva un tout petit nuage de poussière. Le Pandit se frotta le nez et soupira de nouveau. « Dukhi Mochi, tu es un brave homme, un bon tra-vailleur. Je te connais depuis longtemps. Tu essaies toujours de faire ton devoir, n'est-ce pas, selon les prescriptions de ta caste ? »

Dukhi hocha la tête.

« Ce qui est sage, poursuivit le Pandit, car c'est la voie du bonheur. Autrement, l'univers serait plongé dans le chaos. Tu sais que la société se compose de quatre varnas : les Brahmanes, les Kshatriya, les Vaishya et les Shudra. Chacun d'entre nous appartient à l'un d'eux, et ils ne peuvent se mélanger. D'accord ? »

Dukhi hocha de nouveau la tête, dissimulant son impatience. Il n'était pas venu écouter un cours sur le système des castes.

« Par conséquent, de la même façon que toi, ouvrier du cuir, tu dois accomplir ton devoir dharmique envers ta famille et la société, l'instituteur doit accomplir le sien. Tu ne nies pas ce fait, n'est-ce pas ? »

Dukhi secoua la tête.

« Punir tes fils pour leur mauvaise action est un des devoirs de l'instituteur. Il n'avait pas le choix. Comprends-tu ?

— Oui, Panditji, une punition est parfois nécessaire. Mais fallait-il les battre aussi sauvagement ?

— C'est une terrible offense qu'ils avaient...

— Mais ce ne sont que des enfants, et curieux, comme tous... »

Pandit Lalluram roula des yeux, pointant l'index de sa main droite vers le ciel pour imposer silence à celui qui osait l'interrompre. « Comment puis-je te faire comprendre ? Tu n'as pas le savoir nécessaire qui t'aiderait à assimiler de tels sujets. » Abandonnant son ton patient, douloureux presque, sa voix prit une inflexion plus dure : « Tes fils sont entrés dans la salle de classe. Ils l'ont polluée. Ils ont touché les instruments du savoir. Souillé les ardoises et les craies qu'allaient toucher les enfants des hautes castes. Tu as eu de la chance qu'il n'y ait pas eu de livre saint comme la Bhagavad-gîtā dans ce placard, pas de textes sacrés. Car alors la punition aurait été plus définitive. »

Quand Dukhi effleura les sandales de Pandit Lalluram pour prendre congé, il était calme. « Je comprends tout à fait, Panditji, merci de m'avoir expliqué. J'ai beaucoup de chance que vous, un Brahmane Chit-Pavan, perdiez votre précieux temps pour un ignorant Chamaar comme moi. »

Pandit Lalluram leva une main distraite en signe d'adieu, se demandant vaguement s'il fallait prendre ces propos pour une insulte ou une flatterie. Mais un autre vigoureux renvoi surgit des profondeurs, chassant le doute et soulageant ventre et esprit.

En rentrant chez lui, Dukhi tomba sur ses amis, encore en train de fumer sous l'arbre au bord de la rivière. « Oyeh, Dukhi, dehors si tard dans cette partie du village ?

— Je suis allé voir ce Brahmane Chit-Pavan. » Et de leur narrer sa visite en détail. « Brahmane Goo-Khavan, voilà plutôt comment on devrait l'appeler. »

Ils rirent avec bonheur, et Chhotu reconnut que le nom de Brahmane Mangeur de Merde lui convenait mieux. « Mais quel appétit lui reste-t-il après avoir englouti une livre de ghee et deux livres de friandises à chaque repas ?

— Il m'a donné cette pommade pour les enfants », dit Dukhi.

Ils se passèrent la boîte à la ronde, examinant, reniflant son contenu.

« Pour moi, ça ressemble à du cirage, dit Chhotu. Il doit en appliquer chaque matin sur sa tête. C'est pour ça qu'elle brille comme le soleil.

— Aray bhaiya, tu confonds sa tête et son cul. C'est là qu'il applique le cirage — c'est de là que brille le soleil, selon ses frères de caste. C'est pourquoi les Mangeurs de Merde le lui lèchent, pour obtenir ses bonnes grâces.

— J'ai un shlokha pour chacun d'eux, un bon conseil », dit Dayaram, qui se mit à réciter, en faux sanskrit, imitant les cadences d'un pujari lisant les écritures : « Boluma Edkama Tajidevum ! Chuptum Makkama Jhaptum ! »

Ces références à la sodomie et à la copulation les

firent hurler de rire. Dukhi jeta la boîte dans la rivière. Laissant ses amis spéculer sur ce qui existait, à supposer qu'il existât quelque chose, sous les plis de graisse qui constituaient le ventre de Pandit Lalluram, il rentra chez lui.

Il avertit Roopa qu'il partirait pour la ville tôt le lendemain matin. « J'ai pris ma décision. Je vais parler à Ashraf le tailleur. »

Elle ne lui posa pas de questions. Absorbée qu'elle était à planifier une nouvelle équipée nocturne en direction d'une autre baratte, cette fois-ci afin de soigner le dos de ses enfants.

Ahsraf refusa que Dukhi lui paye l'apprentissage de ses fils. « Ils m'aideront, dit-il. Et quelle quantité de nourriture peuvent avaler deux petits garçons ? Quoi que nous mangions, ils le partageront avec nous. C'est correct, nah ? Pas d'objections ?

— Pas d'objections », dit Dukhi.

Deux semaines plus tard, il retourna chez Ashraf avec Ishvar et Narayan. « Ashraf, c'est comme mon frère, leur expliqua-t-il. Vous devez donc l'appeler Ashraf Chacha. »

Le tailleur béa de plaisir, honoré de se voir conférer le titre d'oncle. « Vous resterez quelque temps chez Ashraf Chacha, poursuivit Dukhi, et vous apprendrez le métier. Écoutez soigneusement tout ce qu'il vous dit, et ayez autant de respect pour lui que pour moi. »

Les garçons avaient été préparés à la séparation ; ceci n'en était que l'expression formelle. « Oui, Bapa, répondirent-ils.

— Ashraf Chacha va faire de vous des tailleurs. Désormais, vous n'êtes plus cordonniers — si quelqu'un vous demande votre nom, ne dites plus Ishvar Mochi ou Narayan Mochi. Désormais, vous êtes Ishvar Darji et Narayan Darji. »

Sur quoi, Dukhi leur donna une petite tape sur le dos, et les poussa légèrement, comme pour les propulser sous la garde d'Ashraf. Ils s'écartèrent de leur père et s'avancèrent vers le tailleur, qui tendit les mains pour les recevoir.

Dukhi regarda les doigts d'Ashraf, la pression qu'ils exercèrent sur les épaules des enfants. Ashraf était un homme bon et tendre, ses garçons seraient bien soignés. Il sentit néanmoins une chape de glace recouvrir son cœur.

Dans le char à bœufs qui le ramenait au village, il s'affaissa, épuisé, vibrant de tous ses os, à peine conscient des bonds que lui faisaient faire les roues en passant sur les bosses et les ornières de la route. En même temps, de folles bouffées d'énergie montaient en lui, lui donnant l'envie de sauter de la carriole et de courir. Il savait qu'il avait agi pour le mieux. Alors pourquoi ce poids en lui ? Qu'est-ce qui l'oppressait ainsi ?

La soirée était bien avancée quand il sauta du char, à la limite du village. Dans la hutte, assise, désœuvrée, les yeux dans le vide, Roopa vit se profiler l'ombre de Dukhi sur le pas de la porte. Il lui raconta tout ce qui s'était passé.

Elle fixa sur lui un regard accusateur. La brèche qu'il venait de faire dans sa vie, rien ne pourrait la combler. Chaque fois, lui dit-elle, qu'elle pensait à ses deux fils — partis à des kilomètres de distance vivre chez un étranger, un musulman qui plus est —, son chagrin lui montait à la gorge et elle avait la nausée. Amer, il lui fit remarquer que ses amis musulmans le traitaient en tout cas mieux que ses frères hindous.

La Maison de Couture Muzaffar était établie dans une rue de petits commerces, quincaillier, charbonnier, banya, minotier, à la suite l'un de l'autre, boutiques identiques de forme et de taille, ne se distinguant que par les bruits et les odeurs qui s'en échappaient. La Maison de Couture Muzaffar était la seule à posséder une enseigne.

Ce qui n'en diminuait pas l'exiguïté, ni celle de l'appartement au-dessus : une pièce-cuisine. Ashraf s'était marié l'année précédente et avait une petite fille d'un mois. Sa femme, Mumtaz, fut beaucoup moins contente que lui de se retrouver avec deux bouches supplémentaires à nourrir. On décida que les apprentis dormiraient dans la boutique.

Leur soudain changement de vie bouleversa Ishvar et Narayan. Immeubles, lumière électrique, eau coulant du robinet — toutes choses si stupéfiantes. Le premier jour, ils s'assirent sur les marches devant la boutique, pour observer la rue et son univers, un terrifiant maelström. Peu à peu, ils distinguèrent le flux de la circulation et, se faufilant dans ce fleuve, le courant des voitures à bras, bicyclettes, chars à bœufs, autobus, voire camions. Ils apprirent à comprendre le tempérament sauvage de ce fleuve, que tout n'était pas que folie et bruit, que certaines règles existaient.

Ils regardèrent les gens entrer chez le banya pour acheter sel, épices, noix de coco, légumes secs, bougies, huile. Ils virent le blé transporté chez le minotier et transformé en farine, les bras du minotier blanchissant au fur et à mesure, parfois même son visage, jusqu'à ses cils. Les bras et le visage du charbonnier, eux, noircissaient au fil des heures ; ses garçons livreurs couraient toute la journée avec leurs paniers de charbon. Ravis, Ishvar et Narayan observaient leurs voisins se laver le soir, se débarrasser de leurs couleurs de jour pour retrouver leur brun naturel.

Ashraf les laissa tranquilles pendant deux jours, jusqu'à ce que leur curiosité se porte d'elle-même sur sa boutique. L'objet de leur convoitise fut naturellement la machine à coudre. Ashraf leur permit, chacun son tour, d'actionner la pédale pendant qu'il poussait un morceau de chiffon sous l'aiguille. Tout excités d'avoir réussi à faire marcher la machine, les deux frères trouvèrent cela aussi exaltant que de tracer une marque à la craie sur une ardoise.

Ils étaient prêts maintenant à passer à des choses moins excitantes, comme d'enfiler une aiguille et de coudre à la main. Avides d'apprendre, ils impressionnèrent Ashraf par leur vivacité d'esprit. Celui-ci décida de laisser Ishvar noter les mesures du prochain client qui se présenterait.

L'homme apporta du tissu rayé pour une chemise. Ashraf ouvrit le livre de commandes à une page neuve, inscrivit le nom du client, puis, d'un geste plein de panache, déroula son mètre, ce que les garçons trouvèrent tout bonnement merveilleux. Ils s'étaient déjà entraînés à pratiquer le geste en privé, au grand amusement d'Ashraf.

« Col, quatorze centimètres et demi, dicta-t-il. Poitrine, trente-deux. » Du coin de l'œil, il vit Ishvar, courbé sur le livre, la langue pointant en signe de concentration. « Manches ? demanda Ashraf en s'adressant au client. Courtes ou longues ?

— Longues, dit l'homme. C'est pour le mariage d'un ami. »

Ces formalités terminées, l'homme partit, assuré que sa chemise serait prête pour le mariage, la semaine suivante.

« Maintenant, voyons les mesures », dit Ashraf.

Avec un sourire fier, Ishvar lui tendit le livre. Des graffitis et des volutes noirs remplissaient la page.

« Ah oui, je vois. » Dissimulant sa consternation, Ashraf tapota la tête du garçon. « Oui, c'est très bien. » Et il s'empressa de noter les mesures, qui lui restaient en mémoire.

Après le dîner, il commença à leur enseigner l'alphabet et les chiffres, au déplaisir de Mumtaz. « Te voilà devenu aussi leur maître d'école. Et ensuite ce sera quoi ? Tu te chargeras de leur trouver une femme quand ils auront l'âge de se marier ? »

Le lendemain, il termina la chemise. L'homme vint la chercher à la fin de la semaine et l'essaya. Elle lui allait très bien, à l'exception de la longueur : elle tombait plus sur les genoux que nécessaire. L'homme se regardait dans la glace, se tournait de droite, de gauche, hésitant.

« Absolument parfait, s'exclama Ashraf. Ce style pathani est devenu très à la mode ces temps-ci. »

L'homme s'en alla, toujours un peu dubitatif, et ils éclatèrent de rire tous les trois.

Cela faisait un mois que ses apprentis étaient à l'œuvre quand, une nuit, Ashraf fut réveillé par un vagissement étouffé. Il s'assit, écouta, n'entendit rien d'autre, se recoucha. Il commençait à s'endormir quand de nouveau le bruit s'éleva. « Que se passe-t-il ? demanda Mumtaz. Pourquoi ne dors-tu pas ?

— Un bruit. Est-ce que le bébé a pleuré ?

— Non, mais il le fera si tu n'arrêtes pas de gigoter. »

De nouveau, des sanglots étouffés. « C'est en bas. » Il se leva, alluma la lampe.

« Pourquoi dois-tu y aller ? Es-tu leur père ? »

Dans le magasin, la lumière de sa lampe balaya les joues trempées de larmes de Narayan. Ashraf s'agenouilla sur le sol à côté de lui, lui caressa doucement le dos.

« Qu'est-ce qui ne va pas, Narayan ? » l'interrogea-t-il, tout en connaissant la réponse. Il s'était attendu à une crise de mal du pays, un jour ou l'autre. « Je t'ai entendu pleurer. Tu as mal quelque part ? »

Le garçon secoua la tête. Ashraf le serra contre lui. « En l'absence de ton papa, c'est moi qui le remplace. Et Mumtaz Chachi est comme ta mère, nah ? Tu peux tout nous dire. »

A ces mots, les sanglots de Narayan redoublèrent. Du coup, Ishvar se réveilla, frottant ses yeux irrités par la lumière de la lampe.

« Sais-tu pourquoi ton frère pleure ? lui demanda Ashraf.

— Chaque nuit, il pense à la maison. Moi aussi, mais je ne pleure pas.

— Tu es un garçon courageux.

— Je ne veux pas pleurer moi non plus, dit Narayan. Mais quand il fait noir et que tout le monde dort, mon père et ma mère se présentent dans ma tête. » Il renifla, s'essuya les yeux. « Je vois notre hutte, et ça me rend très triste, et ensuite ça me fait pleurer. »

Ashraf le prit sur ses genoux, lui disant que c'était très bien de penser à ses parents. « Mais ne sois pas triste, ton Bapa viendra vous chercher dans quelques semaines, il vous ramènera en vacances à la maison. Et quand vous aurez appris le métier de tailleur, vous ouvrirez votre propre boutique et vous gagnerez beaucoup d'argent. Et vos parents seront très fiers, nah ? »

Chaque fois qu'ils seraient tristes, dit-il aux garçons, ils pourraient venir lui parler, lui raconter le village, la rivière, les champs, leurs amis. En parler tous ensemble transformerait la tristesse en bonheur, leur affirma-t-il. Il resta à côté d'eux jusqu'à ce qu'ils se fussent rendormis, puis, doucement, camouflant la lumière de la lampe, il remonta.

Mumtaz l'attendait, dans le noir. « Ils vont bien ? » lui demanda-t-elle, anxieuse.

Son inquiétude lui fit plaisir. « Ils se sentaient simplement seuls.

— Peut-être qu'à partir de demain nous devrions les laisser dormir en haut.

— Ce sont des garçons courageux, dit-il, profondément touché par cette sollicitude. Ils apprendront à dormir seuls, il faut qu'ils s'endurcissent. C'est pour leur bien. »

Au village, on sut très vite que les enfants de Dukhi apprenaient un autre métier que celui du cuir. Jadis, sortir de sa caste était puni de mort. Dukhi eut la vie sauve, mais ce devint une vie très dure. On ne lui accorda plus de carcasses, et il lui fallut parcourir de longues distances pour trouver du travail. Parfois ses camarades chamaars lui passaient une peau, en secret, ce qui leur aurait coûté très cher s'ils avaient été découverts. Les articles qu'il fabriquait avec cette peau illicite, il devait aller les vendre très loin, dans des lieux où l'on n'avait pas entendu parler de lui ou de ses fils.

« Toute cette souffrance que tu nous as apportée, disait Roopa presque chaque jour. Pas de travail, pas

175

de nourriture, pas de fils. Quels crimes ai-je commis pour être punie de la sorte ? Ma vie n'est plus qu'obscurité. »

Mais son horizon s'éclaira quand approcha le temps pour ses enfants de venir la voir. Elle rêva et dressa des plans, le désir de leur procurer quelques douceurs la divertissant de son chagrin. Et si ces douceurs se révélaient inabordables, eh bien, elle se les procurerait sans argent, dans la nuit.

Pour la première fois depuis la naissance des garçons, Dukhi reconnut qu'il était au courant de ses sorties nocturnes. Une nuit qu'elle se levait furtivement, il lui dit : « Écoute, mère-de-Narayan, je ne crois pas que tu devrais y aller. »

Roopa fit un bond.

« Oh, comme tu m'as fait peur ! Je te pensais endormi !

— Prendre un tel risque est stupide.

— Tu n'as jamais dit ça avant.

— C'était différent alors. Les garçons ne mourront pas de faim s'ils n'ont pas de beurre, ou une pêche, ou un peu de jagré. »

Roopa sortit néanmoins, se promettant de ne plus recommencer. Après tout, ses enfants étaient absents depuis trois mois, elle leur devait un traitement spécial.

Le jour tant attendu, Dukhi partit à l'aube et ramena ses fils pour une semaine. Assis tout près de leur père, pendant le voyage, ils ne se lassaient pas de le toucher, d'un côté Narayan, qui s'accrochait à un genou, de l'autre Ishvar qui lui serrait le bras. Ils parlèrent sans arrêt, puis, une fois chez eux, répétèrent à leur mère tout ce qu'ils avaient dit.

« La machine est stupéfiante, dit Ishvar. La grande roue est...

— Avec tes pieds tu fais comme-ça, comme-ça, l'interrompit Narayan, mimant le mouvement de la pédale avec ses mains. Et l'aiguille saute de haut en bas, c'est si agréable...

— Je sais le faire très vite, mais Ashraf Chacha le fait très très vite.

— J'aime aussi la petite aiguille, avec mes doigts elle entre et sort doucement du tissu, elle est très pointue, une fois elle m'a piqué le pouce. »

Leur mère demanda aussitôt à voir le pouce. Rassurée, elle laissa le récit suivre son cours. A l'heure du dîner, les garçons étaient épuisés et commençaient à s'endormir sur leur assiette. Roopa leur essuya les mains et la bouche, et Dukhi les guida jusqu'à leurs couches.

Ils les regardèrent dormir un long moment, avant de dérouler leurs propres nattes. « Ils ont l'air bien et contents, dit-elle. Vois leurs joues.

— J'espère que ce n'est pas une enflure malsaine. Comme les ventres gonflés des bébés en période de famine.

— Pourquoi toutes ces bêtises ? Si mes enfants ne se portaient pas bien, mon instinct de mère me le dirait. »

Mais elle comprit que les doutes de Dukhi lui étaient dictés par l'amertume de voir leurs enfants grandir en meilleure santé chez un étranger que chez eux ; elle partagea sa honte. Ils se couchèrent, en proie à la joie et au chagrin.

L'excitation de la famille se poursuivit le lendemain matin. Les garçons avaient apporté un mètre, une feuille de papier et un crayon, et ils voulurent mesurer leurs parents. Ashraf leur avait appris un code schématique pour les mots constamment utilisés, tels que cou, taille, poitrine et manche.

Trop petits pour prendre les mesures du haut, ils obligèrent leurs deux clients à se courber ou à s'asseoir par terre. Pendant qu'ils notaient les indications concernant Dukhi, Roopa convoqua ses voisines afin qu'elles assistent à la cérémonie. Embarrassé, Ishvar souriait timidement, mais Narayan, brandissant le mètre, gesticulant plus que nécessaire, était ravi de l'attention qu'on leur portait.

Chacun applaudit avec bonheur quand ce fut terminé. Le soir, au bord de la rivière, Dukhi montra la feuille de papier à ses amis. Il la porta sur lui le restant de la semaine.

Puis le moment vint pour les garçons de retourner chez Muzaffar. Les parents pensèrent avec terreur au vide qui allait de nouveau s'emparer de leur vie, régner dans la cabane. Ishvar réclama à son père la feuille avec les mesures.

« Je ne peux pas la garder ? » demanda Dukhi.

Les garçons réfléchirent, puis en fouillant finirent par découvrir un bout de papier sur lequel ils recopièrent les données. Leur père pourrait conserver l'original.

Trois autres mois s'écoulèrent avant leur visite suivante. Cette fois-ci les garçons apportèrent des cadeaux pour leurs parents. Ils commencèrent par leur raconter qu'ils les avaient achetés dans un grand magasin, comme le font les riches habitants des villes.

« Qu'est-ce que c'est que tout cela ? dit Roopa, mal à l'aise. Où avez-vous trouvé l'argent ?

— Nous ne les avons pas achetés, Ma ! Nous les avons fabriqués nous-mêmes ! » dit Narayan, oubliant leur petite plaisanterie.

Ishvar expliqua comment Ashraf Chacha les avait aidés à sélectionner et à assortir les chutes de tissus provenant des commandes des clients. Pour le gilet de leur père, ç'avait été facile ; il restait plein de bouts de popeline blanche. Le choli de leur mère avait nécessité plus d'imagination. Un imprimé de fleurs jaunes et rouges pour le devant ; un rouge franc pour le dos, un échantillon vermillon pour les manches.

Roopa éclata en sanglots en enfilant le choli. Aux garçons qui le regardaient, très inquiets, leur père dit qu'elle pleurait de bonheur.

« Oui, je suis heureuse ! » confirma-t-elle entre deux sanglots. Elle s'agenouilla devant eux, les prit dans ses bras tour à tour, puis ensemble. Voyant que Dukhi les regardait, elle poussa les garçons vers lui. « Embrassez aussi votre père, dit-elle. Aujourd'hui est un jour très particulier. »

Elle sortit de la cabane et partit à la recherche de ses voisines. « Padma ! Savitri ! Venez voir ! Amba et Pyari, venez aussi ! Voyez tout ce que mes fils ont apporté ! »

Dukhi était hilare. « Il n'y aura pas de dîner aujourd'hui. Son nouveau choli va faire perdre la mémoire à Ma, elle passera la journée à parader. » Il se tapota la poitrine et les côtes. « Celui-ci me va beaucoup mieux que le vieux. Le tissu également est plus beau.

— Regarde, Bapa, il y a une poche », dit Narayan.

Roopa et Dukhi portèrent leurs nouveaux vêtements toute la semaine. Puis, quand les garçons furent retournés en ville, elle ôta son choli et réclama le gilet.

« Pourquoi ? demanda Dukhi.

— Pour le laver. »

Mais elle refusa de le lui rendre après qu'il fut sec. « Et si tu le déchires, ou autre chose ? » Elle plia les deux articles, les enveloppa dans un sac qu'elle ficela et suspendit au toit de la cabane, à l'abri des inondations et des rongeurs.

Les années d'apprentissage d'Ishvar et de Narayan se mesurèrent en trimestres, séparés par les séjours d'une semaine chez leurs parents. Les garçons avaient à présent dix-huit et seize ans, leur apprentissage touchait à sa fin, et ils quitteraient la Maison de Couture Muzaffar après la mousson. La famille d'Ashraf avait augmenté — elle comptait maintenant quatre filles, la plus jeune âgée de trois ans, l'aînée de huit. Mumtaz portait un intérêt réel aux projets des apprentis : plus vite ils se réaliseraient, plus vite elle disposerait d'espace pour ses propres enfants, se disait-elle, malgré l'affection qu'elle éprouvait désormais pour les deux jeunes gens, toujours calmes et serviables.

Narayan penchait pour s'installer au village, tandis qu'Ishvar aurait préféré rester en ville, celle-ci ou une autre, et se faire embaucher dans une boutique. « On ne gagne rien au village, dit-il. Tout le monde est si pauvre. Il y a plus de possibilités dans un endroit important. »

Pendant ce temps, les émeutes sporadiques qui avaient éclaté aux premières rumeurs d'indépendance se répandaient dans tout le pays, maintenant que la Partition devenait une réalité. « Il vaudrait peut-être mieux que vous restiez là où vous êtes », dit Ashraf, malgré le regard furieux que lui jeta Mumtaz. « Le diable n'accomplit pas son œuvre de mal dans notre ville. Vous connaissez tous les voisins, vous vivez ici depuis des années. Et même si le calme règne dans votre village, c'est un mauvais moment pour démarrer une affaire. »

Ishvar et Narayan firent savoir à leurs parents, par l'intermédiaire d'un tiers, qu'ils resteraient avec Ashraf Chacha jusqu'à ce que les mauvais jours soient passés. Roopa en fut déprimée ; après une si longue séparation, devoir supporter un nouveau délai — quand les dieux prendraient-ils pitié d'elle et cesseraient-ils de la punir ?

Dukhi fut déçu lui aussi, mais reconnut qu'ils avaient pris la meilleure décision. Il se passait des choses inquiétantes autour d'eux. Des étrangers appartenant à une organisation hindoue, vêtus de chemises blanches et de pantalons kaki, qui entraînaient les membres de leur groupe à marcher au pas, comme des soldats, avaient visité le district. Ils colportaient des histoires de musulmans attaquant les hindous dans de nombreuses régions du pays. « Nous devons nous préparer à nous défendre nous-mêmes, dirent-ils. Et aussi à nous venger. S'ils répandent le sang de nos frères hindous, les fleuves de ce pays charrieront des eaux rouges du sang des musulmans. »

Dans le village de Dukhi, les musulmans étaient trop peu nombreux pour constituer une réelle menace, mais les propriétaires virent dans les avertissements des étrangers une occasion à saisir. Ils firent de leur mieux pour galvaniser la population contre le danger imaginaire qui couvait au milieu d'eux. « Mieux vaut anéantir la menace musulmane avant d'être brûlés vifs dans nos cabanes. Ça fait des siècles qu'ils nous envahissent, détruisent nos temples, volent nos richesses. »

Les hommes en chemise blanche et pantalon kaki persévérèrent encore quelques jours, mais sans succès auprès de la vaste majorité. Leur discours n'impressionnait pas les gens des basses castes, qui avaient toujours vécu en paix avec leurs voisins musulmans, sans compter qu'ils consacraient l'essentiel de leurs forces à tenter de se maintenir sains de corps et d'esprit.

Proférant des menaces terribles à l'encontre de ceux qui frayaient avec les traîtres, y compris le principal d'entre eux, Mohandas Karamchand Gandhi, les hommes de l'organisation hindoue s'en allèrent. Les chances de succès s'offraient en beaucoup plus grand nombre dans des lieux plus peuplés, avec commerces et boutiques, et l'anonymat urbain comme cape protectrice, où les mystifications et les ragots trouvaient un terrain fertile pour s'épanouir.

Le soir, au bord de la rivière, Dukhi et ses amis discutèrent de la situation. Ils avaient du mal à s'y retrouver au milieu des divers récits qui leur parvenaient sur les événements se déroulant dans des villes et des villages éloignés.

« Les zamindars nous ont toujours traités comme des animaux.

— Pire que des animaux.

— Mais si c'était vrai ? Si les hordes musulmanes allaient déferler sur notre village, comme nous l'ont dit les pantalons kaki ?

— Ils ne nous ont jamais posé de problème auparavant. Pourquoi le feraient-ils maintenant ? Pourquoi devrions-nous leur faire du mal, simplement parce que des étrangers viennent nous raconter des histoires ?

— Oui, c'est étrange, voilà que soudain nous sommes tous devenus des frères hindous.

— Les musulmans se sont beaucoup plus comportés en frères que ces salauds de Brahmanes et de Thakurs. »

Les histoires n'en continuaient pas moins à se multiplier : dans le bazar, en ville, quelqu'un avait reçu des coups de couteau ; un sadhu avait été tabassé à mort, à l'arrêt du bus ; un lotissement entièrement rasé. La tension monta dans tout le district. Des faits d'autant plus crédibles qu'ils ressemblaient exactement à ce qu'on lisait dans les journaux ces derniers jours : reportages sur des incendies et des émeutes dans les grandes agglomérations et les villes ; sur des voies de fait et des massacres, commis par chaque communauté ; sur le vaste et terrible échange de populations, qui avait lieu de part et d'autre de la nouvelle frontière.

Les massacres commencèrent dans la partie la plus pauvre de la ville, et se propagèrent ; le jour suivant, le désert régna dans le bazar. On ne trouvait ni fruits ni légumes, les laitiers ne se montrèrent pas, quant à la seule boulangerie de la ville, tenue par un musulman, elle avait déjà été totalement incendiée.

« Le pain devient plus rare que l'or, dit Ashraf. Quelle folie. Ces gens vivaient ensemble depuis des générations, ils riaient et pleuraient ensemble. Et maintenant ils se massacrent les uns les autres. » Ce jour-là, il ne travailla pas, passant des heures sur le pas de sa porte à regarder la rue déserte, comme s'il s'attendait à voir surgir quelque chose d'abominable.

« Ashraf Chacha, le dîner est prêt », dit Narayan, en réponse au signe que lui fit Mumtaz. Elle espérait qu'après avoir refusé de manger toute la journée, son mari allait se joindre à eux.

« Il faut que je te dise quelque chose, Mumtaz, et à vous aussi, fit-il en s'adressant à Ishvar et à Narayan.

— Viens, le dîner est prêt, nous parlerons plus tard, dit-elle. Il n'y a que du dal et des chapatis, mais tu dois manger quelque chose.

— Je n'ai pas faim. Toi et les petits, mangez. » Les quatre fillettes rechignaient, conscientes de l'anxiété de leurs parents. « Allons, les garçons, vous aussi.

— Je me donne la peine de cuisiner, et nawab-sahib ne daigne même pas y tremper ses doigts », dit Mumtaz.

Dans l'état d'esprit où il se trouvait, Ashraf trouva à la plainte banale de sa femme des intonations méchantes. Il s'emporta contre elle, ce qui lui arrivait rarement. « Qu'est-ce que tu veux que je fasse si je n'ai pas faim ? M'attacher l'assiette au ventre ? Ne dis pas de sottises, pour une fois, nah ! » Les deux plus petites se mirent à pleurer. Du coude, elles renversèrent un verre d'eau.

« Tu es content, je suppose, dit Mumtaz d'un ton méprisant. Tu essaies de m'effrayer avec ta grande bouche, mais ça ne fait peur qu'aux petites, permets-moi de te le dire. »

Ashraf prit les deux enfants dans ses bras. « D'accord, d'accord, on ne pleure plus. Voyez, on va manger tous ensemble. » Il les nourrit dans sa propre assiette, portant à sa bouche le morceau qu'elles lui indiquaient. Bientôt, grâce à ce nouveau jeu, elles retrouvèrent le sourire.

Le dîner se termina bien vite, et Mumtaz entreprit de ramasser le plat et la cuiller afin d'aller les laver dehors au robinet. Ashraf l'arrêta. « Je m'apprêtais à dire quelque chose quand tu as commencé à crier.

— Maintenant j'écoute.

— C'est à propos de... de ce qui se passe partout.

— Quoi ?

— Tu veux que je précise devant les enfants ? murmura-t-il, furieux. Pourquoi te conduis-tu si stupidement ? Tôt ou tard, les ennuis arriveront ici. Quoi qu'il se passe, les rapports ne seront plus jamais les mêmes entre les deux communautés. » Remarquant qu'Ishvar et Narayan écoutaient, consternés, il ajouta aussitôt : « Je ne veux pas dire entre nous, les garçons. Nous, nous formerons toujours une famille, même si nous sommes séparés.

— Mais, Ashraf Chacha, nous n'avons pas besoin de nous séparer, dit Narayan. Ishvar et moi n'avons pas l'intention de partir déjà.

— Oui, je sais. Mais Mumtaz Chachi, les enfants et moi, nous devons partir.

— Mon pauvre paagal nawab-sahib est devenu complètement fou, dit Mumtaz. Il veut partir. Avec quatre petits enfants ? Où veux-tu aller ?

— Au même endroit que tous les autres. De l'autre côté de la frontière. Qu'est-ce que tu veux faire ? Attendre ici jusqu'à ce que la haine et la folie arrivent, accompagnées d'épées, de bâtons et d'essence ? Ce que je veux dire, c'est que, demain matin, j'irai à la gare acheter nos billets de train. »

Mumtaz eut beau répéter qu'il réagissait en vieillard idiot, il refusa de lui accorder le réconfort temporaire de qui tourne le dos au danger. Il était décidé à discuter toute la nuit, dit-il, plutôt que de prétendre trouver la situation normale.

« Je ferai tout ce qui est nécessaire pour sauver ma famille. Comment peux-tu être aussi aveugle ? Je te tirerai par les cheveux jusqu'à la gare, s'il le faut. » Menace qui déclencha de nouveau les pleurs des enfants.

Elle essuya leurs larmes avec son dupatta, et sentit faiblir son opposition au projet. Ce n'était pas qu'elle fût aveugle au danger — on le sentait à des kilomètres à la ronde, son mari avait raison. C'est d'ôter le bandeau des yeux qui était difficile, à cause de ce qu'elle risquait de voir.

« Si nous devons partir à la hâte, nous ne pourrons pas emporter grand-chose, dit-elle. Des vêtements, un réchaud, quelques plats pour la cuisine. Je vais commencer à faire les bagages.

— Oui, sois prête pour demain. Le reste nous l'enfermerons dans la boutique. Inch'Allah, un jour nous pourrons revenir et le réclamer. » Il rassembla les enfants pour les mettre au lit. « Allons, nous devons dormir tôt ce soir. Demain nous commencerons un long voyage. »

Narayan ne put supporter plus longtemps d'assister à leurs préparatifs. Qu'aurait-il pu dire qui aurait changé quoi que ce fût ? Annonçant qu'il descendait à la boutique, il sortit par la porte de derrière et alla raconter au voisin le projet de fuite.

« C'est sérieux ? demanda le quincaillier. Ce matin, nous en parlions et il reconnaissait qu'il n'y avait aucune inquiétude à avoir dans notre quartier.

— Il a changé d'avis.

— Attends, je viens le voir tout de suite. »

Il passa prendre le charbonnier, le banya et le

minotier, et frappa à la porte d'Ashraf. « Excusez-nous de vous déranger à cette heure. Pouvons-nous entrer ?

— Bien sûr. Voulez-vous manger quelque chose ? Ou boire ?

— Rien, merci. Nous sommes venus parce que nous avons appris quelque chose qui nous fait beaucoup de peine.

— De quoi s'agit-il, qu'est-ce que c'est ? » s'inquiéta Ashraf, se demandant s'il y avait eu des émeutes et des blessés chez quelqu'un qu'il connaissait. « Est-ce que je peux vous aider ?

— Oui, vous pouvez. Dites-nous que ce n'est pas vrai.

— Qu'est-ce qui n'est pas vrai ?

— Que vous voulez nous quitter, quitter l'endroit où vous êtes né et où sont nés vos enfants. C'est ça qui nous fait de la peine.

— Vous êtes si bons, tous. » Ashraf sentit ses yeux s'embuer. « Mais je n'ai vraiment pas le choix, nah.

— Asseyez-vous avec nous et réfléchissons calmement, dit le quincaillier, passant le bras autour des épaules d'Ashraf. La situation est mauvaise, c'est sûr, mais ce serait de la folie que d'essayer de partir. »

Les autres acquiescèrent. Le charbonnier posa la main sur le genou d'Ashraf. « Chaque jour des trains traversent la nouvelle frontière, ne transportant que des cadavres. Mon commis est arrivé du Nord, hier, il a vu ça de ses propres yeux. On arrête les trains dans les gares, et on massacre tout le monde. Des deux côtés de la frontière.

— Alors, qu'est-ce que je dois faire ? »

Sa voix laissait percer un tel désespoir que le quincaillier l'entoura de nouveau de son bras. « Restez ici. Vous êtes avec des amis. Nous ne permettrons pas qu'il arrive quoi que ce soit à votre famille. Y a-t-il eu le moindre incident dans le quartier ? Nous avons toujours vécu en paix ici.

— Mais que se passera-t-il quand ces agitateurs venus d'ailleurs arriveront ?

— Vous êtes le seul commerçant musulman de la

186

rue. Vous croyez qu'à nous tous nous ne sommes pas capables de protéger une unique boutique ? » Ils lui donnèrent l'accolade, lui promettant qu'il n'avait rien à craindre. « A n'importe quel moment du jour et de la nuit, si quelque chose vous inquiète, venez chez nous, avec femme et enfants. »

Après le départ des voisins, Narayan eut une idée. « L'enseigne, dehors — Maison de Couture Muzaffar. Eh bien, on pourrait la remplacer par une autre.

— Pourquoi ?

— Une nouvelle... »

Brusquement, Ashraf comprit.

« Oui, avec un nouveau nom. Un nom hindou. C'est une très bonne idée.

— Faisons-le tout de suite, dit Ishvar. Je vais chercher une planche au dépôt de bois de votre oncle. Est-ce que je peux prendre le vélo ?

— Bien sûr. Mais fais attention, ne traverse pas un quartier musulman. »

Ishvar revint une heure plus tard, les mains vides, il n'avait pu atteindre sa destination. « Il y a des tas de boutiques et de maisons qui brûlent. J'ai continué à avancer — très doucement. Et puis j'ai vu des gens avec des haches. Ils étaient en train de couper un homme. J'ai eu peur et je suis revenu. »

Ashraf s'assit, pris de faiblesse. « Tu as été sage. Qu'allons-nous faire maintenant ? » Il avait trop peur pour être capable de penser.

« Pourquoi avons-nous besoin d'une planche neuve ? dit Narayan. On peut utiliser le dos de l'ancienne. Tout ce qu'il nous faut, c'est un peu de peinture. »

Il retourna chez le voisin, le quincaillier, qui lui passa un pot de peinture bleue déjà ouvert. « C'est une bonne idée, dit-il. Quel nom vas-tu marquer ?

— Tailleur Krishna, je crois, improvisa Narayan.

— Le bleu sera parfait. » Son doigt indiqua un point à l'horizon, où le ciel disparaissait sous de la fumée et des lueurs rouges. « J'ai entendu dire que c'est le dépôt de bois. Mais n'en parle pas à Ashraf pour le moment. »

Le temps qu'ils finissent de peindre les lettres et de remonter l'enseigne, la nuit était tombée. « Sur ce vieux bois, la peinture paraît vraiment très fraîche, dit Ashraf.

— Je la frotterai avec de la cendre, dit Ishvar. Demain matin, quand ce sera sec.

— Si nous ne sommes pas tous réduits en cendres pendant notre sommeil », dit Ashraf doucement.

Le fragile sentiment de sécurité que lui avaient procuré ses voisins commençait à s'effilocher.

Une fois couché, et dans le noir, il se mit à associer tout bruit qu'il n'avait pas encore identifié à un danger menaçant sa famille. Il réapprit les sons familiers qui avaient bercé son sommeil toute sa vie. Le bruit sourd du charpoy du charbonnier, qui aimait dormir en plein air, dans l'arrière-cour (il le secouait chaque nuit pour chasser les punaises). Le crissement de la porte du banya qu'il fermait à clef pour la nuit ; gonflée, coincée, elle nécessitait une forte poigne. Le bruit métallique d'un seau — Ashraf n'avait jamais découvert à qui il appartenait, ni à quoi il servait à une heure si tardive.

Un peu après minuit, il se réveilla en sursaut, descendit dans la boutique et entreprit d'ôter du mur, derrière la table de coupe, les trois cadres dans lesquels étaient inscrites des citations du Coran. Réveillés par ses tâtonnements, Ishvar et Narayan se redressèrent et allumèrent la lumière.

« Tout va bien, dormez, leur dit-il. Je me suis soudain rappelé ces cadres. » Sur le mur, la peinture plus foncée marquait l'emplacement des cadres. Prenant un torchon mouillé, Ashraf essaya en vain de gommer la différence.

« Nous avons quelque chose que vous pouvez mettre à la place », dit Narayan. Tirant leur malle de dessous la table de coupe, il en sortit trois illustrations peintes sur un carton racorni, munies d'une ficelle qui permettait de les accrocher au mur. « Rama et Sita, Krishna, Lakshmi.

— Exactement ce qu'il faut, dit Ashraf. Et demain nous brûlerons tous ces magazines et journaux en ourdou. »

Le lendemain matin, Ashraf ouvrit la boutique à huit heures et demie, comme d'habitude, décadenassant les grilles extérieures, mais sans les replier. La porte intérieure, en bois, resta entrouverte. Comme la veille, la rue était déserte.

Vers dix heures, le fils du charbonnier appela à travers la grille. « Père m'a dit de vous demander si vous avez besoin de quelque chose au marché, au cas où ça serait ouvert. Il a dit qu'il vaut mieux que vous n'y alliez pas.

— Dieu te bénisse, fils, dit Mumtaz. Oui, un peu de lait, si possible, pour les enfants. Et n'importe quels légumes — quelques pommes de terre ou des oignons, tout ce que tu pourras trouver. »

Le garçon revint sans rien au bout d'un quart d'heure ; le marché était vide. Plus tard, son père l'envoya porter un pichet de lait de sa vache. Mumtaz ne pouvait plus compter que sur ce qui lui restait de farine et de lentilles pour préparer les repas du jour. Bien avant le crépuscule, Ashraf cadenassa la grille et verrouilla la porte.

Au dîner, les deux plus jeunes voulurent qu'Ashraf les nourrisse comme la veille. « Ah, le jeu commence à vous plaire », dit-il en souriant.

Le repas terminé, Ishvar et Narayan s'apprêtèrent à redescendre, afin de laisser la famille se préparer pour la nuit. « Restez, dit Ashraf, il est encore tôt, nah. Sans clients, le diable fait passer les heures plus lentement.

— Ça devrait aller mieux à partir de demain, dit Ishvar. On raconte que les soldats vont bientôt intervenir.

— Inch'Allah. »

Ashraf regarda ses enfants. La plus jeune jouait avec une poupée de chiffon qu'il lui avait fabriquée. La fille aînée lisait un livre de classe. Les deux autres jouaient à la couturière, avec des bouts de tissu. Ashraf fit signe à Ishvar et à Narayan d'observer leurs gestes emphatiques.

« Vous aussi vous faisiez ça, au début, leur dit-il. Et vous adoriez brandir le mètre, le faire claquer. »

Ils rirent à ce souvenir, puis retombèrent dans le silence.

Le calme fut interrompu par des coups à la porte de la boutique. Ashraf bondit, mais Ishvar le retint. « Je vais voir. »

Par la fenêtre, il aperçut un groupe d'une trentaine d'hommes, sur le trottoir. Ils le remarquèrent et hurlèrent : « Ouvre la porte ! Nous voulons te parler !

— Oui, un moment ! » leur cria-t-il. « Écoutez-moi, murmura-t-il, vous tous vous allez chez le voisin par le passage en haut de l'escalier. Narayan et moi nous descendons.

— Ya Allah ! sanglota doucement Mumtaz. Nous aurions dû partir quand il y avait encore une chance ! Tu avais raison, mon mari, et je t'ai traité d'idiot, c'est moi l'idiote qui n'ai pas...

— Tais-toi, et viens vite ! » dit Ashraf.

Une des fillettes commença à renifler. Mumtaz prit l'enfant dans ses bras et la calma. Ils partirent tous derrière Ashraf, tandis qu'Ishvar et Narayan descendaient. Les coups sur la porte redoublaient de violence, des objets durs pleuvaient, à travers la grille, sur la porte en bois.

« Patience ! hurla Ishvar. Il faut d'abord que j'ouvre le cadenas ! »

La foule se calma en apercevant les deux silhouettes à travers la grille. La plupart des assaillants portaient des armes rudimentaires, bâton ou lance ; d'autres avaient des sabres. Quelques hommes étaient vêtus de chemises safran et brandissaient des tridents.

A leur vue, Ishvar se mit à trembler. Un bref instant, il fut tenté de leur dire la vérité et de leur laisser le passage. Honteux d'une telle pensée, il ôta le cadenas et ouvrit légèrement la grille. « Namaskaar, frères.

— Qui es-tu ? demanda le meneur.

— Mon père est le propriétaire de Krishna Couture. Et lui, c'est mon frère.

— Et où est ton père ?

— Dans notre village de naissance — un parent malade. »

Les hommes se consultèrent vaguement, puis le meneur dit : « On nous a informés que cette boutique appartient à un musulman.

— Quoi ? s'écrièrent Ishvar et Narayan d'une seule voix. Ça fait vingt ans qu'elle appartient à notre père ! »

Du fond de la foule, des réclamations s'élevèrent. A quoi bon tout ce bavardage ! Mettons le feu ! Nous savons que c'est une boutique musulmane ! Qu'on la brûle ! Et ceux qui veulent la protéger — qu'on les brûle aussi !

« Est-il possible que des musulmans travaillent ici ? demanda le meneur.

— Les affaires ne vont pas assez bien pour qu'on puisse engager quelqu'un, dit Ishvar. Il y a à peine assez de travail pour mon frère et moi. » Derrière lui, les hommes se poussaient, essayant de voir l'intérieur de la boutique. Il entendait leur souffle bruyant, sentait leur sueur. « Je vous en prie, regardez tant que vous voulez. Nous n'avons rien à cacher. »

Les hommes jetèrent un coup d'œil rapide, remarquèrent les divinités hindoues sur le mur. L'un de ceux qui portaient des chemises safran sortit du groupe. « Écoute, petit futé. Si tu mens, je t'embrocherai moi-même sur les trois pointes de mon trishul.

— Pourquoi mentirais-je ? dit Ishvar. Je suis comme vous. Vous croyez que je veux mourir pour sauver un musulman ? »

De nouveau, les hommes se concertèrent. « Avancez sur le trottoir et enlevez votre pyjama, dit le meneur. Tous les deux.

— Quoi ?

— Allons, dépêchez-vous ! Ou vous n'aurez plus jamais besoin de pyjama ! »

Dans les rangs, l'impatience montait. Les hommes frappaient le sol de leur épieu, vociféraient qu'ils allaient mettre le feu à tout ça. Sans plus rechigner, Ishvar et Narayan baissèrent leur pyjama.

« Il fait trop noir pour qu'on puisse voir, cria le meneur. Donnez-moi une lanterne. » On la lui tendit. Il se courba, l'approcha de leur entrejambe, et fut satisfait. Les autres firent cercle pour voir également. Tout le monde reconnut que leur prépuce était intact.

Sur quoi, le quincaillier ouvrit sa fenêtre, au premier, et cria : « Que se passe-t-il ? Pourquoi harcelez-vous ces garçons, des hindous ? Vous n'avez plus assez de musulmans sous la main ?

— Et toi, qui es-tu ? hurlèrent-ils à leur tour.

— Qui je suis ? Je suis votre père et votre grand-père ! Voilà qui je suis ! Et aussi le propriétaire de cette quincaillerie. Sur un mot de moi, toute la rue se groupera pour vous réduire en boulettes ! Vous n'avez vraiment pas d'autre endroit où aller ? »

Le meneur jugea inutile de relever le défi. Ses hommes commencèrent à se replier, hurlant des obscénités pour sauver la face, puis se mirent à se quereller entre eux à propos de cette nuit gâchée et du faux renseignement qui les faisait passer pour des imbéciles.

« Vous avez fait du beau travail », dit le quincaillier en bourrant le dos d'Ishvar et de Narayan de tapes chaleureuses. « Je regardais depuis le début. S'il y avait eu le moindre danger que vous soyez blessés, j'aurais appelé tout le monde à l'aide. Mais j'ai pensé qu'il valait mieux essayer d'éviter une confrontation, que vous arriviez à les convaincre et qu'ils s'en aillent. » Il jeta un coup d'œil circulaire pour s'assurer qu'on le croyait.

Mumtaz tomba à genoux devant les deux apprentis. Son dupatta glissa de ses épaules et vint draper leurs pieds. « S'il vous plaît, Chachi, ne faites pas ça, dit Ishvar en reculant.

— Pour toujours et à jamais, ma vie, mes enfants, la vie de mon mari, ma maison — tout ce que j'ai, je vous le dois! pleurait-elle en s'accrochant à eux. Aucune récompense n'est assez grande pour cela!

— S'il vous plaît, levez-vous, la supplia Ishvar, essayant de la tirer par les poignets.

— Désormais, cette maison est la vôtre, aussi longtemps que vous voudrez bien l'honorer de votre présence! »

Ishvar réussit finalement à dégager ses chevilles de ses mains. « Chachi vous êtes comme notre mère, nous partageons votre toit et votre nourriture depuis sept ans.

— Inch'Allah, vous resterez et mangerez avec nous soixante-dix ans encore. »

Toujours sanglotant, elle remit le dupatta autour de ses épaules, en soulevant un coin pour s'essuyer les yeux.

Ishvar et Narayan redescendirent. Une fois ses enfants endormis, Ashraf les rejoignit. Les garçons n'avaient pas encore déroulé leurs nattes. Tous trois demeurèrent silencieux quelques minutes. Puis : « Vous savez, dit Ashraf, quand les coups ont commencé sur la porte, j'ai cru que nous étions morts.

— Moi aussi j'ai eu peur », dit Narayan.

Le silence suivant dura plus longtemps. Ashraf s'éclaircit la gorge. « Je suis descendu pour vous dire une seule chose. » Des larmes glissaient sur ses joues; il s'arrêta pour les essuyer. « Le jour où j'ai rencontré votre père — le jour où j'ai dit à Dukhi de me confier ses deux fils pour que je leur apprenne le métier de tailleur. Ce jour fut le plus chanceux de ma vie. »

Il les étreignit, les embrassa sur les joues, trois fois, puis remonta.

Ashraf ne voulait pas entendre parler du retour des frères dans leur village, soutenu en cela par Mumtaz. « Restez avec moi. Vous serez mes assistants et je vous paierai », disait-il, tout en sachant qu'il n'en avait pas les moyens.

Roopa protesta, disant à Dukhi qu'il était temps que ses deux fils lui reviennent. « Tu les as envoyés en apprentissage. Maintenant qu'ils connaissent le métier, pourquoi vivent-ils toujours avec des étrangers ? Leur mère et leur père sont-ils morts, ou quoi ? »

Mais personne ne pouvait prédire comment deux Chamaars devenus tailleurs seraient accueillis dans le village. Il est vrai que les temps avaient changé, que l'air était chargé d'espoir, que l'optimisme né de l'indépendance brillait haut et clair. Ashraf se sentit même assez en sécurité pour retourner l'enseigne du côté « Maison de Couture Muzaffar ».

Que l'on pût, néanmoins, aussi facilement éliminer des siècles de tradition, rien n'était moins sûr. Ils convinrent donc qu'Ishvar resterait avec Ashraf, en qualité d'assistant, et que Narayan retournerait au village tester l'ambiance. Une décision qui convenait à tout le monde : la Maison Muzaffar, qui n'aurait à payer qu'un seul assistant ; Dukhi, à qui les gages envoyés de la ville apporteraient une aide appréciable, et Roopa, qui retrouverait son fils cadet.

Elle décrocha du plafond le paquet qui y pendait depuis sept ans. Les nœuds s'étaient resserrés et elle n'arriva pas à les défaire. Elle coupa la corde, ouvrit le sac en tissu protecteur, lava le gilet et le choli. Le temps était venu de les porter à nouveau, dit-elle à Dukhi, pour célébrer le retour au foyer.

« Il pend un peu, dit-il.

— Le mien aussi. Le tissu a dû se détendre. »

Il accepta l'explication. C'était plus facile que de reconnaître que ces maigres années les avaient tassés tous les deux.

Au village, la communauté chamaar fut fière de Narayan. Peu à peu, les gens trouvèrent le courage de devenir ses clients, bien que cela ne lui procurât guère d'argent car ils avaient rarement de quoi s'offrir un vêtement neuf. Ils s'habillaient des effets usagés dont se débarrassaient les hautes castes. Pour l'essentiel, Narayan transformait et réparait. Il se servait d'une vieille machine manuelle qu'Ashraf lui avait procurée, et qui ne pouvait piquer que des points droits. Ce qui suffisait pour son travail.

Les affaires s'améliorèrent quand la nouvelle se répandit dans les villages voisins que l'un d'entre eux avait réussi l'impensable : abandonner le cuir pour le tissu. Ils vinrent autant pour voir ce courageux Chamaar tailleur, ces deux termes contradictoires, que pour faire réparer leurs vêtements. Nombreux repartirent un peu déçus de leur visite. Il n'y avait rien d'extraordinaire dans la hutte, juste un jeune homme avec un mètre autour du cou et un crayon derrière l'oreille.

Comme Ashraf le lui avait appris, Narayan tint un cahier des travaux, notant les noms, les dates, les sommes dues. Roopa s'institua directeur commercial, se tenant près de lui, l'air important, pendant qu'il prenait les mesures et inscrivait les chiffres dans son cahier. Elle lui taillait ses crayons avec son couteau à éplucher. Elle ne pouvait pas lire ce qui était écrit dans le cahier, mais gardait tout en mémoire, très précisément. **Quand** quelqu'un, qui n'avait pas encore soldé son compte pour un travail précédent, revenait passer une nouvelle commande, elle se plaçait derrière lui et frottait son pouce contre son index pour rafraîchir la mémoire de son fils.

Un matin, environ six mois après le retour de Narayan, un Bhunghi s'aventura du côté de la hutte. Roopa faisait chauffer de l'eau à l'extérieur, écoutant avec bonheur le cliquetis sourd de la machine, quand elle vit l'homme approcher, prudemment. « Et où croyez-vous aller ? hurla-t-elle, le stoppant net.

— Je cherche Narayan le tailleur, dit l'homme en lui montrant timidement quelques haillons.

— Quoi ?! » Une telle audace la sidérait. « Pas de ce bla-bla absurde chez moi, ça ne prend pas. Ou je verse cette eau bouillante sur votre peau ignoble ! Mon fils ne coud pas pour des gens de votre sorte !

— Ma ! Que fais-tu ? lui cria Narayan, émergeant de la cabane. Attendez, attendez ! » hurla-t-il à l'homme qui déguerpissait.

Terrifié à l'idée de recevoir son dû, le Bhunghi n'en courut que plus vite.

« Revenez, bhai, tout va bien !

— Une autre fois, dit l'homme apeuré. Demain, peut-être.

— D'accord, je vous attendrai. Je vous en prie, surtout revenez. »

Il rentra dans la cabane, secouant la tête et ignorant sa mère, qui lui jetait des regards furieux.

« Ne secoue pas la tête comme ça ! dit-elle, outrée. Qu'est-ce c'est que cette absurdité ? Lui demander de revenir ! Nous n'allons quand même pas entretenir des rapports avec des gens d'aussi basse caste ! Comment peux-tu même penser à prendre les mesures d'un homme qui sort la merde des maisons des autres ? »

Narayan gardait le silence. Il travailla quelques minutes, puis s'approcha du feu sur lequel elle continuait à remuer rageusement son faitout.

« Je crois, Ma, que tu as tort. » Sa voix était si faible qu'elle se perdait dans les craquements du feu. « Je crois que je devrais coudre pour tous ceux qui me le demandent, qu'ils soient brahmanes ou bhunghis.

— Ah oui, vraiment ? Attends que ton père rentre à la maison et tu verras ce qu'il en dit ! Brahmanes, oui, Bhunghis, non ! »

Le soir même Roopa raconta à Dukhi les idées scandaleuses de leur fils. « Je crois que ta mère a raison », dit-il.

Narayan lâcha la manivelle et, de la main, bloqua le volant de sa machine. « Pourquoi m'avez-vous envoyé apprendre la couture ?

— C'est une question idiote. Pour améliorer ta vie — pour quoi d'autre ?

— Oui. A cause de la façon dont vous traitent ceux qui sont au-dessus de vous. Et maintenant vous vous conduisez exactement comme eux. Si c'est ce que vous voulez, alors je retourne en ville. Je ne supporte plus de vivre ainsi. »

Médusée par l'ultimatum, Roopa fut horrifiée de s'entendre dire par Dukhi : « Je crois qu'il a raison.

— Père d'Ishvar, décide ce que tu veux ! D'abord tu dis que j'ai raison, puis tu dis que c'est lui ! Tu balances d'un bord à l'autre, comme un pot sans cul ! Voilà à quoi ça sert de l'avoir envoyé en ville ! A oublier les règles de notre village ! Ça n'apportera que des ennuis ! »

Bouillonnant, écumant, elle sortit de la hutte, appelant Amba, Pyari, Padma et Savitri à venir écouter toutes ces idioties qui se disaient dans son infortunée maison.

« Toba, toba ! dit Savitri. Pauvre Roopa, si bouleversée qu'elle en tremble.

— Les enfants... Hai Ram, dit Pyari, levant les bras au ciel. Comme ils oublient facilement les sentiments d'une mère.

— Que faire ? dit Amba. Nous les nourrissons de notre lait quand ils sont bébés, mais nous ne pouvons les nourrir de bon sens.

— Sois patiente, dit Padma. Tout ira bien. »

Ce bain de sympathie calma Roopa. La pensée de perdre son fils une seconde fois la fit réfléchir. Elle lui pardonna ses idées folles et accepta de les ignorer en échange d'un compromis : elle se réservait le droit de contrôler les entrées chez elle ; certains clients devraient conclure leurs transactions à l'extérieur.

Deux ans plus tard, Narayan eut les moyens de construire sa propre cahute, près de celle de ses parents. Roopa pleura qu'il les abandonnait. « Le voilà encore qui brise le cœur de sa mère, geignit-elle. Comment vais-je veiller sur lui et surveiller ses affaires ? Pourquoi doit-il se séparer de nous ?

— Mais, Ma, je ne suis qu'à trente mètres. Tu pourras venir quand tu voudras tailler mes crayons.

— Tailler ses crayons ! Comme si c'était la seule chose que je fais pour lui ! »

Elle finit néanmoins par s'habituer à l'idée, s'en enorgueillissant même, et ne parla plus de la cahute de son fils que comme de son usine. Il acheta une grande table de travail, un étal à tissus, et une machine à pédale, qui pouvait piquer droit et en zigzag.

Pour ce dernier achat, il prit conseil d'Ashraf Chacha. La petite ville s'était étoffée depuis son départ, les affaires de la Maison Muzaffar florissaient. Ishvar avait loué une chambre près de la boutique. Ahsraf l'avait promu associé. Les deux frères convinrent que leur père n'avait plus besoin de travailler, qu'ils étaient en état de subvenir aux besoins de leurs parents.

« Vous êtes de si bons fils, s'émerveilla Dukhi en apprenant la décision. Nous sommes vraiment bénis de Dieu. »

Roopa alla chercher le gilet et le choli, à présent bien passés. « Tu t'en souviens ? demanda-t-elle à Narayan.

— Je ne savais pas que tu les avais encore.

— Le jour où Ishvar et toi nous les avez apportés,

vous étiez si jeunes, dit-elle en se mettant à pleurer. Mais je savais déjà, au fond de mon cœur, que tout finirait par aller bien. »

Elle partit annoncer la bonne nouvelle à ses amies, qui l'embrassèrent et la taquinèrent, lui disant qu'elle allait devenir riche et ne voudrait plus rien avoir à faire avec elles.

« En tout cas une chose est sûre, dit Padma. Le temps du mariage approche.

— Il faut que tu commences à chercher deux belles-filles convenables, dit Savitri.

— N'attends pas davantage, dit Pyari.

— Nous t'aiderons pour tout, ne t'inquiète pas », dit Amba.

La bonne nouvelle se répandit à l'intérieur de leur communauté, et à l'extérieur. Dans les hautes castes, la rancune causée par cette réussite d'un Chamaar persistait encore. Un homme en particulier, Thakur Dharamsi — à qui revenait toujours le contrôle des urnes au moment des élections et qui en profitait pour donner des voix au parti de son choix, ne manquait jamais l'occasion d'abreuver le tailleur de ses sarcasmes.

« Il y a une vache morte qui t'attend », lui faisait-il dire par un domestique. Narayan se contentait de passer le message à d'autres Chamaars, heureux de bénéficier d'une carcasse. Une autre fois, une chèvre ayant été retrouvée morte dans un des fossés de drainage de sa propriété, Thakur Dharamsi envoya chercher Narayan pour qu'il le débouche. Narayan lui fit poliment répondre qu'il le remerciait de son offre mais qu'il n'œuvrait plus dans ce domaine.

Dans le village, les Chamaars le considéraient désormais comme leur porte-parole, leur chef implicite. Dukhi portait avec modestie le succès de son fils, sans étalage, se laissant aller seulement parfois le soir, quand il fumait avec ses amis sous l'arbre au bord de la rivière. Peu à peu, son fils devenait plus prospère que bien des villageois de hautes castes. Narayan paya le creusement d'un nouveau puits dans le quartier intouchable du village. Il prit à bail le terrain sur lequel s'élevaient les deux huttes, la sienne et celle de ses parents, et les remplaça par une maison pukka, dont il n'existait que sept exemplaires dans le village. Elle était assez grande pour loger ses parents et son affaire. Ainsi que, se dit Roopa avec bonheur, une femme et des enfants.

Dukhi et elle auraient préféré marier l'aîné en premier. Mais quand ils proposèrent de lui trouver une femme, Ishvar déclara sans ambages que cela ne l'intéressait pas. Maintenant, Roopa savait qu'essayer de faire faire à ses fils ce qu'ils ne voulaient pas faire était voué à l'échec. « Apprennent les coutumes des grandes villes, grommela-t-elle, oublient nos vieilles coutumes », mais elle s'en tint là. Elle tourna son attention vers Narayan.

Au terme d'une enquête, ils apprirent l'existence d'une fille convenable dans un autre village. On convint du jour de la présentation, celui où la famille du garçon se montrerait chez celle de la fille. Roopa s'assura qu'Amba, Pyari, Padma et Savitri feraient partie du voyage — elles étaient comme des membres de la famille, dit-elle. Ishvar décida de ne pas y aller, mais loua un Leyland de vingt-sept sièges pour transporter le groupe qui partait voir la fiancée.

Le petit car déglingué arriva au village à neuf heures du matin, s'arrêta dans un nuage de poussière. L'occasion qui s'offrait de faire un voyage en bus avait suscité un grand nombre de volontaires désireux de participer à l'événement mémorable, beaucoup plus que n'en pouvait contenir le modeste véhicule.

« Narayan est comme un fils pour moi, disait l'un. J'ai le devoir d'y aller. Comment pourrais-je le laisser tomber en ce moment important entre tous ?

— Je ne pourrais plus garder la tête haute si vous ne m'emmenez pas, plaidait un autre, passant outre aux refus. Je vous en prie, ne me laissez pas.

— J'ai assisté à chaque présentation de fiancée dans notre communauté, se vantait un troisième. Vous avez besoin de ma science. »

Prenant leur désir pour la réalité, ils montèrent à bord, sans se renseigner auprès de Dukhi ou de Roopa. Quand le bus fut sur le point de s'ébranler, une heure plus tard, ils étaient trente-huit entassés à l'intérieur, et une douzaine assis jambes croisées sur le toit. Le chauffeur, qui avait assisté à de méchants accidents causés par les branches basses le long des routes, refusa de démarrer. « Descendez du toit ! En bas, tout le monde, en bas ! » hurla-t-il à l'intention des assis en position de lotus. On dut donc en abandonner un certain nombre, après quoi le véhicule s'ébranla et, tout en cahotant, finit par gagner une certaine vitesse.

Ils parvinrent à destination deux heures et demie plus tard. Le petit bus ainsi que l'importance de la délégation impressionnèrent beaucoup les parents de la jeune fille, comme l'ensemble du village. Les trente-huit visiteurs restaient là, ne sachant que faire. L'habitation était trop petite pour les contenir tous. Après un grand moment d'angoisse, Dukhi sélectionna sept personnes, au nombre desquelles ses meilleurs amis, Chhotu et Dayaram. Padma et Savitri y figurèrent également, mais Amba et Pyari durent attendre dehors en compagnie des infortunés trente et un autres, observant le déroulement des opérations par la porte ouverte.

A l'intérieur, le cercle restreint but du thé en compagnie des parents, et décrivit le voyage. « C'est un si beau paysage que nous avons vu tout du long », dit Dukhi au père de la jeune fille.

« Une fois, sans crier gare, le bus a fait un grand bruit et s'est arrêté, dit Chhotu. Il a fallu un bon moment avant qu'il reparte. Nous avions peur d'arriver en retard. »

Petit à petit, les parents comparèrent les généalogies et l'histoire des deux familles, tandis que Roopa racontait avec modestie le succès de Narayan à la mère de la jeune fille. « Il a un si grand nombre de clients ! Les gens ne veulent se faire habiller que par Narayan ! Comme s'il n'y avait pas d'autre tailleur dans tout le pays. Mon pauvre fils travaille du matin au soir, cousant, cousant, cousant. Mais sa nouvelle machine, très chère, est si bonne. Que de merveilleuses choses elle sait faire ! »

Le moment de voir la fiancée était arrivé. « Viens, ma fille, appela négligemmment la mère. Apporte quelques douceurs pour nos invités. »

Radha, seize ans, entra avec un plateau de laddoos. La conversation cessa. Chacun la dévisagea longuement tandis que, la tête modestement baissée, son regard évitant celui des invités, elle passait le plateau. Dehors, il y eut force murmures et bousculades, chacun essayant de l'apercevoir.

Quand elle s'arrêta devant lui, Narayan garda les yeux fixés sur le plateau de laddoos. Il n'osait pas la regarder — sachant que la famille de la jeune fille observait sa réaction. Le plateau avait presque accompli tout son circuit. S'il ne la regardait pas maintenant, la chance ne se présenterait pas une deuxième fois, la jeune fille ne réapparaîtrait pas, c'était certain, et il devrait prendre sa décision à l'aveugle. Regarde, oh, regarde ! s'intima-t-il — et il regarda. Il entrevit un profil, tandis qu'elle s'inclinait devant sa mère.

« Non, ma fille, dit la mère, pas pour moi. »

Sur quoi, Radha disparut.

Le moment était venu de repartir. Durant le trajet de retour, ceux qui n'avaient pu ni voir ni entendre eurent droit à un bref compte rendu. Chacun disposait maintenant de toutes les données, ce qui leur permit de prendre part aux discussions finales, une fois arrivés au village. Ils exprimèrent leurs opinions par ordre d'ancienneté.

« La taille est bonne, le teint aussi.

— La famille a l'air honnête, laborieuse.

— Peut-être faudrait-il comparer les horoscopes avant de prendre la décision finale.

— Pas d'horoscopes ! Pourquoi des horoscopes ? Tout ça c'est des idioties brahmaniques, notre communauté ne connaît pas ces pratiques. »

Et ainsi de suite. Narayan écoutait sans mot dire. A la fin, son approbation, bien que non essentielle, renforça le sentiment général, au grand soulagement de ses parents et sous les applaudissements de l'assistance.

Il fallait maintenant procéder aux préparatifs du mariage. Narayan insista pour que l'on renonce à certaines dépenses traditionnelles ; il ne voulait pas que la famille de Radha demeure endettée jusqu'à la fin de ses jours. Il n'accepterait d'eux que six récipients de cuivre : trois à fond bombé, trois à fond plat.

Roopa ne décolérait pas.

« Qu'est-ce que tu comprends à des choses aussi compliquées que les dots ? As-tu déjà été marié ? »

Dukhi, lui aussi, était fâché.

« Ils doivent beaucoup plus que six récipients. C'est notre droit.

— Depuis quand notre communauté pratique-t-elle le système de la dot ? demanda Narayan calmement.

— Si c'est bon pour les hautes castes, c'est bon pour nous. »

Mais Narayan tint bon, soutenu par Ishvar. « Apprennent les manières des grandes villes, grommela leur mère, vaincue de nouveau. Oublient les manières du village. »

Il y eut un accroc de dernière minute. Deux jours avant le mariage, sous la pression de Thakur Dharamsi et d'autres, les musiciens du village se dédirent. Si grande était leur frayeur qu'ils refusèrent même de rencontrer la famille et de discuter du problème. Ishvar s'occupa donc de leur trouver des remplaçants en ville. Peu importait le coût de leur transport, se dit Narayan ; c'était peu cher payer le plaisir de flouer les gros bonnets.

Les nouveaux musiciens ignoraient certains chants de mariage locaux, ce qui troubla les plus âgés des invités — litanies et chants étrangers risquaient de porter malheur. « Surtout pour la conception des enfants, dit une vieille femme qui, avant que son infirmité ne l'en empêche, assistait aux naissances. Le ventre ne devient pas fertile comme ça, sans une procédure correcte.

— Exact, dit une autre. Je l'ai vu de mes propres yeux. Quand les chants ne sont pas chantés comme il convient, il n'en sort que du malheur pour le mari et la femme. »

Rassemblés en petits groupes, ils débattaient et discutaient, essayant de découvrir l'antidote qui déjouerait le mauvais sort imminent, regardant d'un œil désapprobateur ceux que réjouissaient cette musique et ces danses étrangères.

Les fêtes durèrent trois jours, pendant lesquels certaines familles chamaars mangèrent les meilleurs repas de leur vie. Ashraf et les siens, invités d'honneur, furent logés chez Narayan, au déplaisir de quelques-uns. On entendit marmonner contre la présence, néfaste, de musulmans, mais les protestations furent peu nombreuses et vite étouffées. Et, à la fin du troisième jour, au grand soulagement des aînés, les musiciens se révélèrent capables d'interpréter une bonne quantité de chants locaux.

Radha et Narayan eurent un fils, qu'ils nommèrent Omprakash. Les gens accoururent en grand nombre chanter et célébrer avec eux cet heureux événement. Tout fier, le grand-père alla en personne porter des sucreries à chaque maison du village.

Plus tard, dans la semaine, Chhotu, l'ami de Dukhi, vint avec sa femme voir le nouveau-né. Prenant Dukhi et Narayan à part, il chuchota : « Les hautes castes ont balancé les sucreries aux ordures. »

Ils le crurent sans hésiter, lui qui ramassait les ordures dans nombre de ces maisons. La nouvelle était douloureuse, mais Narayan la prit en riant. « Il y en aura plus pour ceux qui trouveront les paquets. »

Les visiteurs continuèrent d'affluer, s'émerveillant de l'air bien portant du bébé, pour un Chamaar, et de ce sourire qui ne le quittait jamais. « Même quand il a faim, il ne piaille ni ne miaule, aimait à se vanter Radha. Juste un petit *kurr-kurr*, qui s'arrête dès que je lui donne le sein. »

Trois filles naquirent ensuite. Deux survécurent. On les appela Leela et Rekha. Il n'y eut pas distribution de sucreries.

Narayan entreprit d'apprendre à son fils à lire et à écrire, dirigeant les leçons tout en cousant. L'homme se tenait à sa machine, l'enfant s'asseyait avec ardoise et craie. A l'âge de cinq ans, Omprakash savait aussi faire des boutons de grand art, imitant le panache avec lequel son père léchait le fil puis le passait dans le trou de l'aiguille, tâchant d'attraper son flair pour piquer l'aiguille au bon endroit à travers le tissu.

« Toute la journée il reste collé à son Bapa », grommelait Radha, tout heureuse, couvant du regard le père et le fils.

Sa belle-mère, revivant la scène en pensée, s'en pénétra avec bonheur. « Les filles sont sous la responsabilité de la mère, mais les fils sont pour le père », déclara-t-elle, comme sous le coup d'une toute nouvelle révélation, et Radha la reçut comme telle, acquiesçant avec solennité.

Dans la semaine qui suivit le cinquième anniversaire d'Omprakash, Narayan l'emmena à la tannerie, où s'affairaient les Chamaars. Depuis son retour au village, il se joignait à eux périodiquement, les aidant selon les besoins pour le dépiautage, le salage, le tannage ou la teinture. A présent, il montrait fièrement à son fils comment se faisait le travail.

Mais Omprakash recula. Narayan n'aima pas cette attitude. Il insista pour que le garçon se salisse les mains.

« Chhee ! Ça pue ! hurla Omprakash.

— Je sais que ça pue. Mais fais-le quand même. »

Saisissant les mains du garçon, il les plongea dans la fosse de tannage, les immergeant jusqu'au coude. Il avait honte du comportement de son fils devant ses camarades.

« Je ne veux pas faire ça ! Je veux rentrer à la maison ! S'il te plaît, Bapa, ramène-moi à la maison !

— Avec ou sans larmes, tu apprendras ce travail », dit Narayan d'un ton sinistre.

Omprakash sanglota et hurla, se convulsa de rage, se tordant les mains pour les arracher de la fosse. « Tu continues, et c'est tout ton corps que je jette dedans », le menaça son père, lui immergeant les bras, encore et encore.

Les autres essayèrent de persuader Narayan de laisser tomber — à en juger par ses cris hystériques, l'enfant risquait d'avoir une attaque ou autre chose du même genre. « C'est son premier jour, dirent-ils. La semaine prochaine, ça ira mieux. » Mais Narayan l'obligea à continuer, pendant une heure encore.

Omprakash pleurait toujours quand ils regagnèrent la maison. Sur le porche, Radha massait le crâne de sa belle-mère avec de l'huile de coco. En se précipitant pour consoler l'enfant, elles renversèrent la bouteille. Roopa voulut prendre son petit-fils dans ses bras, mais à la vue des tresses grises et huileuses qui tombaient raides de son front il se rejeta en arrière. Jamais sa grand-mère n'avait été aussi effrayante.

« Pourquoi ce chagrin ? Que lui as-tu fait, à mon pauvre petit enfant joueur et rieur ? »

Narayan expliqua comment ils avaient passé la matinée, ce qui fit rire Dukhi. Mais Radha fut folle de rage. « Pourquoi tourmenter ce garçon ? Mon Om n'a pas besoin de faire un travail aussi sale !

— Un travail sale ? Toi, une fille de Chamaar ? Tu oses dire que c'est un travail sale ! »

L'éclat la surprit. C'était la première fois que Narayan s'emportait contre elle. « Mais pourquoi doit-il ?...

— Comment appréciera-t-il ce qu'il possède s'il n'apprend pas ce qu'ont fait ses ancêtres ? Il viendra avec moi une fois par semaine. Que ça lui plaise ou non ! »

Radha en appela silencieusement à son beau-père,

et entreprit d'éponger l'huile de coco. D'un signe de tête, Dukhi signifia qu'il l'avait entendue. Plus tard, quand il se retrouva seul avec Narayan, il lui dit : « Fils, je suis d'accord avec toi. Mais peu importe ce que nous pensons, une fois par semaine, ce n'est qu'un jeu. Pour lui, ce ne sera jamais comme ce fut pour nous. Et Dieu en soit remercié. »

Omprakash passa le reste de la journée, misérable, dans la cuisine, collé à sa mère. Tout en travaillant, Radha lui caressait la tête. « Ne veut pas me quitter, ronchonna-t-elle gaiement à l'intention de sa belle-mère. Je dois encore hacher les épinards et faire les chapatis. Dieu sait quand j'aurai fini. »

Roopa plissa le front. « Quand les fils sont malheureux, ils se rappellent leur mère. »

Le soir, tandis que son père se reposait sur le porche, les yeux fermés, Omprakash s'approcha en douce et se mit à lui masser les pieds, comme il avait vu faire sa mère. Narayan sursauta, ouvrit les yeux, les abaissa et sourit. Il tendit les bras à son fils.

Omprakash s'y précipita, de ses mains entoura le cou de son père. Ils restèrent ainsi embrassés pendant quelques minutes, sans dire un mot. Puis Narayan desserra les doigts de l'enfant et les renifla. Il lui présenta les siens. « Tu sens ? Nous avons tous les deux la même odeur. C'est une odeur honnête. »

L'enfant acquiesça.

« Bapa, est-ce que tu veux plus de chumpee pour tes pieds ?

— D'accord. »

Il regarda avec amour son fils presser les talons, frotter la voûte plantaire, pétrir la plante, masser chaque orteil, à la manière méthodique de Radha. Cachées dans l'embrasure de la porte, Radha et Roopa échangeaient des sourires rayonnants.

Les leçons hebdomadaires de travail du cuir se poursuivirent pendant trois ans. Omprakash apprit à boucaner les peaux en les salant et en les empilant l'une sur l'autre. Il cueillit le fruit du myrobalan pour fabriquer la solution de tanin. Il apprit à préparer des teintures, et à faire pénétrer la teinture dans les peaux : l'opération la plus sale de toutes, qui le fit vomir.

L'épreuve cessa quand il eut huit ans. On l'envoya auprès de son oncle Ishvar pour qu'il découvre, dans la Maison Muzaffar, d'autres finesses, et en plus grand nombre, dans l'art de la couture. De plus, en ville, l'école acceptait désormais tout le monde, ce qui n'était pas encore le cas de celle du village.

La séparation d'avec leur fils fut beaucoup moins dramatique pour Radha et Narayan qu'elle ne l'avait été pour Roopa et Dukhi. Une nouvelle route et un service de cars avaient réduit la distance entre le village et la ville. Ils pouvaient compter sur de fréquentes visites d'Omprakash, sans compter qu'ils avaient leurs deux filles.

Radha ne s'en estima pas moins injustement privée de la présence de son fils. Une chanson populaire racontant l'histoire d'un oiseau, fidèle compagnon du chanteur, mais qui, pour une raison quelconque, a décidé de s'envoler au loin, devint son air favori. Dès que les premières notes s'échappaient de leur nouveau transistor, elle se précipitait vers l'appareil et augmentait le volume, en intimant à tout le monde de se taire. Mais quand son fils était là, elle se fichait de la chanson.

Les sœurs d'Omprakash n'appréciaient guère ses visites. Plus personne ne prêtait attention à Leela et à Rekha quand leur frère était à la maison. Et cela commençait dès qu'il franchissait la porte.

« Regardez-moi cet enfant ! Comme il est devenu maigre ! se plaignait Radha. Est-ce que ton oncle te nourrit, oui ou non ?

— Il paraît maigre parce qu'il a grandi », expliquait Narayan.

Explication qui servait de prétexte à Radha pour le gaver de friandises, crème, fruits secs, confiseries, qu'elle le regardait manger, béate de plaisir. De temps à autre, ses doigts fondaient sur l'assiette, attrapaient un morceau qu'elle portait tendrement à la bouche de son fils. Aucun repas ne se terminait tant qu'elle ne lui avait pas donné à manger quelque chose de ses propres mains.

Pour Roopa, aussi, le spectacle de son petit-fils mâchant et avalant était une fête. Elle se tenait en position d'arbitre, prête à ôter la moindre miette du coin de sa bouche, remplissant son assiette, poussant un verre de lussi à portée de sa main. Un sourire éclairait sa face ridée, le souvenir lui revenait par éclairs de ces nuits noires où elle se glissait en territoire ennemi afin de récolter des douceurs pour Ishvar et Narayan.

Les sœurs d'Omprakash assistaient, spectatrices silencieuses, au rituel du repas. Envieuses, elles savaient néanmoins qu'elles n'avaient pas intérêt à protester ou à supplier. Les rares instants où aucun adulte ne traînait alentour, Omprakash partageait les friandises avec elles. Le plus souvent, toutefois, les deux fillettes pleuraient doucement dans leur lit.

Assis sur le porche, au crépuscule, Narayan massait la plante des pieds, usée, craquelée, de son vieux père. Omprakash, âgé à présent de quatorze ans, devait arriver le lendemain pour une visite d'une semaine.

« Ah ! » Dukhi poussa un soupir de bonheur, puis demanda à Narayan s'il avait jeté un coup d'œil au veau nouveau-né.

Pas de réponse. Il répéta sa question, enfonçant son gros orteil dans la poitrine de Narayan. « Fils ? Tu m'écoutes ?

— Oui, Bapa, simplement je réfléchissais. »

Il se remit au massage, fixant l'obscurité. Ses doigts travaillaient avec une vigueur accrue pour compenser son silence.

« Qu'est-ce qu'il y a, qu'est-ce qui te tracasse ?

— Je pensais que... que rien ne change. Les années passent et rien ne change. »

Dukhi soupira de nouveau, mais sans joie.

« Comment peux-tu dire ça ? Tant de choses ont changé. Ta vie, ma vie. Ton métier, du cuir au tissu. Et regarde ta maison, ta...

— Ces choses-là, oui. Mais les plus importantes ? Le gouvernement fait des lois, décrète qu'il n'y a plus d'intouchabilité, pourtant tout est pareil. Les salauds des hautes castes continuent à nous traiter plus mal que des animaux.

— Ces choses-là mettent du temps à changer.

— Il s'est écoulé plus de vingt ans depuis l'indépendance. Combien en faudra-t-il encore ? Je veux pouvoir boire au puits du village, prier au temple, aller où je veux. »

Dukhi retira son pied du genou de Narayan et se redressa sur son siège. Il se rappelait le défi qu'il avait jeté au système des castes en envoyant ses fils à Ashraf. Les mots de Narayan le remplissaient de fierté, mais aussi de crainte. « Fils, ce sont des désirs dangereux. Tu es passé de Chamaar à tailleur. Sois satisfait. »

Narayan secoua la tête.

« Ça, c'était ta victoire. »

Il reprit son massage, tandis qu'autour d'eux l'obscurité s'épaississait. A l'intérieur, Radha se livrait à de joyeux préparatifs en vue de l'arrivée de leur fils. Au bout d'un moment, elle apporta une lampe sur le porche. En quelques secondes, une nuée de moucherons fondit dessus, suivis par un papillon brun, décidé à conserver la place à la lumière qui lui était due. Dukhi l'observa, qui essayait d'un battement de ses ailes fragiles de traverser le verre de la lampe.

Des élections à l'échelon national se déroulèrent cette semaine-là, et politiciens, lanceurs de slogans, flagorneurs de tout poil assiégèrent le district. Comme d'habitude, le déferlement des partis politiques et de leurs bouffons en campagne créa une joyeuse animation dans le village.

Certains se plaignirent de ce que, dans une telle chaleur propre à vous dessécher les poumons, il était difficile de prendre réellement part aux réjouissances — le gouvernement aurait dû attendre l'arrivée des pluies. Narayan et Dukhi assistèrent aux réunions, emmenant Omprakash avec eux, au grand déplaisir de Roopa et de Radha, qui leur reprochaient de leur voler une partie du temps de séjour du garçon.

Les discours débordaient de promesses de tous ordres et de toutes dimensions : écoles neuves, eau potable, assistance médicale ; terres pour les paysans qui n'en avaient pas, au moyen de la redistribution et de l'application plus stricte de la loi sur le plafonnement de la terre ; promesses d'une législation puissante pour punir toute discrimination et tout harcèlement des basses castes par les hautes castes ; promesses d'abolir le travail à la chaîne, le travail des enfants, le sati, le système des dots, le mariage des enfants.

« Il doit y avoir des tas de lois en double dans notre pays, dit Dukhi. A chaque élection, ils parlent de voter les mêmes que celles qu'ils ont votées vingt ans auparavant. Quelqu'un devrait leur rappeler qu'ils doivent les faire appliquer.

— Pour des politiciens, les lois, c'est comme l'eau, dit Narayan. Elles finissent toutes à l'égout. »

Le jour du suffrage, les électeurs s'alignèrent à l'extérieur du bureau de vote. Comme d'habitude, Thakur Dharamsi dirigea les opérations. Son système, soutenu par les autres propriétaires terriens, fonctionnait sans accroc depuis des années.

Couvert de cadeaux, le président du bureau de vote fut entraîné en ville, gavé de nourriture et de boisson. Les portes s'ouvrirent, les votants entrèrent à la queue leu leu. « Présentez vos doigts », dit le préposé à la surveillance.

Les gens s'exécutèrent. L'employé, à la table, déboucha une petite bouteille et marqua chaque doigt tendu d'une tache d'encre noire indélébile, pour éviter la fraude.

« Maintenant, mettez votre empreinte ici », dit-il.

Ils apposèrent leur empreinte sur le registre, signe qu'ils avaient voté, et s'en allèrent.

Les bulletins blancs furent alors remplis par les affidés des propriétaires. Le président du bureau revint à l'heure de la fermeture afin de surveiller l'enlèvement des urnes et leur transport au bureau de comptage, et de certifier que le vote s'était déroulé d'une manière juste et démocratique.

Il arrivait que des propriétaires rivaux, dans le district, incapables d'aplanir leurs différends, finissent par soutenir des candidats opposés. On assistait alors à des bagarres entre gangs. Naturellement, celui qui capturait le plus grand nombre d'urnes et en bourrait le plus grand nombre voyait son candidat élu.

Cette année-là, pourtant, il n'y eut ni bagarres ni coups de feu. Dans l'ensemble, ce fut une journée morne, au grand déplaisir d'Omprakash. Le lendemain, il devait retourner chez Muzaffar, la semaine avait passé beaucoup trop vite.

Ils s'assirent sur le charpoy devant la maison pour goûter la douceur de l'air du soir, et Omprakash alla leur chercher de l'eau. Les arbres ployaient sous les chants d'oiseaux frénétiques. « A la prochaine élection, je veux marquer mon bulletin, dit Narayan.

— Ils ne te laisseront pas faire, dit Dukhi. Et à quoi bon ? Tu crois que ça changera quelque chose ? Ton geste se perdra dans un puits plus profond que l'éternité. On n'entendra même pas le bruit qu'il fera en tombant.

— C'est mon droit. Et je l'exercerai à la prochaine élection, je te le promets.

— Ces temps-ci, tu rêvasses trop sur cette histoire de droits. Abandonne cette dangereuse habitude. » Dukhi s'interrompit, chassant une colonne de fourmis rouges qui avançait vers le pied du charpoy. Les insectes s'enfuirent dans toutes les directions. « Supposons que tu marques ton bulletin toi-même. Tu crois qu'ils ne peuvent pas ouvrir l'urne et détruire les bulletins qui ne leur plaisent pas ?

— Non, ils ne peuvent pas. Le chef du bureau doit compter chaque bout de papier.

— Laisse tomber cette idée. C'est une perte de temps — et ton temps c'est ta vie.

— Une vie sans dignité est sans valeur. »

Les fourmis rouges s'étaient regroupées, mais il faisait trop noir pour que Dukhi pût les voir. Radha apporta la lampe sur le porche dévoré par l'obscurité qui, instantanément, se peupla d'ombres. Ses vêtements dégageaient l'odeur de fumée de bois. Elle s'attarda un moment, dans le silence, scrutant le visage de son mari.

« Le gouvernement n'a pas le sens commun », se plaignit le peuple au moment des élections au parlement régional. « Pas le moindre sens commun. Il s'est trompé de mois — avec la terre desséchée et l'air brûlant, qui a le temps de penser à voter ? Il y a deux ans, ils ont commis la même faute. »

Narayan n'avait pas oublié la promesse qu'il avait faite à son père deux ans auparavant. Ce matin-là, il s'en alla voter seul. Il y avait peu de monde. Une maigre file sinuait jusqu'à la porte de l'école, choisie comme bureau de vote. A l'intérieur, l'odeur de poussière de craie et de nourriture rance lui rappela le jour où, petits enfants, Ishvar et lui avaient été fouettés par le maître pour avoir touché aux ardoises et aux livres des enfants des hautes castes.

Ravalant sa peur, il réclama son bulletin. « Non, pas la peine, expliquèrent les hommes derrière la table. Pose ton empreinte ici, nous ferons le reste.

— Mon empreinte ? Je veux signer de mon nom. Quand vous m'aurez donné mon bulletin. »

Les deux hommes qui le suivaient imitèrent Narayan. « Oui, donnez-nous nos bulletins, dirent-ils. Nous voulons nous aussi les marquer.

— Nous ne pouvons pas faire ça, nous n'avons pas d'instructions.

— Vous n'avez pas besoin d'instructions. C'est notre droit d'électeurs. »

Les employés chuchotèrent entre eux, puis dirent : « Bon, attendez s'il vous plaît. » L'un d'eux quitta le bureau de vote.

Il revint peu après, accompagné d'une douzaine d'hommes. Au nombre desquels Thakur Dharamsi. « Quoi, que se passe-t-il ici ? » demanda-t-il bien haut, de l'extérieur.

On lui indiqua Narayan, à travers la porte ouverte.

« Ah, marmonna-t-il. J'aurais dû le savoir. Et qui sont les deux autres ? »

Son assistant ne connaissait pas leur nom.

« Ça n'a pas d'importance », dit Thakur Dharamsi. Lui et ses sbires pénétrèrent dans la salle, qui se trouva surpeuplée. Il s'essuya le front et tendit sa main mouillée sous le nez de Narayan. « Par une si chaude journée, tu m'obliges à quitter ma maison et à transpirer. Est-ce que tu essaies de m'humilier ? N'as-tu donc rien à coudre ? Ni une vache à empoisonner et à dépiauter ?

— Nous partirons dès que nous aurons marqué nos bulletins, dit Narayan. C'est notre droit. »

Thakur Dharamsi se mit à rire, suivi par ses hommes. Quand il s'arrêta, ils s'arrêtèrent. « Assez plaisanté. Posez vos empreintes, et partez.

— Quand nous aurons voté. »

Cette fois-ci, il ne rit pas. Levant la main comme pour dire au revoir, il sortit. Les sbires se saisirent de Narayan et des deux hommes, les forcèrent à poser le pouce sur le tampon encreur, puis complétèrent le registre. Thakur Dharamsi murmura à son assistant d'amener les trois mutins à sa ferme.

Attachés nus par les chevilles aux branches d'un banyan, ils furent fouettés toute la journée, à intervalles réguliers, tantôt conscients, tantôt inconscients. Leurs cris se firent de plus en plus faibles. Thakur Dharamsi enferma ses petits-enfants dans la maison. « Faites vos devoirs, leur dit-il. Lisez vos livres ou jouez avec le beau train que je vous ai acheté.

214

— Mais c'est les vacances, se plaignirent-ils. Nous voulons jouer dehors.

— Pas aujourd'hui. Il y a de méchants hommes dehors. »

Il les éloigna de la fenêtre.

Au loin, dans le champ, ses hommes urinèrent sur les trois visages renversés. Les bouches desséchées accueillirent avec soulagement le liquide, aspirant goulûment le mince filet. Thakur Dharamsi ordonna à ses tortionnaires de ne pas divulguer ce qui était en train de se passer, spécialement auprès de la population du lotissement en aval de la rivière. Cela risquait de troubler le déroulement du vote et de contraindre la commission électorale à annuler les résultats, gâchant ainsi des semaines de travail.

Le soir, une fois les urnes enlevées, ils posèrent des charbons ardents sur les parties génitales des trois hommes, puis leur en bourrèrent la bouche. Les hurlements s'entendirent dans tout le village, jusqu'à ce que lèvres et bouches aient fondu. Les corps immobiles et silencieux furent alors descendus de l'arbre. Quand les hommes commencèrent à bouger, les cordes passèrent de leurs chevilles à leur cou, et on les pendit. On exposa les corps sur la place du village.

Maintenant que ses goondas étaient libérés de leurs tâches électorales, Thakur Dharamsi les lâcha sur les basses castes. « Je veux qu'on administre une leçon à ces achhoot-jatis, leur dit-il en leur distribuant de l'alcool. Je veux que la situation redevienne comme avant, quand le respect, la discipline et l'ordre régnaient dans notre société. Et surveillez-moi la maison de ce tailleur chamaar, que personne ne s'enfuie. »

Les goondas se dirigèrent vers le quartier des intouchables. En chemin, et au hasard, ils tabassèrent certains, dénudèrent quelques femmes, en violèrent d'autres, incendièrent quelques cahutes. La nouvelle de cette folie meurtrière se répandit rapidement. Les gens se cachèrent, attendant que l'ouragan s'éloigne.

« Bien, dit Thakur Dharamsi, quand, à la nuit, les rapports lui parvinrent du succès de l'opération. Je crois qu'ils s'en souviendront longtemps. » Il ordonna de laisser les corps des deux inconnus sur la rive, afin que leurs familles les réclament « J'ai le cœur déchiré pour ces deux familles, quelles qu'elles soient, dit-il. Elles ont assez souffert. Laissons-les pleurer leurs fils et les incinérer. »

Ainsi se termina la punition, mais pas pour la famille de Narayan. « Il ne mérite pas de crémation, dit Thakur Dharamsi. Et le père est plus à blâmer que le fils. Il s'est attaqué, par son arrogance, à tout ce qui nous est le plus sacré. » Ce que les siècles avaient constitué, Dukhi avait osé le défaire ; il avait transformé des cordonniers en tailleurs, détruisant l'équilibre millénaire de la société. Transgresser la règle des castes méritait la plus sévère des punitions, dit-il.

« Attrapez-les tous, parents, femme, enfants, ordonna-t-il à ses sbires. Que pas un n'en réchappe. »

Aux goondas qui faisaient irruption dans la maison de Narayan, Amba, Pyari, Savitri et Padma, chacune sur son porche, hurlèrent de laisser leurs amis tranquilles. « Pourquoi les harcelez-vous ? Ils n'ont rien fait de mal ! »

Les membres de leur famille, terrifiés, les tirèrent à l'intérieur. Les voisins n'osèrent même pas regarder ce qui se passait, tapis dans leurs huttes, honteux et morts de peur, priant pour que la nuit passe vite, que la violence n'engloutisse pas d'autres innocents. Quand Chhotu et Dayaram tentèrent de se faufiler pour aller chercher de l'aide auprès du thanedar, ils furent poursuivis et poignardés.

Dukhi, Roopa, Radha et les deux petites filles furent ligotés et traînés dans la pièce principale. « Il en manque deux, dit Thakur Dharamsi. Un fils et un petit-fils. » Information prise, il apprit qu'ils vivaient en ville. « Peu importe, ces cinq-là suffiront. »

Ils apportèrent le corps mutilé et le déposèrent

devant les captifs. Il faisait sombre dans la pièce. Thakur Dharamsi envoya chercher une lampe, afin qu'ils pussent bien voir.

La lumière déchira le bienfaisant manteau de l'obscurité. Le visage du cadavre nu n'était qu'un magma, brûlé, désossé. Seule la petite tache rouge de naissance qu'il avait sur la poitrine leur permit de reconnaître Narayan.

Radha poussa un long hurlement. Qui se confondit bientôt avec les cris d'agonie du reste de la famille ; la maison brûlait. Les premières flammes léchèrent la chair entravée. La seule étincelle de pitié, cette nuit-là, provint des vents secs et furieux, qui attisèrent l'incendie. L'ouragan de feu les enveloppa bien vite, tous les six.

Quand la nouvelle parvint à Ishvar et à Omprakash, les cendres avaient refroidi, les corps calcinés avaient été disloqués et dispersés dans la rivière. Mumtaz Chachi retint Omprakash près d'elle, tandis qu'Ashraf Chacha accompagnait Ishvar au poste de police pour déposer une demande d'enquête préliminaire.

L'inspecteur adjoint, qui souffrait de l'oreille, ne cessait d'y fourrager avec son auriculaire. Il avait du mal à se concentrer. « Quel nom ? Epelez à nouveau. Lentement. »

Afin de s'attirer les bonnes grâces du représentant de l'autorité, Ashraf lui conseilla un de ses remèdes maison, alors même qu'il bouillait de rage et se retenait de gifler le bonhomme. « De l'huile d'olive chaude vous soulagera, dit-il. Ma mère s'en servait pour moi.

— Vraiment ? Combien ? Deux ou trois gouttes ? »

Puis, à contrecœur, des policiers se rendirent sur les lieux afin de vérifier les allégations contenues dans la demande d'enquête préliminaire. Ils rapportèrent que rien ne permettait de soutenir l'accusation d'incendie volontaire et de meurtre.

L'inspecteur adjoint s'en prit à Ishvar : « Qu'est-ce

que c'est que cette gredinerie ? Essayer de bourrer de mensonges le rapport d'enquête préliminaire. Vous, les sales castes, il faut toujours que vous causiez des problèmes ! Tirez-vous avant que je vous accuse de trouble à l'ordre public ! »

Trop médusé pour pouvoir parler, Ishvar regarda Ashraf, qui tenta d'intervenir. L'inspecteur adjoint le rembarra grossièrement : « Cette affaire ne concerne pas votre communauté. Nous n'intervenons pas quand vous et vos mollahs discutez des problèmes de votre communauté, n'est-ce pas ? »

Les deux jours suivants, Ashraf garda la boutique fermée, ravagé par sa propre impuissance. Mumtaz et lui n'osaient pas consoler Omprakash ou Ishvar — quels mots prononcer devant une telle perte, une injustice si immense ? Le mieux qu'ils pouvaient faire était de pleurer avec eux.

Le troisième jour, Ishvar lui demanda d'ouvrir la boutique, et ils se remirent à coudre.

« Je vais rassembler une petite troupe de Chamaars, leur fournir des armes, et nous marcherons sur les maisons des propriétaires », dit Omprakash, courbé sur sa machine. « Ce sera facile de trouver suffisamment d'hommes. Nous ferons comme les Naxalites. » Il décrivit pour Ishvar et Ashraf Chacha la stratégie employée par les paysans en révolte, dans le Nord-Est. « A la fin, nous couperons les têtes et les exposerons sur des piques, sur la place du marché. Leur engence n'osera plus jamais opprimer notre communauté. »

Ishvar le laissa nourrir ses idées de revanche. Sa première impulsion avait été la même; comment pouvait-il blâmer son neveu? La machine occupait assez facilement les mains, mais libérer l'esprit de son tourment était difficile. « Dis-moi, Om, comment sais-tu tout cela?

— Je l'ai lu dans les journaux. Mais est-ce que ça ne tombe pas sous le sens? Dans chaque famille de basse caste, il y a quelqu'un de maltraité par les zamindars. Ils ont soif de vengeance, c'est sûr. Nous massacrerons les Thakurs et leurs goondas. Et ces salauds de policiers.

— Et après? » demanda Ishvar, quand il sentit que le temps était venu pour son neveu de se détourner de la mort pour penser à la vie. « Ils vous traîneront devant les tribunaux et vous pendront.

— Ça m'est égal. Je serais mort de toute façon si j'avais vécu avec mes parents au lieu d'être ici en sécurité.

— Om, mon enfant, dit Ashraf. Nous ne devons pas nous occuper de vengeance. Les meurtriers seront punis, Inch'Allah, dans ce monde ou dans l'autre. Peut-être le sont-ils déjà, qui sait?

— Oui, Chachaji, qui sait? » répéta Omprakash d'un ton sarcastique.

Six mois s'étaient écoulés depuis cette terrible nuit et, sur les instances d'Ashraf, Ishvar et Omprakash avaient abandonné la chambre qu'ils louaient dans l'immeuble de garnis. Il y avait plein de place chez lui, avait affirmé Ashraf, maintenant que ses filles étaient mariées et parties. Il partagea en deux la chambre au-dessus de la boutique — un côté pour Mumtaz et lui, l'autre pour Ishvar et son neveu.

Ils écoutaient Omprakash aller et venir, là-haut, se préparant à aller se coucher. Mumtaz était au fond de la maison, en prière. « Ce discours de revanche ne fait pas de mal tant qu'il demeure un discours, dit Ishvar. Mais que se passera-t-il s'il retourne au village, se livre à quelque folie? »

Ils discutèrent avec angoisse pendant des heures de l'avenir du garçon, puis montèrent se coucher. Ashraf suivit Ishvar dans la partie où dormait Omprakash, et ils restèrent là, côte à côte, à le regarder.

« Pauvre enfant, chuchota Ashraf. Comme il a souffert. Comment pouvons-nous l'aider? »

La réponse leur fut donnée, plus tard, par la chute de la Maison de Couture Muzaffar.

Un an avait passé depuis les meurtres quand un magasin de vêtements en prêt-à-porter ouvrit en ville. En très peu de temps, le nombre des clients d'Ashraf diminua considérablement.

Ishvar affirma que la perte serait temporaire. « Une grande boutique avec des stocks de chemises — ça attire les clients. Ils se sentent importants, de pouvoir essayer différents modèles. Mais quand la nouveauté aura perdu de son attrait et que les vêtements ne leur iront pas, les traîtres reviendront. »

Ashraf ne partageait pas son optimisme. « Ces prix bas nous vaincront. Ils fabriquent les vêtements par centaines dans de grandes usines, dans la grande ville. Comment pouvons-nous lutter ? »

Bientôt, les deux tailleurs et l'apprenti se tinrent pour chanceux de travailler un jour par semaine. « Etrange, n'est-ce pas ? dit Ashraf. Quelque chose que je n'ai jamais vu est en train de ruiner une affaire que je possède depuis quarante ans.

— Mais vous avez vu le magasin de prêt-à-porter.

— Non, je parle des usines, dans la capitale. Quelle grandeur ont-elles ? Qui les possède ? Combien payent-ils ? Je ne sais rien de tout ça, sinon qu'ils nous réduisent à la mendicité. Peut-être faudra-t-il que, dans mon vieil âge, j'aille travailler pour eux ?

— Jamais, dit Ishvar. Mais moi, peut-être.

— Personne n'ira nulle part. » Ashraf tapa du poing sur la table de coupe. « Nous partagerons ce que nous avons, je disais ça pour rire. Tu crois vraiment que je chasserais mes propres enfants ?

— Ne vous fâchez pas, Chachaji, je sais que vous n'y pensiez pas. »

Bientôt, pourtant, étant donné la fuite incessante des clients vers le magasin de prêt-à-porter, il fallut prendre en considération la plaisanterie. « Si ça continue comme ça, nous resterons tous les trois assis du matin au soir, à attraper les mouches, dit Ashraf. Pour moi, ça n'a pas d'importance. J'ai vécu ma vie — goûté ses fruits, doux et amers. Mais c'est trop injuste pour Om. » Il baissa la voix. « Peut-être serait-il mieux pour lui qu'il essaie ailleurs.

— Où qu'il aille, j'irai avec lui, dit Ishvar. Il est encore trop jeune, il a trop d'idées folles en tête.

— Ce n'est pas de sa faute, le diable l'encourage. Bien sûr que tu devras aller avec lui, tu es son père maintenant. Ce que vous pouvez faire, tous les deux, c'est partir quelque temps. Pas à titre définitif. Une année ou deux. Travailler dur, gagner de l'argent, et revenir.

— C'est vrai. On dit qu'on peut gagner de l'argent très vite dans la grande ville, il y a tant de travail et d'occasions.

— Exactement. Et avec cet argent vous pourrez ouvrir une affaire ici, quand vous reviendrez. Une boutique de paan, ou un étal de fruits, ou de jouets. Vous pourrez même vendre des vêtements tout prêts, qui sait ? »

Cela les fit rire, mais ils convinrent que deux ans loin d'ici seraient la meilleure solution pour Omprakash.

« Il n'y a qu'une seule difficulté, dit Ishvar. Je ne connais personne dans la grande ville. Comment commencer ?

— Tout se mettra en place. J'ai un très bon ami qui vous aidera à trouver du travail. Il s'appelle Nawaz. Il est tailleur lui aussi, et possède sa propre boutique. »

Ils restèrent jusqu'à minuit passé, à faire des projets, à imaginer le nouvel avenir dans la cité au bord de la mer, la cité pleine de grands immeubles, de rues larges et merveilleuses, de beaux jardins, de millions et de millions de gens travaillant dur et accumulant des richesses.

« Regarde-moi, aussi excité que si je partais avec vous, dit Ashraf. Si j'étais plus jeune, je m'en irais moi aussi. Je vais me sentir seul ici. Je rêvais de vous garder près de moi, toi et Om, jusqu'à la fin de mes jours.

— Mais ça se fera. Om et moi nous reviendrons bientôt. N'est-ce pas ça le plan ? »

Ashraf écrivit à son ami d'accueillir Ishvar et Omprakash, de les aider à s'installer dans la métropole. Ishvar retira ses économies du bureau de poste et acheta des billets de train.

La nuit qui précéda leur départ, Ashraf leur offrit

ses chers ciseaux à couper et à cranter. Ishvar protesta. « Vous avez couvert notre famille de tant de bontés depuis trente ans.

— Une éternité de bontés ne saurait rembourser ce que toi et Narayan avez fait pour les miens, dit Ashraf, en déglutissant. Allons, mets ces ciseaux dans ta malle, fais plaisir à un vieil homme. » Il s'essuya les yeux, qui se remouillèrent aussitôt. « Souviens-toi, vous serez toujours les bienvenus ici, si ça ne marche pas. »

Ishvar lui prit les mains et les porta à sa poitrine. « Peut-être viendrez-vous visiter la grande ville avant que nous rentrions.

— Inch'Allah. J'ai toujours voulu aller en pèlerinage avant de mourir. Et les gros bateaux partent tous de la métropole. Alors qui sait ? »

Mumtaz se réveilla tôt le lendemain pour leur faire du thé et leur préparer de la nourriture pour le voyage. Tout le temps qu'ils burent leur thé, Ashraf ne dit mot, accablé par l'émotion. Il ne parla qu'une fois, pour demander : « Tu as bien l'adresse de Nawaz dans ta poche ? »

La dernière goutte bue, Omprakash ramassa les tasses pour aller les laver. « Laisse, l'en empêcha Mumtaz, en larmes. Je le ferai plus tard. »

Le moment était venu de partir. Ishvar et Omprakash prirent Ashraf et Mumtaz dans leurs bras, les embrassant trois fois sur chaque joue « Ah, mes pauvres vieilles orbites inutiles, dit Ahsraf. Elles n'arrêtent pas de larmoyer. C'est une maladie.

— Et nous sommes en train de l'attraper », dit Ishvar, qui s'essuyait les yeux, ainsi qu'Omprakash.

Le soleil ne s'était pas encore levé quand, ramassant leur malle et leurs affaires de couchage, ils se dirigèrent vers la voie de chemin de fer.

Il faisait nuit quand les tailleurs arrivèrent dans la cité. Grondant, cliquetant, le train pénétra en gare, annoncé par un charabia tonitruant qui s'échappait des haut-parleurs. Les passagers se déversèrent dans l'océan d'amis et de parents venus les attendre. Cris perçants, pleurs de joie, le quai ne fut plus qu'un tourbillon d'humanité. Les coolies fonçaient au milieu de la foule pour offrir leurs services musclés.

Ishvar et Omprakash se tenaient figés, en marge de cette agitation, ayant déjà perdu le petit goût d'aventure qui leur était venu durant le voyage. « Hai Ram, dit Ishvar, souhaitant désespérément voir un visage familier. Quelle foule !

— Allez, viens », dit Omprakash.

Attrapant la malle, il fendit la barrière de corps et de bagages, comme s'il était certain qu'une fois l'obstacle vaincu, tout irait bien — la cité promise les attendait, au-delà.

Au bout du quai, ils émergèrent dans le hall de la gare, grouillant de monde, avec son plafond aussi haut que le ciel et des colonnes dressées comme d'impossibles arbres. Ahuris, ils déambulèrent, questionnant, priant qu'on les aide. Les gens leur répondaient à toute allure, ou leur montraient quelque chose du doigt, et ils remerciaient d'un hochement de tête, sans avoir rien compris. Ils finirent par découvrir, au bout d'une heure, qu'il leur fallait prendre un train de banlieue pour se rendre chez l'ami d'Ashraf. Le voyage dura vingt minutes.

Quelqu'un leur indiqua la bonne route. Le quartier des boutiques-avec-logement se trouvait à dix minutes de marche de la gare. Les trottoirs débordaient de gens endormis. Une mince lumière jaune, comme une pluie purulente, tombait des lampadaires sur les corps enveloppés de haillons, et Omprakash frissonna. « On dirait des cadavres », murmura-t-il. Il les regarda attentivement, cherchant un signe de vie — une poitrine qui se soulève, un doigt qui s'agite, une paupière qui tressaute. Mais la lumière était trop faible pour permettre de noter d'infimes mouvements.

Leur peur commença à céder quand ils surent qu'ils approchaient de la maison qu'ils cherchaient. Le cauchemar de l'arrivée allait prendre fin. Pour accéder à la boutique, ils franchirent les planches jetées au-dessus de l'égout à ciel ouvert. Le pied d'Omprakash faillit passer dans un trou du bois pourri. Ishvar le retint par le coude. Ils frappèrent à la porte.

« Salaam alaikum », dirent-ils, saluant Nawaz avec, sur le visage, l'expression qu'il convient de montrer à un bienfaiteur.

Nawaz leur rendit à peine leurs salutations. Il prétendit ne rien savoir de leur venue. Après force dénégations, il voulut bien admettre qu'il avait reçu une lettre d'Ashraf et accepta en ronchonnant de les laisser dormir sous l'auvent derrière la cuisine, pour quelques jours et jusqu'à ce qu'ils aient trouvé une autre solution. « Je ne le ferais pour personne d'autre qu'Ashraf, souligna-t-il. Le fait est que j'ai à peine assez de place ici pour ma propre famille.

— Merci, Nawazbhai, dit Ishvar. Oui, juste pour quelques jours, merci. »

Une odeur d'aliments en train de cuire flotta jusqu'à eux, mais Nawaz ne les invita pas à manger. Ils trouvèrent un robinet à l'extérieur de la maison, s'y lavèrent les mains et le visage, y étanchèrent leur soif. De la lumière filtrait par la fenêtre de la cuisine. Ils s'assirent dessous et finirent les chapatis que Mumtaz Chachi avait empaquetés pour eux, écoutant les bruits qui s'échappaient des maisons environnantes.

Le sol sous l'auvent était jonché de feuilles, d'épluchures de pommes de terre, de pépins de fruits non identifiables, d'arêtes de poisson, et de deux têtes de poisson aux orbites vides. « Comment pouvons-nous dormir ici ? dit Omprakash. C'est ignoble. »

Regardant autour de lui, il repéra un balai, à côté de la porte, appuyé contre la gouttière. Il s'en empara, chassa le plus gros des ordures, puis Ishvar aspergea le sol de gamelles pleines d'eau, et redonna un coup de balai.

Le bruit attira Nawaz. « Cet endroit n'est pas assez bon pour vous ? Personne ne vous oblige à y rester.

— Non, non, c'est parfait, dit Ishvar. Juste un peu de nettoyage.

— Ceci m'appartient, fit Nawaz en montrant le balai.

— Oui, nous étions...

— Vous devez demander avant de prendre quelque chose », aboya-t-il.

Et il rentra chez lui.

Ils attendirent que le sol ait séché, puis déroulèrent leurs nattes et leurs couvertures. Les bruits environnants ne cessaient pas. Des radios braillaient. Un homme hurla après une femme, la frappa, s'arrêta un moment quand elle appela au secours, puis recommença. Un ivrogne lâcha des injures, accueillies par des gros rires moqueurs. Le grondement de la circulation était permanent. Une lueur vacillante à une fenêtre intrigua Omprakash ; il se leva et jeta un coup d'œil. Il appela Ishvar. « Doordarshan ! » murmura-t-il, tout excité. Au bout d'une minute ou deux, quelqu'un dans la pièce les remarqua, qui regardaient ainsi la télévision, et leur dit de déguerpir.

Ils retournèrent à leur litière et dormirent mal. A

un moment ils furent réveillés par des hurlements qui semblaient provenir d'un animal qu'on massacrait.

Au matin, personne, dans la maison, ne leur offrit de thé, ce qu'Omprakash jugea outrageant. « Les habitudes sont différentes dans la grande ville », dit Ishvar.

Ils se lavèrent, burent de l'eau et traînèrent jusqu'à ce que Nawaz ouvre sa boutique. Il les trouva sur les marches, se haussant du col pour essayer de voir à l'intérieur. « Oui ? Qu'est-ce que vous voulez ?

— Désolé de vous déranger, mais savez-vous que nous sommes aussi des tailleurs ? dit Ishvar. Est-ce qu'on peut travailler pour vous, dans votre magasin ? Ashraf Chacha nous a dit...

— Le fait est qu'il n'y a pas assez de travail, dit Nawaz. Il faudra que vous cherchiez ailleurs. »

Toujours sur les marches, Ishvar et Om s'interrogèrent à voix haute — c'était ça, l'aide que devait leur fournir Nawaz ? Mais il revint bientôt, avec du papier et un crayon, et leur dicta des noms et des adresses de boutiques de tailleurs, ainsi que la façon de s'y rendre. Ils l'en remercièrent.

« Au fait, dit Ishvar, nous avons entendu d'horribles cris la nuit dernière. Savez-vous ce qui s'est passé ?

— Ce sont ces gens qui occupent le trottoir. Un type avait pris l'emplacement d'un autre. Alors ils lui ont écrasé la tête avec une brique. Des animaux, voilà ce qu'ils sont tous. »

Là-dessus il retourna à son travail, et les tailleurs partirent.

Après avoir bu un thé à l'échoppe du coin de la rue, ils passèrent le reste de cette journée effrayante à essayer de repérer les adresses. Les plaques de rues manquaient parfois, ou étaient recouvertes d'affiches politiques ou publicitaires. Ils devaient s'arrêter fréquemment pour demander leur chemin à des boutiquiers ou des marchands ambulants.

Ils s'efforcèrent de suivre l'injonction répétée sur plusieurs panneaux : « Piétons! Marchez sur le trottoir! » Ce qui se révéla difficile en raison de tous les vendeurs qui s'installaient sur ledit trottoir. Ils marchèrent donc sur la chaussée, comme tout le monde, affolés par les voitures et les autobus, s'émerveillant de l'agilité avec laquelle cette foule louvoyait au milieu de la circulation, un instinct sûr lui permettant de s'écarter quand la situation l'exigeait.

« Il suffit d'un peu d'entraînement, dit Omprakash, de l'air de celui qui a une longue expérience.

— Entraînement à quoi? Tuer ou être tué? Ne fais pas le futé, tu te feras écraser. »

Mais le seul accident dont ils furent témoins concerna un homme poussant une charrette à bras; la corde retenant une pile de boîtes céda, elles s'éparpillèrent sur la chaussée. Ils aidèrent l'homme à recharger.

« Qu'est-ce qu'il y a là-dedans? demanda Om, que le bruit, une sorte de cliquettement, intriguait.

— Des os, dit l'homme.

— Des os? De vaches et de buffles?

— De gens comme vous et moi. Pour l'exportation. C'est un très gros trafic. »

Ils furent soulagés quand la charrette s'éloigna. « Si j'avais su ce qu'il trimbalait, je ne l'aurais jamais aidé », dit Ishvar.

En fin d'après-midi, ils avaient frappé à toutes les portes marquées sur la liste, sans obtenir ni travail ni espoir. Ils tentèrent de retourner à la boutique de Nawaz. Ils avaient parcouru ce chemin le matin même, pourtant rien n'avait un aspect familier. Ou plutôt, tout avait le même aspect. Bref, ils étaient en pleine confusion. Et la nuit qui approchait ne faisait que rendre les choses pires. Les affiches de cinéma, qui leur avaient semblé de bons repères, les égarèrent encore plus, car brusquement elles parurent se multiplier. Une fois parvenus à la hauteur de celle qui annonçait *Bobby*, fallait-il tourner à gauche ou à droite? Fallait-il prendre la ruelle avec l'affiche sur laquelle Amitabh Bachchan recevait une grêle de balles tout en balançant son pied dans la figure d'un salopard armé d'une mitrailleuse, ou celle avec l'affiche sur laquelle il décochait le sourire du héros à une jeune, pure et modeste paysanne ?

Affamés, épuisés, ils finirent par retrouver la rue de Nawaz, et se demandèrent s'il convenait ou non d'acheter de quoi manger avant de revenir sous l'auvent. « Mieux vaut pas, décida Ishvar. Nawaz et sa bibi se jugeront insultés s'ils nous attendent pour manger avec eux. Peut-être que la nuit dernière, ils ont été simplement pris de court. »

Leur hôte travaillait à sa machine quand ils passèrent devant la boutique. Ils le saluèrent de la main, mais il sembla ne pas les remarquer, et ils se dirigèrent vers l'arrière de la maison. « Je n'en peux plus », dit Omprakash, déroulant sa natte et s'y laissant tomber.

Couchés sur le dos, ils écoutèrent la femme de Nawaz s'affairer dans sa cuisine. Un robinet coulait, des verres s'entrechoquaient, quelque chose résonna. Ils entendirent Nawaz appeler : « Miriam ! » Elle sortit de la cuisine, elle parlait trop bas pour qu'ils puissent comprendre ce qu'elle disait. Puis, du devant de la maison, la voix forte, revêche, de Nawaz leur parvint à nouveau : « Pas besoin de tout ça, je te l'ai déjà dit.

— Mais c'est juste un peu de thé », dit Miriam.

A présent mari et femme étaient tous les deux dans la cuisine.

« Haramzadi ! Ne discute pas avec moi ! Il n'en est pas question ! » Le bruit mat d'une gifle, Omprakash tressaillit. Elle laissa échapper un cri. « Qu'ils aillent au restaurant ! Le fait est que si tu les dorlotes, ils ne partiront jamais ! »

Les sanglots de Miriam les empêchèrent de saisir ce qu'elle disait, sauf des : « Mais pourquoi... », et puis : « La famille d'Ashraf...

— C'est pas ma famille », cracha-t-il.

Les tailleurs quittèrent l'auvent pour l'échoppe où

ils avaient pris leur thé du matin. La bouche encore pleine de puri-bhaji, Omprakash dit : « Ce qui m'étonne c'est qu'Ashraf Chacha puisse avoir quelqu'un d'aussi abominable pour ami.

— Les gens ne sont pas tous pareils. De plus, les années passées à la ville ont dû changer Nawaz. Les lieux peuvent changer les gens, tu sais. En mieux ou en pire.

— Peut-être. Mais Ashraf Chacha aurait honte de l'entendre parler comme il le fait. Si seulement nous avions un autre endroit où aller.

— Patience, Om. Ce n'est que notre quatrième jour. Nous trouverons quelque chose bientôt. »

Mais en quatre semaines de recherches, ils ne décrochèrent que trois jours de travail, dans une boutique appelée : Tailleur de l'Avenir. Le propriétaire, un certain Jeevan, les engagea pour l'aider à tenir les délais d'une commande. Le travail était très simple : dhotis et chemises, une centaine de chaque.

« Qui a besoin d'une telle quantité ? » demanda Omprakash, stupéfait.

Jeevan tapota d'un doigt ses lèvres closes, comme pour vérifier la tonalité d'un instrument. Un geste qu'il faisait chaque fois qu'il s'apprêtait à prononcer une parole qu'il jugeait importante. « Ne le répétez à personne — ces vêtements servent de pots-de-vin. » Commandés par quelqu'un qui se présentait à une élection partielle. Le candidat allait les distribuer à certaines personnes importantes de sa circonscription.

Il n'y avait de place que pour un seul tailleur dans la boutique de Jeevan mais, grâce à des étais, il transforma vite l'endroit en un lieu de travail pour trois. A environ un mètre cinquante au-dessus du sol, il installa des planches horizontales reposant sur des tasseaux dans le mur, fabriquant ainsi une soupente. Des perches de bambou soutenaient les planches par en dessous. Puis il loua deux machines à coudre, les accueillit dans la soupente, fit grimper Ishvar et Omprakash.

Ils se posèrent de guingois sur leur tabouret. « N'ayez pas peur, dit Jeevan en se tapotant les lèvres. Il ne vous arrivera rien, j'ai déjà fait ça plusieurs fois. Regardez, je travaille en dessous de vous — si vous tombez, vous m'écrasez. »

Sous l'effet du mouvement des pédales, l'échafaudage, déjà branlant, tremblait de tous ses bois. Les saccades de la circulation, dans la rue, faisaient sauter Ishvar et Om sur leur tabouret. Si une porte claquait quelque part dans la maison, leurs ciseaux cliquetaient. Mais ils s'habituèrent vite à l'instabilité de leur existence.

En retrouvant la terre ferme après trois jours de travail au rythme de vingt heures par jour, l'absence de vibrations leur parut très étrange. Ils remercièrent Jeevan, l'aidèrent à démonter la soupente, et retournèrent sous leur auvent.

« Maintenant un peu de repos, dit Omprakash. Je veux dormir toute la journée. »

Nawaz vint régulièrement leur manifester sa désapprobation. Appuyé contre la porte, l'air dégoûté, ou maugréant, à l'adresse de Miriam, contre les inutiles et les paresseux. « Le fait est que le travail n'échoit qu'à ceux qui le désirent vraiment, prêcha-t-il. Ces deux-là sont des propres à rien. »

Ishvar et Omprakash étaient trop épuisés pour éprouver de l'indignation, encore moins un sentiment plus fort. Après leur journée de récupération, ils replongèrent dans la routine : demande d'adresses le matin et chasse au travail jusqu'au soir.

« Dieu sait pendant combien de temps encore nous allons devoir supporter ces deux-là. » La plainte s'envola par la fenêtre de la cuisine, Nawaz ne prenant pas la peine de baisser le ton. « Je t'ai dit de répondre non à Ashraf. Mais m'as-tu seulement écouté ?

— Ils ne nous dérangent pas, murmura-t-elle. Ils ne font que...

— Fais attention, ça fait mal, tu vas me couper le doigt de pied ! »

Ishvar et Omprakash échangèrent des regards interrogateurs, pendant que Nawaz poursuivait sa harangue. « Le fait est que si je voulais avoir des gens sous mon auvent, je le louerais un bon prix. Tu sais le danger que ça représente de les garder trop longtemps ? Ils n'auraient qu'à déposer une revendication pour l'attribution de cet espace, et on serait traînés devant les tribunaux — aïe, haramzadi, je t'ai dit de faire attention ! Tu vas me rendre estropié, à me taillader avec ta lame ! »

Les tailleurs se redressèrent, médusés. « Il faut que je voie ce qui se passe », chuchota Omprakash.

Se hissant sur la pointe des pieds, il risqua un œil par la fenêtre de la cuisine. Nawaz était assis sur une chaise, un pied posé sur un tabouret. Agenouillée devant lui, Miriam, armée d'une lame de rasoir, lui coupait les cors et les callosités.

Omprakash abandonna son poste d'espionnage et décrivit le spectacle à son oncle. Ils en rirent pendant un long moment. « Ce que je me demande, dit Omprakash, c'est comment ce chootia s'y prend pour avoir de la corne aux pieds en restant toute la journée à sa machine.

— Peut-être qu'il marche beaucoup dans ses rêves », dit Ishvar.

Environ quatre mois après leur arrivée, un matin qu'ils demandaient conseil à Nawaz, ils se firent secouer d'importance. « Tous les jours, vous me harcelez pendant que je travaille. Cette ville est très grande. Vous croyez que je connais les noms de tous les tailleurs qui l'habitent ? Cherchez par vous-mêmes. Et si vous ne trouvez pas, essayez un autre genre de travail. Faites-vous coolies à la gare. Ou servez-vous de votre tête, transportez le blé et le riz pour les clients des magasins d'Etat. Faites quelque chose, n'importe quoi. »

Voyant son oncle déconfit sous l'orage, Omprakash rétorqua : « Nous le ferions volontiers, mais ça serait insulter Ashraf Chacha, qui nous a transmis son savoir pendant tant d'années. »

L'évocation de ce nom mit Nawaz mal à l'aise. « Le fait est que je suis occupé maintenant, grommela-t-il. S'il vous plaît, partez. »

Dans la rue, Ishvar tapota le dos de son neveu. « Sabaash, Om. C'est une réponse de première classe que tu lui as envoyée.

— Le fait est, mima Omprakash, le fait est que je suis un type de première classe. »

Ils célébrèrent leur minuscule victoire avec des demi-verres de thé, au coin de la rue. L'état de leurs économies les ramena vite à la réalité. Désespéré, Ishvar s'embaucha pendant deux semaines chez un cordonnier spécialisé dans les chaussures et les sandales sur mesure. Son travail consistait à préparer le cuir pour les semelles et les talons. Afin d'obtenir un cuir suffisamment dur, le cordonnier le tannait avec des produits végétaux, procédé qu'Ishvar connaissait bien depuis son enfance au village.

Ils gardèrent le secret sur cet emploi, dont Ishvar avait honte. Ses mains dégageaient une odeur forte, aussi se maintenait-il à distance de Nawaz.

Un autre mois passa, leur sixième dans la métropole, et leurs perspectives étaient toujours aussi sombres quand, un soir, Nawaz ouvrit la porte donnant sur l'auvent et dit : « Entrez, entrez. Venez prendre un thé avec moi. Miriam ! Trois thés ! »

Ils s'approchèrent, encadrèrent leur tête dans la porte. Avaient-ils bien entendu ?

« Ne restez pas là, venez vous asseoir. Il y a de bonnes nouvelles. Le fait est que j'ai du travail pour vous.

— Oh merci ! dit Ishvar, débordant aussitôt de gratitude. C'est la meilleure des nouvelles ! Vous ne vous en repentirez pas, nous traiterons merveilleusement vos clients...

— Pas chez moi, le coupa brutalement Nawaz. Chez quelqu'un d'autre. » Il s'efforça de redevenir courtois et souriant. « Ce boulot vous plaira, croyez-moi. Laissez-moi vous raconter. Miriam! J'ai dit : trois thés. Où es-tu ? »

Elle entra avec les trois verres, Ishvar et Omprakash se levèrent, paumes jointes : « Salaam, bibi. » Ils avaient souvent entendu sa voix cristalline, mais c'était la première fois qu'ils se trouvaient face à face avec elle. Ce qui est une manière de parler, car elle disparaissait entièrement sous un burkha noir. Ses yeux, emprisonnés derrière les deux ouvertures voilées de dentelle, étincelaient.

« Ah, bon, le thé est enfin prêt », dit Nawaz.

Il lui indiqua du doigt l'emplacement où poser les verres, puis la renvoya d'un geste bref.

Il but quelques gorgées, puis revint à l'affaire qui les occupait. « Une riche dame parsie est venue ici cet après-midi, en votre absence. Sa chaussure est tombée dans l'égout. » Il poussa un petit hennissement. « Le fait est qu'elle possède une grosse affaire d'exportation et qu'elle cherche deux bons tailleurs. Elle s'appelle Dina Dalal, et elle vous a laissé son adresse. »

Il sortit le bout de papier de la poche de sa chemise.

« Est-ce qu'elle a dit de quel genre de couture il s'agit ?

— Première qualité, dernière mode. Mais facile à faire — à partir de patrons en papier qu'elle fournira. » Il les regarda avec anxiété. « Vous irez, n'est-ce pas ?

— Oui, bien sûr, dit Ishvar.

— Bon, bon. Le fait est qu'elle dépose son adresse dans beaucoup de boutiques. Donc vous allez être nombreux à vous présenter pour l'embauche. » Au dos du bout de papier, il nota toutes ses instructions et le nom de la gare où ils devaient descendre. « Et tâchez de ne pas vous perdre en y allant. Couchez-vous tôt ce soir, réveillez-vous tôt demain matin. Frais et dispos, l'esprit clair, comme ça vous obtiendrez le travail. »

Comme une mère affairée le jour de la rentrée des classes, Nawaz ouvrit la porte à l'aube, les réveilla en les secouant par l'épaule, offrit un large sourire à leurs paupières lourdes. « Vous ne voulez pas être en retard. Je vous en prie, venez pour le thé quand vous vous serez lavés et gargarisés. Miriam ! Deux thés pour mes amis ! »

Il leur prodigua encouragements, conseils, recommandations de prudence. « Le fait est que vous devez impressionner la dame. Mais ça ne doit pas avoir l'air prétentieux. Répondez poliment à toutes ses questions, et ne l'interrompez jamais. Ne vous grattez pas la tête, ou autre chose — les dames de sa sorte détestent cette habitude. Parlez d'une voix assurée, ni trop forte ni trop faible. Et prenez un peigne, vérifiez que vous avez l'air net et propre avant de sonner à la porte. Des cheveux sales font une très mauvaise impression. »

Ils écoutèrent consciencieusement, Omprakash nota dans sa tête de s'acheter un nouveau peigne de poche ; il avait cassé le sien la semaine précédente. Quand ils eurent fini de boire leur thé, Nawaz les pressa de partir. « Khuda hafiz, et revenez vite. Revenez vainqueurs ! »

Ils revinrent, à plus de trois heures de l'après-midi, expliquant, penauds, que s'ils étaient bien arrivés à l'heure, ils avaient eu du mal à trouver la gare pour le retour.

« Mais c'est la même que celle où vous êtes descendus ce matin.

— Je sais. » Ishvar eut un sourire embarrassé. « Je ne peux pas dire ce qui s'est passé. L'endroit était si loin, nous n'y étions encore jamais allés, et nous...

— Peu importe, dit Nawaz, magnanime. Une nouvelle destination paraît toujours plus éloignée qu'elle ne l'est en réalité.

— Toutes les rues se ressemblent. Et quand on demande aux gens, leurs indications ne font que vous embrouiller. Ce gentil étudiant que nous avons rencontré dans le train avait le même problème.

— Vous devez faire attention à qui vous parlez. Vous n'êtes pas dans votre village. Un gentil garçon peut vous voler votre argent, vous couper la gorge, et vous jeter dans le caniveau.

— Oui, mais il était très gentil, il a même partagé son sorbet à la pastèque avec nous, et...

— Le fait est, avez-vous le travail?

— Oh oui! nous commençons lundi, dit Ishvar.

— C'est merveilleux. Congratulations et félicitations. Venez, entrez, vous devez être fatigués. Miriam! Trois thés!

— Vous êtes trop généreux, dit Omprakash. Exactement comme Ashraf Chacha. »

Nawaz ne comprit pas le sarcasme.

« Oh, j'accepte mes responsabilités, je dois aider les amis d'Ashraf. Et maintenant que vous avez trouvé un travail, mon nouveau devoir est de vous trouver un endroit où demeurer.

— Pas de précipitation, Nawazbhai », dit Ishvar, légèrement inquiet. Nous sommes heureux ici, votre auvent est très beau, très confortable.

— Laissez-moi faire. Le fait est qu'il est presque impossible dans cette ville de trouver un logement. Quand quelque chose se présente, il faut le saisir. Finissez votre thé, et allons-y. »

« Dernier arrêt! » cria le chauffeur, tapant sa pince à poinçonner contre la rampe de chrome. L'autobus contourna les ruelles sordides, prit le virage en ahanant et s'arrêta.

« C'est le nouveau lotissement, dit Nawaz, en montrant le champ que les taudis étaient en train d'annexer. Essayons de trouver le responsable. »

Ils s'avancèrent entre deux rangées de cabanes, et Nawaz demanda à une passante si elle savait où était Navalkar. La femme pointa le doigt. Ils le trouvèrent dans la baraque qui lui servait de bureau.

« Oui, dit Navalkar, il nous reste quelques emplacements à louer. » Sa moustache clairsemée voletait avec arrogance chaque fois qu'il ouvrait la bouche. « Je vais vous montrer. »

Ils repassèrent entre les deux rangées de cabanes. « Cette maison, au coin, dit Navalkar. Elle est vide. Venez voir l'intérieur. »

Quand il ouvrit la porte, un chien pariah fila à travers un trou situé dans le mur du fond. Des planches recouvraient en partie le sol boueux. « Vous pouvez en rajouter, si vous voulez », suggéra Navalkar. Les murs étaient un patchwork, moitié contreplaqué, moitié plaques de tôle, des morceaux de plastique transparent servaient à étanchéiser par endroits le toit de tôle ondulée.

« Le robinet est là-bas, au milieu de la ruelle. Très pratique. Vous n'avez pas à aller loin pour chercher de l'eau, comme c'est le cas dans d'autres lotissements de catégorie inférieure. C'est un bon endroit. » D'un grand geste des bras, il engloba le champ. « De développement récent, pas trop peuplé. Le loyer est de cent roupies par mois, payable à l'avance. »

Nawaz tapa sur les murs avec son doigt, comme un médecin sur la poitrine d'un malade, posa son pied sur une planche par terre, la faisant vaciller, prit un air approbateur. « Bonne construction, murmura-t-il aux tailleurs.

— Nous en avons de meilleures encore, dit Navalkar, avec un hochement de tête circulaire. Vous voulez voir ?

— Ça ne coûte rien », dit Nawaz.

Il les emmena derrière les rangées de jhopadpattis en tôle et plastique jusqu'à un groupe de huit cabanes aux murs de brique, mais au toit également en tôle ondulée. « Celles-ci valent deux cent cinquante roupies par mois. Mais pour le prix, vous avez un sol pukka, et la lumière électrique. » Il indiqua les poteaux qui guidaient les fils pirates, tirés sur la ligne alimentant la rue, jusqu'aux baraques.

A l'intérieur, Nawaz examina les briques, en gratta une de l'ongle du pouce. « Très bonne qualité, dit-il.

Vous voulez mon avis ? Pour le premier mois, prenez la moins chère. Puis si votre travail marche bien et que vous pouvez vous le permettre, déménagez dans celle-ci. »

Navalkar réitéra son hochement de tête circulaire. Le silence des tailleurs mettait Nawaz mal à l'aise. « Qu'est-ce qu'il y a ? Ça ne vous plaît pas ?

— Si, si, c'est très bien. Le problème, c'est l'argent.

— L'argent est un problème pour tout le monde, dit Navalkar. A moins d'être politicien ou trafiquant de marché noir. »

Paroles qu'accueillit un grand rire de politesse.

« C'est le paiement d'avance qui est difficile, dit Ishvar.

— Vous n'avez même pas cent roupies ? demanda Nawaz, incrédule.

— C'est à cause de la dame. Elle nous a dit d'apporter nos machines, et nous avons juste de quoi payer la garantie de la location. Ces derniers mois sans travail, nous avons dépensé et...

— Bons à rien ! » Nawaz cracha de dépit, voyant s'envoler son espoir de se débarrasser d'eux. « Gaspilleurs !

— Si nous pouvions rester avec vous un peu plus longtemps, plaida Ishvar, nous pourrions économiser de quoi...

— Vous croyez que cette maison va vous attendre ? » ricana-t-il, et Navalkar ponctua la réplique d'un hochement de tête.

Désespéré, Nawaz s'adressa à lui : « Pouvez-vous faire une exception, Mr Navalkar ? Vingt-cinq roupies aujourd'hui, que je paierai. Et pour le reste, vingt-cinq roupies par semaine, qu'ils vous paieront. »

Nawalkar retroussa les lèvres, grignotant sa moustache de ses incisives inférieures, puis, de la jointure de ses doigts, il aplatit les poils mouillés. « Uniquement parce que c'est vous. Parce que j'ai confiance en vous. »

Nawaz se dépêcha de payer avant que quiconque

ait eu le temps de changer d'avis. Ils retournèrent à la première cabane, Navalkar mit un cadenas à la porte en contreplaqué et en donna la clef à Ishvar. « Voilà, c'est chez vous. Vivez-y bien. »

Ils traversèrent le champ et sa terre craquelée jusqu'à l'arrêt d'autobus. Les tailleurs paraissaient soucieux. « A nouveau, toutes mes congratulations et félicitations, dit Nawaz. En un seul jour vous avez trouvé du travail et une maison.

— Seulement grâce à vous, dit Ishvar. Est-ce que Navalkar est le propriétaire ? »

Question qui fit rire Nawaz. « Navalkar est un petit escroc travaillant pour un grand escroc. Un seigneur des bidonvilles nommé Thokray, qui dirige tous les trafics dans ce coin — alcool, haschisch, bhung. Et en cas d'émeutes, c'est lui qui décide qui mourra brûlé et qui survivra. »

Voyant la crainte sur le visage d'Ishvar, il ajouta : « Vous n'aurez pas affaire à lui. Payez votre loyer régulièrement et tout ira bien.

— Mais alors, à qui appartient ce terrain ?

— A personne. A la ville. Ces types corrompent la municipalité, la police, le service des eaux, de l'électricité. Et ils louent à des gens comme vous. Il n'y a pas de mal là-dedans. Un terrain vide inutilisé — si les sans-abri peuvent y vivre, où est le mal ? »

Ce dernier soir, le soulagement poussa Nawaz à un assaut de générosité. « S'il vous plaît, venez manger avec moi. Faites-moi cet honneur au moins une fois avant de partir. Miriam ! Trois couverts ! »

Il leur demanda s'ils étaient heureux sous l'auvent. « Si vous préférez, vous pouvez dormir à l'intérieur. Le fait est que c'est là que je comptais vous installer quand vous êtes arrivés. Mais je me suis dit : la maison est si étriquée, si surpeuplée, mieux vaut qu'ils restent dehors, à l'air pur.

— Oui, oui, ça vaut beaucoup mieux, dit Ishvar. Nous tenons à vous remercier de votre gentillesse pendant ces six mois.

— Ça fait déjà si longtemps? Comme le temps passe vite. »

Miriam déposa les plats sur la table et se retira. Même dissimulés sous le burkha, ses yeux avaient révélé sa gêne devant l'hypocrisie de son mari.

4

De légers obstacles

Miroir, rasoir, blaireau, tasse en plastique, loata, cruche en cuivre — Ishvar installa le tout sur un carton dans un coin de la cabane. Malle et literie occupèrent l'essentiel de l'espace restant. Il pendit les vêtements à des clous rouillés sortant des murs en contreplaqué. « Voilà, tout s'arrange pour le mieux. Nous avons un travail, une maison, et bientôt nous te trouverons une femme. »

Om ne sourit pas.

« Je déteste cet endroit, dit-il.

— Tu veux retourner chez Nawaz, sous son auvent ?

— Non, je veux retourner chez Ashraf Chacha, dans sa boutique.

— Pauvre Ashraf Chacha, abandonné par ses clients. »

Ishvar prit la cruche et se dirigea vers la porte.

« J'y vais », proposa Om.

Arrivé au robinet, il tourna la poignée dans tous les sens. Rien n'en sortit. Il donna des coups de pied au tuyau, racla l'extrémité du robinet, récolta quelques gouttes.

« Vous ne savez pas ? fit une voix de femme. Ça ne marche que le matin. »

Om se retourna pour voir qui parlait. Une femme aux cheveux gris, toute petite, se tenait dans l'encadrement sombre de sa porte. « L'eau ne coule que le matin, répéta-t-elle.

— Personne ne me l'a dit.

— Etes-vous un enfant, qu'il faille tout vous dire ? » Elle avança de quelques pas. A présent, il découvrait qu'elle n'était pas petite, juste terriblement voûtée. « Vous ne pouvez pas faire marcher votre cervelle ? »

Il se demanda quel était le meilleur moyen de prouver que sa cervelle fonctionnait : lui répondre ou s'en aller. « Venez », dit-elle en reculant à l'intérieur. De l'obscurité, elle s'adressa de nouveau à lui :

« Avez-vous l'intention de rester planté à côté du robinet jusqu'à l'aube ? »

Soulevant le couvercle d'une matka en terre, elle remplit deux verres qu'elle versa dans la cruche d'Omprakash. « Rappelez-vous, il faut y aller de bonne heure. Vous vous réveillez tard, et vous mourez de soif toute la journée. Comme le soleil et la lune, l'eau n'attend personne. »

Quand les tailleurs émergèrent de chez eux avec leur brosse à dents et du savon, une longue queue s'était déjà formée devant le robinet. Un homme sortit de la cabane d'à côté, souriant et leur barrant le chemin. Torse nu, avec des cheveux qui lui tombaient sur les épaules. « Namaskaar, les salua-t-il. Vous ne pouvez pas y aller comme ça.

— Pourquoi pas ?

— Si vous restez au robinet, à vous laver les dents, vous savonner, vous récurer, vous allez déclencher une belle bagarre. Les gens veulent faire leur plein d'eau avant qu'il n'y en ait plus.

— Mais comment faire ? Nous n'avons pas de baquet.

— Pas de baquet ? Ce n'est qu'un léger obstacle. » L'homme disparut dans sa hutte et en ressortit avec un seau étamé. « Servez-vous de ça en attendant.

— Et vous ?

— J'en ai un autre. Un seul me suffit bien. » Il ras-

244

sembla ses cheveux en une queue, les tordit, les relâcha. « Bon, de quoi d'autre avez-vous besoin ? Un petit bidon, ou quelque chose du même genre, pour les cabinets ?

— Nous avons une loata, dit Ishvar. Mais où faut-il aller ?

— Suivez-moi, ce n'est pas loin. »

Ils remplirent leur seau d'eau, le déposèrent dans leur cabane, puis, portant la loata, se dirigèrent vers la voie de chemin de fer, au-delà du champ, grimpant puis dévalant des monticules de plâtras de ciment et de verre brisé. Un ruisseau à l'odeur méphitique, d'un jaune grisâtre, se faufilait au milieu des monticules, à sa surface flottaient une multitude de déchets variés.

« Allons du côté droit, dit l'homme. Le gauche est réservé aux femmes. »

Ils le suivirent, heureux d'avoir un guide, qui leur évitait de commettre une gaffe. Du côté gauche leur parvenaient, outre la puanteur, des voix de femmes, de mères encourageant leurs enfants. Plus bas, des hommes étaient accroupis sur les rails ou au bord du fossé qui les longeait, près des broussailles épineuses et des orties, le dos tourné à la voie. Le fossé était un prolongement de l'égout dans lequel les locataires des baraquements jetaient leurs ordures.

Dépassant les hommes accroupis, les trois compères trouvèrent un endroit convenable. « Les rails sont très commodes, dit le voisin. Ils forment comme un quai, on y est surélevé par rapport au sol, si bien que la merde ne vous chatouille pas le derrière en s'accumulant.

— Vous connaissez tous les tours, c'est sûr, dit Om en abaissant son pantalon et en s'installant sur la voie.

— Ça s'apprend très vite. » Il désigna les hommes accroupis dans les broussailles. « Là, ça peut être dangereux. Ça grouille de mille-pattes venimeux. J'aimerais pas leur offrir mes parties génitales. Sans compter que si vous perdez l'équilibre, vous vous retrouvez avec le derrière plein d'épines.

— Est-ce que vous parlez d'expérience ? demanda Om, chancelant de rire.

— Oui — l'expérience des autres. Attention à votre loata. Si elle se renverse, vous reviendrez avec un cul tout poisseux. »

Ishvar souhaitait que le type se taise. Sa jovialité ne lui était d'aucune aide, d'autant que ses boyaux réagissaient mal aux toilettes communes. Des dizaines d'années s'étaient écoulées depuis l'époque où il allait faire ses besoins dehors, avec son père, dans la demi-clarté du matin. Quand les oiseaux s'en donnaient à cœur joie et que le village dormait. Et qu'après, ils se lavaient dans la rivière. Mais les années passées auprès d'Ashraf Chacha lui avaient appris les manières de la ville, lui avaient fait oublier celles du village.

« S'accroupir sur la voie ne pose qu'un seul problème, dit leur voisin aux cheveux longs. Il faut se lever quand un train arrive, qu'on ait fini ou pas. Les chemins de fer n'ont aucun respect pour nos sundaas en plein air.

— Alors prévenez-nous ! dit Ishvar, allongeant le cou, regardant des deux côtés.

— Détendez-vous ! Il n'y aura pas de train pendant au moins dix minutes. Et vous pouvez toujours sauter, si vous entendez un grondement.

— C'est un très bon conseil, à condition de ne pas être sourd, dit Ishvar d'une voix maussade. Au fait, comment vous appelez-vous ?

— Rajaram.

— Nous avons beaucoup de chance de vous avoir pour gourou », dit Om.

Rajaram gloussa. :

« Oui, je suis votre Goo Guru. »

Ishvar ne trouva pas ça drôle, mais Om se tordit de rire. « Dis-moi, ô grand Goo Guruji, si nous devons nous accroupir sur la voie tous les matins, nous recommandes-tu d'acheter un indicateur des chemins de fer ?

— Inutile, disciple obéissant. Dans quelques jours

246

tes boyaux connaîtront les horaires mieux que le chef de gare. »

Ils avaient fini, s'étaient lavés et avaient rajusté leur pantalon quand s'annonça le train suivant. Ishvar décida de venir, le lendemain matin, avant que Rajaram ne soit réveillé. Il refusait de s'accroupir à côté de ce philosophe de la défécation.

Hommes et femmes abandonnèrent les rails et attendirent au bord du fossé la fin de l'interruption ; ceux qui se trouvaient dans les buissons ne bougèrent pas. Le train défila lentement devant eux.

« Regardez-moi ces salauds, cria Rajaram en désignant un compartiment, qui ouvrent de grands yeux en voyant les gens chier, comme si eux-mêmes n'avaient pas de boyaux. Comme si un étron sortant d'un trou de cul était un numéro de cirque. »

Il fit des gestes obscènes en direction des passagers, certains détournèrent la tête. A l'exception d'un observateur, qui cracha par la fenêtre de son compartiment, mais un vent favorable renvoya son crachat sur le train.

« J'aimerais pouvoir me baisser, viser et leur en tirer un en pleine gueule, dit Rajaram. Et le leur faire manger, puisque ça les intéresse tant. » Ils retournèrent vers leurs baraques. « Cette sorte d'attitude me rend fou de rage, dit-il.

— Dayaram, un ami de mon grand-père, dit Om, a été forcé un jour de manger la merde d'un propriétaire, parce qu'il était arrivé en retard pour labourer. »

Rajaram versa les dernières gouttes d'eau de son bidon dans ses paumes de mains, et se lissa les cheveux. « Est-ce que, après ça, ce Dayaram a été doté d'une sorte de pouvoir magique ?

— Non, pourquoi ?

— J'ai entendu parler d'une caste de sorciers. Ils mangent de la merde humaine, et ça leur donne un pouvoir occulte.

— Vraiment ? Alors, on pourrait démarrer une affaire — ramasser tous ces pâtés sur les rails, les empaqueter et les vendre à cette caste. Repas tout prêts, biscuits pour le thé, chauds et fumants. »

Lui et Rajaram éclatèrent de rire, mais Ishvar s'éloigna, dégoûté, faisant semblant de n'avoir pas entendu.

Om retourna remplir un seau d'eau. La queue s'était considérablement allongée. A quelques places devant lui, il vit une fille portant contre sa hanche un gros pot en laiton. Quand elle leva les bras pour le placer sur sa tête, Om fixa le renflement de son corsage. Elle passa devant lui, balançant joliment ses hanches sous l'effet du poids. De l'eau déborda, ruissela sur son front. Des gouttes brillaient dans ses cheveux et sur ses cils. Comme la rosée du matin, songea Om. Qu'elle était belle. Le reste de la journée, il eut l'impression qu'il allait éclater de désir et de bonheur.

Quand le robinet cessa de couler, le peuple de la colonie avait fini ses ablutions, laissant sur le sol des ruisselets d'écume et de mousse. Que, la journée passant, la terre et le soleil avalèrent goulûment. L'odeur émanant des latrines, au bord de la voie de chemin de fer, dura plus longtemps. La brise capricieuse la poussa pendant des heures vers les baraques, avant de changer de direction.

En fin d'après-midi, revenant d'une tournée d'exploration autour du lotissement, les tailleurs trouvèrent Rajaram en train de cuisiner dehors sur un réchaud Butagaz. On entendait l'huile rissoler dans la poêle.

« Avez-vous mangé ? demanda-t-il.

— A la gare.

— Ça coûte cher. Procurez-vous une carte d'allocation le plus vite possible, et faites votre propre cuisine.

— Nous n'avons même pas de réchaud.

— Ce n'est qu'un léger obstacle. Je peux vous prêter le mien. » Il leur parla d'une femme du lotissement, une marchande de quatre-saisons qui vendait des fruits et des légumes dans les quartiers résidentiels. « Quand il lui reste quelque chose, en fin de journée — des tomates, des petits pois, des brinjals —, elle le cède à bas prix. Vous devriez vous adresser à elle, comme moi je le fais.

— Bonne idée, dit Ishvar.

— Il n'y a qu'une chose qu'elle ne vous vendra pas : des bananes. »

Om ricana, s'attendant à une plaisanterie salace, mais rien ne vint. L'homme aux singes, dans le lotissement, avait passé un accord avec la femme. Les bananes talées ou abîmées étaient réservées à ses deux principaux acteurs. « Le pauvre chien, lui, doit se débrouiller tout seul.

— Quel chien ?

— Celui de l'homme aux singes. Il fait partie du spectacle — les singes montent sur son dos. Mais il est toujours en train de fouiller dans les ordures, à chercher sa nourriture. L'homme aux singes n'a pas les moyens de tous les nourrir. » Le réchaud crachota ; Rajaram pompa un peu de gaz, agita la poêle sur le feu. « Certains racontent que l'homme aux singes fait des choses sales, contraires à la nature, avec ses bêtes. Je ne le crois pas. Mais même si c'était le cas ? Nous avons tous besoin de réconfort, non ? Un singe, une prostituée ou votre propre main — où est la différence ? Tout le monde ne peut pas avoir une femme. »

Il piqua les légumes pour vérifier qu'ils étaient cuits, éteignit le réchaud et servit une grosse cuillerée sur une assiette en plastique à l'intention des tailleurs.

« Non, nous avons vraiment mangé à la gare.

— Ne m'insultez pas — prenez au moins une bouchée. »

Ils acceptèrent l'assiette. Un homme avec un harmonium pendant à son cou passa devant eux. « Ça sent bon, dit-il. Gardez-m'en une bouchée.

— Oui, bien sûr, viens. »

Mais l'homme joua un accord, salua de la main, et continua son chemin.

« Vous le connaissez ? Il habite dans la seconde rangée. » Rajaram remua la poêle et se servit. « Il commence à travailler le soir. Il dit que les gens sont plus généreux s'il chante pendant qu'ils mangent ou se détendent. Vous en voulez encore un peu ? »

Cette fois, ils refusèrent fermement, et Rajaram finit ce qui restait. « C'est très agréable pour moi que vous louiez cette maison. En face de chez moi », il baissa le ton jusqu'au murmure, « vit un propre à rien — il est soûl tout le temps. Sa femme et ses cinq ou six enfants mendient et il les bat s'ils ne rapportent pas assez. »

Ils regardèrent la baraque où régnait le calme. Aucun enfant ne se montrait. « Il cuve. Pour recommencer demain. Et elle doit être dans les rues avec les petits. »

Les tailleurs passèrent le reste de la soirée avec leur voisin, à parler de leur village, de Muzaffar Couture, du travail qu'ils avaient trouvé chez Dina Dalal. Le genre d'histoires que Rajaram avait entendues cent fois. « Oui, des milliers et des milliers de gens viennent à la ville, parce que ça va mal chez eux. C'est pour ça aussi que je suis venu.

— Mais nous ne voulons pas rester longtemps.

— Personne ne le veut. Qui veut vivre dans ces conditions ? » Sa main décrivit un demi-cercle, englobant les baraques sordides, le champ ravagé, l'énorme bidonville avec sa couronne nauséabonde de fumée de braseros et d'effluves industriels. « Mais parfois les gens n'ont pas le choix. Parfois, la ville vous saisit, referme ses griffes sur vous et refuse de vous laisser partir.

— Ça ne sera pas notre cas. Nous sommes venus gagner un peu d'argent, et puis nous repartirons vite fait », dit Om.

Ishvar refusa de discuter de leurs projets, craignant d'être contaminé par le doute. « Quel est votre métier ? demanda-t-il, changeant de sujet.

— Barbier-coiffeur. Mais j'ai laissé tomber il y a quelque temps. J'en avais assez des clients grincheux. Trop long, trop court, pas assez bouffant, les favoris pas assez larges, et ceci, et cela. Les types moches veulent tous ressembler à des acteurs de cinéma. Alors j'ai dit : assez. Depuis, j'ai fait des tas de boulots. En ce moment, je suis ramasseur de cheveux.

— C'est bien, dit Ishvar à tout hasard. Et en quoi ça consiste ?

— A ramasser les cheveux.

— Et ça rapporte ?

— Oh, c'est un gros trafic. Il y a une grande demande de cheveux dans les pays étrangers.

— Et qu'est-ce qu'ils en font ? s'enquit Om.

— Plein de choses différentes. A commencer par les porter. Parfois ils les teignent, dans différentes couleurs — rouge, jaune, brun, bleu. Les femmes étrangères adorent porter les cheveux d'autres gens. Les hommes aussi, surtout s'ils sont chauves. Dans les pays étrangers, on n'aime pas la calvitie. Ils sont si riches dans ces pays qu'ils peuvent se permettre de ne pas aimer des tas de trucs.

— Et comment ramassez-vous les cheveux ? demanda Om, moqueur. Vous les volez sur la tête des gens ? »

Rajaram ne s'offusqua pas.

« Je m'entends avec les barbiers ambulants. Ils me les donnent en échange d'un paquet de lames, ou de savon, ou d'un peigne. Dans les salons de coiffure, ils me les donnent gratis à condition que je les ramasse moi-même en balayant. Venez — entrez chez moi, je vais vous montrer mon stock. »

Rajaram alluma une lampe pour dissiper l'ombre qui envahissait déjà sa cahute. La flamme vascilla, s'immobilisa, orange flamboyant, révélant des grands sacs de jute et des sacs en plastique empilés contre le mur.

« Les grands sacs proviennent des barbiers ambulants », dit-il. Il en ouvrit un : « Voyez, des cheveux courts. »

Ils reculèrent, rebutés par ce contenu peu ragoûtant. Rajaram y plongea la main, ramena une touffe graisseuse. « Pas plus de deux ou trois centimètres de long. L'exportateur m'en donne vingt-quatre roupies le kilo. Ils ne servent qu'à faire des produits chimiques et des médicaments, me dit-il. Mais regardez dans ce sac en plastique. »

Il desserra la ficelle et sortit une poignée de longues tresses. « De chez un coiffeur pour dames. Ils sont beaux, non ? C'est une marchandise qui vaut de l'argent. Quand je trouve ce genre de cheveux, c'est mon jour de chance. De huit à douze centimètres de long, ils rapportent deux cents roupies par kilo. Plus de douze centimètres, six cents roupies. »

Il prit ses propres cheveux dans ses mains, les tenant comme un violon.

« Alors, c'est pour ça que vous les laissez pousser ?

— Evidemment. La moisson fournie par Dieu remplira mon estomac. »

Om prit les tresses et les caressa, beaucoup moins dégoûté que par la masse de petits cheveux. « C'est agréable. Doux et soyeux.

— Vous savez quoi, dit Rajaram, quand je trouve des cheveux comme ça, j'ai toujours envie de connaître la femme. La nuit, je me réveille en me demandant à quoi elle ressemble. Pourquoi les a-t-elle fait couper ? A cause de la mode ? Pour se punir ? A moins que son mari soit mort ? Les cheveux sont coupés, mais ils contiennent toute une vie.

— Ceux-là doivent avoir appartenu à une femme riche, dit Om.

— Et qu'est-ce qui vous fait croire ça ?

— A cause du parfum. Ils sentent le produit cher. Une femme pauvre n'utiliserait que de l'huile de coco.

— Très juste », approuva Rajaram en lui tapotant l'épaule. « Leurs cheveux nous permettent de les connaître. Malades ou en bonne santé, jeunes ou vieilles, riches ou pauvres — les cheveux nous révèlent tout.

— La religion et la caste aussi, dit Om.

— Exactement. Tu as tout pour devenir un ramasseur de cheveux. Quand tu en auras assez de la couture, fais-le-moi savoir.

— Mais pourrai-je caresser les cheveux tant qu'ils seront encore sur la tête de la femme ? Tous les cheveux ? Du haut jusqu'en bas, et entre les jambes ?

— C'est un gredin futé, n'est-ce pas ? dit Rajaram à Ishvar, qui menaçait son neveu d'une raclée. Mais je suis un strict professionnel. J'admets que parfois, en voyant une femme avec de longs cheveux, j'ai envie d'y laisser courir les doigts, de me les enrouler autour du poignet. Mais je dois me maîtriser. En attendant que le coiffeur les coupe, je ne peux que rêver.

— Vous rêveriez beaucoup de notre employeur si vous la voyiez, dit Om. Dina Dalal a de très beaux cheveux. Elle n'a probablement rien d'autre à faire de la journée que de les laver, les huiler, les brosser, veiller à ce qu'ils aient l'air parfaits. » Il posa les tresses sur sa tête, en se dandinant. « Est-ce que ça me va ?

— J'avais l'intention de te trouver une femme, dit son oncle. Si tu préfères, je peux te trouver un mari. »

En riant, Rajaram remit soigneusement les tresses dans le sac.

« Mais j'y pense, dit Ishvar. Est-ce que les affaires n'iraient pas mieux pour vous dans un endroit comme Rishikesh ? Ou une ville-temple comme Hardwar ? Où les gens se rasent la tête et offrent leurs boucles à Dieu ?

— Vous avez raison, dit Rajaram. Mais il y a un léger obstacle. Un de mes amis, lui aussi ramasseur de cheveux, est allé au Sud, à Tirupati. Juste pour vérifier la production dans les temples. Vous savez ce qu'il a découvert ? Près de vingt mille personnes qui, chaque jour, sacrifient leurs cheveux. Et six cents coiffeurs travaillant par roulements de huit heures.

— Ça doit donner une grande colline de cheveux !

— Une colline? C'est une montagne himalayenne. Mais les intermédiaires comme moi n'ont aucune chance. Après que la femme a sacrifié ses cheveux, les très saints prêtres brahmanes les mettent dans leurs très saints entrepôts. Et tous les trois mois, ils organisent une vente aux enchères où viennent s'approvisionner directement les maisons d'exportation.

— Ne nous parlez pas des prêtres et des Brahmanes, dit Ishvar. Dans notre village, on connaît bien l'avidité des hautes castes.

— C'est partout la même chose, acquiesça Rajaram. J'attends toujours de rencontrer celui qui me traitera en égal. En être humain — c'est tout ce que je veux, rien de plus.

— Désormais, vous pourrez avoir nos cheveux, offrit Om.

— Merci. Je peux vous les couper gratuitement, si vous n'êtes pas tatillons. »

Il rangea les sacs de cheveux, apporta son peigne et ses ciseaux, proposant de passer à l'acte sur-le-champ.

« Attendez, dit Om. Je veux d'abord les laisser pousser comme les vôtres. Comme ça vous pourrez en tirer de l'argent.

— Rien à faire, dit Ishvar. Pas de cheveux longs. Dina Dalal n'aimerait pas un tailleur aux cheveux longs.

— Une chose est sûre, dit Rajaram. La demande est incessante, ça sera toujours un gros commerce. » Comme ils ressortaient, il ajouta :

« Parfois, ça devient aussi un gros ennui.

— Pourquoi?

— Je pensais aux poils de la barbe du Prophète. Quand ils ont disparu de la mosquée Hazrat-Bal, au Cachemire, il y a quelques années. Vous vous rappelez?

— Moi oui, dit Ishvar. Mais Om était encore un bébé, il ne connaît pas l'histoire.

— Racontez-moi, racontez-moi. Qu'est-ce qui s'est passé?

— Simplement ça, dit Ishvar. Un jour, les poils sacrés ont disparu, et il y a eu de grosses émeutes. Les gens disaient que le gouvernement devait démissionner, que les politiciens étaient sûrement mêlés à l'affaire. A seule fin de causer des troubles, parce que les Cachemiris réclamaient leur indépendance.

— Ce qui s'est passé, ajouta Rajaram, c'est qu'après deux semaines d'émeutes et de couvre-feu, les enquêteurs du gouvernement ont annoncé qu'ils avaient retrouvé les poils sacrés. Mais les gens n'étaient pas contents — et si le gouvernement se moquait de nous ? demandaient-ils. S'il faisait passer des poils ordinaires pour les poils sacrés ? Alors le gouvernement a réuni un groupe de mollahs très savants et leur a confié la responsabilité d'examiner les poils. Ils affirmèrent que c'étaient les bons, et ainsi le calme revint dans les rues de Srinagar. »

Dehors, l'air était envahi par la fumée des feux de cuisine. Une voix hurla dans le noir : « Shanti ! Dépêche-toi d'apporter le bois », et une jeune fille répondit. Om regarda : c'était elle, la fille au gros pot en laiton. Shanti, répéta-t-il mentalement, perdant tout intérêt pour les histoires du ramasseur de cheveux.

Rajaram plaça une pierre contre la porte de sa cahute afin d'empêcher le vent de l'ouvrir, puis il emmena les tailleurs faire le tour du voisinage. Il leur montra un raccourci pour se rendre à la gare, à travers une fente de la clôture le long de la voie. « Suivez cette petite ravine jusqu'à ce que vous tombiez sur les grosses publicités pour le Beurre Amul et le Pain Moderne. Vous gagnerez au moins dix minutes. »

Il leur dit aussi de se méfier du bidonville qui jouxtait leur champ. « La plupart des gens qui l'habitent sont corrects, mais quelques ruelles sont très dangereuses. Si vous y passez, tout est possible, le vol ou le meurtre. » Il leur signala, dans la partie tranquille du bidonville, une échoppe dont le propriétaire, qu'il connaissait, leur servirait à crédit du thé et de quoi grignoter ; ils paieraient à la fin du mois.

Tard cette nuit-là, alors qu'ils fumaient assis devant leur cabane, ils entendirent le joueur d'harmonium. Rentré de son travail, il jouait pour son plaisir. Dans cet environnement triste, les sons nasillards de son instrument avaient la richesse des notes d'une flûte d'or. « Meri dosti mera pyar », chanta-t-il, dispersant par ses paroles d'amour et d'amitié les fumées âcres des feux qui couvaient.

Le chargé du service des allocations n'était pas
dans son bureau. Le patron, leur dit un homme de
peine, faisait sa pause de méditation. « Vous devriez
revenir lundi.

— Mais nous commençons à travailler lundi, dit
Ishvar. Combien de temps dure la pause de méditation ? »

L'homme haussa les épaules. « Une heure, deux
heures, trois heures — tout dépend du poids qui
alourdit son esprit. Sahab dit que sans cette interruption il deviendrait fou à la fin de la semaine. »

Les tailleurs décidèrent de se joindre à la file
d'attente.

Le Chargé des Allocations avait dû passer une
semaine relativement facile car il revint au bout
d'une demi-heure, l'air revitalisé à souhait ; il donna
aux tailleurs un formulaire de demande de carte
d'allocation. Ils trouveraient dehors, sur le trottoir,
leur dit-il, des spécialistes qui, moyennant une petite
contribution, les aideraient à remplir le formulaire.

« C'est inutile, nous savons écrire.

— Vraiment ? » Il se vantait pourtant de pouvoir,
au premier regard, jauger les quémandeurs qui défi-
laient chaque jour devant son bureau — lieu d'origine, situation financière, éducation, caste. Ses
muscles faciaux se contractèrent, au mépris de la
méditation qu'il venait d'achever. Le savoir des tail-

leurs constituait un affront à son omniscience. « Remplissez-le et rapportez-le. »

Sur quoi, d'un rapide volettement de doigts, il les renvoya.

Dans le couloir, ils choisirent un rebord de fenêtre pour écrire. Sur cette surface dure, la pointe de leur stylo-bille troua souvent le papier grossier du formulaire. Ils s'efforcèrent, avec leurs ongles, d'aplanir les trous, de redonner un air sain à la feuille de papier vérolée, puis reprirent leur place dans la queue.

Le Chargé du service parcourut le formulaire et sourit. D'un sourire supérieur : ils savaient peut-être écrire, mais ils ne savaient pas ce qu'était une écriture soignée. Puis il lut leurs réponses, et pointa, triomphant, la partie réservée à l'adresse, la tapotant d'un doigt taché de nicotine. « Qu'est-ce que c'est que cette idiotie ?

— C'est là que nous habitons », dit Ishvar.

Il avait inscrit le nom de la route menant à leur rangée de baraques, côté nord, laissant en blanc les espaces réservés au nom de l'immeuble, au numéro de l'appartement, au numéro de la rue.

« Et où se trouve exactement votre maison ? »

Ils proposèrent des informations supplémentaires : le croisement le plus proche, les rues à l'est et à l'ouest du bidonville, la gare, le nom des cinémas voisins, le grand hôpital, la confiserie où tout le monde allait, un marché aux poissons.

« Suffit, assez, dit le Chargé du service, en se bouchant les oreilles. Je n'ai pas besoin de toutes ces stupidités. » Il prit un annuaire de la ville, feuilleta quelques pages, étudia une carte. « C'est bien ce que je pensais. Votre maison se trouve dans un jhopadpatti, n'est-ce pas ?

— C'est un toit, pour le moment.

— Un jhopadpatti, ce n'est pas une adresse. La loi stipule que seuls les gens ayant une véritable adresse peuvent obtenir une carte d'allocation.

— Nous avons une véritable maison, protesta Ihsvar. Vous pouvez venir la voir.

— Que je la voie importe peu. C'est la loi qui importe. Et aux yeux de la loi, votre jhopdi ne compte pas. » Il ramassa une pile de formulaires, les secoua pour en aligner les bords, et les laissa retomber dans un coin, où ils s'étalèrent en soulevant un nuage de poussière. « Mais il existe un autre moyen d'obtenir une carte d'allocation, si ça vous intéresse.

— Oui, s'il vous plaît — nous ferons tout ce qui est nécessaire.

— Si vous me laissez le soin de vous arranger une vasectomie, votre demande sera approuvée sur-le-champ.

— Une vasectomie ?

— Vous savez bien, le Planning familial ? L'opération Nussbandhi ?

— Oh, mais moi je l'ai déjà fait, mentit Ishvar.

— Montrez-moi votre CPF.

— CPF ?

— Certificat du Planning familial.

— Mais je ne l'ai pas. » Réfléchissant à toute allure, il dit : « Il y a eu un incendie dans notre cabane, au village. Tout a été détruit.

— Pas de problème. Je vais vous envoyer chez un docteur qui vous le refera, à titre de faveur spéciale, et vous donnera un nouveau certificat.

— La même opération, deux fois ? Ce n'est pas mauvais ?

— Des tas de gens le font deux fois. Ça rapporte plus. Deux radios-transistors. »

Ishvar sourit.

« Pourquoi j'aurais besoin de deux radios ? Est-ce que j'écoute deux stations différentes, une par oreille ?

— Si cette petite opération bénigne vous effraie, envoyez ce jeune garçon. Tout ce dont j'ai besoin, c'est d'un certificat de stérilisation.

— Mais il n'a que dix-sept ans ! Il faut qu'il se marie, qu'il ait des enfants, avant qu'on lui débranche son nuss !

— A vous de décider. »

Suivi d'Om qui essayait de le calmer, Ishvar sortit de la pièce fou de rage, pestant contre cette suggestion quasi blasphématoire. Personne ne lui prêta attention, cependant, car le couloir était plein de gens comme lui, perdus, hésitants, essayant de trouver leur chemin dans l'enchevêtrement de bureaux. Ils déambulaient, à différents stades de détresse. Certains pleuraient, chez d'autres les absurdités bureaucratiques déclenchaient un rire hystérique, d'autres encore se tenaient face au mur, murmurant des menaces.

« Nussbandhi ! grinça Ishvar. Salaud, sans vergogne ! Pour un jeune garçon, nussbandhi ! On devrait lui couper son tuyau pendant qu'il médite, à cet ignoble ! »

Il dévala le couloir, les marches, franchit la porte du bâtiment.

Sur le trottoir, un petit homme, l'air employé de bureau, remarquant l'agitation d'Ishvar, se leva de son tabouret de bois. Il portait des lunettes et une chemise blanche et avait étalé devant lui, sur une natte, un nécessaire à écrire. « Vous avez un problème. Puis-je vous aider ?

— Quelle aide pouvez-vous m'apporter ? »

L'homme toucha le coude d'Ishvar pour l'obliger à l'écouter. « Je suis un facilitateur. Mon boulot, ma spécialité, est d'aider les gens dans leurs démarches administratives. »

Son écoulement nasal l'obligea à renifler plusieurs fois pendant cette entrée en matière.

« Vous travaillez pour le gouvernement ? demanda Ishvar, soupçonneux, le doigt pointé sur l'immeuble qu'ils venaient de quitter.

— Non, jamais, je travaille pour vous et pour moi. Pour vous aider à obtenir ce que les gens du gouvernement rendent difficile à obtenir. D'où mon titre : Facilitateur. Certificats de naissance, certificats de décès, licences de mariage, tous types de permis et de certificats de dédouanement — je peux tout arranger. Vous me dites quelles informations il vous faut, et je vous les procure. »

Il ôta ses lunettes, produisit son plus avenant sourire, le perdit en six éternuements. Les tailleurs reculèrent d'un bond, pour éviter d'être aspergés.

« Tout ce que nous voulions, monsieur le Facilitateur, c'était une carte d'allocation d'alimentation. Et le type voulait notre virilité en échange ! En voilà un choix : entre nourriture et virilité !

— Ah, il voulait le CPF ?

— Oui, c'est ce qu'il a dit.

— Vous comprenez, depuis l'instauration de l'état d'urgence, il y a un nouveau règlement dans ce service — chaque employé doit encourager les gens à se faire stériliser. Pas de quota rempli, pas de promotion. Que peut-il faire, le pauvre type, il est piégé lui aussi, non ?

— Mais ce n'est pas juste pour nous !

— C'est pourquoi je suis ici, non ? Dites-moi seulement les noms que vous voulez inscrire sur la carte, six au maximum, et à quelle adresse. Ça ne vous coûtera que deux cents roupies. Cent maintenant, cent quand vous aurez la carte.

— Mais nous ne possédons pas cette somme. »

Le Facilitateur leur dit qu'ils pourraient revenir quand ils l'auraient, ils le trouveraient toujours là. « Tant qu'il y aura un gouvernement, il y aura du travail pour moi. » Sur quoi, il se moucha et reprit sa place sur le trottoir.

Prenant le raccourci de Rajaram, les tailleurs se dirigèrent en courant le long du quai vers la friche de terre et de cendres, regardant le train quitter la gare et se fondre dans le crépuscule. « Plus il se rapproche de l'écurie, plus vite le cheval galope », dit Ishvar, approuvé par Om.

Ils venaient d'achever leur première journée de travail chez Dina Dalal. Soutenus, portés par le troupeau de ceux qui revenaient au logis, épuisés par dix heures de couture, ils partageaient avec la foule la sainteté du moment, cette heure de transition entre lassitude et espoir. Bientôt, il ferait nuit ; ils emprunteraient le réchaud de Rajaram, cuisineraient quelque chose, mangeraient. Ils tisseraient leurs projets et rêveraient leur avenir sous des couleurs favorables, jusqu'à ce que revienne l'heure de reprendre le train, le lendemain matin.

Le quai se terminait en pente douce et se prolongeait par une piste de ces mêmes graviers qui enserraient les rails. Ici se trouvait le passage dans la clôture, à l'endroit où, sous l'effet conjugué des éléments et des mains de l'homme, l'un des pieux à l'extrémité coupante comme une lame d'épée avait cédé.

Le flot grossissant d'hommes et de femmes s'écoulait par la fente, loin de la sortie où se tenait le receveur de billets. D'autres, avec une agilité avivée par leur statut de fraudeurs sans billets, couraient le long des voies, pieds nus ou mal chaussés, sur les cendres et les graviers pointus. Ils couraient entre les rails, allongeant leurs foulées de traverse en traverse, s'envolant au-dessus de la clôture lorsqu'ils se trouvaient à une distance sûre de la gare.

Bien que possédant un billet, Om mourait d'envie de les suivre dans leur fuite héroïque vers la liberté, certain que lui aussi pourrait s'envoler s'il était seul. Puis il jeta un regard de côté à son oncle, qui était plus-que-son-oncle et qu'il ne pourrait jamais abandonner. Dans le crépuscule les pieux de la clôture ressemblaient aux armes rouillées d'une armée fantôme. Les sans-billet étaient des hordes primitives, fendant les rangs de l'ennemi, s'envolant au-dessus des dards comme s'ils n'allaient jamais redescendre sur terre.

Soudain un détachement de policiers fatigués se matérialisa dans le crépuscule et cerna la foule qui cherchait le passage. Quelques agents coururent sans conviction après les sauteurs, au loin. Un officier, le seul parmi eux à être doté d'un peu d'énergie, brandissait une badine, hurlait ordres et encouragements.

« Attrapez-les tous ! Allons, allons, allons ! Que personne ne s'échappe! Revenez tous sur le quai, bande d'escrocs! Vous, là — il pointa sa badine —, ne traînez pas! On va vous apprendre à voyager sans billet! »

Les tailleurs eurent beau clamer qu'ils avaient un billet, leurs protestations se perdirent dans le bruit et la confusion. « S'il vous plaît, havaldar, nous ne faisions que prendre le raccourci », implorèrent-ils l'uniforme le plus proche d'eux, mais ils se retrouvèrent poussés avec le reste du troupeau. Le contrôleur de billets agita un doigt réprobateur quand la colonne de captifs poussifs passa devant lui.

On embarqua les prisonniers dans un fourgon de police, les derniers furent hissés par le hayon arrière. « Nous sommes fichus, dit quelqu'un. J'ai entendu dire que, sous l'état d'urgence, pas de billet signifie une semaine de taule. »

Ils restèrent une heure à transpirer dans le fourgon, pendant que l'officier réglait quelque affaire au guichet de la gare. Puis le camion s'ébranla, suivi par la Jeep de l'officier. Au bout de dix minutes, ils pénétrèrent dans un terrain vague, et l'on ouvrit le hayon.

« Dehors! Tout le monde dehors! Dehors, dehors, dehors », hurla l'officier, adepte à l'évidence des rythmes ternaires, tapant de sa badine les pneus du fourgon. « Les hommes par ici, les femmes par là! » Il aligna les deux groupes par rangées de six.

« Attention tout le monde! Tenez-vous les oreilles! Allons, tenez-les, tenez-les, tenez-les! Et maintenant vous allez faire cinquante baithuks! Prêts, commencez! Un! Deux! Trois! » Il parcourut les rangs, comptant et vérifiant le fléchissement des genoux, se retournant brusquement pour surprendre tout laisser-aller. Quiconque était pris en train de tricher, pas suffisamment accroupi ou ne se tenant plus les oreilles, avait droit à un coup de badine.

« ... quarante-huit, quarante-neuf, cinquante! Voilà. Et si je vous y reprends sans billet, je vous rafraîchirai la mémoire! Maintenant vous pouvez rentrer chez vous! Allez! Qu'est-ce que vous attendez? Allez, allez, allez! »

La foule se dispersa rapidement, avec force plaisanteries sur la punition et sur l'officier. « Imbécile de Rajaram, dit Om. Désormais, je ne croirai plus aucun mot qui sortira de sa bouche. Obtenir une carte d'allocation, a-t-il dit, c'est très facile. Prenez le raccourci, vous gagnerez du temps.

— Bah, il n'y a pas eu de mal, dit Ishvar sincèrement. Regarde, la police nous a évité de la marche à pied, nous sommes presque arrivés. »

Ils traversèrent la route et se dirigèrent vers les baraquements. L'amoncellement familier s'offrit à leurs yeux, mais l'imagerie avait changé. « Qu'est-il arrivé ? dit Om. Où sont passés le Pain Moderne et le Beurre Amul ? »

A la place des affiches publicitaires se dressait un portrait du Premier ministre proclamant : « Volonté d'acier ! Dur labeur ! C'est ce qui nous soutiendra ! » Une quintessence des portraits qui proliféraient dans toute la métropole. Ses joues étaient du rose blafard des affiches de cinéma. D'autres parties du visage avaient encore plus souffert. Les yeux suggéraient que le corps ministériel était victime d'une soudaine éruption cutanée : ils suppliaient qu'on le gratte. Quant au sourire, que l'artiste avait eu l'ambition de rendre bienveillant, il s'était transformé en quelque chose tenant du rictus et du pincement de lèvres revêche d'un garde-chiourme. Pour ne rien dire de la mèche de cheveux blancs au-dessus du front, si imposante au milieu du noir, qui s'était étalée en travers du crâne comme les fientes d'un très gros oiseau.

« Regarde-la, Om. Elle a cette mine de citron acide que tu fais quand tu es fâché. »

Om imita obligeamment l'expression, puis se mit à rire. Et tandis que les tailleurs se traînaient vers leur baraquement, du haut de sa perche, le visage continua d'administrer ses admonestations aux trains défilant d'un côté, aux autobus et voitures crachotant leurs nuages de l'autre.

Ils ouvraient leur porte quand surgit le ramasseur

de cheveux. « Vilains enfants, vous êtes très en retard.

— Mais...

— Peu importe, ce n'est qu'un léger obstacle. Dans quelques minutes, le repas sera de nouveau chaud. J'ai éteint le réchaud, parce que les légumes se desséchaient. » Il disparut puis revint avec la poêle et trois assiettes. « Bhaji et chapatis. Et mon masala-wada spécial avec du chutney de mangue pour fêter votre premier jour de travail.

— Quel mal vous vous donnez pour nous ! dit Ishvar.

— Oh, ce n'est rien. »

Rajaram laissa réchauffer son plat pendant une minute, puis tendit les assiettes avec les quatre ingrédients rangés tout autour. Il en restait encore une quantité importante dans la poêle. « Vous en avez trop fait, dit Ishvar.

— J'ai gagné un peu plus d'argent aujourd'hui, alors j'ai acheté davantage de légumes. Pour eux. » Du coude, il indiqua l'autre baraque. « Les gosses de cet ivrogne ont toujours faim. »

Tout en mangeant, les tailleurs racontèrent l'opération de police contre les voyageurs sans billet. Touché par la sollicitude de Rajaram, Om renonça au ton accusateur qu'il avait prévu de prendre ; il choisit celui d'un conteur.

Rajaram se frappa le front. « Quel imbécile je suis — j'ai complètement oublié de vous prévenir. Ça fait des mois et des mois que ça n'était pas arrivé. Certains voyagent toute leur vie sans jamais avoir acheté un billet. Et vous deux, vous vous faites prendre le premier jour. Avec un billet, en plus », gloussa-t-il.

Ishvar et Om se joignirent à lui.

« C'est la faute à pas de chance. Probablement à cause de l'état d'urgence.

— C'est de la frime, oui ! Pourquoi l'officier a-t-il laissé tout le monde partir, s'ils sont devenus réellement plus stricts ? »

Rajaram versa un verre d'eau à chacun. « Peut-être

qu'ils n'avaient pas le choix. On raconte que les prisons sont pleines des ennemis du Premier ministre — syndicalistes, journalistes, professeurs, étudiants. Alors peut-être qu'il n'y a plus de place dans les prisons. »

Ils étaient encore en train de ruminer cette idée quand des cris de joie s'élevèrent du côté du robinet d'eau. Il s'était mis à gargouiller ! Et en pleine nuit ! Les gens regardaient, retenant leur souffle. Quelques gouttes coulèrent. Puis un petit ruisseau. Qui enfla, prit des forces et jaillit, puissant et dru, et ils l'acclamèrent comme un cheval de course sur le poteau d'arrivée. Un miracle ! Toute la colonie applaudit, hurla d'excitation.

« C'est déjà arrivé une fois, dit Rajaram. Je pense que quelqu'un s'est trompé à l'usine hydraulique et a ouvert la mauvaise vanne.

— Ils devraient commettre ce genre de faute plus souvent », dit Ishvar.

Les femmes se précipitèrent pour profiter au mieux du flot inattendu. Dans leurs bras, les bébés piaillaient de bonheur en sentant l'eau fraîche glisser sur leur peau moite. Les enfants plus âgés sautillaient tout autour, ébauchaient des pas de danse, escomptant de généreuses rasades au lieu des maigres timbales du matin.

« Peut-être que nous devrions nous aussi faire le plein, dit Om. On gagnerait du temps pour demain.

— Non, dit Rajaram. Laissons ce plaisir aux petits. Qui sait quand une occasion pareille se représentera. »

Les festivités durèrent moins d'une heure ; l'eau cessa de couler aussi soudainement qu'elle avait commencé. Les enfants qui s'étaient savonnés durent être essuyés et envoyés au lit, déçus.

Durant la quinzaine qui suivit, le seigneur du bidonville fit ériger dans le champ cinquante autres cahutes déglinguées, que Navalkar loua en un jour, doublant la population. A présent, l'odeur fétide du fossé d'écoulement planait en permanence sur les habitations, plus épaisse que la fumée. Rien ne distinguait plus la petite colonie de baraques de l'énorme bidonville de l'autre côté de la route; l'enfer l'avait engloutie. La course au robinet prit des proportions d'émeute. Chaque matin, on se bousculait, on se poussait, des bagarres éclataient, on s'accusait de ne pas avoir respecté son tour dans la queue, des pots d'eau étaient renversés, des mères criaient, des enfants pleuraient.

Puis ce fut le début de la mousson et, la première nuit, les tailleurs furent réveillés par les gouttes que le toit laissait passer. Ils se réfugièrent dans le seul coin épargné. Bercés par le bruit de l'eau qui tombait à présent en un flot régulier, ils s'assoupirent. Puis la pluie se calma, pour se transformer en un goutte-à-goutte exaspérant, des *floc* que Om se mit à compter mentalement. Cent, un millier, dix mille, il compta, additionnant, soustrayant, comme s'il espérait boucher la fuite en atteignant un chiffre suffisamment élevé.

Au matin, Rajaram grimpa sur le toit et les aida à colmater la brèche avec un bout de plastique, pas assez large toutefois.

Plus tard dans la semaine, ragaillardi par l'argent que leur avait versé Dina Dalal, Ishvar projeta une petite tournée d'achats : une grande feuille de plastique et d'autres articles. « Qu'en dis-tu Om ? Maintenant nous pouvons rendre notre maison plus confortable, hahn ? »

Un silence lugubre accueillit sa suggestion. Ils s'arrêtèrent à un étal, sur le trottoir, proposant des bols, des boîtes et de la vaisselle en polyéthylène. « Quelle couleur tu préfères pour les verres et les assiettes ?

— Ça m'est égal.

— Et la serviette ? La jaune avec des fleurs ?

— Ça m'est égal.

— Veux-tu des sandales neuves ?

— Ça m'est égal. »

Pour le coup, Ishvar perdit patience.

« Qu'est-ce qui te prend depuis quelques jours ? Chez Dinabai tu n'arrêtes pas de faire des erreurs et de te quereller avec elle. Rien ne t'intéresse. Fais un effort, Om, fais un effort. »

Il arrêta là ses achats, et ils revinrent porteurs de deux seaux en plastique rouge, d'un réchaud, de cinq litres de pétrole, et d'un paquet d'argabatti au jasmin.

Ils étaient précédés par le *dhuk-dhuka dhuk-dhuka* familier du tambourin de l'homme aux singes, chaque tour de poignet faisant rebondir sur la peau les grelots attachés par des ficelles. L'homme ne cherchait pas à rassembler une foule, il se contentait de ramener ses bêtes à bon port. Un des petits singes s'était juché sur son épaule, l'autre suivait, apathique. Derrière venait le chien efflanqué, reniflant, mâchonnant les feuilles de papier journal qui avaient contenu quelque aliment. L'homme siffla, appela « Tikka ! » et le roquet le rejoignit en trottinant.

Les singes se mirent à agacer Tikka, lui tirant les oreilles, lui tordant la queue, lui pinçant le pénis. Il supportait ses tourments avec calme et dignité. Puis les singes remarquèrent les seaux rouges qui se balançaient aux bras d'Om. Lâchant le chien, ils décidèrent de voir de quoi il retournait et sautèrent dedans.

« Laila ! Majnoo ! Suffit ! » cria leur maître en tirant sur la laisse.

Leur tête surgit du seau.

« C'est bon, dit Om. Laissez-les s'amuser un peu. Ils ont dû travailler dur toute la journée. »

C'est ainsi qu'ils regagnèrent le lotissement, les tailleurs, l'homme aux singes, ses animaux, avançant au rythme des *dhuk-dhuka* hypnotisants du tambourin. Bientôt fatigués des seaux, Laila et Majnoo décidèrent de s'attaquer à Om, s'asseyant sur ses épaules ou sur sa tête, se pendant à ses bras ou s'accrochant à ses jambes. Om rit tout du long, et Ishvar sourit de plaisir.

La gaieté d'Om s'évanouit quand les singes et lui se séparèrent. Il retomba dans son humeur morose, lançant un regard écœuré à Rajaram qui sortait de sa cahute avec ses sacs de cheveux. Les petits monticules noirs ressemblaient à des têtes humaines, hirsutes.

En les voyant les bras chargés d'achats, Rajaram les complimenta. « Je suis heureux de constater que la voie de la prospérité s'ouvre à vous.

— Tu as besoin de lunettes si tu prends ça pour la voie de la prospérité », rétorqua Om.

Il entra dans la baraque et déroula la literie.

« Qu'est-ce qui lui prend ? demanda Rajaram, blessé.

— Je crois que c'est simplement la fatigue. Mais écoute, aujourd'hui tu dois manger avec nous. Pour fêter notre nouveau réchaud.

— Comment pourrais-je refuser ? »

Ils firent la cuisine ensemble et appelèrent Om quand ce fut prêt. A mi-repas, Rajaram demanda s'ils pouvaient lui prêter dix roupies. Ishvar en fut tout surpris. Il supposait que le ramasseur de cheveux gagnait bien sa vie, à en juger par ses discours enthousiastes depuis quinze jours.

Son hésitation dut se peindre sur son visage, car Rajaram ajouta : « Je vous les rendrai dans une semaine, ne vous inquiétez pas. Les affaires tournent un peu au ralenti en ce moment. Mais la mode est en train de changer. Toutes les femmes vont vouloir couper leurs tresses. Ces longues chotelas tomberont directement dans mon giron.

— Arrête de parler de cheveux, dit Om. Ça me donne mal au cœur. »

Après dîner, au lieu de rester dehors avec eux à bavarder et à fumer, il prétendit qu'il avait mal à la tête et partit se coucher.

Ishvar rentra une heure plus tard. Pauvre enfant, se dit-il, en l'observant qui lui tournait le dos. Quels terribles souvenirs il portait en lui. Il se pencha et vit qu'Om avait les yeux ouverts. « Tu n'as plus mal à la tête ? »

Le garçon grogna. « Si, dit-il.

— Patience, ça va passer. » Pour l'égayer, il ajouta : « Nos étoiles sont enfin dans la bonne configuration. Tout va bien, hahn ?

— Comment peux-tu répéter de telles imbécillités ? Nous vivons dans une baraque puante. Notre travail est affreux, avec cette Dinabai qui nous surveille comme un vautour, qui nous harcèle, qui nous dit quand manger et quand roter. »

Ishvar soupira, alluma deux bâtonnets d'agarbatti au jasmin. « Avec ça, la maison va sentir bon. Dors bien, demain matin ton mal de tête aura disparu. »

Tard dans la nuit, alors que le joueur d'harmonium avait cessé de jouer et Tikka d'aboyer, ce fut le bruit des sacs manipulés par le ramasseur de cheveux qui maintint Om éveillé. Il y avait un visiteur. Une femme gloussa, puis Rajaram. Bientôt le bruit de ses halètements traversant le mur de contreplaqué vint tourmenter Om. Il les imagina nus au milieu de ces inquiétants sacs de cheveux, se contorsionnant en des poses érotiques comme en montraient les affiches de cinéma. Il revit Shanti à côté du robinet d'eau, ses superbes cheveux brillants, son corsage épousant ses seins quand elle avait soulevé le gros pot d'eau, il pensa à ce qu'il pourrait faire avec elle dans les buissons, à côté de la voie de chemin de fer. Il regarda son oncle, profondément endormi, se leva de sa couche, sortit derrière la baraque et se masturba. La femme d'à côté s'éclipsa. Il se tapit dans l'ombre jusqu'à ce qu'elle ait disparu.

Il dormait enfin quand il fut réveillé par des cris perçants. Cette fois-ci, Ishvar se réveilla également. « Hai Ram ! Qu'est-ce que ça peut bien être ? »

Dehors, ils se cognèrent à Rajaram, qui souriait, l'air heureux. Om lui lança un regard à la fois méprisant et envieux. De toutes les baraques, des gens émergeaient. Puis la nouvelle se répandit qu'il s'agissait d'une femme en train d'accoucher, et chacun regagna sa couche. Au bout d'un moment, les cris cessèrent.

Le matin, ils apprirent la naissance d'une petite fille.

« Allons leur présenter nos vœux, dit Ishvar.

— Vas-y si tu veux.

— Allons, ne sois pas si malheureux. » Ishvar lui ébouriffa les cheveux. « Nous te trouverons une femme, je te le promets.

— Trouve-la pour toi, moi je n'en ai pas besoin. »

Il s'écarta et attrapa son peigne pour réparer le désordre de sa chevelure.

« Je reviens dans deux minutes, dit Ishvar. Puis en route. »

Om s'assit sur le pas de la porte, chiffonnant dans ses doigts un bout de soie qu'il avait ramassé par terre chez Dina Dalal, parmi les chutes de tissu, et glissé dans sa poche. Quel sentiment de réconfort procurait cette fluidité entre les doigts — pourquoi la vie ne pouvait-elle être ainsi, douce et lisse ? Il se caressa les joues avec le bout de tissu, regardant les enfants de l'ivrogne d'à côté se courir après, se rouler dans la poussière, en attendant que leur mère les emmène mendier. L'un d'entre eux ramassa une pierre de forme curieuse qu'il montra à ses frères et sœurs. Puis ils entreprirent de chasser un corbeau qui farfouillait dans un tas de pourritures. L'oiseau refusa de s'envoler, sautillant, tournant en cercles, revenant à sa friandise putréfiée, pour le plus grand plaisir des enfants. Comment pouvaient-ils être si heureux ? se demanda Om — sales et nus, mal nourris, le visage écorché, la peau boutonneuse. Y avait-il quoi que ce soit qui prêtât à rire dans ce maudit endroit ?

Il remit le morceau de tissu dans sa poche et se dirigea vers la baraque de l'homme aux singes. Laila était en train d'épouiller Majnoo. Un instant plus tard, les deux bêtes lui sautaient sur l'épaule, lui passaient dans les cheveux leurs délicats doigts d'enfant.

Voyant qu'Om ne s'en offusquait pas, l'homme aux singes sourit et les laissa faire. « Ils me font ça à moi aussi, dit-il. Ça signifie que tu leur plais. C'est le meilleur moyen d'avoir la tête propre. »

Laila finit par trouver quelque chose dans les cheveux d'Om. Majnoo le lui arracha et le porta à sa bouche.

Om loua une Hercule noire à la boutique qui se trouvait sur le chemin de l'appartement de Dina Dalal. Elle arborait un impressionnant porte-bagages à ressort au-dessus de la roue arrière et une grande sonnette rutilante sur le guidon.

« Mais pourquoi as-tu besoin d'une bicyclette ? » répéta Ishvar.

Son neveu eut un sourire rusé, tandis que le loueur ajustait la selle à sa taille.

« Ça fait un mois que nous travaillons pour elle, dit-il. C'est suffisant, j'ai mon plan. » Les pneus fraîchement gonflés résistèrent à la pression de ses doigts. Il guida le vélo dans la rue. « C'est aujourd'hui son jour de visite à la maison d'exportation, n'est-ce pas ? Sur mon vélo, je vais suivre son taxi. »

Il sauta légèrement en selle.

« Attention à la circulation, dit Ishvar. Ce n'est pas la rue de notre village ! » Il courut un peu plus vite pour se maintenir à la hauteur du garçon. « Ton plan est bon, mais tu oublies une chose — la porte cadenassée. Comment feras-tu pour sortir ?

— Attends et tu verras. »

Pédalant à côté de son oncle, Om avait l'esprit léger. Les garde-boue bringuebalaient, les freins étaient mous, mais la sonnette marchait à la perfection. *Tring-tring, tring-tring.* Carillonnant, sûr de lui, il plongea dans la circulation, vers un avenir plus juste.

Il regagna néanmoins la sécurité du trottoir, au grand soulagement d'Ishvar. Le projet était absurde, mais la joie de son neveu lui faisait plaisir. Il le regarda bouger le guidon dans tous les sens, rétropédaler pour ne pas le devancer, se livrer à la danse de l'équilibre au ralenti. Bientôt, se dit Ishvar, il allait oublier ses idées folles et se livrer à la danse, tout aussi ardue, du travail pour l'employeur.

Om l'invita à s'asseoir sur le porte-bagages. Il s'installa de côté, jambes pendantes, pieds à quelques centimètres du sol, sandales raclant la chaussée. A grands coups de *tring-tring*, Om laissa exploser son optimisme. Pendant un moment, le monde fut parfait.

Bientôt, ils arrivèrent au coin où se tenait le mendiant sur sa planche à roulettes. Ils s'arrêtèrent pour lui jeter une pièce. Elle tinta en atterrissant dans la boîte vide.

Ils cachèrent la bicyclette à une distance sûre de l'appartement de Dina Dalal, dans une cage d'escalier couverte de toiles d'araignées, sentant l'urine et l'alcool frelaté. Ils l'attachèrent à une conduite de gaz hors d'usage et sortirent en se frottant les mains et le visage pour en ôter des fils invisibles qui leur collaient après. Les fantômes de la toile les poursuivirent un certain temps. Leurs doigts ne cessaient de se porter à leur front et à leur cou pour en chasser des fils inexistants.

Les doigts de Dina, virevoltant comme des papillons folâtres, pliaient les robes. Avant d'aller les livrer chez Au Revoir Export, elle vérifia qu'elles étaient bien conformes aux patrons en papier. La directrice avait été implacable : « Surveillez-les comme la prunelle de vos yeux. Si ces patrons tombaient entre de mauvaises mains, ça signifierait la ruine de ma maison. »

Dina trouvait cela un peu exagéré. Elle ne pouvait s'empêcher de penser néanmoins, tout en plaçant corselets, manches et cols sur leurs parties correspondantes en papier d'emballage, qu'il s'agissait de son propre torse, de son propre cou, de ses propres bras. Ces derniers temps, elle avait noté un certain froid dans l'attitude de Mrs Gupta à son égard, comme si celle-ci venait de découvrir qu'elles n'étaient pas du même rang social. Elle ne se levait plus de son bureau pour l'accueillir ou la raccompagner à la porte, ne lui offrait plus de thé ou de jus de fruits.

Nerveuse, Dina reprit au hasard quelques robes, examinant coutures et ourlets. Est-ce que ce lot résisterait à l'inspection de Mrs Gupta ? Combien en rejetterait-elle ? Les merveilleux tailleurs n'étaient plus en état de grâce : la négligence se manifestait dans leurs travaux.

De son coin, Om observait l'affolement de Dina, un numéro auquel elle se livrait chaque semaine. Lui-même devait se préparer ; le moment approchait.

Ça y était.

Elle fit claquer le fermoir de son sac à main.

Avec ses ciseaux, il s'entailla l'index gauche.

La douleur, plus vive qu'il ne s'y était attendu, le fit bondir. Puisqu'il l'anticipait, elle aurait dû être moins forte, comme c'est le cas avec un plaisir anticipé. Le sang jaillit, rouge vif, sur le voile jaune.

« Oh, mon Dieu ! s'exclama Dina. Qu'avez-vous fait ! » Ramassant un bout de tissu, elle le pressa sur la blessure. « Tenez la main en l'air, redressez-la, ou il va tomber encore plus de sang.

— Hai Ram ! » dit Ishvar, écartant la robe souillée de dessous le patin de la Singer. Juste au moment où il pensait que son neveu allait mieux, voilà à quoi il se livrait !

« Vite, trempez la robe dans le seau », dit Dina. Prenant de la teinture d'iode dans sa trousse d'urgence, elle en badigeonna généreusement le doigt. La coupure était moins grave que l'écoulement de sang ne l'avait laissé croire. De soulagement, elle le réprimanda.

« Petit maladroit ! Qu'est-ce que vous essayiez de faire ? Où avez-vous la tête ? Quelqu'un d'aussi maigre que vous ne peut se permettre de perdre tant de sang. Mais vous mettez toujours tant de colère, tant de hâte dans ce que vous faites. »

Encore sous le coup de la stupeur, Om ne lui répondit que par un visage renfrogné. Il aimait l'odeur âcre du liquide brun doré qui recouvrait son doigt. Elle maintint serré un tampon de coton sur la blessure d'où ne s'écoulaient plus que quelques gouttes de sang.

« A cause de votre doigt, je suis en retard. La directrice va être fâchée. »

Elle ne mentionna pas le coût de la robe tachée. Mieux valait voir si on pouvait la sauver avant de parler. Prenant le paquet de robes, elle se dirigea vers la porte.

« J'ai trop mal, dit Om. Je veux aller chez le médecin. »

Ishvar comprit enfin : la rencontre des ciseaux et du doigt faisait partie du plan stupide échafaudé par son neveu.

« Un médecin pour ça ? Ne faites pas l'enfant, dit-elle. Tenez votre main en l'air encore un peu, et ça ira bien. »

Le visage d'Om se tordit comme sous l'effet d'un paroxysme d'angoisse. « Et si mon doigt pourrit et qu'il tombe, à cause de votre conseil ? Vous l'aurez sur la conscience, c'est sûr. »

Elle le soupçonna d'avoir agi ainsi pour se soustraire à son travail, mais il avait semé le doute dans son esprit. « Après tout, ça m'est égal — allez-y si ça vous chante », dit-elle brusquement.

Avoir affaire à ces deux hommes, avec leur travail négligé et leur nonchalance, commençait à être au-dessus de ses forces. Tôt ou tard, Mrs Gupta allait rompre leur engagement. La seule question était : qui, des tailleurs ou de sa santé, céderait en premier. L'image de deux robinets défectueux se présenta à elle : sur l'un était marqué Argent, sur l'autre Santé. Et les deux avaient une fuite, simultanément.

Grâce au ciel, Maneck Kohlah arrivait le lendemain. Il représentait un revenu garanti à cent pour cent.

Tenant toujours son doigt en l'air, Om s'assura de loin que Dina Dalal prenait bien son taxi, puis, éperonné par l'odeur du succès, il se précipita à l'endroit où il avait caché son vélo.

Le temps qu'il ôte le cadenas et qu'il sorte, le taxi avait disparu. Il pédala jusqu'à la rue adjacente et — il était là, bloqué à un feu rouge.

Il le rattrapa, prenant soin de se maintenir deux voitures derrière lui. Ne pas se faire remarquer était aussi important que ne pas le perdre de vue. Il accéléra, ralentit, se dissimula derrière des autobus, changea de file. Outrés, les automobilistes klaxonnaient, les gens vociféraient et lui adressaient de vilains gestes que, toute sa concentration mobilisée par le taxi et son vélo, il ignorait.

Il était tellement sûr maintenant de parvenir à destination qu'il en tremblait. Une curieuse palpitation, l'excitation du chasseur mêlée au frémissement de la proie.

La rue débouchait sur une avenue où la circulation, beaucoup plus dense, déréglée et hystérique, dépassait tout ce qu'il avait connu jusqu'alors. Au bout de quelques minutes, il haletait, de rage et de frustration. Il perdit et retrouva le taxi une demi-douzaine de fois, sa tâche rendue plus ardue par les incroyables quantités de Fiat jaune et noir, toutes semblables avec leur compteur kilométrique dépassant du côté gauche, qui déferlaient sur la voie.

Désorienté, Om sentit que ses nerfs commençaient à le lâcher. Le bref trajet du matin, pour venir de la gare, ne l'avait pas préparé à cette circulation folle de la mi-journée. C'était comme de passer de la compagnie d'animaux léthargiques dans leurs cages au zoo à celle des bêtes sauvages en pleine jungle. D'une dernière poussée, désespérée, il se glissa entre deux voitures, et se retrouva projeté sur la chaussée. Des passants hurlèrent.

« Hai bhagwan ! Le pauvre garçon est fichu !

— Mort écrasé!

— Attention, il a peut-être les os brisés!

— Rattrapez le chauffeur! Ne le laissez pas s'enfuir! Assommez-le! »

Se reprochant d'être l'objet de tant de sollicitude inutile, Om se redressa, traînant son vélo derrière lui. Hormis un coude éraflé et un genou couronné, il était indemne.

A présent, c'était le tour du chauffeur, qui jaillit de la voiture où il s'était tapi. « Qu'est-ce que tu as, des yeux ou des billes de verre? hurla-t-il. Tu peux pas regarder où tu vas? C'est la propriété d'autrui que tu démolis! »

Un policier arriva, qui s'enquit avec beaucoup de sollicitude de l'état des passagers de la voiture. « Tout va bien, sahab? » Om leva les yeux, un peu éberlué, effrayé aussi. Est-ce qu'on mettait en prison les gens responsables d'accidents? Son doigt s'était remis à saigner et l'élançait terriblement.

L'homme en costume ocre safari, pelotonné à l'arrière de la voiture, sortit son portefeuille. Il glissa de l'argent au policier, et fit signe par la fenêtre à son chauffeur d'approcher. Le chauffeur déposa quelque chose entre les mains d'Om. « Et maintenant, ouste! Et fais plus attention, ou tu finiras par tuer quelqu'un! Sers-toi des yeux que Dieu t'a donnés! »

Om regarda ce que tenaient ses mains tremblantes : cinquante roupies.

« Allez, paagal-ka-batcha! cria le policier. Prends ton vélo et tire-toi! » A grands gestes élégants, ceux qu'il réservait aux très hautes personnalités, il aida la voiture à se dégager.

Om monta sur le trottoir, son vélo à la main. Le guidon était tordu et les garde-boue raclaient encore plus résolument qu'avant. Il épousseta son pantalon, examina les taches de graisse sur les revers.

« Combien vous a-t-il donné? demanda quelqu'un.

— Cinquante roupies.

— Vous vous êtes relevé trop vite. » L'homme hocha la tête d'un air réprobateur. « Il ne faut jamais se relever trop vite. Il faut rester par terre et pousser des gémissements, des grognements. Réclamer un docteur, réclamer une ambulance, hurler, pleurer, n'importe quoi. Dans un cas comme ça, on peut se faire au moins deux cents roupies. »

Il parlait en professionnel ; son bras tordu pendant à son côté en témoignait.

Om mit l'argent dans sa poche. Tenant la roue avant entre ses genoux, il tira sur le guidon, jusqu'à ce qu'il réussisse à le redresser puis, son vélo toujours à la main, il prit une rue adjacente, laissant la foule continuer à discourir sur l'accident.

Retourner à l'appartement était inutile, il trouverait le cadenas sur la porte, noir et lourd comme un scrotum de bœuf. Il n'avait pas non plus envie de rendre la bicyclette — il avait payé une journée de location. Si seulement il avait écouté son oncle au lieu d'échafauder ce plan, aussi brillant dans son imagination que le guidon qui étincelait au soleil.

Il atteignit un endroit où la circulation se faisait moins menaçante, sauta sur sa selle et prit la route du bord de mer. Ni traqueur, ni traqué, à présent il pouvait jouir de sa promenade. Il entendit tinter la clochette d'un vendeur de barbe à papa planté devant une école. Il s'arrêta, loucha sur le contenu du bocal en verre accroché au cou de l'homme, devina à travers la paroi la plus propre les boules cotonneuses roses, jaunes et bleues.

« Combien ?

— Vingt-cinq paisas pièce. A moins que tu tentes ta chance à la loterie pour cinquante paisas — tu peux gagner entre une et dix boules. »

Om paya et plongea la main dans le sac en papier kraft. Il en sortit un bout de papier avec un 2 griffonné dessus.

« Quelles couleurs ?

— Une rose, une jaune. »

L'homme souleva le couvercle du bocal, alla pêcher les boules. « Non, pas celle-là, l'autre à côté », indiqua Om.

La douce peluche fondit vite dans sa bouche. Sûr que j'ai eu la plus grosse boule rose, se dit-il, très content de lui, tout en extrayant un billet de dix roupies de la petite liasse qu'il avait dans sa poche. Avant de saisir le billet, l'homme s'essuya les doigts sur la courroie qui lui entourait le cou. Om prit la monnaie et continua à pédaler vers la mer.

Arrivé à la plage, il s'arrêta pour lire le nom gravé au bas d'une grande statue de pierre noire. Selon la plaque, il s'agissait d'un Gardien de la Démocratie. Om avait étudié la vie de cet homme à son cours d'histoire sur la lutte pour la liberté. Sur la photo dans son livre il était plus beau que la statue, estimat-il. Il appuya son vélo contre le piédestal et se reposa à l'ombre de la statue. Les côtés du piédestal disparaissaient sous des affiches vantant les vertus de l'état d'urgence, avec, au premier plan, l'inévitable visage du Premier ministre. Un texte, en petits caractères, expliquait pourquoi les droits fondamentaux avaient été temporairement suspendus.

Dans une petite baraque posée sur le sable, deux hommes fabriquaient du jus de canne à sucre. L'un présentait les bâtons sous la roue qui les broyait, tandis que l'autre actionnait la poignée. Torse nu, muscles saillants, peau luisant de sueur, celui-là pesait de tout son poids sur la machine. Om espéra qu'ils changeaient de place à tour de rôle, faute de quoi il ne s'agissait pas d'une honnête association.

La vue du jus glacé, brun doré, le fit saliver. Malgré l'argent dans sa poche, il hésita. Récemment, il avait entendu raconter dans le bazar l'histoire d'un gecko qui s'était retrouvé pressé avec la canne. Un accident, disait-on — l'animal était probablement lové à l'intérieur de la machine, à lécher les bielles et les engrenages sucrés, mais plusieurs clients avaient été empoisonnés.

Dans la tête d'Om, des images de lézards liquéfiés alternèrent avec celles de verres pleins du jus brun doré. Pour finir, les lézards l'emportèrent. Au lieu de jus, il acheta un bâton de canne à sucre, le pela et le coupa en une dizaine de morceaux, qu'il mâchonna avec bonheur, un par un, en faisant sortir le jus, puis qu'il recracha. Bientôt un petit tas d'écorces mâchonnées s'éleva au pied de la statue. Ses mâchoires se fatiguèrent vite, mais la douleur était aussi satisfaisante que la douceur.

Les écorces déshydratées attirèrent la curiosité d'une mouette. Om cracha dans sa direction, elle esquiva le missile, continuant à picorer dans les restes en train de macérer, éboulant la petite colline bien nette avant de s'en éloigner d'un air dédaigneux.

Om jeta son dernier morceau, intact, ce qui réveilla l'intérêt de la mouette. Elle l'examina sous toutes ses faces, refusant de croire que son bec n'était pas capable de fendre la canne à sucre.

Une gamine chassa la mouette et s'empara de la prise. Elle la porta à la baraque, la trempa pour la débarrasser de son sable dans le seau où les hommes rinçaient les verres sales. Om la regarda mâchonner son morceau, et sentit qu'il s'assoupissait. Il s'imagina revenant ici avec la fille aux beaux cheveux brillants. Shanti. Il achèterait pour eux deux du bhel-puri et de la canne à sucre. Assis sur le sable, ils regarderaient les vagues, puis le soleil se coucherait, la brise soufflerait, et ils se blottiraient l'un contre l'autre. Ils resteraient assis enlacés, et alors, c'est sûr...

A force de rêvasser, il s'endormit. Quand il se réveilla, le soleil brûlait encore, resplendissait dans ses yeux. Il lui restait une heure et demie avant de rendre la bicyclette, mais il décida de le faire tout de suite.

Si l'insouciance souriante avec laquelle Om reprit sa place à la machine à coudre signifiait quelque chose, alors, se dit Ishvar, à n'en pas douter son neveu avait réussi.

Dina, qui était rentrée depuis plusieurs heures, fondit sur le garçon. « Perdre votre temps, voilà ce que vous savez faire. Avez-vous fait le tour la ville ?

Où se trouve votre médecin — tout au sud du Lanka ?

— Oui, j'ai traversé le ciel porté par le seigneur Hanuman », répliqua-t-il, se demandant si elle l'avait vu sur sa bicyclette.

« Ce garçon devient très malin.

— Trop malin, dit Ishvar. S'il continue, il se coupera à nouveau.

— Et comment va ce doigt qui allait pourrir ? Est-il déjà tombé ?

— Ça va mieux. Le docteur l'a regardé.

— Bien. Dans ces conditions, au travail. Faites bouger vos pieds, il y a plein de nouvelles robes.

— Hahnji, tout de suite.

— Seigneur ! Plus de jérémiades ? Je ne sais pas ce que vous a prescrit le médecin, mais ça marche. Vous devriez en prendre une dose chaque matin. »

Contrairement à ce qu'elle prévoyait, la dernière heure de travail, en général la plus difficile, se passa en plaisanteries et en rires. Si seulement il pouvait en être ainsi tous les jours, se dit Dina. Elle profita de leur bonne humeur pour leur demander de l'aider à transporter une partie du mobilier de sa chambre dans la pièce où ils travaillaient.

« Est-ce que vous transformez tout l'appartement ? demanda Ishvar.

— Juste cette chambre. Je prépare l'arrivée de mon hôte.

— Ah oui, l'étudiant », dit Om. Ils roulèrent le matelas, transportèrent le cadre et les lattes, replacèrent le matelas, regroupèrent dans un coin les machines Singer, les tabourets, la table de coupe. Il fallait faire de la place. « Quand est-ce qu'il arrive ?

— Demain soir. »

Après leur départ, elle resta assise dans la pièce à regarder les peluches danser dans la lumière électrique. L'odeur douceâtre et écœurante du tissu amidonné se mélangeait aux effluves de sueur et de tabac laissés par les tailleurs. Une senteur qui ne lui déplaisait pas tant que la chambre bruissait d'activité, mais qui devenait déprimante aux heures vides de la soirée, quand une sorte d'âcreté suintait des rouages des machines, densifiait l'air, le plombant d'images d'usines sales, d'ouvriers tuberculeux, de vies mornes. Des heures où le vide de sa propre vie se faisait encore plus absolu.

« Alors, quel est le nom de la société ? demanda Ishvar.

— Je ne sais pas.

— Et l'adresse ?

— Je ne sais pas.

— Alors pourquoi es-tu si content ? Ta ruse ne t'a rien apporté.

— Patience, patience, dit-il en imitant son oncle. Ça m'a apporté quelque chose. »

Il brandit l'argent et lui raconta ses mésaventures.

Ishvar éclata de rire. « Il n'y a qu'à toi que ces choses-là peuvent arriver. » Ni l'un ni l'autre ne semblaient déçus — peut-être à cause de l'argent, ou parce qu'ils étaient soulagés d'avoir échoué — la réussite les aurait conduits à des choix difficiles.

En arrivant au lotissement, ils virent, garé à l'entrée, un véhicule de la clinique du Planning familial. La multitude du bidonville se gardait d'approcher. L'équipe distribuait gratuitement des préservatifs, des prospectus expliquant les méthodes de contrôle des naissances, y ajoutant, à titre incitatif, un peu d'argent liquide et des cadeaux en nature.

« Peut-être que je devrais me faire opérer, dit Om. Pour avoir le transistor Bush. Et puis aussi une carte de bons d'alimentation. »

Ishvar lui flanqua une bourrade.

« Ne plaisante pas avec ces choses-là.

— Pourquoi ? Je ne me marierai jamais. Autant avoir le transistor.

— Tu te marieras quand je te le dirai. Ne discute pas. Et qu'est-ce que ça a de si important, une petite radio ?

— Tout le monde en a de nos jours. »

Il s'imaginait avec Shanti sur la plage, à la lumière du crépuscule, le transistor les berçant d'une sérénade.

« Et si tout le monde saute dans le puits, tu le feras aussi ? On apprend les mœurs de la grande cité — on oublie les bonnes et humbles habitudes de notre petite ville.

— Alors, tu te fais opérer si tu ne veux pas que ce soit moi.

— Quelle impudence ! Ma virilité contre une stupide radio ?

— Non, yaar, ce n'est pas ta virilité qu'ils veulent. Le docteur coupe juste un minuscule tube à l'intérieur. Tu ne le sens même pas.

— Personne ne posera un couteau sur mes couilles. Tu veux un transistor ? Travaille dur pour Dinabai, gagne de l'argent. »

Rajaram arriva, montrant les préservatifs qu'il avait raflés à la clinique. Ils en distribuaient quatre par personne, et il avait craint de ne pas avoir droit au quota. « Qui sait quand la camionnette reviendra par ici.

— Tu es un grand baiseur ou quoi ? dit Om, riant mais jaloux. Est-ce que tu vas nous empêcher de dormir cette nuit ?

— Effronté », dit Ishvar, qui essaya de lui flanquer une bourrade, mais Om s'esquiva pour aller voir les singes.

Dina relut la lettre de Mrs Kohlah, qu'elle avait reçue accompagnée du premier chèque de loyer, daté du jour où Maneck devait emménager. Les trois pages contenaient des instructions sur la façon de veiller au confort du fils d'Aban Kohlah. Ainsi le petit déjeuner : les œufs sur le plat devaient flotter dans le beurre parce qu'il détestait les bords croustillants qui collaient à la poêle ; pour que les œufs brouillés fussent légers et duveteux, il fallait y ajouter du lait en fin de cuisson. « Ayant grandi dans l'air sain de nos montagnes, poursuivait Mrs Kohlah, il a un gros appétit. Mais, s'il te plaît, ne lui donne pas plus de deux œufs, même s'il le demande. Il doit apprendre à équilibrer son régime. »

En ce qui concernait ses études, Aban Kohlah écrivait que « Maneck est un garçon travailleur, mais qui se laisse distraire parfois, aussi rappelle-lui chaque jour d'apprendre ses leçons ». Il était aussi très méticuleux pour ses vêtements, sur la façon dont il convenait de les amidonner et de les repasser ; pour son bien-être, il avait absolument besoin d'un bon dhobi. Et que Dina n'hésite pas à l'appeler Mac, car c'est ainsi que tout le monde l'appelait dans la famille.

Dina ricana. Des œufs flottant dans le beurre ! Et un bon dhobi ! Que d'absurdités les gens fourraient dans la tête de leurs enfants. Quand le garçon lui avait rendu visite le mois précédent, il ne ressemblait en rien à la personne que décrivait sa mère dans sa lettre. Mais c'était toujours ainsi — les parents ne voyaient pas leurs enfants tels qu'ils étaient.

Achevant de préparer la chambre, elle rassembla ses vêtements, ses chaussures, ses colifichets et les transporta dans l'autre pièce où ils vinrent s'ajouter à l'attirail des tailleurs. Elle trouva de la place dans la malle, placée sur des tréteaux, pour ranger son stock de serviettes hygiéniques faites à la maison et ses bouts de tissu. Les plus grandes chutes de tissu, avec lesquelles elle avait commencé de fabriquer un couvre-lit, trouvèrent à se loger dans le tiroir du bas de son armoire. Le parapluie en forme de pagode demeura pendu au rebord supérieur de l'armoire, il ne gênerait pas le garçon.

Ainsi vidée, son ancienne chambre attendait Maneck Kohlah. Sa nouvelle chambre était... horrible. Je passerai probablement mes nuits sans dormir, se dit-elle, à chercher de l'air, coincée entre les piles de robes. Mais loger le pensionnaire au milieu des machines à coudre, c'était courir le risque de le voir aussitôt retourner dans sa résidence universitaire.

Elle choisit d'autres morceaux de tissu dans le paquet qui était rangé sous le lit et les étala pour les ajouter au patchwork du couvre-lit. Se livrer à ce petit travail lui permit de se débarrasser de son anxiété. Qu'elle ait pu penser à imiter Aban Kohlah et le luxe de sa maison, là-bas dans le Nord, était tout simplement ridicule. Donner sa chambre à Maneck constituerait sa seule concession.

5

Montagnes

Quand Maneck Kohlah eut fini de transporter toutes ses affaires dans l'appartement de Dina, il était trempé de sueur. De beaux bras forts, se dit-elle en le regardant porter silencieusement sa valise et des paquets.

« Il fait si humide, dit-il en s'essuyant le front. Je vais prendre un bain, Mrs Dalal.

— Si tard dans la soirée ? Vous plaisantez. Il n'y a plus d'eau, il faut attendre demain matin. Et qu'est-ce que c'est que ce Mrs Dalal ?

— Pardon... tante Dina. »

Un si beau garçon, avec un sourire plein de fossettes. Il devrait néanmoins, pensa-t-elle, se débarrasser des quelques poils qui, au-dessus de sa lèvre supérieure, essayaient désespérément de passer pour une moustache. « Faut-il que je vous appelle Mac ?

— Je déteste ce nom. »

Il défit sa valise, changea de chemise, puis ils dînèrent. A un moment, il leva les yeux de son assiette, croisa le regard de Dina et sourit tristement. Il mangea peu ; elle lui demanda si la nourriture lui convenait.

« Oh oui, très bonne, merci, tante.

— Si Nusswan — c'est mon frère — voyait votre assiette, il dirait qu'une si petite quantité ne suffirait même pas à nourrir son moineau apprivoisé.

— Il fait trop chaud, s'excusa-t-il tout bas.

« — Oui, je suppose que comparé à l'air qu'on respire dans vos montagnes, on a l'impression de bouillir ici. » Pour essayer de le mettre à son aise, elle s'enquit : « Et comment ça va à la faculté ?

— Bien, merci.

— Mais la résidence ne vous plaisait pas ?

— Non, c'est un endroit très bruyant. Impossible d'étudier. »

Le silence retomba, le temps de quelques bouchées, et ce fut lui qui le rompit : « Ces deux tailleurs que j'ai rencontrés le mois dernier... ils travaillent toujours pour vous ?

— Oui... ils seront là demain matin.

— Oh, ça sera bon de les revoir.

— Vraiment ? »

Il ne saisit pas le sous-entendu, s'efforça de prendre une contenance souriante pendant qu'elle débarrassait la table. « Laissez-moi vous aider, dit-il en repoussant sa chaise.

— Non, tout va bien. »

Pendant qu'elle mettait la vaisselle à tremper, jusqu'au lendemain matin, il regarda autour de lui. L'appartement le déprimait, tout autant que la première fois qu'il l'avait visité. Grâce à Dieu, se dit-il, il serait reparti dans moins d'un an. Mais pour tante Dina, c'était son foyer. Partout se lisaient les preuves de sa lutte pour ne pas tomber dans la misère, pour camoufler sous l'ordre et la propreté les mesquineries de la pauvreté. Cela se voyait au grillage posé contre les vitres cassées, aux murs et au plafond noircis de la cuisine, au plâtre écaillé, aux rapiéçages au col et aux manches de son corsage.

« Si vous êtes fatigué, vous pouvez aller vous coucher, ne m'attendez pas », dit-elle.

Prenant cela pour une façon polie de le congédier, il se retira dans sa chambre — celle de Dina, pensa-t-il, avec un sentiment de culpabilité — et resta à écouter les bruits venant du fond de l'appartement, essayant de deviner ce qu'elle faisait.

Avant d'aller elle-même se coucher, Dina ouvrit le

robinet de la cuisine, afin d'être réveillée par le floc des premières gouttes. Elle eut du mal à s'endormir, tout occupée à penser à son pensionnaire. La première impression était bonne. Il ne semblait pas le moins du monde tatillon, mais poli, avec de belles manières, et si calme. Peut-être fallait-il mettre cela sur le compte de la fatigue, peut-être se montrerait-il plus bavard le lendemain.

Maneck dormit mal. Le vent faisait battre une fenêtre, et il n'osa pas se lever pour voir de laquelle il s'agissait, craignant de trébucher dans le noir et de déranger Mrs Dalal. Il se tourna, se retourna, obsédé par ses souvenirs de la résidence universitaire. Il s'en était enfin échappé. Mais ç'aurait été beaucoup mieux s'il avait pu rentrer directement chez lui.

Il se leva de bonne heure, le robinet ouvert lui ayant servi de réveil à lui aussi. Après s'être lavé les dents, il retourna dans sa chambre et, en slip, se mit à faire des pompes, inconscient de la présence de Dina, qui l'observait par la porte entrebâillée. Elle admira le fer à cheval qui gonflait et dégonflait sur ses triceps, selon qu'il s'élevait ou s'abaissait. J'avais raison, se dit-elle, de beaux bras forts. Et un si beau corps. Puis elle rougit de confusion — Aban à l'école avec moi... assez jeune pour être mon fils. Elle s'éloigna de la porte.

« Bonjour, tante. »

Elle se retourna lentement, fut soulagée de voir qu'il s'était habillé.

« Bonjour, Maneck. Avez-vous bien dormi ?

— Oui, merci. »

Elle lui montra comment fonctionnait le chauffe-eau à immersion dans la salle de bains. Il ferma la porte, se déshabilla, se déplaçant avec précaution dans cet espace étroit et étranger. L'eau fumait, bouillonnait dans le baquet. Il la tâta du bout des orteils, puis y plongea la main, tout joyeux dans cette chaleur. L'idée lui vint que cette vapeur menaçante et cette épaisseur de nuages, dues à l'humidité perçante de la mousson, n'étaient pas pires que le brouillard qui devait poser un voile sur ses montagnes en ce moment.

En fermant les yeux, il le voyait : tournoyant en volutes, encerclant les sommets couverts de neige. Juste à la naissance de l'aube, c'était là le meilleur moment pour observer le voile, avant que le soleil ne fût assez fort pour le déchirer. Debout à sa fenêtre, il regardait les roses et les orangés du soleil levant, imaginait le brouillard chatouillant l'oreille de la montagne ou la tapotant sous le menton ou lui tressant un chapeau.

Bientôt lui parviendraient les bruits familiers de son père ouvrant la boutique, sortant balayer la terrasse, saluant les chiens qui y avaient passé la nuit. Il n'y avait jamais d'ennuis avec ces animaux; papa et eux avaient conclu un pacte : ils pouvaient dormir sur la terrasse, se nourrir de déchets, à condition de déguerpir au matin. Ce qu'ils faisaient, quoique à contrecœur, après lui avoir reniflé les chevilles. Dans la cuisine, maman remplissait la chaudière de boulets de charbon d'un noir brillant, mettait la bouilloire à chauffer, coupait le pain, surveillait la cuisinière.

C'était l'heure où l'arôme des œufs grésillant dans la poêle allait commencer à se répandre à l'étage et sur la terrasse, émissaire délivrant des messages appétissants à Maneck et à son père. Alors, délaissant le spectacle des pans de brume, Maneck se précipiterait vers son petit déjeuner, embrasserait ses parents, chuchotant un bonjour à chacun avant de s'asseoir à sa place. Son père, qui restait debout, buvait de grandes gorgées de thé dans une grosse tasse, réservée à son usage exclusif. Il buvait toujours sa première tasse en allant et venant dans la cuisine, observant par la fenêtre la vallée aux premières heures du matin. Quand Maneck était malade, un rhume par exemple, ou devait passer des examens à l'école, il avait la permission de boire dans la tasse de son père, au si grand contenu qu'il pensait ne jamais pouvoir en venir à bout, et pour-

tant il fallait qu'il continue à boire s'il voulait découvrir le dessin en forme d'étoile, au fond, qui changeait de couleur, apparaissait et disparaissait au gré
des clapotements du liquide.

Secouant son avant-bras trempé, Maneck essaya
de fermer le robinet — rondelle usée —, fixant sans
les voir les spirales de vapeur qui nimbaient son
baquet d'eau chaude. Son imagination, toute nostal-
gique, lui montrait les collines flottant à nouveau
dans le brouillard, passant de l'estompe au néant. Il
soupira, se hissa sur la haute marche ceinturant la
partie bain, suspendit ses vêtements au clou vide à
côté de celui où était accrochée sa serviette. Au troisième clou pendait un soutien-gorge, avec quelque
chose d'autre en dessous — fait dans un coton épais
et rêche, une sorte de gant sans doigts. Une mitaine
de bain, décréta-t-il après l'avoir examiné de près; il
descendit de sa marche, plongea le pot dans le
baquet et s'aspergea d'eau.

C'est alors qu'il vit les vers. *Phylum annelida,* il se
rappela l'avoir appris à son cours de biologie. Sortant de la canalisation, ils rampaient, visqueux et
rouge foncé, une innombrable colonne luisante sur
le sol de pierre grise, fascinante. Un instant pétrifié,
Maneck se réfugia d'un bond sur la margelle.

Lorsque, des semaines auparavant, Dina avait
appris que son futur pensionnaire était le fils d'une
de ses anciennes camarades de classe, sa mémoire
ne lui avait pas permis de mettre un visage sur le
nom.

« Elle avait un grain de beauté au menton, lui rappela Zenobia, et un nez légèrement crochu. Ce qui, à
mon sens, la rendait très jolie. »

Dina secoua la tête, toujours incapable de se souvenir.

« Est-ce que tu as la photo de la classe… ? voyons
— Zenobia compta sur ses doigts — 1946, 47, 48, 49 :
voilà, c'est ça, 1949.

— Nusswan ne me donnait pas l'argent pour

l'acheter. Tu as oublié comment était mon frère, après la mort de papa ?

— Non, je sais. Quel salaud ! Qui te faisait porter ces longues blouses ridicules et ces grosses chaussures, si laides. Ça me rend folle de rage, même après tant d'années.

— Et, à cause de lui, j'ai perdu contact avec tout le monde, excepté toi.

— Oui, je sais. Il ne te laissait pas chanter dans le chœur, jouer dans des pièces ou danser, ou faire quoi que ce soit. »

Toute la soirée elles s'adonnèrent au plaisir des réminiscences, riant aux bêtises et aux tragédies de leur passé, une certaine tristesse perçant souvent dans leur rire, car ces souvenirs étaient ceux de leur jeunesse. Elles évoquèrent leurs professeurs préférés, et miss Lamb, la directrice, surnommée Lambretta parce qu'elle était toujours en train de pétarader dans les couloirs. Elles calculèrent quel était leur âge quand elles avaient commencé à étudier le français et que leur professeur, dite Mademoiselle Bouledogue, terrorisait leur existence trois fois par semaine. On voulait voir dans ce surnom la preuve de la cruauté des gamines, mais le professeur le devait autant à la puissance de sa mâchoire qu'à sa façon pugnace de leur assener verbes irréguliers et conjugaisons.

Après le départ de Zenobia, Dina mesura une demi-tasse de riz, tria les grains pour en extraire les cailloux, fit bouillir l'eau. La dernière trace de jour avait disparu, elle dut allumer l'électricité dans la cuisine. Par la fenêtre ouverte, elle entendit une mère crier à ses enfants de cesser de jouer. Puis l'odeur d'oignons frits l'envahit. Tout en surveillant la cuisson du riz, elle se dit que, décidément, mieux valait rire de ses souvenirs que broyer du noir comme elle le faisait ces temps-ci, à propos de Nusswan et de Ruby, de ses neveux Xerxes et Zarir, âgés à présent respectivement de vingt-deux et dix-neuf ans, et qu'elle ne voyait guère plus d'une fois par an.

Après le dîner, elle s'assit à sa fenêtre, observant le vendeur de ballons, de l'autre côté de la rue, allécher les enfants qui passaient. Quelque part, une radio brailla l'indicatif de l'émission : « Vos Morceaux choisis ». Huit heures, se dit Dina, en entendant là voix de Vijay Correa présenter la première chanson. Elle travailla à son couvre-lit pendant une petite heure. Avant d'aller se coucher, elle savonna ses vêtements et les laissa dans le baquet, prêts pour le lavage.

Zenobia s'arrêta de nouveau chez elle le lendemain soir, en revenant du Venus Beauty Salon, et sortit une grande enveloppe de son sac. « Vas-y, ouvre-la, dit-elle.

— Oh! c'est la photo de la classe.

— Regarde, nous devions avoir dans les quinze ans. »

Elle pointa du doigt une fillette au deuxième rang.

« Oui, maintenant je me la rappelle. Aban Sodawalla. Encore qu'on ne voie pas son grain de beauté sur la photo.

— Ce que les filles pouvaient la taquiner à ce sujet. Et ce méchant poème que je ne sais plus qui a écrit, tu t'en souviens ? Aban Sodawalla est sans grâce, elle a besoin d'un soda pour se laver la face.

— Voyez le grain sur son menton, arrachez-le avec un poinçon, compléta Dina. Ce que nous pouvions être idiotes, à scander de telles absurdités.

— Je sais. Et à seize ans, toute notre bande d'écervelées essayait de copier son grain de beauté. De s'en peindre un. »

Dina étudia de nouveau la photographie.

« Je me la rappelle plus clairement dans les petites classes. Elle devait avoir huit ou neuf ans. Nous étions toujours toutes les trois ensemble. Elle était la meilleure au saut à la corde, n'est-ce pas ?

— Oui, exactement. La maîtresse nous appelait Ennuis avec un E majuscule, tu te souviens ? »

Elles rembrayèrent sur la nostalgie, là où elles l'avaient laissée la veille : les jeux auxquels elles se

295

livraient durant les vacances, courtes ou longues, le plaisir de se tresser les cheveux les unes les autres, comparant les rubans, échangeant leurs pinces. Et quand leurs seins avaient commencé à pousser, la façon qu'elles avaient de courber le dos pour essayer de dissimuler ces protubérances embarrassantes, ou de porter des cardigans, même par une chaleur torride, et quand elles discutaient de leurs premières règles, tout en marchant d'une drôle de façon, parce qu'elles n'étaient pas habituées aux serviettes hygiéniques. Et ensuite les taquineries à propos de baisers et de petits amis imaginaires, leurs rêves de promenades au clair de lune dans des jardins romantiques.

Ce qui les émerveilla le plus, durant ces années de leur formidable innocence, c'est qu'elles savaient quasiment tout de leurs vies réciproques. « Puis ton père a disparu, dit Zenobia. Et ton espèce de frère ne t'a plus permis d'avoir des amies. Mais tu sais, tu n'as pas manqué grand-chose — de toute façon, après la dernière année, nous avons pour la plupart perdu contact les unes avec les autres. »

Au sortir du lycée, certaines de leurs compagnes durent chercher un travail parce qu'elles étaient de familles pauvres ; d'autres allèrent à l'université et d'autres en furent empêchées parce que la fréquentation de ces établissements, leur dit-on, pouvait porter préjudice à leur future existence d'épouses et de mères — on les garda à la maison, pour apprendre la cuisine. S'il n'y avait pas de sœurs plus jeunes, la blouse et le tablier — l'uniforme de l'école — devenaient des chiffons bons à essuyer la cuisinière ou à transporter les plats trop chauds. Désormais, quand elles se rencontraient, les ex-écolières prenaient un air embarrassé, donnaient de vagues explications quant à leur façon de passer le temps comme si elles s'étaient entendues pour trahir leur jeunesse et leur enfance. Elles ne savaient quasiment plus rien de leurs anciennes compagnes.

« Tu es la seule avec qui je suis restée en relation — toi, et Aban Sodawalla, bien entendu », dit Zenobia.

Elle poursuivit l'histoire de leur camarade de classe : peu après qu'Aban eut obtenu son diplôme, des amis de sa famille la présentèrent à un certain Farokh Kohlah, qui visitait la ville et qui possédait un commerce dans le Nord, très loin, dans une station d'altitude. La famille Sodawalla le trouva immédiatement à son goût. Un jeune Parsi, grand et élancé, avait dit Mr Sodawalla, et qui avait si fière allure grâce à la vie saine qu'on menait dans ses montagnes... Mrs Sodawalla fut plus sensible à la pigmentation de la peau du jeune gentleman. Pas blanche, comme un fantôme européen, dit-elle à ses amies, mais claire et dorée.

L'année suivante, la famille Sodawalla prit des vacances stratégiques dans la station de montagne. Et la stratégie produisit les effets souhaités. Aban tomba amoureuse de Farokh Kohlah et de la beauté du site. Par conséquent, elle s'y maria et s'y installa.

« Elle continue à m'écrire, fidèlement, une fois par an, dit Zenobia. C'est ainsi que j'ai su qu'elle cherchait une chambre pour son fils.

— Pour ma plus grande chance, dit Dina. Merci de ton aide.

— Je t'en prie. Mais Dieu sait comment Aban a réussi à passer toutes ces années dans une si petite ville, à la montagne. Elle qui est née et a grandi dans notre belle cité. En toute honnêteté, moi je serais devenue folle.

— S'ils possèdent leur propre affaire, ils doivent être riches », dit Dina.

Zenobia protesta :

« Quelle richesse peut-on obtenir, de nos jours, avec une petite boutique dans un petit trou de montagne ? »

A une époque, pourtant, la famille de Maneck avait été extrêmement fortunée. Des champs de céréales, des vergers de pommes et de pêches, un contrat lucratif d'approvisionnement des cantonnements militaires le long de la frontière — Farokh

Kohlah avait hérité de tout cela, et il s'en occupait bien, faisant croître et multiplier son patrimoine en vue de son mariage et du fils qui ne manquerait pas de naître.

Mais bien avant cette naissance si ardemment attendue, il y en eut une autre, un accouchement beaucoup plus sanglant, celui de deux nations à partir d'une seule. Un étranger dessina une ligne magique sur une carte et l'appela la nouvelle frontière ; elle devint un fleuve de sang sur la terre. Et les vergers, les champs, les usines, les affaires qui se trouvaient du mauvais côté disparurent d'un geste de la baguette du pâle illusionniste.

Dix ans plus tard, quand Maneck vint au monde, Farokh Kohlah, piégé par l'Histoire, continuait à se rendre régulièrement dans les tribunaux de la capitale, pris dans les filets du plan gouvernemental de compensation, tandis que les deux pays se renvoyaient dossiers et diplomates. Entre deux voyages, il aidait sa femme à gérer leur Magasin général de fournitures en tout genre. La boutique était tout ce qui lui restait de sa vaste fortune, car située du bon côté de la ligne magique.

Pendant des années, la boutique avait vivoté, davantage un hobby ou une sorte de club qu'une affaire. Maintenant que les véritables sources de revenu avaient disparu, il fallait en tirer le maximum.

Aban Kohlah révéla des dons innés de gestionnaire. « Je peux très bien m'occuper de tout, dit-elle à son mari. Tu as des choses plus importantes à faire. »

On installa un berceau derrière le comptoir afin qu'elle ne fût pas séparée de son fils. Elle passa les commandes, tint les comptes, garnit les étagères, servit les clients et, à ses moments de liberté, contempla avec bonheur, depuis l'arrière-boutique, la vue merveilleuse de la vallée. La vie à la montagne lui convenait parfaitement.

Au début, Farokh Kohlah avait craint que sa

femme ne regrette la ville et ses parents. Qu'une fois épuisés les charmes exotiques de ce nouvel endroit, elle ne commence à se plaindre. Ses craintes se révélèrent sans objet ; l'amour d'Aban pour ce lieu ne fit que croître avec les années.

Bientôt, Maneck déserta le berceau et commença à ramper autour du comptoir, à chanceler au milieu des étagères. Mrs Kohlah n'eut plus assez de toute sa vigilance, affolée à l'idée qu'il se fasse dégringoler des choses sur la tête. Mais chaque fois qu'elle devait le quitter de l'œil, les clients prenaient le relais, jouaient avec lui, l'amusaient avec des pièces de monnaie et des porte-clefs, ou avec leurs écharpes et leurs châles aux vives couleurs. « Bonjour, baba ! Ting-ting ! Baba, ak-koo ! »

A l'âge de cinq ans, Maneck aidait fièrement ses parents dans la boutique. Debout derrière le comptoir, ses cheveux noirs dépassant à peine du rebord, il attendait la demande du client. « Je sais où c'est ! Je vais le chercher ! » disait-il en se précipitant vers l'article désiré, sous les regards aimants de Mrs Kohlah et de l'acheteur.

L'année suivante, il entra à l'école, mais il continua d'aider le soir. Il mit au point un système pour les clients réguliers, préparant à l'avance et disposant sur le comptoir leurs achats quotidiens — trois œufs, une tranche de pain, un petit paquet de beurre, quelques biscuits.

« Regardez mon fils, disait Mr Kohlah plein de fierté. Juste six ans, et quel sens de l'initiative et de l'organisation. » Il savourait le bonheur de voir Maneck accueillir les clients et bavarder avec eux, leur parler de la bande de singes agressifs qu'il avait vus du bus, le matin, en se rendant à l'école, ou se joindre à la discussion concernant la cascade qui s'était tarie. Maneck montrait tout naturellement les manières aisées d'un citadin, et son père se réjouissait de le voir si bien se mêler aux autres.

Parfois, au crépuscule, dans l'agitation de la boutique, Mr Kohlah, entouré de sa femme, de son fils et des clients, qui étaient aussi des amis et des voisins, oubliait presque les pertes qu'il avait subies. Oui, pensait-il alors, la vie était encore bonne.

Les Kohlah vendaient des journaux, diverses variétés de thé, de sucre, de pain et de beurre ; plus des bougies et des conserves au vinaigre, des torches et des ampoules électriques, des biscuits et des couvertures, des balais et des chocolats, des écharpes et des parapluies ; plus des jouets, des cannes de marche, du savon, de la ficelle, liste non exhaustive. Aucune tentative de sélection — juste l'épicerie de base, les objets nécessaires à la tenue d'une maison, et quelques produits de luxe.

Cette conception sans prétention du commerce faisait de la maison Kohlah la favorite des habitants du cru ainsi que des villages voisins. Si quelqu'un ne pouvait se permettre d'acheter un paquet entier, disons, de biscuits, Mrs Kohlah ne rechignait pas à ouvrir le paquet et à ne vendre que la moitié du contenu, sûre que quelqu'un d'autre serait preneur de l'autre moitié. Quand un article manquait, Mr Kohlah ne demandait pas mieux que de le commander, du moment que le client n'était pas fixé sur la date de livraison. Et même en cas de date impérative, il n'y avait pas grand-chose que l'on pût faire parce que les livraisons dépendaient des routes, que les routes dépendaient du temps, et que le temps, comme tout le monde le sait, dépend de Celui Qui Est Là-Haut. Les quotidiens du matin arrivaient en général en début de soirée, quand les clients réguliers se rassemblaient sur la terrasse pour fumer, boire du thé et discuter des nouvelles au fur et à mesure qu'ils les lisaient, criant les gros titres à l'intention de Mr Kohlah, si celui-ci était en train de bricoler dans la boutique.

Malgré cette impressionnante diversité d'articles, la solidité de la maison reposait sur une arme secrète, une formule de limonade qui existait dans la famille depuis quatre générations. Elle se fabriquait dans la cave, depuis le mélange jusqu'à la mise en bouteilles. Un employé lavait et préparait les bouteilles vides, remplissait les caisses pour la livraison. Afin de conserver le secret de la formule, Mr Kohlah se chargeait lui-même de la fabrication ; comme en attestait le bandeau qu'il portait sur l'œil et qui dissimulait le trou causé par l'explosion d'une bouteille défectueuse dont le contenu avait fermenté.

Un mouchoir posé sur le visage, il était monté trouver sa femme. Mariés depuis à peine un an, c'était leur première crise. Allait-elle pleurer, crier, s'évanouir, ou saurait-elle garder son sang-froid ? Il était aussi curieux de voir la réaction de sa femme que soucieux de son œil.

Enceinte de sept mois, Aban Kohlah fit preuve d'une grande maîtrise de soi. « Farokh, veux-tu d'abord un peu de cognac ? » Il dit oui. Elle en avala elle-même une gorgée, puis le conduisit à l'hôpital, dans la vallée. Le docteur lui dit qu'il avait de la chance d'être vivant — ses lunettes avaient atténué la force du projectile, l'empêchant d'atteindre le cerveau. Mais on ne pouvait sauver l'œil.

On n'allait pas en faire un drame, dit Mr Kohlah. « Un œil suffit bien pour ce que je m'attends à voir », dit-il en touchant le ventre rebondi de sa femme. Sans compter que, ajouta-t-il, la laideur du monde ne le dérangerait plus que moitié moins.

Une fois la cavité cicatrisée, il refusa qu'on lui pose un œil de verre. Le bandeau fit partie de sa parure quotidienne. Il le porta pour travailler dans la boutique et lors de réunions mondaines. Mais durant ses longues promenades du soir à travers la forêt à flanc de coteau, quand il admirait pour la énième fois la beauté du lieu tout en mâchonnant une carotte, le bandeau restait dans sa poche.

Se prévalant de la perte de son œil, il se laissa aller à son penchant pour les carottes. Mrs Kohlah y avait mis un frein sous le prétexte que, aussi bon aliment que fût la carotte, toute manie était une mauvaise chose. Désormais, elle dut laisser cette passion s'exprimer sous toutes ses formes : en jus, en salade, en qualité de compagnon de promenades.

« J'ai besoin de carottes, insista Mr Kohlah. Mon unique œil doit garder plus que jamais son acuité, il a un double travail à faire. »

Dès qu'il commença à grandir, leur petit garçon sut tout de la manie de son père. Quand il se faisait réprimander, pour une bêtise quelconque, il volait une carotte dans la cuisine et l'apportait à son père, en offrande de paix, risquant une nouvelle réprimande, mais cette fois de sa mère.

Après l'accident, Mr Kohlah redoubla de précautions dans la cave. Personne n'eut le droit de se tenir dans les parages pendant que les vieilles machines fatiguées, cliquetant et sifflant, remplissaient les bouteilles du Cola Kohlah pétillant, et le tiroir-caisse des espèces sonnantes si nécessaires.

Ses amis, inquiets pour sa sécurité, dissimulaient leurs craintes sous des plaisanteries. « Attention, Farokh, ça peut être dangereux d'aller là-dessous. C'est aussi risqué d'extraire du cola que d'extraire du charbon. » Mais il se contentait de rire avec eux.

Renonçant à toute astuce, ils lui dirent qu'il devrait sérieusement envisager de remplacer cet appareillage démodé, et réfléchir au moyen de moderniser et d'augmenter la production. « Écoute, Farokh, sois rationnel. Le Cola Kohlah est si bon qu'il mérite d'être connu dans tout le pays, pas seulement dans notre petit coin. »

Mais les notions de modernisation, d'expansion étaient étrangères, incompréhensibles même, à quelqu'un qui refusait toute forme de publicité. Le Cola Kohlah (le Céka, disait-on) était célèbre dans tous les petits villages perchés sur les collines alentour. Cette réputation, il la devait au bouche à oreille, et ce qui avait été assez bon pour ses ancêtres, disait Farokh, était assez bon pour lui.

De temps à autre, des concurrents surgissaient, annonçaient à grands sons de trompe des produits rivaux, mais bien vite ils renonçaient, incapables de soutenir la comparaison avec le Coca de la famille Kohlah. Rien ne pouvait se mesurer au Céka, proclamaient les fidèles clients — à sa saveur, aussi délicieuse et inégalable que l'air des montagnes. La limonade et le Magasin général prospérèrent.

Ainsi, quand le temps vint pour Maneck d'aller à l'école, l'affaire avait une assise solide. Mr Kohlah attendait le jour où il révélerait à Maneck le secret de la formule, comme son propre père l'avait fait avec lui. Il affichait un air de contentement, un orgueil tranquille d'avoir survécu à l'épreuve du feu, qui se manifestait au cours des réunions du soir entre voisins, quand la conversation dérivait sur le passé, sur les histoires qui avaient marqué leur vie. Et quand arrivait le tour de Mr Kohlah, il racontait les jours de gloire de sa famille, non pour s'apitoyer sur lui-même ou par une fausse idée de grandeur, ni pour vanter sa réussite actuelle, mais comme une leçon d'existence, comment vivre sur une frontière — les cartes modernes pouvaient le ruiner, elles ne pourraient déplacer ses rêves.

Bien entendu, toutes ces histoires avaient déjà été racontées, dix fois plutôt qu'une, mais on trouvait toujours le moyen d'y revenir. Et Mr Kohlah n'était pas le dernier à se montrer capable de répétitions.

La plupart de leurs amis, à lui et à Mrs Kohlah, étaient des militaires qui, après une carrière menée dans des cantonnements, au style de vie britannique, avaient choisi de se retirer avec leur épouse dans ces montagnes, incapables de se réhabituer aux plaines poussiéreuses et aux villes malodorantes. Eux aussi avaient leur lot d'histoires à raconter sur les jours enfuis, quand discipline signifiait discipline et n'était pas ce mot galvaudé que l'on employait maintenant. Quand les chefs commandaient, que chacun connaissait sa place dans l'ordre des choses, et que la vie se déroulait sur un mode planifié, où la menace quotidienne du chaos n'existait pas.

Généraux de brigade, commandants et colonels, ils venaient prendre le thé chez les Kohlah, harnachés et bottés, selon leurs propres termes, montre au gousset et cravate autour du cou. Cet apparat, qu'un esprit à tendance rationaliste aurait pu trouver comique, possédait une vertu de talisman pour ceux qui l'arboraient. C'était tout ce qui se dressait entre eux et le désordre frappant à leur porte. Mr Kohlah lui-même avait une prédilection pour le nœud papillon. Mrs Kohlah servait le thé dans de la porcelaine d'Aynsley ; les couverts étaient du Sheffield. Pour un grand dîner, à l'occasion de Navroze ou de Khordad Sal, elle sortait le service de Wedgwood.

« Un si joli motif, disait Mrs Grewal. Quand apprendra-t-on à faire d'aussi belles choses dans ce pays ? »

Le général et Mrs Grewal étaient les plus proches voisins des Kohlah ; ils passaient souvent les voir. Quant à Mrs Grewal, elle dirigeait, sans la moindre contestation, l'armée des épouses de militaires. A son exemple, l'une donnait une petite tape à un verre de cristal afin de vérifier la pureté du son ; une autre retournait une assiette pour regarder avec vénération le monogramme du fabricant. L'éloge se distribuait à parts égales entre la nourriture et la vaisselle qui la contenait. Pour un jour encore, le chaos restait à la porte.

Puis la conversation en venait, comme d'innombrables fois auparavant, au cauchemar qui ne cesserait de les hanter jusqu'à la fin de leur vie — ils disséquaient la Partition, dévidaient la chronologie des événements, pleuraient ce massacre insensé. Le général Grewal se demandait si on verrait jamais les deux parties se ressouder. Mr Kohlah tapotait son bandeau et disait que tout est possible. La consolation, comme toujours, ils la trouvaient dans une critique brouillonne des colonisateurs qui, trop lâches pour en finir proprement, étaient partis en catastrophe — la nostalgie des anciens jours venant toutefois tempérer ce discours.

A l'issue de telles soirées, Mr Kohlah se demandait ce qui pouvait bien troubler son plaisir — comme si quelqu'un ou quelque chose essayait, non pas de le saper, mais de l'altérer. Il aimait beaucoup ces dîners et ces thés, et n'aurait pour rien au monde voulu les manquer; pourtant il y flottait un sentiment de malaise, comme une odeur qui n'aurait pas dû s'y trouver, une odeur de pourriture.

Il lui fallait un jour ou deux pour retrouver son équilibre. Alors il se disait que oui, décidément, la décision qu'il avait prise de ne pas quitter ses montagnes était la bonne, que c'était toujours un bon endroit pour y faire vivre sa famille. « L'air et l'eau y sont si purs, les montagnes si belles, et les affaires marchent très bien », écrivait-il avec Mrs Kohlah à leurs parents qui, régulièrement, les conjuraient de partir. « Nulle part ailleurs Maneck ne peut avoir de meilleures perspectives d'avenir. »

L'eût-on consulté que Maneck eût manifesté sa totale approbation; avenir ou pas, le présent à lui seul lui suffisait, l'univers heureux dans lequel se déroulait son enfance. Ses journées étaient riches et pleines — école le matin et l'après-midi, puis le Magasin général, et enfin, tard dans la soirée, une promenade en compagnie de son père, où il avançait d'un pas viril pour se maintenir à sa hauteur, sans quoi papa le taquinait, lui disant qu'on abandonne toujours les traînards.

Le meilleur des jours, toutefois, était le dimanche. Les dimanches, un gaddi nommé Bhanu venait s'occuper du grand jardin derrière la maison. Toute la semaine Maneck attendait avec impatience de se retrouver avec Bhanu, pour parcourir la propriété et effectuer des travaux sous sa direction. Le plus intéressant se trouvait à un peu plus de cinquante mètres, dans le terrain qui amorçait sa descente à flanc de colline, couvert d'une végétation sauvage, buissons, arbres et un épais sous-bois. Bhanu lui apprenait le nom de fleurs et de plantes étranges qui ne poussaient pas devant la maison au milieu des roses, des lis et des œillets d'Inde. Il lui indiquait le datura mortel et son antidote, les feuilles qui atténuent l'effet du poison de certains serpents, d'autres qui soignent les maux d'estomac, les tiges dont le suc guérit les coupures et les blessures. Il lui montrait comment presser une gueule-de-loup pour lui faire ouvrir les lèvres. Plus tard, à la saison du givre, alors que l'après-midi touchait à sa fin, ils ramassaient des brindilles et des branches mortes et allumaient un feu.

Parfois Bhanu amenait sa fille, Suraiya, qui avait le même âge que Maneck. Alors, Maneck partageait son temps entre les travaux et les jeux. A midi, Mrs Kohlah appelait les enfants pour le déjeuner. Suraiya avait peur de manger à table ; chez elle, il n'y avait pas de chaises. Il fallut plusieurs visites pour qu'elle accoure et prenne sa place sans hésiter. Bhanu continuait à manger dehors.

Un après-midi, Suraiya s'accroupit au milieu des buissons, là-bas sur la pente. Maneck attendit un moment pour être sûr qu'on ne le voyait pas, puis la suivit, curieux. Quand il approcha, elle sourit. Il entendit le doux chuintement, se courba pour regarder. Le petit ruisseau avait produit une flaque écumante.

Il déboutonna son pantalon et projeta un arc liquide.

« Je sais faire soo-soo debout », dit-il.

Riant, elle se reculotta.

« Mon frère aussi, il a un petit soosoti comme le tien. »

Désormais, aller dans les buissons chaque fois que Suraiya venait avec son père devint un rituel. Peu à peu, leur curiosité les poussa à des examens anatomiques plus sérieux.

« Qu'y a-t-il ? demandait Mrs Kohlah quand ils rentraient pour le thé. Pourquoi gloussez-vous tout le temps ? »

Les dimanches suivants, elle les surveilla depuis la fenêtre de la cuisine, et les vit se diriger à plusieurs reprises vers la pente, là où ses yeux ne pouvaient plus les suivre. Ses diverses tentatives pour les surprendre échouèrent lamentablement. Ils l'entendaient marcher et, avant qu'elle ne soit trop près, s'enfuyaient en riant.

306

Elle finit par confier ses soupçons à Mr Kohlah. « Farokh, je crois que tu devrais garder un œil sur Maneck quand Suraiya est là.

— Pourquoi, qu'a-t-il fait ?

— Eh bien, ils vont dans les buissons. Elle rougit. Je n'ai rien vu, mais...

— Le petit sacripant », sourit Mr Kohlah.

Le dimanche suivant il resta dans le jardin, supervisant le travail de Bhanu et patrouillant dans les parages. Cela devint une routine pour le restant de l'année. Les enfants durent faire appel à toute leur ruse pour échapper au regard scrutateur de l'adulte.

Quand Maneck eut terminé l'école élémentaire, Mr Kohlah commença à envisager la possibilité de l'envoyer dans un internat. La qualité de l'instruction prodiguée par le collège local s'était effroyablement dégradée. Le général Grewal et tous les autres approuvèrent : « Une bonne éducation, c'est ce qui compte le plus », dirent-ils.

Le pensionnat sur lequel se porta leur choix se trouvait à huit heures d'autobus. Maneck détesta cette décision. L'idée de quitter ses montagnes — tout son univers — le plongea dans la panique. « J'aime mon école d'ici, plaida-t-il. Et comment pourrai-je travailler dans le magasin le soir si vous m'envoyez au loin ?

— Arrête de t'inquiéter pour ce travail, tu n'as que onze ans, dit Mr Kohlah en riant. Il faut d'abord que tu profites de ton enfance. Tu verras, ce sera très amusant de vivre avec des garçons de ton âge. Tu adoreras la pension. Et tu retrouveras le magasin quand tu reviendras pour les vacances. »

Maneck apprit à supporter le pensionnat mais pas à l'aimer. Il éprouvait un sentiment de trahison. Pas un jour ne s'écoulait sans qu'il se rappelle sa maison, ses parents, le magasin, les montagnes. Ses camarades de classe lui paraissaient très différents des garçons qu'il avait connus. Ils se comportaient comme s'ils s'estimaient meilleurs que lui. Les plus âgés parlaient des filles et tripotaient les plus jeunes. L'un d'entre eux lui montra un jeu de cartes illustré d'images de femmes nues. La tache noire entre leurs jambes l'horrifia. Impossible, se dit-il, se souvenant de la cavité douce, au joli murmure, de Suraiya, les images ne pouvaient qu'être fausses.

« C'est des poils — c'est ainsi que ça doit être, dit le garçon. Ce sont des vraies photos. Regarde, je vais te montrer. »

Il déboutonna son pantalon, révélant ses poils pubiens et libérant son pénis en érection.

« Mais tu es un garçon, ça ne prouve rien pour les filles », dit Maneck.

Il voulut regarder les cartes de plus près. Le garçon n'accepta que si Maneck lui faisait une faveur. Il le serra contre lui, se frotta à lui en geignant. Un son étrange, pensa Maneck, comme s'il essayait de faire kakka. Après avoir éjaculé, le garçon lui tendit les cartes.

Maneck retourna chez lui pour les vacances de Divali, laissa passer deux jours, puis s'efforça de convaincre ses parents de ne pas le renvoyer là-bas. Il insista au point que Mr Kohlah se fâcha. « Je ne veux plus rien entendre, le sujet est clos », dit-il.

Maneck alla se coucher sans souhaiter bonne nuit à ses parents. Cette omission le tourmenta longtemps, laissant un creux que le sommeil refusa de combler. Il entendit sonner minuit et songea à se rendre dans la chambre de ses parents pour se faire pardonner ce défi imbécile. Mais l'orgueil et la crainte de provoquer à nouveau la colère de papa le retinrent dans son lit.

Levé à l'aube, il embrassa sa mère, devant la cuisinière, murmura bonjour, puis, évitant son père debout à la fenêtre, se glissa sur sa chaise. « Sa jeune seigneurie boude toujours », dit Mr Kohlah en souriant.

Maneck regarda le fond de sa tasse, la mine pincée. Il ne voulait pas se laisser aller à sourire en retour.

C'était dimanche, et Bhanu vint comme d'habitude travailler au jardin. Suraiya ne l'accompagnait pas. Maneck attendit un peu avant de demander après elle.

« Elle est avec sa mère, dit Bhanu. Désormais elle restera avec elle. »

Un autre pan de l'univers de Maneck s'effondrait. Après le déjeuner, il ne retourna pas au jardin. Le prenant à part, Mrs Kohlah lui dit que ce n'était pas gentil de se montrer si injuste envers papa qui l'aimait tant. « C'est pour ton bien qu'il t'envoie dans une bonne école. Tu ne devrais pas prendre ça pour une punition. »

Le soir, Mr Kohlah invita son fils à s'asseoir à côté de lui sur le canapé. « Le pensionnat, ce n'est pas pour toujours. Et souviens-toi, tu nous manques beaucoup plus à maman et à moi que nous ne te manquons. Mais quel choix avons-nous ? Tu ne voudrais pas être un ignorant, incapable de lire et d'écrire, comme ces pauvres gaddis qui passent leur vie entière, gelés et affamés, avec quelques moutons ou quelques chèvres, luttant pour leur survie ? Rappelle-toi, on abandonne toujours les traînards. Quand tu auras ton diplôme à la fin de l'école secondaire, dans six ans, tu n'auras plus besoin de partir. Tu prendras la responsabilité de l'affaire. »

Maneck s'autorisa un sourire. « En fait, poursuivit son père, plus vite ça arrivera, mieux ce sera pour moi. Je pourrai me détendre et aller marcher toute la journée. »

Le lendemain matin, au petit déjeuner, Mr Kohlah l'autorisa à boire dans la grande tasse. Puis il le laissa s'asseoir derrière la caisse et rendre la monnaie aux clients. Le souvenir de cette journée accompagna Maneck pendant le reste de l'année scolaire. Il le convoquait chaque fois que la douleur de l'éloignement se manifestait, comme contrepoids à son désespoir, à son sentiment d'abandon et de solitude.

Six années lui avaient paru une éternité, pourtant le temps en grignota trois, tranquillement. Maneck eut quatorze ans, et revint passer les vacances de mai à la maison.

Pour la première fois, il allait se retrouver livré à lui-même pendant deux jours, ses parents devant se rendre à un mariage. Au lieu de fermer et d'envoyer Maneck chez des voisins, Mr Kholah décida, à titre de récompense particulière, de l'autoriser à s'occuper seul de la boutique.

« Il te suffira de faire ce que nous faisons, dit-il. Et tout ira comme sur des roulettes. N'oublie pas de compter les caisses de limonade qu'emporte le chauffeur. Et téléphone pour le lait de demain — c'est très très important. S'il y a un problème, appelle oncle Grewal. Je lui ai dit de venir, dans la soirée, s'assurer que tout va bien. »

Mr et Mrs Kholah firent une fois de plus le tour du magasin avec Maneck, lui rappelant ceci, pointant cela, puis ils partirent.

La journée s'écoula comme n'importe quelle autre. Avec des pics d'activité suivis de périodes de calme, durant lesquelles il essuya les bocaux de verre, dépoussiéra les étagères, lava le comptoir. Les habitués s'enquirent des raisons de l'absence de ses parents, louèrent ses capacités. « Regardez-moi ce garçon, qui sait si bien briquer la boutique. Il mérite une médaille.

— Farokh et Aban pourraient prendre leur retraite demain, s'ils le voulaient, dit le général Grewal. Aucune inquiétude à avoir, avec le maréchal Maneck à la tête du Magasin général. »

Une boutade qui déclencha un rire général.

En fin d'après-midi, quand le jour commença à décliner, que le calme régna, Maneck sortit allumer la lanterne de la terrasse, fier du travail qu'il avait accompli. L'heure de la fermeture approchait. Il ne restait plus qu'à vider la caisse, compter l'argent et en inscrire le montant dans le registre. Il contempla l'intérieur du magasin. Le grand bocal en verre, au centre, contenant savons et poudre de talc — il ferait bien meilleur effet placé sur le devant. Et la vieille table aux journaux près de l'entrée, tout éraflée et branlante — est-ce que ça ne serait pas mieux de la repousser sur le côté?

Tout en réchauffant son repas, Maneck tourna et retourna l'idée dans sa tête, et elle lui parut de plus en plus séduisante. Il pouvait très facilement effectuer ces changements sans l'aide de personne. Quelle surprise ce serait pour maman et papa, à leur retour!

Quand il eut fini de dîner, il retourna au magasin, alluma la lumière et traîna la vieille table sur le côté. Il eut plus de mal avec le bocal, lourd et encombrant. Il commença par le vider, puis le poussa jusqu'à son nouvel emplacement. Ensuite de quoi, il remit en place les boîtes de conserve et les cartons, non pas en tas disgracieux comme auparavant, mais en pyramides et en constructions hélicoïdales. Parfait, se dit-il en reculant pour admirer son œuvre. Puis il alla se coucher.

Le lendemain soir, Mr Kohlah revint et nota les changements. Sans prendre le temps d'embrasser son fils ni de demander comment les choses s'étaient passées, il lui dit de fermer la porte et d'y accrocher l'affichette : *Fermé*.

« Mais il reste encore une heure, s'étonna Maneck, impatient de recevoir les éloges de son père.

— Je sais. Ferme néanmoins. »

Alors son père lui ordonna de tout remettre dans l'ordre ancien. Aucune trace d'émotion ne perçait dans sa voix.

Maneck aurait préféré une bonne réprimande ou une gifle, n'importe quelle autre sorte de punition. Mais ce mépris, ce refus de discuter, était abominable. L'angoisse succéda à l'enthousiasme, il se sentit au bord des larmes.

Touchée, sa mère intervint : « Mais, Farokh, tu ne trouves pas joli ce que Maneck a fait?

— Que ce soit joli ou non n'est pas la question.

Quelles instructions lui avons-nous données quand nous lui avons confié le magasin ? Et voilà comment il nous remercie de notre confiance ? Ce qui est en cause, c'est la discipline, l'obéissance, et non le fait que ce soit joli ou pas. »

Maneck remit les choses à leur place, mais déclara qu'il ne s'aventurerait plus dans le magasin jusqu'à la fin des vacances. « Papa n'a pas besoin de moi, dit-il amèrement à sa mère. Il n'a besoin que d'un domestique. »

La nuit, au lit, elle informa Mr Kohlah que Maneck était profondément blessé. « Ça ne m'a pas échappé, dit-il, reculant sa tête sur l'oreiller. Mais il doit apprendre à marcher avant de courir. C'est mauvais pour un garçon de croire qu'il sait tout avant d'avoir appris. »

Elle persévéra, et finit par réussir, juste avant que les vacances ne s'achèvent. La paix revint entre le père et le fils, un matin que Mr Kohlah, ayant décidé de changer le contenu d'un bocal, appela Maneck pour lui demander son avis. Puis ils recommencèrent à travailler côte à côte dans la cave, Maneck descendant les bouteilles vides et lavées, et remontant les caisses de Céka.

Le dernier soir, au moment d'arrêter la machine, Mr Kohlah dit : « Tu vas me manquer, demain, quand tu seras parti. » Les derniers soubresauts du moteur couvrirent ses mots, qui flottèrent, désemparés, dans l'air humide de la cave. En remontant l'escalier, il serra Maneck dans ses bras.

Quand il avait dû partir pour le pensionnat, ce n'était pas la première fois que Maneck quittait, involontairement, ses montagnes. Ça lui était déjà arrivé, à l'âge de six ans, quand sa mère l'avait emmené rendre visite à sa famille, dans la grande métropole. Le voyage en train avait duré deux jours. La hauteur des immeubles, la munificence des cinémas, qui ressemblaient à des palais, l'avalanche de voitures, d'autobus, de camions, l'éclairage rutilant des rues à la tombée de la nuit, tout cela l'avait fasciné. Mais passé les premiers jours, son père lui avait terriblement manqué. Il ne se tenait plus de joie en rentrant chez lui.

« Je ne quitterai plus jamais les montagnes, dit-il. Plus jamais, jamais. »

Mrs Kohlah chuchota quelque chose à l'oreille de Mr Kohlah qui était venu les attendre sur le quai de la gare. Il sourit, embrassa Maneck et dit qu'il en était de même pour lui.

Mais bientôt le jour arriva où ce furent les montagnes qui se mirent à les quitter. Cela commença avec les routes. Des ingénieurs en casque colonial débarquèrent avec leurs instruments sinistres et reportèrent leurs croquis sur des rames de papier. Ils allaient construire des routes modernes, promirent-ils, qui résonneraient du roulement de la circulation moderne. Des routes, larges et solides, qui remplaceraient les chemins de montagne, spectaculaires mais trop étroits pour satisfaire les visions grandioses des constructeurs de la nation et des fonctionnaires de la Banque mondiale.

Un matin, sur le site des travaux, on passa une guirlande de fleurs au cou d'un ministre, au son d'un orchestre. Il s'agissait de la Fanfare de Marche Bhagatbhai Naankhatai : trois instruments à vent, deux tambours et une grosse caisse. Les musiciens portaient un uniforme blanc, avec les initiales FMBN brodées en fil d'or sur le dos et peintes en rouge sur la grosse caisse. La spécialité de la fanfare, c'était les cortèges de mariage, aussi le programme ministériel comprenait-il les litanies de la mère de la mariée, les lamentations de la belle-mère de la mariée, l'arrivée triomphale du marié, une ode à la marieuse et un hymne à la fertilité. Mais la FMBN sut adapter le répertoire à l'occasion. Les tambours tambourinèrent à une cadence militaire, proclamant la marche du progrès, tandis que le trombone délaissait ses sanglotants glissandi matrimoniaux au profit d'un staccato plein de flamme.

Retenue pour former le public, la cohorte des villageois sans emploi poussa des cris d'enthousiasme, impatiente de toucher sa rétribution. On prononça des discours du haut d'une estrade improvisée. Le ministre empoigna une pioche dorée, la balança, et manqua sa cible. Il sourit à la foule, et recommença.

Les dignitaires partirent, les ouvriers débarquèrent. Au début, les progrès furent lents, si lents que Mr Kohlah et tous les habitants des montagnes nourrirent un espoir irrationnel : jamais les travaux n'aboutiraient, leur petit paradis demeurerait indemne. Entre-temps, le général Grewal et lui organisèrent des réunions à l'intention des citadins, où ils stigmatisèrent la politique de développement à outrance, une politique à courte vue, l'avidité qui sacrifiait la beauté naturelle du pays au démon du progrès. Ils signèrent des pétitions, les déposèrent entre les mains des autorités, et attendirent.

Mais la route continua à gagner, mètre par mètre, avalant tout au passage. Les pans de leurs belles collines se couvrirent de balafres et d'entailles. Vues d'en haut, ces pistes ressemblaient à des fleuves de boue défiant les lois de la gravité, comme si la nature était devenue folle. Tôt le matin, on commençait à entendre le tonnerre lointain des explosifs et le grondement des excavatrices, et le spectacle de la brume à l'aube se transforma en cauchemar.

Mr Kohlah assista, impuissant, à la pose de l'asphalte, transformant les fleuves marron en rubans noirs, achevant la métamorphose du pays qui l'avait vu naître et où ses ancêtres avaient vécu comme au paradis. Pour la seconde fois, il vit des caractères tracés sur un bout de papier ruiner la vie de sa famille. A la différence que, cette fois-ci, il s'agissait d'une cartographie dressée par un ingénieur indigène et non pas d'une carte dessinée par une puissance impériale étrangère.

Quand les travaux furent terminés, le ministre revint couper le ruban. Durant les années qui s'étaient écoulées depuis la cérémonie du premier coup de pioche, il avait gagné en corpulence, mais n'avait rien perdu en balourdise. Il se traîna jusqu'au ruban et laissa tomber les ciseaux dorés. Sept adulateurs zélés se précipitèrent à sa rescousse. Il s'ensuivit une mêlée dont sortit vainqueur le plus fort qui restitua les ciseaux au ministre. Lequel jeta aux zélotes un regard féroce pour avoir attiré l'attention sur une simple maladresse, puis sourit à la foule et coupa le ruban, à grand renfort de moulinets. La foule applaudit, la Fanfare de Marche Bhagatbhai Naankhatai se déchaîna et, grâce au tintamarre des instruments à vent désaccordés, personne ne remarqua le combat silencieux du ministre pour extraire des ciseaux ses doigts boudinés.

Le temps des cadeaux promis était arrivé. Des camions grands comme des maisons pénétrèrent au cœur des montagnes, transportant des marchandises et viciant l'air de leurs gaz d'échappement. Des stations-service et des lieux de restauration surgirent le long des routes, au profit des machines et des hommes. Et les promoteurs se mirent à construire des hôtels de luxe.

Cette année-là, quand Maneck rentra chez lui pour les vacances, l'état d'irritation perpétuelle dans lequel il trouva son père l'intrigua, avant de l'inquiéter. Pas un jour ne s'écoulait sans que des disputes éclatent entre eux, parfois même en présence des clients.

« Qu'est-ce qu'il a ? demanda Maneck à sa mère. Quand je suis là, il m'ignore ou me cherche querelle, et quand je suis à l'école il m'écrit pour me dire combien je lui manque.

— Il faut que tu comprennes, les gens changent quand les temps changent. Ça ne signifie pas qu'il ne t'aime pas. »

Ces malheureuses vacances, Mrs Kohlah s'en souviendrait aussi comme de l'époque où Maneck perdit l'habitude d'embrasser ses parents le matin en leur souhaitant le bonjour. La première fois qu'il descendit et s'assit en silence, sa mère attendit, le dos tourné à la table et la poêle à la main, que se calme

315

l'angoisse qui lui tordait le cœur. Mr Kohlah ne remarqua rien.

Nauséeux, il contemplait l'étendue des constructions nouvelles autour de lui. Lui et ses amis estimaient que cette croissance était nocive. Et la perspective d'un accroissement parallèle de son chiffre d'affaires ne l'en consolait pas. L'invasion frappait tous ses sens. Les exhalaisons de gaz d'échappement desséchaient ses narines, dit-il à Mrs Kohlah, et les vrombissements des moteurs déchiraient ses conduits auditifs.

Où qu'il se tournât, il voyait surgir baraques et cahutes. Ça lui rappelait la rapidité avec laquelle la gale avait envahi son chien favori. Les campements misérables s'accrochaient au flanc des montagnes, les gens accourant de toutes les directions, attirés par les histoires qui circulaient à propos de constructions, de richesse et d'emplois. Mais la cohorte des sans-emploi augmentant à une vitesse exponentielle par rapport à celle des emplois disponibles, une armée d'affamés s'installa en permanence sur les pentes. Ils dévastaient les forêts pour allumer leur feu ; de grandes plaques chauves apparaissaient sur le corps des montagnes.

Alors, les saisons se révoltèrent. La pluie, qui d'habitude faisait pousser et mûrir les fruits et les plantes, s'abattit en torrents sur les collines dénudées, causant glissements de boue et avalanches. La neige, qui autrefois matelassait les sommets, tomba en quantités maigrichonnes. Même au plus fort de l'hiver, elle ne fournit qu'une couverture élimée et trouée.

La rébellion de la nature procura à Mr Kohlah une satisfaction perverse. Il prit cela pour une sorte de justification : il n'était pas le seul que ce viol hideux épouvantait. Mais le désordre des saisons se poursuivant d'année en année, il n'en tira plus de réconfort. Plus légère se fit la couverture de neige, plus lourd fut son cœur.

Maneck ne disait rien, tout en jugeant que son

père dramatisait à l'excès quand il s'exclamait : « On croirait parcourir une zone de guerre. »

Mrs Kohlah n'avait jamais été du genre marcheuse. « Je préfère la vue que j'ai depuis ma fenêtre de cuisine, disait-elle chaque fois que son mari l'invitait à l'accompagner. C'est moins fatigant. »

Mais les longues promenades solitaires constituaient le grand plaisir de la vie de Mr Kohlah, surtout à la fin de l'hiver, quand chaque sortie fournissait l'occasion de plaisantes incertitudes — qu'allait-il découvrir après le prochain tournant ? Un nouveau ruisselet ? Des fleurs sauvages qu'il n'avait pas remarquées la veille ? Au titre de ses souvenirs les plus impressionnants figurait un très gros rocher, qu'un buisson avait fendu en s'y enracinant. Parfois il tombait dans un délicieux traquenard : une vue de la vallée sous un angle tout nouveau.

A présent, il partait en promenade comme s'il se rendait à une veillée funèbre, afin de repérer ce qui existait encore et ce qui avait été abattu. Quand il butait sur l'un de ses arbres favoris, il s'arrêtait un moment sous les branches, caressait le tronc noueux, heureux qu'un vieil ami ait survécu un jour de plus. Nombre des saillies rocheuses sur lesquelles il avait l'habitude de s'asseoir pour observer le coucher du soleil avaient disparu, soufflées par la dynamite. S'il lui arrivait d'en trouver une, il s'y reposait quelques minutes, se demandant si elle y serait encore la fois d'après.

Bientôt, il fut question de lui en ville. « Mr Kohlah perd un peu la boule, disait-on. Il parle aux arbres et aux rochers, les caresse comme s'ils étaient ses chiens. »

Ces ragots parvinrent aux oreilles de Maneck qui suffoqua de honte, priant pour que son père cesse de se conduire d'une façon si embarrassante. La colère l'envahit aussi, avec l'envie de faire entrer de force un peu d'intelligence dans la tête de ces gens ignorants et insensibles.

Pour le cinquième anniversaire de la route, le punchayet local, que régentait une nouvelle génération d'hommes d'affaires et d'entrepreneurs, organisa une petite cérémonie à laquelle il convia tout un chacun. Mr Kohlah, que l'idée même répugnait, quitta son magasin tôt ce soir-là. Il enleva son bandeau et se mit en marche, poursuivi jusqu'à une certaine distance par les sons grêles de la musique et le bla-bla des discours qui s'échappaient des haut-parleurs accrochés aux arbres de la place.

Il avait dû parcourir environ cinq kilomètres quand, à la lumière du jour, succéda la promesse du crépuscule. Des traînées roses et orange tissaient leurs fils éphémères à travers le ciel. Il s'arrêta pour contempler le couchant. A des moments comme ceux-là, il souhaitait avoir de nouveau ses deux yeux pour pouvoir absorber une plus vaste étendue de paysage.

Puis son regard fut attiré vers le bas, passant au milieu des espaces dénudés. De centaines de cahutes s'élevait la fumée grise, piquante, de feux rudimentaires sur lesquels cuisaient les repas. Le voile obscurcissait l'horizon. Face au vent, il en sentit l'odeur âcre et, à sa suite, la puanteur des déchets humains que cette brume essayait d'ensevelir. Il changea de position, maladroitement. Une brindille cassa sous ses pieds. Il demeura immobile, se demandant ce qu'il attendait. Il entendit les voix résolues des mères, les hurlements des enfants, l'aboiement des chiens pariahs. Il imagina les misérables contenus des faitouts noircissant sur le feu qu'entouraient des bouches affamées.

Soudain, il remarqua que l'obscurité était tombée : le voile de fumée avait confisqué le crépuscule. Toute cette scène, si sordide et misérable, il se dit qu'il était incapable de l'accepter ou de la comprendre. Il se sentit perdu, terrorisé.

Colère, compassion, dégoût, chagrin, amour l'assaillirent tour à tour — et aussi sentiment d'échec, de trahison. Dans quel but ? De la part de qui ? Et pourquoi ? Si seulement il pouvait...

Mais il ne put déceler le sens de toutes ces émotions. Un étau serra sa poitrine, sa gorge se contracta comme s'il allait tousser. Et il pleura, désemparé, sans bruit.

La nuit se fit plus sombre. Il sortit son mouchoir et s'essuya les yeux. Il lui fallut quelques instants pour se rendre compte qu'il tapotait des larmes fantômes, que seul son bon œil était humide. Etrange, il aurait juré que l'autre aussi, le manquant, avait pleuré.

Sur le chemin du retour, il décida que ces promenades ne signifiaient plus rien. Et que si signification il y avait, elle était trop nouvelle et terrifiante pour qu'il l'explore.

Il n'y avait pas d'échappatoire possible. En tout cas, pas pour lui. Ses rêves n'avaient pas supporté l'affrontement avec les années, ils avaient succombé. Il s'était battu, avait gagné, avait perdu. Il continuerait à se battre — que lui restait-il d'autre à faire ?

Mais pour son fils, pour la première fois, il envisagea d'autres possibilités.

Leurs relations ne s'améliorèrent pas, même quand Maneck vint passer les deux semaines de vacances précédant son dernier trimestre de scolarité. Leurs querelles les plus fréquentes concernaient la gestion du magasin. Maneck parlait commercialisation, techniques de vente, toutes idées que son père rejetait illico.

« Au moins, laisse-moi finir de parler, dit Maneck. Pourquoi es-tu si têtu ? Pourquoi ne veux-tu pas essayer ?

— Je ne tiens pas ce magasin pour passer le temps. Ce n'est pas un amusement, mais notre gagne-pain.

— Encore en train de vous disputer ? dit Mrs Kohlah. Je deviens folle à vous écouter.

— Tu n'as aucun pouvoir sur ton fils, dit Mr Kohlah, de plus en plus sombre. Tu ne pourrais pas l'empêcher de bavasser sans arrêt ? Il me contredit systématiquement. Il croit posséder une nouvelle formule de succès — il se croit dans le domaine des sciences expérimentales. »

Il refusa de laisser Maneck acheter de nouvelles marques de savon ou de biscuits qui connaissaient un grand succès ailleurs. Il prit comme autant de blasphèmes toutes les suggestions concernant l'amélioration de l'éclairage, la peinture des murs, la rénovation des étagères et des bocaux de verre pour rendre la présentation plus séduisante.

Maneck parvenait difficilement à concilier l'image de cet homme à la prudence absurde avec celle qui l'avait accompagné pendant toute son enfance, née des récits de sa mère et des amis de son père : l'individu audacieux qui s'était laissé glisser le long d'une corde pour sauver un chiot tombé au fond d'un ravin inondé ; qui avait traité la perte de son œil comme il l'aurait fait d'une piqûre de moustique ; qui avait alpagué trois voleurs, entrés dans le magasin en voyant qu'il n'y avait qu'une femme seule derrière le comptoir — laquelle ne comptait pas sur son mari, en train de s'occuper de sa limonade dans la cave — et les avait balancés comme de vulgaires sacs de riz.

Et voici que cet homme se désagrégeait à cause de la construction d'une route. Maneck, lui aussi, voyait le monde se reconstruire autour de lui. Mais, avec l'optimisme de sa jeunesse, il était sûr que les choses finiraient par s'arranger d'elles-mêmes. Il avait quinze ans : il était immortel et les montagnes éternelles. Et le Magasin général ? Il existait depuis des générations, et existerait encore pendant des générations, cela ne faisait aucun doute.

Secrètement, Mr Kohlah lui aussi espérait qu'un miracle rétablirait le passé. Mais il avait déchiffré les signaux, et le message était défavorable. Un ennemi mortel se nichait au milieu des produits que les camions nauséabonds transportaient au cœur des montagnes : des boissons non alcoolisées destinées aux nouveaux hôtels et magasins.

Au début, elles ne s'infiltrèrent dans la ville qu'en petits ruisselets, aisément surpassées par le toujours populaire Céka. Par simple curiosité, les gens goûtaient les intrus, puis haussaient les épaules : le Cola Kohlah était toujours numéro un.

Mais les trusts géants avaient pris les montagnes pour cible, et le Céka était leur point de mire. Avec l'arrogance des grands manitous, ils infiltraient le territoire de Mr Kohlah à coups de campagnes de publicité et de techniques de coupe-jarrets. Des représentants vinrent lui faire une proposition : « Abandonnez vos machines, renoncez à vos droits sur le Cola Kohlah, et devenez un agent de notre marque. Grandissez et prospérez avec nous. »

Bien entendu, Mr Kohlah refusa. Ce qui était en cause, ce n'était pas simplement un commerce, mais le nom et l'honneur de sa famille. Par ailleurs, ses bons voisins et les habitants des villages alentour n'étaient pas des gens volages, ils demeureraient fidèles au Cola Kohlah. Il se prépara à un combat loyal avec la concurrence.

Mais, sans qu'il y prenne garde, les combats loyaux étaient passés de mode, comme les nœuds papillons et les montres de gousset. Les trusts distribuèrent des échantillons gratuits, s'engagèrent dans une guerre des prix, collèrent des affiches géantes où l'on voyait des enfants heureux avec des parents souriants, ou bien un homme et une femme, front contre front au-dessus d'une bouteille d'où sortaient deux pailles qu'aspiraient leurs lèvres amoureuses. Le ruisselet de limonade se transforma en déluge. Les marques qui se vendaient depuis des années dans les grandes cités arrivèrent pour saturer la ville.

« Nous devons leur rendre coup pour coup, dit Maneck. Faire nous aussi de la publicité — distribuer des échantillons gratuits. S'ils veulent faire de la vente forcée, nous le ferons aussi.

— De la vente forcée ? dit Mr Kohlah, d'un ton dédaigneux. Quelle sorte de langage est-ce là ? Tout à fait indigne. Comme si l'on mendiait. Ces grosses sociétés peuvent se conduire en barbares si ça leur chante. Ici nous sommes des gens civilisés. »

Il jeta à Maneck son regard lugubre, profondément déçu que son fils ait osé lui suggérer une telle chose.

« Regarde-le. » Maneck en appela à sa mère. « Le voici de nouveau avec son visage long d'une aune. Chaque fois que je dis un mot, j'ai droit à cette figure-là. Il ne prend pas une seule de mes idées en considération. »

C'est ainsi que le Cola Kohlah n'eut pas la moindre chance de s'en sortir. Le Magasin général n'avait plus d'épine dorsale, et le voyage de la formule secrète de génération en génération touchait à sa fin.

Mr Kohlah n'abandonna pas son idée de nouvel avenir pour son fils qui allait bientôt obtenir son diplôme de fin d'études secondaires. Il se renseigna, écrivit à différentes universités afin qu'elles lui envoient leurs prospectus.

« Es-tu sûr que ce soit nécessaire, Farokh? demanda Mrs Kohlah.

— On abandonne les traînards, répondit-il. Et je ne veux pas que cela arrive à Maneck.

— Oh, Farokh, comment peux-tu dire ça? Regarde ta réussite — tu as tout perdu au moment de la Partition, et pourtant tu nous as fait une si belle vie, à tous les trois. Comment peux-tu te traiter de traînard?

— Peut-être que je n'en suis pas un — peut-être que le monde bouge trop vite. Mais le résultat est le même. »

Rien ne put le dissuader, il discuta des diverses possibilités de carrière avec les fidèles amis de la famille. Qui convinrent que son idée était excellente.

« Non que votre affaire soit condamnée à disparaître, dit le général Grewal. Mais il faut se préparer sur tous les fronts, avoir une bonne arme en réserve.

— Exactement ce que je pense, dit Mr Kohlah.

— Ce serait si merveilleux qu'il devienne médecin

ou avocat, dit Mrs Kohlah, allant droit à ce qu'il y avait de plus fascinant.

— Ou ingénieur.

— Expert-comptable est aussi très prestigieux », dit Mrs Grewal.

Il revint aux militaires de faire preuve d'esprit pratique.

« Nous devons tenir compte de la réalité. Ce sont les notes obtenues par Maneck qui dicteront son choix.

— Ce qui ne veut pas dire qu'il n'a pas de talent.

— Loin de là. Il a l'esprit vif, comme son père.

— Et il est habile de ses mains », reconnut Mr Kohlah, acceptant sans manière le compliment.

Tout le monde fut d'accord : il fallait quelque chose de technique pour Maneck. Probablement dans une industrie qui se développerait en même temps que la nation prospérerait. La réponse, dans un pays où la majorité de la population vivait sous des climats tropicaux et subtropicaux, était évidente : « Réfrigération et climatisation », dirent-ils à l'unanimité. Et la meilleure université qui décernait des diplômes en la matière se trouvait, découvrirent-ils, dans la ville natale de Mrs Kohlah, la cité du bord de mer qu'elle avait abandonnée pour épouser Mr Kohlah.

Quand, l'ultime trimestre achevé, Maneck rentra chez lui, ce fut pour découvrir les décisions prises en son nom. Il protesta violemment. N'acceptant pas cette seconde trahison avec la douleur retenue qu'il avait manifestée pour la première, il explosa.

« Vous m'aviez promis que lorsque j'aurais obtenu mon diplôme d'études secondaires, je pourrais travailler avec vous ! Vous vouliez, m'avez-vous dit, que je reprenne l'affaire.

— Calme-toi, tu le feras, tu le feras, dit Mr Kohlah avec une conviction qu'il était loin d'éprouver. C'est juste au cas où. Vois-tu, dans le passé il était plus facile de prévoir l'avenir. De nos jours, les choses sont plus compliquées, il y a trop d'incertitudes.

— C'est une perte de temps », affirma Maneck. Il était convaincu que son père cherchait à se débarrasser de lui — de son ingérence dans la gestion du magasin, comme s'il était un rival. « Si tu veux que j'apprenne un métier, je peux devenir mécanicien au garage Madanlal. Dans la vallée. Pourquoi dois-je aller si loin ? »

Mr Kohlah fit sa triste figure. Le général Grewal rit, de bon cœur. « Jeune homme, si tu envisages une seconde ligne de défense, assure-toi qu'elle est forte. Sinon, laisse tomber. »

Les amis de la famille déclarèrent que Maneck était un veinard et qu'il devait saisir avec reconnaissance cette occasion. « A ton âge, nous aurions été fous de joie de pouvoir passer une année dans la cité la plus moderne, la plus cosmopolite de tout le pays. »

Maneck fut donc inscrit à l'université et l'on commença les préparatifs de son départ. On acheta une nouvelle valise, on tria ses vêtements, on se procura les billets pour les différentes étapes du voyage.

« Ne t'inquiète pas, lui dit sa mère. Tout ira bien quand tu reviendras dans un an. Papa se préoccupe seulement de ton avenir. Tous ces changements — ils se sont produits trop vite pour lui. D'ici un an, il sera plus calme. »

Elle commença à ranger dans des boîtes les objets qu'il emporterait avec lui, consultant à tout bout de champ la liste qui figurait dans le livret de l'université, ouvrant et refermant la valise, en ôtant des choses qu'elle y remettait aussitôt. La femme qui s'occupait avec compétence de l'approvisionnement du Magasin général perdit toutes ses facultés en préparant les bagages de son fils.

Encore et encore, elle demandait conseil à son mari : « Farokh, combien de serviettes de toilette dois-je mettre ? Tu crois que Maneck aura besoin de son beau pantalon, celui de gabardine grise ? Farokh, combien de savons et de pâte dentifrice ? Et quels médicaments ? »

Il répondait toujours la même chose : « Ne

m'ennuie pas avec ces questions idiotes. C'est à toi de décider. » Il refusait même de s'approcher de la pile sans cesse grandissante de vêtements et d'effets personnels, comme pour en dénier l'existence. Quand il lui fallait passer devant la valise ouverte sur la table, au premier étage, il détournait les yeux.

Mrs Kohlah comprenait très bien ce que signifiait un tel comportement. Elle avait espéré qu'en l'invitant à se mêler aux préparatifs, elle pourrait l'aider à vivre ces journées si douloureuses pour eux tous.

Confrontée à son refus brutal, elle préféra ne pas insister. De toute façon, elle était la plus forte pour affronter une telle situation — bien que ni l'un ni l'autre n'eussent l'expérience d'une aussi longue séparation d'avec Maneck. La distance était un facteur dangereux. Elle le savait. La distance changeait les gens. Prenez son propre cas — elle ne pourrait plus jamais retourner vivre avec sa famille dans la cité. Et le seul fait d'être allé en pension avait enlevé à Maneck le besoin de lui donner ce baiser du matin auquel il n'avait jamais manqué, même quand il était malade et qu'il descendait lui passer les bras autour du cou, pour ensuite remonter se coucher. De quoi d'autre se débarrasserait-il après cette séparation ? Déjà il se réfugiait dans une certaine solitude, se montrait réfractaire aux échanges et aux conversations, avec un air profondément déprimé. Quels autres effets la grande ville aurait-elle sur son fils ? Était-il en train de lui échapper à jamais ?

L'esprit absent, elle laissait les clients en plan et montait à l'étage où s'entassaient les bagages de Maneck. Sentant que les choses ne se passaient pas bien au-dessus de sa tête, Mr Kohlah interrompait le remplissage des bouteilles de limonade et accourait présenter ses excuses aux clients.

La première fois, il ne dit rien. Mais quand l'incident se reproduisit, il éclata. « Aban ! Qu'y a-t-il de si urgent qui nécessite ta présence dans la chambre, puis-je le savoir ? »

Peu habitué à manier le sarcasme et s'y entendant

mal, il en fut tout surpris. Quant à elle, blessée, elle refusa cependant d'entamer une querelle, se contentant de répondre gentiment : « Je me suis rappelé quelque chose de très important. Que je suis venue vérifier tout de suite.

— Ta manie nous rendra tous fous. Je t'en prie, essaie de comprendre une fois pour toutes — si tu oublies quelque chose, tu pourras toujours l'envoyer par la poste. »

Mais les choses qui l'inquiétaient ne s'empaquetaient pas et ne s'envoyaient pas par la poste, et en essayant de s'expliquer, elle ne réussit qu'à s'emberlificoter, les mots dépassant sa pensée. « Tu ne prends pas le moindre intérêt aux bagages de Maneck, tu en refuses la responsabilité. Et tu viens me parler de manie et de folie ? N'as-tu pas peur pour lui ? Où sont passés tes sentiments ? »

Malgré sa colère et sa propre confusion d'esprit, Mr Kohlah comprit ce que signifiait le comportement de sa femme. Une semaine après cet échange de propos, un bruit le réveilla en pleine nuit, celui de sa femme sortant du lit. Les douze coups de minuit venaient de sonner à l'horloge. Il fit semblant de dormir. Il entendit le bruissement et le frottement de ses pieds cherchant ses pantoufles. Quand elle eut refermé la porte, il se leva et la suivit.

Il longea à pas feutrés le couloir sombre et la trouva plantée devant la valise. Immobile, la tête baissée, les mains immergées dans les vêtements de Maneck, le visage soudain illuminé par le rayon argenté de la lune qu'avait voilée un nuage. Une chouette ulula et il fut heureux de l'avoir suivie, de la voir ainsi, belle et absorbée en elle-même, incarnation vivante de la famille, le reflet de ces années qu'ils avaient passées ensemble se lisant sur son visage et dans ses yeux.

La chouette ulula de nouveau. Le rayon de lune se troubla, qu'un nuage traversa. Elle agita ses mains dans la valise. Sur la terrasse les chiens aboyèrent — après quel fantôme ?

Farokh Kohlah entendit le tic-tac de l'horloge, puis l'unique coup de minuit un quart. Il remercia la nuit de lui avoir offert cette image, cette vision au clair de lune. Il retourna se coucher et ne dit rien quand elle revint se glisser sous les draps quelques instants plus tard.

Le moment des instructions de dernière minute était arrivé. Répétant plus ou moins les conseils qu'ils n'avaient cessé de lui donner depuis que Maneck les avait quittés pour la première fois, les parents redirent à leur fils de surtout ne se pas mêler à ceux qui, à l'université, jouaient, buvaient ou fumaient. De veiller sur son argent et de cultiver un scepticisme salvateur, car les gens de la grande ville étaient très différents de ceux qu'il avait connus. « Tant que tu as vécu ici, nous n'avons jamais contrecarré ton penchant pour l'amitié. Que tes camarades fussent riches ou pauvres, et quelle que fût leur caste ou leur religion — ces différences n'avaient pas d'importance. Mais tu vas maintenant affronter la plus cruciale des différences, en partant d'ici pour la cité. Tu dois faire très, très attention. »

Mr Kohlah prévoyait de prendre l'autobus avec son fils pour descendre dans la vallée, puis le rickshaw motorisé jusqu'à la gare. Mais l'employé à mi-temps qui avait promis d'arriver de bonne heure pour s'occuper des tâches de la matinée ne se montra pas. Maneck partit donc seul pour entreprendre le long voyage d'une journée et demie vers la métropole.

« Surtout prends un coolie à la gare, lui dit son père. N'essaye pas de tout porter tout seul. Et fixe le prix avant qu'il touche tes valises. Trois roupies devraient suffire.

— Tu ne l'embrasses pas ? lui dit Mrs Kohlah, exaspérée, en le voyant serrer la main de son père.

— Oh, bon, d'accord. »

Maneck serra son père dans ses bras.

Quand le rickshaw s'arrêta devant l'entrée de la gare, le *Courrier de la Frontière* était déjà à quai. Maneck paya puis, précédé du coolie, traversa la passerelle qui surplombait les voies. Au-dessous de lui, le train s'étirait, long et mince, une nuée de gens s'affairant tout autour. Comme des fourmis s'efforçant de traîner un ver mort, pensa-t-il.

Il courut pour rattraper son coolie. A côté de la salle d'attente, un marchand faisait griller du maïs sur du charbon qu'il éventait pour en maintenir l'incandescence. Maneck décida de revenir en acheter quand il aurait trouvé sa place.

« A partir de maintenant, c'est cinquante roupies », entendit-il dire. Le chef de gare venait ramasser son tribut hebdomadaire, en argent et en maïs. « Tu as le meilleur emplacement. C'est ce que les autres sont prêts à payer.

— A longueur de journée, la fumée aveugle mes yeux et racle ma gorge, dit le vendeur. Et regardez mes doigts — tout noirs à force d'être brûlés. Ayez pitié sahab. » D'un geste brusque, il retourna les épis de maïs pour les empêcher de roussir. « Comment payer cinquante roupies ? Il faut aussi que je pense au bonheur de la police.

— Ne me raconte pas d'histoires, dit le chef de gare, fourrant l'argent dans une poche de son uniforme blanc empesé. Je sais combien tu gagnes. »

De temps à autre, un grain explosait. Ce bruit sec et l'arôme rappelèrent à Maneck son premier voyage en train : quand sa mère et lui étaient allés rendre visite à leur famille.

Papa les accompagna à la gare. « Tu deviens trop lourd », plaisanta-t-il en soulevant Maneck pour qu'il puisse mieux voir la locomotive à vapeur. Qu'elle était énorme et qu'il était long le train, qui s'étirait très loin, on aurait dit une interminable file de bungalows. Papa le porta jusqu'au bout du quai, tout près du monstre sifflant et cliquetant, tandis que lui, Maneck, attaquait son épi de maïs. Il mordit dedans, un jus blanc comme le lait éclaboussa les lunettes de papa.

Papa fit un geste bref que le conducteur du train comprit ; touchant avec élégance la visière de sa casquette, il donna un coup de sifflet. Si perçant et si proche que Maneck eut le sentiment qu'il jaillissait de son propre cœur. De saisissement il laissa tomber son épi. « Ça n'a pas d'importance, dit papa. Maman t'en achètera un autre. »

En entendant la dernière annonce précédant le départ, papa balança Maneck par la fenêtre, lequel retomba sur son siège voisin de celui de maman. Le train s'ébranla, la gare commença à défiler devant eux. Papa agita la main, souriant, soufflant des baisers. Il marcha à côté du compartiment, puis courut un peu, mais il fut bientôt distancé et disparut comme l'épi de maïs reposant sur le quai de la gare. Le monde familier s'évanouit...

Maneck trouva son compartiment et paya le coolie, une fois ses bagages rangés. Le bungalow sur roues de son enfance avait rétréci. Le temps avait transformé la magie en banalité. Il entendit le coup de sifflet. Plus le temps d'acheter le maïs. Il se laissa tomber sur son siège, à côté de son compagnon de voyage.

L'homme n'encouragea pas Maneck dans ses efforts de conversation, ne répondant que par des hochements de tête et des grognements, ou de vagues signes de la main. Il était vêtu d'une manière stricte, une raie séparait ses cheveux du côté gauche. Pincée à sa poche de chemise, une trousse en plastique contenait stylos et crayons. Les deux sièges en face d'eux étaient occupés par une jeune femme et son père. Elle tricotait. En se fondant sur le morceau qui pendait de ses aiguilles, Maneck essaya de deviner ce que ça pouvait bien être — une écharpe, une manche de pull-over, une chaussette ?

Le père se leva pour aller aux toilettes. « Attends, Papaji, je vais t'aider », lui dit sa fille, tandis qu'il boitillait dans le couloir, appuyé sur une béquille. Bien, pensa Maneck, c'est elle qui prendra la couchette supérieure. Il ne la verrait que mieux car il avait l'autre couchette supérieure.

A un moment de la soirée, Maneck offrit à son voisin un biscuit Gluco. « Merci », chuchota celui-ci. « Je vous en prie », lui répondit Maneck sur le même ton, se disant que l'homme préférait parler bas. En échange de son biscuit, il reçut une banane. La chaleur en avait noirci la peau, mais il la mangea néanmoins.

L'employé des chemins de fer commença sa tournée, apportant draps et couvertures, apprêtant les couchettes pour la nuit. Quand il eut quitté le compartiment, l'homme aux vêtements stricts sortit une chaîne et un cadenas du sac qui contenait les bananes et attacha sa malle à un crochet sous le siège. Se penchant vers Maneck, il lui chuchota à l'oreille : « C'est à cause des voleurs — ils entrent quand tout le monde dort. »

— Oh », dit Maneck, un peu troublé. Personne ne l'avait averti de ce danger. Mais peut-être que le type était du genre nerveux. « Vous savez, il y a plusieurs années, ma mère et moi avons pris ce même train et on ne nous a rien volé.

— Malheureusement le monde a beaucoup changé depuis. » L'homme ôta sa chemise et la pendit avec soin à une patère près de la fenêtre. Puis il retira la trousse en plastique de sa poche et la pinça à son maillot de corps, veillant à ne pas prendre les poils de sa poitrine dans le redoutable ressort. Voyant que Maneck l'observait, il chuchota en souriant : « Je suis très attaché à mes stylos. Je n'aime pas me séparer d'eux, même pour dormir. »

Maneck lui renvoya chuchotement et sourire :

« Oui, moi aussi j'ai un stylo favori. Je ne le prête à personne — ça fausse la plume. »

Ces chuchotis, qui les excluaient de la conversation, n'eurent pas l'heur de plaire au père et à la fille. « Que peut-on y faire, Papaji, certaines personnes sont grossières de naissance », dit-elle en lui tendant sa béquille. Ils repartirent vers les toilettes, lançant un regard glacé en direction des sièges opposés.

Regard que Maneck ne remarqua pas, préoccupé qu'il était par le sort de ses bagages. Ruminant les propos assourdis de l'amoureux des stylos, il oublia la femme sur la couchette supérieure. Quand il s'en souvint, elle se trouvait à l'abri des regards de convoitise, blottie sous le drap que Papaji lui avait remonté sous le cou.

Avant de grimper dans sa propre couchette, Maneck plaça sa valise de façon à en apercevoir un coin. Il resta éveillé, lui jetant des coups d'œil à tout bout de champ. Le père de la jeune femme en intercepta quelques-uns, et regarda leur auteur d'un air soupçonneux. A l'approche de l'aube, la torpeur eut raison de la vigilance de Maneck. La dernière chose qu'il vit avant de s'abandonner au sommeil fut Papaji, sa béquille sous l'aisselle, tendant un drap devant sa fille qui descendait sans exposer ne serait-ce qu'un mollet ou une cheville.

Il dormit jusqu'à ce que l'employé vienne ramasser la literie. La jeune femme s'affairait déjà à son tricot, le morceau de laine indéchiffrable dansant entre ses doigts. On servit le thé. L'amoureux des stylos semblait d'humeur plus bavarde. L'essaim de stylos avait regagné sa poche de chemise. Il apprit à Maneck que sa réticence de la veille provenait d'un mal de gorge.

« Heureusement, ça va un peu mieux ce matin »,

dit-il en toussant comme s'il allait rendre tripes et boyaux.

Se souvenant de la façon dont il avait imité les chuchotements rauques de son compagnon, Maneck se sentit très gêné. Il se demanda s'il devait s'excuser ou s'expliquer, mais l'amoureux des stylos ne semblait pas lui en vouloir.

« C'est une maladie très sérieuse, dit-il. Et je voyage pour trouver un spécialiste. » Il s'éclaircit de nouveau la gorge. « Je n'aurais pu imaginer, quand ma carrière a commencé, il y a de cela très très longtemps, qu'elle me ferait ça. Mais comment lutter contre son destin ? »

Maneck hocha la tête en signe de sympathie.

« C'était dans une usine ? Des émanations toxiques ? »

Une supposition qui suscita chez l'homme un rire dédaigneux.

« Je suis un avocat très qualifié.

— Oh, je vois. Les plaidoiries interminables dans des salles de tribunal poussiéreuses ont abîmé vos cordes vocales.

— Pas du tout, c'est exactement le contraire. » Il hésita. « C'est une si longue histoire.

— Mais nous avons tout le temps, l'encouragea Maneck. C'est un si long voyage. »

Papaji et sa fille ne supportaient plus de les entendre converser à voix basse. Pour Papaji, leur petit rire où perçait une note polissonne ne pouvait que viser son innocente fille. L'air menaçant, il attrapa sa béquille, prit la demoiselle par la main et l'entraîna dans le couloir en sautillant sur une jambe. « Que peut-on faire, Papaji, dit-elle. Certaines gens n'ont aucune manière. »

« Je me demande ce qui cloche chez ces deux-là », dit l'amoureux des stylos en observant le mouvement précis, mécanique, de la béquille. Il déboucha une petite bouteille verte, en but une gorgée et reposa le flacon à côté de lui. Tripotant affectueusement ses stylos, il mit à l'essai son larynx fraîchement abreuvé de sirop en lâchant la première phrase de l'histoire de sa gorge.

« Ma carrière d'avocat, ma première carrière et celle que j'ai le plus aimée de toutes, a commencé il y a très longtemps. L'année de notre indépendance. »

Maneck compta rapidement.

« De 1947 à 1975 — vingt-huit ans. Ça vous donne une sacrée expérience judiciaire.

— Pas vraiment. Deux ans après, j'ai changé de carrière. Je ne pouvais plus supporter de devoir affronter jour après jour le public d'une salle d'audience. Trop angoissant pour quelqu'un d'aussi timide que moi. La nuit, dans mon lit, je tremblais et frissonnais à la pensée du lendemain. J'avais besoin d'un boulot que je puisse faire seul. *In camera.*

— La photographie ?

— Non, c'est du latin. Ça signifie en privé. » Il gratta ses stylos comme s'ils étaient en proie à une démangeaison et prit un air lugubre. « C'est une mauvaise habitude que j'ai, à cause de ma pratique du droit — employer ces phrases stupides au lieu d'expressions en bon anglais. Quoi qu'il en soit, je trouvai un emploi de correcteur d'épreuves pour *The Times of India.* »

Comment la lecture d'épreuves pouvait-elle abîmer la gorge ? se demanda Maneck. Mais il l'avait déjà interrompu deux fois, et s'était rendu ridicule qui plus est. Mieux valait se taire et écouter.

« J'étais le meilleur de leur équipe, sans contestation le meilleur. On me réservait les articles les plus importants et les plus difficiles. La page des éditoriaux, les affaires judiciaires, les textes de droit, la Bourse. Ainsi que les discours des hommes politiques — si barbants qu'ils vous font somnoler, parfois même dormir. Et la somnolence est l'ennemi numéro un du lecteur d'épreuves. Je l'ai vue détruire plusieurs carrières prometteuses.

« Mais je déjouais tous les pièges. Les lettres voguaient devant mes yeux, ligne après ligne, flotte avançant en bon ordre sur un océan de papier imprimé. Parfois, je me prenais pour un grand amiral, commandant en chef de la marine de l'imprimeur. Au bout de quelques mois, je fus nommé chef correcteur.

« Mes suées nocturnes disparurent, je dormis bien. J'ai tenu cet emploi pendant vingt-quatre ans. J'étais heureux dans mon petit habitacle — mon royaume, avec mon bureau, ma chaise, ma lampe. Que peut-on désirer d'autre ?

— Rien, dit Maneck.

— Exactement. Mais les royaumes ne sont pas éternels — pas même ceux qui se limitent à un petit habitacle. Un jour c'est arrivé, sans prévenir.

— Quoi ?

— Le désastre. Je relisais un éditorial consacré à un député du parlement de notre Etat qui s'était enrichi grâce au plan de lutte contre la sécheresse. Mes yeux commencèrent à me picoter et à couler. Sans y attacher d'importance, je les frottai, les essuyai et repris mon travail. En quelques secondes, ils se remirent à pleurer. De nouveau, je les essuyai. Mais ça recommença, encore et encore. Et non plus une larme ou deux, un flot continu.

« Mes collègues, inquiets, ne tardèrent pas à m'entourer. Ils s'entassèrent dans mon habitacle, voulant me consoler de ce qu'ils pensaient être un grand chagrin. Ils supposaient qu'à force de lire des choses sur le triste état de la nation — la corruption, les calamités naturelles, les crises économiques —, j'avais craqué. Que j'étais pris d'un accès d'inquiétude et de désespoir.

« Ils se trompaient, bien entendu. Jamais je n'aurais laissé mes émotions l'emporter sur ma conscience professionnelle. Attention, je ne dis pas qu'un correcteur d'épreuves ne doit pas avoir de cœur. Je ne nie pas m'être trouvé souvent au bord des larmes en lisant ces histoires de misère, de violences entre castes, de méchanceté des gouvernements, d'arrogance des puissants, de brutalités policières. Je suis certain que nombre d'entre nous éprouvaient les mêmes sentiments, et qu'un débordement d'émotion n'aurait rien eu d'anormal. Mais un trop long sacrifice peut rendre un cœur de pierre, comme l'a écrit mon poète favori.

— Qui est-ce ?

— W.B. Yeats. Et je pense que si l'on veut pouvoir poursuivre sa tâche, il faut parfois renoncer à un comportement normal.

— Je n'en suis pas sûr, dit Maneck. Ne serait-il pas mieux de réagir honnêtement plutôt que de dissimuler ? Peut-être que si chacun dans ce pays se déclarait en colère ou bouleversé, ça pourrait changer les choses, forcer les politiciens à se conduire convenablement. »

Les yeux de son compagnon s'éclairèrent brusquement, il saisit avec empressement cette occasion de débat.

« En théorie, oui, je serais d'accord avec vous. Mais en pratique, cela pourrait déboucher sur des désastres encore bien plus grands. Tâchez de vous représenter six cents millions d'êtres humains enragés, hurlant, sanglotant. Tout un chacun — y compris les pilotes d'avion, les conducteurs de train, d'autobus et de tramway — perdant le contrôle de soi. Quelle catastrophe ! Avions tombant du ciel, trains sortant des rails, bateaux coulant dans l'eau, bus, camions, autocars s'écrasant. Le chaos. Le chaos total. »

Il s'arrêta pour laisser à l'imagination de Maneck le temps de lui fournir un tableau détaillé de l'anarchie qu'il venait d'évoquer. « Et, surtout, n'oubliez pas ceci : les scientifiques n'ont fait aucune recherche sur les effets de l'hystérie et du suicide de masse sur l'environnement. Pas à l'échelle de ce sous-continent. Si d'un battement d'ailes un papillon peut créer des troubles atmosphériques à l'autre bout du monde, qui sait ce qui pourrait se produire dans notre cas ? Des tempêtes ? Des cyclones ? Des raz de marée ? Et la masse terrestre, tremblerait-elle par empathie ? Les montagnes exploseraient-elles ?

Et les fleuves, est-ce que les larmes coulant d'un milliard deux cents millions d'yeux les feraient déborder ? »

Il avala une nouvelle gorgée de sa bouteille verte. « Non, c'est trop dangereux. Mieux vaut continuer comme d'habitude. » Il reboucha la bouteille et s'essuya les lèvres. « Pour en revenir aux faits. J'étais là, avec les épreuves du jour devant moi, et mes yeux qui larmoyaient tant et plus. Je ne pouvais plus lire un seul mot. Le texte, ces rangées et ces colonnes disciplinées, se révoltait soudain, les lettres, tanguant et s'entrechoquant, se désintégraient dans un océan de papier en furie. »

Il se passa la main sur les yeux, revivant ce jour fatal, puis caressa ses stylos, comme pour les consoler de la peine qu'avait dû leur causer l'évocation de ces pénibles événements. Maneck en profita pour lui faire un petit compliment, afin de s'assurer la suite de l'histoire. « Vous savez, vous êtes le premier correcteur d'épreuves que je rencontre. J'aurais cru que c'était des gens très ennuyeux, mais vous parlez si... avec tant de... d'une manière si différente. Presque comme un poète.

— Et pourquoi ne le devrais-je pas ? Pendant vingt-quatre ans les triomphes et les tragédies de notre pays ont accéléré ma respiration, mon pouls a chanté de joie ou a tremblé de chagrin. En vingt-quatre ans de lecture d'épreuves, des troupeaux de mots ont pénétré dans ma tête par les fenêtres de mon âme. Certains y sont restés et s'y sont bâti un nid. Pourquoi ne parlerais-je pas comme un poète, avec la richesse de la langue à ma disposition, constamment revigorée par de nouveaux arrivants ? » Il poussa un profond soupir. « Jusqu'à ce jour de larmes, bien entendu, où ce fut fini. Où les fenêtres se refermèrent brutalement. Et l'ophtalmologiste me condamna à l'impotence, disant que mes jours de correcteur étaient derrière moi.

— Ne pouvait-il vous prescrire des lunettes, ou autre chose ?

336

— Ça n'aurait servi à rien. Mes yeux étaient devenus foncièrement allergiques à l'encre d'imprime-
rie. » Il étendit les mains en un geste d'impuissance.
« Le nectar qui me nourrissait s'était transformé en
poison.

— Alors qu'avez-vous fait ?

— Que peut-on faire dans de telles circonstances ?
Accepter, et passer à autre chose. Je vous en prie,
rappelez-vous toujours ça : le secret de la survie est
l'acceptation du changement, et l'adaptation. En
d'autres termes : "Tout s'effondre et se reconstruit,
joyeux est celui qui reconstruit."

— Yeats ? » proposa Maneck.

Le correcteur d'épreuves hocha la tête.

« On ne peut tracer des lignes, délimiter des
compartiments et refuser de les franchir. Il faut parfois utiliser ses échecs comme marchepieds vers le
succès. Maintenir un bon équilibre entre l'espoir et
le désespoir. » Il s'arrêta, considérant ce qu'il venait
de dire. « Oui, répéta-t-il. Au bout du compte, tout
est une question d'équilibre.

— Néanmoins, votre travail a dû terriblement
vous manquer.

— Eh bien, pas vraiment. » Il ne voulait pas d'api-
toiement. « Pas le travail en soi. La majorité de ce
qui s'écrit dans les journaux est bon à jeter à la poubelle. Une grande quantité de ce qui pénétrait par les
fenêtres de mon âme passait à la trappe. »

Il sembla à Maneck que ces propos contredisaient
ceux que son compagnon lui avait tenus auparavant.
Peut-être que l'avocat veillait toujours derrière le
correcteur d'épreuves, capable de développer les
deux aspects d'une question.

« Il m'en est resté quelques bonnes choses, que j'ai
toujours. » L'homme tapota assez fort, d'abord son
front, puis sa trousse en plastique. « Pas d'araignée
au plafond — ni de stylos vides dans ma poche. »

Un martèlement dans le couloir signala le retour
de Papaji, de sa béquille et de sa fille. Maneck et son
compagnon les accueillirent avec force sourires.

Mais ces deux-là n'entendaient pas se laisser apaiser si facilement. En passant devant le correcteur d'épreuves pour regagner son siège, Papaji lui allongea un coup de béquille. Il aurait atteint son but, les pieds, si le correcteur d'épreuves n'avait pas prévu l'attaque.

« Désolé, grogna Papaji, déçu. Que peut-on faire ? On commet des maladresses quand on n'a qu'une seule bonne jambe dans un monde où il en faut deux.

— Je vous en prie, il n'y a pas de mal. »

La fille se remit à tricoter et Papaji fixa son regard sinistre sur le paysage qui défilait par la fenêtre, faisant sursauter le paysan en train de travailler dans son champ qui le captait par hasard. Maneck voulait entendre la suite de l'histoire.

« Alors vous êtes à la retraite ? demanda-t-il au correcteur d'épreuves.

— Je ne peux pas me le permettre. Heureusement pour moi, mon directeur a été très gentil, il m'a trouvé un nouveau boulot.

— Et vos ennuis de gorge ? »

Le but de toute cette narration avait, semble-t-il, été oublié.

« Je les ai attrapés dans ce nouveau job. De par sa position, le rédacteur en chef connaissait bien de nombreux politiciens et put me recommander comme écrivain free-lance dans la production de textes pour morchas. » Voyant l'air interrogateur de Maneck, il expliqua : « Vous savez bien, inventer des slogans, rameuter les foules, organiser des rassemblements ou des manifestations pour différents partis politiques. Ça m'a paru assez simple quand il me l'a proposé.

— Et ça l'était ?

— Il n'y a pas eu de problèmes sur le front de la création. Ecrire des discours, proposer des slogans de bannières —, tout ça c'était facile. Avec des années de lecture d'épreuves dans ma besace, je connaissais exactement le bla-bla des politiciens professionnels.

Mon *modus operandi* était simple. Je dressais trois listes : Faits accomplis par le Candidat (réels et imaginaires), Accusations contre l'Adversaire (comprenant rumeurs, allégations, sous-entendus et mensonges), Promesses Sans Fondement (les plus improbables étant les meilleures). Ensuite, il n'y avait plus qu'à mélanger les différents ingrédients de ces trois listes, en y ajoutant un peu de pathos et de références locales, et le tour était joué — un discours tout neuf. Je faisais vraiment sensation auprès de mes clients. »

Au souvenir de ses succès, un sourire joua sur son visage.

« Les problèmes surgissaient durant la phase finale, dehors, dans la rue. Vous comprenez, j'avais travaillé toute ma vie dans un bureau, entouré de silence, et ma gorge n'était pas entraînée. Et voilà que soudain je braillais des instructions, criais des slogans, exhortant les foules à les répéter après moi. Pour quelqu'un ayant mes antécédents, c'était une *terra incognita*. C'en fut trop, beaucoup trop pour mon larynx sans expérience. Mes cordes vocales ont tellement souffert que, d'après les médecins, elles ne s'en remettront jamais complètement.

— C'est terrible, dit Maneck. Vous auriez dû laisser les autres brailler et crier. Après tout, c'est pour ça qu'on paye les foules, non ?

— Exact. Mais cette habitude que j'avais prise dans mon ancien job — tout faire par moi-même, jusqu'au plus petit détail — n'était pas facile à perdre. Je ne pouvais me résoudre à abandonner les cris à la foule. Le succès d'une manifestation se mesure en décibels, et, à eux seuls, les slogans intelligents et les bannières ne suffisent pas. Je me sentais tenu de donner l'exemple, d'enthousiasmer par ma voix, salves et foudres, de conjurer le ciel, maudire les forces du mal, hurler les éloges du bienfaiteur — brailler, clamer, crier, acclamer jusqu'à ce que la victoire soit mienne ! »

Excité par ses souvenirs, le correcteur d'épreuves

oublia ses limites et se mit à hausser la voix. Il arracha un stylo de sa poche et gesticula avec, comme un chef d'orchestre avec sa baguette. Mais un violent accès de toux rauque, suivi de halètements et de suffocation, interrompit brusquement son exécution symphonique.

Papaji et sa fille se tapirent au fond de leurs sièges, redoutant d'être contaminés par une toux aussi laide. « Que peut-on faire, Papaji ? renifla la fille, en se couvrant le nez et la bouche de son sari. Certaines personnes se soucient comme d'une guigne de ceux qui les entourent. Répandent leurs germes sans la moindre vergogne. »

Le correcteur reprit son souffle. « Vous voyez, dit-il, vous voyez à quel point je souffre ? Voilà le résultat de cette profession morcha. Une deuxième impotence. » Il porta les mains à son cou. « On pourrait dire que je me suis moi-même coupé la gorge. »

Maneck rit, approbateur, mais le correcteur n'avait pas voulu faire de l'humour. « L'expérience a porté ses fruits, dit-il gravement. Maintenant, j'ai toujours un assistant doté d'une gorge solide à mes côtés, je lui chuchote mes instructions. Je lui apprends le phrasé, la cadence, les syllabes accentuées et non accentuées. Puis il dirige les brigades hurlantes à ma place.

— Et sa gorge tient le coup ?

— Oui, ça va bien, dans l'ensemble. C'est un ancien sergent-chef. Je dois néanmoins l'approvisionner continuellement en pastilles mentholées pour la gorge. Il vient d'ailleurs m'attendre à la gare. Il y a toujours une grande demande de morchas dans la cité. Divers groupes, en état de permanente agitation — réclamant de la nourriture, moins d'impôts, de plus hauts salaires, des prix moins élevés. Nous allons donc faire des affaires, pendant que je suivrai mon traitement médical. »

En approchant de la fin du récit, sa voix retomba dans ce faible chuchotement, qu'elle avait réussi à produire la veille, et Maneck le supplia de ne pas s'épuiser davantage.

340

« Vous avez tout à fait raison. J'aurais dû cesser de parler depuis des siècles. Au fait, je m'appelle Vasantrao Valmik. »

Il tendit la main.

« Maneck Kohlah », dit Maneck en la serrant.

Papaji et sa fille détournèrent les yeux, ne voulant pas se trouver mêlés à une présentation entre deux individus si mal élevés.

Maneck débarqua en ville trente-six heures après être parti de chez lui, les vêtements couverts de poussière, les yeux brûlants. Il avait mal au nez, la gorge rêche. Il se demandait quel ravage supplémentaire le voyage avait causé aux cordes vocales du pauvre correcteur d'épreuves.

« Au revoir, Mr Valmik — et tous mes vœux », dit-il, se frayant un chemin vers la sortie, portant valise et paquets.

Debout sur le quai, l'air abattu, cherchant du regard son sergent-major à la retraite, Vasantrao Valmik ne put qu'émettre un coassement. Il leva la main en signe d'adieu, caressant ses stylos au passage.

Le taxi qui conduisit Maneck de la gare à la résidence universitaire dut faire un léger détour en raison d'un accident. Un vieil homme avait été renversé par un bus. Le chauffeur arrêtait les autres autobus, afin d'y transférer ses passagers, en attendant l'arrivée de la police et de l'ambulance.

« Faut être jeune et vif pour traverser la rue, soliloqua le chauffeur de taxi.

— C'est vrai, dit Maneck.

— Salauds de conducteurs de bus, ils achètent leur permis à coups de pots-de-vin, sans passer l'examen. » Sa voix enfla de colère, il changea de file pour avancer. « Devraient tous finir en prison.

« — Vous avez raison », dit Maneck, n'écoutant qu'à moitié.

Dans l'état d'épuisement où il se trouvait, il voyait la ville défiler par la vitre du taxi comme une bobine de film. Sur la chaussée, un couple de chiens était en train de copuler. Des enfants leur lançaient des pierres, quelqu'un leur jeta un seau d'eau pour les séparer. Il s'en fallut d'un rien que le taxi ne heurte le mâle qui détala au milieu de la circulation.

Au feu suivant, ils virent des policiers arrêter un homme qu'avaient tabassé une bande de six ou sept jeunes. Les habitants du mohalla s'étaient répandus dans la rue pour assister au point culminant du drame. « Que s'est-il passé ? demanda le chauffeur de taxi à un observateur.

— Il a jeté du vitriol au visage de sa femme. »

Le feu passa au vert avant qu'ils aient pu en savoir plus. Le chauffeur émit l'idée qu'elle folâtrait avec un autre homme ou qu'elle avait laissé brûler le dîner de son mari. « Certaines personnes sont assez givrées pour faire n'importe quoi.

— C'est peut-être une histoire de dot.

— Peut-être, mais dans ces cas-là, ils utilisent en général du pétrole, dans la cuisine. »

La soirée était bien avancée quand Maneck atteignit la résidence. Au bureau du directeur, on lui indiqua son numéro de chambre, on lui remit les clés et une copie du règlement : Veuillez toujours fermer votre chambre à clé. Veuillez ne pas écrire ou griffonner sur les murs avec des instruments pointus. Veuillez ne pas amener dans votre chambre de visiteurs féminins du sexe opposé. Veuillez ne pas jeter d'ordures par les fenêtres. Veuillez respecter le silence la nuit...

Il froissa le papier ronéotypé dans ses mains et le jeta sur la table. Trop énervé pour manger ou se laver, il sortit de sa valise un drap blanc et se coucha.

Quelque chose rampant le long de son mollet le réveilla. Il se releva sur un coude et se donna une violente claque sous le genou. Dehors, il faisait noir.

Il frissonna, son cœur battit à se rompre, il ne savait plus où il était. Pourquoi la fenêtre de sa chambre avait-elle rétréci? Et où avait disparu la vallée qui aurait dû se trouver en dessous, avec des points lumineux dansant dans la nuit, et les montagnes sombres´ se détachant dans le lointain? Pourquoi tout s'était-il évanoui?

Le soulagement le recouvrit comme une cape quand ses yeux réussirent à discerner les contours de ses bagages sur le sol. Il avait voyagé. Par le train. Son univers familier n'existait plus. Combien de temps avait-il dormi — des heures ou des minutes? Il chercha la solution au cadran lumineux de sa montre.

Soudain, il se rappela ce qui l'avait réveillé. La chose rampant sur sa jambe. Il sauta du lit, se cogna dans la valise, puis dans la chaise, tâtonna frénétiquement sur le mur. L'interrupteur. Clic. Son doigt donna vie à l'ampoule nue pendue au plafond, le drap de lit rayonna comme un éblouissant champ de neige fraîche. Sauf du côté où il avait dormi, souillé par la poussière de son visage et de ses vêtements.

Alors il le vit, au bord de l'étendue blanche. Sous la lumière crue de l'ampoule, il fuyait vers la trouée entre le lit et le mur. Attrapant une chaussure, Maneck la lança sauvagement dans sa direction.

Raté; le cafard disparut. Mortifié, Maneck oublia sa fatigue et s'attela au problème avec plus de détermination. Il éloigna le lit du mur, doucement, pour ne pas alarmer le fugitif, jusqu'à ce que l'espace fût assez grand pour que lui-même pût s'y glisser.

Sur l'étendue de carrelage ainsi dévoilée se tenait une conférence de cafards. Il s'accroupit rapidement, leva le bras, l'abattit à coups redoublés. Trois cafards succombèrent sous sa chaussure, le reste se réfugia sous le lit. Il tomba à quatre pattes, bien résolu à ne pas en laisser réchapper un. Sur quoi, sa cheville se mit à lui démanger, il se gratta, sentit sous ses doigts une boursouflure, en découvrit de semblables, tout aussi rouges, sur ses bras.

On frappa à sa porte. Il hésita, se disant que s'il abandonnait ses proies, il serait à leur merci le restant de la nuit.

Une voix cria :

« Salut ! Tout va bien ? »

Maneck s'extirpa de dessous le lit et ouvrit la porte.

« Salut, dit le visiteur. Je m'appelle Avinash. La chambre à côté. »

Il tendit sa main droite, la gauche tenait un pulvérisateur.

« Moi, c'est Maneck. »

Il laissa tomber sa chaussure, serra la main tendue, regardant par-dessus son épaule si l'ennemi n'essayait pas de s'enfuir.

« J'ai entendu les coups, dit Avinash. Les cafards, c'est ça ? »

Maneck acquiesça de la tête, ramassa sa chaussure.

« Pas de panique, je t'ai apporté le dernier fleuron de la technologie. »

Et il lui montra le pulvérisateur.

« Merci, mais ça va. J'en ai tué trois et...

— Tu ne connais pas l'endroit. Tu en tues trois, et il en arrive trois douzaines, en rangs serrés, pour se venger. Comme dans un film de Hitchcock. » Il rit et se rapprocha, effleurant les protubérances rouges sur les bras de Maneck. « Punaises. »

Son conseil : pulvériser et attendre à l'extérieur trois quarts d'heure. « Crois-moi, c'est le seul moyen, si tu veux pouvoir dormir cette nuit. C'est ma troisième année dans cette résidence. »

Ils enlevèrent le drap, soulevèrent le matelas, traitèrent les lattes et le cadre. Puis arrosèrent le reste de la chambre — le rebord de la fenêtre, les coins, l'intérieur du placard. Ils transportèrent valise et paquets dans la chambre d'Avinash, pour empêcher les cafards et les punaises de s'y réfugier.

« Je m'en veux d'utiliser tout ton produit, dit Maneck.

« — Ne t'en fais pas, il faudra que tu achètes ton propre bidon de Flit. Et tu me rendras la pareille. Il faut désinfecter les chambres au moins une fois par semaine. »

Ils s'installèrent afin d'attendre la mort des insectes, Maneck sur l'unique chaise, Avinash sur le lit. « Bon », dit-il en se renversant sur ses coudes.

« Merci de ton aide.

— Pas de quoi, yaar, c'est pas une affaire. » Ils se turent, chacun attendant de voir quel tour allait prendre la conversation. Elle n'en prit aucun. « Tu veux jouer aux échecs, ou aux dames, ou à autre chose, pour passer le temps ?

— D'accord pour les dames. »

Maneck aimait bien les yeux d'Avinash, la façon dont ils plongeaient droit dans les siens.

Une fois le jeu commencé, il leur fut plus facile de parler, la tête penchée au-dessus du damier. « Alors, d'où viens-tu ? » demanda Avinash en prenant son premier pion.

Maneck raconta : la montagne, les villages, les singes, la neige. Avinash était fasciné. Il avoua, tout en remettant les pions sur le damier, après avoir gagné la première partie, qu'il n'avait jamais voyagé nulle part.

« La maison a été construite par mon arrière-grand-père, sur un sommet, poursuivit Maneck. Et comme la pente est très raide, elle est retenue par des câbles d'acier.

— Eh, une minute, tu me crois né d'hier ?

— Mais non. C'est à cause du tremblement de terre. Il y a eu un glissement de terrain, d'où les câbles. » Il expliqua les travaux, donna des détails techniques.

Son sérieux convainquit Avinash. L'idée d'une maison au bout d'une laisse, attachée à la roche, l'amusa. « On dirait une maison ayant des tendances suicidaires. »

Ils rirent. Avinash avança un de ses pions. « Va à dame », dit-il. Encore quelques coups, et il gagna de nouveau. « Et qu'est-ce que fait ton père ?

— Nous avons un magasin.

— Ah, homme d'affaires. Il doit bien gagner sa vie pour pouvoir t'envoyer étudier ici. » Son ton légèrement moqueur vexa Maneck. « Ça n'est qu'un petit magasin, et mes parents travaillent très dur. Ils m'envoient ici parce qu'il y a un glissement des affaires et que... »

Ils se regardèrent, riant des mots employés. Maneck décida qu'il en avait assez dit. « Et toi ? Toi aussi tu fais tes études ici, donc ton père doit être à son aise.

— Désolé de te décevoir. J'ai une bourse.

— Félicitations. » Maneck réfléchit à son prochain coup. « Et que fait ton père ?

— Travaille dans une usine textile.

— Comme directeur ? »

Avinash secoua la tête.

« Comptable ?

— Ouvrier. Trente ans qu'il s'échine sur un putain de métier à tisser, tu piges ? »

La rage faillit l'emporter, mais il se calma.

« Je suis désolé, dit Maneck. Je ne voulais pas...

— Désolé de quoi ? Je n'ai pas honte de la vérité. Mais je devrais être désolé de ne pas avoir d'histoire plus intéressante à raconter. Pas de montagne, pas de neige, ni de maison fugueuse — juste un père qui a donné sa vie à l'usine et a récolté la tuberculose en échange. »

Leurs yeux se reportèrent sur le damier et Avinash continua de parler. Après avoir obtenu la bourse, il avait attendu avec impatience de pouvoir loger à la résidence, dans sa propre chambre. Il avait toujours vécu, avec ses parents et ses trois sœurs, dans un une-pièce-cuisine que leur louait l'usine. Malgré sa tuberculose, son père devait continuer à travailler, au milieu de la poussière et des fibres, pour pouvoir nourrir sa famille. Sans compter que, au cas où il s'arrêterait, il leur faudrait quitter le logement, et ils n'avaient nulle part ailleurs où aller.

Quand Avinash était arrivé à la résidence, il était

tombé de son haut : la saleté, des rats, des cafards partout. « Notre maison n'a peut-être qu'une pièce et une cuisine, mais au moins nous la gardons propre. » Puis il s'était retrouvé président de l'Union des étudiants et président du conseil d'administration du Comité de la résidence, et profondément frustré. « Je regrette de m'être fait élire. Rien dans le livret de l'université ne nous prépare à la vie en résidence.

— Qu'est-ce que tu veux dire ?

— Je ne veux pas gâcher ton premier jour avec des détails. Ce que tu as vu jusqu'à présent n'est rien. Mais si les étudiants voulaient bien s'y intéresser, exigeaient des améliorations, ils obtiendraient qu'on répare les salles de bains et les toilettes. L'argent de l'entretien file tout entier dans la poche de quelqu'un. Comme pour la cantine. Le traiteur est grassement payé, et il nous fait manger des ordures. Mais on peut choisir ses ordures — végétariennes ou non.

— Je ne suis pas chichiteux sur la nourriture », se vanta Maneck.

Avinash eut un petit rire.

« Nous verrons. En réalité, ce n'est pas un vrai choix. Je crois que les deux nourritures sont les mêmes — moins les cartilages et les os pour l'une des deux. »

Maneck se concentra ; il était en mesure, espérait-il, de démolir enfin la défense adverse.

« L'ennui, dit Avinash, en confisquant le pion porteur d'espoir, c'est que la plupart des étudiants qui vivent ici viennent de familles pauvres. Ils n'osent pas se plaindre, tout ce qu'ils veulent c'est finir leurs études et trouver un boulot pour pouvoir aider leurs parents et leurs frères et sœurs. »

Maneck avança encore deux pions, et connut une nouvelle défaite. Au fond, peu lui importait de perdre tout le temps, du moment qu'Avinash ne triomphait pas méchamment.

« Tu as l'air endormi, dit Avinash. Pas étonnant que tu ne puisses te concentrer sur le jeu.

— Non, ça va, faisons encore une partie. Mais tu sais, tu es différent des autres étudiants.

— Comment peux-tu le savoir? dit Avinash en riant. Tu viens d'arriver. »

Maneck réfléchit, passant un doigt sur les rainures concentriques qui enjolivaient la surface des pions. « Parce que... A cause de tout ce que tu viens de dire. Parce que tu es devenu président, pour améliorer les choses. »

Avinash haussa les épaules.

« Je ne le crois pas. J'envisage de démissionner. Je devrais consacrer mon temps et mon énergie à étudier. Je suis le premier, dans ma famille, à être allé au lycée. Ils comptent tous sur moi. Y compris mes trois jeunes sœurs. Je dois trouver de l'argent pour leur dot, sinon elles ne pourront pas se marier. » Il s'interrompit, souriant. « J'aidais ma mère à les faire manger quand elles étaient petites, et elles me mordaient les doigts. » Il rit franchement. « Mon père dit que si j'obtiens mon diplôme et un bon boulot, il n'aura pas craché tout son sang en vain. »

Ils relevèrent la tête et Avinash se tut. Parler avait été facile tant que leurs yeux restaient fixés sur le damier. La logique du jeu dirigeait à la fois le mouvement des pions et le rythme de la conversation. A présent le fil était rompu, la gêne prenait le relais.

« Je dois défaire mes bagages.

— Ta chambre devrait être en état, maintenant. Allons voir. »

Ils retransportèrent valise et paquets, balayèrent les cafards morts, firent le lit. « Ne le repousse pas contre le mur, dit Avinash. Mieux vaut laisser au moins trente centimètres. » Il suggéra aussi d'immerger les pieds du lit dans des bidons d'eau, pour empêcher les insectes de grimper. « Ça peut attendre demain. Cette nuit, tu seras tranquille. »

Maneck alla se plaindre au bureau du directeur de ce que rien ne se passait quand il tirait la chasse d'eau.

« C'est parce que le réservoir d'alimentation est vide, dit l'employé, occupé à scotcher des papiers déchirés. L'entrepreneur qui a construit le bâtiment n'a pas raccordé les tuyaux; il a empoché l'argent. L'université le poursuit en justice. Mais ne vous inquiétez pas, l'homme de ménage qui nettoie les salles de bains s'occupe du problème.

— Comment?

— Avec des seaux d'eau.

— A quelle heure vient-il?

— Avant que tout le monde se réveille — quatre, parfois cinq heures du matin. »

Maneck prit immédiatement la ferme résolution d'être le premier à se rendre aux toilettes chaque matin, peu importait l'heure à laquelle il devrait se lever.

Le lendemain, l'entendant bouger avant l'aube, Avinash vint voir ce qui se passait. « Qu'est-ce qui ne va pas? Tu es malade?

— Non, ça va bien, pourquoi?

— Tu sais l'heure? Cinq heures et quart.

— Je sais. Mais je déteste chier par-dessus la merde de quelqu'un d'autre. »

D'abord irrité d'avoir été tiré de son lit pour rien, Avinash prit le parti d'en rire. « Vous autres gosses de riches, quand regarderez-vous la réalité en face?

— Je t'ai dit que je ne suis pas riche. La salle de bains à la maison est rudimentaire, comme celle-ci. Mais la chasse d'eau fonctionne. Et ça ne pue pas.

— Ton problème, c'est que tu regardes trop et que tu sens trop. C'est la grande ville ici — fini les belles montagnes couvertes de neige. Il faut que tu apprennes à contrôler tes yeux et ton nez de femme-lette. Et que tu t'habitues aussi à autre chose : aux brimades.

— Oh non! dit Maneck, se rappelant le pension-nat. Ces garçons n'ont donc pas grandi? Qu'est-ce qu'ils font? Ils versent de l'eau dans le lit? Du sel dans le thé?

— Des trucs dans ce genre-là. »

Dans la lettre qu'il écrivit chez lui à la fin de la semaine, Maneck s'efforça de raconter les faits sur un ton détendu. Il ne voulait pas que le général et Mrs Grewal, et tous les autres qui liraient sa lettre, puissent le prendre pour une chochotte.

Au bout de deux semaines cependant, ayant consolidé son amitié avec Avinash, il fut sur le point de croire ce qu'on lui avait dit avant qu'il quitte ses montagnes : qu'il trouverait très plaisante la vie à l'université.

Un soir, tout en jouant aux dames, il confessa son ignorance des échecs. Avinash lui dit qu'il pouvait lui enseigner les rudiments en trois jours. « A condition que ça t'intéresse sérieusement. »

Comme ils étaient tous les deux non végétariens et qu'ils prenaient leurs repas dans la même partie de la salle à manger, la leçon commença durant le dîner, avec du papier et un crayon. La diversion, dit Maneck, aiderait à faire passer la tambouille de la cantine.

« Maintenant, dit Avinash, tu vas apprendre à détourner tes sens de leur objectif premier — c'est ça le secret. Est-ce que je t'ai raconté ma théorie ? Je crois que nos sens, vue, odorat, goût, toucher, ouïe, sont calibrés pour que nous puissions jouir d'un monde parfait. Puisque le monde est imparfait, nous devons les aveugler.

— Le monde de la résidence est plus qu'imparfait. C'est une gigantesque difformité. »

Après le dîner, ils passèrent dans la salle commune, encore tranquille. Quelques étudiants entouraient la table de billard, saluant de murmures d'approbation ou de commisération chaque carambole réussie ou manquée. Un autre groupe arriva, riant et tapageur, qui entreprit de jouer à « chapeauter le ventilateur » : lancer un chapeau de stylo en direction du ventilateur accroché au plafond et essayer de le loger sur une des trois lames. Après plusieurs tentatives, l'inventeur du jeu grimpa sur une chaise, arrêta le ventilateur et déposa le chapeau de stylo. De gros éclats de rire saluèrent la dégringolade de l'objet lorsque le ventilateur repartit à une vitesse accélérée. Ensuite, ils empoignèrent un garçon de la bande, le hissèrent jusqu'au ventilateur, menaçant de le fourrer entre les lames. Il hurla, se débattit — de peur, et aussi parce que c'était ce qu'on attendait de lui.

Au bout de quelques minutes de spectacle, Maneck et Avinash montèrent continuer leur leçon d'échecs. Les pièces du jeu les attendaient sur le bureau d'Avinash, dans une boîte de contreplaqué au vernis marron brillant. Il fit glisser le couvercle, renversa la boîte sur l'échiquier.

Il en tomba des pièces en plastique grossièrement modelées, la base entourée de feutre vert. Maneck remarqua une feuille de papier posée à l'envers au fond de la boîte, et la retourna.

« Eh, c'est personnel, dit Avinash.

— Félicitations », fit Maneck en lisant le certificat.

Avinash avait reçu le jeu pour avoir gagné le tournoi d'échecs interclasses de 1972.

« Je ne savais pas que mon professeur était un champion.

— Je ne voulais pas te rendre nerveux. Allons, maintenant, fais attention. »

Au bout du troisième jour, Maneck connaissait les règles fondamentales des échecs. Ils se trouvaient dans la salle à manger, réfléchissant à un problème imaginé par Avinash : les blancs jouaient et faisaient mat en trois coups. Soudain, la révolution éclata dans la partie de la salle réservée aux végétariens. Les étudiants bondirent de leurs sièges, renversèrent les tables, cassèrent verres et assiettes, projetèrent leurs chaises contre la porte de la cuisine. La raison de ce soulèvement ne tarda pas à être connue : l'un d'entre eux avait découvert un bout de viande flottant dans son brouet de lentilles.

La faute en incombait à ce salaud de traiteur qui se moquait de leurs sentiments religieux, piétinait leurs croyances, polluait leurs corps afin d'engraisser son misérable portefeuille. En quelques minutes, tous les habitants végétariens de la résidence avaient envahi la cantine, fous de rage contre tant de duplicité. Certains semblaient sur le point de s'effondrer, poussant des cris incohérents, pris de convulsions, s'enfonçant les doigts dans la gorge pour régurgiter la substance interdite. Plusieurs y parvinrent, vomissant tout leur dîner.

Mais aucun doigt n'était assez long pour atteindre ce qu'ils avaient digéré depuis le début du trimestre. Cette méprisable substance, absorbée par leur moelle, était la cause de leur angoisse. Éructant, crachant, grondant, ils tournaient sur eux-mêmes, se tenant la tête, dénonçant cette calamité, refusant de comprendre que leur estomac était vide, qu'il ne restait plus rien à éjecter.

L'hystérie convergea sur une cible plus satisfaisante : les garçons qu'on traîna hors de la cuisine où ils travaillaient. Dégageant une odeur d'huile rance, de sueur et de réchauds surchauffés, les six marmitons tremblaient devant leurs accusateurs. Sur leur uniforme blanc, les taches témoignaient du menu du soir — traînées noires de lentilles, filaments vert foncé d'épinards.

La perspective de la vengeance agit comme une substance alcaline sur les entrailles des végétariens. Les nausées disparurent ; aux vomissements de bile et aux déjections jaune verdâtre succéda un torrent de violence verbale.

« A bas les salauds !
— Cassez-leur la figure !
— Faites-leur manger de la viande ! »

Les menaces ne se transformèrent pas immédiatement en coups parce que les six hommes choisirent de tomber à genoux et se lancèrent dans une bruyante lamentation. Pleurs et supplications devinrent bientôt aussi hystériques que les transes vomitiques des végétariens.

Avinash observa le drame pendant un moment,

puis repoussa sa chaise. « J'ai une idée. Tu veux bien surveiller l'échiquier ?

— Tu vas prendre un mauvais coup, dit Maneck. Pourquoi veux-tu intervenir ?

— Ne t'inquiète pas, il ne m'arrivera rien. »

Cuisiniers et étudiants conservaient la pose : le Crime découvert implorant la clémence aux pieds du Jugement implacable. Sans le risque que couraient les marmitons de se retrouver réduits en marmelade, le spectacle eût été drôle. Jusqu'à présent, néanmoins, la ligne invisible existait toujours, qui séparait le potentiel de sa matérialisation. Étrange que des lignes invisibles pussent être si puissantes, se dit Maneck — aussi fortes qu'un mur de brique.

« Stop ! Attendez une seconde ! hurla Avinash, en s'avançant entre les deux groupes.

— Qu'est-ce qu'il y a ? demandèrent-ils avec impatience, reconnaissant le président de l'Union des étudiants — et président du Comité de la résidence.

— A quoi ça vous sert de tabasser ces types ? Le fautif, c'est le traiteur marron.

— Si on fiche la raclée à ses employés, ils lui transmettront le message. N'osera plus se montrer ici.

— Vous vous trompez. Il viendra, mais avec une escorte policière. »

Un sacré gambit d'ouverture, songea Maneck — le renforcement de la ligne invisible.

Avinash exhorta les végétariens, et tous ceux que dégoûtait la nourriture qu'on leur servait, à s'associer avec lui pour déposer une plainte auprès de l'administration universitaire. « Faisons-le démocratiquement, ne nous conduisons pas comme des goondas dans la rue. Laissons ça aux politiciens. »

Echec, se dit Maneck. Finement manœuvré.

Certains approuvèrent, d'autres refusèrent la suggestion. Une nouvelle volée de menaces partit des rangs végétariens, tandis que les cuistots rampaient et pleurnichaient de plus belle. Mais l'intensité commençait à faiblir dans les deux camps. Des voix de plus en plus nombreuses s'élevèrent pour soutenir Avinash. L'offensive végétarienne cessa, faute de combattants, les marmitons se turent, tout en demeurant prêts à retomber prestement à genoux, au cas où la nécessité s'en ferait sentir.

On décida d'organiser une grande manifestation de protestation devant le bureau du directeur, le lendemain matin. La méthode d'action choisie recueillait à présent l'enthousiasme général. Même les plus stricts des végétariens arrêtèrent de vomir et partirent se livrer à leurs ablutions purificatrices, promettant de se joindre ensuite aux autres.

Echec et mat, se dit Maneck. La ligne invisible était infranchissable.

« Je crois que tu es ce qu'on appelle un leader-né, dit-il à Avinash, mi-taquin, mi-admiratif.

— Pas vraiment. Un imbécile-né. Je devrais m'en tenir à ma décision — envoyer promener tout cela et m'occuper de mes études. Viens, montons. »

Le succès de leur action stupéfia Avinash et ses disciples. Le directeur signala par lettre au traiteur qu'il était mis fin à son contrat. Le Comité de la résidence fut chargé de lui trouver un remplaçant.

Célébrant leur victoire, les étudiants exprimèrent de nouvelles ambitions. Leur président leur promit qu'ils éradiqueraient tous les maux du campus, l'un après l'autre : le népotisme dans l'embauche du personnel, la corruption en matière d'admissions, la fraude aux sujets d'examens, les privilèges accordés aux familles des politiciens, l'interférence gouvernementale dans l'établissement des programmes, l'intimidation du corps professoral. La liste était longue, car la racine du mal était profonde.

L'euphorie régnait. Les étudiants croyaient avec ferveur que toutes les universités du pays s'inspireraient de leur exemple pour entreprendre des réformes radicales, qui s'ajouteraient aux mesures préconisées par le mouvement populiste de Jay Prakash Narayan, appelant à un retour aux principes de

Gandhi. Les changements revigoreraient toute la société, faisant de la créature corrompue et moribonde un organisme sain qui, héritier d'une civilisation riche et ancienne, et grâce à la sagesse des Veda et des Upanishad, réveillerait le monde et conduirait à l'édification de toute l'humanité.

Les nobles rêves fleurirent durant ces quelques jours qui suivirent la révolution de la cantine. Les étudiants créèrent de nombreux sous-comités, adoptèrent un calendrier, enregistrèrent des procès-verbaux, votèrent des résolutions. La qualité des repas s'améliora. L'optimisme régna.

Maneck, cependant, estimait que cela suffisait. Il voulait que sa vie et celle d'Avinash retrouvent leurs bonnes vieilles habitudes. Cette agitation permanente était fatigante. Il essaya d'arracher Avinash à sa nouvelle passion, en usant de ce qu'il pensa être un argument astucieux : la famille. « Je crois que tu avais raison. Tu sais, ce que tu disais avant, sur la nécessité de t'absorber complètement dans tes études, pour aider tes parents et tes sœurs. Je crois que tu devrais le faire. »

Le souvenir troubla Avinash, lui empourpra le front.

« Je me sens souvent très coupable. Je vais abandonner ma présidence. Dès que les quelques problèmes encore pendants seront résolus.

— Quels problèmes ? Pas une fois au cours de toutes tes réunions tu n'as mentionné la saleté des toilettes et des salles d'eau. Les cafards et les punaises devraient figurer au programme. Le Mahatma Gandhi n'aurait pas aimé ton approche, il croyait profondément à la propreté — la pureté physique précède la pureté mentale, qui précède la pureté spirituelle. »

L'objection réjouit Avinash qui, en riant, passa son bras autour des épaules de Maneck. « J'ignorais que tu étais un expert en philosophie gandhienne. Dis-moi, veux-tu présider le sous-comité des cafards ? J'appuierai la motion. »

Maneck assista à quelques rassemblements et manifestations, à seule fin de soutenir son ami. Mais passé un certain temps, cet objectif lui-même ne lui parut pas suffisant. Le processus à l'œuvre dans toutes ces réunions était tellement répétitif que, écœuré, il abandonna.

Désormais, Avinash n'avait plus le temps de jouer aux échecs le soir. Ils continuaient à prendre leurs repas ensemble, mais rarement seuls, ce qui indisposait Maneck. Une foule se pendait aux basques de son ami, discutant et disputant de choses qu'il ne comprenait pas et ne tenait pas à comprendre. Dans leurs conversations ne cessaient de défiler des mots comme démocratisation, constitution, aliénation, dégénerescence, collectivisation, nationalisme, capitalisme, matérialisme, féodalisme, impérialisme, communalisme, socialisme, fascisme, relativisme, déterminisme, prolétarisme — ismes, ismes, ismes, les mots voletaient autour de lui comme des bourdons.

Pourquoi ces types ne peuvent-ils pas parler normalement ? se demandait Maneck. Pour s'amuser, il entreprit de compter les ismes, et s'arrêta quand il en fut à vingt. Parfois les chiens se glissaient dans leurs débats — chiens impérialistes, chiens courants du capitalisme. Parfois les chiens étaient des porcs — des porcs capitalistes. Les hyènes usurières et les chacals propriétaires faisaient quelques apparitions. Et, récemment, était venu s'ajouter cet état d'urgence, dont ils ne cessaient de parler, comme si le ciel leur était tombé sur la tête.

Se sentant ignoré, Maneck monta dans sa chambre dès qu'il eut fini de manger. Sortant les pièces d'échecs en plastique, dont il avait toujours la garde, il entreprit de jouer contre lui-même. Il avança une pièce, retourna l'échiquier dans l'autre sens. Au bout d'un moment, il en eut assez. Il essaya de lire le livre qu'Avinash lui avait prêté, contenant une série de problèmes par ordre croissant de difficulté.

Bien que trouvant cela très dur à supporter, Maneck continua de fuir la compagnie de son ami. Puis, alors qu'il commençait à faiblir, après quelques jours de solitude, Avinash frappa à sa porte.

« Salut, quoi de neuf ? »

Il donna une tape affectueuse sur le dos de Maneck.

« Ce jeu.

— Tu joues seul ?

— Non, avec moi. »

Maneck renversa son propre roi.

« Je ne t'ai pas beaucoup vu ces derniers temps. Tu n'es pas curieux de savoir ce qui se passe ?

— Tu veux dire à l'université ?

— Oui — et partout ailleurs, depuis qu'ils ont décrété l'état d'urgence.

— Oh, ça ! Je n'y connais pas grand-chose.

— Tu ne lis pas les journaux ?

— Seulement les bandes dessinées. Toute cette cuisine politique est trop rasoir.

— Bon, je vais te la résumer en vitesse, comme ça tu ne t'endormiras pas.

— D'accord, je te chronomètre. » Maneck regarda sa montre. « Prêt, partez. »

Avinash prit une profonde inspiration.

« Il y a trois semaines, la Haute Cour a jugé le Premier ministre coupable de truquage aux dernières élections. Ce qui signifiait qu'elle devait se démettre. Mais elle a freiné des quatre fers. Alors les partis d'opposition, les ligues étudiantes, les syndicats — tous ont organisé des manifestations de masse dans tout le pays. Réclamant sa démission. Alors, pour se maintenir au pouvoir, elle a prétendu que des troubles intérieurs mettaient en danger la sécurité du pays et a décrété l'état d'urgence.

— Vingt-neuf secondes, dit Maneck.

— Attends, encore quelque chose. Sous prétexte de ce décret, on a suspendu les droits fondamentaux, mis aux arrêts la plupart des leaders de l'opposition, emprisonné les chefs syndicaux, et même certains leaders étudiants.

— Tu ferais bien d'être prudent.

— Ne t'inquiète pas, notre université n'est pas très importante. Mais le pire de tout, c'est que la presse est censurée...

— Dans ces conditions, à quoi ça sert de lire les journaux ?

— ... et elle a modifié la loi électorale à titre rétroactif, transformant sa culpabilité en innocence.

— Et c'est à cause de ça que tu n'as plus le temps de jouer aux échecs ?

— Je n'arrête pas de jouer. Tout ce que je fais est une partie d'échecs. Allons, montre-moi ce que tu as appris. »

Il installa l'échiquier, puis cacha un pion noir et un pion blanc derrière son dos. Maneck choisit le bon — le blanc — et commença la partie en avançant son roi. Une demi-heure plus tard, il avait gagné. A sa plus grande surprise.

« Voilà ce que je mérite, pour t'avoir si bien enseigné, dit Avinash. Mais nous ferons une revanche bientôt. »

Désormais les choses allaient redevenir comme avant, pensa Maneck. Il aurait de nouveau Avinash pour lui seul. Il souhaitait qu'en raison de l'état d'urgence le recteur interdise cette foutue Union des étudiants, comme cela se pratiquait dans d'autres universités. Plus rien alors ne viendrait distraire son ami.

Mais les choses ne se passèrent pas comme Maneck l'espérait : leurs parties d'échecs ne reprirent jamais. Plusieurs soirs de suite, il frappa à la porte d'Avinash, sans obtenir de réponse. Deux fois il glissa un mot sous la porte : « Salut. Où te caches-tu ? Tu as peur de m'affronter au-dessus de l'échiquier, ou quoi ? A bientôt — Maneck. »

Peu après il le croisa dans la salle à manger, mais Avinash n'eut que le temps de le saluer. « J'ai eu ton message, dit-il. Tu es libre demain ?

— Bien sûr. »

Le lendemain soir, Maneck attendit dans sa chambre, mais son ami ne se montra pas. Affamé et peiné, il se coucha en se promettant qu'on ne l'y prendrait plus. A l'autre de lui courir après, s'il voulait le voir.

Avinash lui manqua. Étrange, se dit-il, qu'une amitié puisse naître soudainement, d'une histoire de cafards et de punaises, et avorter tout aussi soudainement, pour une raison tout aussi ridicule. Mais peut-être l'idiotie avait-elle été, en premier lieu, de croire qu'il s'agissait d'une amitié.

L'écœurement que lui causait la vie à la résidence, mais qu'il avait appris à supporter, se manifesta avec une vigueur renouvelée. A titre d'antidote, il mit au point une technique de réveil : dès que ses yeux s'ouvraient, il les refermait et, la tête toujours sur l'oreiller, imaginait les montagnes, les tourbillons de brume, le chant des oiseaux, les chiens grattant le sol sur la terrasse, la fraîcheur de l'air matinal sur sa peau, les chamailleries des singes, le petit déjeuner dans la cuisine, le goût des toasts et des œufs sur le plat dans sa bouche. Ses sens ainsi bardés, il rouvrait les yeux et sortait du lit.

Sur le campus, un nouveau groupe, les Étudiants pour la démocratie, qui avait émergé juste après la proclamation de l'état d'urgence, était en pleine ascension. Son jumeau, l'Organisation des étudiants contre le fascisme, maintenait la cohésion des deux groupes en réduisant au silence ceux qui tentaient de s'opposer à eux ou critiquaient l'état d'urgence. Menaces et confrontations devinrent si courantes qu'elles auraient pu figurer au programme des études. Présentes en permanence, les forces de police veillaient à ce que fussent respectées les nouvelles et sinistres conceptions de la loi et de l'ordre.

En application du décret sur le maintien de la sécurité intérieure — MSI —, des hommes en civil enlevèrent deux professeurs qui avaient protesté contre les agissements des escouades de cogneurs sur le campus. Leurs collègues n'osèrent pas intervenir en leur faveur car le MSI autorisait l'emprisonnement sans jugement, et l'on savait très bien que quiconque s'interrogeait sur la validité du MSI se retrouvait un jour inculpé au nom du MSI.

Le sort d'Avinash inquiétait Maneck ; en sa qualité de président de la première Union des étudiants, il devait avoir tout à craindre des nouveaux groupes régnant sur le campus. La nuit, Maneck guettait les bruits provenant de la chambre à côté. La porte que l'on referme doucement, le placard métallique qui claque, le pulvérisateur à désinfectant qui chuinte, le lit qui gémit sous le poids, tout cela lui révélait que son ami était sain et sauf, qu'on ne l'avait pas molesté ni emmené dans un lieu secret de détention.

Maneck courait de la résidence à l'université sans s'arrêter au spectacle des brutalités quotidiennes, de la flagornerie et de la soumission. Le local du journal du campus fut attaqué, ses rédacteurs et sa direction limogés. Le journal, usant d'un ton satirique, se moquait parfois du gouvernement ou de l'administration universitaire, encore que la satire fût devenue un art de plus en plus difficile à pratiquer car le gouvernement la maniait dans ses propres rapports aux médias censurés — mieux que le journal ne l'avait jamais fait.

Les Étudiants pour la démocratie s'en emparèrent et publièrent une déclaration dans le numéro suivant, affirmant que la publication ferait désormais mieux entendre la voix de la population universitaire. Le reste du numéro fut consacré à l'énoncé d'un code de conduite à l'usage des étudiants et des professeurs.

Un matin, on annonça la suspension des cours et une cérémonie de salut au drapeau dans la cour, avec présence obligatoire, à laquelle veillaient les Étudiants contre le fascisme. Le président des Étudiants pour la démocratie saisit le micro. Il exhorta les détenteurs de l'autorité à sortir des rangs, à prouver leur amour du pays, à donner un exemple de comportement patriotique.

Sur quoi, assistants, chargés de cours, professeurs titulaires et chefs de départements s'approchèrent du dais, offrant le spectacle d'une masse enthousiaste. Les organisateurs voulurent les modérer, de façon qu'on pût croire à une manifestation spontanée. Mais il était trop tard pour améliorer la chorégraphie. La totalité du personnel enseignant s'était déjà alignée devant la table, comme des clients dans un magasin d'État. Ils signèrent sans rechigner des déclarations affirmant qu'ils soutenaient tous le Premier ministre, sa proclamation de l'état d'urgence, sa volonté de lutter contre les forces antidémocratiques intérieures menaçant de détruire le pays.

Encore plus que de la peur, c'est du mépris que le spectacle inspira à Maneck. Mais pour ses professeurs, il n'éprouva que de la pitié. Ceux-ci s'éclipsèrent en catimini, l'air coupable et honteux.

Cette nuit-là, la chambre voisine de la sienne resta silencieuse. Maneck demeura éveillé, inquiet pour Avinash, jusqu'aux petites heures du matin. Devait-il signaler au bureau du directeur l'absence de son ami ? Peut-être s'était-il simplement rendu dans sa famille ? Peut-être faisait-il un déplacement tout aussi innocent ? Mieux valait attendre.

Pendant le dîner, il chercha Avinash du regard dans la salle à manger, en vain. D'un ton détaché, il demanda à quelqu'un : « Qu'est-ce que fabrique le comité directeur de l'Union des étudiants ?

— Ils ont tous disparu de la scène, yaar. Dans la clandestinité. C'est trop risqué pour eux de traîner par ici. »

L'explication rassura Maneck. Il était convaincu qu'Avinash se cachait quelque part, dans l'appartement de ses parents peut-être, et qu'il reviendrait bientôt — après tout, combien de temps encore pouvait durer cet état d'urgence avec sa cohorte de gros bras ? De plus, Avinash ne se laisserait pas prendre facilement. Pas avec son génie pour les échecs.

L'ex-traiteur fournissait de nouveau la cantine, soumettant les intestins à sa vengeance. Au souvenir de l'incident végétarien qui avait tout déclenché, Maneck était pris de colère — n'avait-il pas dit à Avinash de ne pas s'en mêler, que cela finirait mal ?

A présent, quand le repas était particulièrement ignoble, il s'achetait des sandwiches ou des samosas à un éventaire dans la rue. Plus chanceux en cela que la plupart de ses congénères, car ses parents lui envoyaient un peu d'argent de poche. C'était réconfortant de voir couper les tomates en tranches et beurrer le pain, d'entendre le grondement du réchaud, le sifflement de l'huile de friture.

Un soir, alors qu'il rentrait à la résidence après son en-cas, il entendit le cri de : « A poil ! A poil ! » résonner dans le couloir, comme un cri de chasse. Il jeta un œil dans la salle de jeux où une douzaine d'étudiants en cernaient deux autres, en première année de mécanique. Ils en saisirent un, lui ôtèrent son pantalon, le forcèrent à se courber au-dessus de la table de ping-pong et tendirent à l'autre une bouteille de limonade vide, lui ordonnant de faire une démonstration du fonctionnement des pistons et des cylindres dans les moteurs à combustion interne. Ils vainquirent sa répugnance en menaçant de lui donner le rôle du cylindre.

Maneck s'enfuit, terrorisé. Dès lors, il regagna directement sa chambre après le dîner et s'y enferma, s'assurant qu'il avait tout ce qu'il lui fallait — journal, livres de la bibliothèque, verre d'eau — de façon à ne pas devoir quitter son sanctuaire quand la bande traquait sa proie.

Une nuit — il venait d'enfiler son pyjama —, il fut pris de violents spasmes intestinaux. Ce doit être le chutney du coin de la rue, se dit-il. Il avait un drôle de goût, j'aurais dû me méfier.

Il fallait absolument qu'il se rende aux toilettes. Il ouvrit sa porte avec précaution. Le couloir était vide. Il s'y engagea, avança rapidement. A mi-chemin, ils lui tombèrent dessus, surgissant d'un débarras. Il se

363

débattit. « Je vous en prie ! Il faut que j'aille aux toilettes ! C'est urgent !

— Plus tard, dirent-ils en lui tordant les bras derrière le dos afin de l'immobiliser.

— Ohhhhhh ! hurla Maneck.

— Écoute, ça n'est qu'un jeu. Pourquoi le transformer en bagarre ? Tu vas prendre un mauvais coup. »

Il ne résista plus, ils lui libérèrent les bras.

« Tu es un brave garçon. Maintenant, dis-nous, tu es inscrit en quoi ?

— Réfrigération et climatisation.

— Bon, on va te faire passer un test. Juste pour voir si tu étudies comme il faut.

— D'accord. Mais est-ce que je peux aller aux toilettes d'abord ?

— Plus tard. »

Ils l'emmenèrent à l'atelier, où trônait un grand modèle de réfrigérateur, et lui dirent de se déshabiller. Il ne bougea pas. Ils se rapprochèrent.

« Je vous en prie ! supplia-t-il en se débattant. Je vous en prie ! Non ! »

Ses assaillants firent preuve d'une grande efficacité : en moins de temps qu'il n'en faut pour le dire, ils l'avaient déshabillé. « Maintenant, écoute-nous bien. La première partie du test est simple. On va te réfrigérer pendant dix minutes. Pas de panique. » Ils le flanquèrent dans le réfrigérateur, plié en deux en raison de l'exiguïté de l'objet, et refermèrent la porte. La nuit du cercueil l'enveloppa.

Ils attendirent ses réactions. Au début, il n'y en eut aucune. Puis il y eut des coups sur la porte, auxquels succéda un bref silence. Les coups reprirent — plus faibles à présent, et sporadiques. Jusqu'au moment où ils s'éteignirent complètement. Les garçons regardèrent leur montre : il ne s'était écoulé que sept minutes. Ils décidèrent néanmoins d'ouvrir la porte.

« Aagh ! Chhee ! » L'odeur pestilentielle les fit reculer. « L'ordure, il a chié dans le réfrigérateur ! »

Raide de froid, Maneck ne pouvait bouger. Ils le

tirèrent, recroquevillé, comme moulé, claquèrent la porte sur l'épouvantable odeur. Il regarda autour de lui, étourdi, incapable de se redresser.

Des applaudissements moqueurs le saluèrent. « Très bien. Vingt sur vingt pour le premier test. Une prime pour la merde. Maintenant passons au second. »

Il essaya de parler, ses lèvres bleues de froid tremblaient. Il chercha à attraper son pyjama, quelqu'un le poussa hors de sa portée. « Pas encore. Pour la seconde partie du test, tu dois démontrer que ton thermostat fonctionne. »

Il resta bouche ouverte, hébété.

« Qu'est-ce qu'il y a ? Tu ne sais pas ce que c'est qu'un thermostat ? »

Maneck secoua la tête, fit une nouvelle tentative pour attraper son pyjama.

« C'est *ça* ton thermostat, imbécile », dit l'un des garçons, en frappant le pénis glacé. « Maintenant, montre-nous s'il fonctionne. »

Maneck regarda son organe comme s'il le voyait pour la première fois et ils applaudirent derechef. « Très bien ! Thermostat correctement identifié ! Mais est-ce qu'il marche ? »

Il hocha la tête.

« Prouve-le. » Il n'était pas sûr de bien comprendre. « Allons, fais-le marcher. Branle-le. » Ils reprirent en chœur : « Branle-le ! Branle-le ! Branle-le. »

Maneck comprit. « Je vous en prie », articula-t-il de ses lèvres dégelées à présent. « Je ne peux pas. Je vous en prie, laissez-moi partir.

— Tu dois accomplir la seconde partie du test, sinon nous te ferons refaire la première partie, avec ta merde cette fois dans le frigo. La vérification du thermostat est obligatoire. »

Maneck prit son pénis dans ses mains, le frotta plusieurs fois, faiblement, abandonna.

« Ça ne marche pas ! Plus fort ! Branle-le ! Branle-le ! »

Pleurnichant, il s'acharna sur son prépuce, au rythme des encouragements. Pour en finir plus vite avec cette humiliation, il travailla dur, jusqu'à en avoir mal au poignet, ne ressentant rien, redoutant que le froid n'ait eu des conséquences désastreuses. Enfin, il éjacula, sans véritable érection.

Ils crièrent, sifflèrent, ululèrent. Quelqu'un lui rendit son pyjama, et ils se dispersèrent. Il attendit que tout soit calme à l'extérieur pour se glisser hors de l'atelier, aller se laver et regagner sa chambre. Dans son lit, allongé sur le dos, tremblant, il resta à fixer le plafond. Se demandant ce qui se passerait quand le professeur ouvrirait le réfrigérateur.

Une heure plus tard, il tremblait toujours. Il sortit la couverture du placard. Il savait ce qu'il allait faire — dès qu'il irait mieux, il ferait ses bagages, au matin il prendrait un taxi jusqu'à la gare et rentrerait chez lui par le *Courrier de la Frontière*.

Mais que diraient ses parents? Il devinait la réaction de papa — il l'accuserait de s'être enfui comme un lâche. Maman prendrait d'abord sa défense puis se rangerait aux côtés de papa, comme d'habitude. Changerait d'avis comme d'habitude. C'est ce que le correcteur d'épreuves avait dit, dans le train — on ne peut éviter le changement, il faut s'y adapter. Ce qui ne signifiait sûrement pas, cependant, accepter de changer pour le pire.

Tout en emballant ses affaires, Maneck passa la première moitié de la nuit en discussion avec lui-même. Pendant l'autre moitié, il les déballa et écrivit à ses parents. Que, jusqu'à présent, il ne leur avait pas dit la vérité, qu'il s'en excusait, mais qu'il ne voulait pas qu'ils s'inquiètent : « La résidence est un endroit si abominable que je ne peux plus y rester. Non seulement c'est sale et ça pue, mais les gens sont dégoûtants. Nombre d'entre eux ne sont même pas des étudiants, et je ne sais pas comment on autorise ces goondas à habiter dans une résidence universitaire. Ils prennent du haschisch et de la ganja, se soûlent, se battent. Jouent à tous les jeux, vendent de la drogue. » Il réfléchit un instant, puis ajouta : « L'un d'entre eux a même essayé de m'en vendre. » Cela, ses parents n'allaient pas le supporter. « Tout ça est absolument épouvantable, et je veux rentrer le plus vite possible. Je travaillerai dans la boutique sans prétendre imposer mes idées, je ferai ce que vous me direz, je le promets. »

Voilà qui était suffisant, se dit-il, pour obliger ses parents à agir. Inutile de leur révéler la véritable infamie.

Ce désir de Maneck de rentrer chez lui correspondait aux vœux les plus chers de ses parents, même s'ils ne se l'avouaient pas. Le garçon leur manquait terriblement, mais ils n'osaient pas en parler. Ils se prétendaient, surtout en compagnie, très fiers et heureux de voir leur fils acquérir une solide éducation.

Et la lettre dc Maneck ne changea rien. Ils contrôlèrent soigneusement leurs réactions. « Ce serait vraiment dommage qu'il revienne si vite, dit Mr Kohlah.

— Oui, dit Mrs Kohlah. Il perdrait sa seule chance de faire une bonne carrière. Qu'en penses-tu, Farokh ? Que devons-nous faire ? »

Son cœur soufflait à Mr Kohlah que si son fils était malheureux, il devait rentrer immédiatement. Mais peut-être fallait-il s'efforcer de trouver une autre solution — c'est ce à quoi tout le monde s'attendrait de leur part, y compris leurs amis. Qui ne manqueraient pas, sinon, de l'accuser de mollesse.

« J'ai l'impression qu'il y a vraiment un grand problème à la résidence, avança-t-il prudemment.

— Bien sûr qu'il y en a un ! Mon fils ne ment pas ! Et on ne peut tout simplement pas le laisser vivre dans un endroit aussi malsain, plein de vices, d'escrocs et de truands, au nom d'un sacro-saint diplôme ! Quelle sorte de parents serions-nous ?

— Oui, oui, calme-toi, j'essaie de penser. » Il se massa le front. « Puisque la résidence ne convient pas, peut-être devrions-nous lui trouver un autre endroit où habiter. Chez des gens. Ça résoudrait le problème.

— C'est une bonne idée. » Mrs Kohlah ne tenait pas à traîner toute sa vie l'image d'une mère possessive qui avait ruiné l'avenir de son fils. « Et si je demandais à ma famille ?

— Non, souviens-toi, ils habitent trop loin de l'université. »

Sans compter les fadaises dont ils risquaient de farcir la tête de Maneck. Plus de vingt ans après qu'Aban les avait quittés, ils ne s'étaient toujours pas habitués à l'idée qu'elle vive loin d'eux.

« Si seulement nous pouvions lui trouver une chambre agréable, dit Mrs Kohlah. Dans un quartier sûr, et qui soit dans nos moyens. » Ce qui, se dit-elle gaiement, était quasiment impossible, dans cette ville où des millions d'individus vivaient dans des taudis et sur le trottoir. Et pas seulement des mendiants — même des gens ayant un emploi et de l'argent pour payer un loyer. Simplement, il n'y avait rien à louer. Non, aucune chance de trouver cela pour Maneck, il reviendrait bientôt à la maison. A cette pensée, elle sourit.

« Qu'est-ce qui te fait sourire, alors que nous avons un tel problème à résoudre ? demanda Mr Kohlah.

— Oh, rien, je pensais simplement à Maneck.

— Hum », grommela-t-il, dissimulant mal son propre plaisir. « Tu pourrais essayer d'écrire à ton amie. Elle connaît peut-être quelque chose.

— C'est vrai. Ce soir, j'écrirai à Zenobia. »

Ça ne serait jamais qu'un timbre de gâché, se dit-elle tout heureuse.

Ils reprirent leur train-train quotidien, débarrassés de la nécessité de dissimuler leur ravissement sous une prétendue déception. Encore quelque temps, et l'échec de leurs efforts ramènerait leur fils à la maison.

Peu de temps après, cependant, il leur fallut de nouveau recourir à la simulation, mais en sens inverse, lorsque, à leur amère surprise, la question du logement de Maneck fut résolue. Ils durent afficher leur satisfaction, clamer leur contentement de voir leur fils poursuivre ses études, et enterrer leurs espoirs de le voir revenir.

Mrs Kohlah, pleine de rancœur, écrivit une lettre de remerciement à Mrs Dalal, à l'adresse que Zenobia lui avait communiquée. « Je me demande si Dina est toujours aussi belle qu'à l'époque du lycée », dit-elle, goûtant le bruit qu'elle fit en arrachant sa feuille au bloc de papier à lettres. Il s'accordait à son humeur.

« Maneck pourra te fournir bientôt la réponse, dit Mr Kohlah. Il sera bientôt en mesure de te faire un rapport complet sur l'appartement. Et même de t'envoyer une photo, si tu veux. » Il avait le sentiment que tous ces fâcheux, surgis du passé de sa femme, se liguaient entre eux pour retenir son fils loin de lui.

Toutefois, il se rendit compte immédiatement de sa stupidité. Il signa le chèque du premier mois de loyer. Mrs Kohlah le joignit à sa lettre.

Dina guettait un signe de vie en provenance de la salle de bains. Que fabriquait-il, pourquoi n'entendait-elle pas le moindre bruit d'eau ? « Maneck, est-ce que tout va bien ? Est-ce que l'eau est assez chaude ?

— Oui, merci.

— Vous avez trouvé le pichet ? Il devrait être près du baquet. Et vous pouvez vous asseoir sur le tabouret en bois.

— Oui, tante. »

Maneck n'osa pas parler des vers, qui sortaient en bataillon de la canalisation. Il espérait qu'ils regagneraient d'eux-mêmes leur logement souterrain. Peut-être aurais-je dû, de moi-même, rentrer à la maison, songeait-il. Quelle stupidité d'avoir écrit cette lettre. Espéré que papa m'autoriserait à rentrer.

N'entendant toujours aucun bruit, Dina perdit patience. « Qu'est-ce qui cloche, Maneck ? Pourriez-vous, s'il vous plaît, vous dépêcher. Il faut que je me lave moi aussi, avant que les tailleurs n'arrivent. »

Elle espérait trouver le temps, dans la journée, d'aller encaisser le chèque. Mais il lui fallait d'abord expédier Maneck à l'université, faire les choses dans l'ordre. Quand le garçon aurait pris le pli, il ne poserait plus de problème. Et après qu'il se serait habitué aux gadgets modernes, comme le chauffe-eau à immersion. Quand elle lui avait demandé comment on chauffait l'eau chez lui, il lui avait décrit la chaudière que l'on bourrait de charbon tous les matins. Quels primitifs ! Mais il avait fait son lit, rangeant tout très proprement — un très bon point.

Derrière la porte de la salle d'eau, elle s'enquit à nouveau :

« Tout marche comme il faut ?

— Oui, tante. A part quelques vers qui sortent de la canalisation.

— Oh, ça ! Jetez-leur un peu d'eau, et ils s'en iront. »

Il y eut un bruit d'éclaboussure, puis le silence retomba.

« Alors ?

— Il en sort toujours.

— Bon, laissez-moi voir. »

Il entreprit de se rhabiller, elle frappa. « Allons, s'il vous plaît, enroulez-vous dans votre serviette et ouvrez la porte. Je ne vais pas rester là toute la matinée. »

Il se rhabilla néanmoins avant de la laisser entrer.

« Quel garçon timide. J'ai l'âge de votre mère. Qu'est-ce que j'aurais vu ? Bon, où sont ces vers qui vous ont fait peur ?

— Ils ne m'ont pas fait peur. Simplement, c'est dégoûtant. Et il y en a tant !

— Naturellement. C'est la saison des vers. Ils arrivent avec la mousson. Je pensais que vous étiez habitués à des choses pareilles, là-bas, dans vos montagnes, avec les bêtes sauvages.

— Mais en aucun cas dans la salle de bains, tante.

— Dans la mienne, il faudra vous y habituer. La seule chose à faire, c'est de les chasser en leur jetant de l'eau. De l'eau froide — ne gâchez pas la chaude. »

Elle le repoussa, attrapa le pichet, le déversa à plusieurs reprises sur les bestioles qui refluèrent vers la canalisation.

La vue de ses bras tendus, de la ligne douce qui les rattachait aux épaules, fit plus pour rassurer Maneck que la technique employée. Penchée au-dessus du baquet, sa chemise de nuit se plaquait sur ses hanches, révélant les courbes qu'elle dissimulait. Il détourna les yeux quand elle se redressa.

« Bon, est-ce que vous allez vous laver maintenant ? Ou voulez-vous que je reste à monter la garde contre les vers ? » Il rougit, et elle, énervée par l'arrivée imminente des tailleurs, dit : « Écoutez, comme c'est votre premier jour, je vais faire quelque chose de spécial en votre honneur. »

Elle prit la bouteille de phénol sur l'étagère, la déboucha, en vida le liquide blanc sur les vers. Le résultat fut instantané, les transformant en une masse rouge contorsionnée, puis en petits serpentins sans vie.

« Voilà. Mais rappelez-vous : le phénol coûte très cher, je ne peux pas m'en servir tous les jours. Vous devrez apprendre à vous laver en compagnie des vers. »

Il ferma la porte, se déshabilla de nouveau. L'image de Dina, penchée, bras tendus, s'insinua en lui, des frémissements lui parcoururent le corps. Mais l'odeur du phénol planant dans l'air provoqua un effet inverse.

6

Le jour au cirque,
la nuit au bidonville

Le premier à remarquer le rassemblement, tôt un matin, des autobus à impériale rouges devant l'entrée du bidonville fut un des enfants de l'ivrogne. La petite fille revint en courant raconter l'histoire à sa mère. Ishvar et Om, réveillés, étaient sortis de leur cabane, et elle la leur raconta aussi. Quant à son père, il dérivait dans les vapeurs de l'alcool.

Les chauffeurs s'accueillaient les uns les autres à grands coups de klaxon : en tout, vingt-deux autobus, alignés sur deux rangs. Les tailleurs allèrent chercher leur ration d'eau et se dirigèrent vers la voie de chemin de fer. Il avait plu durant la nuit. Ils enfonçaient dans le sol, la boue se collait à leurs pieds comme une bête à plusieurs bouches.

« Allons de bonne heure chez Dinabai, dit Om.

— Pourquoi ?

— Maneck sera là. »

Ils trouvèrent un emplacement au goût d'Ishvar et s'accroupirent. Om apprécia l'absence du ramasseur de cheveux, et de son bavardage insipide. De toute façon, il détestait les conversations en de telles occasions, même intelligentes.

Sa chance ne dura pas ; Rajaram se matérialisa au sortir du coude que faisait la voie et les repéra aussitôt. Il vint s'accroupir derrière eux, et se mit à spéculer sur le pourquoi de la présence des autobus.

« Ils inaugurent peut-être une nouvelle gare routière, dit Om.

— Ça serait commode pour nous.

— Mais est-ce qu'ils ne commenceraient pas par construire des bureaux ? »

Ils se lavèrent puis allèrent rôder autour des véhicules. Les chauffeurs en uniforme kaki, appuyés à leur portière ou assis au bord du trottoir, lisaient le journal, fumaient ou mâchonnaient du paan.

« Namaskaar, lança Rajaram à la cantonade. Où conduisez-vous vos carrosses rouges aujourd'hui ?

— Qui sait ? dit l'un d'eux. Le directeur nous a demandé d'amener les bus et d'attendre une mission spéciale. »

La pluie se remit à tomber. Les gouttes rebondissaient sur le toit des autobus vides. Les chauffeurs se replièrent à l'intérieur des véhicules et fermèrent les fenêtres crasseuses.

Sur quoi arriva le vingt-troisième autobus, avec son essuie-glace défectueux, lent et mal fixé, comme un pendule mouillé. Celui-là était plein à craquer, l'impériale occupée par des policiers en uniforme qui restèrent à bord, tandis que le bas crachait des hommes portant serviettes et brochures.

Ils se secouèrent, tirèrent sur leur pantalon qui les gênait à l'entrecuisse et pénétrèrent dans le bidonville. Pour préserver leurs sandales de cuir de la boue, certains marchaient sur la pointe des pieds, tâchant de garder l'équilibre sous leur parapluie ouvert. D'autres, afin d'épargner la semelle, progressaient sur le talon, scrutant le sol à la recherche de touffes d'herbe, de pierres, de briques cassées — n'importe quoi leur permettant de moins se crotter.

Leur spectacle de funambules attira vite la masse. Une rafale de vent emporta les parapluies ; les hommes chancelèrent. Une rafale plus forte leur fit perdre l'équilibre. Le public s'esclaffa. Des enfants se mirent à imiter leur démarche. Abandonnant leurs sandales à la boue et se drapant dans leur dignité, les visiteurs se dirigèrent vers la foule qui faisait la queue devant le robinet d'eau.

Le plus élégamment chaussé de tous déclara qu'ils étaient des permanents du parti et qu'ils apportaient un message du Premier ministre. « Elle vous adresse ses salutations et veut que vous sachiez qu'elle tient un grand meeting aujourd'hui. Vous êtes tous invités à y assister. »

Une femme plaça son seau vide sous le robinet. Le bruit de l'eau y dégringolant étouffa les propos de l'homme, qui enfla sa voix. « Le Premier ministre tient spécialement à parler avec des gens honnêtes et travailleurs comme vous. Ces autobus vont vous amener à la réunion, gratuitement. »

La file progressa, sans montrer le moindre signe d'intérêt. Il y eut quelques chuchotements, suivis de rires. Le permanent du parti essaya à nouveau. « Le Premier ministre tient à vous dire qu'elle est à votre service et qu'elle veut vous aider. Elle veut entendre des choses de votre propre bouche.

— Dis-les-lui toi-même ! cria quelqu'un. Tu vois dans quelle prospérité nous vivons !

— Oui ! Raconte-lui comme nous sommes heureux ! Pourquoi devrions-nous y aller ?

— Si elle est à notre service, alors qu'elle vienne !

— Demande à tes hommes avec leurs appareils photo de prendre nos belles maisons, nos enfants pleins de santé ! Montre ça au Premier ministre ! »

Les rires méprisants redoublèrent, il fut question de certaines choses qui pourraient bien arriver à ces fonctionnaires du parti qui venaient embêter les pauvres gens à l'heure de la distribution d'eau. Les visiteurs tinrent un bref conciliabule.

Puis leur chef parla de nouveau : « Vous recevrez cinq roupies par personne. Plus le thé et les biscuits gratuits. S'il vous plaît, rassemblez-vous dehors à sept heures et demie. Les bus partiront à huit heures.

— Tes cinq roupies, tu peux te les fourrer dans le cul !

— Et y mettre le feu ! »

Les insultes cependant commencèrent à tarir, car

l'offre soulevait un intérêt certain. Les hommes du parti se déployèrent dans le bidonville pour répandre le message.

Un chiffonnier demanda s'il pouvait amener sa femme et ses six enfants. « Oui, dit l'organisateur, mais ils ne recevront pas cinq roupies chacun. Il n'y aura que toi. » Ses illusions évanouies, le père s'éloigna, mais se laissa de nouveau tenter quand l'offre de thé et de nourriture s'étendit à toute sa famille.

« Ça a l'air drôle, dit Om. Allons-y.

— Tu n'es pas fou ? Perdre toute une journée de travail ?

— Ça n'en vaut pas la peine, confirma Rajaram. Ces gens nous racontent des bobards.

— Qu'en sais-tu ? Tu as déjà assisté à des réunions de ce genre ?

— Oui, et c'est toujours la même chose. Si vous n'aviez pas de travail, je vous dirais, allez-y et prenez leurs cinq roupies. La première fois qu'on voit un tamasha du gouvernement, c'est drôle. Mais de là à perdre une journée de travail, non. »

A sept heures et demie, la file devant les autobus était à peine assez longue pour remplir une voiture entière. Elle comprenait quelques journaliers sans emploi, des femmes et des enfants, des dockers, les mathadis, en arrêt de travail pour accident. Confrontés à cette situation, les permanents du parti décidèrent de mettre à exécution le plan alternatif.

Le sergent Kesar, chef de l'escouade policière, donna l'ordre d'entrer en action. Il chargea une douzaine d'hommes de bloquer les issues du bidonville, les autres le suivirent à l'intérieur. Il s'efforçait de prendre un pas martial et noble, mais avec ses pieds plats s'enfonçant dans la boue, sa démarche ressemblait plutôt au dandinement d'un canard. Il avait un mégaphone, qu'il porta à sa bouche, le tenant de ses deux mains comme une trompette. ·

« Attention ! Attention ! Deux personnes de chaque jhopdi doivent monter dans le bus ! Dans cinq minutes — au plus tard. Sinon vous serez arrêtés pour violation de propriété municipale ! »

Les gens protestèrent : comment pouvait-on les accuser de violation alors qu'ils payaient leur loyer ? Ils partirent chercher Navalkar, le collecteur de loyers, mais sa cabane était vide.

« Je me demande si le Premier ministre sait qu'on nous emmène de force, dit Ishvar.

— Elle ne sait que les choses importantes, dit Rajaram. Ce que ses amis veulent qu'elle sache. »

Les policiers se déployèrent en cercle autour des bus. Qui se remplirent lentement, paraissant encore plus rouges maintenant que la pluie avait lavé la poussière et la boue. Certains récalcitrants comprirent aisément, à la vue des lathis brandis par les policiers, l'inutilité de leurs plaintes.

L'homme aux singes voulait bien y aller, mais à condition d'emmener ses bêtes. « Ça leur fera plaisir, expliqua-t-il à un recruteur du parti, ils s'amusent tellement quand on prend le train pour aller travailler. Et je ne demanderai pas qu'on les nourrisse, je partagerai mon thé et mes biscuits avec eux.

— Tu ne comprends pas ce qu'on te dit ? Pas de singes. Ce n'est pas un cirque. »

Derrière lui, Rajaram chuchota :

« C'est pourtant exactement ce que c'est.

— S'il vous plaît, sahab, implora l'homme aux singes. Le chien peut rester seul. Mais pas Laila et Majnoo, ils vont pleurer toute la journée sans moi. »

On eut recours à l'arbitrage du sergent Kesar. « Est-ce que tes singes sont bien dressés ? demanda-t-il.

— Policier-sahab, ma Laila et mon Majnoo sont merveilleusement dressés ! Ce sont des enfants obéissants ! Regardez, ils vont vous faire salaam ! »

A son geste, les singes portèrent leurs pattes à leur tête dans un bel ensemble.

En riant, le sergent Kesar leur rendit leur salut. Leur maître frappa le sol de leurs laisses, les singes s'agenouillèrent. Ce qui remplit le sergent Kesar de joie.

« A proprement parler, je ne vois aucun mal à laisser monter les singes, dit-il au recruteur du parti.

— Excusez-moi, sergent, dit celui-ci en le prenant à part. Le risque c'est qu'on voie dans les singes une sorte de commentaire politique, et que les ennemis du parti s'en servent pour nous ridiculiser.

— C'est possible, dit le sergent en agitant son mégaphone. Mais on pourrait y voir aussi une preuve de la capacité du Premier ministre à communiquer avec les animaux, et pas seulement avec les humains. »

L'homme du parti roula des yeux affolés.

« Voulez-vous en prendre la responsabilité et le mettre par écrit, en triple exemplaire ?

— A proprement parler, ça n'est pas de ma compétence. »

Le sergent Kesar retourna auprès de l'homme aux singes et lui annonça tristement la nouvelle.

« Je suis désolé, c'est une réunion importante pour le Premier ministre. Les singes ne sont pas admis.

— Patientez et vous verrez, dit Rajaram à mi-voix aux gens qui faisaient la queue. Il y en aura plein l'estrade. »

L'homme aux singes remercia le sergent de ses efforts. Il enferma Laila et Majnoo ainsi que Tikka dans sa baraque et revint, l'air misérable. Maintenant, les autobus étaient presque pleins, et le convoi prêt à s'ébranler dès que coups de canne et claques auraient convaincu les ultimes récalcitrants de monter.

« Je n'ai jamais rien vu d'aussi injuste, dit Ishvar. Et que va penser Dinabai ?

— Nous n'y pouvons rien, dit Om. Alors, profitons du voyage gratuit.

— Bien pensé, dit Rajaram. Puisqu'il faut y aller, autant s'amuser. L'année dernière, ils nous ont transportés en camion. Serrés comme des moutons. Ces bus sont plus confortables.

— On est au moins cent dans chacun, dit Ishvar. En tout, ça fait plus de deux mille personnes. Ça va être une grande réunion.

— Et ça, c'est uniquement pour notre colonie, dit

Rajaram. Ils ont dû envoyer des bus partout. Ça fera entre quinze et vingt mille personnes, patientez et vous verrez. »

Au bout d'une heure de route, les autobus atteignirent les faubourgs de la cité. Om déclara qu'il avait faim. « J'espère qu'ils vont nous donner le thé et les biscuits à l'arrivée. Et les cinq roupies.

— Tu as toujours faim, dit Ishvar d'une voix de fausset. Est-ce que tu as des vers ? »

C'était une repartie de Dina Dalal, expliquèrent-ils en riant à Rajaram.

Bientôt ils roulèrent à travers la campagne. Il avait cessé de pleuvoir. Ils traversèrent des villages dont les habitants les regardaient passer. « Je ne comprends pas, dit Ishvar. Pourquoi nous traîner de si loin ? Pourquoi ne pas prendre ces paysans ?

— Trop compliqué, je suppose, dit Rajaram. Ça ferait trop de villages à visiter, avec les gens éparpillés partout — deux cents ici, quatre cents là. C'est plus facile de les ramasser en bloc dans les jhopadpattis de la ville. » Il s'interrompit, tout excité : « Regardez ! Regardez cette femme près du puits ! Quels beaux cheveux longs ! » Il soupira. « Si seulement je pouvais arpenter la campagne avec mes ciseaux, moissonner ce dont j'ai besoin. Je serais vite riche. »

Ils surent qu'ils approchaient de leur destination en constatant une augmentation de la circulation, quand d'autres véhicules les rejoignirent, qui transportaient eux aussi le public sur mesure du Premier ministre. Parfois, les bus se rangeaient sur le côté, pour permettre à une voiture arborant fanion et remplie de Très Hautes Personnalités de les dépasser dans un grand charivari de klaxons.

Ils s'arrêtèrent à proximité d'un grand terrain. On recommanda aux passagers de garder en mémoire le numéro de leur autobus, pour le retour, puis un organisateur leur indiqua l'endroit où ils devaient se placer, en leur répétant les consignes d'applaudissement. « Regardez-bien les dignitaires sur l'estrade. Chaque fois qu'ils se mettent à applaudir, vous en faites autant.

— Et l'argent?

— Vous l'aurez à la fin de la réunion. On vous connaît. Si on vous paye au début, vous filerez en plein milieu du discours.

— Avancez! Avancez! » cria un assistant en les poussant dans le dos.

— Ne me touchez pas! gronda Om en se dégageant.

— Aray Om, du calme », dit Ishvar.

Des piquets de bambou et des barrières divisaient le terrain en plusieurs enclos; sur le plus vaste, tout au bout, une estrade s'élevait à environ un mètre cinquante du sol; seul le devant, réservé aux personnalités, bénéficiait de chaises. Les discussions allaient bon train pour déterminer l'attribution desdites chaises, qui étaient de trois sortes: rembourrées, avec des bras, pour les super-THP; rembourrées, sans bras, pour les THP normales; en métal, pliantes, pour les simples-P, lesquelles personnalités se chamaillaient avec les ouvreurs, essayant de faire précéder leur P d'un TH.

« Tâchez de rester sur les bords, près de cette tente, dit Rajaram. C'est là que doivent se trouver le thé et les biscuits. » Mais des volontaires, portant des badges ronds tricolores, parquèrent le troupeau des nouveaux arrivants dans l'enclos suivant.

« Regarde-moi ça, yaar! » s'exclama Om, indiquant l'effigie du Premier ministre, de trois mètres de haut, sur la droite de l'estrade. Bras tendus, le personnage de carton et de contreplaqué semblait prêt à étreindre la totalité de l'auditoire. Suspendue derrière sa tête, une carte schématique du pays lui faisait un halo cabossé.

« Et regarde cette arche de fleurs! dit Ishvar. Comme un arc-en-ciel autour de l'estrade. C'est beau, hein? On les sent d'ici.

— Vous voyez, je vous avais bien dit que ça vous

plairait, dit Rajaram. C'est toujours amusant, la première fois. »

Ils s'installèrent confortablement par terre, et regardèrent autour d'eux. Les gens souriaient, approbateurs. L'homme chargé du son monta sur l'estrade pour vérifier les microphones, les haut-parleurs grésillèrent. La foule retint son souffle, en vain. Les autobus continuaient à dégorger des passagers par milliers. A présent, le soleil chauffait, mais, dit Ishvar, au moins il ne pleuvait pas.

Deux heures plus tard, enclos pleins, terrain surchargé, on traîna à l'ombre des arbres voisins, afin de les y ranimer, les premières victimes du soleil. Était-ce raisonnable, demandaient les gens, de tenir une réunion au moment le plus chaud de la journée? Un organisateur expliqua qu'ils n'avaient pas eu le choix, l'heure avait été déterminée par l'astrologue du Premier ministre, d'après la carte des corps célestes.

Dix-huit dignitaires prirent place sur l'estrade. A midi, un vrombissement se fit entendre dans le ciel, vingt-cinq mille têtes se levèrent. Un hélicoptère tourna trois fois autour du terrain, puis descendit se poser derrière l'estrade.

Quelques minutes plus tard, un personnage en kurta et calotte blancs à la Gandhi escorta sur scène Madame le Premier ministre, vêtue d'un sari blanc. Chacun à leur tour, les dix-huit notables s'inclinèrent, lui passèrent une guirlande autour du cou, lui touchèrent les doigts de pied. L'un d'entre eux fit encore mieux en s'allongeant de tout son long devant elle. Il n'en bougerait pas, dit-il, tant qu'elle ne lui aurait pas pardonné.

La stupeur se peignit sur le visage du Premier ministre, dissimulé au regard des autres par les dix-huit guirlandes dans lesquelles il s'enfonçait. Un assistant lui rappela le délit mineur qu'avait commis cet homme. « Madamji, il dit qu'il est désolé, très très sincèrement désolé. »

Grâce aux microphones ouverts, la foule brûlée de

soleil ne perdit pas une miette de la bouffonnerie qui se déroulait sur scène. « Bon, d'accord, dit-elle impatiemment. Et maintenant levez-vous, arrêtez de vous rendre ridicule. » Douché, l'homme bondit sur ses pieds comme un gymnaste accomplissant un saut périlleux.

« Vous voyez ? dit Rajaram. Je vous avais bien dit que ce serait une journée de cirque : nous avons des clowns, des singes, des acrobates, tout. »

Une fois la tempête de cris d'adulation apaisée, le Premier ministre jeta ses guirlandes, une par une, dans la foule. THP et dignitaires applaudirent à tout rompre ce magnifique geste.

« Son père aussi faisait ça, quand il était Premier ministre, dit Ishvar.

— Oui, je l'ai vu une fois, dit Rajaram. Mais il avait l'air humble.

— On dirait qu'elle nous jette des ordures », dit Om.

Rajaram éclata de rire.

« Est-ce que ce n'est pas la spécialité des politiciens ? »

Le député du district commença son discours de bienvenue, remerciant le Premier ministre d'accorder une telle faveur à un lieu si pauvre et si déshérité. « Ils ne sont pas nombreux, dit-il en balayant de la main les vingt-cinq mille captifs, mais c'est un public chaleureux et appréciateur, rempli d'amour pour le Premier ministre qui a tant fait pour améliorer notre vie. Nous sommes des gens simples, venant de simples villages. Mais nous comprenons la vérité, et nous sommes venus aujourd'hui écouter notre chef... »

Ishvar remonta ses manches, déboutonna le haut de sa chemise, souffla dans l'échancrure. « Combien de temps ça va durer ?

— Deux, trois, quatre heures — ça dépend du nombre de discours », dit Rajaram.

« ... et notez bien, vous les journalistes qui écrirez demain dans vos journaux. Spécialement les journalistes étrangers. Car des écrits irresponsables ont causé beaucoup de mal. On a colporté des tas de mensonges à propos de l'état d'urgence, décrété spécialement pour le bien du peuple. Observez bien : où que se rende le Premier ministre, des milliers de gens accourent de kilomètres à la ronde pour la voir et l'écouter. Ce qui est la marque d'un grand, d'un véritable leader. »

Rajaram prit une pièce de monnaie et se mit à jouer à pile ou face avec Om. Autour d'eux, les gens liaient connaissance, bavardaient, discutaient de la mousson. Les enfants inventaient des jeux, dessinaient dans la poussière. Certains dormaient. Une mère écarta ses jambes drapées du sari, déposa le bébé dans le vallon ainsi creusé et, chantonnant doucement, entreprit de lui faire faire de l'exercice, lui écartant les bras, les lui croisant sur la poitrine, soulevant les petits pieds aussi haut qu'ils pouvaient aller.

Hommes du service d'ordre et volontaires patrouillaient les enclos, laissant faire, du moment que les gens s'amusaient discrètement. La seule chose expressément interdite était de se lever et de quitter les enclos. Par ailleurs, il ne s'agissait que d'un discours préliminaire.

« ... et pourtant, on entend des gens dire qu'elle doit se démettre, que son pouvoir est illégal ! Qui sont les gens proclamant de tels mensonges ? Mes frères, mes sœurs, ce sont les nantis, ceux qui vivent dans les grandes villes et qui jouissent d'un confort que vous et moi ne pouvons même pas imaginer. Ils n'aiment pas les changements qu'elle est en train de réaliser parce qu'ils les priveront de leurs injustes privilèges. Mais il est clair que dans les villages, où vivent les trois quarts de notre peuple, on ne trouve qu'un soutien total à notre bien-aimée Premier ministre. »

Avant d'achever son discours, il fit un signe de main à quelqu'un, sur le côté, porteur d'un talkie-walkie. Quelques secondes plus tard, des ampoules colorées dissimulées dans l'arche florale ornant l'avant-scène s'allumèrent, produisant une lumière capable de rivaliser avec celle du soleil de midi. Fortement impressionné, le public accueillit le spectacle par des applaudissements beaucoup plus nourris que ceux qu'il avait réservés au discours du parlementaire.

Au milieu des éclairs de lumière, le bruit d'un hélicoptère se fit à nouveau entendre, arrivant de derrière la scène. Un paquet tomba du ventre de l'appareil. Il s'en échappa des choses — des pétales de roses !

La foule hurla de joie, mais le pilote avait commis une erreur d'appréciation. Au lieu d'inonder le Premier ministre et les dignitaires, les pétales tombèrent sur un pré derrière l'estrade, où pâturaient des chèvres. Le gardien du troupeau remercia le ciel de cet honneur et se précipita chez lui pour raconter le miracle à sa famille.

Le second paquet, lâché au-dessus de l'enclos réservé aux THP, atteignit sa cible mais refusa de s'ouvrir. On emporta quelqu'un sur un brancard. Quand ce fut au tour de la masse de recevoir le colis qui lui était destiné, le pilote, maîtrisant à présent la technique, réussit un sans-faute. Une brise généreuse se leva, qui éparpilla les pétales. Les enfants passèrent un délicieux moment à les pourchasser.

Sur l'estrade, salutations et courbettes se multiplièrent, puis le Premier ministre s'approcha du bouquet de microphones. Une main serrant son sari autour du cou, elle se mit à parler. Chaque phrase déclenchait un tonnerre d'applaudissements sur l'estrade et dans l'enclos des THP, lesquels déclenchaient à leur tour ceux du public consciencieux. Ces excès risquant fort d'étouffer son discours, elle recula, chuchota quelque chose à un assistant, qui donna des ordres aux dignitaires. L'effet fut immédiat. Les applaudissements devinrent modulés, en fonction du texte.

Elle ajusta le sari blanc qui glissait sur ses cheveux, et poursuivit : « Vous n'avez aucune raison de vous inquiéter de la mise en œuvre de l'état d'urgence. C'est une mesure nécessaire pour combattre les forces du mal. Les choses iront mieux pour les gens ordinaires. Seuls les escrocs, les fraudeurs, les spécialistes du marché noir ont raison de se faire du souci, car nous les mettrons bientôt sous les verrous. Et nous y parviendrons, malgré la méprisable conspiration qui bouillonne depuis que j'ai lancé des programmes d'aide à l'homme et à la femme de la rue. Il y a une main étrangère derrière tout cela — la main d'ennemis qui ne veulent pas nous voir prospérer. »

Rajaram sortit un jeu de cartes et se mit à les battre, à la grande joie d'Om. « Tu avais tout préparé, c'est sûr.

— Evidemment. J'ai l'impression qu'elle en a pour un moment. Tu joues ? » demanda-t-il à Ishvar.

Autour d'eux, les gens se ranimèrent, reconnaissants de la distraction. Ils formèrent un cercle de spectateurs.

« ... mais peu importe, car nous sommes décidés à écraser les forces néfastes. Le gouvernement continuera à se battre jusqu'à ce qu'il n'y ait plus de danger pour la démocratie dans notre pays. »

Om refusa d'applaudir, ses mains, dit-il, lui faisaient mal. Il abattit sa carte, « erreur, erreur », laissa échapper quelqu'un auprès de lui. Om comprit sa faute, reprit sa carte, en joua une autre, pendant qu'on lui dévoilait les grandes lignes du nouveau Programme en Vingt Points.

« Ce que nous voulons c'est donner des logements au peuple. Assez de nourriture pour que personne n'ait faim. Des vêtements à des prix réglementés. Nous voulons construire des écoles pour nos enfants et des hôpitaux pour nos malades. Que chacun puisse avoir accès au contrôle des naissances. Et le gouvernement ne tolérera plus une situation qui voit des gens procréer sans limite, épuisant des ressources qui appartiennent à tous. Nous promettons d'éliminer la pauvreté de nos cités, de nos villes et de nos villages. »

La partie de cartes devenait de plus en plus bruyante. Om abattait ses cartes avec entrain, et en fanfare. « Tan-tan-tana-nana ! chanta-t-il en jouant la suivante.

— C'est tout ? dit Rajaram. Tant de bruit pour ça ? Ce n'est qu'un léger obstacle ! Prends ça, si tu peux !

— Hoi-hoi — attendez-moi », dit Ishvar, ramassant la donne sous les grognements des deux autres.

Les spectateurs approuvèrent en chœur.

Il ne fallut pas longtemps pour qu'un surveillant vienne voir ce qui se passait. « Qu'est-ce que c'est que ça ? Montrez-vous respectueux envers le Premier ministre. » Les menaçant de les priver d'argent et de nourriture s'ils ne se conduisaient pas correctement et n'écoutaient pas le discours, il leur ordonna de ranger les cartes.

« ... et nos escouades volantes récemment formées attraperont les trafiquants d'or, débusqueront la corruption et le marché noir, puniront les fraudeurs de l'impôt qui maintiennent notre pays dans la pauvreté. Vous pouvez faire confiance au gouvernement pour remplir cette tâche. Votre rôle à vous est très simple : soutenir le gouvernement, soutenir l'état d'urgence. Ce dont nous avons besoin en ce moment c'est de discipline — discipline dans tous les actes de la vie —, afin de redonner de la vigueur à la nation. Bannissez toutes les superstitions, ne croyez ni aux horoscopes ni aux saints hommes, ne croyez qu'en vous-mêmes et au travail. Si vous aimez votre pays, évitez les rumeurs et les bavardages. Faites votre devoir, avant tout ! Frères et sœurs, tel est l'appel que je vous lance ! Jai Hind ! »

Sur l'estrade, les dix-huit se levèrent comme un seul homme pour féliciter le Premier ministre de son discours si plein d'inspiration. Suivirent cinq minutes d'adulation. Au terme desquelles le membre du parti à qui revenait la tâche de remercier officiellement le Premier ministre s'approcha en minaudant du micro.

« Oh non! dit Om. Encore un discours? Quand est-ce qu'ils vont nous donner à manger? »

Après avoir épuisé son stock de remerciements et de formules toutes faites, l'orateur pointa un doigt théâtral sur le ciel, à l'extrémité du terrain. « Regardez! Ces nuages, là-bas! Oh, nous sommes bénis, c'est certain! »

Les auditeurs cherchèrent autour et au-dessus d'eux la source d'une telle extase. Ils ne découvrirent pas d'hélicoptère mais, à l'horizon, flottant en direction du terrain, une énorme montgolfière. Le ballon orange, blanc et vert dérivait à travers un ciel bleu immaculé dans un silence de rêve. Il perdit de la hauteur en approchant de la foule, ceux qui bénéficiaient d'une vue perçante purent reconnaître le visage que protégeaient des lunettes noires. Le personnage leva un bras vêtu de blanc et salua.

« Oh, nous sommes deux fois bénis aujourd'hui! chanta l'homme dans le microphone. Le Premier ministre sur la scène avec nous, et son fils dans le ciel au-dessus de nous! Que pourrions-nous demander de plus! »

Pendant ce temps, le fils dans le ciel avait commencé à déverser des tracts. Avec un sens certain de l'effet théâtral, il jeta d'abord une seule feuille, pour tenter le public. Elle descendit en tournoyant paresseusement, tous les yeux fixés sur elle. Deux autres suivirent puis, un instant plus tard, tout le lot, par poignées.

« Oui, mes frères et mes sœurs, notre Mère l'Inde est assise parmi nous, et le Fils de l'Inde brille dans le ciel au-dessus de nous! Le glorieux présent, ici, maintenant, et l'avenir doré, là-haut, attendant de venir étreindre nos vies! Quelle nation bénie est la nôtre! »

Les premiers tracts se posèrent sur le sol, porteurs de la photo du Premier ministre et du Programme en Vingt Points. Et les enfants furent de nouveau tout heureux de leur courir après, jouant à qui en ramasserait le plus. La montgolfière dégagea l'espace, laissant le champ libre à l'hélicoptère pour un assaut final.

Cette fois-ci, il vola beaucoup plus bas, la précision venant compenser le risque pris : en apothéose, une marée de pétales de roses inonda l'estrade. Mais sous l'ouragan des pales de l'hélicoptère, l'effigie découpée du Premier ministre balança dangereusement. La foule hurla. Le personnage aux bras tendus gronda, les cordes se distendirent. Arc-boutés sur les cordes et sur leurs attaches, les hommes de la sécurité firent des signes frénétiques à l'hélicoptère. Mais le tourbillon était beaucoup trop violent pour qu'on pût lui résister. L'effigie commença à s'affaisser, lentement, face contre terre. Les plus proches voisins du géant en carton ne durent la vie sauve qu'à la fuite.

« Personne ne veut de l'étreinte du Premier ministre, dit Rajaram.

— Mais elle essaye de grimper sur tout le monde, dit Om.

— Tu n'as pas honte ? » dit son oncle.

Ils se précipitèrent vers les rafraîchissements ; une file innombrable de gens s'allongeait sous le regard des hommes du service d'ordre. Un manque de tasses ralentissait le mouvement. Quant aux amuse-gueule — un pakora par personne —, il n'y en avait plus. La quantité de thé diminuant, les serveurs se montraient de moins en moins généreux. Ils distribuèrent des demi-tasses. « Il n'y a pas moins de thé, expliquèrent-ils à ceux qui leur reprochaient leur pingrerie, simplement il est plus concentré. »

Tandis que la queue progressait, on vit foncer à l'extrémité du terrain des ambulances, sirènes hurlantes, appelées pour ramasser les victimes de l'effondrement du Premier ministre en carton. Après une heure d'attente, alors qu'Ishvar, Om et Rajaram se trouvaient toujours en bout de file, le thé fut épuisé. Simultanément, on annonça que les bus allaient partir dans dix minutes. Craignant qu'on les abandonne, les gens renoncèrent à leur querelle avec les serveurs et se précipitèrent vers la zone de départ. Chacun reçut quatre roupies en montant à bord.

« Pourquoi quatre ? demanda Ishvar. On nous avait dit cinq.

— Une roupie pour payer l'autobus, le thé et la collation.

— Mais on n'a rien eu, ni thé ni à manger ! » Le visage d'Om, furieux, s'éleva au-dessus de celui des autres. « Et on nous avait dit que le bus était gratuit !

— Comment ? Tu veux voyager à l'œil ? Ton père est Divali, ou quoi ?

— Je vous interdis de prononcer le nom de mon père ! »

Ishvar et Rajaram le poussèrent dans le bus. L'homme du service d'ordre se gaussa de ces gens qui ressemblaient à des insectes et parlaient comme des tigres.

Le retour fut sinistre, ils étaient assoiffés, fatigués.

« Quel gâchis, dit Ishvar. On aurait pu coudre six robes. On a perdu trente roupies.

— Et moi, j'aurais ramassé plein de cheveux.

— Je devrais peut-être aller voir Dinabai en rentrant, dit Ishvar. Pour lui expliquer et lui promettre qu'on viendra demain. »

Deux heures plus tard, l'autobus s'arrêta dans un endroit qu'ils ne connaissaient pas. Le chauffeur leur ordonna de descendre. Il ne faisait que suivre ses instructions, dit-il. Par précaution, il remonta sa vitre et s'enferma dans sa cabine.

Les gens martelèrent la porte, lui crachèrent dessus, donnèrent des coups de pied. « Vous devriez avoir honte, leur cria le chauffeur. Vous abîmez le bien public ! »

Quelques coups s'abattirent encore sur l'autobus, puis la foule se dispersa. Ishvar et Om n'avaient pas la moindre idée de l'endroit où ils se trouvaient, mais Rajaram savait comment rentrer. Le tonnerre gronda et il se remit à pleuvoir. Ils marchèrent pendant une heure. Le bidonville était plongé dans le noir quand ils arrivèrent.

« Mangeons un morceau rapidement, dit Ishvar. Puis j'irai apaiser Dinabai. »

Il craquait une allumette pour allumer son réchaud quand un hurlement terrifiant déchira la nuit. Ni humain ni animal. Attrapant leur lampe tempête, les tailleurs coururent avec Rajaram vers le lieu d'où provenait le cri, vers l'homme aux singes.

Ils le trouvèrent derrière sa baraque, essayant d'étrangler son chien. A genoux sur Tikka, qui était couché sur le flanc, les yeux exorbités. Le chien battait l'air de ses pattes, cherchant à se libérer de l'inexplicable douleur autour de son cou.

Les doigts de l'homme serrèrent plus fort. Ses hurlements d'aliéné se mêlaient aux grondements terrifiés de Tikka. Les cris de l'homme et de l'animal, terrible harmonie, déchiraient la nuit.

Ishvar et Rajaram réussirent à desserrer l'étreinte. Tikka parvint à se remettre debout. Il ne s'enfuit pas, attendant, confiant, toussant, caressant de la patte le visage de son maître.

« Calme-toi, dit Rajaram à l'homme qui tentait à nouveau d'attraper l'animal. Dis-nous ce qui ne va pas.

— Laila et Majnoo ! » sanglota-t-il, montrant la baraque du doigt, incapable de s'expliquer. « Tikka, Tikka, viens mon Tikka », susurra-t-il.

L'animal approcha, croyant au pardon. Son maître lui bourra les côtes de coups de pied. Les autres finirent par l'entraîner et, soulevant leurs lampes, regardèrent à l'intérieur de la baraque.

La lumière balaya les murs, puis le sol. Là, dans un coin, ils virent le corps des singes. Les longues queues marron de Laila et Majnoo, si fournies de leur vivant, semblaient étrangement fripées. Comme une vieille corde usée, elles traînaient sur le sol de terre. L'une des deux bêtes avait été en partie dévorée, les viscères pendaient, brun foncé et filandreux.

« Hai Ram, dit Ishvar, la main sur sa bouche. Quelle tragédie.

— Laissez-moi voir », dit quelqu'un en essayant de fendre la foule.

C'était la vieille femme qui avait partagé son eau avec Om le premier jour. Le joueur d'harmonium dit qu'on devait la laisser entrer, qu'elle lisait les entrailles aussi bien qu'un swami lisait la Bhagavad-gîtâ.

La foule s'écarta. La vieille femme demanda qu'on approche la lampe. Du pied, elle remua le corps afin que les entrailles soient mieux exposées. Elle se courba et y fourragea avec une baguette de bois.

« La perte de deux singes n'est pas la pire perte qu'il subira, prononça-t-elle. Le meurtre du chien n'est pas le pire meurtre qu'il commettra.

— Mais le chien, l'interrompit Rajaram, nous l'avons sauvé, il est...

— Le meurtre du chien n'est pas le pire meurtre qu'il commettra », répéta-t-elle avec force, puis elle partit.

L'auditoire s'esclaffa, estimant que, malgré son comportement redoutable, la vieille femme était un peu dérangée.

« Je le tuerai, se lamenta derechef l'homme aux singes. Mes bébés sont morts ! Je tuerai ce chien impudent ! »

Quelqu'un emmena Tikka à l'abri tandis que d'autres s'efforçaient de raisonner son maître. « Le chien est un animal sans cervelle. Quand les animaux ont faim, ils veulent manger. A quoi ça sert de le tuer ? C'est de ta faute, tu n'aurais pas dû les enfermer ensemble.

— Ils jouaient ensemble comme des frères et sœurs, pleurnicha-t-il. Ils étaient mes enfants. Et maintenant, voilà. Je le tuerai. »

Ishvar et Rajaram l'entraînèrent loin de sa cabane et des corps ensanglantés, d'abord dans celle de Rajaram, mais les ballots de cheveux, répandus partout comme autant de petits cadavres poilus, étaient difficiles à supporter par quelqu'un venant de traverser une telle épreuve. Ils l'emmenèrent donc chez les tailleurs où il resta, un verre d'eau à la main, à geindre, à trembler, à marmonner.

Il était trop tard, se dit Ishvar, pour aller chez Dinabai. « Quelle journée! chuchota-t-il à Om. Nous lui expliquerons tout demain. »

Ils consolèrent l'homme aux singes jusque fort tard dans la nuit, planifièrent la cérémonie d'enterrement de Laila et de Majnoo et le convainquirent de pardonner à son chien. Restait à savoir comment il allait gagner sa vie. « Combien de temps te faudra-t-il pour dresser de nouveaux singes? demanda Rajaram.

— Ils étaient mes amis — mes enfants! Je ne veux pas entendre parler de remplaçants! » Il retomba dans le silence puis, bizarrement, aborda de nouveau le sujet : « J'ai d'autres talents, vous savez. Je suis gymnaste, funambule, jongleur, équilibriste. Je peux monter un spectacle sans singes. J'y réfléchirai plus tard. Je dois d'abord finir de les pleurer. »

Dina ne cacha pas à Maneck son mécontentement de le voir rentrer si tard de la faculté. Et cela, pour son premier jour ici, se dit-elle. Plus personne n'appréciait la ponctualité de nos jours. Peut-être Mrs Gupta avait-elle raison : l'état d'urgence n'était pas une mauvaise chose s'il enseignait aux gens à respecter les horaires.

« Ça fait une heure que votre thé est prêt », dit-elle en lui versant une tasse et en lui beurrant une tranche de Pain Britannia. « Pourquoi ce retard ?

— Je suis désolé, tante. J'ai dû attendre longtemps l'autobus. J'étais en retard à mes cours ce matin aussi. Les gens rouspètent, ils disent que les bus semblent avoir disparu de la circulation.

— Les gens rouspètent toujours.

— Les tailleurs — ils ont déjà fini leur travail ?

— Ils ne sont pas venus.

— Que s'est-il passé ?

— Si je le savais, est-ce que je m'inquiéterais autant ? Arriver en retard, c'est comme une religion pour eux, mais c'est la première fois qu'ils ne viennent pas de toute la journée. »

Maneck engloutit son thé et fila dans sa chambre. Il se déchaussa, renifla ses socquettes — une légère odeur —, mit ses babouches. Il restait encore quelques colis à déballer, autant s'y mettre maintenant. Vêtements, serviettes, pâte dentifrice, savon, il ran-

gea tout dans l'armoire. Les étagères sentaient bon.
Il respira profondément : une odeur qui évoquait
tante Dina — de beaux cheveux, un joli visage.

Ses rangements terminés, il ne sut plus quoi faire.
Il décrocha le parapluie qui pendait du haut de
l'armoire, l'ouvrit, en admira la forme en pagode,
s'imagina tante Dina marchant dans la rue avec.
Comme les femmes de *My Fair Lady*, dans la scène
de l'hippodrome. Elle paraissait beaucoup plus jeune
que maman, bien que maman ait écrit qu'elles
avaient le même âge, quarante-deux ans. Et qu'elle
avait eu une vie difficile, beaucoup de malheurs, un
mari mort jeune, si bien que Maneck devait se montrer gentil avec elle, même si elle n'était pas toujours
facile à supporter.

Ce qui expliquait probablement la façon dont elle
s'exprimait, cette voix aux sonorités vieillies, des
paroles sèches — les paroles d'une personne fati-
guée, cynique. Il se dit qu'il aimerait lui redonner un
peu de joie, la faire rire de temps à autre.

La petite chambre lui tapait sur les nerfs. Quelle
barbe, et dire que le reste de l'année scolaire allait
être du même ordre. Il prit un livre, le feuilleta, le
reposa sur le bureau. Les échecs. Il installa les pions,
joua quelques coups. Les formes de plastique avaient
cessé de lui procurer du plaisir. Il les refourra dans
la boîte marron à la fermeture à glissière — de la prison de leurs cases à la prison du cercueil.

Lui, au moins, s'était sauvé de sa prison, de cette
ignoble résidence. Son seul regret était de n'avoir pu
dire au revoir à Avinash, dont la chambre demeurait
fermée et silencieuse. Il continuait probablement à
se cacher chez ses parents, ne commettant pas la
folie de revenir tant que l'état d'urgence régnait sur
le campus et que des gens continuaient de disparaître.

Maneck se rappelait les débuts de leur amitié.
Tout ce que je fais est une partie d'échecs, avait dit
un jour Avinash. Maintenant, il était sérieusement
mis en échec. Avait-il roqué à temps, protégé par

trois pièces et une tour? Et tante Dina, qui jouait contre ses tailleurs, entre le devant et le fond de l'appartement. Et papa, essayant de vaincre ses concurrents limonadiers qui ne respectaient pas la règle du jeu, qui jouaient aux dames avec les pièces des échecs.

Les ombres s'allongeaient dans la pièce, mais Maneck ne s'en souciait pas. Soudain, sous cette lumière crépusculaire, ses pensées fantasques inspirées du jeu d'échecs prirent un tournant noir, déprimant. Une menace planait, et tout était si compliqué. Le jeu était impitoyable. Le carnage sur l'échiquier de la vie ne laissait que des blessés dans son sillage. Le père d'Avinash tuberculeux, ses trois sœurs attendant une dot, tante Dina luttant pour survivre à ses malheurs, papa abattu, le cœur brisé, tandis que maman faisait semblant de croire qu'il allait redevenir ce personnage fort et souriant d'autrefois et que leur fils reviendrait après une année d'université, reprendrait la mise en bouteilles du Cola Kohlah dans la cave, et que leur vie serait de nouveau pleine d'espoir et de bonheur, comme avant qu'on ne l'envoie au pensionnat. Mais le faire semblant ne marchait que dans le monde de l'enfance, les choses ne seraient plus jamais comme jadis.

Il replia d'un coup sec l'échiquier : une bouffée d'air lui caressa le visage. Comme un baiser froid sur ses joues mouillées de larmes. Il s'essuya les yeux, rabattit de nouveau les deux côtés l'un sur l'autre, comme un soufflet, puis s'en servit pour s'éventer.

Quand le : « On dîne » de tante Dina lui parvint, il eut le sentiment de sortir de prison. Dans l'instant, il se précipita à table, attendant pour s'asseoir qu'elle lui indique sa place.

« Avez-vous attrapé un rhume? demanda-t-elle. Vos yeux larmoient.

— Non, je me reposais.

— J'ai oublié de vous poser la question hier — vous préférez couteau et fourchette, ou vos doigts?

— Ce que vous voulez, peu importe.

397

— Chez vous, comment faites-vous ?

— On se sert de couverts. »

Elle plaça couteau, fourchette et cuillère à côté de l'assiette de Maneck, mais rien à côté de la sienne, et apporta les plats.

« Je peux aussi manger avec les doigts, protesta le garçon. Vous n'avez pas à me réserver un traitement particulier.

— Ne vous flattez pas, l'acier inoxydable bon marché n'a rien de particulier. » Elle lui remplit son assiette puis s'assit en face de lui. « Dans ma jeunesse, nous occupions toujours la même place. Et nous avions des couverts en argent. Ma mère tenait beaucoup à ce genre de choses. Après sa mort, nos habitudes ont changé. Surtout quand mon frère Nusswan a épousé Ruby. Elle a renoncé à tout ça. Elle disait que nous n'avions pas besoin de singer les étrangers, alors que Dieu nous a donné des doigts parfaits. Ce qui est vrai, en un sens. Mais je pense qu'elle avait surtout la flemme de nettoyer tous ces couverts. »

Au milieu du repas, Dina alla se laver les mains et se chercher couteau et fourchette. « Vous m'en avez donné envie, dit-elle en souriant. Ça fait vingt-cinq ans que je ne m'en suis pas servie. »

Il détourna les yeux pour ne pas l'embarrasser. « Est-ce que les tailleurs viendront demain ?

— Je l'espère. » Elle sembla vouloir clore le sujet, mais son anxiété fut la plus forte. « A moins qu'ils n'aient trouvé une meilleure place et que je ne les revoie plus. Mais qu'attendre d'autre de ces gens ? Depuis que je me suis lancée dans cette affaire de couture, ils me rendent la vie impossible. Je suis folle d'inquiétude, je crains chaque jour que les robes ne soient pas prêtes à l'heure.

— Peut-être qu'ils sont malades...

— Tous les deux en même temps ? Leur maladie, c'est peut-être la bouteille — je les ai payés hier. Aucune discipline, aucun sens des responsabilités. Enfin, je ne sais pas pourquoi je vous ennuie avec mes histoires.

— Il n'y a pas de mal. »

Il l'aida à porter les assiettes sales à la cuisine. Dehors, les chats errants miaulaient. Il les avait entendus la nuit précédente et avait rêvé des chiens pariahs rassemblés sur la terrasse du Magasin général et de papa qui les nourrissait, tout en plaisantant comme d'habitude à propos du magasin qu'il devrait bientôt ouvrir pour ses clients canins.

« Pas par la fenêtre, Maneck — dans le seau à ordures, le réprimanda Dina.

— Mais, tante, je veux nourrir les chats.

— Non, ne les encouragez pas.

— Ils ont faim. Regardez comme ils attendent.

— Absurde. Ces animaux sont une plaie. Et s'ils réussissent à entrer, ils mettent la pagaille dans ma cuisine. La seule chose bonne chez eux, c'est leurs boyaux. Pour faire des cordes de violon, disait mon mari. »

Persuadé que, à force de l'entendre traiter les chats en êtres humains, Dina finirait par partager son opinion, il jeta les restes dehors dès qu'elle eut le dos tourné. Il avait déjà trouvé son favori : la chatte marron et blanc avec une oreille déformée qui lui disait : dépêche-toi, je n'ai rien mangé de la journée.

Dina l'invita à s'asseoir avec elle dans la pièce du devant, pour lire ou étudier, comme il lui plairait. « Vous n'avez pas besoin de vous enfermer dans votre chambre. Considérez-vous ici comme chez vous. Et si vous avez besoin de quoi que ce soit, n'hésitez pas à le demander.

— Merci, tante. »

L'idée de retourner dans sa prison avant l'heure du coucher l'avait terrifié. Il prit le fauteuil en face d'elle et parcourut un magazine.

« Est-ce que vous êtes allé voir la famille de votre maman ? »

Il secoua la tête.

« Je les connais à peine. Et nous n'avons jamais eu beaucoup de rapports avec eux. Papa dit qu'ils sont si ennuyeux qu'ils finiront par se tuer d'ennui eux-mêmes.

— Tch-tch-tch. »

Elle étalait des chutes de tissu sur le canapé, essayant de les assortir.

« Qu'est-ce que c'est ? demanda Maneck en s'approchant.

— Ma collection.

— Ah bon ? Pour quoi faire ?

— Est-ce qu'il faut une raison ? Les gens collectionnent toutes sortes de choses. Des timbres, des pièces de monnaie, des cartes postales. Moi, c'est les tissus.

— Oui. »

Il n'avait pas l'air convaincu.

« Ne vous inquiétez pas, je ne suis pas folle. Ces morceaux sont destinés à faire un couvre-lit.

— Oh, je comprends. » Il commença à fourrager dans le tas, attrapant des bouts qui lui semblaient pouvoir bien s'assortir. Certains échantillons de mousseline ou de soie sauvage paraissaient somptueux entre ses doigts. « Trop de couleurs et de dessins différents, dit-il.

— Vous me critiquez, ou quoi ?

— Non, je veux dire que ça va être très difficile de les assortir correctement.

— Difficile, oui, mais c'est là qu'interviennent le goût et le talent. Que retenir, que rejeter ? »

Elle élimina certains morceaux aux bords trop effilochés, assembla les six qu'elle venait de sélectionner. « Qu'en pensez-vous ?

— Pour le moment, ça va. »

Un brave garçon, se dit-elle. Pas du tout l'enfant gâté auquel elle s'attendait. Et c'était bon d'avoir quelqu'un à qui parler. En dehors des tailleurs, qui se méfiaient constamment d'elle — et réciproquement.

Le lendemain après-midi, elle arrêta Maneck sur la véranda, quand il rentra de la faculté, et lui chuchota que les tailleurs étaient là. « Mais ne parlez surtout pas de mon inquiétude d'hier.

— D'accord. »

Gambit de la reine, se dit-il. A l'heure de la pause-thé, il passa dans la pièce de devant.

« Ah, le voilà, le voilà! dit Ishvar. Après tout un mois, on se retrouve, hein? »

Il tendit la main, demanda à Maneck comment il allait, Om grimaça un sourire. Maneck dit qu'il allait bien, Ishvar dit qu'ils étaient tous les deux en pleine forme, grâce surtout au travail que leur fournissait Dinabai, qui était un si bon employeur. Il lui sourit pour l'inclure dans la conversation.

Tout le reste de l'après-midi, elle observa les trois hommes avec un mécontentement croissant — ils se comportaient comme des amis se retrouvant après s'être longtemps perdus de vue. Alors qu'ils ne s'étaient rencontrés qu'une seule fois, dans le train, quand ils étaient à la recherche de son domicile.

Avant qu'ils partent, le soir, elle leur donna un dernier conseil.

« Dites au Premier ministre, si elle veut vous emmener de nouveau à une réunion, que vous risquez de perdre votre travail. J'ai deux autres tailleurs qui me supplient de les prendre.

— Non, non, dit Ishvar. Nous voulons absolument travailler pour vous. Nous sommes très heureux de travailler pour vous. »

Dina resta seule dans la pièce du fond après le départ des tailleurs. L'air semblait encore vibrer du bruit des Singer. Bientôt la mélancolie du soir allait se matérialiser, imprégner l'espace où flottaient les fibres de tissu, se draper au-dessus de son lit, l'accabler jusqu'au matin.

Or, tandis que s'installait le crépuscule et que s'allumaient les réverbères, elle demeurait pleine d'entrain. Le côté magique, se dit-elle, de la présence d'un autre être humain dans l'appartement. Elle retourna dans l'autre pièce pour la petite conversation qu'elle avait prévu d'avoir avec Maneck.

La reine va rejoindre le cavalier du roi, se dit-il.

« Vous comprenez pourquoi je dois être ferme

envers eux, dit-elle. S'ils me sentent angoissée, ils m'écraseront.

— Oui, je comprends. Au fait, tante, est-ce que vous jouez aux échecs?

— Non. Autant vous le dire tout de suite, je n'aime pas vous voir bavarder avec eux. Ce sont mes employés, et vous êtes le fils d'Aban Kohlah. Il convient de garder une certaine distance. Toute cette familiarité n'est pas bonne. »

Le lendemain après-midi, ce fut pire. Elle n'en croyait pas ses oreilles — l'impudence de cet Omprakash demandant carrément à Maneck : « Vous venez prendre le thé avec nous? » Et, illuminant le visage de Maneck, la tentation de dire oui. Il est temps d'intervenir, décida-t-elle.

« Il prend son thé ici, avec moi, dit-elle d'un ton glacial.

— Oui, mais peut-être... peut-être que, pour aujourd'hui, je peux sortir, tante? »

Qu'à cela ne tienne, lui dit-elle, s'il se fichait de l'argent que ses parents dépensaient pour sa pension, grand bien lui fasse.

De réjouissantes odeurs de cuisine imprégnaient l'air de l'établissement végétarien Vishram. Maneck eut l'impression qu'il goûterait les plats rien qu'à sortir sa langue. Son estomac gargouillait.

Ils s'assirent à l'unique table et commandèrent trois thés. Les éclaboussures d'innombrables plats épicés avaient recouvert le bois d'un vernis âcre. Ishvar sortit le paquet de beedis de sa poche et le présenta à Maneck.

« Non, merci. Je ne fume pas. »

Les tailleurs allumèrent chacun la leur.

« Elle ne veut pas qu'on fume pendant qu'on travaille, dit Om. Et maintenant qu'elle y a mis son lit, la pièce est tellement encombrée qu'on dirait un entrepôt.

— Et alors? dit Ishvar. On ne te demande pas de

402

courir autour en essayant d'attraper un troupeau de chèvres. »

Dans un coin de la salle, le cuisinier travaillait au milieu d'un cercle de faitouts et de poêles. Le thé mijotait dans une bouilloire sans couvercle. Trois fourneaux grondaient, envoyant des nuages de fumée grasse vers le plafond. Les flammes léchaient le fond noirci d'une énorme karai pleine d'huile bouillonnante, prête pour la friture. Une goutte de sueur tomba du front du cuisinier; l'huile cracha méchamment.

« Votre chambre vous plaît? demanda Ishvar.

— Oh oui! c'est beaucoup mieux qu'à la résidence.

— Nous aussi, on a trouvé à se loger, dit Om. Au début, je détestais l'endroit, mais maintenant ça va. Il y a des gens très gentils à côté de nous.

— Vous devriez venir voir, un jour, dit Ishvar.

— Sûr. C'est loin?

— Non, pas trop. Trois quarts d'heure de train. »

On leur servit leurs thés, les tasses débordant dans des petites soucoupes en terre brune. Ishvar lapa sa soucoupe. Om en reversa le contenu dans sa tasse et but. Maneck l'imita.

« Et la faculté, c'est comment?

— Désespérant. Mais je dois aller jusqu'au bout pour faire plaisir à mes parents. Puis retour chez moi, par le premier train.

— Dès qu'on aura gagné un peu d'argent, nous aussi on rentrera, dit Ishvar. Pour trouver une femme pour Om. Hahn, mon neveu?

— Je ne veux pas me marier. Combien de fois faut-il que je te le dise?

— Regardez-moi cette figure de citron acide. Allons, finissez votre thé, c'est l'heure. »

Les garçons avalèrent leurs dernières gouttes et le suivirent. Ils passèrent devant le mendiant sur sa planche à roulettes.

« Vous vous souvenez de lui? demanda Om à Maneck. Nous l'avons vu le premier jour. Depuis, c'est devenu un ami. On passe chaque jour devant lui et il nous salue.

— O babu! psalmodia le mendiant. Aray babu! O big paisawalla babu! »

Il sourit au trio, agitant sa boîte à aumônes. Maneck y laissa tomber la monnaie que le caissier du Vishram lui avait rendue.

« Qu'est-ce que c'est que cette odeur? » Dina se pencha vers Maneck pour renifler sa chemise. « Est-ce que vous avez fumé avec ces deux-là?

— Non, chuchota Maneck, embarrassé, ne voulant pas qu'ils entendent.

— Soyez franc. Je remplace vos parents.

— Non, tante. Ils fumaient, moi j'étais assis à côté d'eux, c'est tout.

— Si jamais je vous y prends, j'écrirai à votre maman, je vous préviens. Maintenant, dites-moi, est-ce qu'ils ont parlé d'hier? La véritable raison de leur absence?

— Non.

— De quoi avez-vous parlé? »

Cet interrogatoire commença à énerver Maneck.

« De pas grand-chose. De tout et de rien. »

Elle n'insista pas.

« Encore une chose qu'il vaudrait mieux que vous sachiez. Omprakash a des poux.

— Vraiment? Vous les avez vus?

— Faut-il que je mette ma main dans le feu pour vérifier que c'est chaud? Il se gratte à longueur de journée. Et pas seulement la tête. Il a des problèmes aux deux extrémités — ici des vers, là des poux. Alors suivez mon conseil, restez à l'écart, pour votre bien. Son oncle n'a rien, il est presque chauve, mais vous qui avez une belle toison bien épaisse, les poux l'adoreront. »

Dina en fut pour ses frais. Les jours passèrent, formant des semaines, et la pause de l'après-midi au

Vishram devint une habitude pour les trois hommes. Un jour que Maneck tardait à rentrer de ses cours, Om chuchota à Ishvar que ce serait bien de l'attendre.

« Comment, comment ? dit Dina, qui les avait entendus. Repousser l'heure du thé ? Vous vous sentez bien ? Etes-vous sûr de pouvoir survivre ? »

Ishvar se demanda pourquoi le fait qu'ils sortent tous les trois déplaisait tant à Dinabai. Quand Maneck arriva et qu'Om bondit de sa machine, il décida de ne pas les suivre. « Allez-y, les garçons, je veux finir cette jupe.

— Ecoutez votre oncle, dit Dina, tandis qu'Om sortait, suivi de Maneck. Qu'il vous serve d'exemple. » Elle versa le thé de Maneck dans la tasse réservée aux tailleurs, celle rose clair, et l'apporta à Ishvar. « Autant que vous le buviez. »

Il la remercia, avala une gorgée, fit au passage la remarque que Maneck et Om s'entendaient bien, se plaisaient dans la compagnie l'un de l'autre. « Ils ont le même âge. Om doit en avoir marre d'être tout le temps avec son vieil oncle. Nuit et jour, on est ensemble.

— Ridicule. » Sans la présence permanente de son oncle, dit-elle, elle était persuadée qu'Om deviendrait un voyou. « J'espère simplement qu'il n'a pas une mauvaise influence sur Maneck.

— Non, non, ne vous inquiétez pas. Om n'est pas un méchant garçon. S'il est parfois désobéissant et de mauvaise humeur, c'est parce qu'il est frustré et malheureux. Il a eu une vie très misérable.

— La mienne n'a pas été facile non plus. Il nous faut prendre le meilleur de ce qui nous est donné.

— Il n'y a pas d'autre moyen », opina-t-il.

A dater de ce jour, il resta de plus en plus souvent à prendre le thé que Dina continuait à préparer en principe pour Maneck, mais qu'elle lui versait dans sa tasse. Ils bavardaient, abordant divers sujets. Elle guettait ce demi-sourire de gratitude qui essayait de s'étendre à la partie figée de sa joue et qui illuminait le visage d'Ishvar quand il regardait la bordure rose de la soucoupe.

« Om fait du meilleur travail, hahn, Dinabai ?

— Il commet moins de fautes.

— Oui, oui. Il est beaucoup plus heureux depuis que Maneck est là.

— Je me fais du souci pour Maneck. J'espère qu'il étudie comme il faut — ses parents comptent sur lui. Ils ont un petit magasin, et ça ne marche pas bien.

— Tout le monde a des ennuis. Ne vous inquiétez pas, je lui parlerai, je lui rappellerai qu'il doit travailler dur. C'est ça que doivent faire les deux garçons — travailler dur. »

La pause-thé n'indisposait plus Dinabai, constata Ihsvar. Ce qui confirmait ses soupçons : elle avait désespérément besoin de compagnie.

Quand les deux garçons se retrouvaient seuls, la conversation prenait inévitablement un tour différent. Om posait des questions sur la résidence que Maneck avait quittée. « Est-ce qu'il y a des étudiantes ?

— Tu crois que je serais parti si c'était le cas ? Les filles vivent dans une autre résidence. Les garçons n'ont pas le droit d'y entrer. »

Du Vishram ils voyaient, sur un toit de l'autre côté de la rue, une affiche publicitaire, en forme de diptyque, pour un film appelé *Revolver Rani*. Le premier panneau montrait quatre hommes déchirant les vêtements d'une femme, révélant une énorme poitrine emprisonnée dans un soutien-gorge. Les hommes riaient d'un rire lubrique, dents carnivores, langue vermillon. Sur le second panneau, la même femme, vêtements en lambeaux, mitraillait les quatre hommes à l'arme automatique.

« Pourquoi ça s'appelle *Revolver Rani* ? demanda Om. C'est une mitrailleuse qu'elle tient à la main.

— Ils auraient pu l'appeler *Mitraillette Maharani*. Mais ça sonne mal à l'oreille.

— C'est peut-être drôle à voir.

— Allons-y la semaine prochaine.

— Pas d'argent. Ishvar dit qu'il faut qu'on fasse des économies.

— Pas de problème, je paierai. »

Om observa Maneck, tout en tirant sur sa beedi, pour savoir s'il pensait vraiment ce qu'il venait de dire. « Non, je ne peux pas te laisser faire ça.

— Pas de problème.

— Je demanderai à mon oncle. » Sa beedi s'éteignit, il chercha des allumettes. « Tu sais, il y a une fille qui habite près de chez nous. Sa poitrine ressemble à celle-ci.

— Impossible. »

Une réplique si catégorique qu'elle obligea Om à regarder de nouveau l'affiche. « Tu as peut-être raison, concéda-t-il. Pas tout à fait aussi grosse. Ils les peignent toujours gigantesques. Mais cette fille a une solide paire de seins, et la forme est aussi belle que celle-ci. Parfois elle me laisse les toucher.

— Allons, yaar, je ne suis pas né d'hier.

— Je jure que c'est vrai. Elle s'appelle Shanti. Elle ouvre son corsage et me laisse les presser chaque fois que je veux », ajouta-t-il, entraîné par son imagination. Voyant Maneck s'étrangler de rire, il demanda innocemment : « Tu veux dire que tu n'as jamais fait ça à une fille ?

— Bien sûr que si ! Mais tu m'as dit que ton oncle et toi vous vivez dans une petite maison. Où ça se passe ?

— Facile. Il y a un fossé qui longe le lotissement et des tas de buissons derrière. On y va quand il fait noir. Mais pour quelques minutes seulement. Sinon, ils se demanderaient ce qu'elle est devenue. »

Il tira d'un air dégagé sur sa beedi tout en mettant au point son personnage d'explorateur : des cheveux et des membres de Shanti, ses excursions le menèrent sous la jupe et dans le corsage.

« C'est une bonne chose que tu sois tailleur, dit Maneck. Tu connais tous les secrets des vêtements. »

Nullement découragé, Om continua, ne s'arrêtant

qu'avant l'ultime incursion. « Une fois, j'étais au-dessus d'elle, et on l'a presque fait. Mais il y a eu du bruit dans les buissons, et elle a pris peur. » Il vida sa soucoupe, puis passa à sa tasse. « Et toi ? Tu l'as fait ?

— Presque. Dans un train. »

Ce fut au tour d'Om de rire. « Comme bluffeur, tu te poses là ! Dans un train !

— Je t'assure. Il y a quelques mois, quand je suis parti de chez moi pour aller à l'université. » Dopée par les fantasmes d'Om, l'imagination de Maneck s'emballa. « Il y avait une femme sur la couchette supérieure opposée à la mienne, très belle.

— Plus belle que Dinabai ? »

La question le força à s'arrêter. Il fallait qu'il réfléchisse.

« Non, dit-il, loyalement. Mais à partir du moment où je suis monté dans le train, elle n'a plus cessé de me regarder, me souriant quand personne ne nous observait. Le problème, c'est qu'elle voyageait avec son père. Finalement, la nuit est arrivée et les gens ont commencé à s'endormir. Elle et moi, nous sommes restés éveillés. Quand tout le monde a été bien endormi, y compris son père, elle a repoussé le drap et a sorti un sein de son choli.

— Et alors ?

— Elle s'est mise à le masser et m'a fait signe de la rejoindre. J'avais peur de descendre de ma couchette. Quelqu'un aurait pu se réveiller. Alors elle a placé sa main entre ses jambes et a commencé à se caresser. Aussi, j'ai décidé d'y aller.

— Bien sûr. Tu aurais été un idiot de ne pas le faire. »

Om respirait fort.

« Je suis descendu sans déranger personne et, une seconde plus tard, je lui massais le sein. Elle a pris ma main, me suppliant de grimper à côté d'elle. Je me demandais quel était le meilleur moyen d'y parvenir. Je ne voulais pas heurter la couchette de son père, au-dessous de la sienne. Soudain, il a bougé, il s'est retourné en grognant. Elle a eu si peur qu'elle m'a repoussé et s'est mise à ronfler. J'ai fait celui qui voulait se rendre aux toilettes.

— Si seulement le salaud avait continué à dormir !

— Eh oui ! C'est trop triste. Je ne reverrai jamais cette femme. » Soudain Maneck se sentit désolé, comme s'il avait vraiment subi cette perte. « Tu as de la chance que Shanti vive près de toi.

— Tu pourras la voir un jour, proposa Om, généreusement. Quand tu viendras nous rendre visite. Mais tu ne pourras pas lui parler, juste la regarder de loin. Elle est très timide, et nous ne nous voyons qu'en secret, comme tu le sais. »

Ils finirent d'avaler leur thé et rentrèrent en courant, car ils avaient dépassé le temps de la pause.

Batata wada, bhel-puri, pakora, bhajia, sorbet — Maneck payait tout ce qu'ils grignotaient et buvaient au Vishram, parce qu'Ishvar ne laissait à Om que ce qu'il fallait pour une tasse de thé. N'ayant plus besoin de s'acheter de quoi se nourrir en dehors de la cantine, Maneck pouvait facilement se permettre ces dépenses avec l'argent que lui versaient ses parents. La semaine suivante, fidèle à sa promesse, il emmena Om voir, sa journée de travail terminée, *Revolver Rani*. Ishvar, à qui il proposa de payer aussi une place, refusa, disant qu'il aimait mieux employer son temps à finir une robe.

« Et vous, tante ? Voulez-vous venir ?

— Même si on me payait, je n'irais pas voir une telle cochonnerie, dit Dina. Et si votre argent pèse trop dans votre poche, prévenez-moi. Je peux dire à votre maman d'arrêter de vous l'envoyer.

— Bilkool, correct, dit Ishvar. Vous les jeunes, vous ne connaissez pas la valeur de l'argent. »

Des reproches qui les laissèrent froids. Dina rappela à Maneck de rentrer directement après le film, son repas l'attendrait. Il acquiesça, maugréant pardevers soi que tante Dina prenait son rôle de gardienne, qu'elle-même s'était donné, trop au sérieux.

« La prophétie de la vieille femme s'est réalisée, dit

Om tandis qu'ils se rendaient à la gare. En partie du moins — l'homme aux singes a fini par se venger.

— Qu'est-ce qu'il a fait ?

— Une chose terrible. Ça s'est passé la nuit dernière. »

Tikka était revenu vivre avec son maître, et les voisins pensaient qu'ils étaient redevenus amis. Mais pendant que tout le monde dormait, l'homme aux singes sortit une caisse en bois, dehors, devant sa case, posa dessus des fleurs et une lampe à huile et, au milieu, une photo de Tikka avec Laila et Majnoo sur son dos. L'instantané avait été pris au polaroid par un touriste américain charmé par le spectacle. L'autel était prêt. L'homme aux singes amena Tikka devant, força le chien à se coucher, et lui trancha la gorge. Puis il alla partout dans le campement en proclamant qu'il avait fait son devoir.

« C'était horrible, dit Om. Le pauvre Tikka baignait dans son sang. Il frémissait encore un peu. J'ai failli vomir.

— Si mon père avait été là, il aurait tué l'homme aux singes, dit Maneck.

— Tu te vantes, ou ça te désole ?

— Les deux, je suppose. Mon père se soucie plus des chiens errants que de son propre fils.

— Ne dis pas de bêtises, yaar.

— Pourquoi des bêtises ? Tous les jours, il nourrit les chiens sur la terrasse. Mais moi, il m'envoie au loin. Quand j'étais là-bas, il n'arrêtait pas de me chercher querelle, il ne voulait pas me voir à côté de lui.

— Ne dis pas de bêtises, ton père t'a envoyé ici pour que tu fasses des études, parce qu'il se soucie de ton avenir.

— Tu es un spécialiste en pères, ou quoi ?

— Oui.

— Et d'où tu tiens ça ?

— De la mort du mien. Ça vous rend vite spécialiste. Crois-moi — arrête de dire des bêtises à propos de ton père.

410

— D'accord, c'est un saint. Mais qu'est-il arrivé à l'homme aux singes ?

— Dans le lotissement, les gens étaient furieux, ils disaient qu'on devait avertir la police, parce que depuis la mort de ses singes, l'homme vit avec deux petits enfants, de trois-quatre ans. Le fils et la fille de sa sœur. Il les forme pour son nouveau spectacle. Et s'il devenait fou, ça serait dangereux pour eux. Mais d'autres gens disaient qu'il n'y avait pas de raison de confier le fou à des escrocs. De toute façon, l'homme aux singes adore les enfants. Il s'occupe très bien d'eux. »

Ils descendirent du train, écartant la foule qui attendait de le prendre d'assaut. Dehors, une femme était assise au soleil, un petit panier de légumes posé à côté d'elle. Elle faisait sécher son sari fraîchement lavé, une moitié après l'autre : la partie mouillée enroulée autour de sa taille et serrée autant que possible au-dessus de ses seins ; la partie en train de sécher s'étirait le long de la clôture bordant les voies, coulant de son corps comme une prière dans la lumière du soleil couchant. Elle salua Om de la main quand les deux garçons passèrent devant elle.

« Elle vit dans notre lotissement, dit-il. Elle vend des légumes. Elle n'a qu'un seul sari. »

Revolver Rani finit plus tard qu'ils ne l'avaient prévu. Pendant que défilait le générique, ils descendirent lentement l'allée latérale, voulant ne pas manquer la reprise de la bande-son. Enfin le drapeau national flotta sur l'écran, les premières mesures de « Jana Gana Mana » se firent entendre, et les gens se ruèrent vers les sorties.

Mais ceux qui étaient en tête butèrent sur un obstacle. Un groupe de volontaires de Shiv Sena bloquait la porte. Les gens, derrière, ne comprenant pas la raison de ce goulet d'étranglement, se mirent à crier : « Poussez-vous, s'il vous plaît ! Aray bhai ! S'il vous plaît, monsieur, avancez ! Représentation terminée ! »

A l'avant, toutefois, les gens ne bougeaient pas,

effrayés par les bâtons et les pancartes que brandissaient les Shiv Sena. RESPECTEZ L'HYMNE NATIONAL ! VOTRE MÈRE PATRIE A BESOIN DE VOUS PENDANT L'ÉTAT D'URGENCE ! LE PATRIOTISME EST UN DEVOIR SACRÉ ! Personne ne fut autorisé à sortir tant que le drapeau trembla sur l'écran et avant que les lumières ne se rallument.

Om remarqua que les manifestants n'étaient guère plus d'une cinquantaine, face à un public de plus de huit cents personnes. « Nous aurions pu aisément les déborder. Dhishoom ! Dhishoom ! Comme le type dans le film. »

Tout excités, les deux garçons se lancèrent certaines répliques qui les avaient particulièrement frappés. « Seul le sang peut venger le sang ! » gronda Maneck, brandissant une épée imaginaire.

« Debout sur cette terre consacrée, je jure avec le ciel pour témoin que tu ne verras pas se lever une nouvelle aurore ! » proclama Om.

« C'est parce que je me réveille chaque jour en retard, yaar », dit Maneck.

Perturbé par ce changement de texte, Om s'arrêta et éclata de rire.

Ils retrouvèrent la femme, toujours assise à l'extérieur de la gare. Elle avait interverti les deux moitiés de son sari. Son panier de légumes était presque vide. « Amma, il est temps de rentrer », lui dit Om, et elle lui sourit.

Sur le quai, ils décidèrent d'essayer la machine affichant « Poids et Chance, 25 p. ». Maneck joua le premier. Le petit volant rouge et blanc tourna, des ampoules s'allumèrent, une sonnerie retentit, et un petit rectangle de carton tomba dans le réceptacle.

« "Soixante kilos", lut Maneck. Et au verso : "Heureuses retrouvailles dans un avenir proche." Ça a l'air exact — je rentrerai chez moi à la fin de l'année scolaire.

— Ou bien ça signifie que tu rencontreras à nouveau la femme du train. Tu pourras terminer le massage de poitrine. Allez, c'est mon tour. »

Om grimpa sur la machine, et Maneck chercha dans sa poche une autre pièce de ving-cinq paisas.

« "Quarante-six kilos", dit Om. Et puis : "Vous visiterez bientôt des endroits inconnus et sidérants." Ça n'a pas de sens. Rentrer au village — ça n'a rien d'inconnu.

— Je crois que ça fait allusion à ce qui existe dans le corsage et la jupe de Shanti. »

Reprenant le dialogue du film, Om leva la main et déclama : « Tant que ces doigts ne serreront pas ton cou, extirpant ta misérable vie, je n'aurai pas de repos !

— Tu n'as pas beaucoup de chances avec tes quarante-six kilos. Il faudra d'abord que tu t'entraînes sur le cou d'un poulet. »

Le train arriva et ils se précipitèrent pour y monter.

« Les billets de train ressemblent exactement aux cartons de la machine, dit Om.

— J'aurais pu ne pas en acheter.

— Non, c'est trop risqué. Ils sont devenus très stricts depuis l'état d'urgence. »

Et il raconta à Maneck comment Ishvar et lui s'étaient fait prendre par un contrôle de police.

L'heure de pointe étant passée, le compartiment était à moitié vide. Ils posèrent les pieds sur la banquette libre. Maneck délaça ses chaussures et les ôta, faisant jouer ses orteils. « On a beaucoup marché, aujourd'hui.

— Tu ne devrais pas porter des chaussures aussi étroites, yaar. Mes chappals sont beaucoup plus confortables.

— Mes parents seraient très fâchés si je sortais en chappals. »

Il se frotta la plante des pieds, puis remit socquettes et chaussures.

« J'avais l'habitude de masser les pieds de mon père, dit Om. Et lui, il massait ceux de mon grand-père.

— Est-ce que tu devais faire ça chaque jour ?

— Ce n'était pas un devoir, mais une coutume. Le soir, on s'asseyait dehors, sur le charpoy. Il y avait un petit vent frais et les oiseaux chantaient dans les arbres. J'aimais faire ça pour mon père. Ça lui plaisait tant. » Ils oscillaient doucement sur leur siège, au rythme du train. « Il avait un durillon sous le gros orteil du pied droit — à force d'appuyer sur la pédale de la machine à coudre. Quand j'étais petit, ce durillon me faisait rire : il ressemblait à une tête d'homme, quand mon père agitait son orteil. »

Om se tut pendant le reste du trajet, regardant pensivement par la fenêtre. Maneck essaya de le distraire en imitant les personnages de *Revolver Rani* mais, n'obtenant en retour qu'un faible sourire, il garda le silence lui aussi.

« Vous auriez dû venir avec nous, dit Maneck. On s'est bien amusés. Il y avait de ces bagarres !

— Non, merci, j'ai eu mon compte de bagarres dans ma vie, dit Ishvar. Mais quand venez-vous voir notre maison ? » Tout cet argent que Maneck dépensait pour Om, il était temps de le lui rembourser, même en très petite partie. « Vous devez venir dîner avec nous bientôt.

— Sûr, à vous de dire. »

Maneck n'osa pas s'engager davantage, sachant que cela fâcherait tante Dina.

Heureusement, Ishvar ne lui demanda pas de fixer immédiatement une date. Il posa le couvercle sur sa machine et partit, Om à sa suite.

« Eh bien, j'espère que vous vous êtes amusé, dit Dina. Vous sortez contre ma volonté, vous vous frottez de plus en plus à lui, malgré tout ce que je vous ai dit.

— C'était juste une séance de cinéma, tante. La première fois qu'Om allait dans une grande salle. Il était si excité.

— J'espère qu'il sera en état de travailler demain et vous d'étudier. Ces films de bagarres et de meurtres ne peuvent avoir qu'un mauvais effet sur le

414

cerveau. Jadis, les films étaient si tendres. Un peu de danse et de chansons, une comédie ou une histoire d'amour. Maintenant, on n'y voit que des revolvers et des couteaux. »

Le lendemain, comme pour justifier la théorie de Dina, Om assortit le corsage d'une robe de taille trente-huit-quarante à une jupe de taille quarante-deux, dissimulant l'excès de tissu dans des fronces à la ceinture. Il refit trois fois la même faute, qui ne fut découverte que l'après-midi.

« Laissez toutes les autres, arrangez celle-ci d'abord », dit Dina.

Mais il n'en tint pas compte.

« Ne vous inquiétez pas, Dinabai, intervint Ishvar. Je vais défaire les coutures et recommencer.

— Non, c'est lui qui a commis les erreurs, c'est à lui de les réparer.

— Faites-le vous-même, répliqua Om en se grattant le crâne. J'ai mal à la tête. Vous ne m'avez pas donné les bonnes pièces, donc c'est votre faute.

— Écoutez-le ! Ce menteur ! Et cessez de fourrager dans vos cheveux, ou vous finirez par graisser le tissu ! Gratte-gratte-gratte, toute la journée ! »

La dispute allait encore bon train quand Maneck revint de l'université. Les tailleurs ne respectèrent pas leur pause-thé. Maneck s'enferma dans sa chambre. Tout le reste de l'après-midi, les criailleries filtrèrent sous sa porte, créant une mare de détresse autour de lui.

A six heures, Dina frappa, et lui demanda de sortir. « Ils sont partis. J'ai besoin d'un compagnon sain d'esprit.

— Pourquoi vous êtes-vous bagarrés, tante ?

— Moi, je me bagarrais ? Comment osez-vous ! Connaissez-vous toute l'histoire, pour pouvoir décréter que c'était moi l'assaillant ?

— Je m'excuse, tante. Je voulais dire : quelle était la cause de la bagarre ?

— La même que d'habitude. Erreur et travail bâclé. Mais Dieu merci, il y a Ishvar. Je ne sais pas ce que je deviendrais sans lui. Un ange et un diable. L'ennui, c'est que quand l'ange tient compagnie au diable, on ne peut plus leur faire confiance, ni à l'un ni à l'autre.

— Si Om se comporte comme ça, c'est peut-être parce que quelque chose le bouleverse — peut-être parce que vous les enfermez à clef quand vous vous absentez.

— Ah! Ainsi, il vous a raconté cela? Et est-ce qu'il vous a dit pourquoi je le fais?

— Le propriétaire. Mais il croit que ce n'est qu'une excuse. Il dit qu'ils ont l'impression, à cause de vous, d'être des criminels.

— C'est son sentiment de culpabilité qui en est la cause. La menace du propriétaire existe bel et bien, vous devez vous en souvenir. Ne vous laissez jamais emboeliner par le sourire du collecteur de loyers, n'admettez rien. Dites que vous êtes mon neveu. » Elle entreprit de remettre de l'ordre dans la pièce, ramassant les chutes de tissu et les rangeant dans le tiroir du bas. « Cet Ibrahim a une façon de rouler des yeux dans toutes les directions qui lui permet de voir tout l'appartement depuis le pas de la porte. Il les roule plus vite que Buster Keaton.

— J'ai entendu maman prononcer ce nom-là. Elle disait qu'il était plus drôle que Laurel et Hardy.

— Peu importe — mais il y a une seconde raison. Les tailleurs me feront perdre mon travail si je ne les enferme pas. Savez-vous qu'Om a essayé de me suivre jusqu'à la société d'exportation? Ça, il ne vous l'a pas dit, n'est-ce pas? La minuscule commission que je touche dépend de leur silence. En l'état actuel des choses, je m'en sors à peine.

— Et si je disais à maman d'envoyer plus d'argent? Pour mon loyer et ma nourriture?

— Il n'en est pas question! Je demande un prix honnête et elle le paie. Vous croyez que je vous raconte tout cela parce que je veux qu'on me fasse la charité?

— Non, je me disais seulement...

— Mes problèmes ne sont pas des blessures de mendiant ! Seul un mendiant se déshabille pour montrer sa mutilation. Non, Mr Mac Kohlah, je vous dis tout cela pour que vous compreniez un peu mieux votre bien-aimé Omprakash Darji. »

Au moment de se rendre, la fois suivante, chez Au Revoir Export, Dina décida de s'en remettre davantage à Maneck. « Ecoutez, je ne verrouille pas la porte, aujourd'hui. Puisque vous êtes là, je vous les confie. »

Se sentant responsable, il prendrait son parti, elle en était sûre. Et Om ne referait pas le coup de la bicyclette.

Après le départ de Dina, Ishvar continua à coudre, n'osant pas, en présence de Maneck, s'installer comme d'habitude sur le canapé. Mais Om s'arrêta immédiatement et fila dans la pièce du devant. « Deux heures de liberté », clama-t-il en s'étirant et en se laissant tomber sur le canapé à côté de Maneck.

Ils feuilletèrent les vieux albums de tricot de Dina, qui présentaient toutes sortes de modèles de pull-overs. Sur les pages cornées en papier glacé, des lèvres rouges voluptueuses, des peaux satinées, des coiffures luxuriantes s'offraient à leurs regards éblouis. « Regarde ces deux-là, dit Om, indiquant une blonde et une rousse. Tu crois que les poils entre leurs jambes sont de la même couleur ?

— Pourquoi n'écris-tu pas une lettre au magazine pour demander : "Cher Monsieur, Nous aimerions faire une enquête sur la couleur des poils pubiens de vos mannequins — en particulier savoir si elle est assortie à celle de leurs cheveux. Les mannequins en question figurent en page quarante-sept de votre numéro daté de — il regarda la couverture — juillet 1961." N'y pense plus, yaar, c'était il y a quatorze ans. Quelle qu'ait été leur couleur à l'époque, ils doivent être gris ou blancs maintenant.

— Je devrais demander à Rajaram. Il s'y connaît en cheveux. »

Les garçons remirent les albums à leur place et allèrent dans la chambre de Maneck. Le parapluie en forme de pagode les amusa un moment, puis ils explorèrent la cuisine, appelant les chats, qui refusèrent de se montrer à la fenêtre puisque ce n'était pas l'heure du dîner. Om voulut leur jeter de l'eau, Maneck refusa.

Dans la pièce du fond, ils examinèrent la collection de bouts de tissu, l'ébauche du couvre-lit. « Ne touchez pas aux affaires de Dinabai, dit Ishvar, toujours à sa machine.

— Regarde tout ce tissu, dit Om. Elle nous vole en ne nous payant pas correctement, et elle vole aussi la société.

— Tu dis des bêtises, Omprakash, le tança son oncle. Ce ne sont que des petites chutes de tissu dont elle fait bon usage. Allons, retourne à ta machine, cesse de perdre ton temps. »

Om rangea le futur couvre-lit, du doigt il indiqua la malle posée dans le coin, sur les tréteaux. Maneck ne résista pas à la tentation. Ils ouvrirent la malle, découvrant la pile de serviettes hygiéniques fabriquées maison.

« Tu sais à quoi ça sert ? chuchota Om.

— Des petits coussins, dit Maneck en souriant. Des petits coussins pour des petites personnes.

— Mon petit homme peut poser sa tête dessus. » Om en glissa une entre ses jambes.

« Arrêtez de fouiller dans la malle, dit Ishvar.

— D'accord, d'accord. »

Ils prirent quelques serviettes et, regagnant l'autre pièce, continuèrent à faire les clowns.

« C'est quoi, ça ? demanda Maneck, en brandissant deux au-dessus de sa tête.

— Des cornes ?

— Non. » Il les agita. « Des oreilles d'âne. »

Om en tint une derrière son dos.

« Une queue de lapin. »

Ils les placèrent entre leurs jambes, comme des phallus, et arpentèrent la pièce en faisant mine de se masturber. Le nœud fermant la serviette de Maneck se défit, le rembourrage tomba par terre, ne laissant entre ses mains que l'enveloppe ballante.

« Regarde, s'esclaffa Om. Ton lund est déjà allé dormir, yaar. »

S'emparant d'une autre serviette, Maneck en frappa son camarade. Un duel s'ensuivit, mais les armes ne tinrent pas le coup, parsemant le sol de bouts de tissu. Ils en attrapèrent aussitôt deux autres et se ruèrent l'un contre l'autre, comme deux jouteurs à cheval, leurs lances hygiéniques érigées au-dessus de leur braguette.

« Tan-tanna tan-tanna tan-tanna ! » trompettèrent-ils. Chacun regagna son coin, ajusta les serviettes à son entrejambe, Om piaffait et hennissait comme un cheval rongeant son frein.

Sur quoi, Dina ouvrit la porte extérieure et traversa la véranda. Elle atteignit le canapé et là, se figea, muette devant le spectacle : le sol recouvert des débris de serviettes, les deux garçons, la mine coupable, agrippant leurs jouets incongrus.

Ils essayèrent de les cacher derrière leur dos, mais se rendirent compte que c'était aussi futile qu'idiot. Ils baissèrent la tête.

« Dévergondés ! réussit-elle à dire. Sales dévergondés ! »

Elle se précipita dans la pièce où Ishvar continuait à pédaler sur sa machine, bienheureusement inconscient de ce qui se déroulait ailleurs. « Arrêtez ! cria-t-elle. Venez voir ce que ces deux-là ont fait ! »

Om et Maneck avaient posé les serviettes, mais Dina leur en fourra une dans la main. « Allons ! dit-elle. Montrez-lui, montrez-lui ce que vous avez osé faire ! »

Ishvar n'avait pas besoin de voir, il devinait qu'ils s'étaient conduits de façon répugnante. S'approchant d'Om, il le gifla. « Vous, je ne peux pas vous gifler, dit-il à Maneck. Mais quelqu'un devrait le faire, pour votre bien. »

Il traîna Om jusqu'à sa machine, le flanqua sur son tabouret. « Je ne veux plus t'entendre dire un mot, plus jamais. Travaille jusqu'à ce que ce soit l'heure de partir. »

Le dîner se déroula dans le silence ; seuls parlèrent les couteaux et les fourchettes. Dina mit rapidement un peu d'ordre, puis alla s'enfermer dans la pièce qui lui tenait lieu de chambre.

Comme si j'étais une sorte de maniaque sexuel, pensa Maneck, misérable. Il attendit un moment, espérant qu'elle sortirait, lui donnerait une chance de s'excuser. Des bruits lui parvinrent : celui d'un tiroir qu'on ouvre et qu'on referme, le craquement du lit, la chute d'un objet, peut-être sa brosse à cheveux, le raclement des tabourets poussés de côté. Il l'entendit soulever le couvercle de la malle, et son visage s'empourpra de honte. Puis le rai de lumière qui filtrait sous la porte disparut, et Maneck plongea dans le désespoir.

Allait-elle écrire à ses parents pour se plaindre ? Il le méritait, à n'en pas douter. Deux mois qu'il était là, qu'elle le traitait si gentiment, et voilà qu'il se comportait d'une façon tout à fait répugnante. Pour la première fois depuis qu'il était parti de chez lui, il s'était senti en paix, à l'abri de toute menace, grâce à tante Dina. Sauvé de cette résidence qui l'avait rendu malade, avec ce serrement dans la poitrine, ces nausées quotidiennes, le matin.

Et voilà que tout cela le reprenait, par sa propre faute. Il éteignit la lumière derrière le canapé et se traîna jusqu'à sa chambre.

Le matin n'atténua en rien la honte qu'éprouvait Maneck. D'autant que, pour l'entretenir, Dina balança, plutôt qu'elle ne déposa devant lui l'assiette de son petit déjeuner avec les deux œufs frits, et qu'elle ne répondit pas lorsqu'il la salua avant de partir pour l'université. Tristement, il referma sur lui la porte de la véranda vide, accusatrice.

Un premier frémissement de pardon parcourut l'air après le dîner. Comme la nuit précédente, elle se réfugia dans la pièce du fond au lieu de travailler, sur le canapé, à son patchwork ; cependant, elle laissa la porte entrouverte.

Plein d'espoir, Maneck attendit, écoutant pour passer le temps les bruits des voisins. Quelqu'un, un homme, hurlait des menaces contre sa fille, probablement. « Mui, garce ! Tu te conduis comme une putain en restant si tard dehors. Tu crois qu'à dix-huit ans tu es trop vieille pour recevoir le fouet ? Je vais te montrer ! Quand nous disons retour à dix heures, c'est dix heures. »

Maneck regarda sa montre : dix heures vingt. Tante Dîna ne se montrait toujours pas. Mais sa lumière ne s'éteignait pas. A dix heures et demie, heure à laquelle ils allaient habituellement se coucher, il décida de jeter un œil et de lui souhaiter bonne nuit.

Elle était en chemise de nuit, le dos tourné à la porte. Changeant d'avis, il voulut reculer, mais elle le devina dans l'entrebâillement. Oh, ciel, se dit-il, et maintenant elle allait croire qu'il l'espionnait.

« Oui ? fit-elle d'un ton sec.

— Excusez-moi, tante, je venais seulement vous souhaiter bonne nuit.

— Oui. Bonne nuit. »

Il tourna les talons, puis s'arrêta, s'éclaircit la gorge.

« Et puis aussi...

— Aussi quoi ?

— Aussi je voulais m'excuser... pour hier...

— Ne marmonnez pas derrière la porte. Entrez et dites ce que vous avez à dire. »

Il obéit, timidement. Ses bras nus dépassant de la chemise de nuit étaient si beaux et, à travers le coton léger, la forme... mais il n'osa pas laisser traîner ses yeux. L'amie de maman : cette pensée terrifiante s'imposa à lui pendant qu'il continuait de s'excuser.

« Je veux que vous compreniez, dit-elle. Ce qui m'a rendue furieuse ce n'est pas votre comportement scandaleux et le mal que vous m'avez fait. Mais j'avais honte pour vous, honte de vous voir vous conduire comme un voyou. Comme un mavali des rues. D'Omprakash, je ne peux m'attendre à mieux. Mais vous, qui venez d'une bonne famille parsie. Et je vous les avais confiés, je vous faisais confiance.

— Je suis désolé. »

Il baissa la tête. Elle porta la main à ses cheveux, y renfonçant une épingle. Il trouva le buisson sous ses aisselles extrêmement érotique.

« Et maintenant, allez vous coucher, dit-elle. La prochaine fois, tâchez d'être plus intelligent. »

Quand il s'endormit, l'image de tante Dina dans sa chemise de nuit se superposa à celle de la jeune femme dans le train, sur la couchette supérieure.

7

Déménagement

Après un tel incident, Dina en était sûre, ni Om ni Ishvar n'oseraient réinviter Maneck à dîner chez eux. Et même s'ils l'osaient, le garçon refuserait, par crainte de l'offenser.

Quelques jours plus tard, cependant, ils renouvelèrent leur invitation, que Maneck parut sur le point d'accepter. « Je ne peux pas le croire, lui chuchota-t-elle, exaspérée. Après ce que vous avez fait l'autre jour ! Ne m'avez-vous pas assez offensée ?

— Mais je me suis excusé, tante. Et Om aussi était désolé. Quel est le rapport entre les deux choses ?

— Vous croyez que vos excuses arrangent tout ? Vous ne comprenez pas le problème. Je n'ai rien contre eux, mais ce sont des tailleurs — mes employés. Il convient de maintenir une certaine distance. Vous êtes le fils de Farokh et d'Aban Kohlah. Il y a une différence, que vous ne pouvez nier — leur communauté, le milieu d'où ils viennent.

— Mais maman et papa n'y verraient aucun mal, dit-il, essayant d'expliquer qu'il avait été élevé dans cet état d'esprit, que ses parents l'encourageaient à fréquenter tout le monde.

— Vous prétendez donc que j'ai des idées mesquines alors que vos parents sont larges d'esprit, sont des gens modernes ? »

Il n'eut plus envie de discuter. Parfois, alors qu'il la croyait sur le point de comprendre, elle lui tenait un nouveau discours tout aussi absurde. « Puisque vous les aimez tant, pourquoi ne pas faire vos bagages et aller vous installer chez eux ? Je peux très bien écrire à votre maman et lui dire où envoyer le chèque du loyer le mois prochain.

— Je veux simplement aller les voir une fois. Je trouve grossier de toujours refuser. Ils me prennent pour quelqu'un de très au-dessus d'eux.

— Et avez-vous pensé aux conséquences d'une telle visite ? Les bonnes manières, c'est bien, mais il y a aussi la santé, l'hygiène. Comment font-ils cuire leurs aliments ? Peuvent-ils s'offrir de l'huile convenable ? Ou bien achètent-ils du vanaspati frelaté, comme la plupart des pauvres gens ?

— Je n'en sais rien. Jusqu'à présent, ils ne sont ni morts ni même tombés malades.

— Parce que leur estomac est habitué, petit écervelé que vous êtes, mais pas le vôtre. »

Maneck se rappela l'abominable nourriture de la cantine, et ce qu'il avait mangé pendant des semaines dans les échoppes, sur le trottoir. S'il lui en parlait, changerait-elle de théorie en matière culinaire ?

« Et l'eau ? poursuivit-elle. Y a-t-il un point d'alimentation en eau potable dans leur voisinage ou bien est-elle polluée ?

— Je ferai attention, je ne boirai pas d'eau. »

Sa décision était prise, il irait. Elle devenait trop autoritaire. Même maman n'avait jamais osé se mêler de sa vie à ce point.

« Très bien, agissez comme bon vous semble. Mais si vous attrapez quelque chose, ne vous imaginez pas que je me transformerai en infirmière. Je vous renverrai par colis express à vos parents.

— Ça me convient parfaitement. »

Et il accepta l'invitation, quand elle lui fut renouvelée.

« Demain, alors ? dit Ishvar, ravi. Nous partirons ensemble à six heures. » Il lui demanda ce qu'il souhaitait manger. « Du riz ou des chapatis ? Et quel est votre légume favori, hahn ?

— J'aime tout », répondit Maneck.

Les tailleurs passèrent le reste de l'après-midi à discuter du menu, à organiser leur humble fête.

Ishvar fut le premier à remarquer qu'aucune fumée de brasero ne s'élevait au-dessus des cabanes. Fixant l'horizon, il avança en trébuchant sur la chaussée effondrée. A cette heure-ci, un nuage épais aurait dû empuantir l'air. « Qu'est-ce qu'ils font, ils jeûnent, tous, ou quoi ?

— Arrête de t'inquiéter pour les autres, je meurs de faim.

— Tu as toujours faim. As-tu des vers ? »

La plaisanterie éculée ne fit pas rire Om. En lieu et place de la fumée, un grondement sourd leur parvint, qui semblait provenir d'une énorme machine. Ils réparent les rues la nuit ? se demanda Ishvar. Puis, pensant au dîner de Maneck, il dit : « Demain, nous ferons nos courses le matin, et nous préparerons tout. Pour ne pas perdre de temps en fin de journée. Si tu étais marié, c'est ta femme qui préparerait le repas et qui attendrait notre invité.

— Pourquoi *toi*, tu ne te maries pas ?

— Je suis trop vieux. »

Mais, toute plaisanterie mise à part, se dit-il, il était grand temps de s'occuper d'Om — on ne doit pas trop tarder avec ces choses-là.

« Je t'ai pourtant choisi une femme, dit Om.

— Qui ?

— Dinabai. Je sais qu'elle te plaît, tu prends toujours son parti. Tu devrais la baiser.

— Espèce de sale gosse », dit Ishvar, le martelant de coups de poing inoffensifs.

A ce moment-là ils débouchèrent dans la ruelle menant au bidonville. Le grondement qu'ils n'avaient cessé d'entendre, lent et assourdi dans le crépuscule, se renforça. Puis il y eut une détonation. L'air se remplit de cris de douleur, de terreur et de colère.

« Hai Ram ! Que se passe-t-il ? » Ils se mirent à

courir, et tombèrent sur une véritable bataille rangée.

Massés sur la chaussée, les gens se battaient pour essayer de retourner vers leurs baraquements, leurs cris se mêlant aux hurlements des sirènes d'ambulances. Pour le moment, les policiers avaient perdu le contrôle de la situation, la foule les débordait. Mais les forces de l'ordre se reprirent. Les gens refluèrent, tombèrent, se firent piétiner; aux hurlements des sirènes, les ambulances ajoutèrent des coups de klaxon tonitruants; les enfants poussaient des cris perçants, terrifiés d'être séparés de leurs parents.

Le peuple des baraquements se débanda, vociférant, exprimant son angoisse et son impuissance en insultes. « Animaux sans cœur! Pour les pauvres, il n'y a pas de justice, jamais! Nous n'avions presque rien, maintenant c'est moins que rien! Quel crime avons-nous commis? où irons-nous? »

Pendant l'accalmie, Ishvar et Om trouvèrent Rajaram. « J'étais là quand ça a commencé, dit-il, haletant. Ils sont entrés et... ont tout démoli. Tout brisé. Ces ordures, ces menteurs...

— Qui a fait ça?

— Les hommes, ceux qui se prétendaient inspecteurs de la sécurité. Ils nous ont eus. Envoyés par le gouvernement, qu'ils disaient, pour vérifier l'état de la colonie. Sur l'instant, les gens ont été contents, enfin les autorités s'intéressaient à eux. Ça annonçait peut-être des améliorations — de l'eau, des latrines, l'électricité, comme on ne cessait de le leur promettre en période électorale. Alors, nous avons fait ce qu'ils nous ont dit de faire, nous sommes sortis des baraques. Mais quand il n'y a plus eu personne, les grosses machines sont arrivées. »

Il s'agissait en fait de vieilles Jeep et de vieux camions, avec des plaques d'acier et des poutres de bois fixées, comme des béliers, au pare-chocs avant. Ces faux bulldozers avaient commencé leur travail de démolition, éventrant les structures de contreplaqué, de tôle ondulée et de plastique. « Quand nous avons vu ça, nous nous sommes précipités pour les arrêter. Mais les chauffeurs ont continué. Ils ont écrasé des gens. Du sang partout. Et la police protège ces assassins. Sans ça, ils seraient morts.

— Mais comment peuvent-ils détruire nos maisons, sans raison ?

— Ils ont dit que c'est la nouvelle loi à cause de l'état d'urgence. Si les baraques sont illégales, ils peuvent les démolir. La nouvelle loi dit que la ville doit être belle.

— Et Navalkar ? Et son patron, Thokray ? Ils ont ramassé le loyer du mois il y a deux jours seulement.

— Ils sont ici.

— Et ils ne se plaignent pas à la police ?

— Se plaindre ? C'est Thokray qui dirige tout ça. Il porte un badge : Contrôleur des Bidonvilles. Et Navalkar est Contrôleur Adjoint. Ils ne parlent à personne. Si on essaie de les approcher, leurs goondas menacent de nous taper dessus.

— Et tout ce qu'on possédait, dans les cases ?

— Perdu. On les a suppliés de nous laisser prendre nos affaires, et ils ont refusé. »

Ishvar, soudain, se sentit très fatigué. S'écartant de la foule, il traversa la ruelle et se laissa tomber à terre. Rajaram retroussa son pantalon et s'assit à côté de lui. « C'est idiot de pleurer sur ces jhopdis pourris. Nous trouverons un autre endroit, ce n'est qu'un léger obstacle. N'est-ce pas, Om ? Nous chercherons ensemble une nouvelle maison. »

Om acquiesça.

« Je vais aller voir de plus près.

— Non, dit Ishvar, c'est dangereux. Reste ici, avec moi.

— Je ne fais qu'un saut, yaar. »

La nuit tombait. Une ultime charge aux lathis avait nettoyé la zone à l'entrée du lotissement. Sandales et babouches abandonnées par les fuyards jonchaient le sol, comme autant d'épaves d'une marée humaine mutilée. Le cordon de police, à présent bien en place, maintenait à distance respectueuse le peuple enragé.

Les bulldozers finirent de raser les rangées de cabanes légères et s'attaquèrent à celles de la catégorie supérieure, broyant les murs de briques. Om n'eut pas le moindre petit pincement au cœur — cette baraque n'avait jamais rien signifié pour lui. Peut-être que, maintenant, son oncle accepterait qu'ils retournent auprès d'Ashraf Chacha. Il se rappela la visite de Maneck prévue pour le lendemain, et rit tout seul, d'un rire amer, à l'idée de lui annoncer que le dîner était annulé pour cause de disparition subite de leur maison.

Le mégaphone du sergent Kesar retentit dans le crépuscule : « Les travaux vont s'arrêter pendant une demi-heure. A proprement parler, c'est simplement pour vous donner une chance de rassembler vos effets personnels. Puis les machines se remettront en marche. »

La foule accueillit cette annonce avec un certain mépris — comme un geste de bonne volonté, destiné simplement à éviter davantage de désordre. Les gens cependant furent soulagés de pouvoir récupérer leurs maigres possessions. Une escalade désespérée commença au milieu des gravats, qui rappela à Om les enfants sur les tas d'ordures. Tels que, du train, il les voyait chaque jour. Il alla retrouver son oncle, et ils se joignirent à la mêlée qui bourdonnait dans les ruines.

Les machines avaient transformé le terrain familier, avec sa communauté soigneusement organisée, en un lieu étranger. La confusion la plus totale régnait dans la population. Sur quel bout de sol s'était élevée telle cabane ? Et quel amoncellement de débris de bois et de métal fouiller pour trouver ce qui vous appartenait ? Certains, profitant du désordre, accaparaient tout ce qu'ils pouvaient, des bagarres éclataient pour des morceaux de contreplaqué et de plastique, des lambeaux de toile cirée. Pendant que le joueur d'harmonium farfouillait à la recherche de ses vêtements, quelqu'un essaya de lui subtiliser son instrument pourtant en piteux état. Il chassa le voleur avec une barre de fer. La lutte infligea quelques blessures supplémentaires à l'harmonium, lui arrachant ses soufflets.

« Mes voisins sont devenus des voleurs, dit-il, en larmes. Avant, je jouais pour eux et ils m'applaudissaient. »

Ishvar le consola pour la forme, soucieux avant tout de retrouver ses propres biens. « Du moins nos machines sont en sûreté chez Dinabai, dit-il à Om. C'est une chance pour nous. »

Ecartant la tôle ondulée qui leur avait servi de toit, ils découvrirent leur malle. Le couvercle, sévèrement cabossé, s'ouvrit avec force grincements. Au milieu de divers débris, ils tombèrent sur le petit miroir devant lequel ils se rasaient : la poêle en aluminium lui avait servi de bouclier.

« La malchance nous a épargnés », dit Om. Du réchaud Butagaz, en revanche, il ne restait à peu près rien. Ishvar trouva un crayon, une bougie, deux assiettes en fer-blanc et un gobelet en plastique, Om mit la main sur leur rasoir, mais pas sur les lames. En fouillant encore, ils déterrèrent la cruche en cuivre. Quelqu'un d'autre la repéra en même temps qu'eux, s'en empara et prit la fuite. « Au voleur ! » hurla Om. Personne ne fit attention à lui. Son oncle l'empêcha de poursuivre l'homme.

Ils retirèrent également leur natte d'osier, les draps, les couvertures et les deux serviettes qui servaient d'oreillers. Ishvar les secoua, en chassant des nuages de poussière, les enroula en un ballot bien net qu'il protégea d'une toile.

Seul son magot de cheveux préoccupait Rajaram. Le stock avait beaucoup souffert, les sacs éventrés avaient perdu leur contenu. « Tout un mois de récolte, geignit-il, éparpillé dans la boue. » De la demi-heure accordée, il ne restait que quelques minutes. Ishvar et Om l'aidèrent à ramasser le plus possible de touffes, privilégiant les spécimens les plus longs.

431

« C'est sans espoir, dit Rajaram. Les salauds m'ont ruiné. Les boucles et les tresses sont coupées, on ne peut plus les reconstituer. C'est comme vouloir extraire des cristaux de sucre d'une tasse de thé. »

Le trio franchit le cordon de police, au milieu duquel le Contrôleur des Bidonvilles donnait ses instructions à ses ouvriers. « Entièrement nivelé — c'est ainsi que je veux voir ce terrain. Vide et propre, comme il était avant qu'on construise toutes ces baraques illégales. » Les décombres devaient être déchargés dans le fossé, le long de la voie de chemin de fer.

Sous le regard abruti des malheureux massés à l'extérieur, les ouvriers abattirent les murs qui avaient résisté au premier assaut, puis s'arrêtèrent, affirmant qu'il faisait trop sombre pour manœuvrer les machines correctement, elles risquaient de tomber elles aussi dans le fossé. Le Contrôleur des Bidonvilles ne pouvait courir ce danger, beaucoup trop de travail l'attendait, des tas de terrains à débarrasser de leurs constructions usurpatrices. Il accepta de reporter l'ultime phase au lendemain, et les ouvriers s'en allèrent.

« Je vais passer la nuit ici, dit Rajaram. Peut-être que je trouverai des choses intéressantes. Et vous ?

— On devrait aller chez Nawaz, dit Ishvar. Il nous laissera peut-être à nouveau dormir sous son auvent.

— Mais il s'est montré si méchant.

— N'empêche... il se pourrait qu'il nous aide encore à trouver un toit.

— Oui, ça vaut la peine d'essayer, dit Rajaram. Et moi je vais voir ce qui se passe ici. Qui sait, un autre chef de gang envisage peut-être de construire de nouvelles baraques. »

Ils convinrent de se retrouver le lendemain soir. « Entre-temps, est-ce que vous pouvez me rendre un service ? demanda Rajaram. Me garder ces quelques tresses ? Ça ne pèse rien, et je n'ai nulle part où les mettre. »

Ishvar accepta et les rangea dans la malle.

Des étrangers habitaient la maison de Nawaz. L'homme qui répondit à la porte affirma tout ignorer de lui.

« Nous avons besoin de toute urgence de trouver Nawazbhai, dit Ishvar. Votre propriétaire sait peut-être quelque chose. Pouvez-vous me donner son nom et son adresse ?

— Ça ne vous regarde pas. »

De l'intérieur, quelqu'un cria : « Arrêtez de nous embêter à cette heure-là ! »

Ishvar rehissa le ballot de literie sur ses épaules et tourna les talons.

« On fait quoi maintenant ? haleta Om, pliant sous le poids de la malle.

— Ton souffle t'a déjà lâché ?

— Comme un ballon crevé.

— Bon, allons prendre un thé. »

Ils se rendirent à l'échoppe qu'ils avaient fréquentée pendant de si longs mois, dont le patron se rappela qu'ils étaient des amis de Nawaz.

« Ça faisait un moment que je ne vous avais pas vus, dit-il. Vous avez des nouvelles de Nawaz, depuis que la police l'a embarqué ?

— La police ? Pour quelle raison ?

— Trafic d'or.

— Et c'est vrai ?

— Bien sûr que non. Il était tailleur, tout comme vous. »

Mais Nawaz s'était querellé avec quelqu'un dont la fille allait se marier. L'homme, qui avait de l'entregent, lui avait passé une grosse commande — des vêtements de noce pour toute la famille. Après la cérémonie, il avait refusé de payer, sous prétexte que les vêtements étaient mal coupés. Lassé de réclamer en vain son argent, Nawaz finit par découvrir où se trouvait le bureau de son débiteur. Il s'y présenta, pour lui faire honte devant ses collègues. « Et ce fut une grosse faute. Le salaud s'est vengé. Cette nuit-là, la police est venue embarquer Nawaz.

— Comme ça ? Comment peuvent-ils mettre un innocent en prison ? C'est l'autre qui est un escroc.

— Depuis l'état d'urgence, tout est sens dessus dessous. Le noir peut devenir blanc, le jour se changer en nuit. Avec de bonnes relations et un peu d'argent, c'est très facile d'envoyer les gens en prison. Il y a même une nouvelle loi appelée MSI, pour simplifier toute la procédure.

— Ça signifie quoi, MSI ?

— Maintien de... quelque chose, de la sécurité... Je ne suis pas sûr. »

Les tailleurs finirent de boire leur thé et repartirent.

« Pauvre Nawaz, dit Ishvar. Je me demande s'il a vraiment été mêlé à un trafic.

— Sûrement. Ils n'expédient pas les gens en prison pour rien. Il ne m'a jamais plu. Qu'est-ce qu'on va faire ?

— On peut essayer de dormir à la gare. »

Le quai regorgeait de mendiants et de vagabonds qui s'y réfugiaient pour la nuit. Les tailleurs se choisirent un coin, le nettoyèrent, en chassant la poussière avec un journal.

« Aïe, attention ! J'en ai plein la figure ! cria quelqu'un.

— Pardonnez-moi, bhai », dit Ishvar.

L'un et l'autre, l'oncle et le neveu, éprouvaient le besoin de parler du lendemain, de ce qui se passerait ensuite, mais chacun attendait que l'autre aborde le sujet. « Tu as faim ?

— Non. »

Ishvar se rendit néanmoins à la buvette de la gare. Il acheta deux petits pains fourrés d'un mélange épicé d'oignons frits, de pommes de terre, de petits pois et de piments, et c'est avec un léger sentiment de culpabilité qu'il les rapporta à Om, passant devant une rangée d'yeux affamés. « Pao-bhaji. Un pour toi, un pour moi. »

De larges taches de graisse chaude commençaient

à alourdir la page de magazine, en papier glacé, sur laquelle reposaient les petits pains. Om dévora le sien, à toute allure, Ishvar mangea lentement, s'arrangeant pour lui en garder un bout. « J'en ai assez. Prends-le. »

Ils allèrent à tour de rôle s'abreuver au robinet d'eau — pas question de laisser la malle et la literie sans surveillance —, après quoi, ils eurent épuisé toutes les possibilités de distraction. « Rajaram aura peut-être de bonnes nouvelles demain soir, hasarda Om.

— Oui, qui sait ? Nous pourrions peut-être même construire quelque chose nous-mêmes, quand le tamasha sera terminé. Avec du contreplaqué et des feuilles de plastique. Rajaram est un garçon intelligent, il saura quoi faire. Nous pourrions vivre tous les trois dans une grande cabane. »

Ils explorèrent le terrain vague derrière la gare pour uriner, reburent un peu d'eau, finirent par dérouler leur literie. La nuit avançant, la fréquence des trains diminua. Ils s'allongèrent, les pieds posés sur leur malle.

Un peu après minuit, ils furent réveillés par un agent de surveillance de la gare. Donnant un coup de pied dans la malle, il leur dit qu'il était interdit de dormir sur le quai.

« On attend le train, dit Ishvar.

— Pas comme ça, et pas dans cette gare. Il n'y a pas de salle d'attente. Revenez demain matin.

— Mais tous ces gens, ils dorment bien, eux ?

— Ils ont une permission spéciale. »

Le policier fit tinter les pièces dans sa poche.

« D'accord, nous ne dormirons pas, nous resterons simplement assis. »

Le policier s'éloigna en haussant les épaules.

« Pchit », leur dit une femme allongée à côté d'eux. « Vous devez le payer. » Chacun de ses mouvements froissait à grand bruit la feuille de plastique sur laquelle elle reposait, ses pieds étaient entourés de bandages suintants, tachés de plaques jaune foncé.

« Le payer pour quoi ? Ce quai n'appartient pas à son père. »

Son sourire fit craqueler la croûte de saleté qui recouvrait son visage. « Cinéma, cinéma ! » Elle montra les affiches de films placardées sur le mur du quai. « Une roupie par mendiant. Cinquante paisas pour un enfant. Cinéma toutes les nuits. »

Ishvar porta la main à son front, pour indiquer qu'elle avait perdu la boule, mais Om insista : « Nous ne sommes pas des mendiants, nous sommes des tailleurs. Et qu'est-ce qu'il fera si nous ne payons pas ? Il ne peut pas nous jeter en prison pour ça. »

La femme se tourna sur le côté, les observant de près, silencieuse à l'exception d'un petit gloussement qui lui échappait de temps à autre. Une demi-heure passa, le policier ne donna pas signe de vie.

« Je crois que nous sommes tranquilles maintenant », dit Om. Ils redéroulèrent leurs nattes et se rallongèrent. La femme les observait toujours, une faible odeur de pourri émanait de ses pieds bandés.

« Est-ce que vous allez nous regarder toute la nuit ? » dit Om. Elle secoua la tête, mais continua à les fixer. Ishvar calma son neveu, ils fermèrent les yeux.

Ils dormaient depuis quelques minutes quand le policier revint, portant un seau d'eau froide qu'il leur vida sur la tête. Ils poussèrent un grand cri, bondirent de leur couche. Le policier s'éloigna sans un mot, balançant le seau vide à la main. Sur sa bâche de plastique, la femme tressautait de rire.

« Sale bête ! » siffla Om entre ses dents. Ishvar le fit taire. Ce qui était inutile, le rire hystérique de la femme couvrant ses paroles. Dans son ravissement, elle donnait des claques retentissantes sur le plastique.

« Cinéma ! Cinéma ! Comédie Johnnie Walker ! » réussit-elle à dire entre deux hoquets.

« Elle savait ! La vieille folle savait et ne nous a pas prévenus, yaar ! »

Trempés, ils ramassèrent leurs affaires et se dirigèrent vers le seul coin libre, au bout du quai, où régnait une forte odeur d'urine. Les vêtements secs dans la malle constituaient un trésor inestimable. Ils se changèrent, étalèrent les vêtements mouillés sur le couvercle de la malle, pendirent draps et couverture à un montant d'affiche cassé dépassant du mur.

La natte d'osier sécha rapidement, mais ils n'osaient pas s'allonger. Frissonnant, ils restèrent assis, protégeant leurs biens, titubant de sommeil, somnolant de temps à autre, un besoin pressant les obligeant fréquemment à se rendre au terrain vague. Quand toute la gare fut plongée dans le sommeil, ils n'eurent plus besoin de s'éloigner. Ils vidèrent leur vessie directement sur la voie.

Le rideau de fer de la buvette se releva à quatre heures du matin. Bruits de tasses et de soucoupes qui s'entrechoquent, de casseroles et de poêles que l'on cogne. Ishvar et Om se gargarisèrent à la fontaine, puis s'offrirent du thé accompagné d'une tranche de pain croustillant. Le liquide chaud éclaircit leur esprit engourdi. Ils commençaient à voir se dessiner le plan de la journée : à l'heure convenable, ils prendraient le train pour aller travailler, ils resteraient à leur machine jusqu'à dix-huit heures, comme d'habitude, puis iraient retrouver Rajaram.

« Nous laisserons la malle chez Dinabai, juste pour cette nuit, dit Ishvar. Mais nous ne raconterons pas ce qui s'est passé. Les sans-logis font peur.

— Je te parie tout ce que tu veux qu'elle n'acceptera pas. »

Ils passèrent encore deux heures sur le quai, à fumer, à observer le va-et-vient des voyageurs du petit matin, essentiellement des marchands arrivant avec leurs paniers pleins de citrouilles, d'oignons, de réglisse, de sel, d'œufs, en équilibre sur la tête. Un réparateur de parapluies se préparait au travail, disséquant les parapluies cassés, récupérant les baleines et les manches. Une équipe de peintres et de maçons, sous les ordres de leur contremaître, armés d'échelles, de pelles, de brosses, d'auges et de truelles, passa à côté d'eux, laissant dans son sillage une odeur de maison fraîchement peinte.

Les tailleurs prirent un train à six heures et demie, ils arrivèrent chez Dina à sept heures. Elle passa une blouse par-dessus sa chemise de nuit et ouvrit la porte.

« Si tôt ? » Pas le moindre égard pour les autres, se dit-elle — le soleil à peine levé, sa toilette qui n'était pas encore faite, ni le petit déjeuner de Maneck, et les voilà qui s'amenaient, demandant qu'on leur prête attention.

« Les trains sont enfin à l'heure. A cause de l'état d'urgence », dit Om, se jugeant très intelligent.

Elle n'en trouva pas moins l'excuse impudente et destinée, semblait-il, à la mettre en colère. Puis Ishvar ajouta, pour l'apaiser : « Une journée plus longue signifie davantage de robes, hahn, Dinabai ? »

Exact. « Mais qu'est-ce que c'est que tout ce barda ?

— Nous devons l'apporter à un ami en fin de journée. Oh, Maneck. Avant que j'oublie. Pardonnez-nous, nous ne pouvons pas dîner ce soir. Quelque chose de très urgent à faire.

— C'est pas grave. Une autre fois. »

Elle les obligea à laisser la malle et leur literie à la porte. Qui sait si tout ça n'était pas plein de vermine ? Et leur comportement était très suspect. S'il y avait une telle urgence, pourquoi arriver si tôt ? Ils auraient pu passer maintenant chez leur ami. Du moins avaient-ils annulé l'invitation de Maneck, ce qui était un soulagement.

Pendant toute cette journée, Ishvar ne montra pas son calme habituel, il faillit même, une fois, ajuster un dos de corsage à un devant de jupe. « Stop ! cria-t-elle, comme l'aiguille entamait sa première ligne de points. « Vous, Ishvar ? Venant d'Omprakash, ça ne m'aurait pas surprise. Mais vous ? » Souriant d'un air penaud, il défit les mauvais points avec une lame de rasoir.

Ils partirent à quatre heures. Pour le supplément de robes, je repasserai, se dit-elle, heureuse néanmoins de les voir s'en aller et emporter avec eux cette tension qui traînait dans l'air.

Avant qu'elle ait pu réaliser qu'ils lui avaient laissé la malle, ils avaient refermé la porte et s'éloignaient en courant vers la gare.

Une lourde pluie était tombée toute la journée, ensevelissant les ultimes décombres dans des petites mares de boue. Des bouts de contreplaqué ou de métal surgissaient de l'eau, comme des voiles et des débris de naufrage. Des mouettes survolaient le bidonville méconnaissable, en poussant des cris perçants. Quelques ex-résidents traînaient à l'extérieur, mais il n'y avait aucune trace de Rajaram.

« Il a peut-être découvert qu'il n'est pas question de reconstruire ici », dit Ishvar.

Le ventripotent sergent Kesar brillait également par son absence. Six policiers montaient la garde. Ils s'approchèrent des tailleurs et du petit groupe qui errait autour du terrain, et les menacèrent : « Si vous essayez de rebâtir des jhopdis, nous vous coffrerons immédiatement.

— Pourquoi ?

— C'est notre mission — prévention des taudis et embellissement de la ville. »

Ils reprirent leur faction.

« Je crois que nous devrions retourner chez Dinabai et lui dire la vérité, dit Ishvar.

— Pourquoi ?

— Elle pourrait nous aider.

— Tu rêves », dit Om.

Une équipe d'ouvriers érigeait de nouvelles palissades, de chaque côté de la rue. Ils collèrent le visage du Premier ministre sur les planches, puis discutèrent des messages qui devaient l'accompagner. Il y en avait plusieurs, différents. Ils déroulèrent les bannières sur la chaussée, les maintinrent à l'aide de pierres posées aux coins, et réfléchirent.

Le premier slogan recueillit l'unanimité : LA CITÉ VOUS APPARTIENT ! GARDEZ-LA BELLE ! Le second leur posa quelque difficulté. Le contremaître était partisan de : NOURRITURE POUR LES AFFAMÉS ! LOGIS POUR LES SANS-LOGIS ! Ses subordonnés le lui déconseillèrent, jugeant que : LA NATION EST EN MARCHE ! conviendrait mieux.

Les tailleurs attendirent que l'affichage soit terminé. Quand les immenses cadres furent hissés, la foule applaudit. Plantées dans des trous, les affiches furent étayées par des entretoises en diagonale, et l'on dama la terre tout autour. Quelqu'un demanda à Om de vouloir bien lire ce qui était écrit. Om s'exécuta. L'homme réfléchit un instant à ce que cela signifiait, puis s'éloigna en secouant la tête, marmonnant que cette fois-ci, le gouvernement était devenu complètement fou.

« Je savais que vous reviendriez, dit Dina. Vous avez oublié votre malle. » Mais elle vit la peur et la fatigue dans leurs yeux. « Qu'est-ce qui ne va pas ?

— Un terrible malheur s'est abattu sur nos têtes, dit Ishvar.

— Entrez. Voulez-vous de l'eau ?

— Hahnji, s'il vous plaît. »

Maneck leur en apporta, dans leurs verres réservés.

« Dinabai, nous n'avons pas de chance, nous avons besoin de votre aide.

— En ces temps-ci, je me demande quelle aide je peux apporter à qui que ce soit. Racontez-moi, néanmoins.

— Notre maison... nous l'avons perdue, dit Ishvar timidement.

— Vous voulez dire que votre propriétaire vous a fichus à la porte ? » Elle sympathisait. « Les propriétaires sont de tels forbans. »

Ishvar secoua la tête. « Je veux dire... elle a disparu, complètement. » Il balaya l'air de la main. « Elle a été démolie par de grosses, grosses machines. Toutes les maisons du terrain.

440

« — Ils ont dit que c'était illégal de vivre là, ajouta Om.

— Tu parles sérieusement ? dit Maneck. Comment peuvent-ils faire ça ?

— C'est le gouvernement, dit Ishvar. Ils peuvent faire ce qu'ils veulent. Les policiers ont dit que c'est une nouvelle loi. »

Dina se rappela que, la semaine précédente encore, l'évocation d'un programme de suppression des bidonvilles avait suscité de vifs éloges de la part de Mrs Gupta. Quel malheur, néanmoins, pour ces pauvres tailleurs. En tout cas, elle-même ne s'était pas trompée : ils vivaient bien dans un endroit insalubre. Grâce au ciel, Maneck n'avait pas eu à partager leur repas. « C'est terrible, dit-elle. Le gouvernement fait des lois sans réfléchir.

— Maintenant, tu sais pourquoi nous avons dû annuler le dîner, dit Om à Maneck. On n'osait pas te le dire ce matin.

— Vous auriez dû, pourtant. Ça nous aurait laissé plus de temps pour réfléchir à la façon de vous aider et... »

Il s'interrompit, sous l'injonction d'un regard impérieux de Dina.

« On avait déjà payé le loyer du mois, dit Ishvar. Maintenant, nous n'avons ni maison ni argent. Est-ce qu'on peut dormir dans votre véranda... pour quelques nuits ? »

Maneck supplia mentalement Dina, qui pesait sa réponse. « En ce qui me concerne, je n'ai pas d'objection, dit-elle. Mais si le collecteur de loyers s'en aperçoit, j'aurai des ennuis. Il prétendra que j'ai transformé cet appartement en pension, ce qui est illégal, et vous, Maneck, moi et vos machines... nous nous retrouverons tous à la rue.

— Je comprends. » Ishvar avait trop de fierté pour tenter de discuter. « Nous allons essayer ailleurs.

— N'oubliez pas d'emporter votre malle.

— Pouvons-nous la laisser cette nuit ?

— La laisser où ? On peut à peine remuer ici. »

Dégoûté, Om confia la literie à son oncle et attrapa la malle. Sur un vague signe de tête, ils partirent.

Dina alla refermer la porte derrière eux et revint affronter le regard plein de reproche de Maneck. « Ne me regardez pas comme ça, dit-elle. Je n'avais pas le choix.

— Vous auriez pu au moins les laisser rester cette nuit. Ils auraient dormi dans ma chambre.

— C'était des Ennuis assurés, avec un *E* majuscule. Une nuit suffit pour que le propriétaire m'intente un procès.

— Et la malle ? Vous ne pouviez pas la leur garder ?

— De quoi s'agit-il ? D'un interrogatoire de police ? Vous avez eu une vie si protégée, vous n'imaginez pas la quantité d'escrocs qui traînent dans cette ville. Pour mettre le pied dans un appartement, une malle, un sac, même une sacoche, avec juste deux pyjamas et une chemise, suffit. Entreposer des effets personnels — c'est le moyen le plus courant pour faire valoir ses droits à l'occupation. Et le système judiciaire est tel qu'il lui faut des années pour statuer, des années pendant lesquelles les escrocs sont autorisés à demeurer dans les lieux. Je ne dis pas qu'Ishvar et Om sont venus avec une telle idée en tête. Mais comment puis-je prendre le risque ? Qui sait si quelque voyou ne va pas la leur suggérer ? Le moindre problème avec mon propriétaire signifie que je dois quémander l'aide de Nusswan. Mon frère est absolument insupportable. Il n'en finirait pas de caqueter. »

Maneck regarda par la fenêtre, s'efforçant de comprendre les soupçons de tante Dina, imaginant une invasion de linge sale, une occupation forcée.

« Ne vous faites pas tant de souci pour les tailleurs, dit-elle. Ils trouveront un endroit où rester. Les gens comme eux ont de la famille partout.

— Pas eux. Ils sont arrivés il y a quelques mois seulement, d'un village au fin fond du pays. »

Il fut content de voir un soupçon d'inquiétude percer sur son visage.

Puis elle s'énerva.

« C'est stupéfiant. Stupéfiant que vous en sachiez autant sur leur compte. »

Ils s'ignorèrent le restant de la soirée, mais, après dîner, tout en travaillant à son couvre-lit, elle tenta de le faire parler. « Alors, Maneck, comment le trouvez-vous ?

— Affreux. »

Il n'était pas prêt à lui pardonner.

L'enseigne annonçait : « Sagar Darshan — Hôtel Océan ». Le seul océan en vue était le rectangle bleu peint sur la pancarte délavée par les intempéries, avec un petit voilier perché sur une vague.

A l'intérieur, un jeune homme en livrée blanche élimée, assis par terre à côté d'un porte-parapluies, regardait les photos d'une revue de cinéma. Il ne leva pas les yeux à l'entrée des tailleurs. Derrière le comptoir, un homme aux cheveux gris, qui mangeait avec application, broya une tranche de pain et répartit les miettes, en petits gestes rapides, entre quatre soucoupes. « Trente roupies la nuit », marmonna-t-il la bouche pleine, révélant au passage une dent en or. Quelques fragments mâchonnés tombèrent sur le comptoir. Il les balaya de la main, puis, avec sa manche, frotta la marque.

« Tu vois ? Je t'avais bien dit qu'on ne pouvait pas se payer l'hôtel, dit Ishvar en tournant les talons.

— Essayons-en un autre. »

Ils les essayèrent, l'un après l'autre : l'hôtel Paradis, à vingt roupies, situé au-dessus d'une boulangerie au plafond si mince que la chaleur du four le traversait ; le Ram Nivas qui, selon l'affiche, accueillait toutes les castes, et dont les chambres dégageaient une horrible puanteur qu'elles devaient au voisinage immédiat d'une petite usine chimique ; l'hôtel Aram, où, le temps qu'ils se renseignent, leurs bagages faillirent disparaître sous leur nez, le voleur en puissance décampant en les voyant faire demi-tour.

« Ça te suffit ? » dit Ishvar, et Om acquiesça.

Ils reprirent le chemin de la gare, s'arrêtant pour inspecter chaque embrasure de porte, chaque auvent pouvant servir d'abri. Mais là où il était possible de s'abriter, la place était déjà prise. Afin de décourager les occupants de trottoir, une boutique avait recouvert le sol de son porche d'une herse articulée, qui se déverrouillait et se repliait le matin. Ce qui n'empêcha pas un individu entreprenant de s'y aménager un lit — un rectangle de contreplaqué posé sur les clous, et sa couverture par-dessus.

« Nous allons devoir apprendre des trucs comme ça », dit Ishvar, le regard admiratif.

Ils passèrent devant le mendiant sur sa planche à roulettes, qui les salua de l'habituel tintement de sa boîte. Trop absorbés par leur quête, ils ne lui répondirent pas. Il restait quelques places libres à l'extérieur d'un magasin de meubles encore ouvert. « On pourrait essayer ici, dit Om.

— Tu es fou ? Tu veux te faire tuer pour t'être installé sur l'emplacement de quelqu'un d'autre ? Tu as oublié ce qui est arrivé sur le trottoir, près de chez Nawaz ? »

Ils passèrent devant le magasin qui ne fermait jamais, la pharmacie-droguerie ouverte vingt-quatre heures sur vingt-quatre. Les lumières, cependant, commençaient à s'éteindre et les vendeurs à partir, bientôt ne resterait plus que le préparateur qui délivrait les médicaments.

« Attendons ici, dit Ishvar. Voyons ce qui va arriver. »

Quelqu'un posa un tabouret en bois dans le petit passage que se partageaient la pharmacie et la boutique d'antiquités contiguë. Des rideaux de fer s'abaissèrent comme des paupières sur les deux vitrines. Savons, poudres de talc, sirops contre la toux d'un côté, bronzes natarajas, miniatures mogholes, boîtes incrustées de joyaux de l'autre, tout disparut à la vue. Les deux patrons mirent les verrous et tendirent les clefs au veilleur de nuit.

Les tailleurs attendirent que l'homme desserre sa

ceinture, enlève ses chaussures et s'installe confortablement sur son tabouret, puis ils s'approchèrent, leur paquet de beedis à la main. « Allumettes ? » demanda Ishvar, en mimant le geste d'en craquer une.

Le veilleur de nuit arrêta de se frotter les mollets pour fouiller dans sa poche. Les tailleurs se partagèrent une allumette, proposèrent les beedis au veilleur de nuit. Il secoua la tête, sortit un paquet de cigarettes Panama. Le trio fuma en silence.

« Ainsi, dit Ishvar, vous restez assis là toute la nuit ?

— C'est mon boulot. »

Il s'empara du bâton posé contre la porte et en frappa deux coups sur le sol. Les tailleurs sourirent, approbateurs.

« Il y a des gens qui dorment dans ce passage ?

— Personne.

— Vous devez parfois éprouver le besoin de prendre un peu de repos. »

L'homme secoua la tête. « Interdit. J'ai deux boutiques à surveiller. » Il se pencha vers eux et leur confia, montrant du doigt le préparateur à l'intérieur : « Mais lui. Lui, il se repose. Il fait un grand somme, sur un matelas posé par terre, chaque nuit. Et pour ça, cette canaille est payée, bien plus que moi.

— Nous ne savons pas où dormir, dit Ishvar. Le lotissement où nous vivions a été détruit par les gens du gouvernement hier. Avec leurs machines.

— Ça arrive souvent ces jours-ci », dit le veilleur de nuit. Qui continua sa litanie sur le préparateur en pharmacie. « Ce type n'a presque rien à faire. Parfois quelqu'un vient chercher un médicament. Alors, je déverrouille la porte et je réveille la canaille pour qu'il exécute la prescription. Mais s'il dormait, il a l'esprit brumeux. Il a du mal à lire les étiquettes. » Il se pencha encore plus près. « Une fois, il a mis ce qu'il ne fallait pas. Le client est mort et la police est venue enquêter. Le patron et les policiers ont parlé.

445

Le patron a offert de l'argent, les policiers ont pris l'argent, et tout le monde a été content.

— Tous des escrocs, dit Ishvar, approuvé par les deux autres. Est-ce que nous pouvons dormir ici ?

— C'est interdit.

— Nous pourrions vous payer.

— Même si vous payez, il n'y a pas assez d'espace.

— Il y en a bien assez. Nous pouvons poser notre literie près de la porte, si vous bougez votre tabouret de vingt centimètres.

— Et vos autres affaires ? Il n'y a pas de place pour les entreposer.

— Quelles affaires ? Juste une malle ! Nous l'emporterons avec nous le matin. »

Ils bougèrent le tabouret et déroulèrent leurs nattes. Elles s'inséraient parfaitement. « Combien pouvez-vous payer ? demanda le veilleur de nuit.

— Deux roupies par nuit.

— Quatre.

— Nous sommes de pauvres tailleurs. Acceptez-en trois, et nous vous ferons des raccommodages gratuits. Votre uniforme, par exemple. »

Il désigna les genoux usés, les poignets effilochés.

« D'accord. Mais je vous préviens, parfois les nuits sont très bruyantes ici. Si un client vient chercher un médicament, vous devrez déménager. Alors ne venez pas me dire que je vous ai gâché votre sommeil. Pas de ristourne pour sommeil gâché. » Et si le préparateur leur demandait combien ils payaient, ils devraient dire deux roupies, sinon la canaille exigerait de s'en faire verser une.

« Bilkool », tope là, dirent les tailleurs. Ils fumèrent une nouvelle beedi, puis, sortant aiguilles et fil de la malle, ils se mirent au travail. Le veilleur attendit en caleçon qu'ils aient fini de lui réparer son uniforme.

« De premier ordre », dit-il en enfilant son pantalon.

Le compliment réjouit Ishvar, qui lui proposa d'effectuer d'autres travaux pour lui et sa famille.

« Nous savons tout faire. Salwar-kameez, ghaghra-choli, vêtements de bébé-baba. »

Le veilleur de nuit secoua la tête tristement. « Vous êtes gentils. Mais ma femme et mes enfants sont restés là-bas, où je suis né. Je suis venu seul ici, pour chercher du travail. »

Plus tard, assis sur son tabouret, il les observa qui dormaient. Voir Omprakash se retourner dans son sommeil lui rappela ses enfants : ces nuits où sa famille était encore réunie et où il regardait ses bébés rêver.

La rue se réveilla tôt, chassant les tailleurs avant l'aube. En réalité, la rue ne s'endormait jamais, expliqua le veilleur de nuit, elle s'assoupissait seulement entre deux et cinq heures du matin, quand les fêtards avaient fini de jouer et de boire, et avant que soient distribués les journaux, le lait et le pain. « Mais vous avez un très beau sommeil, dit-il avec un sourire de propriétaire.

— Nous avons rattrapé deux nuits en une, dit Ishvar.

— Voyez, la canaille ronfle toujours à l'intérieur. » Comme ils scrutaient à travers la vitrine, le préparateur ouvrit soudain les yeux. Il mitrailla du regard les trois visages aplatis contre la vitre, se retourna et se rendormit.

Ils fumèrent, observant le balayeur qui ramassait les mégots de cigarettes et de beedis. Son balai traçait des courbes nettes dans la poussière. Puis ils roulèrent leur literie, versèrent les trois roupies au gardien et partirent avec leur charge, promettant de revenir le soir.

Son bras et son épaule gauches, qui supportaient le poids de la malle, faisaient terriblement souffrir Om, mais il refusa de la passer à son oncle. « Sers-toi de ta main droite, dit Ishvar. Entraîne-les autant l'une que l'autre, elles deviendront fortes.

— Alors, elles ne me serviront plus ni l'une ni l'autre. Comment je ferai pour coudre ? »

Ils s'arrêtèrent à la gare et se lavèrent, avant de se diriger vers le Vishram Vegetarian Hotel pour prendre un thé et un petit pain. « Vous n'êtes pas venus hier dit le caissier-serveur.

— On a été occupés... on cherchait un logement à louer.

— De nos jours, on peut passer sa vie à faire ça », intervint le cuisinier dans son coin, criant pour se faire entendre par-dessus le ronflement de ses fourneaux.

Om remarqua, dans la vitrine, un grand portrait du Premier ministre qui ne s'y trouvait pas auparavant et qu'accompagnait une affiche du Programme en Vingt Points. « Vous avez une nouvelle cliente ?

— C'est pas une cliente, dit le caissier. C'est la déesse de la Protection. Sa bénédiction est une nécessité pour les affaires. Une puja obligatoire.

— Qu'est-ce que vous voulez dire ?

— Sa présence empêche qu'on casse mes vitrines et qu'on brûle ma boutique. Vous me suivez ? »

Les tailleurs racontèrent leur mésaventure, comment on les avait traînés de force au meeting du Premier ministre. L'histoire de l'hélicoptère, des pétales de roses, de la montgolfière et de la grande effigie les fit beaucoup rire.

Après cette première nuit de sommeil profond, ils purent vérifier l'exactitude des avertissements du veilleur de nuit. A plusieurs reprises, dans une même nuit, celui-ci dut les tirer de leurs rêves, mais chaque fois il s'excusa. Dans son système de croyances, rien n'était plus méprisable que de priver un être humain de nourriture ou de sommeil. Il les aida à déplacer leur literie, afin de pouvoir déverrouiller la porte, les soutint tandis qu'ils titubaient dans le noir, une de ses épaules recevant la tête endormie d'Om, l'autre servant d'appui à Ishvar.

Pendant que les clients attendaient leurs médicaments, l'oncle et le neveu n'arrêtèrent pas de grommeler. « Pourquoi est-ce seulement la nuit que tous ces gens tombent malades ? gronda Ishvar.

— J'ai un mal de tête ! », geignit Om.

Le veilleur de nuit lui frotta gentiment le front. « Il n'y en a plus pour longtemps. Encore deux minutes, d'accord ? Après tu pourras dormir très très tranquillement. Je ne laisserai plus un seul client te déranger, c'est promis. »

Mais il dut faillir plusieurs fois à sa promesse.

Plus tard, ils apprirent qu'une épidémie de dysenterie s'était déclarée — due à la vente de lait avarié. Si les tailleurs étaient restés dans les parages pendant la journée, ils auraient découvert que la maladie est un voleur impartial qui frappe aussi bien à la lumière du soleil qu'à la noirceur de la nuit. Cinquante-cinq adultes et quatre-vingt-trois enfants morts, leur dit le veilleur de nuit, qui tenait les chiffres du préparateur, lequel expliquait que, heureusement, il s'agissait d'une dysenterie bacillaire et non de sa variété la plus grave, la dysenterie amibienne.

Traînant malle et literie, les tailleurs arrivèrent sur leur lieu de labeur près de s'effondrer, les yeux rougis, cernés de noir. Leur travail en subit les effets. Les coutures en général impeccables d'Ishvar eurent une forte tendance à zigzaguer. Om et son bras raide ne purent rien faire de correct. Le rythme des Singer se désunit ; au lieu de s'articuler en longues phrases élégantes, les points sortirent en crachats, comme des glaires de poumons congestionnés.

Dina lut le dépérissement sur leurs visages hagards. Elle eut peur pour leur santé, et pour la livraison dont la date approchait — les deux éléments étant liés comme deux frères siamois. La malle se mit à peser lourdement sur sa conscience.

Le soir, en voyant Om hisser avec peine sa charge sur ses épaules, elle faillit céder et lui dire de la laisser. Maneck, sur le pas de la porte, guetta ses mots. Mais elle ne les prononça pas, vaincue par d'autres craintes, plus fortes.

« Attendez-moi, je viens avec vous », dit Maneck. Om protesta faiblement, puis lui passa la malle.

Dina fut soulagée — et furieuse, et peinée. C'était bien de la part de Maneck de les aider, se dit-elle. Mais quelle façon d'agir : s'éloigner sans lui adresser un mot, la faisant passer pour une personne sans cœur.

« Voici notre nouvelle habitation », dit Om, qui présenta le veilleur de nuit : « Notre nouveau propriétaire. »

Celui-ci, en riant, leur fit les honneurs de l'entrée. Ils se tassèrent tous sur les marches pour fumer et observer la rue. « Ah, quelle sorte de propriétaire suis-je ? Je ne peux même pas vous garantir une bonne nuit de sommeil.

— Ce n'est pas de votre faute, dit Om. C'est toute cette maladie. Et par-dessus le marché, je n'arrête pas de faire de mauvais rêves.

— Moi pareil, dit Ishvar. Les nuits sont pleines de bruits, de formes et d'ombres. Très effrayant.

— Je reste ici avec mon bâton, dit le veilleur de nuit. De quoi pouvez-vous avoir peur ?

— C'est difficile à définir. »

Ishvar cracha et éteignit sa beedi.

« Nous devrions retourner au village, dit Om. J'en ai assez de vivre comme ça, de ramper d'un problème à l'autre.

— Tu préférerais y courir ? » Ishvar pressa le bout de la beedi pour s'assurer qu'elle était bien éteinte, puis la remit dans le paquet. « Patience, mon neveu. Quand le temps sera venu, nous y retournerons.

— Si le temps était une pièce de drap, j'en couperais tous les bouts abîmés. Je trancherais les nuits effrayantes et je raccorderais les bons morceaux pour rendre le temps supportable. Alors, je pourrais le porter comme un manteau, et vivre toujours heureux.

— Moi aussi j'aimerais un manteau comme ça, dit Maneck. Mais quels morceaux couperais-tu ?

450

« — Le gouvernement qui démolit notre maison, bien sûr. Et le travail pour Dinabai.

— Oïe, oïe! s'écria Ishvar. Sans elle, d'où viendrait l'argent?

— D'accord, on garde les jours de paye, et on balance le reste.

— Quoi d'autre? demanda Maneck.

— Ça dépend jusqu'où tu veux remonter dans le temps.

— Jusqu'au début. Jusqu'à ta naissance.

— C'est trop, yaar. Trop de choses à couper, ça émousserait les ciseaux. Et il ne resterait plus beaucoup de tissu.

— Qu'est-ce que c'est que toutes ces absurdités, dit Ishvar. Vous avez fumé de la ganja ou quoi? »

Le ciel s'assombrit, réclamant l'éclairage des réverbères. Un cerf-volant noir déchiré, lancé d'un toit, fonça sur eux comme un corbeau agressif, les faisant sursauter. Om s'en saisit, constata qu'il était très abîmé et le lâcha.

« Certaines choses sont très difficiles à scinder avec des ciseaux, dit Maneck. Le bien et le mal sont accouplés comme ça. »

Il enlaça ses doigts.

« Quoi, par exemple?

— Mes montagnes. Elles sont belles, mais elles produisent aussi des avalanches.

— C'est vrai. Comme notre pause-thé au Vishram. C'est bon. Mais le Premier ministre dans la vitrine, ça me donne mal à l'estomac.

— Vivre dans le lotissement, c'était bon aussi, suggéra Ishvar. Rajaram, le voisin, était drôle.

— Oui, dit Om. Mais s'interrompre brutalement de chier à cause d'un train qui arrivait à toute allure — c'était abominable. »

Ils rirent tous, y compris Ishvar, qui fit remarquer cependant que ça n'était arrivé qu'une seule fois. « C'était un nouveau train, même Rajaram ne savait pas qu'il existait. » Ils se racla la gorge et cracha. « Je me demande ce qui est arrivé à Rajaram. »

Les occupants du trottoir commencèrent à surgir de l'obscurité. Feuilles de carton, de plastique, journaux, couvertures se matérialisèrent. En quelques minutes, des corps entassés eurent pris possession du ciment. Les piétons, s'adaptant à la nouvelle topographie, se frayaient un chemin avec précaution au milieu des bras, des jambes et des visages.

« Chez moi, mon père se plaint du surpeuplement et de la saleté, dit Maneck. Il devrait venir voir ça.

— Il s'y habituerait, dit le veilleur de nuit. Tout comme moi. On voit ça tous les jours, et on finit par ne plus le remarquer. Surtout si on n'a pas le choix.

— Pas mon père, il n'arrêterait pas de grogner. »

Ishvar se mit à tousser, et le veilleur de nuit lui suggéra de demander un médicament au préparateur.

« J'ai pas les moyens.

— Va le voir, simplement. Il a un système particulier pour les pauvres. »

Il ouvrit la porte pour le laisser entrer.

A ceux qui ne pouvaient se payer un flacon entier, le préparateur vendait les médicaments à la petite cuillère ou au comprimé. Les pauvres lui en étaient reconnaissants, quant à lui, qui multipliait ainsi par six le prix d'origine, il empochait la différence.

« Ouvrez la bouche », ordonna-t-il à Ishvar, et il lui versa une cuillerée de sirop au glycol.

« Ça a bon goût, dit Ishvar en se léchant les lèvres.

— Venez en prendre une autre cuillerée demain soir. »

Le veilleur de nuit demanda combien avait coûté la dose. « Cinquante paisas », dit Ishvar. Le veilleur de nuit se promit de ne pas oublier de réclamer son pourcentage.

Pendant trois jours encore Om transporta la malle à bout de bras jusque chez Dina Dalal. La distance était courte, mais le poids la faisait paraître longue. La douleur s'étendait de l'épaule au poignet, empêchant la main de guider le tissu sous le pied-debiche. Il fallait deux mains pour satisfaire la voracité de l'aiguille : la droite devant le pied, et la gauche derrière.

« La malle m'a paralysé », dit-il en abandonnant.

Dina l'observait, muette mais compatissante. Avec son aile blessée, mon petit moineau fougueux n'est vraiment pas bien aujourd'hui, pensait-elle. Ni picorements, ni sautillements, plus d'arrogance ni de discussion.

Au milieu d'une matinée qui ne voyait que fils entremêlés et coutures zigzagantes, on sonna à la porte. Dina alla répondre et revint très fâchée. « Il y a quelqu'un qui vous demande. Venir nous déranger en plein travail, c'est un peu fort. »

Surpris, Ishvar s'excusa et courut à la porte. « Toi ! dit-il. Que s'est-il passé ? Nous sommes allés au lotissement ce soir-là. Où étais-tu ?

— Namaskaar, dit Rajaram enjoignant les mains. Je suis désolé, mais que faire. J'ai trouvé un nouveau boulot, ils avaient besoin de moi tout de suite, j'ai dû y aller. Mais mon employeur a encore besoin de main-d'œuvre, vous devriez vous présenter. »

Ishvar sentait la présence de Dina, derrière lui. « Nous nous verrons plus tard », dit-il, et il lui donna l'adresse de la pharmacie.

« D'accord, je viendrai ce soir. Au fait, est-ce que tu peux me prêter dix roupies ? Jusqu'à ce que je sois payé ?

— Je n'en ai que cinq. »

Il les lui tendit, non sans se demander si Rajaram allait prendre la fâcheuse habitude de lui emprunter de l'argent. Il n'avait toujours pas remboursé le précédent emprunt. Ishvar revint à sa Singer et mit Om au courant.

« Qu'est-ce que j'en ai à faire de Rajaram, alors que je meurs ici ? » Il tendit son bras gauche douloureux, aussi fragile que de la porcelaine.

A ce geste, Dina ne résista plus. Elle alla chercher sa bouteille de Baume Amrutanjan. « Venez, ça va vous faire du bien. »

Il secoua la tête.

« Dinabai a raison, dit Ishvar. Je vais te frotter avec.

— Continuez à coudre, dit-elle, je vais le faire. Sinon l'odeur du baume sur vos doigts s'imprégnera dans les robes. »

Sans compter que, si lui aussi se met à perdre du temps, je ferais aussi bien de commencer à mendier le montant du loyer du mois prochain.

« Je l'appliquerai moi-même », trancha Om.

Elle déboucha la bouteille. « Allons, enlevez votre chemise. Qu'est-ce que c'est que cette pudeur ? J'ai l'âge d'être votre mère. »

Il obéit à contrecœur, révélant un gilet plein de trous. Comme du fromage suisse, se dit-elle. Une odeur surette flottait autour de lui. De la bouteille, elle recueillit une goutte de liquide vert foncé, étala l'onguent froid en partant de l'épaule vers le coude. Il frissonna, eut la chair de poule. Puis elle se mit à masser, le baume répandit sa chaleur, ils ressentirent tous les deux des picotements, lui dans son bras, elle dans sa main. La chair de poule disparut.

« Comment c'est ? demanda-t-elle en lui pétrissant les muscles.

— Froid un instant, chaud l'instant d'après.

— C'est la beauté de l'onguent. Une bonne sensation, zhumzhum. Attendez un peu, la douleur aura bientôt disparu. »

Son odeur de corps mal lavé s'était évaporée elle aussi, noyée dans la saveur âcre du baume. Comme sa peau est douce, pensa-t-elle. On dirait celle d'un enfant. Et presque pas de poils, même sur l'épaule.

« Et maintenant, comment ça va ?

— Bien. »

Il avait aimé le massage.

« Vous avez mal ailleurs ? »

Il montra son avant-bras.

« Là, partout. »

Dina recueillit une autre goutte et massa. « Prenez-en un peu avec vous ce soir, et appliquez-le avant de vous coucher. Demain, votre bras sera comme neuf. »

Avant de se laver les mains, elle se rendit à la cuisine, s'approcha de l'étagère poussiéreuse près de la fenêtre. Dressée sur la pointe des pieds, mais encore trop petite pour voir, elle tâtonna. Sa main déséquilibra une boîte. Des objets dégringolèrent : planche et rouleau à pâtisserie, râpe à noix de coco avec sa lame circulaire dentée, mortier et pilon.

Elle esquiva l'avalanche, laissant les objets s'écraser sur le sol. Les tailleurs accoururent. « Dinabai ! Ça va ? »

Elle fit signe que oui, un peu secouée mais heureuse d'apercevoir l'expression fugitive d'inquiétude qui traversa le visage d'Om.

« Nous pourrions peut-être fixer l'étagère un peu plus bas, dit Ishvar en l'aidant à remettre les objets en place. Comme ça vous pourriez l'atteindre.

— Non, laissez-la. Ça fait quinze ans que je ne me sers plus de ces choses. »

Elle trouva ce que ses doigts avaient cherché à saisir : le papier sulfurisé, en rouleau, dont elle enveloppait le déjeuner de Rustom. Elle souffla pour chasser la poussière et en déchira un carré de la taille d'un mouchoir, sur lequel elle transféra un peu d'Amrutanjan vert.

« Voilà, dit-elle en repliant le carré en un paquet triangulaire. N'oubliez pas de l'emporter — votre baume-samosa.

— Merci. »

Ishvar rit à la plaisanterie, essayant de pousser Om à manifester sa reconnaissance. Et, de nouveau, un soupçon de sourire de gratitude parcourut le visage du garçon, contre son gré.

Le soir, au moment où ils s'apprêtaient à partir, elle fit allusion à la malle. « Pourquoi ne la laissez-vous pas là où vous dormez ?

— Parce qu'il n'y a pas de place.

— Alors, vous feriez aussi bien de la laisser ici. C'est idiot de transporter ce poids matin et soir. »

Une offre qui bouleversa Ihsvar. « Dinabai, tant de gentillesse ! Nous vous sommes si reconnaissants ! » Il la remercia une demi-douzaine de fois entre la pièce du fond et la véranda, joignant les mains, rayonnant, hochant la tête.

Om, comme toujours, se montra plus circonspect. Quand la porte se referma, il laissa échapper un « merci » étouffé.

« Tu vois ? Elle n'est pas aussi mauvaise que tu le crois.

— Elle a fait ça parce qu'elle a besoin de l'argent que lui rapporte ma sœur.

— Rappelle-toi, elle t'a massé avec le baume.

— Si elle nous payait convenablement, nous pourrions nous acheter le nôtre.

— Ce n'est pas de ça que je veux que tu te souviennes, Omprakash — c'est du massage. »

Rajaram arriva à bicyclette, ce qui impressionna Om.

« Elle n'est pas vraiment à moi, dit le ramasseur de cheveux. Mes employeurs me l'ont fournie pour le travail.

— C'est quoi ce travail ?

— Je dois en remercier ma bonne étoile. Cette nuit-là, après la démolition du lotissement, j'ai rencontré un homme de mon village. Il travaille pour le Contrôleur des Bidonvilles, il conduit l'une des machines qui abattent les maisons. Il m'a parlé de ce nouveau job et m'a emmené le lendemain dans les bureaux du gouvernement. J'ai été engagé immédiatement.

— Et toi aussi tu démolis les maisons ?

— Non, jamais. Moi, je suis Incitateur, pour le Planning familial. Le bureau me donne des formulaires à distribuer.

— C'est tout ? Et ça paie bien ?

— Ça dépend. Ils me donnent un repas, un endroit où dormir et la bicyclette. En tant qu'Incitateur, je dois me déplacer et expliquer le procédé du contrôle des naissances. Pour chaque homme ou femme que je convaincs de se faire opérer, je touche une commission. »

L'arrangement lui convenait, dit-il. Récolter deux vasectomies ou une ligature de trompes par jour lui rapporterait l'équivalent de sa collecte de cheveux. Sa responsabilité s'arrêtait au moment où les candidats signaient les formulaires et étaient conduits à la clinique. Il n'y avait aucune restriction, tout un chacun pouvait subir l'opération, jeune ou vieux, marié ou célibataire. Les médecins n'étaient pas tatillons.

« Au bout du compte, dit Rajaram, tout le monde est content. Les patients reçoivent des cadeaux, je suis payé, les médecins remplissent leurs quotas. Et c'est aussi un service rendu à la nation — des familles restreintes sont des familles heureuses, le contrôle de la population est extrêmement important.

— Combien d'opérations as-tu récoltées jusqu'à maintenant ? demanda Ishvar.

— Aucune. Mais ça ne fait que quatre jours. Mon discours doit encore acquérir de la force et de la conviction. Je ne m'inquiète pas, je suis sûr que je réussirai.

— Tu sais, dit Om, tu pourrais continuer ton ancien boulot parallèlement à celui-là.

— Comment ça ? Ça ne me laisse pas assez de temps pour ramasser des cheveux.

— Quand tu emmènes les patients à la clinique, est-ce que le docteur leur rase les poils entre les jambes ?

— Je ne sais pas.

— Il le fait sûrement. On rase toujours avant une opération. Donc, tu peux les ramasser et les vendre.

— Mais il n'y a pas de demande pour cette sorte de poils, courts et frisés. »

Au petit rire que laissa échapper Om, Rajaram comprit.

« Voyou, tu te moques de moi, dit-il, en riant lui aussi. Mais écoutez-moi : le bureau engage d'autres Incitateurs. Vous devriez vous présenter.

— Nous sommes heureux d'être tailleurs, dit Ishvar.

— Mais vous affirmiez que la femme est difficile, qu'elle vous vole.

— Il n'empêche, c'est la profession que nous a enseignée Ashraf Chacha. Incitateur — ça, nous n'y connaissons rien.

— Ce n'est qu'un léger obstacle. On vous apprendra le boulot au centre du Planning familial. N'ayez pas peur de changer, c'est une bonne occasion. Des millions de clients potentiels. Le contrôle des naissances est une industrie en pleine croissance, croyez-moi. »

Mais Rajaram eut beau s'évertuer, il ne réussit pas à les persuader. Ramassant sa bicyclette, il s'apprêta à partir. « Est-ce qu'une vasectomie vous intéresserait, l'un ou l'autre ? Je peux user de mon influence et vous faire bénéficier d'un traitement particulier, un double cadeau. »

Ils repoussèrent l'offre.

« Dis-moi, et les cheveux qui sont dans notre malle, qu'est-ce qu'on en fait ? demanda Ishvar.

— Est-ce que vous pouvez les garder encore un peu ? Quand j'aurai fini ma période d'essai comme Incitateur, je m'en débarrasserai. »

Un petit signe de main, et il disparut sur sa bicyclette, ponctuant son départ de coups de sonnette. Après tout, dit Om, le boulot semblait intéressant. « Et ce serait merveilleux d'avoir le vélo. »

Pour sa part, déclara Ishvar, il était convaincu que seul quelqu'un comme Rajaram, avec sa langue bien pendue et dangereuse, pouvait réussir dans ce travail. « Nous dire que nous avons peur de changer ! Qu'est-ce qu'il en sait ? Est-ce que nous aurions quitté notre village natal pour venir jusqu'ici si nous avions peur du changement ? »

Le veilleur de nuit opina. « Quoi qu'il en soit, aucun être humain n'a le choix en la matière. Tout change, que ça nous plaise ou non. »

Pendant la soirée, Dina s'approcha à plusieurs reprises de la malle cabossée. Maneck l'observait avec amusement, se demandant combien de temps elle tiendrait. « J'espère que vous êtes heureux, dit-elle après le dîner. Maintenant, priez pour que ma bonté ne me revienne pas en pleine figure.

— Arrêtez de vous faire tant de souci, tante. Que craignez-vous ?

— Dois-je tout vous expliquer à nouveau ? Je n'ai agi ainsi que parce que ce pauvre maigrichon commence à ressembler à sa malle défoncée. Vous pensez que je suis injuste envers eux, que je me fiche de leurs problèmes. Vous allez trouver ça bizarre, mais sachez qu'après leur départ, le soir, ils me manquent — leur bavardage, leurs plaisanteries, le bruit de leur travail. »

Maneck ne trouva pas cela bizarre.

« J'espère que le bras d'Om ira mieux demain, dit-il.

— Une chose est sûre, il ne faisait pas semblant. A sentir ses muscles pendant que je le massais, je sais qu'il avait mal. J'ai de l'expérience en matière de massage. Mon mari souffrait de maux de dos chroniques. »

En ce temps-là, elle utilisait le liniment Sloane, dit-elle, plus efficace que le baume Amrutanjan, elle sentait les muscles se dénouer sous la pression de ses doigts. « Rustom disait qu'il y avait de la magie dans mes mains, qu'elles agissaient mieux que les injections intramusculaires du docteur. »

Elle étendit une main, la contempla d'un air songeur. « Ces doigts ont une très bonne mémoire. Ils se rappellent toujours cette sensation, les muscles de Rustom se détendant sous leur pression. » Elle reposa sa main. « Et malgré son mal de dos, il adorait faire du vélo. A la moindre occasion, il sautait dessus. »

Jusqu'à l'heure du coucher, Dina parla de Rustom : comment ils s'étaient rencontrés, comment son âne bâté de frère avait réagi, et puis ensuite le mariage. Ses yeux brillaient, et Maneck était ému par ce qu'elle racontait. Il ne comprenait pas pourquoi, alors qu'elle se réjouissait à l'évocation de ses souvenirs, lui pliait sous le poids familier du désespoir.

8

Embellissement

En moins d'une semaine, l'alchimie du temps eut transformé les stridences nocturnes de la rue, devant la pharmacie, en un bruit de fond aux vertus dormitives. Désormais le sommeil des tailleurs n'était plus empoisonné par des cauchemars. Les désordres et le vacarme — hurlements des bookmakers à minuit, annonçant les numéros du Matka, salués par les cris de joie des gagnants, aboiements des chiens, combats mortels des ivrognes avec leurs démons, raclements des clayettes de bouteilles de lait, claquements des portes des camionnettes livrant le pain — tout cela résonna aux oreilles d'Ishvar et d'Om comme les coups d'une horloge fiable marquant les heures.

« Je vous avais bien dit que la rue n'avait rien d'effrayant, dit le veilleur de nuit.

— C'est vrai, dit Ishvar. Les bruits sont comme les gens. Une fois qu'on les connaît, ils deviennent amicaux. »

Les cernes autour de leurs yeux s'estompèrent, leur travail s'améliora et leur sommeil devint agréable. Ishvar rêva d'une cérémonie de mariage au village; la fiancée d'Om était belle. Et Om rêva du bidonville déserté. Shanti et lui, se tenant par la main, allaient chercher de l'eau au robinet puis traversaient le terrain, à présent transformé en un jardin regorgeant de fleurs et de papillons. Ils chantèrent, dansèrent autour des arbres, firent l'amour sur un tapis volant de nuages, mitraillèrent le sergent Kesar, ses policiers et le Contrôleur des Bidonvilles, donnèrent aux anciens occupants de la colonie la place qui leur était due.

La pharmacie était leur nouveau point d'ancrage. Le soir, en partant de chez Dina, ils prenaient des vêtements de rechange dans la malle. Dentifrice et brosses à dents faisaient l'aller-retour avec eux. Ils dînaient au Vishram, allaient ensuite laver leurs vêtements dans les toilettes de la gare et les mettaient à sécher dans le passage où ils dormaient. Un fil électrique baladeur leur servait de corde à linge. Pantalons et chemises flottaient, sentinelles tronquées veillant sur leur sommeil. Par les nuits venteuses, ils dansaient sur le fil, funambules fantomatiques et amicaux.

Puis advinrent une nuit des bruits étrangers au quartier. Des voitures de police et un camion arrivèrent et se garèrent de l'autre côté de la rue, en face de la pharmacie. Le sergent Kesar aboya de brèves instructions ; les bâtons des policiers s'abattirent sur les boîtes en carton abritant les dormeurs sur le trottoir ; des brodequins réglementaires ébranlèrent le pavé.

Les bruits, intrus menaçants, se faufilèrent dans le sommeil des tailleurs. Ishvar et Om se réveillèrent, tremblant comme au sortir d'un mauvais rêve, et se blottirent derrière le veilleur de nuit. « Que se passe-t-il ? Que vois-tu ? lui demandèrent-ils.

— On dirait qu'ils réveillent tous les mendiants. Ils les frappent et les poussent dans un camion. »

Les tailleurs se secouèrent et allèrent se rendre compte par eux-mêmes. « C'est bien le sergent Kesar, dit Om en se frottant les yeux. Je croyais que j'étais encore en train de rêver de notre jhopadpatti.

— Et l'autre type, celui qui est à côté de Kesar — lui aussi j'ai l'impression de le connaître », dit Ishvar.

Le petit homme à l'allure de commis de bureau

464

sautillait comme un lapin, reniflant sous l'effet d'un gros rhume, avalant régulièrement ses mucosités. Om avança un peu. « C'est le type qui voulait nous vendre une carte d'allocation pour deux cents roupies — le Facilitateur.

— Tu as raison. Et il tousse et éternue toujours. Reviens, mieux vaut rester caché. »

Le Facilitateur tenait le compte, sur une tablette, du nombre de personnes que l'on chargeait dans le camion. « Une seconde, sergent, protesta-t-il. Regardez celle-là... complètement paralysée. Laissez-la.

— Vous faites votre travail, dit le sergent Kesar, et je fais le mien. Et si vous avez du temps à perdre, surveillez vos lunettes.

— Merci. »

Sa main arrêta vivement le glissement de ses lunettes et, en redescendant, ramassa la perle dansant au bout de son nez. C'était un enchaînement de gestes bien huilés. « S'il vous plaît, écoutez-moi, renifla-t-il. Cette mendiante ne sert à rien dans son état.

— A proprement parler, c'est pas mon problème. Moi, je suis les ordres. »

Ce soir, avait décidé le sergent Kesar, il ne tolérerait aucune extravagance, son boulot devenait de plus en plus dur. Rassembler des foules pour des réunions politiques, ça allait. Ramasser des suspects MSI, ça passait aussi. Mais démolir des lotissements, des éventaires, des jhopadpattis, et il pouvait dire adieu à sa tranquillité d'esprit. Et avant que ses supérieurs n'élaborent cette stratégie pour résoudre la question de la mendicité, il lui avait fallu décharger les squatters des trottoirs dans des terrains vagues, à l'extérieur de la ville. Il rentrait malheureux de ces missions, se soûlait, violentait sa femme, battait ses enfants. Maintenant que sa conscience allait mieux, il n'allait pas laisser cet idiot au nez coulant compliquer les choses.

« Mais qu'est-ce que je vais en faire ? objecta le Facilitateur. Quel genre de travail pourra-t-elle fournir ?

— Avec vous, c'est toujours les mêmes griefs », dit le sergent Kesar, les pouces glissés dans la ceinture en cuir noir qui soulignait la généreuse protubérance de son ventre. Il était un fan des films de cowboys et de Clint Eastwood. « N'oubliez pas qu'ils vont tous travailler pour rien.

— Pas tout à fait pour rien, sergent. Vous prenez assez par tête.

— Si vous n'en voulez pas, d'autres les accepteront. A proprement parler, j'en ai assez de vous entendre rouspéter toutes les nuits. Je ne peux pas sélectionner des spécimens sains uniquement pour vous — ce n'est pas un marché au bétail. J'ai pour ordre de nettoyer les rues. Alors, vous les voulez ou non ?

— Bon, d'accord. Mais dites au moins à vos hommes de faire attention quand ils frappent, de ne pas les faire saigner. Sinon, j'ai du mal à les placer.

— Là-dessus, je suis d'accord avec vous. Mais ne vous inquiétez pas, mes hommes sont bien entraînés. Ils savent l'importance de n'infliger que des blessures invisibles. »

Le nettoyage continua, les policiers accomplissant leur tâche avec efficacité, poussant, distribuant coups de pied, bourrades dans les côtes. Aucun obstacle ne les ralentit, ni les cris ni les pleurs, ni les menaces risibles des ivrognes et des fous.

L'air détaché des policiers rappela à Ishvar celui du balayeur des rues, qui venait ramasser les ordures à cinq heures du matin. « Oh non ! s'exclama-t-il. Ils s'en prennent au pauvre petit bonhomme sur sa planche à roulettes. »

Le mendiant tenta de s'échapper. Appuyant ses moignons sur le sol, il propulsa sa planche. Amusés, les policiers applaudirent, désireux de voir à quelle vitesse pouvaient aller ses roulettes. La tentative de fuite s'acheva, faute d'énergie, devant la pharmacie. Deux policiers transportèrent l'homme et sa planche dans le camion.

« Et celui-là ! s'écria le Facilitateur dans tous ses

états. Ni doigts, ni pieds, ni jambes — en voilà un bon ouvrier !

— Vous pouvez en faire ce que vous voulez, dit un policier.

— Lâchez-le en dehors de la ville si vous n'avez pas besoin de lui », dit l'autre.

Une légère poussée, et la planche roula jusqu'au bord de la plate-forme du camion.

« Que dites-vous, comment puis-je faire ça ? Je réponds de tous », dit le Facilitateur. Se rappelant l'ultimatum du sergent Kesar, il jeta un coup d'œil prudent derrière lui, mordant le capuchon de son stylo-bille — le sergent avait-il entendu ? Il décida, pour une fois, de manifester son assentiment. « Ces aveugles, là, ça marche. La cécité n'est pas un problème, ils peuvent faire des choses avec leurs mains. Les enfants aussi, plein de petits boulots pour eux. »

Les policiers l'ignorèrent et poursuivirent la curée. La panique initiale s'étant calmée, les mendiants n'opposèrent plus de résistance. La plupart d'entre eux avaient été ramassés devant des commerces ou des résidences par des policiers qu'un petit bakchich convainquait aisément de débarrasser la rue de ce spectacle qui blessait les yeux. Il arrivait parfois que les policiers eux-mêmes installent les mendiants à ces endroits, pour attendre ensuite que leur parvienne la requête, rémunérée, d'enlèvement.

Alignés au pied du camion, les malheureux furent comptés puis priés de donner leur nom, que le Facilitateur nota sur sa tablette, ainsi que le sexe, l'âge et la condition physique. Un vieil homme garda le silence, son nom enfermé quelque part dans sa tête, et la clef égarée. Un policier le gifla et lui reposa la question. A chaque coup, la tête grisonnante roulait d'une épaule sur l'autre.

Ses amis essayèrent de l'aider, l'appelant des différents noms qu'ils lui donnaient. « Burfi ! Bevda ! Quatre-Vingts ! » Le Facilitateur opta pour Burfi, et l'inscrivit sur son tableau ; quant à l'âge de l'homme, il le détermina approximativement, en fonction de son apparence.

La situation se compliqua un peu avec les ivrognes et les malades mentaux, qui refusaient de bouger, hurlaient des injures, la plupart incohérentes, sous les rires des policiers. Un ivrogne, pris de fureur, voulut cogner. « Chiens enragés! cria-t-il. Fils de putes malades! » Les policiers cessèrent de rire, et passèrent aux bâtons; quand l'homme tomba, ils se servirent de leurs pieds.

« Arrêtez, s'il vous plaît, arrêtez! implora le Facilitateur. Comment pourra-t-il travailler si vous lui cassez les os?

— Ne vous inquiétez pas, ces types sont des durs à cuire. C'est nos bâtons qui se casseront, pas eux. »

Ils balancèrent l'ivrogne, inconscient, dans le camion. Sur le trottoir, ils mirent fin aux discussions à coups de matraque dans les reins, et, pour les plus volubiles, sur le crâne.

« Ces blessures sont visibles! protesta le Facilitateur. Regardez tout ce sang.

— C'est parfois nécessaire », dit le sergent Kesar, qui rappela néanmoins à ses hommes de modérer leur zèle, sinon leur tâche se prolongerait au-delà des heures nocturnes par la nécessité où ils seraient d'aller chercher des médecins, des pansements et de faire des rapports.

Toujours cachés dans le passage menant à la pharmacie, les tailleurs se demandaient ce qui se passait. « Est-ce qu'ils s'en vont? Est-ce qu'ils ont fini?

— Ça m'en a tout l'air », dit le veilleur de nuit, ce que confirma le bruit des moteurs qu'on mettait en marche. « Vous allez pouvoir vous rendormir. »

Le sergent Kesar et le Facilitateur vérifièrent les relevés. « Quatre-vingt-quatorze, dit ce dernier. Il m'en manque deux pour atteindre le quota.

— A proprement parler, quand j'ai dit huit douzaines, c'était un chiffre approximatif. Un plein camion. C'est si difficile à comprendre? Comment savoir exactement à l'avance combien nous allons en attraper?

— Mais j'ai annoncé huit douzaines à mon

contractant. Il va croire que je le vole. Vous ne pouvez pas m'en trouver deux autres ?

— Bon, dit le sergent Kesar d'un ton las, allons-y pour deux autres. »

Jamais plus il ne voulait avoir affaire à ce type. Toujours en train de geindre et de glapir comme un chien qu'on fouette. Sans cette histoire de leçons de sitar qu'il devait payer à sa fille, il laisserait tomber ce boulot supplémentaire sans une seconde d'hésitation. A passer ainsi ses nuits dehors, il ne pouvait plus se lever une heure avant l'aube et pratiquer son yoga. Pas étonnant qu'il fût si irritable et qu'il eût des brûlures d'estomac. Mais avait-il le choix ? Son devoir lui dictait de procurer à son enfant les moyens de faire le meilleur mariage possible.

Les tailleurs et le veilleur de nuit entendirent des pas approcher, des pieds marteler le trottoir. Deux silhouettes, ombres sans visages, inspectèrent le passage. « Qui va là ?

— Tout va bien, ne vous inquiétez pas, je suis le veilleur de nuit et...

— La ferme, et sortez ! Vous tous ! »

Le veilleur de nuit se leva de son tabouret, jugea plus prudent de laisser son bâton derrière lui, avança d'un pas sur le trottoir. « Ne vous inquiétez pas, dit-il aux tailleurs en leur faisant signe de venir. Je vais leur expliquer.

— Nous n'avons rien fait de mal, dit Ishvar en boutonnant sa chemise.

— A proprement parler, dormir dans la rue est contraire à la loi. Prenez vos affaires et grimpez dans le camion.

— Mais, sahab policier, nous ne dormons ici que parce que vos hommes sont venus avec des machines et ont rasé notre jhopadpatti.

— Quoi ? Vous habitiez dans un jhopadpatti ? Ce n'est pas parce qu'on se trompe deux fois qu'on a raison. Vous pourriez récolter une double punition.

— Mais, sahab policier, l'interrompit le veilleur de nuit, vous ne pouvez pas les arrêter, ils ne dormaient pas dans la rue, ils étaient à l'intérieur de ce...

— J'ai dit "la ferme!", vous savez ce que ça signifie? Ou vous voulez découvrir ce que signifie "être bouclé"? Dormir dans un endroit qui n'est pas fait pour ça est illégal. Ceci est une entrée, pas un endroit pour dormir. Et qui a dit qu'on les arrête? Le gouvernement n'est pas assez fou pour mettre en taule tous les mendiants. »

Il s'arrêta brusquement, se demandant à quoi rimait ce discours, alors que les lathis de ses hommes obtiendraient des résultats plus rapides.

« Mais nous ne sommes pas des mendiants! dit Om. Nous sommes des tailleurs, regardez nos ongles longs pour replier les ourlets, et nous travaillons chez...

— Si vous êtes tailleurs, alors cousez-vous la bouche! Ça suffit, embarquez.

— *Il* nous connaît. » Ishvar indiqua le Facilitateur. « Il a dit qu'il pouvait nous vendre une carte d'alimentation pour deux cents roupies, payables à tempérament, et...

— Qu'est-ce que c'est que cette histoire de carte? » demanda le sergent Kesar.

Le Facilitateur secoua la tête.

« Ils doivent me confondre avec un bonimenteur, un escroc.

— C'était *vous*! dit Om. Vous éternuiez et vous toussiez, la morve vous coulait du nez, comme maintenant! »

Le sergent Kesar fit signe à l'un de ses hommes. Le bâton s'abattit sur les mollets d'Om. Il glapit.

« Non, s'il vous plaît, ne les battez pas, supplia le veilleur de nuit. Ils vont vous obéir. » Il tapota l'épaule des tailleurs. « Ne vous inquiétez pas, c'est manifestement une erreur. Vous n'aurez qu'à expliquer les choses aux responsables et ils vous laisseront partir. »

Le policier s'apprêtait à redonner du bâton, mais Ishvar et Om se dépêchèrent de rouler leur literie. Le veilleur de nuit les serra dans ses bras. « Revenez vite, je vous garde la place. »

Une dernière fois, Ishvar essaya :

« Nous avons vraiment un travail, nous ne sommes pas des mendiants...

— La ferme. »

Le sergent Kesar était en train de calculer ses profits de la nuit, et l'arithmétique n'était pas son fort. L'interruption l'obligea à recommencer l'addition.

Les tailleurs grimpèrent dans le camion, le hayon claqua derrière eux, on poussa le verrou. Les hommes de l'escorte s'entassèrent dans la Jeep. Le Facilitateur régla la somme due au sergent Kesar, et monta dans le camion, à côté du chauffeur.

Des plaques de boue collaient aux parois du véhicule, qui avait servi récemment à des travaux de construction. Sur le plancher, du gravier meurtrissait les pieds de la cargaison humaine. Ceux qui étaient debout s'écroulèrent les uns sur les autres quand le chauffeur passa la marche arrière pour faire demi-tour et repartir dans la direction d'où il était venu. La Jeep des policiers suivit, juste derrière.

Ils voyagèrent le restant de la nuit, tressautant, s'entrechoquant sans cesse au passage des bosses et des nids-de-poule. Le mendiant sur sa planche à roulettes souffrit le plus, lui que l'on renvoyait d'une bourrade chaque fois qu'il glissait contre quelqu'un. Il souriait nerveusement aux tailleurs. « Je vous vois souvent sur mon trottoir. Vous m'avez donné plein de pièces. »

Du geste, Ishvar signifia que ce n'était rien. « Pourquoi ne descends-tu pas de ta gaadi ? » suggéra-t-il. Aidé par Om, le mendiant se sépara de sa planche, au soulagement de ses voisins. Inerte comme un sac de ciment, de ses mains sans doigts il tint la planche serrée contre sa poitrine, puis la coucha sur ses moignons de cuisses, frissonnant dans la nuit tiède.

« Où nous emmènent-ils ? hurla-t-il pour se faire entendre. J'ai si peur ! Que va-t-il se passer ?

— Ne t'inquiète pas, nous allons bientôt le savoir,

dit Ishvar. Comment t'es-tu procuré cette belle gaadi?

— C'est le Maître des mendiants qui me l'a donnée. Un cadeau. Il est si bon. Comment je vais faire pour le retrouver? Quand il passera demain récolter l'argent, il va croire que je me suis enfui avec.

— S'il se renseigne, on lui racontera, la descente de police, et tout le reste.

— C'est ça que je ne comprends pas. Pourquoi m'ont-ils raflé? Le Maître des mendiants les paye chaque semaine — et tous ses mendiants ont l'autorisation de travailler tranquillement.

— Cette police-là est différente, dit Ishvar. C'est la police de l'embellissement — il y a une nouvelle loi, qui oblige à embellir la ville. Peut-être qu'ils ne connaissent pas ton Maître des mendiants.

— Aray, babu — l'absurdité d'une telle suggestion le confondait —, tout le monde connaît le Maître des mendiants. » Il se mit à tripoter les roulettes, trouvant un certain réconfort à les voir tourner. « Cette gaadi, elle est neuve, il me l'a donnée récemment. La vieille s'était cassée.

— Comment? demanda Om.

— Un accident. Il y avait une pente, j'ai bondi du trottoir. Failli emboutir une voiture. » Il rit à ce souvenir. « La nouvelle est bien mieux. »

Il invita Om à examiner les roulettes.

« Très douces, dit Om en les caressant du pouce. Qu'est-ce qui est arrivé à tes jambes et à tes mains?

— Je sais pas vraiment. J'ai toujours été comme ça. Mais je me plains pas, j'ai assez à manger, plus un emplacement réservé sur le trottoir. Le Maître des mendiants veille à tout. »

Il considéra les bandages de ses mains et les déroula en se servant de sa bouche, ce qui le réduisit au silence pendant quelques minutes. Un procédé lent, laborieux, nécessitant de nombreux mouvements de cou et de mâchoire.

Les paumes mises à nu, il les gratta en les frottant contre la literie des tailleurs. La rugosité de la grosse toile soulagea ses démangeaisons. Après quoi, il entreprit de réenrouler ses bandages, répétant les mêmes mouvements en sens inverse, que, par empathie, Om accompagna de la tête — vers le haut, vers le bas, tourner, avec précaution, oui, encore un tour. Prenant soudain conscience de ce qu'il était en train de faire, il s'arrêta.

« Les bandages protègent ma peau. Je pousse avec mes mains pour faire rouler la gaadi. Sans les bandages, elles saigneraient. »

Cette évidence énoncée simplement mit Om mal à l'aise. Mais le mendiant continua à parler, se délivrant ainsi de son angoisse. « Je n'ai pas toujours eu une gaadi. Quand j'étais petit, trop petit pour mendier seul, ils me transportaient ici et là. Le Maître des mendiants me louait tous les jours. C'était le père de celui qui veille sur moi maintenant. J'étais très recherché. Le Maître des mendiants disait que j'étais celui qui lui rapportait le plus. »

Le souvenir des jours heureux avait chassé la panique de sa voix. Il se rappelait avec quel soin les gens à qui on le louait s'occupaient de lui et le nourrissaient, sachant que, en cas de négligence, ils se feraient fouetter par le Maître des mendiants, qui refuserait ensuite de traiter avec eux. Heureusement pour lui, grâce à sa taille réduite, il ressembla à un bébé jusqu'à l'âge de douze ans. « Un enfant, un infirme qui tète, rapporte plein d'argent. Je ne sais pas combien de poitrines différentes j'ai tétées pendant toutes ces années. »

Il eut un sourire malicieux. « Si seulement les femmes pouvaient encore me porter dans leurs bras, leurs doux tétons dans ma bouche. Beaucoup plus agréable que de tressauter toute la journée sur cette planche, à taper mes couilles et à user mes fesses. »

D'abord surpris, Ishvar et Om éclatèrent de rire, soulagés. Passer devant lui sur le trottoir, avec un petit signe de main ou une pièce de monnaie était une chose ; être assis à côté de lui, qui détaillait ses mutilations, en était une autre — très déprimante. Qu'il fût capable de rire, lui aussi, les réconfortait.

« Finalement, j'ai perdu mon visage et ma taille de bébé. Je suis devenu trop lourd à porter. C'est à ce moment-là que le Maître des mendiants m'a lâché dans la nature. J'ai dû me propulser seul — sur le dos. »

Il voulut leur faire une démonstration, mais la place manquait. Il raconta comment le Maître lui avait appris la technique, l'avait entraîné comme il entraînait tous ses mendiants — à avoir une touche personnelle, différents styles — selon les cas et les endroits. « Le Maître dit toujours en plaisantant qu'il décernerait des diplômes si on avait des murs auxquels les accrocher. »

Les tailleurs se remirent à rire, et il rayonna. Il se découvrait un nouveau talent. « J'ai donc appris à ramper sur le dos, en me servant de ma tête et des coudes. C'était très lent. D'abord pousser la boîte à aumônes, puis me tortiller derrière. C'était très efficace. Les gens regardaient par pitié et par curiosité. Parfois des enfants croyaient que c'était un jeu et essayaient de m'imiter. Chaque jour deux types lançaient des paris sur le temps que je mettrais à atteindre le bout du trottoir. Je faisais semblant de ne pas savoir ce qu'ils fabriquaient. Le gagnant jetait des pièces dans ma boîte.

« Mais je mettais très longtemps à rejoindre les différents emplacements que le Maître me réservait. Le matin, à midi et le soir — sortie des bureaux, heure où la foule déjeune, heure où elle va faire ses courses. Alors, il a décidé de me procurer cette planche. Un homme si gentil, je n'en dirai jamais assez de bien. Le jour de mon anniversaire, il m'offre des sucreries. Parfois, il me conduit chez une prostituée. Il a beaucoup, beaucoup de mendiants dans son équipe, mais je suis son préféré. Sa tâche n'est pas facile, il y a tant à faire. Il paye la police, trouve le meilleur endroit pour mendier, s'assure que personne ne l'accapare. Et quand un bon Maître veille sur vous, personne n'ose voler votre argent. C'est ça, le gros problème : le vol. »

Dans le camion, un homme rouspéta et bouscula l'infirme. « Toujours à piauler comme un chat en chaleur. Tes mensonges n'intéressent personne. »

Le mendiant garda le silence pendant quelques minutes, ajustant ses bandages et jouant avec ses roulettes. Voyant les têtes somnolentes des tailleurs se mettre à ballotter, il s'alarma. Si ses amis s'endormaient, il allait rester seul dans cette nuit terrifiante, précipité il ne savait où. Il reprit son histoire, pour les maintenir éveillés :

« Il faut aussi que le Maître ait beaucoup d'imagination. Si tous les mendiants exposent les mêmes blessures, le public s'y habitue et n'éprouve plus de pitié. Le public aime la variété. Certaines blessures sont si banales que ça ne marche plus. Par exemple, arracher les yeux d'un bébé ne rapporte plus automatiquement d'argent. Des mendiants aveugles, il y en a partout. Mais aveugle, avec les orbites vides, des trous à la place des yeux et un nez coupé — pour ça, n'importe qui paye. Les maladies aussi, c'est pas mal. Une grosse tumeur sur le cou ou la figure, d'où suinte du pus jaune, ça marche très bien.

« Parfois, des gens normaux deviennent mendiants, s'ils ne trouvent pas de travail ou s'ils tombent malades. Mais leur cas est désespéré, ils n'ont aucune chance face à des professionnels. Imaginez — si vous avez une pièce à donner, et que vous devez choisir entre moi et un autre mendiant au corps complet. »

L'homme qui l'avait déjà bousculé se manifesta de nouveau : « La ferme, espèce de singe. Sinon, je te jette par-dessus bord ! Avec ce qui nous arrive, on n'a pas envie d'écouter tes idioties ! Pourquoi n'exerces-tu pas un travail honnête, comme nous ?

— Et que faites-vous ? s'enquit poliment Ishvar.

— Ferrailleur. On ramasse et on vend au poids. Même ma pauvre femme malade travaille. Chiffonnière.

— C'est très bien, dit Ishvar. Nous, nous avons un ami qui est ramasseur de cheveux, bien qu'il soit récemment devenu Incitateur pour le Planning familial.

— Oui, babu, tout ça est très bien, dit le mendiant. Mais dis-moi, ramasseur de fer, sans jambes et sans doigts, qu'est-ce que j'aurais pu faire ?

— Ne te trouve pas d'excuses. Dans une énorme ville comme celle-ci, il y a du travail même pour un cadavre. Mais il faut le vouloir, et chercher sérieusement. Vous, les mendiants, vous créez du désordre dans les rues, et après la police s'en prend à tout le monde. Même à ceux qui travaillent dur.

— O babu, sans mendiants, comment les gens se laveraient-ils de leurs péchés ?

— Qu'est-ce qu'on en a à faire ? On a déjà tellement de mal à trouver de l'eau pour laver notre peau ! »

La discussion s'envenima, le mendiant poussant des hurlements aigus, le ferrailleur lui répondant sur le même ton. Les autres passagers commencèrent à prendre parti. Les ivrognes se réveillèrent et dégoisèrent leurs obscénités. « Baiseurs de chèvres débiles ! Vomi d'ânes cinglés ! Eunuques de mes deux ! »

Le tumulte finit par obliger le chauffeur à s'arrêter au bord de la route. « Je ne peux pas conduire avec toute cette agitation, se plaignit-il. Il va y avoir un accident ou quelque chose du même genre. »

Ses phares révélèrent un talus pierreux et des touffes d'herbe. Le silence se rétablit dans le camion. Il faisait si noir, on ne devinait rien — au-delà des accotements étroits, la nuit pouvait cacher des collines, des champs vides, une forêt épaisse, ou des monstres-démons.

Un policier s'approcha dans le faisceau de lumière. « Au moindre bruit, vous serez fouettés et jetés là, dans la jungle, au lieu de gagner vos jolies maisons neuves. »

Le camion repartit avec sa charge silencieuse. Le mendiant se mit à pleurer. « O babu, j'ai de nouveau si peur ! » Au bout d'un moment, épuisé, il tomba dans un sommeil hébété.

A présent, les tailleurs étaient tout à fait réveillés. Ishvar se demanda ce qui allait se passer le lendemain, à leur travail. « Nous allons encore être en retard pour les robes. La seconde fois en deux mois. Que va faire Dinabai ?

— Trouver de nouveaux tailleurs, et nous oublier. Que peut-elle faire d'autre ? »

Tandis que l'aube décolorait la nuit en gris puis en rose, le camion et la Jeep quittèrent la grande route pour s'engager sur un chemin de terre. Ils s'arrêtèrent à l'extérieur d'un petit village. Le hayon s'ouvrit brusquement, les passagers furent invités à faire leurs besoins naturels. Pour certains, c'était déjà trop tard.

Le mendiant bascula sur une fesse, permettant à Om de glisser la planche sous lui, se propulsa jusqu'au bord de la plate-forme du camion et agita ses paumes bandées en direction de deux policiers. Ils lui tournèrent le dos et allumèrent une cigarette. Les tailleurs sautèrent à terre et le descendirent, surpris de le trouver si léger.

Les hommes accaparèrent un côté du chemin, les femmes s'accroupirent de l'autre côté, les enfants se répandirent partout. Les tout-petits étaient affamés et pleuraient. Les parents les nourrirent de bananes et d'oranges à demi pourries, d'ordures qu'ils avaient ramassées la nuit précédente.

Le Facilitateur se chargea de leur faire servir du thé. Le chaiwalla du village installa une cuisine provisoire près du camion, alluma un feu sur lequel il posa un chaudron contenant de l'eau, du lait, du sucre et des feuilles de thé. Tous le fixaient, la bouche sèche. Le soleil perça à travers les arbres, captant le liquide dans ses rayons. Prêt en quelques minutes, le thé fut servi dans des petits bols de terre.

Entre-temps, la nouvelle de l'arrivée de ces visiteurs s'était répandue dans le village ; la population se rassembla autour d'eux, observant avec orgueil le plaisir qu'ils prenaient à boire leur thé. Le chef du village salua le Facilitateur et lui posa les habituelles et amicales questions que l'on pose dans ces cas-là : qui étaient-ils ? d'où venaient-ils ? et pour quoi faire ? — prêt à offrir assistance et conseils.

Le Facilitateur lui dit de s'occuper de ses affaires et de ramener ses gens dans leurs cabanes s'il ne voulait pas que la police s'en occupe. Choquée par une telle attitude, la foule se dispersa.

Le thé bu, on rendit les bols au chaiwalla, qui entreprit de les briser selon la coutume, sur quoi quelques misérables se précipitèrent, instinctivement, pour les préserver. « Attendez, attendez ! Nous les prendrons si vous n'en voulez plus ! »

Mais le Facilitateur le leur interdit. « Là où vous allez, vous aurez tout ce dont vous avez besoin. » Il leur ordonna de remonter dans le camion. Durant la halte, le soleil avait dégagé le haut des arbres. La chaleur gagnait rapidement. Le grondement du moteur que l'on mit en marche effraya les oiseaux qui s'envolèrent en un nuage bruissant.

Tard dans la journée, le camion arriva sur le chantier de construction d'un ouvrage d'irrigation, où le Facilitateur déchargea ses quatre-vingt-seize individus. Le chef de chantier les compta avant de signer le reçu de livraison. Le site disposant de ses propres forces de sécurité la Jeep de la police repartit.

Le commandant du peloton de sécurité ordonna aux quatre-vingt-seize de vider leurs poches, d'ouvrir leurs paquets, de déposer tout sur le sol. Deux de ses hommes parcoururent les rangs, palpant les corps, examinant les objets, ce qui ne prit pas longtemps étant donné que la moitié d'entre eux étaient à demi nus et ne possédaient quasiment rien. Mais il y avait des femmes, aussi, si bien qu'un bon moment s'écoula avant que les gardes n'aient fini leur fouille.

Ils saisirent des tournevis, des grandes cuillères pour la cuisine, une tringle d'acier de vingt-cinq centimètres, un rouleau de fil de cuivre et un peigne en corne aux dents jugées trop grandes et trop pointues.

478

Un garde soumit le peigne en plastique d'Om au test de courbure. L'objet se cassa en deux. On autorisa Om à garder les morceaux. « Nous ne devrions pas être ici, mon oncle et moi », dit-il.

D'une bourrade, le garde lui fit réintégrer la file. « Va te plaindre au contremaître. »

Ceux dont les haillons ne tenaient plus que par miracle reçurent des pantalons courts et des gilets, ou des jupes et des corsages. Le mendiant à la planche ne reçut qu'une chemise, rien n'étant adapté pour revêtir le bas de son corps emmailloté. Ishvar et Om n'eurent droit à rien, pas plus que la chiffonnière et le ferrailleur. Ce dernier, à qui on avait confisqué de nombreux articles aiguisés, se plaignit de ce qu'il estimait être une injustice. Mais les tailleurs, à la vue de la mauvaise coupe des nouveaux vêtements, furent contents de garder les leurs.

On conduisit le groupe vers une rangée de cabanes en tôle, qu'ils devaient occuper à douze chacune. Ils se ruèrent sur la plus proche et se battirent pour y pénétrer. Le garde les fit reculer et leur attribua des places au hasard. Des nattes de paille enroulées s'entassaient en pile à l'intérieur de chaque cabane. Certains les sortirent et s'allongèrent dessus, mais ils durent se relever. On leur dit de ranger leurs affaires et de se rassembler pour la visite du contremaître.

Personnage à la mine ravagée, qui transpirait abondamment, celui-ci prononça un petit discours d'accueil, détailla le généreux projet imaginé par le gouvernement pour l'élévation des pauvres et des sans-abri. « Nous espérons donc que vous saurez tirer parti de ce projet. Il reste encore deux heures de travail, mais aujourd'hui vous pouvez vous reposer. Vous commencerez votre nouveau travail demain matin. »

Quelqu'un demanda quel était le salaire et s'il était quotidien ou hebdomadaire. Le contremaître essuya son visage en sueur, soupira, et fit une nouvelle tentative. « Vous n'avez pas compris ce que j'ai dit ? Vous serez nourris, logés et vêtus. C'est ça votre salaire. »

Les tailleurs s'avancèrent, pressés d'expliquer leur présence accidentelle sur ces lieux. Mais deux officiels, plus rapides, s'approchèrent du contremaître et l'entraînèrent à une réunion. Ishvar renonça à lui courir après. « Mieux vaut attendre demain matin, chuchota-t-il à Om. Il est très occupé maintenant, ça pourrait le mettre en colère. Mais il est clair que la police a commis une erreur avec nous. Cet endroit est pour les gens sans emploi. Ils nous laisseront partir quand ils sauront que nous avons un travail. »

Des gens rentrèrent s'allonger à l'intérieur des cabanes. D'autres choisirent d'étaler leur natte à l'extérieur. Grésillant à longueur de journée sous le soleil, les murs de tôle enserraient une chaleur abominable. Sous l'ombre dégagée par le toit de tôle ondulée, il faisait plus frais.

Au coucher du soleil, sur un coup de sifflet, les ouvriers cessèrent le travail. Une demi-heure plus tard, sur un nouveau coup de sifflet, ils se dirigèrent vers l'emplacement du camp réservé aux repas. On enjoignit aux nouveaux venus de les accompagner. Ils firent la queue devant la cuisine pour recevoir leur dîner : dal et chapatis, plus un poivron vert.

« Le dal, c'est presque de l'eau », dit Om.

Le serveur l'entendit, et prit ça pour un reproche personnel « Qu'est-ce que tu crois que c'est ici, le palais de ton père ?

— Je t'interdis de parler de mon père.

— Allons, laisse tomber, dit Ishvar en poussant Om. Demain nous raconterons au chef l'erreur de la police. »

Ils finirent de manger en silence, ayant besoin de toute leur concentration pour déjouer les périls que recelait la nourriture. Les chapatis étaient faits d'une farine sablonneuse. Les crachats des dîneurs, rejetant des petites pierres et autres corps étrangers, ponctuèrent tout le repas. De minuscules fragments, non repérés à temps, furent mastiqués avec le reste des aliments.

« Ils devraient être là depuis plus d'une heure », remarqua Dina à la fin du petit déjeuner.

La voilà encore après ces pauvres garçons, se dit Maneck en rassemblant ses manuels de classe. « Est-ce si important, puisqu'ils sont payés à la pièce ?

— Vous y connaissez quelque chose en affaires ? Votre papa et votre maman paient vos dépenses et vous envoient de l'argent de poche. Attendez de commencer à gagner votre vie. »

Quand il revint l'après-midi, elle faisait les cent pas derrière la porte. En entendant le bruit de la clef dans la serrure, elle ouvrit. « Aucun signe d'eux, dit-elle. Je me demande quelle excuse ils vont inventer cette fois-ci. Une autre rencontre avec le Premier ministre ? »

Mais quand le soir tomba, l'anxiété l'emporta sur le sarcasme. « Je dois payer la facture d'électricité et la facture d'eau. Faire des provisions. Et Ibrahim passera la semaine prochaine pour le loyer. Vous ne savez pas comme il peut me harceler. »

Après le dîner, ses soucis continuèrent à bouillonner comme une indigestion. Que se passerait-il si les tailleurs ne venaient pas le lendemain ? Comment pourrait-elle en trouver deux autres, rapidement ? Un second retard de livraison déplairait sérieusement à l'impératrice d'Au Revoir Export. Le nom de Dina serait désormais étiqueté « Non fiable ».

« Ishvar et Om ne s'absenteraient pas comme ça sans raison, dit Maneck. Il a dû leur arriver quelque chose, une urgence.

— Taratata! Qu'y a-t-il de si urgent, qu'ils n'aient même pas pu prendre quelques minutes pour me prévenir?

— Ils sont peut-être allés voir une chambre à louer, ou quelque chose comme ça. Ne vous inquiétez pas, tante, ils seront probablement là demain.

— Probablement? Probablement ne suffit pas. Je ne peux pas *probablement* livrer les robes et *probablement* payer le loyer. Vous, qui n'avez pas la moindre responsabilité, ne comprenez probablement pas ça. »

Il la trouva injuste.

« S'ils ne viennent pas demain, j'irai me renseigner.

— Oui, c'est vrai, vous savez où ils vivent. » Son anxiété parut diminuer. Puis elle dit : « Allons-y tout de suite. Pourquoi passer toute la nuit à me faire du souci?

— Mais vous dites toujours que vous ne voulez pas qu'ils vous sentent aux abois? Si vous courez là-bas maintenant, ils verront que vous êtes impuissante sans eux.

— Je ne suis pas impuissante. Ça ne sera jamais qu'une difficulté de plus dans ma vie. »

Mais elle décida d'attendre jusqu'au lendemain matin, étant entendu qu'il irait se renseigner avant de se rendre à l'université. Elle était trop angoissée pour travailler à son couvre-lit. Carrés et rectangles restèrent empilés sur le canapé, leurs motifs invisibles.

Affolé, Maneck sortit en courant de la pharmacie. Il ralentit en approchant du Vishram, avec le vague espoir de trouver Ishvar et Om en train d'y boire leur thé. Personne. Il regagna l'appartement et, hors de lui, répéta à Dina ce que lui avait raconté le veilleur de nuit.

« C'est terrible ! Il pense qu'on les a pris pour des mendiants, fourrés dans le camion de la police — et Dieu sait où ils se trouvent maintenant !

— Hum, je vois, dit-elle, essayant de démêler le vrai du faux. Et ils sont condamnés à combien de jours de prison ? Une semaine, deux semaines ? »

Si ces gredins s'étaient présentés à une nouvelle place, c'est le temps qu'il leur faudrait pour leur période d'essai.

« Je ne sais pas. » Dans sa détresse, il ne saisit pas ce que sa question avait de cynique. « Ce n'est pas seulement eux — dans leur rue, la police a emmené tous les mendiants et les squatters de trottoir.

— Ne dites pas n'importe quoi, il n'y a pas de loi qui les autorise à faire ça.

— C'est une nouvelle politique — un plan d'embellissement de la ville, quelque chose comme ça, au nom de l'état d'urgence.

— Quel état d'urgence ? J'en ai assez d'entendre ce mot stupide. » Toujours sceptique, elle respira un bon coup et décida de jouer la franchise. « Maneck, regardez-moi. Droit dans les yeux. » Elle rapprocha son visage du sien. « Maneck, vous ne me mentiriez pas, n'est-ce pas ? Parce que Ishvar et Om sont vos amis et vous l'auraient demandé ?

— Je jure sur le nom de mes parents, tante ! » Il s'écarta d'elle, choqué, puis furieux. « Vous n'êtes pas obligée de me croire. Pensez ce que vous voulez. La prochaine fois, ne me demandez pas de faire votre boulot. »

Il quitta la pièce.

Elle le suivit. « Maneck. » Il l'ignora. « Maneck, je m'excuse. Vous savez comme je m'inquiète pour ces robes. J'ai dit ça sans y penser. »

Il réussit à se taire pendant un instant encore, puis lui pardonna. « Bon, n'en parlons plus. »

Un si gentil garçon, se dit-elle. « Combien de temps ont-ils dormi à l'extérieur de... de quoi, une pharmacie ?

« — Depuis le jour où l'on a démoli leur maison. Vous ne vous souvenez pas, tante? Quand vous n'avez pas voulu les laisser dormir dans votre véranda? »

Sous l'attaque, elle se hérissa.

« Vous savez très bien pourquoi j'ai dû refuser. Mais si vous étiez au courant, pourquoi ne pas me l'avoir dit? Avant que quelque chose comme ça se produise?

— Supposons que je l'aie fait. Quelle différence? Les auriez-vous autorisés à rester ici? »

Elle éluda la question. « J'ai toujours beaucoup de mal à croire à cette histoire. Ce veilleur de nuit ment peut-être — pour les couvrir. Et moi, il faudra que j'aille mendier auprès de mon frère, pour le loyer. »

Maneck comprit ce qu'elle essayait de juguler, de dissimuler : inquiétude, culpabilité, peur. « Nous pourrions aller vérifier auprès de la police.

— Et pour quel résultat? Même s'ils détiennent les tailleurs, vous croyez qu'ils les libéreront sur ma bonne mine?

— Au moins, nous saurions où ils sont.

— Dans l'immédiat, ce sont mes robes qui m'inquiètent.

— Je m'en doutais! Vous êtes égoïste, vous ne pensez qu'à vous. Vous ne...

— Comment osez-vous! Comment osez-vous me parler ainsi!

— Ils pourraient être morts, vous vous en fichez! »

Il alla dans sa chambre et claqua la porte derrière lui.

« Si vous cassez ma porte, j'écrirai à vos parents. Pour demander un dédommagement. »

Il se laissa tomber sur le lit, lourdement. Il était neuf heures et demie, les cours avaient commencé. Au diable l'université, au diable Dina Dalal. Fini l'amabilité. Il se releva brusquement, changea de chemise, en prenant une vieille-bonne-pour-la-maison dans l'armoire. La porte sortit avec fracas du gond du bas. Il la remit à petits coups dans son support et la referma violemment.

Il s'abattit de nouveau sur le matelas, son doigt parcourant nerveusement le dessin floral gravé dans le dosseret en teck. Le lit était le frère jumeau de celui de la pièce où cousaient les tailleurs. Placés côte à côte, les deux lits avaient abrité le sommeil de tante Dina et de son mari. Il y avait longtemps de cela. Quand sa vie était pleine de bonheur et que l'appartement résonnait de bruits d'amour et de rires. Avant de devenir silencieux et défraîchi.

Il l'entendait aller et venir dans l'autre pièce, percevait sa détresse à sa démarche. Et dire qu'à peine une semaine auparavant, tout allait si bien, après qu'elle avait massé le bras d'Om avec le Baume Amrutanjan, et qu'elle s'était mise à parler de son mari, de leur vie à tous deux.

Toutes les histoires qu'elle avait racontées à Maneck revinrent en force peupler la chambre : ces récitals de musique dont ils sortaient subjugués, Rustom et elle, émergeant dans la nuit embaumée et les rues calmes — oui, disait-elle, en ce temps-là, la ville était encore belle, les trottoirs n'avaient pas encore été envahis de squatters, et oui, on voyait les étoiles dans le ciel, quand Rustom et elle marchaient le long de la mer, écoutant le reflux incessant des vagues, ou dans les Jardins suspendus, entre les arbres bruissants, dressant des plans pour leur mariage et pour leur vie, échafaudant et complotant, dans l'ignorance complète de ce que le destin prévoyait pour eux.

Comme tante Dina chérissait ces souvenirs ! Maman et papa aussi, qui parlaient des jours anciens et souriaient d'un sourire mi-triste, mi-heureux en passant en revue chaque photo, chaque cadre du passé, l'examinant avec amour avant qu'il ne redisparaisse dans la brume de la mémoire. Mais personne n'oublie jamais rien, en réalité, bien que parfois on prétende le contraire, quand ça nous arrange. Les souvenirs sont permanents. Les douloureux demeurent tristes, malgré les années, quant aux heureux, on ne peut jamais les recréer — pas avec la même joie. La mémoire entretient sa propre affliction. Et cela paraît si injuste : que le temps transforme tristesse et bonheur en une source de douleur.

Alors, à quoi bon posséder une mémoire ? Ça n'aide absolument pas. Au bout du compte, tout est désespérant. Regardez maman et papa, et le Magasin général ; ou la vie de tante Dina ; ou la résidence universitaire et Avinash ; et maintenant les pauvres Ishvar et Om. Aussi nombreux soient vos souvenirs heureux, vos désirs ou votre nostalgie, rien ne peut changer quoi que ce soit à la misère et à la souffrance — amour, souci des autres, attention aux autres, partage ne servent à rien, à rien.

Maneck se mit à pleurer, la poitrine soulevée par l'effort qu'il faisait pour ne pas qu'on l'entende. Tout finissait mal. Et la mémoire, qui vous tourmentait, vous provoquait, rendait les choses encore pires. A moins que. A moins qu'on perde l'esprit. Ou qu'on se suicide. La folie nettoie tout. Plus de souvenirs, plus de souffrance.

Pauvre tante Dina, que le passé encombrait encore tellement, même si elle prétendait ne s'attarder que sur les souvenirs heureux. Et maintenant s'ajoutaient les problèmes des tailleurs, du loyer, de l'approvisionnement.

Il eut honte de son accès de colère. Il se leva, rentra sa chemise dans son pantalon, s'essuya les yeux et alla dans la pièce du fond, prison de robes inachevées.

« Quand devez-vous les livrer ? demanda-t-il d'un ton bourru.

— Oh, vous voilà ? Après-demain. A midi. » Elle sourit intérieurement, elle avait parié sur une heure de bouderie : il n'avait tenu qu'une demi-heure. « Vous avez les yeux larmoyants. Vous êtes enrhumé ?

— Non, juste fatigué. Après-demain — ça nous laisse deux jours entiers. Plein de temps.

— Pour deux tailleurs entraînés, oui. Pas pour moi toute seule.

— Je vous aiderai.

— Ne me faites pas rire. Vous, coudre à la machine? Et moi, avec mes yeux. Je ne suis pas capable de me passer une bague au doigt, encore moins un fil dans le chas d'une aiguille.

— Je suis sérieux, tante.

— Mais il y a soixante robes, six-zéro. Il ne reste que les ourlets èt les boutons, c'est vrai, mais ça représente quand même beaucoup de travail. » Elle en attrapa une. « Vous voyez la taille, toute froncée? Bon, elle mesure — elle prit le centimètre — juste cinquante-deux centimètres. Mais à cause des fronces, l'ourlet fait, voyons, un mètre trente, qu'il faut coudre à la main. Ça demande beaucoup...

— Si vous le cousez à la machine, comment le sauront-ils?

— Il y a autant de différence qu'entre la nuit et le jour. Et ensuite, huit boutons sur chaque robe. Six devant, un sur chaque manche. Une heure de travail par robe pour quelqu'un comme moi. Soixante heures en tout.

— Nous en avons quarante-huit devant nous.

— Sans dormir, ni manger, ni aller aux toilettes, oui.

— Nous pouvons du moins essayer. Vous livrerez celles que nous aurons terminées et trouverez une excuse pour les autres, que les tailleurs sont tombés malades, ou que sais-je.

— Si vous voulez vraiment m'aider...

— Je le veux. »

Elle entreprit de tout préparer. « Vous êtes un bon garçon, vous savez? Vos parents ont beaucoup de chance d'avoir un fils comme vous. » Brusquement, elle s'interrompit. « Eh, une minute — et la fac?

— Pas de cours aujourd'hui.

— Hum. »

Ils transportèrent les robes dans la pièce du devant où la lumière était meilleure. « Je vais vous apprendre à coudre les boutons, c'est plus facile que les ourlets.

— Ce que vous voulez. J'apprends vite.

— Nous verrons. D'abord vous mesurez et marquez les emplacements à la craie, bien rectilignes. C'est ça le plus important, sinon le devant sera tout de guingois. Grâce au ciel, ces robes sont en pure popeline, pas en mousseline de soie, qui vous glisse entre les doigts, comme celles du mois dernier. »

Elle lui fit une démonstration, soulignant qu'il ne fallait absolument pas croiser les fils pour coudre les boutons à quatre trous, mais faire des points parallèles.

Il s'essaya sur la suivante. « Oh, si je pouvais retrouver les yeux de ma jeunesse ! » soupira-t-elle tandis qu'il suçait le bout du fil et le passait dans l'aiguille. Il tâtonna un peu pour trouver les trous des boutons à partir de l'envers du tissu, mais il acheva sa tâche dans un temps honnête. Triomphant, il coupa les fils.

Deux heures plus tard, ils avaient cousu seize boutons et trois ourlets. « Vous voyez combien de temps ça prend ? dit-elle. Et maintenant, il faut que j'arrête pour préparer le déjeuner.

— Je n'ai pas faim.

— Pas d'appétit aujourd'hui, pas de cours aujourd'hui. C'est étrange.

— Mais c'est vrai, tante. Oubliez le déjeuner, je n'ai vraiment pas faim.

— Et moi ? Je n'ai rien mangé hier de toute la journée tant j'étais inquiète. Puis-je me faire ce plaisir aujourd'hui ?

— Le travail avant le plaisir », dit-il en souriant, le nez sur son bouton, la regardant du coin de l'œil.

« Vous vous préparez à devenir mon patron, hein ? Si je ne mange pas, il n'y aura ni travail ni plaisir. Que moi, qui m'évanouirai sur mon fil et mon aiguille.

— D'accord. Je m'occupe du repas, vous continuez vos ourlets.

— Vous devenez une véritable ménagère. Ce sera quoi ? Du pain et du beurre ? Du thé et des toasts ?

— Une surprise. Je reviens très vite. »

Avant de quitter l'appartement, il enfila six petites aiguilles, qu'il posa devant elle.

« Gaspiller votre argent ainsi ! le réprimanda Dina. Vos parents me payent pour vous nourrir. »

Maneck versa l'alayti-palayti acheté au restaurant dans un bol qu'il apporta à table. « C'est mon argent de poche. Je peux le dépenser comme je veux. »

Des morceaux de foie de poulet et de gésier flottaient dans la sauce épaisse et épicée. Elle se pencha au-dessus du bol, renifla. « Mmm, toujours cette délicieuse odeur, qui en faisait un des plats favoris de Rustom. Seuls les très bons restaurants le cuisent dans une sauce riche, ailleurs c'est trop sec. » Elle y plongea une cuillère, la porta à ses lèvres : « Délicieux. Nous pourrions très bien y ajouter un peu d'eau sans gâcher le goût. Comme ça on aura assez pour le déjeuner et le dîner.

— D'accord. Et ça, c'est spécialement pour vous. »

Il lui tendit un sac.

Elle en sortit une botte de carottes. « Vous voulez que je nous les fasse cuire ?

— Non, pas pour nous, tante — pour vous, à manger crues. C'est bon pour vos yeux.

— Merci, mais je préfère pas.

— Pas d'alayti-palayti sans carottes. Vous devez en prendre au moins une au déjeuner.

— Vous êtes fou si vous croyez que vous aller me faire manger des carottes crues. Même ma mère n'y arrivait pas. »

Pendant qu'elle mettait la table, il en éplucha une de taille moyenne, en coupa les deux extrémités, la plaça à côté de son assiette.

« J'espère que c'est la vôtre, dit-elle.

— Pas de carotte, pas d'alayti-palayti. » Et il refusa de lui passer le bol. « C'est moi qui établis le règlement. Pour votre propre bien. »

Elle rit, mais se mit à saliver en le voyant manger. Elle attrapa le légume par l'extrémité la plus mince, comme pour lui en assener un coup sur la tête, et mordit sauvagement dedans. Souriant, il lui passa le bol. « Mon père prétend que son œil unique vaut les deux que possèdent la plupart des gens parce qu'il mange régulièrement des carottes. "Une carotte par jour et la cécité n'a pas cours", proclame-t-il. »

Pendant tout le repas, à chaque bouchée de carotte, elle fit la grimace. « Heureusement qu'il y a ce délicieux alayti-palayti. Sans la sauce, ce truc indigeste me collerait à la gorge.

— Maintenant, tante, la vérité, dit-il quand ils eurent fini de manger. Vos yeux vont-ils mieux ?

— Assez bien pour voir quel diable vous êtes. »

Ils accélérèrent leur rythme de travail après le déjeuner, mais, en fin d'après-midi, les paupières de Dina se firent lourdes. « Il faut que je m'arrête pour prendre du thé. D'accord, patron ?

— Un quart d'heure seulement Et une tasse pour moi aussi, s'il vous plaît. »

A sept heures du soir, Dina commença à se préoccuper du dîner. « Cet alayti-palayti, là-bas dans la cuisine, me donne faim plus tôt que d'habitude. Et vous ? Maintenant, ou on attend huit heures ?

— Quand vous voulez », grommela-t-il, retenant des lèvres une aiguille vide.

Il prit la bobine et déroula une longueur de fil.

« Voyez-moi ça ! Son premier jour de couture, et il se comporte déjà comme un cinglé de tailleur ! Sortez-la de votre bouche ! Tout de suite ! Avant de l'avaler ! »

Penaud, il retira l'aiguille de sa bouche. Elle avait mis dans le mille : il essayait d'imiter la façon désinvolte qu'avait Om de tout se coller entre les lèvres : épingles, aiguilles, lames, ciseaux, de tenter le diable en accolant des objets pointus et dangereux à la chair tendre et sans défense.

« Qu'est-ce que je dirai à votre mère quand je lui

rendrai son fils avec une aiguille plantée dans l'estomac ?

— Vous n'avez jamais reproché à Om de faire ça.

— C'est différent. Il est entraîné, il a grandi dans
un milieu de tailleurs.

— Non. Dans sa famille, ils étaient cordonniers.

— C'est pareil — ils savent se servir d'outils pour
couper et coudre. D'ailleurs, j'aurais dû lui dire
d'arrêter. Sa bouche peut saigner tout comme la
vôtre. »

Elle se rendit à la cuisine, et il continua de travailler jusqu'au moment où ils se mirent à table.

Au milieu du repas, elle se rappela ce qu'il avait dit
à propos des tailleurs. « Ils étaient cordonniers ?
Pourquoi ont-ils changé ?

— Ils m'ont demandé de ne pas en parler. Ça a un
rapport avec leur caste, ils ont peur d'être mal considérés.

— A moi, vous pouvez le dire. Je ne crois pas à ces
stupides coutumes. »

Il lui raconta donc brièvement l'histoire qu'Ishvar
et Om lui avaient délivrée, par bribes, au long des
semaines et des tasses de thé au Vishram, sur leur
village, les propriétaires qui de toute éternité mal-
traitaient les Chamaars, les fouettaient, les battaient,
sur les règles que les castes intouchables étaient obli-
gées de respecter.

Elle cessa de manger, joua avec sa fourchette, posa
un coude sur la table et appuya le menton sur son
poing. Il continua à parler, et elle laissa échapper la
fourchette de ses doigts. Il se dépêcha de conclure
quand il en arriva au meurtre des parents, des
enfants et des grands-parents.

Dina reprit sa fourchette. « Je n'ai jamais su... Je
n'ai jamais pensé... toutes ces histoires que racontent
les journaux sur les hautes castes et les basses castes,
soudain si proches de moi. Dans mon propre appartement. C'est la première fois que j'en connais vraiment des acteurs. Mon Dieu — tant d'abominables
souffrances. »

Elle voulut se remettre à manger, mais y renonça. « Comparée à la leur, ma vie n'est que confort et bonheur. Et les voilà plongés à nouveau dans les ennuis. J'espère qu'ils vont revenir en bon état. On nous raconte que Dieu est grand, que Dieu est juste, je n'en suis pas sûre.

— Dieu est mort. C'est ce qu'a écrit un philosophe allemand. »

Elle sursauta.

« Vous pouvez faire confiance aux Allemands pour dire des choses pareilles. Vous y croyez ?

— Avant, oui. Maintenant je préfère croire que Dieu est un géant qui fabriquait un patchwork. Avec une infinité de motifs. Et le patchwork a tellement grandi qu'on ne peut plus discerner le modèle ; les carrés, les rectangles et les triangles ne s'emboîtent plus les uns dans les autres, tout ça n'a plus de sens. Alors Il a abandonné.

— Vous dites vraiment des absurdités parfois, Maneck. »

Il ouvrit la fenêtre de la cuisine et se mit à miauler. Balança des bouts de pain et d'alayti-palayti, en espérant que les chats ne les trouveraient pas trop épicés, puis se remit à sa couture, pressant tante Dina de se dépêcher.

« Ce garçon devient fou. Ne me laisse même pas cinq minutes de repos après le dîner. Je suis une vieille femme, pas un jeune chiot comme vous.

— Vous n'êtes pas vieille du tout, tante. En fait, vous êtes jeune. Et belle, ajouta-t-il, pour voir.

— Et vous, Mr Mac, vous devenez un peu trop futé. »

Elle ne put dissimuler son plaisir.

« Il n'y a qu'une chose qui m'intrigue.

— Laquelle ?

— Pourquoi quelqu'un qui a l'air aussi jeune que vous se comporte-t-il comme une vieille, tout le temps à bougonner ?

— Vous êtes un vaurien. D'abord vous me flattez, ensuite vous m'insultez. » Elle rit tout en épinglant l'ourlet, puis elle tint la robe à bout de bras pour s'assurer qu'il était droit. « A présent, je comprends pourquoi les tailleurs ont les ongles longs. Vous êtes vraiment devenu leur ami, n'est-ce pas ? Pour qu'ils vous aient raconté toute leur vie. »

Il lui lança un bref coup d'œil et haussa les épaules.

« Jour après jour, ils sont venus travailler ici, et ils ne m'ont rien dit. Pourquoi ? »

Il haussa à nouveau les épaules.

« Arrêtez de parler avec vos épaules. Votre Dieu fabricant de patchwork a cousu une langue dans votre bouche. Pourquoi vous ont-ils parlé à vous, et pas à moi ?

— Peut-être parce qu'ils avaient peur de vous.

— *Peur* de moi ? C'est absurde. C'est plutôt moi qui avais peur d'eux. Qu'ils découvrent l'adresse de la société d'exportation et qu'ils me court-circuitent. Ou qu'ils trouvent une meilleure place. Parfois, je n'osais même pas leur faire remarquer leurs erreurs — je les corrigeais moi-même la nuit, après leur départ. Pour quelle raison auraient-ils eu peur de moi ?

— Ils pensaient que vous alliez trouver meilleurs qu'eux et les renvoyer. »

Elle réfléchit quelques secondes puis : « Si seulement vous m'aviez dit ça avant ! Je les aurais rassurés. »

Il haussa de nouveau les épaules. « Ça n'aurait rien changé, tante. Vous auriez pu les sauver rien qu'en leur donnant un endroit où dormir. »

Elle envoya valser son ouvrage. « Vous n'arrêtez pas de me dire ça ! Allez-y, continuez ! Répétez-le jusqu'à ce que la culpabilité m'aveugle ! »

Maneck poussa l'aiguille à travers le bouton, et se piqua. « Aïe ! » fit-il en suçant son pouce.

« Allez-y, dites-moi que je suis responsable, dites-moi que je les ai laissés dehors, dans la rue, parce que je suis sans cœur ! »

Maneck souhaita pouvoir effacer les paroles blessantes qu'il venait de prononcer. Elle s'acharna maladroitement sur l'ourlet, se mit à tousser comme si quelque chose lui restait dans la gorge. Il vit dans cette toux une sorte d'appel à l'aide, et alla lui chercher un verre d'eau.

« Vous aviez raison à propos des carottes, lui dit-elle après avoir bu. Je vois beaucoup mieux.

— C'est un miracle ! » Il leva les mains d'un geste théâtral, ce qui la fit sourire. « Maintenant je suis incarné en Maharishi Carotte Baba, et tous les opticiens vont perdre leur boulot !

— Oh, arrêtez ces sottises ! Je vais vous dire ce que je crois être la vérité. Quand j'avais douze ans, mon père décida d'aller travailler dans une région d'épidémies. Ce qui inquiéta beaucoup ma mère. Elle voulait que je le fasse changer d'avis — vous comprenez, j'étais sa favorite. Et mon père mourut là-bas. Alors ma mère me dit que si je l'avais écoutée, j'aurais pu le sauver.

— Ce n'était pas juste.

— Oui et non. Comme ce que vous m'avez dit. »

Il comprit.

Dina se leva, saisit la poule de porcelaine accroupie sur la table de travail, la retourna et rangea dans les viscères le dé, les ciseaux et l'aiguille.

« Où allez-vous, tante ?

— Où croyez-vous que j'aille ? A un mariage ? Il est dix heures, je vais me coucher.

— Mais nous n'avons achevé que seize robes. Le quota pour aujourd'hui est de vingt-deux.

— Écoutez la parole de l'ancien.

— J'ai l'intention d'en faire vingt-deux aujourd'hui, trente demain, et huit après-demain matin, comme ça, tout pourra être livré à midi.

— Attendez une minute, jeune homme. Et la fac, demain et après-demain — et vos études ? Je ne pense pas que vous obteniez un diplôme de réfrigération en cousant des boutons.

494

— Les cours sont annulés pour les deux jours qui viennent.

— C'est ça. Et le troisième, moi je gagne à la Loterie nationale.

— N'en parlons plus, tante. Vous doutez toujours de moi. » Il continua à coudre, poussant des soupirs de martyr, tirant l'aiguille comme si le fil était une chaîne de fer. « Tout va bien, je continue à travailler, vous, vous allez dormir.

— Et je manque votre course à l'oscar du meilleur ouvrier. »

Il laissa tomber un bouton, grogna, se courba pour le retrouver, tâtonnant avec ses doigts comme un vieil homme. « Allez, tante, ne vous inquiétez pas pour moi. » Il la salua d'une main tremblante.

« Vous m'avez dit que vous savez bien jouer la comédie, mais je ne croyais pas que c'était à ce point. D'accord, finissons encore une robe. »

Les enchères étaient lancées. Il se redressa brusquement. « Il nous en faut six de plus pour remplir le quota.

— Oubliez votre quota, j'ai dit une.

— Trois, alors.

— Deux, c'est ma dernière offre. Et plus de discussion. Mais avant, j'ai besoin de quelque chose. »

Elle se rendit à la cuisine et en revint, une timbale fumante dans chaque main. « Horlicks, pour nous rafraîchir. »

Comme preuve, elle en but une gorgée et s'assit droit sur sa chaise, épaules redressées, visage rayonnant.

« Vous ressemblez à une publicité, dit-il. Et pas besoin de mannequin professionnel, vous êtes si jolie.

— N'allez pas vous imaginer que la flatterie vous en vaudra une tasse chaque jour. Je ne peux me le permettre. »

Soufflant, buvant, ils vinrent à bout, en s'amusant, de deux robes supplémentaires. A près de minuit, l'appartement de Dina restait le seul éclairé de tout l'immeuble. L'heure tardive, le silence régnant dans la rue, la nuit qui les enveloppait, tout conférait un air de conspiration à leur innocente activité.

« Ça en fait dix-huit, dit-elle. Et vous ne vous êtes même pas cousu un doigt. Maintenant, on peut aller se coucher, patron ?

— Dès qu'elles seront convenablement pliées.

— Bien, Mr Mac Kohlah.

— S'il vous plaît, je déteste ce nom. »

Avant qu'il entre dans sa chambre, elle le serra dans ses bras et murmura : « Bonne nuit. Et merci pour votre aide.

— Bonne nuit, tante. »

Heureux, il vogua vers son lit.

Une heure avant le lever du soleil, le coup de sifflet déchira la nuit, tirant les ouvriers de son obscurité apaisante. Ils jaillirent des cabanes, mince filet humain qui se dirigea vers l'aire des repas. Deux chiens pariahs reniflèrent les pieds poussiéreux, s'en désintéressèrent et filèrent vers les cuisines. On servit du thé, avec les chapatis de la veille. Puis le sifflet signala la reprise du travail.

Le contremaître rassembla les nouveaux venus et leur assigna leurs tâches. Il y en eut pour tout le monde, sauf pour le mendiant sur sa planche. « Tu restes là, lui dit le contremaître. Je verrai plus tard quoi faire de toi. »

Om fut chargé, avec six autres, de creuser un nouveau fossé. Ishvar se vit assigner le transport du gravier jusqu'à une bétonneuse. Lorsque le contremaître fut parvenu au bas de sa liste, la troupe décharnée se dispersa vers les divers postes de travail, suivant les indications des surveillants. Les tailleurs attendirent que chacun fût parti.

« Il y a une erreur, sahab, dit Ishvar en s'approchant, les mains jointes, du contremaître.

— Vos noms ?

— Ishvar Darji et Omprakash Darji. »

Le contremaître relut les indications figurant sur sa liste.

« Il n'y a pas d'erreur.

— L'erreur, c'est que nous ne devrions pas être ici, nous...

— Tous, autant que vous êtes, bande de paresseux, vous pensez que vous ne devriez pas être ici. Le gouvernement ne tolérera plus ça. Vous *allez* travailler. En échange, vous aurez de quoi manger et un endroit où dormir.

— Nous *avons* du travail, nous sommes tailleurs, et le policier nous a dit de vous parler...

— Moi, je suis chargé de vous donner du travail et un abri. Refusez, et vous tomberez dans les mains des hommes de la sécurité.

— Mais pourquoi sommes-nous punis ? Quel est notre crime ?

— Vous vous trompez de mot. Ce n'est pas une question de crime et de punition — il s'agit d'un problème et d'une solution. » Il héla deux hommes en kaki qui patrouillaient, armés de bâtons. « Nous n'avons pas d'ennuis ici, tout le monde est heureux de travailler. Maintenant, à vous de décider.

— D'accord, dit Ishvar. Mais nous voudrions parler au grand chef.

— L'entrepreneur arrivera plus tard. Il fait ses prières du matin. »

Le contremaître conduisit lui-même les tailleurs à leur poste. Il les remit à leurs surveillants respectifs, avec instructions de les avoir à l'œil, de veiller à ce qu'ils travaillent sans relâche. Le mendiant se propulsa à côté d'eux jusqu'à ce que le chemin se termine, remplacé par un terrain rocailleux impraticable pour la planche à roulettes. Il fit demi-tour, et leur promit de les attendre le soir à côté de leur cahute.

Le flanc de la colline s'animait de minuscules silhouettes courbées en deux. A première vue, les enfants semblaient congelés dans la lumière du soleil ; puis le bruit de leurs marteaux révélait le mouvement de leurs mains. Cassant des pierres, fabriquant du gravier. Des touffes d'herbes mortes parsemaient la pente desséchée. La pluie n'avait pas encore fait verdir cette terre. De temps à autre, un rocher se détachait et allait s'écraser quelque part en dessous. On entendait dans le lointain le grondement des pelleteuses, des grues et des bétonneuses, qui s'élevait comme un mur sur lequel le tintement régulier des marteaux effritant la pierre ciselait un motif. Du ciel, la chaleur s'abattait en une masse implacable.

Une femme remplit de gravier le panier d'Ishvar et l'aida à le hisser sur sa tête. L'effort fit trembler ses mains et trembloter les poches de peau fripée sous ses bras. Ishvar vacilla sous le poids. Quand elle lâcha prise, il sentit la charge commencer à se déséquilibrer. Il agrippa le bord avec l'énergie du désespoir, penchant la tête de l'autre côté, mais le panier tomba, imprimant à son cou une secousse brutale.

« Je n'ai jamais fait ce genre de travail », dit-il, honteux, tandis que la douche de gravier leur dégringolait sur les picds.

Sans mot dire, elle inclina le panier contre le devant de sa jambe et se courba pour de nouveau le remplir. Sa tresse grise, maigriotte, vint lui balayer le visage. Rajaram n'y trouverait pas son compte, songea vaguement Ishvar. A chaque secousse de sa pioche, ses bracelets en plastique cliquetaient lugubrement, échos assourdis du martèlement des enfants. Il regarda ses avant-bras luisants de sueur, observa le puissant mouvement d'aller-retour. Puis il prit conscience des autres, derrière lui, dans la chaîne des porteurs de gravier. Il s'agenouilla à côté d'elle, anxieux de réparer sa maladresse, attrapant le gravier à pleines mains.

« Moi je remplis, toi tu portes, dit-elle.

— Ça n'a pas d'importance, ça m'est égal.

— A toi, oui, mais pas au surveillant. »

Ishvar renonça et lui demanda si elle faisait ce travail depuis longtemps.

« Depuis que je suis petite.

— La paye est bonne ?

— Suffisante pour qu'on ne meure pas de faim. »

Elle lui montra comment tenir la tête et les épaules pour supporter le poids et ils hissèrent la charge. Il vacilla de nouveau, mais réussit à retenir le panier.

« Tu vois, c'est facile une fois que tu as appris à maintenir l'équilibre. » Elle lui indiqua l'endroit où les hommes fabriquaient le ciment. Chancelant, trébuchant à plusieurs reprises, il atteignit sa destination et déversa le gravier. Puis il revint avec son panier vide auprès de la femme, qui le remplit. Encore et encore et encore.

Au bout de quelques voyages, la sueur lui inondait le visage ; le sol se dérobait ; il demanda s'il pouvait aller boire un verre d'eau. Le surveillant refusa. « Le bhistee viendra quand ce sera l'heure de boire. »

Malgré le regard du surveillant fixé sur eux, la femme essaya de remplir le panier le plus lentement possible. Ishvar lui fut reconnaissant de ces quelques secondes de repos qu'elle volait pour lui. Il ferma les yeux et respira profondément.

« Mets-en jusqu'au bord ! cria le surveillant. On ne vous paie pas pour remplir des demi-paniers ! » Elle ajouta quatre pelletées. Tout en soulevant la charge, elle l'inclina légèrement afin de la débarrasser de sa surcharge. Ishvar reprit ses allers-retours, luttant contre l'étourdissement. Il avait l'esprit vide. Les explosions, à l'autre extrémité du site, dégagèrent des nuages de poussière qui déboulèrent dans la zone de gravier ; les femmes se protégèrent le nez de leur sari. Sans le bruit des marteaux pour le guider, Ishvar se dit qu'il ne retrouverait pas son chemin. L'impression de non-visibilité persista même après que l'air se fut éclairci. Se cramponnant au filin du son, il chancela en direction des bétonneuses.

Il parut s'écouler un siècle avant l'arrivée du porteur d'eau. Les marteaux cassant la pierre se turent. Ishvar entendit le claquement des bouches assoiffées avant même de voir l'homme. L'outre gonflée pendait à l'épaule du ohistee comme un animal à pelage brun, la courroie de cuir lui entaillant profondément la chair. Le pas mal assuré sous le poids de l'eau, l'aveugle passa au milieu des ouvriers. Quiconque avait soif lui touchait la main pour l'arrêter. Il chantonnait doucement, une chanson qu'il avait inventée :

> *Appelle-moi et*
> *J'étancherai ta soif d'eau.*
> *Mais qui, sur cette terre, peut*
> *Satisfaire le désir de mes yeux brûlés ?*

Ishvar tomba à genoux devant le bhistee, plaça sa bouche sous le goulot de cuir, et but. Puis il écarta la bouche, et l'eau froide éclaboussa son visage reconnaissant. Le surveillant hurla : « Ne gâche pas l'eau ! C'est uniquement pour boire ! » Ishvar se releva en hâte et retourna à son panier.

Quand le bhistee parvint à l'endroit où travaillait Om, l'outre était devenue plus légère. De même que les pas du bhistee. Les six hommes qui creusaient le fossé burent les premiers, suivis des femmes dont la tâche consistait à aller vider plus loin la terre ainsi dégagée. Leurs bébés jouaient à côté de la tranchée. Les femmes prirent de l'eau dans leurs mains, la présentèrent aux enfants qui l'engloutirent.

Om s'humecta les doigts, les passa dans ses cheveux qu'il lissa vers l'arrière, puis se donna un coup de peigne, avec la moitié d'objet qui lui restait. « Aray, hero-ka-batcha ! hurla le surveillant. Retourne au travail ! »

Om rangea le peigne, se remit à creuser. Voir les femmes se courber pour ramasser la terre, leurs seins ballottant sous le choli, lui procura un instant de plaisir. Leur charge sur la tête, elles rectifièrent leur sari et s'éloignèrent, grandes et majestueuses, membres déliés, fluides comme de l'eau. Comme Shanti, se dit-il, qui balançait ses hanches en portant le pot de cuivre.

Mais bientôt, les femmes ne suffirent plus à le distraire de son tourment, de ce travail harassant. Plié en deux, la pioche mal assurée dans ses mains habituées à manier les ciseaux, l'aiguille et le fil, il lutta contre le sol ingrat, talonné par la crainte d'exposer sa faiblesse aux yeux des femmes, couvert à présent d'ampoules, qui s'étaient formées dès les premières minutes, pouvant à peine se redresser, les épaules en feu.

Un des bébés se mit à pleurer. La mère lâcha son panier et se dirigea vers lui. « Saali, paresseuse, dit le surveillant. Retourne au travail.

— Mais le bébé pleure. »

Elle prit l'enfant dans ses bras. Les larmes laissaient des traces luisantes sur ses joues couvertes de poussière.

« C'est naturel que les bébés pleurent. Ils pleurent, puis ils s'arrêtent. N'en profite pas. » Il fit un pas vers elle, comme pour lui prendre l'enfant. Elle le reposa doucement au milieu des gravats.

Quand le sifflet annonça l'heure du déjeuner, Om comme Ishvar se dirent qu'ils n'auraient pas la force de manger le brouet liquide de légumes. Mais ils savaient qu'ils le devaient, s'ils voulaient survivre jusqu'à la fin de la journée. Ils avalèrent leur plat rapidement et se réfugièrent à l'ombre de leur cabane.

A peine, après un nouveau coup de sifflet, avaient-ils regagné le lieu de travail qu'ils se mirent à vomir. Vider leur estomac leur prit encore moins de temps qu'ils n'en avaient mis à le remplir. Luttant contre l'étourdissement, ils se laissèrent tomber à croupetons et refusèrent de bouger. Près du sol, ils se sentaient en sécurité.

Le surveillant les frappa à la tête, les tira par le col, les secoua. Les tailleurs gémirent, on envoya chercher le contremaître.

« Que se passe-t-il, maintenant ? Vous avez décidé de faire du grabuge ? demanda-t-il.

— Nous sommes malades », dit Ishvar, montrant les deux flaques de vomi qu'inspectait un corbeau. « Nous n'avons pas l'habitude de ce genre de travail.

— Vous la prendrez.

— Nous voulons rencontrer le directeur.

— Il n'est pas là. » Le contremaître prit Ishvar sous le bras et le tira. Ishvar se leva, titubant, la bouche striée de vomi, et s'abattit sur le contremaître qui le repoussa, craignant qu'il ne le tache. « D'accord, allez dormir. Je vous verrai plus tard. »

Personne ne vint les déranger dans leur cahute jusqu'à la fin de la journée. Au crépuscule, ils entendirent les gens se diriger vers l'aire de repas. Ishvar demanda à Om s'il voulait manger. « Oui, j'ai faim », dit-il. Ils s'assirent, furent à nouveau pris d'étourdissements et se recouchèrent. Ils ne luttèrent plus contre la torpeur qui s'emparait d'eux.

Un peu plus tard, le mendiant arriva sur sa planche, avec de la nourriture. Il se propulsait très lentement, prenant bien soin de ne pas répandre les aliments, posés en équilibre sur ses moignons. « Je vous ai vus tomber malades. Mangez, ça vous donnera des forces. Mais mâchez bien, sans précipitation. »

Il les regarda avec satisfaction avaler leur première bouchée, refusa de partager. « J'ai déjà mangé. »

Ishvar vida sa timbale d'eau et le mendiant s'ébranla dans l'intention d'aller la remplir. « Attends, dit Om. J'y vais. Je me sens bien maintenant. »

Le mendiant ne voulut rien entendre et revint bientôt avec une timbale pleine. Il leur demanda s'ils voulaient un supplément de chapatis. « Je suis devenu ami avec quelqu'un de la cuisine, je peux en avoir autant que je veux.

— Non, non, bas, nous en avons eu assez », dit Ishvar.

Puis il lui demanda son nom.

« Tout le monde m'appelle Ver de terre.

— Pourquoi ?

— Je te l'ai dit, babu. Avant que le Maître des mendiants me donne la gaadi, je me déplaçais en rampant.

— Mais maintenant, tu as la gaadi. Quel est ton vrai nom ?

— Shankar. »

Il resta auprès d'eux une demi-heure encore, à bavarder, leur décrivant le chantier où il avait erré toute la journée. Puis il leur suggéra d'essayer de dormir afin de se réveiller en forme pour travailler. Bientôt, il les entendit ronfler et s'éloigna sur sa planche, se souriant gaiement à lui-même.

9

Quelle est la loi?

D'un auvent sous lequel elle se blottissait, une femme héla Dina et, furtivement, lui présenta un panier. « Tamaater, bai ? murmura-t-elle. Grosse, fraîche tamaater ? »

Dina secoua la tête. Elle était, comme toujours, en quête de tailleurs, pas de tomates. Un peu plus loin, quelqu'un se dissimulait dans un recoin avec une boîte contenant des portefeuilles en cuir ; un autre, à moitié caché, tenait un régime de bananes dans les bras. Chacun, sur le qui-vive, guettait la police, prêt à s'enfuir. Les débris d'éventaires démolis encombraient le sol.

Elle erra à travers des rues sinistres que la politique de l'état d'urgence avait privées de vie. Mais peut-être avait-elle plus de chances maintenant de trouver des remplaçants à Ishvar et Om, se dit-elle pour se réconforter. Peut-être que les tailleurs, qui avaient l'habitude d'exercer leur métier dans des échoppes sur le trottoir, allaient chercher à s'employer autrement.

Quand elle avait livré les robes, elle avait laissé tomber, mine de rien, que ses ouvriers prenaient deux semaines de vacances. La fin de la quinzaine approchant, elle comprit cependant que son optimisme n'était pas de mise. Elle devait informer la directrice d'Au Revoir Export que la reprise du travail était encore retardée.

Dina commença par complimenter Mrs Gupta pour sa coiffure. « C'est très joli. Vous revenez du Venus Beauty Salon ?

— Non, ronchonna Mrs Gupta. J'ai dû aller ailleurs. Zenobia m'a laissée tomber.

— Qu'est-il arrivé ?

— J'avais besoin d'un rendez-vous urgent et elle m'a dit qu'elle n'avait plus de place. A moi... sa plus fidèle cliente. »

Bon, se dit Dina, j'ai choisi le mauvais sujet de conversation. « Tant que j'y pense, mes tailleurs ont repoussé leur retour.

— C'est très gênant. Pour combien de temps ?

— Je ne suis pas sûre, peut-être encore deux semaines. Ils sont tombés malades dans leur village.

— C'est ce qu'ils disent tous. Leurs fausses excuses nous font perdre un nombre considérable de jours de production. Ils sont probablement en train de boire et de danser dans leur village. Nous sommes du tiers monde pour le développement, mais de première classe en matière d'absentéisme et de grèves. »

Imbécile, pensa Dina, qui ne se doute même pas de ce que ces gens peuvent souffrir.

« Peu importe, reprit Mrs Gupta. L'état d'urgence est un bon médicament pour la nation. Il va bientôt guérir tout le monde de ces mauvaises habitudes.

— Oui », opina Dina, tout en se disant que l'imbécillité de Mrs Gupta était incurable. « Oui, ça améliorera bien les choses.

— Bon, encore deux semaines — mais plus de retard, Mrs Dalal. Le retard va de pair avec le désordre. Souvenez-vous, des règles strictes et une surveillance rigoureuse conduisent au succès. L'indiscipline est la mère du chaos, mais les fruits de la discipline sont sucrés. »

Dina se demanda si Mrs Gupta ne s'était pas mise à rédiger des slogans pour le gouvernement, un violon d'Ingres en quelque sorte. A moins qu'elle n'eût absorbé une overdose de bannières et d'affiches, et perdu la capacité de s'exprimer normalement.

Alors que la deuxième quinzaine commençait et que l'ultimatum de Mrs Gupta prenait plus de poids, le collecteur de loyers arriva, au jour dit. Il leva la main droite vers son fez marron, comme pour le soulever ; une raideur dans l'épaule l'empêcha d'achever son geste. La main retomba sur le col du sherwani noir, qu'elle tripota en guise de salutation.

« Oh, bonjour, renifla Dina. Attendez. Je vais chercher l'argent.

— Merci ma sœur. »

Ibrahim lui décocha son sourire charmeur, tandis qu'elle lui claquait la porte à la figure. Il lâcha son col afin de frotter ses narines encombrées de tabac à priser. Ses doigts esquivèrent la lèvre supérieure, sur laquelle une fine poussière brune avait dégringolé, et qui tranchait au milieu de la barbe blanche. Tâtonnant sous le sherwani, il accrocha le bout de son mouchoir, tira, essuya son front en sueur, puis remit le mouchoir dans la poche du pantalon, l'enfournant à petits coups répétés jusqu'à ce que seul un coin dépasse.

Il soupira, s'appuya contre le mur. Midi, et il était épuisé. Même s'il finissait sa tournée plus tôt, il n'avait nulle part où aller — de neuf heures du matin à neuf heures du soir, il louait sa chambre à un ouvrier qui travaillait en équipe de nuit. Condamné à traîner dans les rues, Ibrahim occupait les bancs des parcs, s'asseyait sur les montants des abribus, sirotait un verre de thé à une échoppe jusqu'à ce que vienne le moment de rentrer chez lui et de dormir dans l'odeur laissée par son locataire. C'était ça la vie ? Ou bien une cruelle plaisanterie ? Il ne croyait plus au juste équilibre des plateaux de la balance. Que sa casserole fût remplie, qu'elle contienne de quoi subvenir à ses besoins, lui suffisait. Il n'espérait rien de mieux du Faiseur de l'Univers.

En attendant Dina, il voulut chercher la quittance. Prudemment, il tira sur l'attache de caoutchouc ; le classeur était sur le point de s'ouvrir, quand l'attache lui claqua au nez. Il le lâcha.

Le contenu s'éparpilla. Il s'agenouilla pour récupérer les précieux papiers. Ses mains s'agitaient vainement. Pour deux feuilles qu'il récupérait, une lui échappait. Une légère brise faisait frissonner les pages, alors il paniqua et se mit à ratisser les feuillets sans se soucier de les chiffonner ou non.

Dina ouvrit la porte. L'espace d'une seconde, elle crut que le vieil homme était tombé. Elle se pencha pour l'aider. Puis, comprenant ce qui s'était passé, elle se redressa, contemplant la détresse de l'ennemi.

« Désolé, dit-il. Les vieilles mains sont des mains maladroites. Que peut-on y faire ? » Il réussit à tout fourrer dans le classeur en plastique, glissa autour de son poignet, pour plus de sécurité, l'attache en caoutchouc. Il se releva et tituba. La main de Dina jaillit pour le stabiliser.

« Eh, eh, ne vous inquiétez pas. Les jambes fonctionnent toujours.

— S'il vous plaît, comptez. »

Elle lui tendit l'argent.

Comme il agrippait le classeur entrouvert, il ne put prendre l'argent. Il écouta attentivement, guettant le bourdonnement des machines à coudre. Rien. « S'il vous plaît, ma sœur, puis-je m'asseoir une minute, le temps de trouver votre quittance ? Sinon, tout va retomber. Mes mains tremblent trop. »

Il avait réellement besoin d'une chaise, elle le savait, et il exploitait la situation. Mais, aujourd'hui, elle n'avait rien à perdre. « Bien sûr, entrez. » Elle lui ouvrit la porte toute grande.

L'excitation augmenta les tremblements d'Ibrahim. Enfin, après des mois d'efforts, il était dans la place. « Tous les papiers sont mélangés, s'excusa-t-il, mais je vais trouver votre quittance, ne vous inquiétez pas, ma sœur. » Il guetta à nouveau des bruits venant de la pièce du fond. Bien entendu, ils se faisaient aussi discrets qu'une souris.

« Tenez, la voici. » Nom et adresse y figuraient déjà. Il inscrivit le montant et la date. Une signature zébra le timbre fiscal au bas du reçu, et il prit l'argent.

« Comptez-le, s'il vous plaît.

— C'est inutile, ma sœur. Vingt ans que vous êtes locataire — si je ne peux me fier à vous, à qui le pourrais-je ? » Sur quoi il se mit à compter. « Juste pour vous faire plaisir. »

D'une poche intérieure de son sherwani, il tira une épaisse liasse de billets, qu'il épaissit encore avec la contribution de Dina. Comme le classeur en plastique, l'argent était retenu par une attache de caoutchouc.

« Bon, dit-il, que puis-je faire d'autre pour vous tant que je suis là ? Vous avez des robinets qui fuient ? Quelque chose de cassé ? Le plâtre est en bon état dans la pièce du fond ?

— Je n'en suis pas sûre. » Quel culot, se dit-elle, indignée. Les locataires pouvaient se plaindre jusqu'à plus soif, et ce salaud qui venait lui faire des mines, avec son sourire automatique. « Vérifiez vous-même, ça vaudra mieux.

— Comme vous voulez, ma sœur. »

Dans la pièce du fond, il gratta les murs avec ses ongles. « Le plâtre est en bon état », marmonna-t-il, incapable de dissimuler sa déception de ne trouver que des machines muettes. Puis, comme s'il venait juste de remarquer les Singer, il dit : « Vous avez *deux* machines à coudre dans cette pièce ?

— Y a-t-il une loi qui l'interdise ?

— Non, pas du tout, je posais simplement la question. Bien que, ces temps-ci, avec ce fichu état d'urgence, on ne puisse jamais dire quelle est la loi. Le gouvernement nous surprend tous les jours. »

Il eut un rire caverneux, et elle se demanda si ses paroles dissimulaient une menace.

« L'une possède une aiguille légère, l'autre une lourde, improvisa-t-elle. Les pieds et les tensions aussi sont différents. Je couds beaucoup — mes rideaux, mes draps, mes robes. Il faut des machines particulières pour tout ça.

« — Elles me paraissent exactement semblables, mais qu'est-ce que j'y connais en couture ? »

Ils pénétrèrent dans la chambre de Maneck, et Ibrahim décida de cesser de jouer au plus fin. « Je suppose que c'est ici que loge le jeune homme.

— Quoi ?

— Le jeune homme, ma sœur. Votre hôte payant.

— Comment osez-vous ! Comment osez-vous suggérer que j'abrite des jeunes gens chez moi ! Vous me prenez pour ce genre de femme ? Juste parce que...

— Je vous en prie, non, ce n'est pas...

— Non seulement vous m'insultez, mais en plus vous m'interrompez ! Juste parce que je suis une pauvre veuve sans défense, les gens croient qu'ils peuvent se laisser aller à dire des saletés ! Quel courage, quelle bravoure, quand il s'agit d'injurier une femme faible et seule !

— Mais, ma sœur, je...

— Qu'est-il arrivé aux hommes d'aujourd'hui ? Au lieu de protéger l'honneur des femmes, ils salissent et profanent l'innocence. Et vous ! Vous, avec votre barbe si blanche, qui osez dire des choses aussi vilaines ! N'avez-vous ni mère ni fille ? Vous devriez avoir honte de vous !

— Je vous en prie, pardonnez-moi, c'était sans malignité, je...

— Sans malignité, c'est facile à dire, une fois que le mal est fait !

— Quel mal ? Le vieil imbécile que je suis répète une rumeur idiote, et vous prie de lui pardonner. »

Ibrahim se sauva, serrant contre lui le classeur en plastique. Comme la précédente, sa tentative de saluer en soulevant son fez échoua. De nouveau, et à la place, il tira sur le col de son sherwani. « Merci, ma sœur, merci. Je reviendrai le mois prochain, avec votre permission. Votre humble serviteur. »

L'envie lui prit de lui reprocher cet emploi hypocrite du mot « sœur ». Il s'en tirait à trop bon compte. Mais c'était un vieil homme. Elle aurait préféré un exécuteur des basses œuvres plus jeune.

512

L'après-midi, elle rejoua la scène pour Maneck, qui apprécia surtout le passage sur la femme injuriée. « Vous ai-je montré ma pose de femme harcelée et impuissante ? » De ses bras croisés, mains sur les épaules, elle se fit un bouclier protégeant sa poitrine. « Je suis restée comme ça. Comme s'il allait m'attaquer. Le pauvre type n'osait pas me regarder, tout honteux. J'ai vraiment été méchante. Mais il le méritait. »

A leur rire, toutefois, se mêla une touche de désespoir maîtrisé, comme lorsqu'on coupe une tranche de pain très fine tout en prétendant que le pain, ce n'est pas ce qui manque. Puis le silence retomba dans la chambre.

« La pièce est jouée et l'argent digéré, dit-elle.

— Du moins le loyer est payé, l'électricité et l'eau aussi.

— Nous ne pouvons pas nous nourrir d'électricité.

— Prenez mon argent de poche, je n'en ai pas besoin ce mois-ci. »

Il sortit son portefeuille.

Elle se pencha et lui toucha la joue.

Deux autres semaines s'écoulèrent, avec autant de rapidité, sembla-t-il à Dina, que les Singer crachaient joyeusement leurs rangées de points durant les jours heureux. Elle ne remarqua pas que déjà, dans sa mémoire, ces mois aux côtés d'Ishvar et d'Om, ponctués d'inquiétudes et de retards, de querelles et de reproches, s'étaient transformés en un bien précieux, dont elle se souviendrait avec regret.

Vers la fin du mois, l'homme de la location-vente des machines vint aux nouvelles. La mensualité n'avait pas été payée. Elle lui montra les Singer, pour lui prouver qu'elles étaient en bon état, et le pria d'accorder un délai de grâce. « Ne vous inquiétez pas, bhai, les tailleurs peuvent vous payer trois fois ce qu'ils vous doivent. Mais une affaire de famille urgente les a retenus dans leur village. »

Sa quête quotidienne de remplaçants ne menait à

rien. Parfois, Maneck l'accompagnait, ce dont elle lui était reconnaissante. Heureux d'échapper à ses cours, il l'aurait fait plus souvent si elle ne l'avait pas menacé d'écrire à ses parents. « Ne me créez pas de problèmes supplémentaires, dit-elle. Si je ne trouve pas deux tailleurs avant la fin de la semaine prochaine, il faudra que j'aille mendier auprès de Nusswan. » La perspective la fit frissonner. « Il faudra que j'écoute à nouveau toutes ses idioties — je vous ai raconté —, que je dois me remarier, que l'entêtement n'apporte que le malheur.

— J'irai avec vous si vous voulez.

— Ce serait gentil. »

Le soir, ils travaillaient ensemble au couvre-lit. En l'absence de nouveaux apports, le stock de morceaux s'amenuisait, ce qui obligea Dina à employer des chutes de tissu qu'elle n'aimait pas, les fragiles mousselines de soie par exemple. Ils en firent des petits sacs rectangulaires qu'ils bourrèrent de bouts de chiffon plus solides. Quand il n'y eut plus de mousseline, la croissance du couvre-lit s'arrêta.

« Bienvenue. » Le contremaître accueillit le Facilitateur qui lui livrait une fournée toute fraîche de sans-abri ramassés sur le trottoir.

Le Facilitateur s'inclina et offrit, enveloppée dans de la Cellophane, une énorme boîte de fruits secs. La différence entre ce qu'il versait au sergent Kesar et ce qu'il touchait du contremaître constituait pour lui un bénéfice coquet ; il fallait continuer à huiler les rouages.

Une découpe dans le couvercle laissait apparaître cajou, amandes, raisins, abricots. « Pour votre femme et vos enfants », dit le Facilitateur, ajoutant, comme l'autre faisait mine de refuser : « Je vous en prie, je vous en prie, ça n'est rien, juste un témoignage de mon estime. »

L'arrivée des nouveaux réjouit aussi l'entrepreneur, toute cette affaire lui permettant d'escamoter l'argent des salaires. Les travailleurs gratuits compensaient leur manque d'efficacité par leur nombre. Pour mener à bien les travaux d'irrigation, qui ne cessaient de prendre de l'ampleur, il n'avait plus besoin d'engager des salariés supplémentaires.

En fait, il en licencia même quelques-uns ; et le reste des ouvriers journaliers commença à se sentir menacé. Dans cet afflux d'êtres sous-alimentés, parcheminés, squelettiques, ils virent une armée d'ennemis. Ces mendiants et squatters des trottoirs, qu'ils

515

regardaient au début avec pitié ou amusement s'acharner sur des tâches misérables, leur paraissaient maintenant des envahisseurs décidés à leur arracher leur gagne-pain.

Ils se mirent à les harceler systématiquement. Coups, bousculades étaient monnaie quotidienne. Un manche de pelle surgissait d'un fossé pour faire trébucher quelqu'un. Des échafaudages et des passerelles surélevés, des crachats dégringolaient comme des déjections d'oiseau, mais avec plus de précision. A l'heure des repas, une volée de coudes maladroits renversaient les assiettes, et, comme le règlement interdisait un second service, les malheureux mangeaient souvent ce qu'ils ramassaient sur le sol. La plupart d'entre eux avaient l'habitude de farfouiller dans les ordures, mais la terre desséchée avait vite fait d'engloutir le dal trop liquide. Seuls des aliments plus solides comme les chapatis ou des morceaux de légumes pouvaient être récupérés.

Protester auprès du contremaître ne servait à rien. Du point de vue de la direction, il s'agissait d'une opération économique et sans douleur, qui ne nécessitait pas d'intervention patronale.

A la fin de la première semaine, Ishvar et Om avaient le sentiment d'avoir vécu une éternité dans cet enfer. Le coup de sifflet de l'aube parvenait difficilement à les faire lever, et quand ils mettaient le pied par terre, ils étaient pris d'étourdissements, le sol dansait autour d'eux. Les choses s'arrangeaient un peu après qu'ils avaient bu leur verre de thé fort et trop bouilli. Titubants, ils franchissaient la journée, sous les menaces des surveillants et les insultes des ouvriers salariés. Tôt le soir, ils plongeaient dans le sommeil, couchés dans le sein décharné de l'épuisement.

Une nuit, pendant qu'ils dormaient, on leur vola leurs chappals. Peut-être le voleur était-il un des hommes qui partageaient la cabane avec eux. Pieds nus, ils allèrent se plaindre au contremaître, espérant qu'il leur procurerait des sandales de remplacement.

« Vous auriez dû faire plus attention, leur dit-il. Comment puis-je surveiller les chappals de tout le monde ? Quoi qu'il en soit, c'est pas un gros problème. Les sadhus et les fakirs se déplacent tous pieds nus. Et M.F. Husain aussi.

— Qui est M.F. Husain, sahab ? demanda humblement Ishvar. Un ministre du gouvernement ?

— C'est un artiste très célèbre dans le pays. Il ne se couvre jamais les pieds parce qu'il ne veut pas perdre le contact avec la Mère Terre. Donc, pourquoi auriez-vous besoin de chappals ? »

Il n'y avait pas de chaussures dans les fournitures du camp. Ils inspectèrent une fois encore l'intérieur de leur cabane, au cas où quelqu'un aurait déplacé leurs chappals par mégarde. Puis ils se dirigèrent prudemment vers le chantier, essayant d'éviter les pierres trop pointues.

« Je vais bientôt retrouver les pieds de mon enfance, dit Ishvar. Tu sais, ton grand-père Dukhi n'a jamais porté de chappals. Et ton père et moi nous n'avons pu nous offrir notre première paire qu'après avoir terminé notre apprentissage chez Ashraf Chacha. Nos plantes de pieds ressemblaient à du cuir — comme si les Chamaars les avaient tannées, aussi résistantes qu'une peau de vache. »

Le soir, Ishvar affirma que ses plantes de pieds avaient déjà durci. Il examina avec satisfaction la peau encroûtée de terre, en apprécia la dureté sous les doigts. Mais pour Om, c'était un supplice. Il n'avait jamais marché pieds nus.

Au début de la seconde semaine, les étourdissements d'Ishvar persistèrent même après le verre de thé matinal, empirant sous la chape de chaleur. Un poing géant lui martelait la tête. Vers midi, il trébucha et tomba dans une tranchée, avec sa charge de gravier.

« Emmenez-le chez le sahab docteur », ordonna à deux hommes le surveillant. S'appuyant sur leurs épaules, Ishvar sautilla sur une jambe jusqu'au dispensaire du camp.

Avant qu'il ait pu dire au docteur sahab ce qui s'était passé, l'homme en blouse blanche se tourna vers une rangée de tubes et de flacons. La plupart étaient vides ; l'étalage n'en paraissait pas moins impressionnant. Il choisit un onguent, tandis qu'Ishvar, en équilibre sur une jambe, lui présentait sa cheville blessée pour qu'il pût l'examiner. « Sahab docteur, ça me fait mal par là. »

On lui dit de poser le pied par terre. « Rien de cassé, ne vous inquiétez pas. Cet onguent soulagera la douleur. »

L'homme en blanc donna une permission de repos pour le restant de la journée. Shankar tint compagnie à Ishvar, roulant sur sa planche de temps à autre pour aller chercher de la nourriture et du thé. « Non, babu, ne te lève pas. Dis-moi ce que tu veux.

— Mais il faut que j'aille vider ma vessie. »

Shankar se tortilla, libéra sa planche, qu'il poussa en direction d'Ishvar. « Tu ne dois pas peser sur ton pied blessé », lui dit-il.

Touché par cette sollicitude, Ishvar s'assit avec précaution sur la planche, croisa les jambes et se mit à rouler, se servant de ses mains comme le faisait Shankar. C'était beaucoup moins facile que ça ne le paraissait. Après l'aller-retour aux latrines, il ne pouvait plus soulever les bras tant ils étaient fatigués.

« As-tu aimé ma gaadi ? demanda Shankar.

— C'est très confortable. »

Le lendemain, bien que sa cheville fût encore enflée et douloureuse, Ishvar dut abandonner sa couche et boitiller jusqu'au chantier. Le surveillant lui ordonna de remplir les paniers au lieu de les transporter. « Tu peux faire ça assis », lui dit-il.

D'autres accidents se produisirent, plus graves que celui d'Ishvar. Une femme aveugle, affectée au broyage des pierres, s'était, après plusieurs jours sans incident, écrasé les doigts avec le marteau. Un enfant tomba d'un échafaudage et se fractura les deux jambes. Un manchot, qui transportait du sable dans des hottes au bout d'une palanche, fut blessé au cou quand, perdant l'équilibre, il laissa glisser la palanche.

A la fin de la semaine, le contremaître déclara inaptes au travail des dizaines de récents arrivés. Le sahab docteur les soigna avec son onguent favori. Il alla même, dans des moments d'inspiration, jusqu'à utiliser des attelles et des bandages. Shankar fut chargé de livrer les repas aux malades. Il se réjouit de cette tâche, attendant avec impatience l'heure des repas, déboulant sur sa planche de la cuisine surchauffée aux cabanes pleines de gémissements gonflé d'un sentiment d'utilité qu'il n'avait encore jamais éprouvé. A chaque arrêt, les invalides déversaient sur lui des flots de remerciements et de bénédictions.

Pourtant ce qu'il voulait vraiment, c'était soulager leurs douleurs, ce que le sahab docteur semblait incapable de faire. « Je ne crois pas que ce soit un très bon docteur, confia-t-il à Ishvar et à Om. Il emploie le même médicament pour tout le monde. »

Tout au long de ces journées étouffantes, les malades appelaient à l'aide, et Shankar leur parlait, humectait leur front avec de l'eau, leur donnait l'assurance que des temps meilleurs viendraient. Le soir, quand les autres rentraient du travail, affamés et à bout de forces, ils supportaient mal les gémissements incessants, qui se prolongeaient jusque tard dans la nuit, les empêchant de dormir. Au bout de plusieurs nuits sans sommeil, l'un d'entre eux, finalement, alla se plaindre.

Furieux d'avoir été réveillé, le contremaître admonesta les blessés. « Le docteur sahab s'occupe bien de vous. Que vous faut-il de plus, à vous tous ? Si on vous emmenait à l'hôpital, vous croyez que vous seriez mieux qu'ici ? Les hôpitaux sont surchargés et mal tenus, les infirmières vous flanqueront dans des couloirs dégoûtants et vous y laisseront pourrir. Ici, du moins, vous êtes dans un endroit propre. »

Encore quelques jours, et le contremaître, à court de main-d'œuvre, fut obligé de réengager les ouvriers licenciés. Très vite, ceux-ci comprirent que là se trouvait la solution à leur problème : rendre la main-d'œuvre gratuite incapable de travailler.

L'animosité à l'égard des pauvres diables prit des proportions inquiétantes. On les poussait du haut des échelles et des échafaudages, ils recevaient des coups de pioche malencontreux, des rochers dévalaient sur eux. Le nombre des blessés s'accrut considérablement. Shankar accueillit ce surcroît de travail avec bonheur. Il y mit toute son âme.

Désormais, l'entrepreneur considéra les plaintes des victimes d'un œil différent. Il augmenta le nombre des personnels de sécurité, leur ordonnant de patrouiller toute la journée, et pas seulement la nuit, avertit les journaliers que la moindre négligence dans le travail serait punie de renvoi. Les attaques diminuèrent, mais le chantier se mit à ressembler à un camp retranché.

Une nouvelle fournée de misérables débarqua, provoquant les plaintes du contremaître : le travail gratuit, dit-il au Facilitateur, était un mauvais investissement. Il affirma que les précédents avaient été blessés avant leur arrivée. « C'est un lot d'infirmes que vous m'avez collés à nourrir et à héberger. »

Ouvrant son registre à la date de la livraison, le Facilitateur lui montra les notes concernant la condition physique des détenus. « J'admets que quelques-uns étaient en mauvais état. Mais ça n'est pas de ma faute. La police fourre n'importe qui, les vivants comme les demi-morts, dans mon camion.

— Dans ce cas, je n'en veux plus. »

Le Facilitateur tenta d'apaiser le contremaître et de sauver son marché. « Donnez-moi quelques jours, je vais trouver une solution. M'assurer que vous ne perdez pas toute votre mise. »

Parmi le contingent qui attendait dans le camion qu'on le décharge figuraient des comédiens des rues de tout genre. Jongleurs, acrobates, musiciens et magiciens. Le contremaître leur donna le choix entre se joindre aux autres équipes de travail ou donner des spectacles, en échange du logement et de la nourriture.

Bien entendu, et comme il s'y attendait, ils choisirent la deuxième solution. On les logea à l'écart des autres, et on leur dit de se préparer à jouer le soir même. Cet arrangement reçut l'agrément du directeur. La diversion serait bonne pour le moral des ouvriers, aiderait à soulager la tension qui régnait dans le camp.

La représentation eut lieu après le dîner, dans l'aire réservée aux repas. Le commandant des équipes de sécurité accepta de jouer les Monsieur Loyal. Des tours de prestidigitation, un homme jonglant avec des massues en bois et un fildefériste ouvrirent les réjouissances. Leur succéda un interlude musical composé de chants patriotiques, auquel le directeur, debout, fit une ovation. Puis défilèrent un couple de contorsionnistes qui recueillit un grand succès populaire, un nouveau prestidigitateur faisant des tours de cartes et d'autres jongleurs.

Installé à côté d'Ishvar et d'Om, Shankar était aux anges ; il bondissait sur sa planche, applaudissait tant et plus, bien que de ses mains bandées ne sortît qu'un son étouffé. « J'aimerais que les autres aussi puissent en profiter », disait-il de temps en temps, pensant à ses patients dans leurs cabanes en tôle ondulée. Il les entendait gémir quand le public se taisait, tendu par l'anxiété à la vue d'un numéro particulièrement audacieux de lancer de couteaux et de sabres ou de fildefériste.

Le directeur ne ménageait pas son approbation au contremaître, il avait décidément pris une bonne décision. Le dernier artiste attendait à l'ombre de la cuisine. On enleva les étais ayant servi au numéro précédent. Monsieur Loyal annonça qu'ils allaient assister à une démonstration d'équilibrisme stupéfiante. L'artiste s'avança dans la lumière.

« C'est l'homme aux singes ! dit Om.

— Avec les deux enfants de sa sœur, dit Ishvar. Ça doit être le nouveau spectacle dont il nous avait parlé. »

Les enfants ne participaient pas aux figures qui

ouvraient le numéro, des jongleries déjà vues, et qui reçurent un accueil plutôt frais. Puis l'homme aux singes présenta la petite fille et le petit garçon, les soulevant chacun sur la paume d'une main. Ils étaient enrhumés et éternuaient. Il entreprit de les attacher aux extrémités d'une perche d'un mètre cinquante, puis il se coucha sur le sol, à plat dos, et fit basculer la perche, horizontalement, sur la plante de ses pieds nus, afin de l'équilibrer. L'objectif atteint, s'aidant de ses orteils, il la lança comme une toupie. Sur ce manège rudimentaire, les enfants tournèrent, lentement d'abord, pendant qu'il cherchait l'équilibre et le rythme, puis de plus en plus vite. Ils pendaient, flasques, sans bruit, leur corps réduit à une masse indistincte.

Angoissé, le public interrompit son ovation. Puis les applaudissements reprirent de plus belle, comme si les spectateurs espéraient que le numéro cesserait plus vite s'ils donnaient à l'homme ce qu'il attendait, ou, en tout cas, qu'en claquant des mains ils aideraient au maintien de l'équilibre, au salut des enfants.

La perche ralentit, s'arrêta. L'homme aux singes détacha les enfants et leur essuya la bouche; sous l'effet de la force centrifuge, un flot de morve avait coulé de leur nez. Ensuite, il les allongea face à face sur le sol. Cette fois-ci, il les attacha à la même extrémité de la perche, leurs pieds reposant sur une petite entretoise. Il vérifia les liens et souleva la perche.

Elle s'éleva haut au-dessus du sol, le visage des enfants disparut dans le noir, au-delà de l'espace balayé par les lumières de la cuisine. Le public retint son souffle. L'homme haussa encore un peu la perche, lui donna une petite secousse, et rattrapa l'extrémité dans sa paume. Les muscles de ses bras frissonnèrent. Il fit bouger la perche d'avant en arrière, on aurait dit le haut d'un arbre se balançant dans la brise. Une nouvelle petite secousse, et la perche se retrouva sur son pouce.

Une cascade de protestations jaillit du public.

Incrédulité et reproches déferlèrent dans la zone d'ombre qui entourait l'homme aux singes. Rendu sourd par la concentration, il n'entendit rien. Il se mit à marcher à l'intérieur de son cercle de lumière, puis à courir, faisant sauter la perche d'un pouce à l'autre.

« C'est trop dangereux, dit Ishvar. Je ne trouve pas ça agréable à voir. » Shankar acquiesça, pétrifié sur sa planche, balançant son tronc au rythme des balancements de la perche.

« Il aurait mieux valu qu'il s'en tienne à ses singes », dit Om, les yeux fixés sur les minuscules personnages, là-haut dans le ciel.

Alors, l'homme aux singes renversa la tête en arrière et fit atterrir la perche sur son front. Les spectateurs se levèrent, furieux. « Arrêtez ça ! hurla quelqu'un. Arrêtez avant de les tuer. »

D'autres firent chorus. « Saala budmaas ! Torturer des enfants innocents !

— Saala gandoo ! Gardez ça pour les mohallas des riches sans cœur ! Nous ne voulons plus voir ça. »

Sous les hurlements, l'homme aux singes perdit sa concentration. Il entendit de nouveau. Il se dépêcha d'abaisser la perche et de détacher les enfants. « Qu'y a-t-il de mal ? Je ne les maltraite pas. Demandez-leur vous-mêmes, ils aiment ça. Il faut bien que tout le monde gagne sa vie. »

Mais le vacarme l'empêcha de se défendre. Encore plus qu'à l'homme aux singes, les gens en voulaient au contremaître qui avait organisé ce spectacle cruel, et ils le lui firent savoir. « Monstre sorti d'on ne sait où ! Pire que Ravan ! »

Rapidement, les gardes dispersèrent la foule, la repoussant vers les cabanes, tandis que le directeur, changeant d'avis, passait de l'approbation au blâme. « Vous avez commis une erreur de jugement », dit-il au contremaître en lui agitant le doigt sous le nez. « Ces gens n'ont pas besoin de gentillesse, et ne savent pas l'apprécier. Soyez aimable avec eux, et ils vous marchent sur la tête. La seule recette, c'est de les faire travailler dur. »

Le lendemain, les saltimbanques furent répartis entre les diverses équipes d'ouvriers. L'homme aux singes devint l'être le plus impopulaire du chantier, et la semaine n'était pas finie qu'il allait rejoindre les estropiés avec de sévères blessures à la tête. Ishvar et Om en furent désolés pour lui, car ils savaient qu'il avait vraiment le cœur tendre.

« Tu te rappelles la prophétie de la vieille femme ? dit Om. La nuit où ses singes sont morts ?

— Oui. Quand elle lui a prédit qu'il commettrait un meurtre encore pire que celui de son chien. Pour le moment, c'est lui, le pauvre, qui a l'air d'avoir été assassiné. »

Le Facilitateur revint une quinzaine de jours plus tard avec quelqu'un qu'il présenta au contremaître comme « l'homme qui résoudra vos problèmes de travail mutilant ».

La plaisanterie fit s'esclaffer le Facilitateur et le contremaître. Le nouveau venu demeura d'un sérieux imperturbable, une légère ombre de mécontentement jouant sur son visage.

Ils se dirigèrent vers les cahutes où se tenaient prostrés les blessés, quarante-deux en tout. Shankar se propulsait de l'un à l'autre, caressant un front, tapotant un dos, chuchotant, réconfortant. L'odeur de blessures suppurantes et de corps pas lavés qui filtrait sous les portes donna des haut-le-cœur au contremaître.

« Je serai dans mon bureau si vous avez besoin de moi », s'excusa-t-il.

Le visiteur dit qu'il préférait jeter un coup d'œil rapide aux malades pour évaluer leurs potentialités. « Après seulement je pourrai faire une offre raisonnable. »

Ils pénétrèrent dans la première cabane, le passage de la lumière crue du dehors à la semi-obscurité les empêchant pendant quelques instants de discerner quoi que ce fût. Shankar roula vers eux, se haussant du col pour mieux voir. Il poussa un cri de surprise.

« Qui est là ? demanda le visiteur. Ver de terre ? » Ses yeux ne s'étaient pas encore accommodés à l'obscurité, mais il reconnaissait le bruit familier de la planche à roulettes. « Ainsi, c'est là que tu es. Toutes ces semaines je me suis demandé ce qui t'était arrivé. »

Tout excité, se poussant de toute la force de ses paumes, Shankar vola vers l'homme. « Maître des mendiants ! La police m'a emmené ! Je ne voulais pas y aller ! » Sanglotant de soulagement et d'angoisse, il agrippa les jambes du visiteur. « Maître des mendiants, s'il vous plaît aidez-moi, je veux rentrer ! »

Profitant de la confusion, les blessés se mirent à gémir et à tousser, réclamant l'attention, espérant que cet étranger, quel qu'il fût, leur apportait enfin la libération. Le Facilitateur se rapprocha de la porte, en quête d'air frais.

« Ne t'inquiète pas, Ver de terre, bien sûr que je vais te ramener. Que deviendrais-je sans mon meilleur mendiant ? » Après une rapide inspection des invalides, le Maître s'apprêta à partir. Shankar voulait l'accompagner sur-le-champ, mais il lui ordonna d'attendre. « Je dois d'abord prendre quelques dispositions. »

Une fois sorti, le Maître demanda au Facilitateur : « Est-ce que Ver de terre est compris dans le lot ?

— Bien entendu.

— Je ne vous paierai pas ce qui m'appartient déjà. Lui, je l'ai hérité de mon père. Et il avait été donné à mon père quand il était bébé.

— Mais considérez mon point de vue, marchanda le Facilitateur. J'ai dû payer la police pour lui.

— Ne revenons pas là-dessus. Je suis prêt à vous verser deux mille roupies pour le lot. Ver de terre inclus. »

La somme était plus élevée que celle à laquelle s'attendait le Facilitateur. Même en tenant compte du pourcentage promis au contremaître, l'opération allait lui rapporter un joli bénéfice. « Nous allons être en affaires encore souvent, dit-il, dissimulant son ravissement. Je ne veux pas marchander. Va pour deux mille, et prenez votre Ver. » Il gloussa. « Et toutes les punaises et tous les mille-pattes que vous voulez. »

Une ombre de désapprobation passa sur le visage du Maître des mendiants. Il rabroua sèchement le Facilitateur : « Je n'aime pas les gens qui se moquent de mes mendiants.

— Je ne voulais pas vous blesser.

— Encore une chose. Votre camion doit les ramener en ville — c'est inclus dans le prix. »

Le Facilitateur accepta. Pour se faire pardonner de l'avoir offensé, il emmena le Maître à la cuisine et lui servit un verre de thé. Puis il alla trouver le contremaître, dont le pourcentage restait encore à négocier.

Roulant à pleine vitesse, Shankar se dépêcha d'aller porter la bonne nouvelle à ses amis, mais fut intercepté par le surveillant, soucieux de ne pas voir troubler le rythme du travail. Tapant du pied, faisant mine de ramasser une pierre, il le chassa. Shankar fit demi-tour.

Il attendit le coup de sifflet du déjeuner et rattrapa Ishvar et Om près de l'aire des repas. « Le Maître des mendiants m'a trouvé ! Je vais rentrer chez moi ! »

Om lui tapota l'épaule, Ishvar le réconforta : « Oui, Shankar, ne t'inquiète pas. Un jour nous rentrerons tous à la maison, quand le travail sera fini.

— Non, je rentre demain, vraiment ! Mon Maître des mendiants est ici ! »

Ils ne le crurent qu'après qu'il leur eut fourni de plus amples détails. « Mais pourquoi es-tu si heureux de partir ? demanda Ishvar. Tu n'es pas traité en esclave ici, comme nous. Des repas gratuits, quelques choses à porter ici et là sur ta gaadi, tu n'aimes pas mieux ça que mendier ?

— Ça m'a bien plu pendant un moment, surtout m'occuper de vous et des autres malades. Mais maintenant la ville me manque.

« — Tu as de la chance, dit Om. Ce travail va nous tuer, c'est sûr. Si seulement on pouvait rentrer avec toi.

— Je peux demander au Maître de vous prendre. Laissez-moi lui parler.

— Oui, mais nous... D'accord, demande-lui. »

Ils trouvèrent le Maître en train de boire son thé sur un banc près de la cuisine. Shankar s'approcha, le tira par le revers de son pantalon. « Qu'est-ce qu'il y a, Ver de terre? Je t'ai dit d'attendre dans la cabane. » Mais il ne s'en agenouilla pas moins auprès de lui, écouta, hocha la tête, lui ébouriffa les cheveux et, pour finir, se mit à rire. Il se dirigea vers les tailleurs.

« Ver de terre me dit que vous êtes ses amis. Il veut que je vous aide.

— Hahnji, s'il vous plaît, nous vous en serons très reconnaissants. »

Il les jaugea, l'air dubitatif.

« Vous avez de l'expérience?

— Oh oui, des années d'expérience », dit Ishvar.

Le Maître ne sembla pas convaincu.

« Je n'ai pas l'impression que vous puissiez réussir.

— Je peux vous assurer que nous réussissons très bien », s'écria Om, indigné. Il leva ses deux auriculaires, comme deux bougies votives. « Ce travail de forçat a cassé nos ongles, mais ils repousseront. Nous sommes parfaitement entraînés, nous savons même prendre des mesures directement sur le corps du client. »

Le Maître se remit à rire.

« Des mesures sur le corps?

— Bien sûr. Nous sommes des tailleurs adroits, pas de ces vieilles rosses qui...

— N'en parlons plus. Je croyais que vous vouliez travailler pour moi, comme mendiants. Je n'ai pas besoin de tailleurs. »

Leurs espoirs s'effondrèrent. « Nous ne sommes pas utiles, ici. Nous n'arrêtons pas de tomber malades, supplièrent-ils. Ne pouvez-vous nous emmener ? Nous pouvons vous payer pour le dérangement. » Shankar ajouta ses supplications aux leurs, soulignant combien ils avaient été bons pour lui depuis que la police l'avait jeté dans le camion, cette terrible nuit, il y avait de cela près de deux mois.

Le Maître et le Facilitateur discutèrent du marché à voix basse, ce dernier réclamant deux cents roupies par tailleur car, dit-il, il allait devoir dédommager le contremaître pour l'obliger à relâcher deux spécimens en bon état : la cheville foulée d'Ishvar ne comptait pas.

Attrapant son verre de thé, le Maître revint auprès des tailleurs. « Vous pouvez venir si le contremaître accepte. Mais ça vous coûtera de l'argent.

— Combien ?

— En général, quand je m'occupe d'un mendiant, je compte cent roupies par semaine. Ça comprend l'endroit où mendier, la nourriture, les vêtements et la protection. Et des trucs spéciaux, comme les bandages ou les béquilles.

— Oui, Shankar — Ver de terre — nous a raconté. Il a fait souvent votre éloge, disant que vous êtes un très bon Maître des mendiants. Quelle chance il a que vous soyez venu ici. »

Le Maître fut si content du compliment qu'il clarifia les choses sans modestie superflue : « La chance n'a pas grand-chose à voir dans l'histoire. Je suis le plus célèbre Maître des mendiants de la ville. Naturellement, le Facilitateur m'a contacté. Quoi qu'il en soit, votre cas est différent, on ne doit pas s'occuper de vous de la même manière. De plus, vous avez été bons pour Ver de terre. Vous n'aurez qu'à me payer cinquante roupies par semaine et par personne, pendant une année. Ça suffira. »

Ce chiffre les assomma.

« Ça représente presque deux mille cinq cents roupies chacun !

— Oui, et c'est un minimum pour ce que je vous offre. »

Les tailleurs firent leurs calculs. « Il faudrait lui verser le montant de trois jours de travail par semaine, chuchota Ishvar. C'est trop, nous ne pouvons pas nous le permettre.

— Est-ce qu'on a le choix ? dit Om. Tu veux crever à la tâche dans ce Narak de diables sans cœur ? Tu n'as qu'à le dire.

— Attends, je vais le faire baisser un peu. » L'air de celui qui va discuter affaires, Ishvar s'approcha de l'homme. « Écoutez, cinquante c'est trop — nous vous donnerons vingt-cinq par semaine.

— Que les choses soient bien claires, dit le Maître, froidement. Je ne vends pas des oignons et des pommes de terre dans le bazar. Je m'occupe de vies humaines. N'essayez pas de marchander avec moi. »

Il leur tourna le dos et se dirigea vers son banc.

« Regarde ce que tu as fait, dit Om, paniqué. Notre seule chance s'est envolée. »

Ishvar attendit un peu, puis il revint à pas lents vers le Maître des mendiants.

« Nous avons rediscuté. C'est cher, mais nous acceptons.

— Vous êtes sûr que vous pouvez vous le permettre ?

— Oh oui ! nous avons une bonne place, un travail régulier. »

Le Maître se mordilla l'ongle du pouce et cracha. « Il arrive qu'un de mes clients disparaisse sans payer, après avoir bénéficié de mon hospitalité. Mais je finis toujours par le retrouver. Et alors, il a de graves ennuis. Souvenez-vous-en. » Il vida son verre de thé et partit avec le Facilitateur faire une nouvelle offre au contremaître.

La pause du déjeuner terminée, les tailleurs rechignèrent à rejoindre les casseurs de cailloux et les creuseurs de fossé. Le sentiment de leur prochaine libération eut raison de leur résignation ; la fatigue les submergea.

« Aray, babu, dit Shankar, encore un peu de patience. Il n'y en a plus que pour un jour, ne vous attirez pas d'ennuis. Vous voulez vous faire tabasser ? Ne vous inquiétez pas, le contremaître acceptera, mon Maître des mendiants a beaucoup d'influence. »

Requinqués par les encouragements de Shankar, ils trouvèrent la force de regagner leurs postes. Tard dans l'après-midi, ils attendirent avec anxiété la chanson du bhistee. L'arrivée du porteur d'eau indiquait qu'il ne restait plus que deux heures de travail. Ils burent à sa gourde, et réussirent à atteindre la fin de la journée.

Quand, titubant, ils regagnèrent leur cabane, Shankar les attendait, se tortillant sur sa planche. « Ça y est, c'est décidé. Ils nous emmènent demain matin. Soyez prêts avec votre literie, ne manquez pas le camion. Maintenant, il faut que j'aille faire mes préparatifs. »

Il alla trouver le mécanicien chargé de l'entretien des lourds engins, qui lui donna de l'huile pour ses roulettes. Sous l'effet du sable et de la poussière du chantier, elles commençaient à se gripper. Shankar voulait que sa planche soit en parfait état pour son retour sur le trottoir. Il revint, le bidon calé contre son ventre. Om l'aida à lubrifier les roues paresseuses.

Tôt le lendemain matin, un garde ordonna à Shankar, aux tailleurs et aux blessés de se rassembler au portail avec leurs affaires. Ceux qui ne pouvaient pas marcher furent portés par des hommes, détachés momentanément de leur travail, qui obéirent à contrecœur, enviant aux invalides leur imminente liberté. C'est sur les tailleurs, cependant, que convergèrent les regards les plus furieux.

« Tu vois quelle chance nous avons, Om », dit Ishvar, en voyant tous ces corps estropiés s'empiler dans le camion. « Si nos étoiles n'étaient pas dans la bonne configuration, nous pourrions être allongés là, les os brisés. »

Blessé à la tête, l'homme aux singes se trouvait toujours dans un état comateux, aussi le Maître des mendiants refusa-t-il de l'emmener. Mais il réclama les enfants ; ils étaient pleins de ressources, dit-il. Le garçonnet et la petite fille résistèrent, s'accrochèrent à leur oncle inanimé, il fallut les traîner de force au moment où le camion partait.

Le Facilitateur et le contremaître réussirent à équilibrer débit et crédit, contre un rabais à la prochaine livraison. Sur quoi, un incident survint. Le contremaître exigea que les vêtements remis à l'arrivée lui soient restitués — il était comptable du moindre article devant ses supérieurs.

« Prenez ce que vous voulez, dit le Maître des mendiants. Mais s'il vous plaît, dépêchez-vous, je dois être rentré à temps pour une cérémonie au temple. »

Ceux que l'on avait portés dans le camion étaient incapables de se déshabiller eux-mêmes. On ordonna aux ouvriers, qui s'apprêtaient à retourner au travail, de les aider. Ils exprimèrent leur rage en arrachant sans ménagement leurs vêtements aux blessés. Le Maître des mendiants n'y trouva rien à redire. Quand vint le tour de Shankar, cependant, il veilla à ce qu'ils lui ôtent doucement sa chemise.

Les miséreux se retrouvaient maintenant aussi nus ou demi-nus que le jour de leur arrivée au camp de travail. Le portail s'ouvrit et le camion put partir.

C'est Maneck qui suggéra qu'ils se mettent sur leur trente et un pour aller voir Nusswan à son bureau. « Nous devrions nous faire chic. Il vous respecterait davantage. Pour certaines personnes, les apparences sont très importantes. »

Dans l'état où se trouvait Dina, le moindre conseil tant soit peu sensé était le bienvenu. Elle donna un coup de fer au pantalon de gabardine grise de Maneck. Pour elle-même, elle choisit ce qui faisait le plus d'effet, la robe bleue de son deuxième anniversaire de mariage, avec le pan qui s'envolait à chaque pas. Mais lui allait-elle encore ? Elle l'essaya et fut heureuse de constater qu'il lui suffisait de forcer un peu pour remonter la fermeture Éclair.

« Et le maquillage, tante ? »

Inutilisé depuis des années, le rouge à lèvres rechigna à sortir la tête du tube. Après un faux départ, qui lui barbouilla la lèvre supérieure, elle retrouva vite les mouvements, pincements, froncements, étirements, les contorsions simiesques qui semblaient si absurdes dans le miroir.

Le fard à joues avait durci, mais il en restait assez sous la croûte décolorée pour qu'elle pût en appliquer. Desséchée, la houppette de velours ronde s'était transformée en un vieux bout de cuir. Un jour, Rustom l'avait taquinée pendant qu'elle se maquillait, et, en guise de représailles, elle lui avait badigeonné le bout du nez avec la houppette. Aussi douce qu'un pétale de rose, avait-il dit.

Si Nusswan lui parlait de mariage aujourd'hui, elle ne savait pas quelle serait sa réaction — renverser son bureau, peut-être. Elle se regarda dans le miroir. Son image lui fit un signe de tête approbateur. Elle espéra que la théorie de Maneck, liant apparence et respect, était correcte.

« Vous êtes prêt ? appela-t-elle.

— Ouah ! Vous êtes superbe !

— N'en rajoutez pas. »

Elle l'inspecta des pieds à la tête. Il passa l'examen avec succès, à l'exception des chaussures. Elle l'obligea à les cirer avant qu'ils partent.

Le garçon de bureau leur demanda d'attendre dans le couloir pendant qu'il allait prévenir le patron. « Vous allez voir, je vous prédis que Nusswan va être très occupé », dit-elle.

Le garçon revint, annonça d'une voix désolée : « Le sahab est occupé. » Il travaillait là depuis des années, mais devoir débiter la fable de son employeur l'embarrassait toujours autant. « S'il vous plaît, asseyez-vous quelques minutes. » Il se retira, la tête basse.

« Dieu sait pourquoi Nusswan essaie encore de m'impressionner de cette façon idiote, dit Dina. Il cessera d'être débordé dans exactement un quart d'heure. »

Cette fois-ci pourtant, elle se trompait, car l'employé avait signalé à Nusswan que sa sœur, très élégante aujourd'hui, était venue accompagnée.

« Qui est-ce ? demanda Nusswan. Est-ce que ma sœur est déjà venue avec elle ?

— Pas elle, sahab, lui. »

Très intéressant, se dit Nusswan, passant son doigt sur l'entaille qu'il s'était faite au menton en se rasant. « Jeune ? Vieux ?

— Jeune. Très jeune. »

Encore plus intéressant, décida Nusswan, son

imagination galopant selon ses désirs. Un petit ami, peut-être ? A quarante-deux ans, Dina était très séduisante. Presque aussi belle que vingt ans auparavant, quand elle avait épousé ce pauvre, cet infortuné Rustom. Infortuné du début à la fin et dans tous les sens du terme. Allure, argent, temps de vie...

Nusswan interrompit là ses pensées, leva les yeux vers le plafond et se tapota les joues avec déférence, l'une après l'autre, des doigts de la main droite, afin d'assurer le repos éternel de son beau-frère. Il ne désirait pas le moins du monde dire du mal du défunt. Une mort si triste. Mais c'était aussi une chance que le Ciel avait offerte à Dina de remettre les choses en place, de trouver un époux plus convenable. Si seulement elle avait su la saisir.

Sans compter ce terrible orgueil qui lui soufflait son idée d'indépendance. Travailler comme une esclave pour gagner de quoi manger, humilier toute la famille. Et maintenant, cet ultime fiasco avec la société d'exportation. Petit à petit, il avait appris à s'endurcir, mais pas à se débarrasser de son sens du devoir. Elle était toujours sa petite sœur, il devait l'aider de son mieux.

Quel gâchis, songea-t-il, quelle vie gâchée. On croirait assister à une pièce de théâtre. Simplement, au lieu de durer deux heures, la tragédie se jouait depuis près de trente ans — une famille écartelée, Xerxes et Zarir grandissant loin de l'affection de leur tante — qui les connaissait à peine. Tant de tristesse.

Mais peut-être la chance existait-elle encore d'aboutir à une fin heureuse. De redevenir une famille unie. Bientôt lui-même aurait l'âge de devenir grand-père, et Dina revendiquerait peut-être celui de jouer les grand-tantes.

Et cet homme qui l'accompagnait aujourd'hui. Imaginons qu'ils soient sérieux et se marient, ce serait merveilleux. A supposer qu'il n'ait que trente ans, il devrait se rendre compte de la chance qu'il avait de posséder Dina — si séduisante qu'elle laissait dans l'ombre des femmes deux fois plus jeunes qu'elle.

Oui, c'était ça — elle voulait lui présenter ce garçon et obtenir son approbation. Sinon, pourquoi l'amener ? En ce qui concernait la différence d'âge, et quoi qu'il en eût, il n'élèverait pas d'objection, décida-t-il. Il fallait avoir l'esprit large en ces temps modernes. Oui, il lui donnerait sa bénédiction, et paierait même la cérémonie de ce second mariage. Pour autant qu'on reste dans des limites raisonnables — une centaine d'invités, une décoration florale modeste, un petit orchestre...

A se remémorer ainsi toute une vie, à ressasser et à regretter, Nusswan eut l'impression qu'il avait laissé s'écouler une éternité depuis qu'on lui avait annoncé l'arrivée de Dina. Il regarda sa montre — moins de cinq minutes. Il la porta à l'oreille : elle marchait. Stupéfiant, les tours que pouvaient vous jouer le temps et l'esprit.

Il dit au garçon d'introduire immédiatement les visiteurs. Il voulait continuer à fêter dans la réalité ce qu'il avait commencé à bâtir en imagination.

« Quoi ? s'étonna Dina. Déjà ? Vous voyez, chuchota-t-elle à Maneck, vous nous avez porté chance — moi, il ne me fait jamais entrer si vite. »

Nusswan se leva et ajusta ses poignets de chemise, prêt à tendre une main chaleureuse à l'homme qui allait devenir son beau-frère. En voyant entrer Maneck, il faillit s'effondrer. Sa folle de sœur avait remis ça ! Il pâlit et s'agrippa au rebord du bureau, des visions de honte et de scandale se bousculant dans sa tête.

« Tu deviens européen, Nusswan, ou tu es malade ? demanda Dina.

— Je vais bien, merci.

— Et Ruby et les garçons ?

— Ça va.

— Bon. Je suis désolée de te déranger alors que tu as tant de travail.

— N'en parlons pas. »

Voilà deux secondes à peine qu'elle était entrée, et elle l'asticotait déjà. Quel imbécile il était d'avoir espéré. Avec Dina, mieux valait toujours désespérer. Il ne dépenserait pas un paisa pour ce mariage. Si la vieille coutume du mariage d'enfants était un terrible fléau, le couple adulte-enfant était une folie moderne. Il ne s'y associerait pas. Et le médecin qui lui disait de surveiller sa tension, de réduire ses activités — alors que sa propre sœur s'activait pour écourter sa vie !

« Mais qu'ai-je fait de ma bonne éducation ? dit Dina. Je parle et n'ai même pas fait les présentations. Maneck, voici mon frère, Nusswan.

— Comment allez-vous ? dit Maneck.

— Heu... heureux de vous connaître. »

Nusswan se laissa retomber dans son fauteuil. Dans la pièce à côté, quelqu'un martyrisait une machine à écrire. Au plafond, le ventilateur hoqueta discrètement. Sous un presse-papiers, une liasse de feuillets se souleva comme un oiseau ayant du mal à s'envoler.

« J'ai raconté beaucoup de choses sur toi à Maneck, dit Dina, et je voulais que vous vous connaissiez tous les deux. Il vit chez moi depuis quelques mois.

— *Vit* chez toi ? »

Sa sœur était devenue folle ! Où se croyait-elle, à Hollywood ?

« Oui, il vit chez moi. Que ferait d'autre un hôte payant ?

— Oh, oui, bien sûr ! Quoi d'autre ? »

Son soulagement fut tel qu'il faillit tomber à genoux. Oh, Dieu merci ! Sauvé ! Dieu, tout-puissant, soyez remercié !

Sur quoi, Nusswan découvrit, dissimulée par le soleil et l'arc-en-ciel qui venaient de se lever à l'horizon, la mare de fange : il n'y aurait pas de mariage. Il s'était fait avoir. C'était bien d'elle. Cruelle, insensible, le nourrissant de faux espoirs. Dire que, quelques minutes seulement auparavant, il avait été si heureux pour elle. Une fois de plus, elle s'était moquée de lui.

« Les prix n'arrêtent pas de monter, dit-elle. Je n'y arrivais pas, j'ai dû prendre un pensionnaire. Et j'ai eu la chance de tomber sur un merveilleux garçon comme Maneck.

— Oui, bien entendu. Très content de vous connaître, Maneck. Et où travaillez-vous ?

— Travailler ? s'indigna Dina. Il n'a que dix-sept ans, il va à la fac.

— Et qu'étudiez-vous ?

— Réfrigération et climatisation.

— Très bon choix, dit Nusswan, très sage. De nos jours, seul l'enseignement technique vous permet d'avancer. L'avenir appartient à la technologie et à la modernisation. »

Remplir le silence de mots était un moyen de calmer le bouillonnement d'émotions que sa sœur avait fait surgir en lui. Des mots vides, pour chasser sa propre bêtise.

« Oui, des idéologies dépassées pèsent depuis trop longtemps sur ce pays. Mais notre temps est venu. Des changements magnifiques sont en train de se produire. Et le crédit en revient à notre Premier ministre. Un véritable esprit de renaissance. »

Peu importait à Dina ce verbiage, du moment qu'il évitait de revenir sur le sujet du mariage. « J'ai un pensionnaire, mais j'ai perdu mes tailleurs, dit-elle.

— Quel dommage, dit Nusswan, légèrement troublé par cette interruption. Le principal, c'est que maintenant une politique pragmatique remplace des théories inadaptées. Par exemple, on attaque la pauvreté bille en tête. On rase tous ces bustees, tous ces jhopadpattis immondes. Mon garçon, vous êtes trop jeune pour vous rappeler comme cette ville a été belle jadis. Mais grâce à notre chef visionnaire et au Programme d'Embellissement, elle retrouvera son ancienne gloire. Alors vous apprécierez.

— Je n'ai pu finir les dernières robes que grâce à Maneck, intervint Dina. Il a travaillé si dur, à mes côtés.

— Voilà qui est bien, dit Nusswan. Vraiment très

bien. » Le son de sa propre voix le rendit loquace, comme d'habitude. « Des garçons instruits et durs à la tâche comme Maneck, voilà ce dont nous avons besoin. Pas des millions de paresseux et d'ignorants. Et nous avons aussi besoin d'un strict planning familial. Toutes ces rumeurs de stérilisation forcée ne nous aident pas. Vous avez dû en entendre parler. »

Dans un bel ensemble, Dina et Maneck secouèrent la tête.

« Probablement déclenchées par la CIA — il paraîtrait que, dans des villages perdus, on tire les gens de force de chez eux et on les oblige à se faire stériliser. Quels mensonges! En ce qui me concerne, toutefois, même si la rumeur est vraie, je ne vois pas où est le mal, face à un si énorme problème de surpopulation?

— N'est-ce pas antidémocratique que de mutiler des gens contre leur volonté? demanda Maneck d'un ton suggérant qu'il partageait totalement ce point de vue.

— Mutiler. Ha, ha, ha! dit Nusswan, paternel et feignant de croire à une fine plaisanterie. Tout est relatif. Dans le meilleur des cas, la démocratie consiste en un équilibre entre le chaos total et la confusion tolérable. Vous comprenez, pour fabriquer une omelette démocratique, il faut casser quelques œufs démocratiques. Pour lutter contre le fascisme et d'autres forces mauvaises qui menacent notre pays, il n'y a rien de mal à prendre des mesures vigoureuses. Surtout quand la main de l'étranger s'efforce de nous déstabiliser. Saviez-vous que la CIA tente de saboter le programme du Planning familial? »

Dina et Maneck secouèrent de nouveau la tête, de nouveau d'un même mouvement et le visage imperturbable. Le burlesque n'était pas loin.

Nusswan les regarda d'un air soupçonneux avant de continuer. « Ce qui se passe, c'est que des agents de la CIA falsifient des lots de produits servant au contrôle des naissances et fomentent des troubles dans des groupes religieux. Vous ne pensez pas que devant de tels dangers les mesures d'urgence sont nécessaires ?

— Peut-être, dit Dina. Mais je pense que le gouvernement devrait laisser les sans-abri dormir sur les trottoirs. Ainsi mes tailleurs n'auraient pas disparu, et je ne serais pas venue t'ennuyer. »

Nusswan leva l'index et l'agita à la manière d'un essuie-glace en folie. « Les gens qui dorment sur les trottoirs dévalorisent la notion de travail. Un ami me disait l'autre semaine — attention, il dirige une multinationale, et pas une petite affaire à deux sous —, il me disait qu'il y a au moins deux cents millions de personnes en trop par rapport aux besoins, qu'il faudrait les éliminer.

— Les éliminer ?

— Oui, tu sais bien, s'en débarrasser. Les compter dans les statistiques du chômage, année après année, ne nous mène nulle part, ça sert juste à rendre les chiffres mauvais. Quelle vie ont-ils de toute façon ? Ils s'allongent dans le caniveau et ressemblent à des cadavres. La mort serait une bénédiction.

— Mais comment seraient-ils éliminés ? s'enquit Maneck de son ton le plus aimable, le plus déférent.

— C'est facile. On pourrait par exemple leur fournir un repas gratuit contenant de l'arsenic ou du cyanure, celui qui agit le mieux. Des camions feraient le tour des temples et des endroits où ils se réunissent pour mendier.

— Est-ce que beaucoup d'hommes d'affaires partagent cette idée ? s'enquit Dina.

— Oui, nous sommes nombreux, mais jusqu'à maintenant nous n'avions pas le courage de le dire. Avec l'état d'urgence, on peut exprimer franchement ce qu'on a en tête. C'est un autre de ses bienfaits.

— Mais les journaux sont censurés, dit Maneck.

— Oui, oui... » L'impatience semblait gagner Nusswan. « Et qu'y a-t-il là de si terrible ? C'est simplement parce que le gouvernement ne veut pas qu'on publie des choses pouvant alarmer la population. C'est provisoire — le temps de supprimer les mensonges et de redonner confiance au peuple. De telles mesures sont nécessaires pour préserver la structure démocratique. On ne balaie pas bien sans salir le balai neuf.

— Je vois », dit Maneck.

Ces étranges aphorismes commençaient à l'agacer sérieusement, mais il manquait de munitions pour lancer une contre-attaque, même modeste. Si seulement Avinash était là ! Il corrigerait cet imbécile. Et lui aurait dû l'écouter avec plus d'attention quand il parlait politique.

Toujours aux prises avec la maxime précédente, celle où il était question d'œufs démocratiques pour faire une omelette démocratique, Maneck tenta de formuler une réponse en jonglant avec les termes démocratie, tyrannie, poêle à frire, feu, poule, œufs durs, huile de cuisson. Il crut l'avoir trouvée : On ne peut faire d'omelette démocratique avec des œufs portant le label démocratique mais pondus par une poule tyrannique. Non, trop lourd. Et de toute façon, il avait laissé passer le moment.

« L'important, dit Nusswan, est de prendre en compte les réalisations concrètes de l'état d'urgence. Le système ferroviaire a retrouvé sa ponctualité. Et, comme le disait mon ami le directeur, les relations industrielles se sont beaucoup améliorées. A présent, en une seconde il peut joindre la police afin de faire taire les syndicalistes fauteurs de troubles. On les assaisonne un peu au poste, et ils deviennent doux comme des moutons. D'après mon ami, la production a formidablement augmenté. Et qui bénéficie de tout ça ? Les travailleurs. Le peuple. Même la Banque mondiale et le FMI approuvent les changements. Ils nous proposent des prêts plus nombreux. »

Tâchant de conserver une mine grave, Dina intervint : « Nusswan, est-ce que je peux présenter une requête ?

— Oui, bien entendu. »

Il se demanda à combien elle se monterait cette fois-ci — deux cents ou trois cents roupies?

« A propos du plan concernant l'élimination des deux cents millions. Peux-tu prier tes amis hommes d'affaires et directeurs de n'empoisonner aucun tailleur? Parce qu'on a déjà du mal à en trouver. »

Maneck réussit à ne pas éclater de rire. Sa mimique n'échappa pas à Nusswan, qui dit d'un ton dégoûté à sa sœur : « C'est inutile de te parler de choses sérieuses. Je ne sais pas pourquoi je prends cette peine.

— J'ai eu plaisir à vous entendre », dit Maneck.

Nusswan se sentit trahi — d'abord par elle, et maintenant par lui. Dieu savait à quel genre de plaisanteries ils se livraient à ses dépens quand ils étaient seuls tous les deux.

« Moi aussi, dit Dina. Venir à ton bureau est la seule réjouissance que je peux m'offrir, tu le sais. »

Le regard torve, il se mit à bouger des papiers sur son bureau. « Dis-moi ce dont tu as besoin et fiche-moi la paix. J'ai plein de travail.

— Attention, Nusswan, tes sourcils se livrent à de drôles d'exercices. » Elle décida de ne pas pousser sa chance trop loin et de revenir aux affaires. « Je n'ai pas abandonné la maison d'exportation. C'est seulement une question de temps, jusqu'à ce que je trouve de nouveaux tailleurs. D'ici là, je ne peux pas accepter d'autres commandes. »

L'explication brève et sans fard et la comédie qui l'avait précédée ne rendirent pas moins désagréable le moment qu'elle détestait, celui de quémander. « Deux cent cinquante me suffiront pour passer le mois. »

Nusswan sonna le garçon et remplit un bon de caisse, se livrant à l'intention de Dina et de Maneck à une démonstration véhémente de calligraphie, son stylo à bille grattant sauvagement le papier. Il barra ses *t* et assena les points sur les *i* avec des coups tels qu'on eût cru qu'il voulait faire concurrence aux martèlements de la machine à écrire de la pièce adjacente.

Le garçon apporta le bon au caissier de l'autre côté du couloir. Le bruit du ventilateur pendu au plafond évoquait celui d'une petite usine. Tant d'argent, se dit Dina, et il n'a toujours pas de climatisation dans son bureau. Elle fixa les yeux sur un coupe-papier en bois de santal engagé de façon stratégique dans une enveloppe à demi ouverte. Le garçon remit l'argent et se retira.

« Rien de ceci ne serait nécessaire si seulement... », commença Nusswan. Il chercha le regard de Dina, qui refusa obstinément de relever les yeux, puis celui de Maneck, et renonça à poursuivre. Il tendit les billets : « Voilà. »

Elle accepta, toujours sans le regarder.

« Merci.

— Il n'y a pas de quoi.

— Je te le rendrai le plus vite possible. »

Il hocha la tête, attrapa le coupe-papier et finit d'ouvrir l'enveloppe.

« Du moins, il m'a épargné son discours favori, dit Dina en descendant de l'autobus. Grâces en soit rendues à l'état d'urgence. "Et qu'y a-t-il de si terrible à se remarier ?" » Elle imita la voix pontifiante : « "Tu es toujours jolie, je te garantis que je peux te trouver un bon mari." Vous n'imaginez pas le nombre de fois où il m'a dit ça.

— Mais si, tante. C'est la seule chose sur laquelle je suis d'accord avec votre frère. Vous *êtes* jolie. »

Elle lui donna une tape sur l'épaule.

« De quel côté êtes-vous ?

— Du côté de la beauté et de la vérité, déclama-t-il. Mais ça doit être très drôle quand Nusswan et ses amis se réunissent pour débiter toutes leurs absurdités.

— Vous savez ce qui me revenait à l'esprit, dans son bureau ? Quand il était jeune, il parlait de devenir un chasseur de fauves, de tuer des léopards et des lions. Et de lutter avec des crocodiles, comme Tarzan. Un jour, une petite souris est entrée dans notre chambre, et notre ayah lui a dit : "Regarde, baba, il y a un tigre féroce, tu peux le chasser." Et Nusswan s'est enfui en hurlant et en appelant maman. »

Elle tourna la clef dans la serrure. « Maintenant, il veut éliminer deux cents millions de personnes. Il raconte toujours autant de bobards. »

Dans l'appartement, seul le silence des machines les accueillit. Leur rire paraissait déplacé ; il s'effrita rapidement et s'évanouit.

10

Naviguer sous un seul pavillon

Le camion pénétra en ville après minuit, en empruntant la route de l'aéroport que bordaient, de chaque côté, des bidonvilles pullulants, prêts à se déverser sur l'artère asphaltée. Seule la menace que constituaient les mastodontes qui la pilonnaient sans arrêt empêchait les misérables en haillons de franchir les accotements. Les phares captaient des silhouettes chancelantes, ouvriers rentrant de leur travail de nuit, se frayant avec précaution un chemin entre les véhicules et l'égout à ciel ouvert.

« La police a eu l'ordre de raser tous les jhopad-pattis, dit Ishvar. Pourquoi ceux-ci existent-ils toujours ? »

Le Maître des mendiants expliqua que ce n'était pas si simple ; tout dépendait des accords que chaque patron de bidonville avait passés avec les policiers.

« Ce n'est pas juste », dit Om, tentant de percer la nuit glauque. Des trouées d'un pâle clair de lune révélaient l'entassement infini de cahutes, le sordide patchwork de plastique, carton, papier et toile de sac, pustules et cloques d'un cauchemar dermatologique envahissant le corps en décomposition de la métropole. Quand des nuages ternissaient la lune, les taudis disparaissaient mais la puanteur continuait à témoigner de leur présence.

Encore quelques kilomètres, et le camion pénétra

au cœur de la ville. Lampadaires et enseignes au néon noyaient les trottoirs dans un océan de lumière jaune délavée, où s'assoupissaient les statues ratatinées de la nuit, les Galatée, Gangabehn, Gokhale et Gopal, tous ces gens que le chaos de l'aube allait bientôt ramener à la vie afin qu'ils poussent, tirent, portent, soulèvent et construisent, s'épuisent au profit de la cité qui cherchait désespérément à s'embellir.

« Regardez, dit Om. Les gens dorment tranquillement — pas de police pour les ennuyer. Ils ont peut-être annulé la loi.

— Non, dit le Maître des mendiants. Mais c'est devenu un jeu, comme toutes les autres lois. Facile à pratiquer une fois qu'on connaît les règles. »

Les tailleurs demandèrent à être relâchés près de la pharmacie. « Le veilleur de nuit nous laissera peut-être de nouveau habiter dans le passage. »

Le Maître des mendiants voulut d'abord voir le lieu où ils travaillaient. Le camion roula encore quelques minutes et s'arrêta devant l'immeuble de Dina ; ils indiquèrent l'appartement.

« Bon, dit le Maître en sautant de son siège. Allons vérifier auprès de votre employeur. » Il ordonna au chauffeur d'attendre et se dirigea rapidement vers la porte.

« C'est trop tard pour réveiller Dinabai », plaida Ishvar, en boitillant pour le rattraper. « Elle s'emporte facilement. Nous vous ramènerons ici demain, je vous le promets — je le jure sur le nom de ma mère disparue. »

Dans le camion, mendiants et blessés tremblaient, soupirant après le mouvement qui les avait bercés pendant tout le voyage. Les grondements du moteur tournant au ralenti emplissaient la nuit de meuglements menaçants. Ils se mirent à pleurer.

Le Maître s'arrêta à la porte pour lire le nom sur la plaque et nota quelque chose dans son agenda. Puis, de l'index, il appuya sur la sonnette.

« Hai Ram ! » Ishvar s'arracha les cheveux. « Dans quelle colère elle va se mettre. Tirée du lit si tard !

— C'est tard pour moi aussi, dit le Maître. J'ai manqué ma puja au temple et pourtant je ne me plains pas, n'est-ce pas ? »

Il appuya de nouveau sur la sonnette, sans obtenir davantage de réponse. Le chauffeur du camion klaxonna, lui demandant de se dépêcher.

« Arrêtez, s'il vous plaît, supplia Om. Si vous continuez, nous allons sûrement perdre notre boulot. » Le Maître sourit et continua à noter. Écrire dans le noir ne lui posait aucune difficulté.

En entendant les coups de sonnette, Dina ne fut pas moins paniquée que les tailleurs. Elle se précipita dans la chambre de Maneck. « Réveillez-vous, vite ! » Elle dut le secouer plusieurs fois, et avec vigueur, avant qu'il n'émerge. « Ça ressemble à un ange et ça ronfle comme un buffle ! Allons, réveillez-vous ! Vous n'entendez pas ? Il y a quelqu'un à la porte.

— Qui c'est ?

— J'ai regardé par l'œilleton, mais vous connaissez mes yeux. Tout ce que je peux dire c'est qu'ils sont trois. Je veux que vous regardiez. »

Elle n'avait toujours pas allumé l'électricité, espérant que les visiteurs inattendus se lasseraient. Lui faisant signe de marcher sans bruit, elle le précéda jusqu'à la porte. Il jeta un œil et se retourna tout excité.

« Ouvrez, tante ! C'est Ishvar et Om, avec quelqu'un ! »

A l'extérieur, ils entendirent sa voix. « Hahnji, appelèrent-ils, c'est nous. Dinabai, on est désolés de vous déranger. S'il vous plaît, pardonnez-nous, il n'y en aura pas pour longtemps... »

Elle appuya sur l'interrupteur pour éclairer la véranda et, toujours prudente, entrouvrit la porte — puis l'ouvrit toute grande. « C'est *bien* vous ! Où étiez-vous ? Que s'est-il passé ? »

Elle ne tenta pas de dissimuler son soulagement, se surprenant elle-même : elle le goûta pleinement, laissant ses sentiments se manifester sans retenue.

« Entrez, entrez! dit-elle. Mon Dieu, nous nous sommes tant inquiétés à votre sujet, toutes ces semaines! »

Le Maître des mendiants se tint en retrait, tandis qu'Ishvar franchissait le seuil en se forçant à sourire. De sa cheville pendaient les pansements sales du sahab docteur. Om le suivit de si près que, dans sa hâte, il marcha sur les bandages. De l'encadrement sombre de la porte, ils émergèrent, la honte au visage, dans la lumière crue de la véranda.

« Seigneur! Dans quel état vous êtes! » s'écria Dina, stupéfaite à la vue de leurs visages hagards, de leurs vêtements sales, de leurs cheveux emmêlés. Pendant quelques instants, ni elle ni Maneck ne purent prononcer un mot. Ils les fixaient. Puis les questions fusèrent, se bousculant, obtenant des réponses non moins exaltées.

Toujours planté devant la porte, le Maître des mendiants interrompit les explications confuses d'Ishvar et d'Om. « Je veux juste vérifier — ces deux tailleurs travaillent pour vous?

— Oui. Pourquoi?

— C'est bien. C'est si agréable de voir les gens heureux et réunis. »

Le camion klaxonna de nouveau, et il tourna les talons.

« Attendez, dit Ishvar. Où devons-nous déposer les versements hebdomadaires?

— Je viendrai les ramasser. »

Il ajouta que s'ils voulaient prendre contact avec lui, n'importe quand, ils n'avaient qu'à le dire à Ver de terre, qui aurait pour nouveau parcours le trottoir longeant le Vishram.

« Quels versements, quel ver? demanda Dina quand la porte se fut refermée. Et qui est cet homme? »

Les tailleurs se lancèrent dans des explications si confuses, commençant avec l'arrivée du Maître des mendiants dans le camp de travail, pour revenir au récit de Shankar, puis repartir en avant, que leurs auditeurs n'y comprirent rien. Le séjour en enfer ter-miné, la peur disparue, l'épuisement régnait en vain-queur. Les mains tremblantes, Ishvar s'efforça d'enrouler correctement la bande autour de sa che-ville, Om dut l'aider à la serrer.

« C'était la faute du contremaître, il...

— Mais c'était avant l'arrivée du Facilitateur...

— Quoi qu'il en soit, après ma blessure à la che-ville, c'était impossible... »

Le fil des événements leur échappait, Ishvar en tirant un bout ici, Om en attrapant un autre là. Puis ils perdirent le récit lui-même. La voix d'Ishvar s'éva-nouit. Se prenant la tête entre les mains, il la pressa, essayant d'en faire sortir les mots. Om se mit à bégayer puis éclata en sanglots.

« C'est terrible, la façon dont ils nous ont traités, hoqueta-t-il. J'ai cru que mon oncle et moi on allait mourir... »

Maneck lui tapota le dos, ils étaient sauvés à présent, lui dit-il, et Dina insista pour qu'ils se reposent — ils reprendraient la conversation le len-demain. « Votre literie est toujours ici. Déroulez-la dans la véranda et dormez. »

Ce fut au tour d'Ishvar de craquer. Il tomba à genoux et lui embrassa les pieds. « O Dinabai, com-ment vous remercier ! Tant de bonté ! Nous avons très peur du dehors... l'état d'urgence, la police... »

Embarrassée par ce comportement, elle retira ses pieds. Mais il les empoignait avec une telle force que la pantoufle gauche resta prisonnière de ses doigts. Il s'allongea et doucement la lui remit.

« S'il vous plaît, relevez-vous — immédiatement, dit-elle, sévère et troublée. Écoutez-moi, je ne répéte-rai pas ce que je vais vous dire. Ne vous agenouillez devant aucun être humain.

— D'accord. » Il obéit. « Pardonnez-moi, je devrais le savoir pourtant. Mais que faire, Dinabai, je ne trouve pas les mots pour vous remercier. »

Il y avait assez de remerciements pour ce soir, dit-elle. Om s'essuya les yeux et déroula la literie. Il demanda s'ils pouvaient se laver le visage et les mains avant de dormir.

« Il n'y a pas beaucoup d'eau, seulement ce qui se trouve dans le baquet, alors soyez économes. Si vous avez soif, il y a un pot à eau dans la cuisine. » Elle ferma à clef la porte de la véranda donnant sur l'extérieur et rentra avec Maneck.

« Je suis si fier de vous, tante, chuchota-t-il.

— Vous l'êtes, maintenant ? Merci, grand-père. »

La lumière du matin n'apporta pas de réponse aux questions que Dina avait débattues dans sa tête toute la nuit. Elle ne pouvait prendre le risque de perdre à nouveau ses tailleurs. Mais entre la fermeté et le laisser-aller, entre la compassion et la bêtise, la bonté et la faiblesse, où était la frontière ? Une frontière qui, de leur point de vue à eux, pouvait séparer pitié et cruauté, égards et insensibilité. Elle optait pour telle interprétation, eux pouvaient opter pour une autre.

Les tailleurs se réveillèrent à sept heures et empaquetèrent leur literie. « Nous avons si bien dormi, dit Ishvar. Dans votre véranda, c'est aussi paisible qu'au paradis. »

Ils sortirent des vêtements propres de la malle et s'apprêtèrent à partir pour la gare et ses toilettes. « Nous prendrons notre thé au Vishram, puis nous reviendrons immédiatement — si ça vous convient.

— Vous voulez dire, pour commencer à coudre ?

— Oui, bien entendu. »

Om sourit timidement.

« Et votre cheville ? demanda-t-elle à Ishvar.

— Elle me fait encore mal mais je peux pédaler avec un seul pied. Pas besoin d'attendre. »

Elle remarqua leurs pieds craquelés, meurtris. « Où sont vos chappals ?

— Volés.

— Il y a parfois des débris de verre dans la rue. Des ivrognes qui cassent leurs bouteilles. Vous ne pouvez pas risquer de perdre les trois pieds qui vous restent. »

Elle trouva une vieille paire de sandales qui allaient à Om ; Maneck donna ses chaussures de tennis à Ishvar.

« Elles sont si confortables, dit celui-ci. Merci. » Puis il demanda timidement si on pouvait leur prêter cinq roupies pour le thé et la nourriture.

« Il vous revient beaucoup plus que cinq roupies de la dernière commande, dit-elle.

— Hahnji ? Vraiment ? »

Ils étaient fous de joie, ayant présumé que, puisqu'ils avaient laissé le travail inachevé, ils n'auraient droit à rien, et le dirent ouvertement.

« C'est peut-être ce qui se fait chez certains employeurs. Moi je pratique la formule : à travail honnête, salaire honnête. » Elle ajouta en plaisantant : « Vous pouvez peut-être partager avec Maneck, il mérite quelque chose.

— Non, je n'ai aidé qu'à coudre quelques boutons. Tante Dina a tout fait.

— Laisse tomber l'université, yaar, dit Om. Deviens notre associé.

— D'accord. Et nous ouvrirons notre propre boutique.

— Ne lui donnez pas de mauvais conseils, dit-elle. Tout le monde devrait s'instruire. J'espère que quand vous aurez des enfants, vous les enverrez à l'école.

— Oh oui ! il le fera, dit Ishvar. Mais nous devons commencer par lui trouver une femme. »

Une fois Maneck parti, à contrecœur, pour la faculté et Dina pour Au Revoir Export, chercher de l'ouvrage, les tailleurs paressèrent un peu au Vishram. Le caissier-serveur accueillit le retour de ses fidèles clients avec ravissement. Il finit de servir ceux qui attendaient au comptoir — un verre de lait, six pakoras, une cuillerée de caillebotte — et vint les rejoindre à l'unique table.

« Vous avez maigri tous les deux, observa-t-il. Où étiez-vous pendant tout ce temps ?

— Régime spécial du gouvernement, dit Ishvar, qui lui raconta leurs malheurs.

— Vous êtes incroyables, gronda le cuisinier par-dessus le ronflement des fourneaux. Il n'y a qu'à vous qu'il arrive tout et n'importe quoi. Chaque fois que vous venez ici, vous avez une nouvelle aventure à nous raconter.

— Ce n'est pas nous, c'est cette ville, dit Om. Une usine, une filature à histoires, voilà ce qu'elle est.

— Appelle-la comme tu voudras, si tous nos clients étaient comme vous, nous pourrions écrire un Mahabharata moderne — édition Vishram.

— Pitié, bhai, fini les aventures en ce qui nous concerne, dit Ishvar. Les histoires de souffrance ne sont pas drôles quand on en est le héros principal. »

Le caissier-serveur leur apporta thé et pain-muska, puis retourna s'occuper de nouveaux clients au comptoir. Le lait avait formé une peau crémeuse sur le thé. Om l'avala et se lécha les lèvres. Ishvar lui passa sa propre tasse, Om l'écréma également. Ils coupèrent le petit pain-muska en deux pour voir si les deux parties étaient beurrées. Elles l'étaient, généreusement.

Profitant d'une accalmie de la circulation des piétons, Shankar, qui mendiait déjà au moment de leur arrivée, se propulsa jusqu'à la porte pour les saluer. « Alors, Shankar, dit Ishvar. Heureux d'être revenu et de travailler dur, hahn ?

— Aray, babu, que faire, le Maître a dit que, comme c'est le premier jour, je peux me détendre et dormir. Alors je me suis endormi ici. Et les pièces ont commencé à tomber dans ma boîte — un bruit terrible, juste derrière ma tête. Chaque fois que je ferme les yeux, ils s'ouvrent, affolés. Le public ne veut pas me laisser me reposer. »

Pour cette matinée, la routine était simple. Secouer la boîte et geindre, ou émettre une toux rauque à intervalles réguliers jusqu'à ce que les larmes lui coulent sur les joues. Soutenir l'intérêt sur le plan visuel en propulsant sa planche de quelques mètres vers la gauche puis vers la droite. « Vous savez, confia-t-il, j'ai demandé au Maître de m'installer ici plutôt qu'à la gare. Comme ça nous pourrons nous voir plus souvent.

— C'est très bien, dit Om. A bientôt alors. »

Ils trouvèrent l'appartement cadenassé et attendirent à la porte. « J'espère que ce cinglé de collecteur de loyers ne traîne pas par là », dit Om. Dix bonnes minutes s'écoulèrent avant qu'un taxi s'arrête. Ils aidèrent Dina à décharger les ballots de tissu et à les porter dans la pièce du fond.

« Attention au poids, c'est mauvais pour votre cheville, recommanda-t-elle à Ishvar. Au fait, il va y avoir une grève à la filature. Plus de tissu tant qu'elle durera.

— Hai Ram, les ennuis ne cessent jamais. » Il repensa soudain à ce qu'il avait fait la nuit précédente et s'excusa une nouvelle fois d'être tombé à ses pieds. « J'aurais dû le savoir.

— C'est ce que vous avez dit cette nuit. Mais pourquoi ?

— Parce que quelqu'un me l'a fait, une fois, et que je me suis senti mal à l'aise.

— Qui était-ce ?

— C'est une très longue histoire. » Ishvar répugnait à raconter sa vie, à l'exception de quelques bribes. « Mon frère — le père d'Om — et moi nous étions en apprentissage chez un tailleur et nous l'avons un peu aidé.

— Qu'avez-vous fait ?

— Eh bien... Ashraf Chacha est musulman et c'était l'époque des émeutes entre hindous et musulmans. Au moment de l'indépendance, vous savez. Il y a eu des troubles en ville et... nous avons pu l'aider.

— Et alors, cet Ashraf vous a baisé les pieds ?

— Non. » Même vingt-huit ans après, le souvenir embarrassait Ishvar. « Non, c'est sa femme, c'est Mumtaz Chachi qui l'a fait. Et je me suis senti très mal à l'aise. Comme si je profitais en quelque sorte de son malheur.

— C'est exactement ce que j'ai ressenti la nuit dernière. Oublions ça, n'en parlons plus. »

Elle aurait voulu lui poser bien d'autres questions, mais elle respectait sa réserve. S'ils le désiraient, ils lui en raconteraient plus un jour, quand ils seraient prêts.

Pour le moment, elle ajouta ces bribes à ce que Maneck lui avait déjà révélé de leur vie au village. Petit à petit, comme son couvre-lit, la chronique des tailleurs prenait forme.

Tout au long de cette première journée, Dina continua à jongler avec les mots afin de formuler le mieux possible la question essentielle. Comment l'énoncerait-elle le moment venu ? Par exemple : Dormez dans la véranda jusqu'à ce que vous ayez trouvé un endroit ? Non, ça donnait l'impression qu'elle tenait absolument à les avoir là. Commencer par une autre question : Avez-vous un endroit pour ce soir ? C'était parfaitement hypocrite, puisqu'il était évident qu'ils n'en avaient pas. Ou alors : Où allez-vous dormir ce soir ? Oui, pas mal. Elle essaya de nouveau. Non — elle exprimait trop d'inquiétude — une question beaucoup trop ouverte. Ça s'était fait si facilement la nuit dernière, les mots avaient jailli d'eux-mêmes, simples et vrais.

Elle resta tout l'après-midi à regarder les tailleurs travailler, leurs pieds soudés à la pédale, jusqu'à ce que Maneck revienne et leur rappelle qu'il était l'heure de la pause-thé. Non, dirent-ils, pas aujourd'hui, et Dina les approuva. « Ne leur faites pas gaspiller leur argent. Ils en ont assez perdu pendant ces dernières semaines.

— Mais j'allais payer.

— Ne gaspillez pas le vôtre non plus. Mon thé ne vous convient pas ? »

Elle fit chauffer l'eau et sortit les tasses, posant à part celles à la bordure rose clair. En attendant que la bouilloire chante, elle se remit à son puzzle de mots. Et si elle commençait par : Est-ce que la véranda est confortable? Non, ça sonnait lamentablement faux.

Quand vint l'heure de s'arrêter, les tailleurs, l'air lugubre, recouvrirent les machines, se levèrent lourdement, soupirèrent, et se dirigèrent vers la porte.

Dina, un court instant, se sentit magicienne. Elle avait le pouvoir de tout changer en or, de tout faire briller, selon les mots qu'elle allait prononcer.

« A quelle heure revenez-vous ?

— Quand vous voulez, dit Om. A l'heure qu'il vous plaira. »

Ishvar approuva en silence.

Elle s'engouffra dans la brèche : les pièces du puzzle s'ajustèrent. « Oh, pas besoin de vous presser. Dînez tranquillement, puis revenez. Maneck et moi aurons aussi fini de manger à ce moment-là.

— Vous voulez dire que nous pouvons... ?

— Dans la véranda ?

— Seulement jusqu'à ce que vous ayez trouvé un endroit où vous installer. »

La neutralité de son ton lui plut — c'était clair et net.

Leur gratitude lui fit chaud au cœur, et elle refusa leur offre de paiement. « Non. Absolument pas question de loyer. Je ne loue rien, je vous mets simplement à l'abri de ces policiers véreux. »

Quant à leurs allées et venues, ils allaient naturellement devoir les limiter, car le risque était grand que le propriétaire ait vent de quelque chose. Pour commencer, ils pouvaient supprimer leur petit voyage quotidien jusqu'aux toilettes de la gare. « Vous pouvez vous laver et prendre votre thé ici. Du moment que vous vous réveillez tôt, avant que l'eau soit coupée. Souvenez-vous, je n'ai qu'une salle de bains. » A ce propos, Om se demanda qui serait assez bête pour en avoir deux, mais il n'osa pas poser la question.

« Et rappelez-vous, je ne veux pas de désordre. »

Ils acceptèrent toutes ses conditions, et jurèrent qu'ils ne la gêneraient pas. « Mais ça nous met vraiment très mal à l'aise de ne pas payer, dit Ishvar.

— Si vous parlez encore une fois d'argent, vous devrez vous loger ailleurs. »

Ils la remercièrent à nouveau et partirent dîner, promettant d'être revenus pour huit heures et de coudre encore une heure avant de se coucher.

« Mais, tante, pourquoi refuser leur offre de loyer? Ils se sentiraient mieux si vous leur preniez un peu d'argent. Et ça vous aiderait aussi.

— Ne comprenez-vous donc rien? Si j'accepte de l'argent, ça signifie que je loue ma véranda. »

Penchée sur le lavabo, Dina se brossait les dents avec du Kolynos. Ishvar regardait la mousse tomber de sa bouche. « Je me suis toujours demandé si c'était bon pour les dents », dit-il.

Elle se gargarisa et cracha avant de répondre : « Aussi bon que n'importe quelle autre pâte dentifrice, je suppose. Laquelle utilisez-vous?

— Nous nous servons de poudre de charbon. Et parfois de bâtonnets de neem. »

Maneck dit qu'Ishvar et Om avaient de meilleures dents que lui. « Montrez-moi », dit-elle, et il retroussa les lèvres. « Et les vôtres? » demanda-t-elle aux tailleurs.

Ils se plantèrent tous les trois devant la glace, retroussèrent leurs lèvres, exposant leurs incisives. Elle compara avec les siennes. « Maneck a raison, les vôtres sont plus blanches. »

Ishvar lui proposa d'essayer un peu de sa poudre de charbon, et elle pressa une noisette de Kolynos sur son doigt. Il le partagea avec Om. « Ça a un goût délicieux! s'exclamèrent-ils.

— Tout ça c'est bien bon, dit-elle, mais payer simplement pour le goût c'est du gâchis, sauf en matière de nourriture. Je crois que je vais passer au charbon et épargner de l'argent. »

Maneck décida d'en taire autant.

Ainsi agrandie, la maisonnée franchit le début de matinée sans friction notoire. Dina fut la première levée, Maneck le dernier. Quand elle en eut fini avec la salle de bains, ce fut le tour des tailleurs. Ils en sortirent si vite qu'elle soupçonna une certaine déficience en matière d'hygiène personnelle, jusqu'à ce qu'elle remarque leurs visages impeccablement nettoyés et leurs cheveux mouillés. Quand elle passa à côté d'eux, elle respira une odeur de peau propre fraîchement lavée.

Malgré ce luxe inimaginable que constituait pour eux une salle de bains, ils n'avaient pas traîné. Se laver à toute allure leur était naturel. Durant tous ces derniers mois, ils avaient perfectionné leur habileté à utiliser les lieux publics, où la notion de temps était essentielle. Le robinet dans le passage près de chez Nawaz ; l'unique point d'eau au centre du lotissement ; les toilettes de la gare, délabrées et prises d'assaut ; le filet d'eau sur le chantier d'irrigation ; autant de circonstances qui leur avaient permis de perfectionner leur technique au point d'en avoir terminé en moins de trois minutes. Ils n'utilisèrent pas le chauffe-eau de Dina, préférant l'eau froide, et laissèrent l'endroit impeccable.

Mais la pensée de leurs corps dans sa salle de bains mettait Dina mal à l'aise. Elle inspecta chaque chose, prête à bondir si elle découvrait qu'ils s'étaient servis de son savon ou de sa serviette. S'ils devaient vivre ici encore quelques jours, ce serait à ses conditions, il n'était pas question de lâcher la bride.

Ce qu'elle trouva le plus détestable, ce fut le rituel auquel se livra Ishvar : se faire vomir en s'enfonçant les doigts dans la gorge. Processus qui s'accompagna de ce hurlement primitif qu'elle avait souvent entendu s'échapper des appartements voisins, mais jamais d'aussi près. Ça lui donna la chair de poule.

« Seigneur, vous m'avez fait peur », dit-elle quand la série de *yeurp* et de *york* s'acheva.

Il sourit.

559

« C'est très bon pour l'estomac. Ça débarrasse des fermentations, de l'excès de bile.

— Attention, yaar, dit Om, venant au secours de Dina. On dirait que tu vas cracher ton foie avec ta bile. »

Il n'avait jamais approuvé ces pratiques ; Ishvar avait essayé de lui en démontrer les vertus thérapeutiques, mais avait dû abandonner devant son manque évident de coopération.

« Ce dont vous avez besoin, c'est d'un plombier, dit Maneck. Pour vous installer un petit robinet sur le côté. Vous n'auriez plus qu'à l'ouvrir pour faire sortir l'excès de bile. » Quand Ishvar reprit ses raclements, Om et Maneck se mirent à aboyer en chœur.

Leurs taquineries finirent par avoir raison d'Ishvar qui, au bout de quelques jours, modifia son comportement. Il modéra ses hurlements et renonça à enfoncer ses doigts dans des profondeurs infernales.

Om renifla la peau de Maneck. « Elle sent meilleur que la mienne. Ça doit être ton savon.

— J'utilise aussi du talc.

— Montre-moi. »

Maneck apporta la boîte.

« Et tu en mets où ? Partout ?

— J'en mets un peu dans la paume de ma main et je me le passe sous les aisselles et sur la poitrine. »

Dès qu'il toucha sa paye, Om acheta un pain de Savon Cinthol et une boîte de Poudre de Talc Lakmé.

Chaque jour, songea Dina à la fin de la première semaine, se déroule suivant un modèle aussi précis que celui d'une robe bien coupée, chaque membre de leur quatuor s'ajustant aux autres sans qu'il y eût à tirer ou à presser pour que les bords coïncident. Les coutures étaient nettes et droites.

Ishvar, toutefois, se désolait toujours de ce que lui et son neveu tiraient profit de la bonté de Dina.

« Vous n'acceptez pas de loyer, dit-il. Vous nous laissez l'usage de votre véranda et de votre salle d'eau. Vous nous donnez du thé. C'est trop, ça nous met très mal à l'aise. »

Des propos qui rappelèrent à Dina sa propre culpabilité. Elle savait que tout ce qu'elle faisait, c'était pour se protéger elle-même — pour empêcher les tailleurs de retomber aux mains de la police, les garder à l'abri des regards fouineurs des voisins et du collecteur de loyers. Et voilà qu'Ihsvar et Om la revêtaient d'un manteau de bonté et de générosité. Tromperie, hypocrisie, manipulation, tels étaient plutôt les tissus dont étaient fabriqués ses vêtements.

« Alors qu'envisagez-vous ? dit-elle d'un ton brusque. De m'insulter en versant cinquante paisas par thé ? Vous voulez me traiter comme un chaiwalla des rues ?

— Non, non, jamais. Mais ne pouvons-nous rien faire pour vous en échange ? »

Elle allait y réfléchir, promit-elle.

A la fin de la seconde semaine, Ishvar attendait toujours. Alors, il prit des décisions. Tandis qu'elle se lavait, il alla chercher balai et pelle à ordures dans la cuisine et balaya la véranda, la pièce du devant, la chambre de Maneck, la pièce où ils travaillaient. Om le suivait, armé du seau et d'un chiffon, et lavait le sol.

Ils s'y attelaient encore quand Dina émergea de la salle de bains. « Que se passe-t-il ?

— Pardonnez-moi, mais c'est ce que j'ai décidé, dit Ishvar avec fermeté. Désormais, nous nous partagerons le nettoyage quotidien.

— Je ne trouve pas ça juste, dit-elle.

— Je trouve ça très bien », dit Om, en tordant la serpillière.

Profondément émue, elle versa le thé. Ils entrèrent dans la cuisine afin de ranger les ustensiles de nettoyage, et elle tendit deux tasses à Om.

« Nous, nous avons les bordures rose clair », dit-il en lui faisant remarquer son erreur. Puis il s'arrêta. A son visage il comprit qu'elle le savait parfaitement.

« Quoi ? dit-elle, en saisissant sa propre tasse. Quelque chose ne va pas ?

— Rien. »

Sa voix se brisa. Il se détourna, espérant qu'elle n'avait pas vu ses yeux s'embuer.

« Quelqu'un vous demande à la porte, dit Dina. Le type à cheveux longs qui est déjà venu une fois. »

Om et Ishvar échangèrent un regard — que voulait-il à présent ? S'excusant de devoir s'interrompre, ils se rendirent dans la véranda.

« Namaskaar, les salua Rajaram, les mains jointes. Désolé de vous déranger au travail, mais le veilleur de nuit a dit que vous ne dormiez plus là.

— Oui, nous avons trouvé un autre endroit.

— Où ça ?

— Près d'ici.

— J'espère que c'est bien. Ecoutez, est-ce qu'on peut se voir plus tard pour parler ? N'importe quand aujourd'hui, n'importe où, là où ça vous convient. »

Il avait l'air désespéré.

« D'accord, dit Ishvar. Viens au Vishram à une heure. Tu sais où c'est ?

— Oui, j'y serai. Et est-ce que vous pourrez apporter les cheveux qui sont dans votre malle ? »

Après le départ de Rajaram, Dina demanda aux tailleurs si quelque chose n'allait pas. « J'espère qu'il n'a rien à voir avec l'autre — cet homme qui vous extorque de l'argent chaque semaine.

— Non, non, il ne travaille pas pour le Maître des mendiants, dit Ishvar. C'est un ami, il veut probablement qu'on lui prête un peu d'argent.

— Bon, mais faites attention. De nos jours, amis et ennemis se ressemblent. »

Le Vishram était bondé et Rajaram les attendait sur le trottoir quand ils arrivèrent. « Voici tes cheveux. » Ishvar lui tendit le paquet « Qu'est-ce que tu veux manger ?

— Rien, j'ai l'estomac plein. »

Mais sa bouche trahissait sa faim, mastiquant une nourriture fantôme dont les arômes s'échappaient de la salle du restaurant.

« Prends quelque chose, dit Ishvar, désolé pour lui. Choisis, on t'invite.

— D'accord, je mangerai la même chose que vous. » Rajaram se força à rire. « Un estomac plein n'est qu'un léger obstacle.

— Trois pao-bhajis et trois bananes », commanda Ishvar au caissier-serveur.

Ils se rendirent, avec leurs aliments, sur l'emplacement d'un immeuble effondré, un peu plus loin dans la rue, et choisirent un rebord de fenêtre à l'ombre d'un mur à demi écroulé. Une porte placée à l'horizontale leur servit de table. Poignées et gonds avaient disparu, arrachés, l'effondrement remontait à plusieurs semaines. Se hissant plus ou moins à quatre pattes dans les décombres, quatre enfants équipés de sacs de jute fouillaient, ratissaient.

« Alors comment ça marche ton boulot d'Incitateur au Planning familial ? »

Rajaram secoua la tête et engloutit une grande bouchée. « Pas bien. » Il mangeait comme s'il n'avait pas vu de nourriture depuis des jours. « Ils m'ont mis à la porte il y a deux semaines.

— Qu'est-il arrivé ?

— Ils ont dit que je n'obtenais pas de résultats.

— Comme ça ? Au bout de deux mois ?

— Oui. » Il hésita. « Je veux dire, non, il y a eu des problèmes dès le tout début. Après avoir suivi le cours d'entraînement, j'ai appliqué la procédure qu'on m'avait montrée. Chaque jour, j'ai visité différents quartiers. J'ai soigneusement répété ce qu'on m'avait appris, sur le ton qu'il fallait, donnant le sentiment que j'étais compatissant et bien informé, de façon à n'effrayer personne. La plupart du temps, les gens écoutaient patiemment et prenaient les prospectus ; parfois ils riaient et les garçons faisaient des plaisanteries grossières. Mais personne ne donnait son accord pour l'opération.

« Quelques semaines plus tard, mon supérieur m'a appelé dans son bureau. Il m'a dit que je ne m'attaquais pas aux bons consommateurs. Il a dit qu'on perdait son temps à essayer de vendre un costume de mariage à un fakir nu. Je lui ai demandé ce que ça signifiait exactement. »

Son supérieur lui avait alors répliqué — raconta Rajaram aux tailleurs — que la population de la ville était trop cynique, que les gens doutaient de tout, qu'on avait beaucoup de mal à les motiver. Les taudis de la banlieue, voilà les endroits qu'il fallait viser. C'est là que vivait toute cette population d'illettrés qui avait le plus besoin de l'aide gouvernementale. Le programme, avec ses cadeaux et ses incitations, était spécialement fabriqué à leur intention.

« Alors, j'ai suivi son conseil et je suis sorti de la ville. Et, vous me croirez ou non, dès le premier jour, mon vélo a eu un pneu crevé.

— Mauvais début, dit Ishvar.

— Ça n'était qu'un léger problème. Les vrais ennuis sont arrivés plus tard. »

Pendant qu'on lui réparait son pneu chez un marchand de vélos, raconta Rajaram, il entra en conversation avec un vieil homme réfugié dans un abribus, tout près d'une bouche d'incendie. Le vieil homme avait besoin de se laver et espérait que quelques gamins passeraient par là et ouvriraient la vanne.

Afin de s'entraîner et de voir combien de temps il réussirait à fixer l'attention du bonhomme, Rajaram lui raconta ce qu'il faisait, qu'il travaillait comme Incitateur au service du Planning familial. Il lui décrivit les méthodes de contrôle des naissances, mentionna les opérations de stérilisation et les avantages en nature qui les accompagnaient : une ligature des trompes rapportait plus de cadeaux qu'une vasectomie, expliqua-t-il, parce que le gouvernement préférait une intervention définitive et irréversible.

C'est celle-là que je veux, l'interrompit le vieil homme, la plus chère, la liga-je-sais-pas-quoi. Rajaram faillit tomber de la barre sur laquelle il s'était perché. Non, non, grand-père ce n'est pas pour vous. Je vous racontais ça juste histoire de parler. J'insiste, dit le vieil homme, c'est mon droit. Mais la ligature ça ne se pratique que chez les femmes, expliqua Rajaram, pour les organes des hommes il y a la vasectomie et, à votre âge, ça n'est même plus nécessaire. Je me fiche de mon âge, je prends ce qui est bon pour mes organes, s'entêta le vieil homme.

« Peut-être qu'il voulait absolument un transistor, dit Om.

— C'est exactement ce que j'ai pensé, dit Rajaram. Si ce grand-père désire tant avoir un transistor, me suis-je dit, pourquoi me disputer avec lui ? Si la musique le rend heureux, pourquoi la lui refuser ? »

Alors, il sortit le formulaire adéquat, prit une empreinte du pouce, paya le réparateur de vélos et escorta son client à la clinique. Le soir même, il perçut l'argent de sa commission, le tout premier.

A présent, il considérait le fait d'avoir crevé un pneu comme un incident de bon augure : le doigt du destin, qui se posait sur son vélo et sur sa malchance. Il eut bien meilleure conscience en accrochant son badge d'Incitateur à sa chemise. Et beaucoup plus confiance en lui. Il retourna dans les banlieues, certain qu'il allait récolter vasectomies et ligatures à la pelle.

Une semaine s'écoula, et ses pérégrinations le conduisirent dans le quartier où il avait rencontré son premier client. Il pédalait entre les baraquements, cherchant à motiver les masses, élaborant dans sa tête les diverses façons de dire la même chose, formulant des phrases capables de rendre la stérilité acceptable, voire désirable, quand quelqu'un de la famille du vieil homme le reconnut et se mit à appeler à l'aide : Le Citateur est ici ! Aray, ce salaud de Citateur est revenu !

Rajaram se retrouva bientôt cerné par une foule en colère menaçant de lui rompre tous les os. En réponse à ses supplications, à ses cris de terreur — mais pourquoi ? pourquoi ? —, on lui apprit que quelque chose n'avait pas marché dans l'opération, qu'une infection s'était déclarée, avec du pus partout, que la clinique n'avait rien fait et que le vieil homme était mort.

Ishvar hocha la tête, compatissant, tout en pelant sa banane. Il avait toujours senti que ce travail était dangereux. « Est-ce qu'ils t'ont beaucoup tabassé ? »

Rajaram déboutonna sa chemise et leur montra les marques bleues sur son dos. Une blessure en voie de cicatrisation, causée par un instrument pointu, creusait un sillon sur toute sa poitrine. Baissant la tête, il exposa la tonsure que lui avait infligée un assaillant en lui arrachant une poignée de cheveux. « Mais j'ai eu de la chance de ne pas y laisser ma vie. J'aurais dû le savoir, me dirent-ils, que le grand-père ne se faisait opérer que pour les cadeaux et l'argent. Il voulait participer à la dot de sa petite-fille.

« J'ai filé droit chez mon supérieur pour me plaindre. Comment pouvais-je obtenir des résultats, lui ai-je demandé, si les médecins tuaient les malades ? Il a répondu que le bonhomme était mort simplement parce qu'il était vieux, et que la famille cherchait à rendre le centre du Planning familial responsable.

— Salaud d'enculé, dit Om.

— Exactement. Mais devine ce qu'il m'a dit d'autre ? Que désormais mon boulot serait plus facile, à cause d'un changement de politique. »

On lui avait expliqué le nouveau plan — on n'avait plus besoin d'obtenir la signature des gens pour l'opération. On leur proposait un examen médical gratuit. Et il ne fallait pas prendre ça pour un mensonge, simplement pour une mesure destinée à améliorer leur vie. Une fois dans la clinique, à l'écart de l'influence de ces individus primitifs qu'étaient leurs parents et leurs amis, ils comprendraient vite les bénéfices de la stérilisation.

Rajaram avala les dernières miettes de son pao-bhaji, puis jeta au milieu des gravats le papier qui l'enveloppait. « Bien que n'aimant pas ce nouveau système, j'ai accepté d'essayer. A présent, tout le monde savait que les Incitateurs racontaient des bobards. Partout où j'allais, en ville ou dans la banlieue, les gens m'insultaient, me traitaient de menace pour l'humanité, d'ordonnateur de napusakta, de castrateur, de fabricant d'eunuques. Et moi j'étais là, travaillant pour le gouvernement, essayant simplement de gagner ma vie. Comment peut-on continuer comme ça, jour après jour ? Alors j'ai dit non. Ça n'était pas pour moi. »

Il dit à ses employeurs qu'il voulait travailler à l'ancienne mode, distribuer des prospectus et expliquer les procédés, mais qu'il ne voulait plus tromper les gens. On lui répondit qu'il n'avait plus le choix — avec l'ancienne mode, on était tombé très en dessous des quotas fixés. Il fallait des résultats concrets pour justifier les avantages dont bénéficiaient les Incitateurs — nourriture, logement, bicyclette.

« Alors, la semaine dernière, quand ils m'ont fichu à la porte, j'ai perdu les trois à la fois. Maintenant je suis désespéré. Je n'ai rien d'autre à faire que de reprendre mon ancienne profession.

— Le ramassage des cheveux ?

— Oui, je m'en vais de ce pas aller vendre ces mèches. » Il montra le paquet que lui avaient apporté les tailleurs. « Et je vais aussi reprendre mon premier métier. Coiffeur-barbier. Je dois faire les deux parce que, sans endroit où entreposer les cheveux, je ne vais pas pouvoir en ramasser beaucoup. Mais j'ai besoin de quatre-vingt-cinq roupies. Pour les peignes, les ciseaux, la tondeuse et le rasoir. Pouvez-vous me prêter cette somme ?

— Je vais y réfléchir, dit Ishvar. Revoyons-nous demain. »

« Nous aimerions vraiment faire quelque chose pour lui, Dinabai, dit Ishvar. C'était notre voisin au bidonville, et il a été très bon pour nous.

— Je n'ai pas assez pour vous avancer la somme. » Mais elle proposa une solution de rechange. Du fond de son armoire, elle extirpa les instruments que Zenobia lui avait laissés, des années auparavant.

« Aray, dit Om, impressionné. Vous êtes aussi coiffeuse ?

— Je l'ai été — coiffeuse pour enfants. »

Maneck empoigna la tondeuse et fit mine d'attaquer le toupet qui se dressait sur la tête d'Om. « Un beau buisson pour s'exercer. »

Dina posa la trousse devant Ishvar. « C'est vieux, mais ça marche toujours. Votre ami peut en disposer, si ça lui plaît.

— Vous êtes sûre ? Et si vous en aviez de nouveau besoin ?

— C'est peu probable. Ma période coiffeuse est révolue. »

Elle ajouta qu'avec sa mauvaise vue et son manque d'entraînement, les oreilles des enfants courraient de graves dangers.

« Il y a un autre problème, dit Rajaram le lendemain, en acceptant avec gratitude les instruments qu'ils lui remettaient.

— Quoi encore ?

— L'intermédiaire à qui je remets les cheveux ne vient en ville qu'une fois par semaine. Et comme je dors dans la rue, je n'ai pas d'endroit où entreposer ma récolte. Voulez-vous la garder dans votre malle ? Pour moi ? Votre ami ?

— Un mois de récolte ne tiendra pas dans la malle, objecta Ishvar, peu désireux de collectionner les paquets peu engageants.

— Si, ça tiendra. Je vais me spécialiser dans les cheveux longs — en un mois il y aura tout au plus dix nattes, si j'ai de la chance. Ça n'occupera qu'un coin de votre malle. Et, à la fin du mois, je les vendrai à l'intermédiaire.

— Tu viendras trop souvent à l'appartement — ça va fâcher notre employeur. » Il espérait que Rajaram allait laisser tomber, ça le gênait de devoir inventer de mauvaises excuses. « Nous ne sommes pas chez nous, tu comprends, nous ne pouvons pas recevoir tout le temps des visites.

— Ça n'est qu'un léger obstacle. On peut se retrouver à l'extérieur. Ici, au Vishram, si ça vous convient.

— Nous y venons rarement. » Puis il céda. « D'accord. Ce que tu peux faire, c'est laisser le paquet à Shankar, le mendiant qui est là, devant, celui sur la planche à roulettes. Il nous connaît. Nous te présenterons.

— Ce mendiant est votre ami ? Vous vous faites d'étranges amis.

— Oui, très étranges. »

Mais, trop occupé à dénouer les fils emmêlés de sa propre vie, le ramasseur de cheveux ne perçut pas l'ironie de la réponse d'Ishvar.

Si Dina détestait cette manie qu'avait Ishvar de s'introduire les doigts dans la gorge, elle ne supportait pas de voir Om se gratter constamment la tête. Elle avait fait contre mauvaise fortune bon cœur, avant, quand elle savait que cela s'arrêterait à six heures du soir. Maintenant, elle craignait d'attraper ces démangeaisons.

Elle en parla à Ishvar, en privé : avoir des poux était une sorte de maladie, aussi mauvaise que n'importe quelle autre, et la santé de son neveu s'améliorerait s'il se débarrassait de ces parasites.

« Mais le problème, dit Ishvar, c'est l'argent. Je n'ai pas les moyens de l'emmener chez le médecin.

— On n'a pas besoin d'un médecin pour ça. On peut très bien se soigner à domicile. »

Elle lui expliqua le procédé, et il se rappela que sa mère l'appliquait également.

Elle prit une bouteille vide d'huile pour cheveux, qu'elle remplit de pétrole. « Faites-le après le thé, dit-elle. Faites bien pénétrer et laissez comme ça pendant vingt-quatre heures.

— Vingt-quatre heures seulement ? Je croyais qu'il fallait deux jours. Ma mère nous laissait avec pendant deux jours.

— Eh bien, votre mère était courageuse. N'importe quoi peut arriver en quarante-huit heures. Nous ne voulons pas que votre neveu se transforme en torche humaine.

— De quoi parlez-vous ? » s'enquit Om. Il saisit la bouteille et la déboucha. « Ouah ! C'est du pétrole !

— Vous vous attendiez à ce que ce soit de l'eau de rose ? Vous voulez dorloter les poux ou les tuer ?

— C'est exact, dit Ishvar. Ne fais pas d'histoires, ta Roopa Daadi nous soignait comme ça, ton père et moi, quand nous étions petits. »

Om se pencha avec réticence au-dessus du lavabo, maugréant contre ces gens qui n'avaient pas assez de pétrole pour faire cuire leurs aliments et qui le gaspillaient sur des cheveux. Ishvar en versa quelques gouttes dans ses mains et l'appliqua. A la lumière électrique, les cheveux noirs imprégnés de pétrole prirent des reflets irisés. « Tu es beau comme un paon, dit-il.

— Enfoncez vos doigts, conseilla Dina. Étalez-le bien. »

Obéissant, Ishvar frotta, faisant valser la tête d'avant en arrière au rythme de ses mains vigoureuses.

« Arrête, yaar ! protesta Om. Tu vas m'empoisonner si ça pénètre dans mon sang ! »

Quand ce fut terminé, Dina lui donna une cuillère cassée en guise de grattoir. « Ne vous servez pas de vos doigts, vous en mettriez sur les robes. »

Il s'assit à la machine, malheureux, plissant le nez, soufflant de toutes ses forces afin de chasser l'odeur. Le manche de cuillère apportait beaucoup moins de satisfaction que les doigts. A intervalles réguliers, il secouait la tête comme un chien mouillé, ce qui lui attirait les plaisanteries des deux autres.

« Tu veux fumer une beedi ? Pour te changer les idées ? lui demanda Ishvar. Je suis sûr que Dinabai fera une exception pour aujourd'hui.

— Bien sûr, dit-elle. Voulez-vous que j'apporte les allumettes ?

570

« — Allez, riez, ne vous gênez pas, dit Om d'un ton sinistre. Pendant que je m'arrache les poumons à force de tousser. »

Quand vint l'heure du déjeuner, il déclara qu'il n'irait pas au Vishram, qu'il lui était impossible de manger avec cette odeur épouvantable dans le nez. Alors Ishvar resta avec lui.

« Ça sent comme dans une cuisine, ici », dit Maneck en rentrant de ses cours, dans le courant de l'après-midi. Baissant le nez comme un chien de chasse, il suivit la trace de l'odeur qui le mena à Om. « Est-ce que tu commences une nouvelle carrière de réchaud à pétrole ?

— Oui, c'est ça, dit Dina. Ce soir on fera cuire le dîner sur le dessus de sa tête. Il a toujours eu la tête chaude. »

C'est à la suite de sa propre plaisanterie que Dina envisagea d'inviter les tailleurs à dîner dans l'appartement ce soir-là. Une idée que renforcèrent deux facteurs supplémentaires. Moins ils se montraient au-dehors, mieux elle cachait leur présence à ce requin d'Ibrahim. Par ailleurs, Om méritait une récompense.

Elle hacha donc un oignon supplémentaire et fit bouillir trois pommes de terre de plus. Quand le livreur de pain passa, en fin d'après-midi, elle acheta quatre petites tranches au lieu des deux habituelles. « Maneck », appela-t-elle, et elle le mit dans la confidence.

« Vraiment ? C'est génial, tante ! Ils vont être fous de joie de manger avec nous !

— Qui a parlé de manger avec nous ? Je mettrai leurs assiettes dans la véranda.

— Vous essayez d'être gentille ou de les offenser ?

— Qu'y a-t-il d'offensant là-dedans ? C'est une véranda propre, agréable.

— Bien. Dans ce cas, je mangerai moi aussi dans la véranda. Je ne m'associerai pas à une telle insulte.

C'est uniquement les chiens errants que mon père nourrit sur la terrasse. »

Elle fit la grimace, et il sut qu'il avait gagné.

La dernière fois qu'il y avait eu du monde autour de sa table, se rappela Dina, ç'avait été pour fêter son troisième anniversaire de mariage, la nuit où Rustom avait été tué, il y avait de cela dix-huit ans. Elle disposa quatre assiettes et appela les tailleurs. A l'expression de leur visage, on ne put douter qu'ils considéraient cette invitation comme un immense honneur.

« Tu t'es laissé soigner comme un brave garçon, dit-elle à Om. Et maintenant tu as droit à ton dîner. » Elle apporta le plat sur la table, ainsi qu'une carotte épluchée. Les tailleurs la regardèrent avec curiosité mordre dedans. « Tu n'es pas le seul à prendre un remède. Ceci est un médicament pour mes yeux. Exact, Dr Mac ?

— Oui, cette prescription sert à améliorer la vue.

— J'ai appris à aimer les carottes crues, mais j'espère qu'Om ne va pas s'amouracher de son traitement. Sinon nous devrons supporter tous les jours la puanteur du pétrole.

— Mais comment ça marche ? Ça empoisonne les poux dans ma tête ?

— Je vais t'expliquer, dit Maneck.

— Tu es le champion des raconteurs de bobards.

— Non, écoute. D'abord, chaque petit pou se trempe dans le pétrole. Ensuite, au milieu de la nuit, quand tu es endormi, tante Dina donne à chacun un minuscule bout d'allumette. Elle compte un, deux, et à trois, ils se suicident en un jaillissement de flammes minuscules qui ne te blessent pas. Quand ça se produira, il y a aura un très beau halo autour de ta tête.

— Ça n'est pas drôle, dit Dina.

— Le suicide n'est pas supposé l'être, tante.

— Je ne veux pas d'un tel sujet à table. Même pas

à titre de plaisanterie. Vous ne devriez même pas prononcer ce mot. »

Elle commença à manger, et Maneck, lançant un clin d'œil à Om, saisit sa fourchette. Les tailleurs demeurèrent immobiles, observant la nourriture, un sourire nerveux aux lèvres. Ils échangèrent un regard, puis touchèrent les couverts, hésitant à s'en emparer.

Dina comprit.

Abandonnant couteau et fourchette, elle prit avec ses doigts un morceau de pomme de terre et le porta à sa bouche. Maneck fit de même. Les tailleurs commencèrent leur repas.

« Très bon », dit Ishvar, approuvé d'un hochement de tête par Om, la bouche pleine. « Vous mangez du pain tous les jours ?

— Oui, dit Dina. Vous n'aimez pas ça ?

— Oh si ! dit Ishvar. Beaucoup. Je me disais simplement que ça doit coûter très cher d'acheter du pain tout fait. Vous n'avez pas de blé sur votre carte d'alimentation ?

— Si. Mais l'apporter à moudre au moulin, mélanger la farine, faire des chapatis — c'est trop de travail pour moi. Je le faisais du vivant de mon mari. Après, je ne m'en suis plus souciée. Il n'y a rien de pire que de cuisiner seulement pour soi. » Elle trempa un morceau de pain dans sa sauce. « Ça doit vous coûter cher à vous aussi de manger au Vishram. »

Oui, dit Ishvar, c'était difficile, surtout compte tenu de ce qu'ils devaient verser chaque semaine au Maître des mendiants. « Quand nous vivions dans le lotissement et que nous avions un réchaud, nous dépensions beaucoup moins, et nous n'avions même pas de cartes d'alimentation. On faisait des chapatis tous les jours.

— Vous pouvez acheter du blé avec ma carte, si vous voulez. Je ne prends que du riz et du sucre.

— Le problème, c'est : où cuisiner ? »

Question de pure forme, à laquelle néanmoins Maneck avait une réponse. Après quelques minutes de silence, il l'exposa avec brio : « J'ai une grande idée. Ishvar et Om savent faire des chapatis, d'accord ? Et tante Dina dispose de tout ce quota de blé sur sa carte, vous me suivez ? Donc vous pouvez partager les frais de la nourriture, et nous pouvons manger tous ensemble. Ainsi, des deux côtés nous économiserons de l'argent. »

Et surtout, réfléchit Dina, ça lui épargnerait de graves ennuis avec le propriétaire. Ibrahim pourrait rester vingt-quatre heures planté devant l'appartement sans voir quiconque, et il en serait de même pour les voisins que tenterait l'envie de fourrer leur nez dans ses affaires afin de se mettre bien avec Ibrahim. Sans compter que rien ne remplaçait des puris et des chapatis frais.

Était-ce toutefois une raison suffisante pour devenir encore plus familière avec les tailleurs ? Était-il sage de franchir la ligne qu'elle avait mis tant de soin à tracer ? « Je ne sais pas, dit-elle. Ishvar et Om pourraient ne pas aimer manger ma cuisine tous les jours.

— Ne pas aimer ? Ça a si bon goût ! dit Om.

— Eh bien, essayons pendant une semaine.

— D'accord, dit Ishvar.

— Je ferai les chapatis, dit Om. Je suis le champion des chapatis. »

Un camion livrait des produits frais au magasin d'État. Dina et les tailleurs prirent place dans la queue, observant les deux coolies qui déchargeaient des sacs de cinquante kilos sur leur dos. Sous le soleil, des éclairs jaillissaient des grands crochets d'acier qui leur servaient à assurer leur prise. Ils étaient en nage, et leur sueur, en tombant sur les sacs de jute beiges, formait des taches brunes. A l'intérieur du magasin, les sacs de blé s'alignaient en une rangée bien droite, comme des cadavres à la morgue, à côté des balances qui pendaient du plafond par une lourde chaîne.

« C'est trop long, dit Ishvar. Ils perdent du temps

en ne portant qu'un sac à la fois. Vas-y, Om, montre à ces garçons comment en porter deux.

— Ne le taquinez pas, dit Dina, en le voyant faire mine de remonter ses manches. Pourquoi est-il si maigre, d'ailleurs ? Vous êtes sûr qu'il n'a pas de vers ?

— Non, non Dinabai, il n'a pas de vers, croyez-moi. Bas ! je vais le marier bientôt, et la cuisine de sa femme lui fera gagner du poids.

— Il est trop jeune pour le mariage.

— Presque dix-huit ans — ce n'est pas jeune.

— Dinabai a raison, laisse tomber cette idée ridicule.

— Espèce de citron acide. »

La queue s'allongeait. Du bout, quelqu'un cria « dépêchez-vous », et le banya sortit, l'air belliqueux, prêt à houspiller le perturbateur. « Ne parle pas pour ne rien dire ! Si le camion ne peut être déchargé, qu'est-ce que je vais vous donner ? Des pierres et du sable ?

— C'est ce que tu nous vends en général ! » rétorqua l'autre, et la foule se mit à rire. « Tu as déjà goûté tes produits ? »

Petit, avec un goitre impressionnant, l'homme attirait tous les regards.

« Aray, saala, fiche le camp ! Personne ne t'oblige à acheter ! »

Les voisins du petit homme essayèrent d'empêcher la querelle de s'envenimer. Ils lui rappelèrent qu'il était déraisonnable de se lancer dans ce genre de combat, qu'on ne pouvait pas vaincre quand on dépendait de ces gens pour se nourrir. La tumeur sur son cou risquait d'éclater, dit quelqu'un, s'il s'excitait trop.

« C'est aussi à cause de ces salauds de banyas que j'ai cette tumeur ! fulmina-t-il. Ils vendent du mauvais sel — du sel sans iode ! Ces gros banyas cupides sont responsables de toutes nos souffrances ! Ils font du marché noir, ils truquent la nourriture, ils nous empoisonnent ! »

Le camion repartit, laissant à la place qu'il avait occupée quelques grains de blé échappés des sacs. Un homme nu-pieds, vêtu d'un gilet et d'un short, se précipita pour les ramasser dans une écuelle d'étain, puis courut derrière le camion jusqu'à sa prochaine destination; ce soir il mangerait à sa faim.

L'employé enclencha les balances, et le service reprit. Présentant sa carte, Dina acheta, sur le conseil des tailleurs, outre ses rations habituelles de sucre et de riz, son quota de blé rouge et de blé blanc ainsi que de jowar et de bajri qui, lui dirent-ils, étaient savoureux, très nourrissants et en outre bon marché.

Ils surveillèrent les balances pendant qu'on pesait chaque article, jusqu'à ce que le fléau s'immobilise. Un nuage de poussière s'éleva quand l'homme vida les plateaux dans les sacs en tissu de Dina. Le grain y dégringola avec le doux bruit d'une cascade. Après quoi, les tailleurs portèrent les sacs au moulin.

Le soir tombant, l'angoisse saisit Om de ne pas se montrer à la hauteur de sa réputation de faiseur de chapatis. Il mélangea la farine et malaxa la pâte avec encore plus de soin que d'habitude, s'efforçant de confectionner des chapatis parfaitement ronds. Au moindre caprice du cercle, il repétrissait la pâte en boule et l'étirait à nouveau.

Au dîner, tous le complimentèrent, lui faisant remarquer la vitesse avec laquelle ils engloutissaient les huit chapatis. Heureux, il décida que, désormais, il en confectionnerait douze.

Dès que la fenêtre s'ouvrit, les chats arrivèrent en miaulant. Maneck confia à Ishvar et à Om leurs noms de baptême : John Wayne, qui se pavanait comme s'il exerçait son autorité sur toute la ruelle; Vijayanthimala, la chatte marron-blanc, qui caracolait à la manière d'une danseuse de comédie musicale; Raquel Welsh, aux poses languides, qui ne daignait jamais se précipiter sur la nourriture; et Shatrughan Sinha, la brute, le méchant, dont la pitance devait être jetée le plus loin possible si l'on voulait donner aux autres une chance de se nourrir.

« Qui est John Wayne ? demanda Om.

— Un acteur américain. Le héros — une sorte d'Amitabh Bachchan. Il marche comme s'il avait des oignons sous les bras et des hémorroïdes. Il gagne toujours à la fin.

— Et Raquel Welsh ?

— Une actrice américaine. » Il se pencha plus près. « Gros seins », chuchota-t-il, tandis que les miaulements continuaient sous la fenêtre.

Om sourit. « Heureusement que j'ai fait un supplément de chapatis aujourd'hui. On dirait qu'elle aime ça.

— Que se passe-t-il ? s'enquit Dina. Voilà que vous allez transmettre vos mauvaises habitudes à mes tailleurs. Fermez cette fenêtre. »

La situation devenait décidément trop intime, se dit-elle. A force de cuisiner et de manger ensemble, il allait se passer des choses qui échapperaient à son contrôle.

Ishvar se tenait à l'écart. « On dit qu'on fait un acte saint, Dinabai, en nourrissant les animaux.

— Il sera beaucoup moins saint si ces bêtes entrent à l'intérieur chercher leur nourriture. Ils pourraient nous tuer avec tous les germes qu'ils attrapent dans les gouttières. »

Dans les toilettes, l'odorat de Dina ne remarquait plus l'odeur de l'urine des tailleurs, qui flottait dans l'air comme leur bannière. Étrange, se dit-elle, comme on s'habitue.

Puis l'idée la frappa : l'odeur ne la gênait plus parce qu'elle était la même pour tous. Ils mangeaient les mêmes aliments, buvaient la même eau. Ils naviguaient tous sous la même bannière.

« Et si on mangeait un masala-wada aujourd'hui, suggéra Ishvar. C'est une recette de Rajaram.

— Je ne sais pas faire ça.

— Ne vous inquiétez pas, Dinabai, je m'en occupe. Détendez-vous. » Il prit les opérations en main, envoyant Maneck et Om acheter une demi-noix de coco fraîche, des piments verts, des feuilles de menthe et quelques brins de coriandre. Le reste des ingrédients nécessaires : piments rouges séchés, grains de cumin et tamarin, il les trouva dans la boîte à épices. « Et ne traînez pas, leur dit-il. Il y a encore beaucoup de travail qui vous attend.

— Est-ce que je peux faire quelque chose ? demanda Dina.

— Nous avons besoin d'une tasse de dal de pois chiches. »

Elle mesura la quantité, versa les légumes dans l'eau et les mit à bouillir. « Si on les avait fait tremper toute la nuit, on n'aurait pas eu besoin de les faire bouillir, dit-il. Mais c'est bien aussi comme ça. »

Quand les garçons revinrent, Ishvar demanda à Om de râper la noix de coco et à Maneck de couper deux oignons en rondelles, tandis qu'il hachait quatre piments verts et six piments rouges, la coriandre et les feuilles de menthe.

« Les oignons sont forts, yaar », dit Maneck, reniflant et s'essuyant les yeux sur sa manche.

« C'est un bon exercice, dit Ishvar. Chacun doit pleurer une fois dans sa vie. » Regardant de l'autre côté de la table, il vit les gros anneaux blancs tomber du couteau. « Hoi-hoi, coupez-les plus fins. »

Le dal était prêt. Il vida l'eau et versa le contenu de la casserole dans le mortier, ajouta une demi-cuillère à thé de grains de cumin, les piments hachés et se mit à malaxer le tout. Au tambourinage du pilon, Maneck s'empressa d'adjoindre des claquements de cymbales, en tapant son couteau sur un pot.

« Aray, chef d'orchestre, vos oignons sont prêts ? » demanda Ishvar. Dans le mortier, le mélange se transformait en une pâte épaisse, jaune parsemée de vert, de rouge et de brun. Il y ajouta les derniers ingrédients, porta le résultat à son nez, humant l'arôme. « Parfait. Maintenant, il est temps de faire chanter la poêle à frire. Pendant que je fais les wadas, Om préparera le chutney. Vas-y, broie le copra et le kothmeer-mirchi. »

L'huile chatoyante de la poêle se mit à grésiller quand Ishvar y laissa doucement glisser les boulettes de la taille d'une balle de ping-pong. Il les remua avec une cuillère, les tournant afin qu'elles acquièrent une couleur uniforme. Pendant ce temps, Om passait et repassait le masala en pierre rond sur la plaque d'ardoise. Maneck le remplaça au bout d'un moment. Goutte après goutte, le précieux chutney vert émergea de leurs efforts.

Dina savourait le fumet des wadas qui prenaient lentement une appétissante couleur brune dans l'huile pétillante. Elle assista, au milieu des rires et des taquineries, à l'opération de nettoyage. Ishvar prévenant les deux garçons que si la pierre à broyer n'était pas impeccable il la leur ferait lécher, comme des chats. Quel changement, se dit-elle — de la pièce la plus triste, la plus sale de l'appartement, la cuisine s'était transformée en un lieu resplendissant d'allégresse et d'énergie.

Une demi-heure plus tard, le festin était prêt. « Mangeons tant que c'est chaud, dit Ishvar. Om, va nous chercher de l'eau. »

Chacun prit une boulette et l'enduisit de chutney. Ishvar attendit le verdict, rayonnant de fierté.

« Superbe ! » dit Maneck.

Dina fit semblant d'être vexée, affirmant qu'il n'avait jamais usé de superlatifs à propos de sa propre cuisine. Il essaya de s'en sortir. « Vous cuisinez aussi superbement, tante, mais vous faites des plats parsis, semblables à ceux que faisait ma mère. C'est la seule raison pour laquelle mes papilles ne délirent pas. »

Ishvar et Om jouèrent les modestes : « Ce n'est rien. C'est très facile à réaliser.

— C'est délicieux, affirma Dina. C'est une très

bonne idée qu'a eue Maneck de nous faire manger tous ensemble. Si j'avais connu vos talents dès le début, je vous aurais engagés comme cuisiniers et non comme tailleurs. »

Le compliment réjouit Ishvar. « Désolé, dit-il. Nous ne cuisinons pas pour de l'argent — seulement pour nous et nos amis. »

Des paroles qui réveillèrent chez Dina son vieux sentiment de culpabilité. Il existait toujours un fossé entre eux : le regard qu'elle portait sur eux n'était pas du même ordre que celui qu'ils portaient sur elle.

Au fil des semaines, les tailleurs ne se contentèrent plus de confectionner des chapatis, des puris et des wadas ; ils réalisèrent des plats végétariens comme le paneer-masala, le shak-bhaji, le aloo-masala. Désormais, chaque soir, il y avait quatre personnes, ou au moins deux, qui s'affairaient dans la cuisine. Mes heures les plus sinistres, songeait Dina, sont devenues les plus heureuses.

Les jours où c'était à elle de cuisiner, les tailleurs, s'ils n'étaient pas sortis en quête d'une chambre à louer, venaient lui demander s'ils pouvaient l'aider. « Quand j'étais petit garçon, au village, raconta Ishvar tout en lavant le riz et en triant les cailloux, je faisais ça pour ma mère. Mais en sens inverse. On allait dans les champs, après la moisson, ramasser ce qui traînait après le battage et le vannage. »

Ces quelques bribes de leur passé qu'il lui confiait, Dina se rendait compte de ce qu'elles représentaient. Des petites pièces qui s'ajoutaient les unes aux autres pour construire leur histoire.

« En ce temps-là, poursuivit Ishvar, il me semblait qu'on ne pouvait rien attendre d'autre de la vie. Une route dure semée de cailloux pointus et, si on avait de la chance, de quelques grains.

— Et plus tard ?

— Plus tard, j'ai découvert qu'il y avait différentes sortes de routes. Et différentes façons de marcher dessus. »

Elle aima sa façon de s'exprimer.

« Vous décrivez si bien. »

Il gloussa.

« Ça doit être mon métier. Les tailleurs apprennent à examiner les patrons, à lire les tracés.

— Et toi, Om ? As-tu aussi aidé ta mère à ramasser du blé ?

— Non.

— Il n'en a pas eu besoin, dit Ishvar. Quand il est né, son père — mon frère — gagnait bien sa vie comme tailleur.

— Mais il m'a quand même envoyé apprendre cette puanteur de travail du cuir.

— Tu ne m'avais pas raconté ça, dit Maneck.

— Il y a beaucoup de choses que je ne t'ai pas racontées. Est-ce que tu m'as tout dit, toi ?

— C'était pour lui former le caractère, expliqua Ishvar. Et aussi pour lui apprendre ses origines, pour qu'il se rappelle à quelle communauté il appartenait.

— Mais pourquoi fallait-il qu'il se le rappelle ?

— C'est une longue histoire.

— Racontez-nous ! s'écrièrent ensemble Dina et Maneck.

— Dans notre village, nous étions des cordonniers, commença Ishvar.

— Ce qu'il veut dire, l'interrompit Om, c'est que notre famille appartenait à la caste des Chamaars, des tanneurs et des ouvriers du cuir.

— Oui, dit Ishvar, reprenant les rênes, il y a longtemps de ça, bien avant la naissance d'Omprakash, quand son père, Narayan, et moi avions dix et douze ans, notre père, qui s'appelait Dukhi, nous a envoyés en apprentissage chez un tailleur... »

« Apprends-moi à m'en servir, dit Om.

— De quoi?

— Du couteau et de la fourchette.

— D'accord, dit Maneck. Première leçon. On ne met pas ses coudes sur la table. »

Ishvar approuva, disant que ça impressionnerait tout le monde et augmenterait la valeur d'Om quand ils retourneraient au village lui chercher une femme. « Manger avec des ustensiles — il faut être habile, comme pour jouer d'un instrument de musique. »

La fabrication du couvre-lit reprit de plus belle. Grâce à la célérité avec laquelle les tailleurs exécutaient les commandes de Au Revoir Export, les chutes de tissu s'empilaient comme les alluvions déposées par une rivière en pleine santé. Dina s'installait après le dîner, sélectionnant et assortissant les meilleures pièces.

« Le style de ces nouveaux tissus est totalement différent de celui des précédents, dit Maneck. Vous croyez que ça ira?

— La critique est repartie, grommela-t-elle.

— Carrés, triangles, polygones, ça fait un peu embrouillé, dit Om.

— Ça sera très beau, trancha Ishvar. Continuez à les assembler patiemment, Dinabai — le secret est là.

Ji-hahn, on dirait des bouts de chiffon sans intérêt jusqu'à ce que vous les assortissiez.

— Exactement. Ces garçons ne comprennent rien. Au fait, il y a plein de tissu dans l'armoire, si vous aussi vous voulez en tirer quelque chose. »

Ishvar pensa à Shankar — ce serait gentil de lui offrir un nouveau gilet. Il présenta le problème à Dina : le bas du corps amputé, qui ne retenait rien, ni pagne, ni caleçon, ni pantalon, d'autant que Shankar n'arrêtait pas de se tortiller et de manœuvrer sa planche. Et une fois que le vêtement avait glissé, il n'avait d'autre solution que d'attendre le passage du Maître.

« Je crois que j'ai la solution », dit Dina. Elle sortit son vieux maillot de bain une pièce, qu'elle portait à l'école, et en expliqua le modèle. Le copier serait facile, avec quelques modifications telles que l'ajout de manches, d'un col et de boutons sur tout le devant.

« C'est une idée bilkool, dit Ishvar. De première. »

Il choisit des morceaux de popeline marron clair et, le lendemain après-midi, à l'heure du thé, il se rendit au Vishram en emportant son mètre. Tout en soufflant sur leur tasse, Om et lui observèrent, par la vitrine, la nouvelle tactique de Shankar.

Toujours aussi inventif, le Maître des mendiants avait doté la planche d'une rallonge. Shankar reposait à plat dos, agitant en l'air les moignons de ses cuisses, faisant ainsi dépasser ses testicules hors du tissu qui l'emmaillotait. Il s'efforçait continuellement de les rentrer, mais cela nécessitait des mouvements de traction exténuants, et, au bout d'un moment, il les laissa pendre.

« O babu ek paisa day-ray », chantonnait-il, secouant sa boîte au rythme de l'accentuation des syllabes — un, trois. Il la tenait sur son front, entre ses paumes. Quand il était fatigué, il la posait à côté de sa tête, laissant les mains libres de s'agiter comme les moignons de ses cuisses.

Il était en train de se redresser au moment où les

tailleurs finissaient de boire leur thé. La vue du monde qu'il avait de sa position allongée était nouvelle pour lui, et il ne pouvait la supporter qu'à petites doses, mort de peur pendant ces quelques minutes à l'idée que quelqu'un risquait de lui marcher dessus. Les heures de pointe, quand les hordes déferlaient sur le trottoir, constituaient des moments de pure terreur.

Voyant sortir Om et Ishvar, il manœuvra sa planche pour venir bavarder avec eux.

« Une nouvelle gaadi, hahn Shankar ?

— Que faire ? Il faut que le public continue à être satisfait. Le Maître a pensé qu'il était temps de varier. Il est très gentil depuis que nous sommes revenus de cet horrible endroit. Encore plus qu'avant. Et il ne m'appelle plus Ver de terre, il m'appelle par mon vrai nom, comme vous. »

L'idée qu'ils allaient imaginer un modèle de gilet à son seul usage l'excita terriblement. Ils se dirigèrent vers la ruelle derrière le Vishram, à l'abri des regards, où Ishvar put prendre quelques mesures.

« Ça doit être bien pour toi, dit Om, de pouvoir dormir sur ton lieu de travail.

— Vous n'imaginez pas le paradis, dit Shankar, malicieux. Ça fait seulement trois jours, et c'est incroyable tout ce que j'ai vu. Surtout quand les jupes flottent au-dessus de ma tête.

— Vraiment ? » L'envie perçait dans la voix d'Om. « Qu'est-ce que tu vois ?

— Les mots sont trop faibles pour décrire la maturité, la succulence de ce qui a réjoui mes yeux.

— Mon neveu aimerait peut-être prendre ta place sur la gaadi pour quelques jours, dit sèchement Ishvar.

— Il faudrait d'abord qu'il trouve une solution pour ses jambes. » Shankar ne renonçait pas à son humour noir. « J'y suis — arrêtez simplement de payer le Maître. Ça produira automatiquement des membres fracturés. »

Le cadeau fut prêt le lendemain et, en partant

comme souvent le soir à la recherche d'un logement, l'oncle et le neveu s'arrêtèrent auprès de Shankar. Ils voulurent l'emmener dans la ruelle et lui passer le gilet pour voir s'il lui allait, mais Shankar manifesta quelques doutes. « Ça ne plaira pas au Maître, dit-il.

— Pourquoi ?

— Il fait trop neuf. »

Il préféra ne pas le porter tant qu'il n'aurait pas obtenu l'autorisation de le faire.

Ils s'éloignèrent, déçus, emportant le paquet de cheveux caché sous la planche de Shankar. Pendant un temps assez long, le ramasseur de cheveux n'avait rien laissé, mais ces derniers jours ses livraisons s'étaient faites régulières. Leur malle se remplissait.

« Si les cheveux longs sont si rares, comment se fait-il que Rajaram en ramasse tant ? se demanda Om.

— Je ne vais pas m'encombrer la tête avec ses histoires de cheveux », dit Ishvar.

La semaine suivante, ils virent enfin le mendiant affublé de leur cadeau. Ils eurent toutefois du mal à reconnaître l'objet, car le Maître l'avait retouché. Plein de taches, avec un trou juste sur le devant, le vêtement convenait maintenant à Shankar.

« Ce salaud, dit Om. Qui détruit notre création.

— Ne le juge pas en fonction de tes propres vêtements, dit Ishvar. Tu n'irais pas travailler pour Dinabai en col-cravate et avec un gros turban de mariage, n'est-ce pas ? »

11

Le brillant avenir s'assombrit

Disposant d'un abri sûr et confortable, qui rendait leur quête d'un nouveau logement moins urgente, les tailleurs partaient pour leurs excursions de fin d'après-midi sans enthousiasme excessif. Ishvar éprouvait toutefois un léger sentiment de culpabilité, se reprochait de profiter de l'hospitalité de Dina, qui durait maintenant depuis bientôt trois mois. Pour apaiser sa conscience, il prit l'habitude de lui raconter en détail leurs pérégrinations : les lieux où ils se rendaient, les chawls, les kholis, les soupentes qu'ils visitaient et qui, à quelques minutes près, leur passaient sous le nez.

« Quelle déception, racontait-il pour la énième fois. Dix minutes avant que nous arrivions, quelqu'un a pris la chambre. Et une belle chambre, en plus. »

Avec le temps, les craintes de Dina concernant son propriétaire s'étaient apaisées. Elle était très contente de laisser les tailleurs disposer de la véranda. Personne n'aurait pu la faire changer d'avis, pas même Zenobia qui, un soir qu'elle était venue la voir, découvrit, horrifiée, la malle et la literie.

« C'est dangereux, lui dit-elle. Tu joues avec le feu.

— Oh, il n'arrivera rien », la rassura Dina.

Elle avait remboursé Nusswan, le collecteur de loyers ne lui cherchait plus noise, et les travaux de couture avançaient plus vite que jamais.

Même la grève à Au Revoir Export, que redoutait tant Mrs Gupta, avait été évitée, ce en quoi la directrice voyait le triomphe du bien sur le mal. « La corporation a ses propres gros bras, maintenant, expliqua-t-elle à Dina. C'est nos goondas contre les leurs. Ils traitent avec les syndicalistes véreux avant que ceux-ci ne commencent à créer des troubles ou ne dévoient ces pauvres ouvriers. Et, attention, même la police nous soutient. Tout le monde en a marre de ces fléaux de syndicats. »

Une nouvelle qui réjouit les tailleurs, quand Dina la leur rapporta. « Nos étoiles sont dans la bonne configuration, dit Ishvar.

— Oui, dit-elle. Mais le plus important, c'est que vos points soient dans la bonne position. »

Ishvar et Om partaient à leur chasse au logement en général après le dîner, parfois avant s'ils n'étaient pas de cuisine ce jour-là. Elle leur souhaitait bonne chance, mais ajoutait toujours : « A tout de suite », et ce n'étaient pas des paroles en l'air. Maneck les accompagnait souvent. Demeurée seule, elle n'arrêtait pas de consulter l'horloge jusqu'à ce qu'ils rentrent.

Et quand, plus tard, ils lui détaillaient leurs recherches, elle leur donnait toujours le même conseil : « Pas de précipitation. » Ce serait idiot, disait-elle, de verser de l'argent et que l'endroit soit démoli lui aussi pour cause de construction illégale. « Mieux vaut économiser votre argent et trouver une chambre à vous, d'où personne ne pourra vous chasser. Prenez votre temps.

— Mais vous ne voulez pas qu'on paye un loyer. Pendant combien de temps allons-nous continuer à être un fardeau pour vous ?

— Je n'ai aucun fardeau. Et Maneck non plus. N'est-ce pas Maneck ?

— Oh si, j'en ai un, et un gros. Mes examens arrivent.

— L'autre problème, dit Ishvar, c'est que mon cher neveu ne peut pas se marier tant que nous n'avons pas notre propre logement.

« — Là, je ne peux pas vous aider, dit Dina.

— Qui a dit que je voulais me marier? » s'énerva Om, tandis que Dina et Ishvar échangeaient un sourire parental.

Ayant eu vent d'une possible location — une demi-chambre — dans les faubourgs nord de la ville, ils se retrouvèrent dans le quartier où ils avaient cherché du travail à leur arrivée en ville. Le temps qu'ils parviennent à l'adresse indiquée, la pièce était louée. Comme ils passaient devant la boutique Tailleur de l'Avenir, ils décidèrent de dire bonjour à Jeevan.

« Ah, mes vieux amis sont de retour, les salua Jeevan. Avec un nouvel ami. C'est un tailleur lui aussi? »

Maneck secoua la tête et sourit.

« Ne vous en faites pas, on va vous apprendre. » Sur quoi, Jeevan évoqua avec nostalgie ces journées où, à l'occasion d'élections partielles, ils avaient travaillé tous les trois sans discontinuer afin de livrer les commandes en temps voulu. « Vous vous souvenez, les cent chemises et les cent dhotis que ce type voulait pour ses pots-de-vin?

— J'ai eu l'impression qu'il y en avait un millier, dit Om.

— J'ai découvert plus tard qu'il avait embauché au moins deux douzaines de tailleurs. Il a distribué cinq mille chemises et dhotis.

— Où ces voyous de politiciens trouvent-ils l'argent?

— De l'argent au noir, bien sûr — d'hommes d'affaires qui ont besoin de faveurs. C'est comme ça que fonctionne tout le système des licences-permis-quotas. »

Il se trouva pourtant que, bien qu'ayant arrosé ses principaux électeurs, le candidat fut battu : les discours de l'opposition se révélèrent plus intelligents que les siens. Ce n'était pas un crime, disaient les opposants, que d'obliger des mains vides à accepter de beaux cadeaux, du moment que la tête faisait preuve de sagesse au moment du vote.

« Il a essayé de me rendre responsable de son échec. Soi-disant que les électeurs l'avaient rejeté parce que les vêtements étaient mal cousus. Alors, je lui ai dit : rapportez-les-moi. Je ne l'ai jamais revu. » Jeevan repoussa son ouvrage et brossa les peluches sur le devant de sa chemise. « Asseyez-vous, buvons une tasse de thé ensemble. »

Pour ce qui était de s'asseoir, l'invitation n'était qu'une figure de style ; le fouillis dans la minuscule boutique la rendait impossible à prendre au pied de la lettre. Depuis qu'ils l'avaient quittée, l'échoppe avait subi des rénovations, dont une cabine, au fond, entourée de rideaux, pour les essayages. Ishvar but dans la soucoupe, debout au comptoir, Jeevan prenant la tasse, quant aux garçons, ils se partagèrent tasse et soucoupe, assis sur les marches.

Il se trouva que, ce soir-là, le Tailleur de l'Avenir ne désemplit pas. « Vous m'avez porté chance », dit Jeevan. Une famille vint commander des vêtements pour ses trois petites filles, la mère serrant fièrement sous son bras le rouleau de tissu, le père arborant une mine féroce. Ils voulaient un corsage et une jupe longue pour chaque fillette, et que le tout fût prêt à temps pour la fête de Divali.

Pianotant du doigt sur ses lèvres, Jeevan fit mine de consulter son livre de commandes. « Ça nous laisse juste un mois, dit-il. Tout le monde est pressé. » Il marmonna et bredouilla, fit claquer sa langue contre ses dents, puis déclara que c'était possible, mais tout juste.

Les petites filles sautillèrent de soulagement et d'excitation. Le père leur intima l'ordre de se tenir tranquilles, sinon il leur briserait le cou. Menace à laquelle la famille ne prêta aucune attention, habituée qu'elle était à ses excès de langage.

Jeevan mesura le tissu, du polyester imprimé de motifs de paons. Il fronça les sourcils, remesura et déclara, en se tapotant les lèvres, qu'il n'y en avait pas assez pour fabriquer trois corsages et trois jupes longues. Les fillettes étaient au bord des larmes.

« L'enfant de salaud ment, chuchota Om à Maneck. Regarde. »

Il mesura une troisième fois et dit, en homme prêt à se sacrifier par philanthropie, qu'il y avait une autre solution. « Ce sera très difficile, mais je peux réaliser trois jupes qui arriveront au genou. »

Les parents sautèrent sur la proposition. Saisissant son mètre, il en fouetta l'air et dit aux enfants qu'il allait prendre leurs mesures. Raides comme des marionnettes, elles se tournèrent et se retournèrent, haussant la tête, levant des bras aux articulations figées.

« Il va leur escroquer au moins trois mètres de tissu, peut-être quatre », murmura Om, libérant les marches pour laisser passer la famille. Les petites filles geignaient qu'elles auraient tant, tant voulu des jupes longues. Leur père les serra affectueusement contre lui, non sans les menacer de leur arracher les dents si elles ne se tenaient pas convenablement, et l'heureuse famille s'éloigna.

Jeevan replia le tissu avec, à l'intérieur, la page portant les indications des mesures. « Nous autres tailleurs, nous devons bien vivre, non ? » dit-il en quêtant l'approbation des autres.

Ishvar hocha la tête, sans plus.

« Ces clients — toujours à trop exiger de nous », tenta à nouveau Jeevan.

Il fut tiré de son embarras par l'apparition d'un autre client, une femme, qui venait pour un essayage. Il lui tendit son choli de soie, juste bâti, et elle disparut dans la cabine dont elle tira le rideau.

Maneck poussa Om du coude, ils se tournèrent pour regarder. En bougeant, le rideau, qui s'arrêtait quelques centimètres au-dessus du sol, laissait voir les pieds nus de la femme dans ses sandales que caressait le sari. Jeevan les tança du doigt, puis lorgna lui-même en direction de la cabine.

« Un rideau plus fin pimenterait ma vie », dit Om. Ils entendaient le doux tintement de ses bracelets.

« Shoosh! leur intima Jeevan, avec un petit rire grivois, vous allez me faire perdre une bonne cliente. »

La réapparition de la femme les plongea dans un silence coupable. Tête baissée, ils l'examinèrent à la dérobée. Le sari ne recouvrait plus ses épaules, afin de permettre à Jeevan d'effectuer l'essayage du corsage. « Levez un peu les bras, s'il vous plaît », dit-il, tout en s'emparant de son mètre, et du ton d'un médecin demandant à son patient de tirer la langue.

Entre le choli et la taille, l'estomac était nu. Elle portait un sari à taille basse, selon les canons modernes de la mode, qui découvrait son nombril. Maneck et Om ne la quittaient pas des yeux, tandis que Jeevan conseillait deux plis dans le dos et d'échancrer un peu plus l'encolure. Elle retourna derrière le rideau.

Om murmura que ce qu'il regrettait le plus dans son travail pour Dinabai, c'était d'avoir à opérer à partir de patrons en papier. « Je n'ai aucune chance de mesurer des femmes.

— Comme si on pouvait faire quoi que ce soit pendant qu'on les mesure.

— Tu ne connais pas toutes les possibilités, yaar. »

Réaliser un corsage, spécialement un choli serré comme celui-ci, était une bénédiction, car le mètre passait au-dessus des seins. Pour mesurer le tour de poitrine, on avait besoin de ses deux mains, et il fallait se tenir tout contre la cliente. Rien que cela était très excitant. Ensuite, on laissait pendre le mètre dans le sillon entre les deux seins — ainsi on ne la touchait pas — mais on pouvait toujours frôler un peu. Attention toutefois : si elle se rétractait dès que le mètre l'effleurait, il était dangereux de tenter quoi que ce fût. Certaines ne bronchaient pas, et l'on pouvait juger à leurs yeux et aux bouts de leurs seins s'il y avait danger ou non à laisser ses doigts s'égarer.

« Est-ce que tu l'as déjà fait ?

— Plusieurs fois. Chez Muzaffar Couture, avec Ashraf Chacha.

« — Je devrais peut-être abandonner la fac et devenir tailleur.

— Tu devrais. C'est plus drôle. »

Maneck sourit.

« En réalité, je songe à continuer après cette première année.

— Pourquoi ? Je croyais que tu détestais ça. »

Maneck garda le silence pendant quelques minutes. « J'ai reçu une lettre de mes parents. Disant combien ils ont hâte que cette année se termine, combien ils sont seuls sans moi — la même vieille rengaine. Quand j'étais là-bas, ils m'ont dit pars, pars, pars. Alors, j'ai décidé de leur écrire que je veux faire trois années de plus, pour avoir la licence.

— Tu es idiot, yaar. A ta place, je retournerais chez mes parents le plus vite possible.

— A quoi bon ? Pour me disputer de nouveau avec mon père ? Sans compter que, maintenant, je m'amuse bien ici. »

Om contempla ses ongles et ébouriffa son toupet. « Si tu prévois de rester, alors tu devrais changer de sujet d'étude. Car on ne mesure pas des réfrigérateurs comme des femmes. » Il gloussa. « Qu'est-ce que tu diras ? "Madame, quelle est la profondeur de vos étagères ?" »

Maneck éclata de rire. « Je pourrais demander : "Madame, puis-je examiner vos compresseurs ?" Ou : "Madame, il faut remplacer le thermostat de votre cavité thermostatique."

— "Madame, vos manettes de contrôle de la température ont besoin d'un ajustement."

— "Madame, votre tiroir à viande ne s'ouvre pas correctement." »

A présent, ils hurlaient de rire. « Allons, vous deux, il faut partir, dit Ishvar. Qu'est-ce qui vous fait tant rire, hahn ?

— Comme si nous ne le savions pas », dit Jeevan, en les saluant et en leur souhaitant bonne chance. « J'espère que vous trouverez bientôt une chambre. »

Un après-midi, durant la semaine de révisions qui précédait les examens, le collecteur de loyers se présenta sans crier gare. Quand la sonnette de la porte retentit, les tailleurs arrêtèrent leurs machines.

« Comment allez-vous ma sœur ? » Ibrahim ébaucha un geste en direction de son fez.

« Qu'y a-t-il encore ? demanda Dina, en lui barrant le chemin. J'ai déjà payé le loyer du mois.

— Ce n'est pas le loyer le problème, ma sœur. »

Se contractant au fur et à mesure qu'il parlait, il se lança dans une phrase d'où il ressortit qu'il venait déposer un ultime avis d'avoir à quitter les lieux dans les trente jours parce que, au bureau, ils avaient la preuve qu'elle utilisait l'appartement à des fins commerciales malgré l'avertissement qui lui avait été notifié plusieurs mois auparavant.

« Absurde ! Quelle preuve ont-ils ?

— Pourquoi vous fâcher contre moi, ma sœur ? » Il tapota le carnet de notes dans sa poche. « Tout est là — dates, heures, allers-retours, taxis, robes. Et la preuve supplémentaire se trouve dans la chambre du fond.

— La chambre du fond ? Vous voulez bien me montrer ça ? »

Elle s'écarta, et lui fit signe d'entrer.

Le défi le prit au dépourvu. Il n'avait d'autre choix que d'accepter. La tête baissée, il se dirigea vers la pièce des machines. Figés devant les Singer, les tailleurs attendaient, tandis que Maneck observait, depuis sa chambre.

« Le voilà le problème, ma sœur. Des tailleurs que vous engagez, et — de la main il indiqua l'autre chambre — un hôte payant par-dessus le marché. Une telle folie, ma sœur. Le bureau va vous jeter dehors, c'est sûr.

— Vous dites n'importe quoi. » Elle passa à la contre-attaque : « Cet homme — elle montra Ishvar — est mon mari. Les deux garçons sont nos fils. Et les robes sont toutes à moi. Elles font partie de ma garde-robe 1975. Allez rapporter au propriétaire qu'il n'a pas de motif. »

Il aurait été difficile de dire qui cette révélation stupéfia le plus : Ishvar, rougissant et jouant avec ses ciseaux, ou Ibrahim, se tordant les mains et soupirant.

Profitant de son avantage, elle demanda : « Vous avez quelque chose à ajouter ? »

Ibrahim rentra les épaules, prenant la position du suppliant. « Certificat de mariage, s'il vous plaît ? Certificats de naissance ? Puis-je les voir, s'il vous plaît ?

— Ma chaussure en pleine figure, voilà ce que vous allez voir ! Comment osez-vous m'insulter ! Allez dire à votre propriétaire que s'il n'arrête pas de me harceler, je le traîne devant les tribunaux ! »

Il recula, marmonnant qu'il devrait faire un rapport complet au bureau, pourquoi lui reprochait-on d'accomplir son travail, ça ne lui plaisait pas plus qu'aux locataires.

« Si ça ne vous plaît pas, ne le faites plus. De toute façon, à votre âge, vous ne devriez plus travailler. Vos enfants peuvent prendre soin de vous.

— Je dois travailler, je suis tout seul », dit-il, tandis que la porte se refermait.

Dina ne goûtait déjà plus le doux sentiment de sa victoire. Elle l'entendit haleter, reprendre son souffle avant de se mettre en marche. Il avait suffi d'un instant, le temps qu'il prononce ces quelques mots, pour qu'elle se rappelle ses années de solitude et la précarité de ce bonheur découvert si récemment.

Dans la pièce du fond, Ishvar se remettait de sa surprise. Les garçons gloussaient, le taquinant sur l'expression de son visage. « Tu n'arrêtes pas de parler de me trouver une femme, dit Om. Et c'est toi qui t'en es trouvé une. »

« C'est une idée géniale, tante. Est-ce que vous y aviez réfléchi à l'avance ?

— Ne vous occupez pas de ça, et réfléchissez plutôt à vos examens. »

L'université ferma pour les trois semaines de vacances de Divali, et Dina encouragea Maneck à jouer les touristes. « Vous n'avez fait qu'aller aux cours et en revenir. Mais il y a tant de choses à voir dans cette ville. Le musée, l'aquarium et les grottes sculptées vous fascineront. Sans compter le Jardin de Victoria et les Jardins suspendus.

— Mais je les ai déjà vus.

— Quand ? Il y a des siècles, avec votre maman ? Vous n'étiez qu'un petit baba, vous ne pouvez pas vous en souvenir. Vous devez y retourner. Et rendre visite aux Sodawalla — la famille de votre maman.

— D'accord », dit-il, indifférent.

Et il ne bougea pas de l'appartement.

Cette semaine-là, les premiers feux d'artifice de Divali éclatèrent. « Hai Ram, dit Ishvar. Quel bombardement !

— Ça n'est rien. Attendez qu'on se rapproche de la date exacte. »

Le bruit retarda chaque soir de deux bonnes heures le moment d'aller se coucher, allongeant d'autant les journées inoccupées de Maneck. Pour compenser, il essaya de se lever plus tard, mais les clameurs de l'aube, cris des laitiers et jacasseries des corneilles, furent toujours les plus fortes.

Dina lui nota les numéros des autobus et les directions à prendre. « Toutes ces attractions touristiques sont très faciles à trouver, vous ne pouvez pas vous perdre », dit-elle, pensant que c'était peut-être ce qui l'effrayait. Mais Maneck ne bougea pas.

Ne pouvant plus supporter de le voir tourner en rond dans l'appartement, elle éclata. « On dirait un vieux grand-père ronchon. Ce n'est pas naturel pour un jeune homme. Et vous nous rendez fous à faire les cent pas toute la journée. »

Influencé par cette image de l'oisiveté, Om recommençait à faire de longues pauses-thé au Vishram, ou bien restait avec Maneck à jouer aux cartes dans la véranda. Ni les réprimandes d'Ishvar ni les reproches de Dina n'avaient d'effet.

A la fin de la semaine, oncle et tante changèrent de tactique ; ils décidèrent que mieux valait octroyer au garçon quelques vacances. Espérer qu'il allait s'atteler à sa Singer pendant que son ami traînait sans rien faire était irréaliste. Après tout, c'était déjà assez triste qu'il lui fallût gagner sa vie à un âge où il aurait dû continuer ses études, comme Maneck.

Om apprit donc qu'on l'autorisait à ne travailler que de huit heures à onze heures du matin. « Tu as travaillé très dur ces derniers mois, dit Dina. Tu mérites des vacances. »

Désormais, il ne fut plus question de les garder à la maison. De la minute où Om quittait sa machine, on ne les revoyait plus jusqu'à l'heure du dîner. Et, dès ce moment, ils n'arrêtaient plus de parler, tant ils avaient de choses à raconter.

« La mer était si mauvaise que la chaloupe sautait comme un cheval sauvage, dit Om. C'était effrayant, yaar.

— Croyez-moi, tante, vous avez failli perdre votre hôte payant et la moitié de votre atelier de couture ; un peu plus et ils se noyaient sur la jetée.

— Ne dites pas des choses de mauvais augure, dit Ishvar.

— Après cette virée en chaloupe, même l'aquarium m'a donné le vertige — toute cette eau autour de nous.

— Mais les poissons étaient superbes, yaar. Et cette façon si élégante qu'ils ont de nager. Comme s'ils se promenaient, ou flânaient dans le bazar, tâtant les tomates, ou comme des policiers courant après un voleur.

— Certains sont aussi colorés que les tissus de Au Revoir. Et le nez du poisson-scie ressemble exactement à une vraie scie, je le jure.

— Demain, je veux me faire faire un massage à la plage, dit Om. On les a vus aujourd'hui, avec leurs huiles, leurs lotions et leur serviettes.

— Soyez très prudents, dit Dina. Ces massagewallas sont des escrocs. Ils vous font un beau chumpee jusqu'à ce que vous soyez si détendu que vous vous endormez. Et là, ils vous font les poches. »

Les trois jours suivants, ils les passèrent au musée. En rentrant, Om déclara que les architectes avaient dû modeler le dôme du toit d'après l'estomac de son oncle. « Si seulement je pouvais revendiquer une telle prospérité », dit Ishvar. Trois soirs de suite, lui et Dina apprirent tout sur la galerie chinoise, la galerie tibétaine, la galerie népalaise, les samovars, les fontaines à thé, les ivoires gravés, les tabatières en jade, les tapisseries.

La collection d'armes et d'armures, en particulier, avait fasciné les garçons — les cottes de mailles, les dagues à manche de jade, les cimeterres, les épées au tranchant dentelé (« comme la râpe à noix de coco sur l'étagère de la cuisine », dit Om), les épées de cérémonie incrustées de joyaux, les arcs et les flèches, les gourdins, les piques, les lances, les massues cloutées.

« On dirait les armes qu'on voyait dans ce vieux film, *Mughal-e-Azam* », dit Maneck, à quoi Om ajouta qu'elles seraient utiles pour armer tous les Chamaars des villages et massacrer les propriétaires terriens et les hautes castes, propos qu'Ishvar accueillit d'un air sévère et désapprobateur, qui disparut dans le rire des garçons.

Ils continuèrent ainsi à dévorer leurs vacances à belles dents. Les merveilles de la cité s'échappaient de leur bouche au profit d'Ishvar, qui visitait la ville par procuration, et pour le plaisir de Dina qui, dans leur enthousiasme, retrouvait des sentiments de jeunesse.

A la moitié des vacances, un accès de mousson tardif assombrit le ciel. Des trombes d'eau obligèrent les garçons à ne pas sortir. Désœuvré, s'ennuyant à mourir, Maneck se rappela les échecs. Om n'avait jamais vu d'échiquier, et les figurines en plastique captivèrent son imagination. Il demanda qu'on lui apprenne à jouer.

Maneck commença par lui nommer les pièces : roi, reine, fou, cavalier, tour, pion. Les mots brefs et tranchants prenaient à ses oreilles des sonorités familières et caressantes. Il aima tenir de nouveau les pièces entre ses doigts, après si longtemps, les extraire de leur cercueil de contreplaqué marron et les placer sur leurs cases habituelles, prêtes pour la bataille.

Et, brusquement, sa voix devint l'écho d'une autre — une voix qui, naguère, lui avait désigné les pièces de l'échiquier, à la résidence universitaire. Il s'arrêta, incapable de continuer à expliquer le jeu. Son passé récent resurgissait, qu'il essayait d'oublier et qu'il avait à moitié oublié, qu'il ne voulait plus jamais revoir. Et voilà que les ossements de ce passé refaisaient surface avec un empressement grotesque.

Il fixait l'échiquier, et voici que trente-deux fantômes se mirent à bouger, dansant, se heurtant, se gaussant, l'armée des souvenirs décidée à lutter contre sa volonté d'oublier. Puis les pions changèrent de partenaire, et ce fut le visage souriant d'Avinash que lui renvoyèrent les soixante-quatre cases.

S'arrachant à sa fascination, Maneck s'approcha de la fenêtre. La pluie inondait la chaussée, tambourinait sur une bâche abritant une moto. Des petites mares se formaient autour, boueuses, assez répugnantes, la rue était triste, sans le moindre enfant pour jouer ou s'éclabousser. Il souhaita n'avoir jamais ouvert la boîte de pions.

« Ça ne va pas ? demanda Om.

— Si, si.

— Alors, viens. Arrête de perdre ton temps, montre-moi comment on joue.

— C'est un jeu stupide. N'y pense plus.

— Pourquoi en as-tu un si c'est stupide ?

— Quelqu'un me l'a prêté. Je dois le rendre bientôt. »

Il regarda l'eau tourbillonner dans le caniveau, avaler les paquets de cigarettes vides et les capsules de bouteilles de limonades. Le Cola Kohlah n'y figurait pas. Et n'y figurerait pas tant que papa continuerait à se montrer aussi obstiné. L'affaire aurait pourtant pu connaître un grand succès, et il n'aurait pas eu à fréquenter cette foutue université. Il avait dû faire un faux mouvement, à un moment quelconque de sa vie.

« Ce qu'il y a, c'est que tu ne veux pas m'apprendre », dit Om, balayant les pièces et les poussant dans la boîte.

Elles y tombèrent avec un fracas accusateur. Maneck ouvrit la bouche, comme s'il voulait parler. Om ne s'en aperçut pas et fit coulisser le couvercle.

Maneck resta encore un peu à la fenêtre, puis retourna à l'échiquier. « Je ne veux pas te créer d'ennuis, dit Om, d'un ton sarcastique. Es-tu sûr que tu veux m'apprendre ? »

Maneck ne dit rien, remit les pièces en place, et entreprit de lui expliquer les règles. La pluie tombait dru sur la bâche de la motocyclette.

Durant les deux jours suivants, Om apprit à bouger et à capturer les pièces, mais le concept d'échec et mat continuait à lui échapper. Si Maneck échafaudait une situation à titre d'exemple, il la saisissait parfaitement, ressentant presque viscéralement l'impuissance du roi tombé dans le piège. Mais parvenir de lui-même à ce dénouement lui était impossible.

Maneck se crut responsable de ce fiasco — il n'était tout simplement pas aussi bon professeur qu'Avinash. Il éprouva la même difficulté avec les notions de pat et de partie nulle. « Parfois, il ne reste plus assez de pièces d'un côté et de l'autre, si bien que les rois n'en finissent pas de parcourir l'échiquier », expliquait-il.

Là encore, Om comprenait quand Maneck lui en faisait la démonstration ; mais il refusait d'aller au-delà de la métaphore de rois entourés de leur armée. « Ça n'a pas de sens, arguait-il. Regarde, ton armée et mon armée se battent, et tous nos hommes sont morts. Il ne reste plus que nous deux. Donc l'un de nous deux doit gagner, le plus fort tuera l'autre, d'accord ?

— Peut-être. Mais les règles sont différentes aux échecs.

— Les règles devraient toujours permettre à quelqu'un de gagner », insista Om.

La rupture du raisonnement logique le troublait.

« Parfois, personne ne gagne, dit Maneck.

— Tu avais raison, *c'est* un jeu stupide. »

Au bout de cinq jours de pluie, et le ciel ne montrant aucun signe d'accalmie, les deux garçons devinrent un véritable fléau. Ils s'amusaient à regarder Ishvar et Dina travailler. « Vise un peu, chuchota Maneck. Sa langue pointe toujours contre sa joue quand il met la machine en marche. » Quant à l'habitude de Dina de pincer ses lèvres entre ses dents quand elle mesurait quelque chose, elle déclenchait leur hilarité.

« Tu es trop lent, yaar », dit Om, alors que son oncle s'arrêtait pour recharger une bobine. « Moi, je l'enroule en trente secondes.

— Tu es jeune, je suis vieux », rétorqua Ishvar, sans se fâcher. Il inséra la bobine dans la canette et fit glisser par-dessus la plaque de métal.

« J'ai toujours six bobines prêtes, dit Om. Comme ça je peux les changer phuta-phut, sans m'interrompre au milieu d'une robe.

— Tante, vous devriez vous laisser pousser l'ongle du petit doigt, comme Ishvar. Ça serait génial. »

Elle perdit vite patience. « Vous deux, vous commencez à devenir pénibles, avec un *P* majuscule. Ce n'est pas parce que vous êtes en vacances que vous devez nous bassiner avec vos idioties. Ou vous sortez, ou vous vous mettez au travail.

— Mais il pleut, tante. Vous ne voulez pas qu'on se fasse tremper ?

— Vous croyez que toute la ville se blottit sous ses couvertures à cause d'une petite pluie ? Prenez le parapluie, il pend au rebord de l'armoire dans votre chambre.

— C'est un parapluie de femme.

« — Alors, faites-vous mouiller. Mais arrêtez de nous embêter.

— OK, dit Om. On sortira cet après-midi. »

Ils s'installèrent dans la véranda, et Maneck suggéra une deuxième visite à l'aquarium. Om dit qu'il avait une meilleure idée : la boutique de Jeevan.

« C'est barbant, yaar — il n'y a rien à faire là-bas. »

Om lui révéla son plan : convaincre Jeevan de les laisser prendre les mesures des clientes.

« D'accord, allons-y, ricana Maneck.

— Je vais t'apprendre ce jeu, dit Om. Mesurer les seins est plus facile que manœuvrer les pions. Et beaucoup plus drôle, c'est sûr. »

Le calme régnait dans la boutique quand ils arrivèrent. Jeevan dormait, allongé par terre derrière le comptoir. Sur un tabouret, à côté de sa tête, un transistor diffusait doucement de la musique sarangi. Om augmenta le volume et Jeevan se réveilla en sursaut.

Il s'assit, cherchant son souffle, les yeux exorbités. « Pourquoi avez-vous fait ça ? C'est une plaisanterie ? Maintenant, je vais avoir mal à la tête tout l'après-midi. »

Il refusa même d'envisager la proposition que lui faisait Om de l'aider gratuitement. « Mesurer mes clientes ? Pas question. Je sais ce que tu guignes. Ce renflement entre tes jambes va traîner la réputation de ma boutique dans la boue. »

Om promit de se comporter en professionnel et de ne pas laisser ses doigts s'égarer. A force de travailler sur des patrons en papier, dit-il, il se rouillait. « Je veux juste garder le contact avec la véritable pratique de la couture.

— C'est avec les nénés que tu veux garder le contact, oui. Ne t'imagine pas que tu vas m'avoir. Je te préviens : ne touche pas à mes clientes. »

Maneck pénétra dans la cabine derrière le rideau. « Ça serait drôle, non, de se cacher là quand elles viennent pour un essayage ? »

Om y entra également, remarqua trois patères pour accrocher les vêtements et un miroir, mais nul endroit où se dissimuler. « C'est impossible, conclut-il.

— Tu crois ça, hein? dit Jeevan. Maintenant, petits futés, laissez-moi vous montrer quelque chose. »

Il les fit passer derrière le comptoir, derrière la cloison qui formait le fond de la cabine. « Mettez votre œil là. »

Il indiquait une fente dans un coin.

Om en eut le souffle coupé. « On voit tout d'ici!

— A mon tour, dit Maneck. C'est parfait, yaar! »

Jeevan se tapota les lèvres, minauda un sourire. « Oui, dit-il, mais ne vous faites pas d'idées. On m'aura enfermé dans un asile de fous avant que je vous laisse vous installer là.

— Aray, s'il te plaît! dit Om. On a un spectacle parfait et gratis!

— Parfait, oui. Gratis, non. Chaque chose a son prix. Vous allez au cinéma, il faut acheter un ticket. Vous prenez le train, il faut payer le trajet.

— Combien? demanda Om.

— Il n'y a pas de combien qui tienne. Je ne peux pas risquer l'honneur de ma boutique.

— S'il te plaît, yaar, Jeevan, s'il te plaît! »

Il commença à céder.

« Vous vous tiendrez convenablement? La vue de la chair ne vous rendra pas fous?

— Nous ferons tout ce que tu voudras.

— OK. Deux roupies chacun. »

Maneck fouilla dans ses poches.

« Oui, nous avons assez.

— Mais vous ne serez qu'un à la fois. Et pas de bruit, pas même pour respirer, compris? » Ils acquiescèrent. Jeevan consulta son livre de commandes. Il attendait deux femmes dans la soirée, l'une pour un corsage, l'autre pour un pantalon.

« Qui prend quoi? »

Maneck suggéra de jouer à pile ou face. « Face »,

dit Om, et il gagna. Il ferma les yeux, se demandant que choisir, et opta pour le pantalon. Il restait encore une heure à patienter, leur dit Jeevan, les deux clientes ne devant venir qu'après cinq heures. Comme la pluie s'était calmée, les garçons décidèrent d'aller faire un tour.

Ce fut une promenade tendue, silencieuse, dans un air alourdi du poids de leurs espérances. Ils ne se parlèrent qu'une fois, pour convenir qu'ils devaient rentrer, au cas où les femmes arriveraient en avance. Il s'était écoulé à peine un quart d'heure.

Ils attendirent, dans un état d'énervement total. Après quatre fausses alertes — des gens venant récupérer des vêtements donnés à recoudre et à transformer —, leur patience fut récompensée. Il était six heures moins le quart.

« Oui, madame, votre corsage est prêt pour l'essayage », dit Jeevan, adressant aux garçons un discret de signe de tête. Il fourragea dans une pile de vêtements pour laisser à Maneck le temps de se glisser derrière le comptoir. Puis, tendant le corsage à sa cliente, il indiqua la cabine. « Là-dedans, madame, merci beaucoup. »

Maneck crut que le bruit des battements de son cœur allait jeter bas la cloison. Martelant le sol de pierre de ses hauts talons, elle entra, pendit le corsage neuf à la patère et tira le rideau. Elle sortit sa blouse de sa jupe, où elle était profondément enfoncée, et la déboutonna, tournant le dos à Maneck. Lui voyait son reflet dans le miroir.

Il retint sa respiration quand elle ôta sa blouse. Elle portait un soutien-gorge blanc. Ses pouces s'activèrent sous les bretelles, les changeant de position. Deux lignes rouges sur la peau des épaules en marquaient l'emplacement. Puis elle passa les mains derrière le dos et dégrafa le soutien-gorge.

Un instant, fou d'espoir, il crut qu'elle allait l'enlever. Il serra les poings. Mais elle se contenta de planter l'agrafe dans le trou précédent, sur la bande élastique. Elle fit rouler ses épaules deux fois de suite, ajusta les bonnets, les tirant vers le haut jusqu'à ce qu'ils enveloppent parfaitement les seins, et enfila le nouveau corsage.

Des gouttes de sueur dévalèrent sur le front de Maneck, lui piquèrent les yeux. Elle quitta la cabine. Il en profita pour inspirer profondément. A travers la fente, il put voir, au-delà du rideau ouvert, Jeevan vérifier son travail. Soudain, Om se tourna et cligna de l'œil en direction de la fente, se pressant la poitrine de ses mains.

L'essayage terminé, elle retourna se changer. Moins d'une minute après, elle était ressortie. Maneck attendit, écoutant Jeevan remercier sa cliente et lui fixer la date de livraison. Puis les hauts talons descendirent les marches, et Maneck émergea de sa cachette.

Il s'essuya le front sur sa manche, décolla la chemise de dessous ses bras. « Il fait si chaud derrière la cloison.

— N'accuse pas la cloison. Mais plutôt le bas de ton corps », s'esclaffa Jeevan.

Il tendit la main pour l'argent, et Maneck paya.

« Comment c'était ? demanda Om. Qu'est-ce que tu as vu ?

— C'était extra. Mais elle portait un soutien-gorge.

— Qu'est-ce que tu espérais ? dit Jeevan. Mes clientes ne sont pas des villageoises de basse classe. Elles travaillent dans des bureaux — secrétaires, réceptionnistes, dactylos. Elles mettent du rouge à lèvres et du fard à joues, et portent des sous-vêtements de première qualité. »

Om dut attendre encore une demi-heure avant que sa cliente n'arrive. Il se faufila nonchalamment derrière le comptoir, disparut avant que Jeevan n'ait trouvé le vêtement et dirigé la femme vers la cabine.

Quand elle en émergea, Maneck regretta de n'avoir pas opté pour elle. La vue du pantalon moulant les hanches et serrant l'entrecuisse lui fit monter une boule à la gorge. Jeevan s'agenouilla devant elle pour vérifier la couture interne, et Maneck déglutit avec difficulté.

Elle retourna derrière le rideau. Quelques secondes plus tard, on entendit un bruit sourd suivi d'un hurlement.

Jeevan sursauta.

« Madame! Tout va bien?

— J'ai entendu un bruit! Venant de derrière!

— Je vous en prie, madame, restez calme, je vous promets qu'il n'y a rien d'inquiétant. Ce sont seulement les rats. »

Elle sortit, bouleversée, jeta le pantalon sur le comptoir. Jeevan le suspendit avec révérence au portemanteau. « Je suis vraiment désolé que vous ayez eu peur, madame. Les rats sont une telle plaie, partout dans cette ville.

— Vous devriez faire quelque chose, dit-elle avec colère. Ce n'est pas agréable pour vos clientes.

— Oui, madame. Parfois ils se cachent dans les boîtes derrière la cloison, d'où le bruit. Je vais répandre encore plus de poison. »

Il s'excusa de nouveau et la raccompagna à la porte.

Om surgit, un sourire penaud aux lèvres, prêt à entendre toutes les taquineries sur son rat. Jeevan lui flanqua un méchant coup sur la tête. « Saala, imbécile! Tu aurais pu me mettre dans un sacré pétrin! Qu'est-ce qui a causé ce bruit?

— Désolé, j'ai glissé.

— Glissé! Quelles choses dégoûtantes étais-tu en train de faire? Fichez-le camp tous les deux! Je ne veux plus vous revoir dans ma boutique! »

Maneck essaya d'apaiser Jeevan en lui offrant les deux roupies que lui devait Om, mais cela ne fit qu'aggraver sa fureur. Il écarta la main tendue et parut prêt à le frapper. « Garde ton argent! Et emmène cet énergumène loin de ma boutique! » Il les poussa dehors, jusqu'au bas des marches.

Domptés, la tête basse, ils regagnèrent la rue principale. D'un rebord de fenêtre, une corneille poussa un cri perçant. A l'effet dégrisant de la fureur de Jeevan s'ajoutait celui de la lumière de cette fin d'après-midi, que grignotait la nuit. Les réverbères se mirent à clignoter, avant de s'allumer vraiment — boutons jaunes, signifiant l'arrivée du plein embrasement. Quelque chose décampa sous leurs pas, vers une ruelle.

« Regarde, dit Maneck. Voilà le rat de madame. » Ils aperçurent un éclair de peau rose au milieu de la fourrure, pleine de plaques et mitée, du rongeur.

« Il cherche le Tailleur de l'Avenir, dit Om. Veut se commander un nouveau costume. » Ils rirent. Le rat disparut dans les profondeurs de la ruelle, où gargouillait un égout. On entendit des petits cris aigus, des bruits d'éclaboussement. Ils se dirigèrent vers l'arrêt de l'autobus.

« Alors, dis-moi. » Maneck le poussa du coude. « Qu'est-ce que tu faisais là-bas ? »

Grimaçant un sourire, Om serra le poing et le bougea de haut en bas. Un rire bref, ou plutôt une quinte de toux, échappa à Maneck.

Devant eux, quelque chose s'écrasa sur le trottoir surpeuplé, lancé d'une fenêtre d'un étage élevé. Les piétons, qui avaient été éclaboussés, se précipitèrent en hurlant vers l'entrée de l'immeuble et entreprirent de grimper les étages, bien qu'il fût impossible de savoir derrière quelle fenêtre se cachait le coupable.

« Tu as vu beaucoup ? demanda Maneck.

— Tout. Le pantalon neuf était si serré que quand elle l'a enlevé son slip est parti avec. »

Maneck poussa du pied une pierre dans le caniveau. « Tu as vu les poils ?

— C'était un vrai buisson. » Om se servit de ses deux mains pour en indiquer la dimension, tortillant les doigts pour en souligner l'épaisseur. « Tu en as déjà vu un ?

— Une seule fois. Il y a très longtemps. Nous avions une ayah quand j'étais petit. J'ai grimpé sur une chaise pendant qu'elle se lavait et j'ai regardé à travers le ventilateur placé au-dessus de la porte. Ça m'a effrayé. Ça avait l'air féroce, comme prêt à mordre.

— Ça ne t'effraierait pas maintenant, je t'assure, dit Om en riant. Tu sauterais droit dedans.

— Donne-m'en seulement l'occasion. »

Ils attendirent que le feu passe au rouge pour traverser. En bordure de trottoir, deux policiers tendaient une corde entre eux pour empêcher la foule de déborder sur la chaussée, au milieu de la circulation. Les gens refluaient contre la barrière comme des vagues sondant le rivage. Campés fermement sur leurs pieds, les policiers tiraient, criaient, retenant le troupeau impatient de rentrer chez lui.

« Tu sais, c'est une bonne chose qu'il n'y ait pas eu de rat derrière la cloison, dit Maneck. Il aurait dévoré ton petit soosoti en une seconde.

— Pourquoi dis-tu petit ? Il se dresse comme ça. » Et il brandit avec force son avant-bras.

Un petit personnage vert remplaça la main rouge en haut du poteau de signalisation. Les policiers écartèrent prestement la corde ; l'essaim traversa.

Les feux d'artifice atteignirent leur apogée dans la nuit précédant Divali, rendant le sommeil quasiment impossible jusque bien après minuit. « Hai Ram », soupirait Ishvar à chaque détonation, en grande partie des cubes rouges appelés Bombes Atomes, et il se couvrait les oreilles de ses mains.

« A quoi ça sert de te couvrir les oreilles une fois que ça a éclaté ? demanda Om.

— Qu'est-ce que je peux faire d'autre ? Bilkool folie, transformer la clarté et la célébration en douleur et en mal d'oreilles. Est-ce une façon d'accueillir le seigneur Rama à Ayodhya, après son exil dans la forêt ?

— Le problème, c'est qu'il y a trop de richesse dans cette ville, dit Dina. Si les gens veulent transformer leur argent en fumée, libre à eux, mais ils pourraient le faire gentiment. » Une autre Bombe Atome explosa, la faisant sursauter. « Si j'étais au pouvoir, je n'autoriserais que les chandelles, les fontaines lumineuses et les chakardees.

— Hahnji, mais les grands experts religieux vous diront que ça ne suffirait pas à effrayer les esprits du mal, se moqua Ishvar.

— Ces Bombes Atomes terroriseraient les dieux eux-mêmes, dit-elle en quittant la véranda. A la place du seigneur Rama, je retournerais tout droit dans ma forêt plutôt que de supporter les explosions de ces fanatiques. »

Des boules de coton dans les oreilles, elle se mit à travailler à son couvre-lit. Ishvar la suivit de près, les mains toujours sur les oreilles, et elle lui donna des boules de coton. Au grand boum suivant, il eut un large sourire, signifiant que ça marchait.

Maneck et Om refusèrent d'abandonner la véranda, bien que s'enfonçant un doigt dans le conduit auditif chaque fois qu'ils voyaient un joyeux fêtard s'apprêter à lancer un chapelet de cubes rouges. « Dommage que nous soyons là, dit Om. Sans ça, ils sauteraient dans le lit, c'est sûr.

— Qui ?

— Dinabai et mon oncle, qui d'autre ?

— Tu as l'esprit mal tourné.

— Parfaitement. Tiens, une devinette : pour qu'il se raidisse et se dresse, elle le frotte ; pour qu'il soit lisse et pénétrant, elle le lèche. Que fait-elle ? »

Il se tordait de rire avant même d'avoir fini de poser sa question, et Maneck, un doigt sur les lèvres, lui fit signe de baisser le ton.

« Allons, réponds, que fait-elle ?

— Elle baise, quoi d'autre ?

— Erreur. Tu donnes ta langue au chat ? Elle enfile une aiguille. » Et tandis que Maneck se tapait le front, Om ajouta, suffisant : « Alors, qui a l'esprit mal tourné ? »

Il restait encore six jours de vacances avant la reprise des cours, et Om imagina une nouvelle façon de s'amuser. Il savait que, pour cause de vieillerie et d'humidité, la porte de la salle de bains avait joué, ce qui laissait, même quand elle était fermée, un interstice non négligeable. Il suggéra que, chacun à tour de rôle, ils jettent un œil pendant que Dina se lavait. Celui qui ne regarderait pas ferait le guet, afin qu'Ishvar ne puisse les surprendre.

« C'est l'histoire de ton ayah qui m'a inspiré. Alors, qu'est-ce que tu en dis?

— Que tu es fou. Je ne marche pas.

— De quoi tu as peur? Elle ne le saura pas, yaar.

— Je ne veux pas, c'est tout.

— OK, je le ferai tout seul.

— Non, tu ne le feras pas. »

Maneck l'attrapa par le bras.

« Aray, fiche le camp. De quel droit tu me dictes ma conduite? »

Om arracha son bras à la poigne de Maneck, qui, le saisissant par les épaules, le poussa sur une chaise. Ils se colletèrent farouchement, Om balançant des coups de pied, mais Maneck réussit à passer derrière la chaise et à l'immobiliser. Om s'avoua vaincu.

« Tu n'es qu'un salaud d'égoïste, dit-il. Je te connais. Tous ces mois où tu as vécu seul avec elle, tu as dû la regarder nue tous les matins dans la salle de bains. Et tu ne veux pas que j'aie le même plaisir.

— Ce n'est pas vrai, protesta vigoureusement Maneck. Je ne l'ai jamais fait.

— Tu mens. Au moins, reconnais-le. Allez, décris-la-moi, si tu ne veux pas me laisser regarder. Comment sont ses seins? Est-ce que les bouts sont jolis et pointus? Et les...

— Arrête.

— ... les cercles marron autour des tétons, ils sont grands comment?

— La ferme, sinon gare à toi.

— Et le con? Est-ce qu'il est grand et mouillé avec des tas de... »

Maneck vint se placer devant la chaise et le frappa sur la bouche. Sous le choc, Om ne dit rien pendant quelques instants. La douleur se lisait dans ses yeux. « Espèce d'enfoiré! » Il se ranima et se jeta sur Maneck, poings en avant.

La chaise tomba. Maneck prit un coup sur la tête, les autres ne touchant que ses bras. Pour maîtriser Om sans lui faire de mal, il l'attrapa par la chemise et l'attira contre lui dans une étreinte serrée; les poings n'avaient plus d'espace où bouger. On entendit le bruit d'une déchirure. La poche lui resta dans les mains, le tissu céda sous l'épaule.

« Salaud! hurla Om, redoublant d'efforts. Tu as déchiré ma chemise! »

La bagarre s'amplifia suffisamment pour que les échos en parviennent à Ishvar, par-dessus le bruit de sa machine. Il se rendit dans la véranda. « Hoi-hoi! Qu'est-ce que c'est que ce goonda-giri? »

En sa présence, leur désir de se battre s'évanouit. Il n'eut pas de mal à les séparer. La violence s'était réfugiée dans les regards. Ils échangèrent des coups d'œil furibonds.

« Il a déchiré ma chemise! » s'écria Om, fixant l'emplacement vide de la poche.

— Ces choses-là arrivent quand on se bat. Mais pourquoi faisiez-vous ça?

— Il a déchiré ma chemise », répéta Om.

Pendant ce temps, entendant les cris, Dina avait écourté sa toilette. « Je ne peux pas le croire, dit-elle, quand Ishvar lui raconta ce qui s'était passé. J'ai pensé que c'étaient des voyous dans la rue. Mais vous deux? Pourquoi?

— Demandez-lui », marmonnèrent-ils en chœur.

« Il a déchiré ma chemise, ajouta Om, agitant sous son nez la poche arrachée.

— Chemise, chemise, chemise! C'est tout ce que tu sais dire? le secoua Ishvar. Une chemise, ça se raccommode. Pourquoi vous battiez-vous?

— Je ne suis pas riche comme lui. Je n'ai que deux chemises et il en a déchiré une. »

Maneck se précipita dans sa chambre, attrapa la première chemise qui lui tomba sous la main et revint la jeter à la figure d'Om. Celui-ci la prit et la lui renvoya. Maneck la laissa où elle était tombée.

« Vous vous conduisez comme deux babas, dit

Dina. Venez, Ishvarbhai, allons travailler. » Ils se réconcilieraient plus vite, pensa-t-elle, s'ils se retrouvaient seuls, sans avoir à sauver la face.

Maneck resta dans sa chambre toute la journée et Om s'assit dans la véranda. Les plaisanteries d'Ishvar sur le héros numéro zéro à la figure de citron acide firent chou blanc. Dina était désolée que les vacances s'achèvent sur une note amère.

« Regardez-les, deux chouettes sinistres venues nicher dans mon appartement », dit-elle, imitant la tête des deux garçons. Ishvar fut le seul à rire.

Le lendemain matin, Om déclara, avec un air de martyr, qu'il voulait retravailler à plein temps. « Ces vacances ont beaucoup trop duré à mon goût. » Maneck fit semblant de n'avoir pas entendu.

La reprise démarra mal, pour aboutir à un véritable désastre. Dina avertit Om : « Mon commanditaire ne tolérera pas ça. Tes coutures n'ont pas à souffrir de ta mauvaise humeur. »

Comme pour symboliser son martyre, il continua à porter la chemise déchirée, alors qu'il lui aurait suffi de dix minutes pour la raccommoder et recoudre la poche. Aux repas, il évita ostensiblement de se servir du couteau et de la fourchette, en revenant à ses doigts. Une guerre de bruits remplaça la conversation. Maneck fracassa son couvert sur l'assiette, sciant une pomme de terre comme s'il s'était agi d'une bûche de cèdre. Om répliqua en se léchant les doigts à grands coups, sa langue œuvrant comme une serpillière zélée. Maneck piqua sa viande à la manière d'un gladiateur transperçant un lion de sa lance. Sur quoi, Om entreprit de se lécher toute la main, accompagnant son nettoyage de petits gargouillements.

Des extravagances qui auraient pu paraître drôles, n'eût été le chagrin qui traînait, palpable, autour de la table. Dina avait le sentiment qu'on lui avait volé cette atmosphère de famille heureuse sur laquelle elle s'était mise à compter. A sa place, s'invitant d'elle-même au dîner, se tenait cette misérable tristesse, hôte indésirable de son foyer.

Pendant les deux semaines qui suivirent Divali, des feux d'artifice sporadiques continuèrent à trouer la nuit, puis ils cessèrent complètement. « Enfin la paix et le calme », dit Ishvar en jetant les boules de coton qu'il gardait précieusement à côté de sa couche.

Maneck eut les résultats de ses examens de fin de premier semestre : les notes n'étaient pas très bonnes. Voilà ce qu'il en coûtait de négliger ses études, commenta Dina. « A partir de maintenant, je veux vous voir avec vos livres chaque soir, après le dîner, pendant au moins deux heures.

— Même ma mère n'est pas si stricte, grommela-t-il.

— Elle le serait si elle voyait ces notes. »

Il se plia à la routine plus facilement qu'elle ne s'y attendait. Il n'avait résisté que pour la forme, n'ayant pas grand-chose d'autre à quoi s'occuper. Depuis leur bagarre, Om et lui ne se parlaient plus guère, malgré les efforts d'Ishvar pour leur faire renouer leur amitié. Lequel Ishvar vint à la rescousse de Dina pour encourager Maneck à travailler plus.

« Pensez au bonheur de vos parents, dit-il.

— Peu importent vos parents — c'est pour votre propre bien que vous devez étudier, dit-elle. Et c'est à toi aussi que je parle, Om. Quand tu auras des enfants, surtout envoie-les à l'école et à l'université. Regarde ce que je suis obligée de faire maintenant parce qu'on m'a empêchée d'étudier. Rien n'est plus important que le savoir.

— Bilkool exact, dit Ishvar. Mais pourquoi vous a-t-on empêchée d'étudier, Dinabai ?

— C'est une très longue histoire.

— Racontez-la-nous », s'écrièrent les trois hommes d'une même voix.

Ce qui la fit sourire, surtout en voyant les garçons froncer les sourcils, refusant par là cette coïncidence.

Elle commença : « Je n'aime pas regarder ma vie passée, mon enfance, avec amertume ou regret. »

Ishvar approuva de la tête.

« Mais parfois, contre ma volonté, des pensées m'envahissent. Alors je me demande pourquoi les choses ont tourné de cette façon, assombrissant le brillant avenir que chacun s'accordait à me prédire quand j'étais à l'école, quand je m'appelais encore Dina Schroff... »

Des bruits dans la véranda indiquèrent les préparatifs du coucher. Les deux hommes déroulèrent la
literie et la secouèrent. Bientôt, Om commença à
masser les pieds de son oncle, ce que révélèrent les
soupirs de plaisir d'Ishvar. « Oui, celui-là, dit-il, plus
fort, le talon me fait très mal. » Et, à l'intérieur, pen-
ché sur ses livres de cours, Maneck envia leur intimité.

Il bâilla et regarda sa montre — chacun dans son
coin. Leur compagnie lui manquait — les promenades, les réunions d'après-dîner dans la pièce de
devant, tante travaillant à son couvre-lit et eux la
regardant, bavardant, planifiant le travail du lendemain ou le menu du dîner : les routines simples qui
donnaient un sens et un sentiment de sécurité à leur
vie à tous.

Dans la pièce des machines, la lumière était toujours allumée. Dina veillait jusqu'à ce que Maneck
referme ses livres, s'assurant qu'il ne dérobait pas
quelques minutes à son temps d'étude réglementaire.

On sonna à la porte d'entrée.

Les tailleurs se dressèrent en sursaut et attrapèrent leurs chemises. Dina vint sur la véranda.
« Qui est là ? » demanda-t-elle à travers la porte fermée.

« Désolé de vous déranger, ma sœur. »

617

Elle reconnut la voix du collecteur de loyers. Absurde, pensa-t-elle, à cette heure. « Qu'y a-t-il, pourquoi venez-vous si tard ?

— Je suis désolé, ma sœur, mais c'est le bureau qui m'envoie.

— Maintenant ? Ils ne pouvaient pas attendre le matin ?

— Ils ont dit que c'était urgent, ma sœur. Je fais ce qu'on me dit de faire. »

Elle haussa les épaules à l'intention des tailleurs et ouvrit la porte, la main toujours sur la poignée. Aussitôt, deux hommes qui se tenaient derrière Ibrahim repoussèrent la porte, et Dina avec, chargeant comme s'ils s'attendaient à affronter une forte opposition.

L'un d'eux était presque chauve et l'autre avait une tignasse de cheveux noirs, mais leur moustache maigrichonne, leurs yeux de glace, leur torse avachi et volumineux en faisaient deux jumeaux menaçants. Ils semblaient avoir copié leurs manières sur celles des méchants de cinéma, pensa Maneck.

« Désolé, ma sœur. » Ibrahim lui décocha son sourire automatique. « Le bureau m'envoie vous porter le dernier avis — oralement. S'il vous plaît, écoutez très attentivement. Vous devez avoir vidé les lieux dans quarante-huit heures. Pour violation des conditions et des réglementations de location. »

La peur effleura le visage de Dina, comme une plume, puis s'envola, chassée par son souffle. « J'appelle la police immédiatement si vous et vos goondas ne disparaissez pas sur-le-champ ! Le propriétaire a un problème ? Dites-lui d'aller au tribunal, je l'y retrouverai ! »

Le chauve parla, d'une voix douce et apaisante. « Pourquoi nous insulter en nous traitant de goondas ? Nous sommes les employés du propriétaire, comme ces tailleurs sont les vôtres. »

L'autre dit : « Nous agissons en lieu et place des tribunaux et des avocats. Qui sont une perte de temps et d'argent. De nos jours, nous obtenons des résultats plus rapidement. » Il avait la bouche pleine de paan et s'exprimait avec difficulté, des filets de salive rouge foncé s'échappaient du coin de ses lèvres.

« Ishvarbhai, courez au bout de la rue ! dit Dina. Allez chercher la police ! »

Le chauve bloqua la porte. Ishvar essaya de forcer le passage et se retrouva propulsé à l'autre extrémité de la véranda.

« S'il vous plaît, s'il vous plaît ! Pas de bagarre, dit Ibrahim, sa barbe blanche tremblant au rythme de ses mots.

— Si vous ne partez pas, je vais hurler pour appeler à l'aide », dit Dina.

— Si vous hurlez, nous devrons vous faire taire », dit le chauve d'un ton rassurant.

Il continua à monter la garde devant la porte tandis que le mâchonneur de paan se dirigeait nonchalamment vers la pièce du fond. Ibrahim, Dina et les tailleurs le suivirent, impuissants. Maneck, de sa chambre, observait.

L'homme se tint immobile, regardant autour de lui comme s'il admirait l'endroit. Puis il explosa. Saisissant l'un des tabourets, il l'abattit sur les machines. Quand les pieds du tabouret cassèrent, il s'empara de l'autre et poursuivit son œuvre, jusqu'à ce que le second tabouret soit lui aussi hors d'usage.

Sautant par-dessus les Singer, il se rua vers la table sur laquelle s'empilaient les robes terminées, qu'il entreprit de déchirer en tirant sur les coutures. Mais il avait du mal — tissu neuf et coutures juste faites ne cédaient pas facilement. « Déchire-toi, maaderchod, déchire-toi ! » marmonnait-il en s'adressant aux robes.

Ishvar et Om, qui étaient restés paralysés jusque-là, se réveillèrent et se précipitèrent pour sauver le produit de leur travail. L'homme les envoya valser comme deux ballots de tissu.

« Arrêtez-le ! cria Dina à Ibrahim, l'attrapant par le bras et le poussant vers la mêlée. Vous avez amené ces goondas ! Faites quelque chose ! »

Se tordant les mains de nervosité, Ibrahim choisit de ramasser les morceaux de robes. Aussi vite que le mâcheur de paan les jetait, il les récoltait, les pliait et les replaçait sur la table.

« Tu as besoin d'aide ? demanda le partenaire planté devant la porte.

— Non, tout va bien. »

En ayant fini avec les robes, il s'attaqua aux pièces de tissu qui, elles, refusèrent de se déchirer.

« Mets-y le feu, suggéra le chauve, et il lui offrit son briquet.

— Non ! protesta Ibrahim affolé. Tout l'immeuble pourrait brûler ! Le propriétaire n'aimerait pas ça ! »

L'homme au paan reconnut la validité de la remarque. Déroulant les tissus, il les entassa sur le sol et les arrosa du jus de paan que sa bouche produisait. « Voilà, grimaça-t-il à l'adresse d'Ibrahim. Mon nectar rouge est aussi féroce que les flammes. »

Jetant un coup d'œil autour de lui, il remarqua les ciseaux à découper qu'Ashraf Chacha avait offerts aux tailleurs. Il les examina. « Jolis », dit-il, et il leva le bras pour les lancer par la fenêtre.

« Non ! » hurla Om.

Le goonda s'esclaffa, et le plus cher des biens que possédaient les tailleurs alla s'écraser sur le trottoir. Om se rua sur l'homme, que l'attaque de ce gringalet commença par amuser, puis il décida que ça suffisait : il bloqua son assaillant avec une paire de gifles et un bon coup dans l'estomac.

« Salaud ! » dit Maneck. S'emparant du parapluie pagode pendu à l'armoire, il fonça sur l'homme.

« S'il vous plaît ! Ne vous battez pas ! supplia Ibrahim. A quoi bon se battre ! »

Le goonda prit un bon coup sur l'épaule, remarqua la pointe formidablement acérée du parapluie et, tentant de l'esquiver, se mit à tourner autour des machines à coudre renversées. Maneck feinta, jouissant de sa supériorité, son adversaire recula, Maneck feinta de nouveau, et lui assena deux bons coups sur la tête.

Le chauve arriva sans bruit, sortit un couteau à cran d'arrêt ; la lame jaillit, dressée vers le plafond. Comme dans un film, se dit Maneck, qui commença à trembler.

« OK, batcha, dit le chauve de sa voix douce, fini de s'amuser. »

Les autres se retournèrent. Dina poussa un hurlement en voyant le couteau, Ibrahim piqua un coup de sang. « Range ça ! Et tirez-vous, tous les deux ! Votre boulot est terminé, je m'occupe du reste !

— La ferme, dit le chauve. Nous savons ce que nous avons à faire. »

Son partenaire arracha le parapluie des mains de Maneck, lui balança son poing dans la figure. Maneck tomba contre le mur. Un filet de sang coula de sa bouche, reflet douloureux du jus de paan qui suintait des lèvres de l'autre.

« Arrêtez ! J'étais là quand vous avez reçu vos ordres ! Il n'a pas été question de tabassage et de couteau ! » Ibrahim tapait du pied, brandissait le poing.

Cette rage impuissante ravit le chauve. « Qu'est-ce que tu fais, tu tues des cancrelats avec tes chaussures ? » Il passa le doigt sur la lame, la rentra, l'ouvrit de nouveau et se mit à lacérer les oreillers et le matelas de Dina, dont le contenu se répandit sur le sol. Les coussins du canapé dans la pièce du devant connurent le même sort.

« Voilà, dit-il. La suite, maintenant, est entre vos mains, madame. Vous ne voudriez pas nous voir revenir avec un nouvel avis, n'est-ce pas ? »

Son compagnon, en passant devant Maneck, lui flanqua un coup de pied dans le tibia. Mâchonnant une dernière fois son paan, il cracha sur le lit et tout autour, aspergea la pièce du contenu de sa bouche. « Tu viens ou pas ? demanda-t-il à Ibrahim.

— Plus tard. Je n'ai pas fini. »

La porte d'entrée se referma. Jetant un regard méprisant au collecteur de loyers, Dina alla s'occuper de Maneck, qu'Ishvar réconfortait en lui soutenant la tête. Ibrahim la suivit, murmurant sans arrêt : « Pardonnez-moi, ma sœur », comme une prière secrète.

Maneck saignait du nez, sa lèvre supérieure était coupée. Il vérifia de la langue — aucune dent cassée. Ils essuyèrent le sang à l'aide des bouts de tissu éparpillés autour des machines. Il essaya de marmonner quelque chose, se leva chancelant.

« Ne parle pas, dit Om, qui avait récupéré son souffle. Ça saignerait encore plus.

— Dieu merci, il n'a pas eu droit au couteau », dit Dina.

Un bruit de verre brisé leur parvint de la pièce du devant. Ibrahim courut jusqu'à la véranda. « Arrêtez, imbéciles ! cria-t-il. C'est le propriétaire qui devra payer ! » Quelques pierres cassèrent ce qui restait des vitrages, puis le silence retomba.

Ils soutinrent Maneck jusqu'au lavabo pour qu'il se lave la figure. « Je peux marcher tout seul », grogna-t-il. Après un nettoyage sommaire, ils l'aidèrent à s'allonger sur le canapé, un linge pressé sur le nez.

« Ce qu'il faut à cette lèvre, c'est de la glace, dit Dina.

— Je vais aller en acheter au Vishram, proposa Om.

— Ce n'est pas la peine », protesta Maneck.

Sans tenir compte de son refus, les autres décidèrent que dix paisas de glace feraient l'affaire. Vite, Ibrahim repêcha une pièce dans son sherwani et l'offrit à Om.

« Ne prends pas son argent ! » ordonna Dina, qui saisit son porte-monnaie. Ibrahim eut beau supplier, rien n'y fit, et il laissa retomber la pièce dans sa poche.

En attendant le retour d'Om, ils contemplèrent les dégâts. Des peluches, jaillies des coussins éventrés, flottaient dans l'air, descendant lentement se poser sur le sol. Dina ramassa les taies lacérées ; elle se sentait salie, comme si les mains du goonda s'étaient acharnées sur elle. Et pour les robes déchirées, les pièces de tissu souillées de paan, qu'allait-elle dire à Au Revoir Export ? Comment pourrait-elle expliquer cela à Mrs Gupta ?

« Je suis fichue, dit-elle, au bord des larmes.

— Peut-être peut-on réparer les vêtements, Dinabai, dit Ishvar. Et laver tout ce rouge. »

Des paroles qui parurent si vaines, à lui-même y compris, qu'il se retourna contre Ibrahim : « Vous n'avez pas honte ? Pourquoi essayez-vous d'anéantir cette pauvre dame ? Quel genre de monstre êtes-vous ? »

Contrit, Ibrahim ne bougeait pas, prêt à tout entendre. Il attendait les injures, les souhaitait excessives pour apaiser sa culpabilité.

« Votre barbe est d'un blanc pur, mais votre cœur est pourri, dit Ishvar.

— Vicieux, corrompu, siffla Dina entre ses dents. Une honte pour la vieillesse !

— Je vous en prie, ma sœur ! Je ne savais pas qu'ils...

— Vous avez fait ça ! Vous avez amené ces goondas ! »

Elle tremblait de peur et de rage

Ibrahim ne put en supporter davantage. Se couvrant le visage de ses mains, il émit un son étrange. Il parut difficile de croire, de prime abord, qu'il s'efforçait de pleurer en silence. « C'est inutile. » Sa voix se cassa. « Je ne peux pas faire ce boulot, je le déteste ! Oh, qu'est devenue ma vie ! » Il tâtonna sous le sherwani, en sortit son mouchoir et s'essuya le nez.

« Pardonnez-moi, ma sœur, sanglota-t-il. Je ne savais pas, quand je les ai amenés, qu'ils commettraient un tel ravage. Depuis des années, j'obéis aux ordres du propriétaire. Comme un enfant impuissant. Il me dit de menacer quelqu'un, je menace. Il me dit de supplier, je supplie. S'il tempête et crie qu'il faut expulser un locataire, je dois tempêter à la porte du locataire. Je suis sa créature. Tout le monde me prend pour un être malfaisant, mais je ne le suis pas, je veux voir appliquer la justice, à moi-même, à vous, à chacun. Mais le monde est sous la coupe des méchants, nous n'avons aucune chance, il ne nous reste que les ennuis et le chagrin... »

Il perdit toute contenance. Radouci, Ishvar le prit par le bras et le poussa vers une chaise. « Allons, asseyez-vous et ne pleurez pas. Ce n'est pas bien.

— Qu'est-ce que je peux faire d'autre ? Ces larmes sont tout ce que j'ai à offrir. Pardonnez-moi, ma sœur. Je vous ai fait du mal. Dans quarante-huit heures, les goondas vont revenir. Ils jetteront vos meubles et toutes vos affaires sur le trottoir. Pauvre sœur, où irez-vous ?

— Je ne leur ouvrirai pas la porte, point final. »

Emu par cette affirmation enfantine, Ibrahim se remit à pleurer. « Ça ne les arrêtera pas. Ils iront chercher la police pour briser la serrure.

— Comme si la police allait les aider.

— Nous vivons des jours terribles, ma sœur, avec cet état d'urgence. L'argent peut acheter la police. La justice est vendue au plus offrant.

— Mais qu'est-ce que ça peut faire au propriétaire que mes tailleurs et moi nous travaillions ici ? » Elle criait, maintenant. « A qui fais-je du tort ?

— Le propriétaire a besoin d'une excuse, ma sœur. Ces appartements valent une fortune, la loi sur les locations ne l'autorise à percevoir que les vieux loyers, alors il... »

Ibrahim s'interrompit et s'essuya les yeux. « Mais vous savez tout cela. Vous n'êtes pas la seule, il agit de la même façon avec d'autres locataires, ceux qui sont faibles et ne peuvent faire jouer aucune influence. »

Om revint avec un morceau de glace, trop gros pour tenir sur la lèvre. Il l'enveloppa d'un linge et le fracassa sur le sol. « Tu es venu à mon secours comme un vrai héros, dit-il à Maneck, essayant de le faire sourire. Exactement comme Amitabh Bachchan. »

« Vous avez vu ça ? dit-il aux autres, tout en récupérant les morceaux de glace. Pendant une minute, ce salopard a vraiment eu peur du parapluie de Maneck.

— Tu parles », dit Dina.

Maneck sourit, ce qui élargit la coupure de sa lèvre. Il y appliqua un morceau de glace.

« Voilà, ça y est — ton nouveau nom, dit Om. Bachchan le Parapluie.

— Qu'est-ce que vous attendez ? » Dina s'en prit de nouveau au collecteur de loyers. « Allez dire à votre propriétaire que je ne pars pas. Je n'abandonnerai pas cet appartement.

— Je ne crois pas que ça servira à quelque chose, ma sœur. Mais je vous souhaite la meilleure chance possible. »

Et il partit.

Maneck dit qu'il ne voulait pas que sa présence crée d'ennuis supplémentaires à tante Dina. « Ne vous inquiétez pas pour moi, fit-il. Je peux toujours rentrer à la maison.

— Ne parlez pas comme ça. Après tant de mois, et alors que vous êtes plus qu'à mi-chemin de votre diplôme, comment pourriez-vous décevoir vos parents ?

— Non, non, il a raison, dit Ishvar. Ça n'est pas juste que vous souffriez autant à cause de nous. Nous retournerons auprès du veilleur de nuit.

— Arrêtez de dire des idioties, tous tant que vous êtes, l'interrompit brusquement Dina. Laissez-moi réfléchir un peu. »

Ils étaient à côté de la plaque, dit-elle. « Vous avez entendu Ibrahim — le propriétaire cherche juste une excuse. Que vous partiez ne sauvera pas mon appartement. »

Le seul qui pût l'aider, pensait-elle, était son frère, avec de l'argent, des bonnes paroles, ou l'un de ces stratagèmes dont il savait si bien user pour traiter ses affaires. « Une fois de plus, je vais devoir ravaler ma fierté et quémander son aide, c'est tout. »

12

Le fil du destin

Ils accomplirent mécaniquement les gestes du matin : toilette, nettoyage de l'appartement, petit déjeuner. Om se ressentait encore du coup qu'il avait reçu à la poitrine, mais il ne le dit pas à son oncle. Ils se glissèrent dans la chambre de Maneck; il dormait toujours. Des taches de sang maculaient son oreiller. Ils appelèrent Dina.

Elle était en train de répéter dans sa tête sa rencontre avec Nusswan, imaginant son air avantageux, cette expression proclamant qu'il se savait indispensable. Elle se pencha sur Maneck — si innocent dans son sommeil —, eut envie de lui caresser le front. Il avait la lèvre noire, à l'endroit où le sang s'était coagulé. Son nez avait lui aussi cessé de couler. Ils quittèrent la chambre sur la pointe des pieds. « Il va bien, chuchota-t-elle. La coupure ne suinte plus. Laissons-le dormir. »

Comme elle finissait de s'apprêter pour se rendre chez son frère, le Maître des mendiants se présenta à la porte, une serviette enchaînée à son poignet gauche. C'était son jour de ramassage. L'argent qu'avait épargné Ishvar sur ses gains de la semaine précédente reposait en sécurité dans l'armoire de Dina.

Elle insista pour qu'il soulève franchement la question du versement suivant. « Mieux vaut lui en parler maintenant que de le voir revenir avec un bâton. »

Le Maître des mendiants écouta Ishvar d'un air sceptique. A l'aune de ses propres expériences, l'équipée nocturne des goondas semblait trop mélodramatique pour être vraie. Il soupçonna ses clients d'avoir concocté cette histoire, de préparer le terrain pour dénoncer leur contrat.

Alors ils le firent entrer, lui montrèrent les vitres brisées, les machines à coudre cassées, les robes déchirées et les tissus souillés, et il fut convaincu. « C'est moche, dit-il. Très moche. Quels amateurs doivent-ils être, pour se comporter comme ça.

— Je suis ruinée, dit Dina. Et ce n'est pas la faute des tailleurs s'ils ne peuvent vous payer la semaine prochaine.

— Croyez-moi, ils paieront.

— Mais comment ? implora Ishvar. Si nous sommes expulsés et que nous ne pouvons travailler ? Ayez pitié de nous. »

Sans l'écouter, le Maître fit le tour de la pièce, examinant, raclant la table de ses doigts, prenant des notes dans son petit carnet « Combien ça coûterait de réparer tous ces dégâts ?

— A quoi bon ? s'écria Dina. Ces goondas vont revenir demain, si nous ne débarrassons pas le plancher ! Et vous voulez que je perde mon temps à faire des comptes ? J'ai des choses plus urgentes en tête, notamment m'assurer un toit ! »

Le Maître releva le nez de son carnet de notes, légèrement surpris. « Vous avez déjà un toit. Ici même. C'est votre appartement, n'est-ce pas ? »

Elle répondit d'un hochement de tête impatient à cette question stupide.

« Ces goondas ont commis une grande faute, poursuivit-il, et je vais la réparer pour eux.

— Et quand ils reviendront ?

— Ils ne reviendront pas. Vos tailleurs m'ont payé régulièrement, donc ne vous inquiétez pas — vous êtes sous ma protection. Je m'occuperai de tout.

Mais si je ne connais pas le montant des dégâts, comment voulez-vous que je vous rembourse ? Vous voulez reprendre vos affaires de couture ou non ? »

Ce fut au tour de Dina d'afficher un air sceptique. « Qu'est-ce que vous êtes, une compagnie d'assurances ? »

Il lui répondit d'un sourire modeste.

Après tout, elle n'avait rien à perdre, se dit-elle, et elle se mit à multiplier les longueurs de tissu abîmé par le prix au mètre. Elle parvint à un total de neuf cent cinquante roupies, plus les taxes. Ishvar estima le coût de la réparation des machines à six cents roupies environ. Les courroies et les aiguilles étaient cassées ; il fallait redresser ou remplacer les volants et les pédales, sans compter une révision générale.

Le Maître des mendiants nota tout, ajoutant le prix des matelas et des oreillers lacérés, des tabourets de bois, du canapé, des coussins, des vitres. « Autre chose ?

— Le parapluie, dit Maneck, réveillé par le bruit des voix. Il a des baleines cassées. »

Le Maître le porta sur sa liste, puis inscrivit l'adresse du propriétaire et le signalement des deux hommes. « Bien, dit-il. C'est tout ce dont j'ai besoin. Si votre propriétaire ne sait pas que vous êtes mes clients, il ne tardera pas à le découvrir. Il réglera les dégâts quand je lui aurai fait une petite visite. En attendant, ne vous inquiétez pas, je reviendrai ce soir.

— Est-ce que je dois déposer une plainte à la police ? demanda Dina.

— Si vous voulez. » Il prit un air dégoûté. « Mais vous feriez aussi bien de vous plaindre à cette corneille sur votre fenêtre. »

L'oiseau croassa, comme pour l'approuver, et s'envola.

Pas tout à fait rassurée, Dina se rendit chez Nusswan pour l'informer de la situation. Au cas où elle aurait besoin de son aide, se dit-elle, et afin qu'il ne puisse pas dire : tu creuses un puits quand la maison brûle.

Le garçon de bureau l'informa tristement — la sœur du sahab le rendait toujours triste — que Nusswan sahab n'était pas en ville, qu'il assistait à une réunion quelque part. « Il ne reviendra pas avant demain soir. »

En quittant le bureau, Dina fut tentée de s'arrêter au Venus Beauty Salon pour parler à Zenobia. Mais à quoi bon ? Des paroles de consolation ne résoudraient rien ; d'autant que Zenobia ne manquerait pas de les accompagner d'un : « Je t'avais prévenue, mais tu n'as pas voulu m'écouter. »

Elle rentra chez elle, priant pour que le Maître des mendiants la tire de là. Une terrible odeur la surprit en entrant, qui la poursuivit jusque dans l'appartement. « Vous sentez ? » demanda-t-elle à Ishvar.

Ils inspectèrent toutes les pièces, la cuisine, les toilettes, sur les traces de cette puanteur, mais sans rien découvrir. « Ça vient peut-être de l'extérieur, de la gouttière », dit Om. Mais quand ils passèrent la tête par la fenêtre, l'odeur parut faiblir.

« Ces goondas puants ont dû laisser ça derrière eux », dit-elle. Sur quoi, s'agenouillant pour ramasser les derniers bouts de verre brisé, Om s'aperçut que l'odeur provenait de la semelle des chaussures de Dina. Elle avait marché dans quelque chose. Elle sortit, gratta le magma noirâtre et lava ses semelles.

Maneck passa la majeure partie de la journée au lit avec un violent mal de tête. Dina et les tailleurs essayèrent de remettre un peu d'ordre dans l'appartement. Ils remplirent les coussins avec le rembourrage qu'ils purent récupérer, raccommodèrent les déchirures, les coussins n'en demeurèrent pas moins désespérément flasques. Puis ils s'attaquèrent aux taches de paan qui maculaient tout.

« Dieu sait pourquoi nous dépensons tant d'énergie, dit-elle. On sera peut-être sur le pavé demain soir, si votre Maître des mendiants n'est qu'une grande gueule.

— Je crois que ça va s'arranger, dit Ishvar. D'après Shankar, le Maître est quelqu'un de très influent. »

A la quatrième répétition de cette profession de foi, Dina s'énerva. « Ainsi, c'est un pauvre mendiant cul-de-jatte qui est devenu votre source de sagesse et de conseils?

— Non, protesta Ishvar, déconcerté. Mais il connaît le Maître depuis longtemps. Je veux dire... dans le camp de travail il nous a aidés.

— Alors, pourquoi n'est-il pas encore là? L'après-midi touche à sa fin.

— Le Maître des mendiants nous a trahis », dit Om.

Son oncle ne le contredit pas.

Avec le crépuscule, leurs espoirs s'évanouirent. Dans la nuit qui s'épaississait, ils restaient assis tous les quatre, sans parler, essayant d'affronter l'image du lendemain. Ainsi, songeait Dina, c'était arrivé : la fin de l'indépendance qu'elle s'était tant battue pour préserver. Inutile de reporter tous ses espoirs sur Nusswan; que pourrait faire son avocat si les goondas la flanquaient, elle et son mobilier, sur le trottoir? Que disaient-ils déjà, les juristes : possession vaut neuf dixièmes de la loi. De toute façon, cette idée d'indépendance était tout à fait fantaisiste. Nous dépendons tous les uns des autres. Si ce n'était pas sur Nusswan, elle devait s'appuyer sur les tailleurs, et sur Au Revoir Export, ce qui revenait au même... et Nusswan trouverait un camion qui viendrait embarquer ses affaires pour ensuite les déposer dans la maison de leurs parents — qu'il aimait appeler sa maison. Lui qui répétait sans cesse qu'il avait le devoir de veiller sur sa sœur, maintenant il allait pouvoir le faire, aussi longtemps qu'il le voudrait.

Un chat poussa des cris perçants derrière la fenêtre de la cuisine et ils sursautèrent. D'autres chats suivirent son exemple. « Je me demande ce qui les effraie, dit Ishvar, mal à l'aise.

— Parfois ils miaulent comme ça, sans raison », dit Maneck.

Mais il alla voir ce qui se passait et les autres le suivirent. Tout semblait normal dans la ruelle.

« Vous croyez que les goondas vont revenir cette nuit ? dit Om.

— Ibrahim nous a laissé quarante-huit heures, dit Dina. Alors, peut-être demain soir. Ecoutez, même avec l'aide de mon frère, nos chances ne sont pas très bonnes. Il nous reste si peu de temps. Et qui sait ce qui pourrait se passer. Je ne veux plus qu'on se batte. Demain soir, vous devrez prendre vos affaires et partir. Plus tard, si tout va bien, vous pourrez revenir.

— Je pensais la même chose, dit Ishvar. Nous irons trouver le veilleur de nuit. Et Maneck peut essayer la résidence.

— Mais nous devons rester en contact, dit Om. On pourrait peut-être s'installer chez votre frère pour coudre. D'autres maisons vous passeront des commandes, même si l'actuelle ne veut plus.

— Oui, nous ferons quelque chose. » Elle n'avait pas le courage de leur dire que Nusswan n'accepterait jamais cette solution. « Mais il ne faut pas que vous dépendiez seulement de moi, il faut que vous cherchiez du travail ailleurs. »

Pendant qu'ils s'évertuaient à tenter de sauver ce qui pouvait encore l'être de leur ancien mode de vie, Maneck gardait le silence. Ils ne parviendraient pas à le recoudre, se disait-il, malgré toute leur habileté à manier le fil et l'aiguille. Est-ce que la vie traitait tout un chacun avec autant de légèreté, désagrégeant les bonnes choses et laissant les mauvaises croître et multiplier comme de la moisissure sur de la nourriture non réfrigérée ? Vasantrao Valmik, le correcteur d'épreuves, dirait que cela fait partie de l'existence, que le secret de la survie réside dans l'équilibre de l'espoir et du désespoir, dans l'amour du changement. Et dans l'amour de la misère et de la destruction ? Non. S'il existait un réfrigérateur assez grand, lui, Maneck saurait préserver le bonheur qui avait régné dans cet appartement, l'empêcher de jamais

pourrir ; ainsi que les jours heureux du temps d'Avinash et des parties d'échecs, qui avaient suri si vite ;
et les montagnes enneigées, et le Magasin général,
avant que les ténèbres les aient recouverts, que papa
ne fût devenu méconnaissable et maman son esclave
volontaire.

Mais ce monde n'était pas réfrigéré. Et tout finissait mal. Que pouvait-il faire à présent ? L'idée de
réintégrer la résidence universitaire le révulsait plus
que jamais. Et s'il rentrait chez lui, les disputes avec
papa reprendraient. Il n'y avait pas de solution, il
était échec et mat.

« Écoutez, les chats ne miaulent plus, dit Ishvar.
Tout est si tranquille. »

Ils se forcèrent à écouter. Le silence était aussi
perturbant que les cris.

Les tailleurs se lavèrent rapidement le lendemain
matin, avant qu'il n'y ait plus d'eau au robinet. Qui
savait quand ils jouiraient de nouveau du luxe d'une
salle de bains ? Leur avenir immédiat n'était fait que
de ruelles et de conduites d'eau.

Maneck ne se dépêchait pas. Sa lèvre allait mieux,
l'enflure avait diminué, son mal de tête s'était envolé.
Il restait assis, apathique, ou errait de pièce en pièce,
comme s'il cherchait quelque chose.

« Allons, Maneck, il se fait tard, dit Dina. Bougez-
vous, empaquetez vos affaires. Ou bien allez d'abord
voir à la résidence s'il y a de la place pour vous. »

Il rentra dans sa chambre, sortit sa valise de dessous le lit et l'ouvrit. Quand elle risqua un coup d'œil
quelques minutes plus tard, il avait dressé l'échiquier
et contemplait les pièces.

« Etes-vous fou ? s'écria-t-elle. Le temps file, vous
avez encore tant de choses à faire !

— Je les ferai quand j'en aurai envie. Je suis une
personne indépendante, même si vous baissez les
bras. »

Il utilisa délibérément le mot qu'elle employait en
parlant d'elle-même.

Piquée au vif, elle n'en tint cependant pas compte. « Facile de fanfaronner. On verra où sera votre indépendance quand les goondas reviendront et vous fendront la tête. Une fois ne vous a pas suffi, à ce qu'on dirait.

— Qu'est-ce que ça peut vous faire ? Vous vous préparez à partir, sans même montrer le plus petit regret.

— Le regret est un luxe que je ne peux pas m'offrir. Et pourquoi prenez-vous un air si affligé ? Vous seriez parti de toute façon, une fois votre diplôme obtenu. Si ce n'était pas maintenant, ce serait dans six mois. »

Elle quitta la chambre, furieuse.

Abandonnant dans la véranda la malle qu'il était en train de remplir, Ishvar entra, s'assit sur le lit, serra Maneck contre lui. « Tu sais, Maneck, le visage humain est une surface limitée. Si tu remplis ta figure de rire, disait tout le temps ma mère, il n'y aura plus de place pour les larmes.

— Quel joli dicton, dit Maneck avec amertume.

— En ce moment même, le visage de Dinabai, celui d'Om et le mien sont entièrement occupés. Par le souci du travail et de l'argent, et par celui de savoir où nous dormirons ce soir. Mais ça ne veut pas dire que nous ne sommes pas tristes. Ça ne se voit peut-être pas, mais c'est enfoui là, à l'intérieur. » Il mit la main sur son cœur. « Là, il y a un espace illimité — bonheur, gentillesse, chagrin, colère, amitié — tout a sa place, là.

— Je sais, je sais. » Maneck commença à ranger les pions. « Est-ce que vous allez voir le veilleur de nuit maintenant ?

— Oui, nous arrangerons les choses avec lui, puis nous reviendrons. Pour aider Dinabai à faire ses paquets.

— N'oublie pas de nous laisser l'adresse de la résidence, dit Om. Nous irons te voir. »

Maneck vida l'armoire et plia ses vêtements dans la valise. Dina le félicita pour sa rapidité. « Pouvez-vous me rendre un service, Maneck ? »

Il hocha la tête.

« Vous savez, la plaque avec mon nom sur la porte ? Pouvez-vous prendre le tournevis dans la cuisine et l'enlever ? Je veux l'emporter avec moi. »

Il hocha de nouveau la tête.

Ishvar et Om revinrent avec de mauvaises nouvelles. Le veilleur de nuit était parti et son remplaçant ne voulait rien savoir des accords passés avec les tailleurs. Il pensait qu'en réalité ils voulaient profiter de son inexpérience.

« Maintenant, je ne sais pas quoi faire, dit Ishvar. Nous allons devoir chercher rue par rue.

— Et moi je porterai la malle, dit Om.

— Non, dit Dina. Tu te ferais de nouveau mal au bras. »

Elle proposa d'emporter la malle chez Nusswan, en prétendant qu'elle lui appartenait. Chaque fois qu'ils auraient besoin de vêtements, les tailleurs n'auraient qu'à se présenter à la porte de service. La maison était grande, Nusswan ne remarquerait rien, il n'entrait jamais dans la cuisine sauf quand, pris d'un de ses accès de ladrerie, il venait faire une tournée d'inspection.

« Écoutez, je sais où vous pouvez dormir, tous les deux, dit Maneck.

— Où cela ?

— Dans ma chambre à la résidence. Vous pouvez vous y glisser de nuit, et en sortir tôt le matin. Et y laisser votre malle. »

Pendant qu'ils pesaient le pour et le contre de cette proposition, on sonna à la porte. C'était le Maître des mendiants.

« Dieu merci, vous êtes là ! » Ishvar et Dina se précipitèrent sur lui, l'accueillant comme un sauveur.

Ce qui rappela à Om la scène de Shankar se propulsant sur sa planche à roulettes pour aller embrasser les pieds de son maître, quand celui-ci avait débarqué dans le camp de travail. Ce souvenir le mit au supplice. Avec quelle fierté Ishvar et lui n'avaient-ils pas proclamé : nous sommes des tailleurs, pas des mendiants.

« Que s'est-il passé ? demanda Dina. Vous aviez dit que vous reviendriez hier soir.

— Désolé, j'ai été retardé par une urgence », dit-il, goûtant l'attention dont il était l'objet.

Il avait l'habitude d'être encensé par les mendiants, mais la vénération de gens normaux avait un fumet beaucoup plus subtil.

« Ce maudit état d'urgence — qui nuit à tout le monde.

— Non, non, ce n'est pas ça. C'est d'une histoire de business que je parle. Après vous avoir quittés hier matin, j'ai appris que deux de mes mendiants, le mari et la femme, avaient été trouvés assassinés. Il a donc fallu que j'aille voir sur place.

— Assassinés ! s'exclama Dina. Qui est assez vil pour tuer de pauvres mendiants ?

— Oh, ça arrive. On les tue pour leur voler leurs aumônes. Mais ce cas-là est particulier — on n'a pas touché à l'argent. Ça doit être une histoire d'obsédé. On ne leur a pris que leurs cheveux. »

Ishvar et Om déglutirent bruyamment.

« Leurs cheveux ? dit Dina. Vous voulez dire, sur leur tête ?

— Oui. Tondus à ras. L'homme et sa femme avaient tous deux de beaux cheveux longs. Ce qui est très rare. Je veux dire — la plupart des mendiants ont les cheveux longs, ils ne peuvent pas se payer le coiffeur, mais ils sont toujours sales. Ces deux-là étaient différents. Ils passaient des heures à s'épouiller l'un l'autre, à se coiffer, se lavant la tête chaque fois qu'il pleuvait ou qu'une conduite d'eau débordait sur leur trottoir.

— Comme c'est charmant, dit Dina, approuvant la tendre description que faisait le Maître des mendiants de ce couple d'amoureux.

— Vous seriez étonnée de découvrir à quel point nombre de mendiants ressemblent à des êtres humains ordinaires. Dans le cas présent, le résultat de tout cet astiquage était, bien sûr, ces beaux cheveux. Et c'était mauvais pour les affaires. Je leur ai souvent dit de se laisser aller, pour avoir l'air pathétiques. Mais ils me répondaient que la seule chose au monde dont ils étaient fiers était leurs cheveux, et je voulais la leur refuser ? »

Il s'interrompit, reconsidérant la question. « Que pouvais-je faire ? J'ai le cœur tendre, j'ai cédé. Or, ces belles tresses leur ont coûté la vie. Et m'ont privé de deux bons mendiants. » Il s'adressa aux tailleurs : « Qu'y a-t-il ? Vous avez l'air bouleversés.

— Non... pas bouleversés, bégaya Ishvar. Juste très surpris.

— Oui. Comme les policiers. Ils avaient reçu quelques plaintes, à propos de tresses et de queues de cheval qui disparaissaient mystérieusement. Des femmes allaient faire leurs courses au bazar, rentraient chez elles, se regardaient dans la glace, et hop, plus de cheveux. Mais rien de commun avec ce qui vient de se passer, jamais de meurtre ou de blessure. Mon cas intéresse donc beaucoup les inspecteurs. Ils adorent la variété. Ils l'appellent l'Affaire du Tueur Affamé de Cheveux. »

Il ouvrit la serviette attachée à son poignet et en sortit une épaisse liasse de roupies. « Revenons à nos affaires — voici l'argent pour réparer les dommages. Vous pouvez recommencer à travailler. »

Ishvar laissa à Dina le soin d'accepter les billets ; ses mains tremblaient violemment.

Les deux mille roupies serrées entre ses doigts, elle n'arrivait toujours pas y croire : le Maître des mendiants avait vaincu le propriétaire. « Vous voulez dire que nous pouvons rester ici ? C'est vraiment sans danger ?

— Bien entendu. Je vous avais dit que ça ne poserait pas de problème. Ces hommes ont commis une erreur.

— Un seul petit problème, dit Ishvar. Et si le propriétaire nous envoie de nouveaux goondas ?

— Tant que vous me paierez, il ne trouvera pas un seul homme pour venir ici. Je m'en suis assuré.

— Et quand nous aurons fini de vous payer ?

— Ça dépendra de vous. Nous pouvons toujours renouveler notre contrat. Je vous ferai des taux intéressants, vous êtes des amis de Shankar. A propos, Shankar vous envoie ses salutations. Dit qu'il ne vous a pas vus ces jours-ci.

— Avec toute cette histoire, nous ne sommes pas allés au Vishram, dit Ishvar. Nous irons demain. Et, à propos, je me demandais : comment vont l'homme aux singes et ses deux enfants ?

— Bien, bien. Je parle des enfants. Ils apprennent vite. L'homme aux singes, je ne l'ai pas revu. Je ne suis pas retourné au camp de travail. Mais ils l'avaient trop tabassé, il est probablement mort.

— La prophétie de la vieille femme s'est presque réalisée, dit Om.

— Quelle prophétie ? »

Les tailleurs lui racontèrent la nuit où l'homme aux singes avait découvert ses petits singes massacrés par son chien. « Je me rappelle très bien les mots étranges de la vieille, dit Om : "La perte de deux singes n'est pas la pire perte qu'il subira ; le meurtre du chien n'est pas le pire meurtre qu'il commettra." Et après, il a effectivement tué Tikka pour venger Laila et Majnoo.

— Quelle horrible histoire, dit Dina.

— Pure coïncidence, dit le Maître des mendiants. Je ne crois pas aux prophéties et aux superstitions.

— Et les enfants ? demanda Ishvar. Est-ce qu'ils sont heureux sans lui ?

— Ils devront s'y habituer, dit le Maître, chassant cette préoccupation d'un geste de sa main non enchaînée. La vie ne garantit pas le bonheur. »

Les saluant de cette même main, il se dirigea vers la porte, puis s'arrêta.

« Il y a quelque chose que vous pouvez faire pour moi. J'ai besoin de deux nouveaux mendiants. Si vous voyez quelqu'un de capable, vous me le signalez ?

— Sûr, dit Ishvar. Nous ouvrirons les yeux.

— Mais les candidats doivent tous présenter le même profil. Je vais vous montrer. »

De sa serviette, il sortit un grand cahier contenant ses notes et ses croquis relatifs à la dramaturgie de la mendicité. La reliure en était usée, les coins des pages rebiquaient.

Il ouvrit l'album à la page d'un dessin au crayon intitulé Esprit de Collaboration. « Voilà ce que, depuis longtemps, j'essaie de créer. »

Ils firent cercle autour de lui pour regarder le croquis : deux personnages, l'un assis sur les épaules de l'autre. « Pour ça, j'ai besoin d'un paralytique et d'un aveugle. C'est l'aveugle qui portera l'infirme. L'image vivante de la vieille histoire de l'amitié et de la coopération. Et qui produira une vraie fortune, j'en suis certain, parce que les gens ne donneront pas seulement par pitié ou par piété, mais par admiration. » Le hic, c'était de trouver un aveugle suffisamment fort ou un paralytique suffisamment léger.

« Shankar ne conviendrait pas ? demanda Maneck.

— Sans jambes et sans même seulement un quart de cuisses, il ne pourra jamais rester en équilibre sur les épaules de quelqu'un — il lui glissera aussitôt le long du dos. J'ai besoin d'un infirme avec jambes, mais mutilées et paralysées, de façon qu'elles puissent pendouiller joliment sur la poitrine du porteur. De toute façon, Shankar réussit très bien sur sa planche à roulettes. Nous ne voulons pas gâcher un si beau succès. »

Ils promirent de lui signaler les individus qui leur paraîtraient convenir à sa description. Toute suggestion de leur part, dit-il, serait la bienvenue. « Au fait, vous savez, les deux goondas qu'a amenés votre collecteur de loyers ?

— Oui ?

— Ils s'excusent de ne pas être venus nettoyer toutes leurs saletés.

— Vraiment ?

— Ils ont eu un malheureux accident — se sont cassé tous les doigts. Qui sait, encore quelques petits accidents, et ils pourraient même se qualifier pour faire partie de ma troupe. »

Son trait d'esprit recueillit de maigres sourires.

« A présent, vous devez vraiment m'excuser, dit-il. Il faut que j'aille m'occuper de mes deux mendiants assassinés.

— La crémation aura lieu aujourd'hui ?

— Non, c'est trop cher. Quand la morgue nous rendra les corps, je les vendrai à mon intermédiaire. » Devant leur air choqué, il se sentit obligé de se justifier. « Avec la montée des prix et l'inflation, je n'ai pas le choix. D'ailleurs, c'est bien mieux que de laisser les corps dans la rue, à la charge des employés municipaux, comme dans l'ancien temps.

— Bien entendu », opina Dina, comme si acheter et vendre des cadavres était son lot quotidien. « Et qu'est-ce que votre intermédiaire fait des... corps ?

— Il en vend à des universités, pour les étudiants en médecine. Vous imaginez, mes mendiants participant à la quête du savoir ? » Il prit un air de visionnaire, son regard s'évadant par la fenêtre jusqu'à un horizon illimité. « D'autres corps sont achetés par des pratiquants de magie noire. Et on exporte des kilos d'os. Pour les engrais, je pense. Je peux me renseigner, si ça vous intéresse. »

Dina déclina l'offre.

Un souffle glacé traversa l'air après le départ du Maître des mendiants. « Nous devons être très prudents avec cet homme, dit-elle. Un être spécial. Et cette serviette enchaînée à son poignet — un esclave de l'argent. Il paraît très capable de vendre nos os avant que nous en ayons fini avec eux.

— C'est juste un homme d'affaires moderne, les yeux fixés sur ses bénéfices, dit Maneck. J'en ai vu beaucoup comme lui dans le commerce du cola, quand ils sont venus rencontrer papa, faisant pression sur lui pour qu'il leur vende le Cola Kohlah. »

Ishvar secoua la tête tristement. « Pourquoi les hommes d'affaires sont-ils si impitoyables ? Malgré tout leur argent, ils ont l'air malheureux.

— C'est une maladie qu'on ne peut guérir, dit Dina. Comme le cancer. Et ils ne savent même pas qu'ils l'ont.

— En tout cas, dit Maneck, sa bonne humeur lui revenant, Om est le seul d'entre nous à devoir craindre le Maître. On pourrait vraiment se tromper et le prendre pour un squelette ambulant.

— Tu devrais faire attention, toi aussi, rétorqua Om. Tes os grandis à l'air sain des montagnes, abreuvés par les neiges fondues de l'Himalaya, rapporteront plus au kilo que les miens.

— Assez de vos stupidités macabres », dit Dina.

Mais, sous le coup du soulagement, Maneck était incapable de s'arrêter. « Réfléchissez, tante. Maintenant que nous avons des dents resplendissantes grâce à la poudre de charbon, elles doivent valoir un paquet. Nous pourrions les vendre à l'unité ou à la douzaine. Peut-être pour en faire un collier.

— Assez, j'ai dit. Et, toute plaisanterie mise à part, il faut se méfier de ce type, ne l'oubliez pas.

— Tant que nous le paierons dans les délais, il n'y a rien à craindre, dit Ishvar.

— Je l'espère. Désormais, je paierai la moitié des mensualités, puisqu'il me protège moi aussi.

— Pas question, protesta Ishvar. Vous ne nous prenez pas de loyer, donc c'est notre participation. »

Et il refusa d'en démordre.

Ils se rendirent dans la pièce aux machines pour calculer le montant des réparations qu'ils devaient à Au Revoir Export. C'était bien agréable, murmura Ishvar, de voir Maneck et Om se remettre à rire et à plaisanter.

« Oui, ces deux derniers jours ont été affreux pour nous tous », reconnut-elle, puis elle pria les garçons de revisser la plaque sur la porte.

« Nous ne reverrons jamais Rajaram, dit Om, ce soir-là, tout en déroulant la literie. Si c'est lui le tueur.

— Bien sûr que c'est lui, dit Ishvar, fixant le réverbère qu'il voyait par la vitre de la véranda, tout en pensant à celui qui avait été leur ami. C'est incroyable. Quelqu'un qui paraissait si gentil, assassinant deux mendiants. Nous aurions dû être plus prudents, ce premier matin dans la colonie — toutes ces choses dégoûtantes qu'il racontait pendant qu'on était accroupis sur les rails. Quelle est la personne saine d'esprit qui gagne sa vie en ramassant des cheveux ?

— C'est pas le problème, yaar. Les gens ramassent et vendent toutes sortes de choses. Des chiffons, du papier, du plastique, du verre. Même des os.

— J'espère que tu es content aujourd'hui que je t'aie empêché de te laisser pousser les cheveux. Cet assassin t'aurait tué pendant que tu dormais. »

Om haussa les épaules.

« Je m'inquiète pour Dinabai. Imagine que la police trouve la trousse de coiffure qu'elle a donnée à Rajaram ? Ses empreintes et les nôtres sont dessus. Nous serons arrêtés et pendus.

— Maneck et toi vous avez vu trop de films tordus. Ces choses-là n'arrivent qu'au cinéma. Ce qui m'inquiète, moi, c'est de le voir revenir pour nous demander de l'aide. Qu'est-ce qu'on ferait ? On appellerait la police ? »

Ishvar resta longtemps éveillé, incapable de chasser Rajaram de ses pensées. Ils avaient vécu à côté de cet assassin dans la colonie, mangé sa nourriture et partagé la leur avec lui. Il en frissonnait.

Sachant que son oncle ne dormait pas, Om se redressa sur un coude et gloussa : « Tu sais, le cuisinier et le serveur du Vishram, qui aiment écouter nos histoires. Tu ne crois pas qu'ils adoreraient celle-là ?

— Je t'interdis la moindre plaisanterie sur le sujet, ou nous aurons la police sur le dos continuellement. »

La foule matinale habituelle — domestiques, écoliers, employés de bureau, colporteurs — envahissait le trottoir. Les tailleurs attendirent qu'une accalmie permette à Shankar de rouler jusqu'à la ruelle derrière le Vishram. Il n'arrêtait pas de leur faire des signes, ce qui fichait la frousse à Ishvar — moins il attirait l'attention mieux c'était, compte tenu de la charge macabre qu'il transportait.

Au bout de quelques minutes, n'y tenant plus, Shankar se risqua à traverser le trottoir, manœuvrant sa planche au plus épais de la masse. « O babu! Attention! » criait-il, esquivant le flot de jambes et de pieds qui s'efforçaient eux aussi de l'éviter.

La planche heurta un tibia. Des jurons s'abattirent sur Shankar, qui leva timidement les yeux. L'homme menaça de lui fendre la tête. « Saala bhikhari se croit maître du trottoir! Reste où tu es! »

Shankar supplia qu'on lui pardonne et s'échappa. Dans sa hâte, le paquet tomba. Les tailleurs regardèrent, inquiets, n'osant aller à son secours. Shankar avança, recula, agrippa, réussissant on ne sait comment à récupérer le paquet et à l'apporter.

« Bravo », dit Ishvar. Il lui sembla voir posé sur eux le regard inquisiteur du policier réglant la circulation — que faire s'il s'amenait et leur ordonnait d'ouvrir le sac? « Et alors, dit-il en s'efforçant de conserver à sa voix le plus grand calme possible, quand est-ce que notre ami aux cheveux longs t'a livré ça?

— Il y a deux jours. »

Ishvar faillit lâcher le paquet.

« Non, je me trompe. C'était après qu'on s'est vus pour la dernière fois vous et moi — il y a quatre jours. »

Ishvar, soulagé, fit un signe de tête à Om. Le paquet ne contenait pas *ces* cheveux-là. « Notre ami ne viendra plus te voir désormais.

— Non? » Shankar était déçu. « Je m'amusais bien avec ses paquets. De si beaux cheveux.

— Tu veux dire que tu as ouvert les paquets?

— J'ai eu tort? Aray, babu, je n'ai rien abîmé, j'ai

juste caressé mes joues avec parce que ça me faisait du bien. Des cheveux si doux et si jolis.

— Sans aucun doute, dit Om. Notre ami ne ramasse que la meilleure qualité. »

Shankar ne saisit pas le sarcasme. « J'aimerais en avoir une touffe, soupira-t-il. La nuit, je la poserais sur ma planche et je dormirais le visage enfoui dedans. Ça m'apaiserait, après la méchanceté des gens toute la journée. Même ceux qui me lancent des pièces me regardent comme si je les volais. Quel réconfort m'apporteraient ces cheveux !

— Pourquoi pas ? dit Om, cédant à une impulsion. Tiens, garde ce paquet — notre ami n'en a pas besoin. »

Ishvar faillit protester, mais laissa tomber. Om avait raison, quelle importance maintenant ?

Ragaillardis par la gratitude de Shankar, ils regagnèrent l'appartement. « Je vais jeter toute cette saleté qui encombre notre malle, dit Ishvar. Dieu sait d'où ça vient, combien d'autres personnes il a tuées. »

Cette nuit-là, pendant que Dina et Maneck dormaient, Ishvar sortit les tresses de sa malle et les plaça dans une petite boîte en carton, dernière étape avant la fin. Après quoi il se sentit mieux : leurs vêtements ne seraient plus pollués par la collection de ce fou.

Des bruits provenant de la cuisine réveillèrent Dina tôt le matin, bien avant l'heure où l'eau coulait, alors que le ciel était encore d'un noir de nuit. Deux mois s'étaient écoulés depuis que le Maître des mendiants avait donné la preuve de son pouvoir, et la vie normale avait repris dans l'appartement. Mais dans l'état de demi-sommeil où elle se trouvait, elle se convainquit que ce fracas de casseroles et de poêles ne pouvait signifier qu'une chose : les goondas étaient revenus. Le cœur battant, les mains engourdies, elle s'efforça de rejeter son drap.

Mais peut-être était-ce un cauchemar qui s'effacerait de lui-même — si elle restait tranquille... si elle gardait les yeux fermés...

Les bruits disparurent. Bon, la stratégie marchait, pas de goondas, juste un rêve, le Maître des mendiants protégeait l'appartement. Aucune raison de s'inquiéter, se dit-elle, flottant sur les vagues du sommeil.

Un miaulement persistant la réveilla pour de bon. Maudits chats ! Réussissant à s'extraire du drap, elle sortit du lit, trébucha contre les tabourets de bois, dont l'un se renversa, réveillant Maneck dans la pièce à côté.

« Ça va, tante ?

— Oui, c'est un sale chat dans la cuisine. Je vais lui fendre le crâne. Retournez vous coucher. »

Il la suivit dans la cuisine, autant pour s'assurer qu'elle ne ferait pas ce qu'elle annonçait que par simple curiosité. Quand elle alluma, l'animal s'enfuit par la fenêtre : Maneck reconnut Vijayanthimala, sa chatte favorite, marron et blanc.

« Dieu sait, fulmina Dina, ce qu'elle a léché de sa langue dégoûtante. »

Maneck remarqua que le treillis protégeant la vitre cassée avait été arraché. « Elle devait être vraiment désespérée pour avoir fait ça. J'espère qu'elle ne s'est pas blessée.

— Vous vous inquiétez plus de cette sale bête que des ennuis qu'elle me cause. »

Elle se mit à ramasser les objets qui avaient dégringolé et qu'il lui faudrait nettoyer à fond.

« Attendez, dit-elle en s'interrompant. Quel est ce bruit ? »

Rien. Ils se remirent à ranger la cuisine. Encore quelques minutes et elle se figea de nouveau ; cette fois-ci, un faible gémissement perça le silence. On ne pouvait s'y tromper, ça venait de la cuisine.

Dans un coin, dans le creux où jadis on allumait un feu de charbon de bois pour faire cuire les aliments, reposaient trois chatons marron et blanc. Un chœur de miaulements à peine audibles accueillit Dina et Maneck quand ils se penchèrent pour regarder.

« Oh ! souffla-t-elle. Que c'est adorable !

— Pas étonnant que Vijayanthimala ait paru si grosse ces derniers temps », sourit-il.

Les chatons essayèrent de se dresser sur leurs pattes, et elle se dit qu'elle n'avait jamais rien vu de si désemparé. « Je me demande si elle a mis bas ici, dans la cuisine. »

Il secoua la tête.

« J'ai l'impression qu'ils ont déjà quelques jours. Elle a dû les apporter ici cette nuit.

— Je me demande bien pourquoi. Qu'ils sont mignons !

— Vous voulez toujours en faire des cordes de violon, tante ? »

Elle lui lança un regard de reproche. Mais quand il les caressa, elle repoussa brusquement sa main. « Ne les touchez pas. Vous ignorez quels germes ils trimballent.

— Ce ne sont que des bébés.

— Et alors ? Ils peuvent très bien être porteurs de maladies. »

Elle arracha une page d'un vieux magazine et la saisit par le milieu.

« Qu'est-ce que vous faites ?

— Je me protège les mains. Je vais les placer sur le rebord extérieur de la fenêtre, là où leur mère pourra les voir.

— Vous ne pouvez pas faire ça ! »

Si leur mère les avait abandonnés, ils seraient morts de faim, lui dit-il. Si toutefois les corbeaux et les rats n'avaient pas attaqué les premiers, picorant les minuscules yeux, déchirant les petits corps, en sortant les entrailles, broyant les os.

« Inutile de me donner tous ces détails », dit-elle. Les chatons accompagnaient l'horrible scénario de gémissements pitoyables. « Que voulez-vous faire ?

— Les nourrir.

— C'est hors de question », déclara-t-elle. Si on commençait à les nourrir, ils ne partiraient plus jamais. Et la mère négligerait ses devoirs. « Je ne peux pas être responsable de toutes les créatures sans abri du monde. »

Il réussit finalement à obtenir un sursis. Dina accepta de garder les chatons pour le moment, laissant à Vijayanthimala une chance d'entendre les appels de sa portée. Leurs cris la persuaderaient peut-être de revenir.

« Regardez, dit-il. C'est l'aube.

— Quel beau ciel », fit-elle en le contemplant rêveusement par la fenêtre.

Les robinets se mirent à couler, interrompant sa rêverie. Elle courut vers la salle de bains tandis qu'il restait à observer la cour, refuge des chats. Son regard se porta au-delà, où commençait le fouillis des ruelles. Sous cette lumière flatteuse de l'aube, la cité semblait promise à toutes les transformations. Il savait que cette impression ne durerait pas — il l'avait déjà éprouvée, elle disparaissait toujours dès que la lumière se faisait plus dure.

Quand Ishvar et Om se réveillèrent, il leur apprit la nouvelle et les amena dans la cuisine. A leur approche, les petits cris augmentèrent de volume.

Dina les poussa dehors. « Si nous restons plantés là, leur mère ne reviendra pas. » Elle-même y retourna, prétextant le thé à préparer, et se tint dans le coin, souriant, soupirant, regardant les chatons vaciller, grimper les uns sur les autres pour s'effondrer en un petit tas. La mère avait choisi le bon endroit, se dit-elle, un trou assez profond pour qu'ils ne puissent pas l'escalader et tenter de jouer les vagabonds.

Ils ne travaillèrent pas beaucoup ce matin-là. Maneck affirma qu'il n'avait pas de cours avant midi. « Comme c'est commode », ironisa Dina. Il montait la garde à la porte de la cuisine, en ramenait des nouvelles fraîches, les tailleurs arrêtaient fréquemment leurs machines pour écouter les vagissements qui, au fil des heures se firent de plus en plus forts. « Ils doivent avoir faim, dit Om.

— Comme des bébés d'homme, dit Maneck. Il faut les nourrir régulièrement. »

Il regarda Dina du coin de l'œil. Elle demanda, d'un air détaché, si ces minuscules créatures pouvaient tolérer le lait de vache.

« Oui, répondit-il. Mais dilué dans de l'eau. Et au bout de quelques jours, ils peuvent aussi manger des bouts de pain trempés dedans. C'est comme ça que mon père nourrit les chiots et les chatons. »

Elle tint bon encore une heure, puis céda. « Bon, j'abandonne, dit-elle. Venez, Mr Mac, c'est vous l'expert. »

Ils réchauffèrent un mélange de lait et d'eau, le versèrent dans une soucoupe, sortirent les chatons de leur trou et les posèrent sur des journaux étalés

sur le sol. Tapis les uns contre les autres, ils n'arrêtaient pas de trembler. Peu à peu, attirés par l'odeur
du lait, ils se rapprochèrent de la soucoupe, en
explorant les bords à petits coups de langue. Bientôt,
ils se mirent à lécher avec fureur. Quand il n'y eut
plus rien, ils restèrent accroupis, pattes dans la soucoupe et levant la tête. Maneck la remplit à nouveau,
les laissa la vider, puis l'enleva.

« Pourquoi êtes-vous si pingre ? dit Dina. Donnez-
leur-en davantage.

— Dans deux heures. Ils seront malades s'ils
mangent trop. »

Il alla prendre dans sa chambre une boîte en carton vide dont il recouvrit le fond de papier journal.

« Je ne les veux pas dans la cuisine, protesta Dina.
C'est antihygiénique. »

Om proposa de mettre la boîte dans la véranda.

« D'accord », dit-elle.

La nuit, cependant, elle voulut qu'on remette les
chatons dans l'ancien foyer à charbon de bois. Elle
espérait encore que la mère viendrait les chercher. A
cet effet, on ne répara pas la vitre cassée.

Pendant sept nuits d'affilée, Dina évacua casseroles et poêles, verrouilla le meuble de rangement,
ferma la porte de la cuisine. Sept matins de suite, à
peine levée, elle se précipita, souhaitant voir le trou
vide, et fut accueillie par les chatons tout joyeux,
réclamant leur petit déjeuner.

Elle se mit à attendre avec impatience cette réunion matinale. A la fin de la semaine, elle se surprit,
en allant se coucher, à se demander avec inquiétude : et si la mère venait les chercher cette nuit ?

Le rituel du transfert de la boîte en carton au foyer
cessa. Les tailleurs furent heureux de partager leurs
quartiers avec les chatons. Grandissant vite, les trois
petites bêtes se mirent à explorer la véranda, et il fallut fermer les portes pour les empêcher d'entrer dans
la chambre aux machines et d'abîmer les tissus. Elles

ne tardèrent pas à s'aventurer à l'extérieur, passant entre les barreaux de la fenêtre de la véranda.

« Vous savez Dinabai, dit Ishvar un soir après le dîner. La chatte vous a rendu un grand hommage. En laissant ses bébés ici, elle marquait qu'elle avait confiance en cette maison — ce qui est un honneur pour vous.

— Quelle absurdité ! » Elle refusait ce genre d'idioties sentimentales. « Elle est venue tout naturellement ici avec les chatons. C'est par cette fenêtre que trois idiots au cœur tendre lui jetaient régulièrement de la nourriture. »

Mais Ishvar tenait à tout prix à tirer une morale, une sorte de vérité supérieure, de la situation. « Vous avez beau dire, cette maison est bénie. Elle porte chance. Même le méchant propriétaire n'a rien pu nous faire. Et les chatons sont un bon présage. Ils signifient qu'Om lui aussi aura de nombreux enfants, beaux et en bonne santé.

— Il faudrait d'abord qu'il ait une femme.

— Bilkool exact, répondit-il sérieusement. J'y ai beaucoup réfléchi, nous ne devons pas attendre plus longtemps.

— Comment pouvez-vous parler aussi sottement ? Om commence tout juste dans la vie, vous manquez d'argent, vous n'avez pas de logement à vous. Et vous songez à lui trouver une femme ?

— Chaque chose viendra en son temps. Il faut avoir la foi. L'important, c'est qu'il doit se marier vite et fonder une famille.

— Tu entends ça, Om ? cria-t-elle. Ton oncle veut que tu te maries et fondes une famille. Veille simplement à ce que ça ne se passe pas de nouveau dans ma cuisine.

— Il faut lui pardonner, dit Om, prenant un ton paternel. Mon pauvre oncle perd parfois un peu la boule et dit des choses idiotes.

— Quoi que vous fassiez, ne comptez pas sur moi pour l'habitation, dit Maneck. Je manque de boîtes en carton.

« — Oh, yaar, se plaignit Om. J'espérais que tu en prendrais deux pour me faire un pavillon à deux étages.

— Ce n'est pas bien de se moquer des événements de bon augure », dit Ishvar, légèrement offensé.

Il ne voyait pas en quoi ses propos méritaient d'être tournés en ridicule.

Les chatons revenaient ponctuellement de leurs promenades à l'heure des repas, rentrant par le chemin qu'ils avaient emprunté pour sortir. « Regardez-les, disait Dina, attendrie. Ils entrent et sortent comme si la maison était un hôtel. »

Puis leurs absences se prolongèrent au fur et à mesure qu'ils apprirent à se nourrir par eux-mêmes, fouillant les ruelles avec leurs congénères. Les caniveaux et les tas d'ordures dégageaient des odeurs irrésistibles.

Leurs disparitions attristaient tout le monde. Chaque jour, Maneck et Om mettaient de côté des restes qu'ils empilaient sur une assiette dans l'espoir que les chatons daigneraient se montrer. Puis, tard dans la soirée, ils s'en débarrassaient, avant qu'ils n'attirent la vermine, nourrissant tout ce qui miaulait à l'extérieur de la fenêtre de la cuisine, yeux anonymes luisant dans le noir.

Et quand les chats réapparaissaient, c'était la fête. S'il n'y avait rien de convenable à leur donner, Maneck ou Om filaient au Vishram acheter du pain et du lait. Parfois les petites bêtes s'attardaient un peu après le repas, prêtes à jouer, s'escrimant sur les bouts de tissu tombés à côté des machines. La plupart du temps, elles repartaient immédiatement.

« Ils mangent et ils se tirent, disait Dina, comme si l'endroit leur appartenait. »

Les visites se firent de moins en moins fréquentes, leur durée de plus en plus brève. Fini l'époque où la moindre petite chose éveillait leur curiosité, disparu leur goût du pain et du lait. Les chapardages dans la rue leur avaient à l'évidence forgé un palais plus exigeant.

Pour attirer leur attention, Om et Maneck se laissaient tomber à quatre pattes à côté du bol, miaulaient de concert, Om reniflant le bord et Maneck faisant mine de laper. Ce qui n'impressionnait absolument pas les chatons. Ils observaient le spectacle avec détachement, bâillaient et commençaient à faire leur toilette.

Trois mois après qu'on les eut découverts dans l'ancien foyer à charbon de bois, les chatons disparurent soudainement. Deux semaines passèrent sans qu'ils réapparaissent, et Dina fut persuadée qu'ils avaient été écrasés. Ils pouvaient aussi bien avoir été attaqués par un chien errant, dit Maneck.

« Ou par ces énormes rats, dit Om. Même les chats adultes en ont peur. »

De sinistres possibilités qui les rendirent d'humeur morose, bien qu'Ishvar continuât à croire que les chatons étaient sains et saufs. Ce sont des petites créatures intelligentes et vigoureuses, rappelait-il, habituées à vivre dans la rue. Personne ne partageait son optimisme. Ils finirent même par se fâcher contre lui, comme s'il avait suggéré quelque chose de morbide.

C'est dans cette ambiance chagrine que débarqua le Maître des mendiants, venu toucher sa mensualité. Le crépuscule semblait plus sombre qu'à l'accoutumée car les réverbères n'avaient pas encore été allumés. « Que se passe-t-il ? demanda-t-il. De nouveaux ennuis avec le propriétaire ?

— Non, dit Dina. Mais nos petits chats ont disparu. »

Le Maître se mit à rire. Un son qui les stupéfia tous car c'était la première fois qu'il le produisait devant eux. « Vous devriez vous voir, leur dit-il. Vous ne faisiez pas de telles mines au moment de l'affaire des goondas... Je suis désolé, je ne peux pas vous aider, je ne suis pas le Maître des chatons. Mais j'ai de bonnes nouvelles, qui vous réjouiront peut-être.

— Lesquelles ? demanda Ishvar.

— Ça concerne Shankar. » Il sourit d'une oreille à l'autre. « Je ne peux pas le *lui* dire encore, pour son propre bien. Mais j'ai besoin de partager la nouvelle avec quelqu'un — c'est si merveilleux —, et vous êtes ses seuls amis. Vous devez me jurer de ne pas lui en parler. »

Ils lui donnèrent tous leur parole.

« Ça s'est passé quelques semaines après que je vous ai sortis, Shankar et vous, du camp de travail. Une de mes mendiantes, qui était très malade, s'est mise à me raconter des choses sur son enfance et sur la jeunesse de Shankar. Chaque fois que je venais pour la collecte, elle se lançait dans ses souvenirs. Elle était âgée, très âgée pour une mendiante, environ quarante ans. Finalement, elle est morte la semaine dernière, mais avant de mourir, elle m'a dit qu'elle était la mère de Shankar. »

Non que la nouvelle l'ait réellement surpris, expliqua le Maître, car il avait toujours eu des soupçons. Quand, petit garçon, il accompagnait son père dans ses tournées, il la voyait souvent avec un enfant au sein. Tout le monde l'appelait Nasale, à cause justement de son absence de nez. Elle était jeune alors, environ quinze ans, et, sans ce visage défiguré, son corps parfait aurait rapporté un bon prix, avaient reconnu les patrons du bordel. On racontait qu'à sa naissance, son père, ivre, lui avait arraché le nez d'un coup de fouet, furieux de ce que sa femme lui eût donné une fille. La mère avait soigné la blessure et sauvé la vie du nouveau-né, malgré le père qui répétait sans cesse qu'il fallait la laisser mourir, qu'elle n'aurait pour unique dot que sa vilaine figure. Harcelée, persécutée, l'enfant finalement fut vendue comme mendiante.

« Je ne sais pas quel âge avait exactement Nasale quand mon père l'a achetée, poursuivit le Maître. Je me souviens simplement l'avoir vue avec son bébé. »

Puis, quelques mois plus tard, l'enfant prénommé Shankar fut séparé de sa mère et soumis à quelques transformations professionnelles.

On ne le rendit pas à sa mère. Il était plus profitable de le faire circuler entre plusieurs mendiantes, dans des quartiers différents. D'autant que ces étrangères qui lui donnaient le sein arboraient facilement un visage désespéré, garant d'une mendicité réussie, alors que si l'on avait autorisé Nasale à serrer son fils contre sa poitrine, il aurait été presque impossible de supprimer de ses yeux cette étincelle de joie, aussi minuscule fût-elle, qui décourage les aumônes.

« Shankar grandit donc en développant sa propre activité, sur sa planche, et sans jamais connaître sa mère. Et quand je pris les affaires en main, j'avais oublié ce que je soupçonnais sur sa naissance. Jusqu'à récemment. »

Et Nasale, mourante, sur le trottoir, ne s'était pas contentée de le lui rappeler ; elle avait aussi affirmé que son père, à lui le Maître, était aussi celui de Shankar. Stupéfait tout d'abord qu'elle pût suggérer une telle énormité, il l'avait menacée de la rayer de la liste de ses clients. A quoi elle avait répondu que, si proche de la mort, elle s'en fichait complètement.

Refusant toujours de la croire, il se demanda néanmoins pourquoi elle proférait une telle évidente contrevérité. Qu'espérait-elle y gagner ? Il restait là, dans une brume de colère, à observer les piétons jeter des pièces dans la boîte de Nasale. Inconscients du drame, certains d'entre eux s'arrêtèrent, lui jetant des regards soupçonneux.

« Ils croyaient probablement que vous attendiez le moment propice pour la voler, dit Maneck.

— Tu as raison. Et j'étais si bouleversé que j'avais envie de leur crier d'aller se faire niquer. »

Dina sursauta et faillit lui reprocher son langage. L'obscurité était totale à présent, et elle alluma. La lumière les surprit, ils se couvrirent les yeux un instant.

« Mais je me suis contrôlé, reprit le Maître. Dans

ma profession, il y a un dicton — le donateur a toujours raison. »

Ignorant donc les regards inquisiteurs, il reporta toute son attention sur les propos de Nasale. A la rage succéda l'incertitude. Il l'accusa de mensonge minable, de lui jouer un méchant tour au moment où la mort l'emportait, afin de le laisser à jamais dans le doute.

Calmez-vous et écoutez-moi, lui dit-elle. Je suis votre belle-mère, que ça vous plaise ou non. Et j'en ai la preuve. Avez-vous jamais massé le dos et les épaules de votre père ?

Oui, répondit-il, j'ai été un bon fils. J'ai massé mon père, chaque fois qu'il l'a exigé, jusqu'à son dernier jour.

Dans ce cas, dit Nasale, vous avez dû remarquer une protubérance plus grosse que la normale à la base de son cou, juste à la naissance de la colonne vertébrale.

« Comment pouvait-elle bien le savoir, me suis-je demandé. Mais elle insistait pour que je lui réponde, avait-il ou n'avait-il pas une bosse à cet endroit ? Comme elle répétait toujours la même chose, je fus finalement obligé de reconnaître que, oui, il possédait cette caractéristique. Alors, elle se dépêcha de continuer. »

Ça s'était passé très très longtemps auparavant, quand le corps de Nasale avait commencé à saigner. Une nuit, très tard, alors qu'il était ivre, trop ivre pour tenir compte de sa figure, le père du Maître des mendiants s'était aventuré sur son coin de trottoir et avait couché avec elle. Dégoûtée par cette bouche qui puait l'alcool, elle avait voulu refuser, mais elle avait maîtrisé cette impulsion et s'était contentée de détourner son visage. Elle était demeurée inerte, comme morte sous lui, le laissant faire ce qu'il voulait. Quand il eut fini, elle se redressa et vomit à côté de ce corps grondant et ronflant. Durant la nuit, il se réveilla et à sa petite flaque ajouta un torrent de bile. Plus tard, elle entendit des bruits de succion ; elle ouvrit les yeux : des rats s'alimentaient à leurs déjections mêlées.

Nasale supposa qu'il avait pris plaisir à son corps, car il revint bien d'autres nuits, même quand il n'était pas ivre. A présent, elle le détestait moins. Quand, étendu sur elle, il la regardait sans la carapace de l'alcool, elle se prit à aimer cela. Elle laissa sa chair s'éveiller, jouir avec lui. C'est alors que ses mains, explorant son corps, découvrirent la protubérance. Elle rit et lui en demanda l'origine. Il plaisanta, lui dit qu'il l'avait laissée pousser pour son plaisir — afin qu'elle eût non pas un, mais deux gros os pour jouer.

Et c'est ainsi que l'homme qui pouvait regarder son hideux visage et l'aimer malgré tout se fit une place dans son cœur. Il lui raconta comment les médecins expliquaient cet os particulier. Il était né avec trente-quatre vertèbres au lieu de trente-trois, cette vertèbre en surnombre étant responsable des douleurs chroniques qu'il ressentait en haut de la colonne vertébrale.

N'est-ce pas votre père que je décris ? dit Nasale. Avez-vous encore le moindre doute ?

Le Maître des mendiants dit que tout ceci était exact, mais ne prouvait rien d'autre que les ébats auxquels se livrait son père quand il était ivre.

Pas seulement quand il était ivre, corrigea-t-elle avec orgueil, à jeun aussi. Cette distinction constituait ce qu'elle avait de plus cher dans sa vie, et demeurait de la plus grande importance même au seuil de la mort.

Il l'admit, de mauvaise grâce. Mais cela ne fournissait pas la preuve, s'obstina-t-il, que Shankar était le fils de son père, et donc son demi-frère. Si, dit Nasale, car Shankar possédait une protubérance identique à la base du cou, ce qui ne prendrait qu'un instant à vérifier. Le Maître pouvait bien sûr prétendre qu'il ne s'agissait que d'une coïncidence, mais au fond de son cœur il saurait que c'était la vérité.

« Et elle avait raison. La vérité était dans mon

cœur. Mais aussi des sentiments profondément mélangés. J'étais furieux, effrayé, confus. Et heureux. Car je me rendais compte que, enfant unique, resté seul au monde sans parents ni famille, je venais soudain de trouver un frère. Et une belle-mère, même si elle était presque de mon âge et au seuil de la mort. »

Alors, ayant accepté la vérité, sa rage et son ressentiment à l'égard de la mourante se transformèrent en gratitude. Il lui demanda pourquoi elle ne lui avait pas raconté cela plus tôt. Par peur, lui dit-elle, de ce qu'il aurait pu faire en l'apprenant — les tuer, elle et Shankar, ou les vendre à un maître beaucoup moins aimable, au fin fond du pays, dans un endroit où ils auraient été des étrangers. Ce qu'elle redoutait le plus, c'était qu'on l'éloigne de ces trottoirs qu'elle connaissait depuis sa jeunesse.

Mais à présent, ça n'avait plus d'importance, dans quelques jours elle serait morte, il resterait le seul à savoir, et il agirait comme bon lui semblerait. Déciderait de le dire ou de ne pas le dire à Shankar.

Il lui affirma que ses confidences ne lui avaient apporté que du bonheur. Que, dans l'immédiat, le plus urgent était de la conduire dans un bon hôpital. Que, quel que soit le temps qui lui restait à vivre, elle le passe dans des conditions confortables. Et il héla un taxi.

Tous ceux qui voulurent bien s'arrêter refusèrent la course en voyant l'état de la femme, craignant pour l'intérieur de leur voiture. Finalement, il en arrêta un en brandissant une liasse de roupies. Une voiture avec un phare cassé et un pare-chocs brinquebalant. Assis à l'arrière, tenant Nasale dans ses bras, le Maître des mendiants écouta le chauffeur lui raconter ses malheurs, que c'était un policier qui avait endommagé sa voiture parce qu'il lui avait remis en retard, cette semaine-là, l'enveloppe contenant le hafta de parking.

A l'hôpital, ils durent attendre longtemps, Nasale allongée à même le sol dans un couloir encombré d'indigents. L'odeur de phénol émanant du carrelage de pierre perçait faiblement la puanteur fétide. Le Maître des mendiants fit de son mieux pour motiver le personnel soignant, il parla avec un médecin d'apparence aimable, portant une blouse blanche déchirée, notamment la grande poche basse où il mettait son stéthoscope. Le Maître des mendiants lui demanda de bien vouloir se dépêcher de s'occuper de sa mère — il y trouverait son compte. Le docteur lui dit d'une voix aimable de ne pas s'inquiéter, que chacun allait être examiné. Puis il s'éloigna à toute allure, la main dans la poche déchirée.

Le Maître des mendiants supposa que le personnel soignant, attelé à sa noble tâche, ne se laissait pas impressionner par sa liasse de roupies trempée de sueur, contrairement au reste de la société. Mais il lui fut impossible de s'entretenir avec un nombre de médecins et d'infirmières suffisant pour valider sa supposition. Sa belle-mère quitta la vie avant d'avoir pu être soignée. Il se consola en payant un bon enterrement au lieu de la facture de l'hôpital.

« Et quand tout ceci fut réglé, soupira le Maître, je suis allé voir Shankar. Bien entendu, je ne lui ai pas annoncé la grande nouvelle. Je voulais d'abord réfléchir en paix et calmement à ce que Nasale m'avait raconté. »

Il demanda à Shankar comment marchaient les affaires, si la planche lui convenait, si les roulettes avaient besoin d'être graissées — le bla-bla habituel des tournées d'inspection. Shankar se plaignit de ce que les aumônes se faisaient rares dans ce quartier de miséreux, où régnait la colère. Le Maître s'agenouilla à ses côtés, lui posa une main sur l'épaule. Il lui dit que c'était partout la même chose — qu'il s'agissait d'une véritable crise de la nature humaine, qu'il fallait une révolution dans les cœurs. Mais il allait s'occuper de cela, peut-être lui trouver un nouvel emplacement. Il tapota le dos de Shankar et lui dit de ne pas s'inquiéter, puis glissa ses doigts sous le col jusqu'à la base du cou.

« Et là, sous le bout de mes doigts, se trouvait la vertèbre de mon père. La même grosse protubérance. Ma main tremblait d'émotion. Tout mon corps sautait d'excitation, je pouvais à peine conserver mon équilibre. Mon frère se tenait là, devant moi, et aussi mon père, revivant dans cette colonne vertébrale. J'eus un mal fou à ne pas embrasser Shankar, à ne pas le serrer contre moi et à ne pas tout lui confesser. »

Dans un effort surhumain, il parvint à se retenir. Dieu sait quelle angoisse aurait pu causer une divulgation prématurée des faits. Il devait d'abord décider de ce qui conviendrait le mieux à Shankar. Il lui était facile de s'imaginer prenant son frère chez lui, lui assurant le confort jusqu'à la fin de ses jours et vivant heureux à ses côtés. De tels rêves ne coûtaient rien, les gens en faisaient tout le temps.

Mais si Shankar ne s'habituait pas à sa nouvelle vie? S'il la trouvait vaine, et même pire que vaine? Une prison, qui soulignait ses inaptitudes, alors que mendier sur le trottoir leur conférait une utilité? Et, plus important encore, que se passerait-il si l'histoire horrible de ses jeunes années s'implantait dans l'esprit de Shankar comme un ulcère, ne lui soufflant pour le restant de ses jours qu'amertume et terribles accusations contre le Maître et son père? Une fois qu'il saurait, pourrait-il pardonner?

« Je me suis dit qu'il valait mieux que j'affronte mes conflits intérieurs, que mon âme conserve la vérité révélée par Nasale. Plonger mon pauvre malheureux frère dans le malheur, juste pour mon confort personnel — serait trop égoïste. »

La vie de Shankar avait déjà été ravagée, dans sa toute petite enfance. Mais Shankar avait appris à composer avec ces ravages. Le détruire une seconde fois serait impardonnable.

« J'ai donc décidé d'attendre. D'attendre et de parler avec lui de son enfance. Peut-être lui lâcherai-je quelques petites choses, et je verrai comment il réagira. Petit à petit, je découvrirai ce qui est le mieux pour lui. Et voilà où j'ai besoin de votre aide.

— Que pouvons-nous faire? demanda Ishvar.

— Poser des questions à Shankar, le faire parler de son passé. Voir quels souvenirs il en a. Il a toujours un peu peur de moi, il vous en dira probablement davantage. Vous me tiendrez informé?

— Bien entendu.

— Merci. En attendant, je veux rendre sa vie sur le trottoir le plus agréable possible. Pour commencer, je lui achète chaque jour les friandises qu'il préfère — laddoos et jalebis. Et le dimanche, du rasmalai. J'ai aussi amélioré le confort de sa planche avec des coussins, et lui ai trouvé un meilleur endroit pour dormir la nuit.

— Maintenant, on comprend, dit Ishvar. Il n'arrête pas de nous dire combien vous avez été gentil pour lui.

— C'est le moins que je puisse faire. Je me prépare aussi à lui envoyer mon barbier personnel, qui lui appliquera le traitement complet, de luxe — coupe de cheveux, rasage, massage facial, tout. Et si en le voyant ainsi bien astiqué, les gens réduisent leurs aumônes, qu'ils aillent se faire niquer. »

De nouveau, Dina faillit s'écrier : « Quel langage! » bien que cette fois-ci ses oreilles aient mieux supporté le choc.

« Vous nous avez apporté une merveilleuse nouvelle, dit-elle. Shankar sera tellement heureux quand vous la lui apprendrez.

— Pas quand, mais si. En aurai-je jamais le courage? Y a-t-il suffisamment de sagesse en moi pour me dicter la bonne décision? »

Le poids de ces questions le plongea soudain dans le désespoir. La nouvelle qui aurait réjoui tout un chacun devenait un nuage assombrissant le soleil.

« Je suis sûr que vous y verrez clair le moment venu, dit Ishvar.

— Ce qui est devenu clair, c'est la belle ligne qui nous unit, Shankar et moi. Plus belle que les cheveux soyeux de mes pauvres mendiants assassinés. Je ne l'ai pas tracée — c'est le fil du destin. Mais maintenant j'ai le pouvoir de l'effacer. » Il soupira. « Un pouvoir si redoutable, si terrifiant. Oserai-je? Car une fois que cette ligne sera effacée, on ne pourra plus jamais la retracer. » Il frissonna. « Quel héritage m'a laissé ma belle-mère! »

Il ouvrit sa serviette, en sortit son carnet de croquis et leur montra un dessin. « Je l'ai fait la nuit dernière, alors que j'étais très déprimé et que je ne pouvais pas dormir. »

Le dessin représentait trois personnages. Le premier se tenait assis sur une planche munie de roues minuscules. Il n'avait ni jambes ni doigts, et les moignons de ses cuisses saillaient du tronc comme des bambous creux. Le deuxième était une femme au visage émacié, avec un trou à la place du nez. Le plus grotesque, toutefois, était le troisième. Un homme, avec une serviette enchaînée au poignet, dressé sur quatre pattes d'araignée, les quatre pieds tournés vers les quatre points cardinaux, comme disputant en permanence de la direction qu'il convenait de prendre. Chaque main possédait dix doigts, bananes inutiles jaillissant des paumes. Et sa figure arborait deux nez, adjacents et pourtant bizarrement opposés, comme s'ils ne pouvaient supporter leur odeur réciproque.

Ils contemplaient le dessin, ne sachant comment apprécier cette création. Le Maître les sauva de l'embarras en proposant sa propre interprétation : « Des monstres, voilà ce que nous sommes — tous. »

Avant qu'Ishvar n'ait eu le temps de lui dire qu'il se montrait trop dur envers lui-même, qu'il ne devait pas assumer à lui seul le destin de Shankar et celui de Nasale, le Maître précisa sa pensée. « Je veux dire : chaque être humain. Et qui peut nous blâmer? Alors que notre début et notre fin sont si grotesques? Naissance et mort — que peut-il y avoir de plus monstrueux? Nous nous plaisons à nous tromper nous-mêmes, à parler de beauté, de merveille, de majesté, mais c'est tout bonnement grotesque, reconnaissons-le. »

Il referma son carnet et le rangea dans la serviette avec une certaine brusquerie, signifiant par là qu'il en avait fini avec sa saga du bonheur, du malheur, du doute et de la découverte, que le chapitre des émotions était clos et qu'il était temps de revenir aux affaires. « Votre année s'achèvera dans quatre mois. J'ai besoin de savoir à l'avance — envisagez-vous de renouveler votre contrat avec moi ?

— Oh oui, dit Ishvar. Sans la moindre hésitation. Sinon le propriétaire recommencera à nous harceler. »

Ils le raccompagnèrent jusqu'à la porte de la véranda. Dehors, aucune lumière ne trouait la nuit. Il devait y avoir une panne de courant, car la rangée entière de réverbères était éteinte.

« J'espère que celui de Shankar fonctionne, dit le Maître. Je ferais bien de me dépêcher d'aller vérifier car il prend peur quand le trottoir n'est pas éclairé. »

Il avança sur l'asphalte noir, chemise et pantalon blancs, comme de la craie sur une ardoise vide, se retourna une fois pour les saluer, puis graduellement devint invisible.

« Quelle extraordinaire histoire, dit Om. Elle plairait vraiment beaucoup à nos amis du Vishram. Elle contient tout — tragédie, romanesque, violence, sans compter le suspense, la fin non résolue.

— Mais tu as entendu ce qu'a dit le Maître. Nous devons garder le secret, pour le bien même de Shankar. Encore une histoire qui ne figurera pas dans le Mahabharata du cuisinier. »

13

Mariage, vers de terre et sanyas

La réapparition des chatons un mois plus tard à la fenêtre de la cuisine ne donna pas lieu à réjouissances. Les chères créatures n'y virent qu'une nouvelle occasion de chapardage. Om et Maneck auraient aimé un signe de reconnaissance — un miaou appuyé, peut-être, ou un regard, un ronronnement, un dos arrondi. Au lieu de quoi, ayant pris une tête de poisson, les chats filèrent la déguster à l'écart.

« Pourquoi êtes-vous si surpris ? demanda Dina. L'ingratitude n'est pas rare dans ce monde. Un jour, vous aussi vous m'oublierez, tous tant que vous êtes. Quand vous aurez trouvé votre voie, que vous vous serez installés, vous ne me connaîtrez plus. » Elle pointa le doigt sur Maneck. « Dans deux mois, vous passerez votre dernier examen, emballerez vos affaires et disparaîtrez.

— Pas moi, tante, protesta-t-il. Je me souviendrai toujours de vous, je vous rendrai visite et vous écrirai, où que je me trouve.

— Nous verrons, dit-elle. Et vous aussi les tailleurs, vous irez faire votre vie ailleurs et me quitterez. J'en serai d'ailleurs heureuse pour vous.

— Dinabai, je bénirai votre bouche avec du miel si jamais ça arrive, dit Ishvar. Mais avant qu'il y ait des maisons et des boutiques pour des gens comme nous, il faudra que les politiciens deviennent honnêtes. » Il leva son index, le plia puis le détendit. « Le

bâtonnet courbe peut se redresser, pas le gouvernement. »

En fait, dit-il, là était son plus grand souci — comment Om trouverait-il une épouse s'ils n'avaient pas
d'endroit où vivre ?

« Il se présentera sûrement quelque chose quand il
sera prêt pour le mariage.

— Je crois qu'il est prêt maintenant.

— Je crois qu'il ne l'est pas, riposta Om. Pourquoi
parles-tu sans arrêt de mariage ? Regarde Maneck, le
même âge que moi, et personne ne se précipite pour
lui organiser son mariage. Est-ce que tes parents
sont pressés, Maneck ? Allons, parle, yaar, mets un
peu de bon sens dans la tête de mon oncle. »

Maneck haussa les épaules, et dit que, non, ses
parents n'étaient pas pressés.

« Allons, dis-lui le reste. Que tes parents atten-
dront jusqu'à ce que tu rencontres quelqu'un qui te
plaise. Et qu'à ce moment-là seulement, ils s'occupe-
ront des préparatifs. C'est ce que je veux pour moi
aussi.

— Omprakash, tu dis des absurdités. » La suggestion faisait bondir Ishvar. « Nous venons de communautés différentes, avec des coutumes différentes.
En l'absence de tes parents, c'est moi qui ai le devoir
de te trouver une femme. »

Om lui lança un regard mauvais.

« Figure de citron acide », dit Maneck, essayant de
désamorcer la bagarre avant qu'elle n'éclate. « Quoi
qu'il en soit, laissez-moi vous prévenir, tante. Vous
risquez de ne pas être débarrassée de moi dans deux
mois.

— Qu'est-ce que cela signifie ?

— J'ai décidé de faire encore trois ans d'études
universitaires, d'obtenir un véritable diplôme au lieu
d'un certificat de technicien. »

La joie de Dina se peignit sur son visage bien
qu'elle s'efforçât de la dissimuler. « C'est une sage
décision. Un diplôme a plus de valeur.

— Alors, est-ce que je peux rester chez vous ? En
rentrant de chez mes parents après les vacances ?

« Qu'en pensez-vous, vous autres ? Devons-nous laisser revenir Maneck ? »

Ishvar sourit.

« A une condition. Qu'il ne plante pas ses idées folles dans la tête de mon neveu. »

La question du mariage de son neveu continuait de hanter Ishvar. Il y revenait à chaque occasion, bien que Dina essayât gentiment de le dissuader. « Il y a plein de travail, et vous réussissez enfin à épargner un peu d'argent. Pourquoi vous infliger une nouvelle responsabilité ? Juste au moment où les choses s'améliorent ?

— Raison de plus, dit Ishvar. Au cas où elles viendraient de nouveau à empirer.

— Elles le feront, dit Maneck, qu'Om se marie ou non. Tout finit mal. C'est la loi de l'univers. »

On eût dit qu'Ishvar venait de recevoir une gifle.

« Je te croyais notre ami, fit-il d'une voix contractée.

— Mais je le suis. Je ne dis pas ça par méchanceté. Regardez simplement le monde autour de vous. Par moments les choses semblent prometteuses, mais au bout du compte...

— Assez de philosophie, l'interrompit Dina. Si vous n'avez rien à dire de gentil, taisez-vous. Gardez vos idées noires pour vous. Je ne suis pas non plus d'accord avec Ishvar, mais ce n'est pas une raison pour prononcer des paroles aussi fâcheuses.

— Ce n'est pas que je ne suis pas d'accord, c'est que...

— Suffit ! Vous avez suffisamment fait de peine à Ishvar. »

Ishvar n'en continua pas moins à ressasser son idée. Deux jours plus tard, il annonça d'une voix pleine d'incertitude qu'il avait pris sa décision. « Le mieux est d'écrire à Ashraf Chacha, de lui demander de faire passer le mot dans notre communauté. »

Om s'arrêta de coudre et lança à son oncle un regard méprisant. « Au début, tu rêvais qu'on ferait des économies, qu'on rentrerait au village et qu'on achèterait une boutique. Maintenant c'est un autre rêve. Tu ne pourrais pas te réveiller, pour changer ?

— Qu'y a-t-il de mal à échanger un rêve impossible contre un rêve réalisable ? Il faudra du temps pour la boutique. Mais le mariage ne peut pas attendre. C'est décidé, j'écris à Chachaji.

— Je t'avertis : tu ne lui écris que si *toi* tu veux une femme.

— Vous entendez ça ? C'est mon *neveu* qui *me* menace. » Il renonça à paraître calme ; son visage se réduisit à sa joue gauche couturée. « Tu feras ce que je te dirai, compris ? J'ai été trop faible avec toi, Omprakash, trop faible. Quelqu'un d'autre à ma place t'aurait fait plier l'échine.

— Laisse tomber, yaar, tes menaces ne me font pas peur.

— Écoutez-le. Il y a à peine quelques mois, dans le camp de travail, tu pleurais chaque nuit dans mes bras. Affolé et malade, vomissant comme un bébé. Et maintenant tu te dresses sur tes ergots et tu me défies. Et pourquoi ? Parce que je veux ton bien ?

— Personne ne le nie », intervint Dina, espérant qu'Ishvar reprendrait ses esprits si elle ajoutait sa voix à celle de l'opposition. « Mais une telle hâte est déraisonnable. Si Om voulait désespérément une épouse, ce serait différent. Pourquoi une telle précipitation ?

— C'est mon devoir », murmura-t-il, prenant l'air horripilant d'un vieux sage ; en conséquence de quoi il se déclara vainqueur.

Puis il se remit au travail. En cherchant à attraper une pièce de tissu, il fit tomber toute la pile.

« Bravo ! s'exclama Dina. Allez-y, faites-nous tomber le plafond sur la tête, tant que vous y êtes. Vous voyez l'effet de votre devoir ? Une manie, voilà ce que c'est — une manie, pas un devoir. » Elle l'aida à ramasser les tissus. « Si seulement cette sale chatte n'avait pas abandonné ses petits dans ma cuisine. C'est elle qui vous a mis cette idée folle en tête. »

Au cours des jours suivants, le dérangement mental d'Ishvar se manifesta sous la forme d'une profonde maladresse. Attelé à sa machine, les erreurs jaillissaient sous ses doigts comme les atouts dans un tour de cartes, donnant à Dina l'occasion de souligner à quel point son comportement était dangereux. « Votre manie va ruiner nos affaires. Nous n'aurons plus rien à manger dans nos assiettes.

— Je suis désolé, j'ai trop de choses en tête. Mais ne vous inquiétez pas, ce n'est qu'une phase passagère.

— Comment ça, ne pas m'inquiéter ? Ça passera comment ? Quand il y aura une femme, il y aura des enfants. Et vous aurez encore plus de choses en tête. Où habiteront-ils ? Et toutes ces bouches à nourrir. Combien de vies voulez-vous saccager ?

— Pour vous c'est du saccage. Mais je ne fais que bâtir les fondations du bonheur d'Om. Il faut plus d'un mois ou deux pour conclure un mariage. Ça prendra au moins un an avant qu'on y parvienne. Si la fille est trop jeune, les parents peuvent souhaiter attendre plus longtemps. Tout ce que je veux, c'est trouver celle qui convient, et la réserver pour mon neveu.

— Comme un billet de train », dit Maneck.

Om éclata de rire.

« Tu as une très mauvaise habitude, dit Ishvar. Celle de te moquer des choses que tu ne comprends pas. »

Que faire d'autre ? se dit Maneck. Mais ne voulant pas bouleverser Ishvar davantage, il se tut.

La réponse d'Ashraf arriva dans une enveloppe dont le timbre était surchargé d'oblitérations : date, district postal, plus un slogan : UNE ÈRE DE DISCIPLINE !, suivi d'un point d'exclamation en forme de gourdin.

Ils attendirent avec impatience qu'Ishvar ouvre l'enveloppe et leur fasse part des nouvelles. Ses yeux parcoururent la page avec l'hésitation de quelqu'un peu habitué à lire, butant sur l'écriture tremblée

671

d'Ashraf. A un moment il sourit, puis parut inter-loqué, fronça les sourcils vers la fin. Toutes mimiques qui rendirent Om très nerveux.

« Chachaji se porte bien, commença Ishvar. Nous lui manquons. Il dit que le diable a dû retenir le temps en captivité, tellement il passe lentement. Il est heureux qu'Om veuille se marier. Il estime lui aussi qu'il ne faut pas tarder.

— Quoi d'autre ? »

Ishvar soupira.

« Il a parlé à des gens de notre communauté.

— Et ?

— Il y a quatre familles chamaars intéressées. »

Il soupira de nouveau.

« Hourra ! dit Maneck, tambourinant sur le dos d'Om. Tu es un produit qu'on s'arrache. »

Om repoussa sa main.

« Mais, Ishvarbhai, ces nouvelles devraient vous faire plaisir, dit Dina. Pourquoi avez-vous l'air si pré-occupé ? N'est-ce pas ce que vous vouliez ? »

Il secoua les deux pages comme s'il souhaitait qu'il y en eût plus. « Cette première partie me plaît bien. C'est l'autre qui pose des difficultés. »

Ils attendirent.

« C'est pour aujourd'hui ou pour demain ? » demanda Om.

Ishvar tapota sa joue figée.

« Les quatre familles sont pressées. Il y a d'autres garçons convenables. Heureusement, Chachaji a un peu brodé sur notre situation — qu'Om travaille pour une grosse société d'exportation, que c'est un bon parti pour n'importe quelle fille. Alors les familles veulent que nous choisissions et concluions dans les deux mois qui viennent.

— C'est trop rapide, dit Dina. Vous allez devoir refuser. »

En un an de travail au service de Dina, jamais Ish-var n'avait élevé la voix. Aussi, quand il le fit, sur-prit-il tout le monde, y compris lui-même.

« Qu'est-ce qui vous autorise à parler ? Qui êtes-vous pour venir me dire ce qui convient le mieux à mon neveu, quand il s'agit de la décision la plus importante de sa vie ? Que savez-vous de nous ? de la façon dont il a été élevé ? de mon devoir ? qui vous permet de croire que vous pouvez nous donner des conseils ? »

Ishvar le conciliateur, le doux, au langage mesuré, piquait une rage, agitait les mains.

« Vous croyez que nous vous appartenons, mon neveu et moi ? Nous ne sommes pas vos esclaves, nous travaillons pour vous, c'est tout ! Vous voulez peut-être nous dire aussi comment vivre et quand mourir ? »

Alors, parce qu'il n'avait pas la pratique de la colère, qu'il ne savait pas comment maîtriser cette émotion, il fondit en larmes et s'enfuit dans la véranda.

« Parfait ! lui cria-t-elle. Faites ce que vous voulez ! Mais n'espérez pas que j'abrite femme, enfants et petits-enfants !

— Je n'espère rien de vous ! » répliqua-t-il, la voix cassée.

Dina alla se réfugier dans la pièce du devant ; elle craignait ses réactions et les mots qu'elle pourrait laisser échapper. Tremblante, elle s'assit sur le canapé, à côté de Maneck.

« Calmez-vous, tante. Il ne pense pas ce qu'il dit.

— Je me fiche de ce qu'il pense. Mais vous avez vu ça ? Vous avez entendu de vos propres oreilles ? Après tout ce que j'ai fait — les prendre chez moi, les traiter comme des membres de ma famille —, il m'aboie dessus comme un chien. Je devrais les jeter dehors à l'instant même.

— Allez-y, allez-y ! cria Ishvar depuis la véranda. Qu'est-ce que ça peut me faire ! »

Il renifla pour dégager son nez qui coulait et eut un goût de sel dans la bouche.

Un doigt sur les lèvres, Maneck fit signe à Dina de ne pas répondre. « Il a perdu toute raison dans cette histoire de mariage, murmura-t-il. Pourquoi discuter avec lui ?

— Uniquement parce que je suis désolée pour Om. Mais vous avez raison. Ça ne concerne que lui et son oncle. Ils peuvent faire ce qu'ils veulent. Cette histoire devient insupportable, avec un *I* majuscule. »

Dans la pièce du fond, Om les écoutait. Il enfouit son visage dans ses mains.

Les heures s'écoulèrent, ne réussissant pas à tirer l'après-midi de son état végétatif. La lettre d'Ashraf reposait, abandonnée, sur la table où ils prenaient leurs repas. La grande aiguille de l'horloge tombait de chiffre en chiffre, comme une pierre. Personne ne fit du thé, personne ne sortit pour en prendre. Ishvar dans la véranda, Om dans la pièce du fond, Maneck et Dina dans celle du devant : la maisonnée était figée.

Le soleil descendit sur l'horizon et la lumière commença à changer. Une brise s'introduisit par chaque fenêtre, agitant la lettre sur la table. Ce serait bientôt l'heure du dîner — le moment de faire des chapatis. Om avait faim.

Il déambula, traînant délibérément les pieds. Il but de l'eau, heurtant volontairement le verre contre le pot. Il voulait qu'on l'entende, dans l'espoir que ces bruits familiers briseraient l'hostilité. Il s'assit, tambourina sur le socle de la Singer, fit cliqueter les ciseaux, remplit six bobines. Puis il se rendit dans la pièce du devant.

Sa venue les soulagea. Maneck lui lança un clin d'œil. « C'était quelqu'un d'autre, yaar. Il a explosé comme une Bombe de Divali. »

Om eut un rire bref. « Je ne sais tout simplement pas quoi faire avec mon oncle, dit-il d'une voix sourde. Il m'inquiète. »

Des mots qui amusèrent Dina, car ils évoquaient ceux qu'Ishvar le conciliateur employait naguère quand Om se montrait grossier, travaillait mal, bref, se comportait comme un garnement. « Sois patient, dit-elle.

— Pourquoi ces histoires de mariage rendent-elles les gens cinglés ? Lui, il perd vraiment la tête.

— Oui, n'est-ce pas ? Il me rappelle mon frère.

— Mais attendez, je vais le secouer. »

Il se dirigea vers la véranda où se tenait Ishvar, assis par terre, jambes croisées, à côté de leur literie.

« Tu n'es pas fou de parler comme ça à quelqu'un qui a été si bon pour nous ?... »

Ishvar leva les yeux, souriant faiblement. Les paroles de son neveu se propageaient comme un écho dans son esprit, ce même écho qu'avait reconnu Dina. Son accès de folie passé, il ne savait plus où il en était, se sentait idiot, prêt à faire amende honorable.

« Va immédiatement dire à Dinabai que tu es désolé. Que tu avais perdu la tête, que tu ne pensais pas tout ce que tu disais. Vas-y tout de suite. Dis-lui que tu respectes ses opinions, que tu sais qu'elle ne parle que pour notre bien. Lève-toi, vas-y. »

Ishvar tendit une main ; Om s'en saisit, se pencha, l'aida à se mettre debout. Traînant les pieds, il passa dans la pièce d'à côté et, debout devant le canapé, penaud, s'excusa. Pour Dina, c'était une répétition : le sermon dans la véranda ne lui avait pas échappé. Mais elle se tint raide, les yeux fixés sur le mur à sa droite.

A court de mots, Ishvar soupira. « Dinabai, pour vous remercier de votre gentillesse et vous prier de pardonner ma grossièreté, je tombe à vos genoux. » Il commença à se courber, et la menace fit son effet.

« Je vous l'interdis ! s'écria-t-elle. Vous savez ce que je pense de ce genre de comportement. Quant à votre histoire, nous n'en parlerons plus.

— D'accord. C'est mon problème. J'essaierai de le résoudre dans ma tête.

— Bien. C'est votre neveu, et les devoirs parentaux vous incombent. »

Dès le lendemain soir, Ishvar rompit l'accord. Cette correspondance qu'il avait entamée, il lui fallait y donner suite, une épreuve qui le mettait au supplice. Submergé de doute, il poussait des « Hai Ram » à fendre l'âme. A présent, la cause réelle de son explosion de la veille était claire pour tous.

« L'occasion qui se présente est parfaite, ressassait-il, simplement elle arrive trop tôt. »

— Om est un beau garçon, dit Maneck. Regardez sa coiffure chikna. Il n'a pas besoin d'une réservation de mariage. Des filles de première catégorie, il pourra en ramasser à la douzaine. »

Tournoyant sur lui-même, Ishvar s'arrêta, le doigt pointé à dix centimètres du visage de Maneck. « Arrête de te moquer d'un sujet aussi sérieux. »

Un instant, il parut prêt à frapper Maneck, puis sa main retomba. « Je veille sur toi comme sur un fils — comme si tu étais le frère d'Om. Et c'est ainsi que tu me traites ? En plaisantant sur ce qui me tient tant à cœur ? »

Médusé, Maneck crut voir des larmes dans les yeux d'Ishvar. Mais avant qu'il ait trouvé des paroles rassurantes, Om intervint : « Tu es devenu fou, c'est sûr, tu ne supportes même plus la moindre plaisanterie. Tu transformes tout en drame, tu refuses la comédie. »

Son oncle hocha la tête.

« Que faire ? Tout ça m'inquiète tellement. Bas, désormais je garderai la bouche fermée et réfléchirai calmement. »

Mais il avait désespérément besoin de leur opinion, d'une discussion, d'un consensus. Et, quelques minutes plus tard, il recommença. « Qui peut dire quand une telle chance se représentera ? Le choix entre quatre bonnes familles. Certains parviennent à la fin de leur vie sans avoir jamais trouvé un seul parti convenable.

— C'est trop tôt pour que je me marie, répéta Om.

— Mieux vaut trop tôt que trop tard.

— Et si notre affaire de couture s'arrêtait, à cause d'une grève ou que sais-je ? dit Dina. Nous vivons une époque difficile, rien n'est sûr.

— Raison de plus pour se marier. L'arrivée d'une femme ne pourra que changer en mieux notre vie à tous.

— Même si c'était vrai, où la mettre dans ce minuscule appartement ?

— Je n'y pense même pas. La véranda est bien suffisante.

— Pour vous, Om *et* sa femme ? Tous les trois dans la véranda ? Vous voulez me rendre ridicule ?

— Non, Dinabai. La prochaine fois que je partirai à la recherche d'un logement, vous devriez m'accompagner, voir comment vivent les gens. Huit, neuf, dix personnes dans une petite pièce. Dormant l'une au-dessus de l'autre sur des grandes planches, du sol au plafond, comme des couchettes de troisième classe dans le train. Ou dans des armoires, ou dans la salle d'eau. Survivant comme des marchandises dans un entrepôt.

— Je sais tout cela. Pas besoin de me faire une leçon, j'ai passé toute ma vie dans cette ville.

— Comparé à une telle misère, trois personnes logeant dans une véranda, c'est un luxe. Mais je ne veux pas insister. Si vous ne le souhaitez pas, nous retournerons dans notre village. L'important, c'est le mariage d'Om. Quand ce sera fait, j'aurai accompli mon devoir. Le reste ne compte pas. »

Une semaine après avoir reçu la lettre d'Ashraf Chacha, Ishvar fut en état d'envisager le passage en revue des fiancées éventuelles. Il répondit, formant laborieusement ses mots, qu'Om et lui arriveraient dans un mois. « Ce qui nous donnera le temps d'achever les robes que vous avez apportées hier », dit-il à Dina. Une fois sa réponse postée, le calme lui revint, glissant sur lui comme une chemise.

Dina en restait stupéfaite : un homme aussi intelligent qu'Ishvar perdant soudain toute raison. Pouvait-il s'agir d'une forme de chantage ? Espérait-il que, par besoin de leurs talents, elle accepterait de loger la femme d'Om ?

Ses soupçons enflaient puis s'évanouissaient. Ils grossissaient chaque fois qu'Ishvar insistait sur le changement bénéfique que la présence d'une jeune femme apporterait à la vie de Dina. « Vous verrez la différence à la minute où elle franchira votre seuil, Dinabai. On sait depuis toujours que les brus transforment la destinée de toute une maisonnée.

— Elle ne sera ni ma bru ni la vôtre », remarqua Dina.

Mais il n'allait pas se laisser démonter par un détail technique. « Bru, ce n'est qu'un mot. Appelez-la comme vous voulez. La chance, pour se poser sur vous, ne chipote pas sur les mots. »

La réplique l'amusa. Ishvar et tromperie — deux termes qui n'allaient pas ensemble. Il était incapable de se couper en deux, on le savait bien. Quand la tourmente régnait dans son esprit, ses doigts ne tardaient pas à exprimer la confusion ; quand il était heureux, son demi-sourire s'épanouissait comme malgré lui, ses bras semblaient prêts à étreindre le monde entier. D'une telle nature ne pouvaient émaner des stratégies retorses.

Le chantage, voilà qui convenait mieux à quelqu'un comme Nusswan. Lui était capable de tous les coups tordus. A essayer de prédire son attitude, on risquait de perdre la tête. Elle se demanda comment il agirait quand le temps serait venu pour les enfants de se marier. Enfants, ils ne l'étaient plus d'ailleurs — Xerxes et Zarir étaient des hommes à présent. Et Nusswan essayant de leur choisir une épouse, mettant à profit la pratique qu'il avait acquise en s'efforçant de lui trouver un mari.

Elle se rappela les années d'enfance de ses neveux. Une période si plaisante, mais si brève. Comme ils étaient malheureux quand Nusswan, Ruby et elle se disputaient, ne sachant pas quel parti prendre, s'ils devaient courir vers papa ou vers leur tante pour les supplier de faire la paix. Et elle avait manqué tant de choses : leurs années d'école, leurs bulletins de notes, les jours de distribution des prix, les matches de cricket, leurs premiers pantalons longs. L'indépendance se payait cher : à coups de blessures et de regrets. Mais l'autre option — sous la férule de Nusswan — était inconcevable.

Comme toujours lorsqu'elle revenait sur son passé, Dina fut convaincue qu'elle s'en sortait mieux seule. Elle tenta d'imaginer Om marié, avec une épouse à ses côtés, une jeune femme à la silhouette fine et délicate comme la sienne. Une photo de mariage. Om dans des vêtements neufs, raides et amidonnés, avec un turban extravagant. L'épouse en sari rouge. Un collier modeste, un anneau dans le nez, des boucles d'oreilles, des bracelets aux chevilles — et l'usurier dans les coulisses, heureux à l'idée de leur passer la corde autour du cou. Et elle-même, à quoi ressemblerait-elle ? Finalement, quel effet ça ferait d'avoir une autre femme dans cet appartement ?

Une image commença à se former dans sa tête, qu'elle laissa se développer pendant deux jours, y ajoutant de la profondeur et des détails, de la couleur et de la texture. La jeune femme sur le pas de la porte. La tête modestement baissée. Puis la relevant, pour révéler des yeux étincelants, un sourire timide, doigts posés sur les lèvres. Les jours passent. Parfois elle se tient seule à la fenêtre, se rappelant des lieux abandonnés. Dina s'assoit à côté d'elle et l'encourage à parler, à lui raconter des choses sur sa vie d'autrefois. Et la femme d'Om se met enfin à parler. D'autres images, d'autres histoires...

Le troisième jour, Dina dit à Ishvar : « Si vous pensez sérieusement que la véranda peut abriter trois personnes, nous pouvons essayer. »

Ces paroles lui parvinrent à travers le bourdonnement de la Singer ; il la bloqua en abattant la main sur le volant.

« Heureusement que vous conduisez une machine à coudre et pas une voiture, dit-elle. Vos passagers se retrouveraient tout droit dans l'autre monde. »

Riant, il sauta de son tabouret. « Om ! Om ! Écoute ! cria-t-il en direction de la véranda. Dinabai a dit oui! Viens vite la remercier. » Sur quoi, il se rendit compte qu'il ne l'avait pas fait lui-même. Il joignit les mains : « Merci Dinabai! Une fois de plus vous nous aidez au-delà de ce qui est exprimable.

— Ce n'est qu'un essai. Vous me remercierez plus tard, si ça marche.

— Je le ferai, je le promets! J'avais raison à propos de la chatte... du retour des chatons... et j'aurai raison là aussi, croyez-moi. » Dans sa joie, le souffle lui manquait. « Le principal, c'est que vous vouliez nous aider. Ça revient à nous donner votre bénédiction. Et c'est ça le plus important. »

L'humeur changea dans l'appartement, Ishvar expédiant coutures et points un sourire béat aux lèvres. « Ce sera parfait, Dinabai, croyez-moi. Pour nous tous. Et elle vous sera utile. Elle nettoiera la maison, ira au bazar, cuisinera...

— Vous cherchez une femme pour Om ou une servante?

— Non, non, pas une servante, protesta-t-il. En quoi serait-elle une servante en accomplissant ses devoirs d'épouse? Comment les gens trouvent-ils le bonheur sinon en accomplissant leurs devoirs?

— Il ne peut y avoir de bonheur sans justice, dit-elle. N'oublie pas cela, Om — ne laisse personne te dire le contraire.

— C'est exact, dit Maneck, dissimulant l'inexplicable tristesse qui l'envahissait. Et si tu te conduis mal, Parapluie Bachchan et son ombrelle en forme de pagode te corrigeront. »

En donnant ainsi son consentement, estima Dina, elle avait acquis le droit de jouer un rôle dans le mariage d'Om. Le garçon s'était beaucoup amélioré ces derniers mois, songea-t-elle. Il n'avait plus de démangeaisons dans la tête, ses cheveux étaient en bonne santé, ne ruisselaient plus d'huile de coco à l'odeur forte. Pour ce dernier point, le crédit en revenait à Maneck et à son horreur de toute substance grasse dans les cheveux.

Lentement mais sûrement, Om s'était recréé à l'image de Maneck, du style de coiffure au filet de moustache en passant par les vêtements. Tout récemment, il s'était taillé un pantalon large, empruntant celui de Maneck pour dessiner le patron. Jusqu'à son odeur, Savon Cinthol et Talc Lakmé, qui était celle de Maneck. Auquel, en échange, il avait appris quelques petites choses — par exemple à porter des chappals en pleine chaleur, au lieu de chaussures et de socquettes.

L'imitation toutefois ne faisait que souligner la différence entre les deux : Maneck, robuste et à la forte ossature, Om, au squelette aussi frêle que celui d'un oiseau. S'il fallait absolument que quelqu'un se transforme en mari, Maneck semblait le plus approprié, et non pas Om, ce gringalet de dix-huit ans.

Comme chaque fois qu'elle y pensait, l'image la frappait de ce corps maigre voltigeant et tournoyant dans l'appartement, spécialement dans la cuisine, le soir, où, de ses doigts enrobés de farine, il pétrissait la pâte et aplatissait les chapatis. Sous ses mains, le rouleau à pâtisserie semblait un instrument magique. Son habileté et le plaisir qu'il prenait à sa tâche la subjuguaient, lui donnaient l'envie d'interrompre ses propres occupations, et de rester là à le regarder.

Depuis qu'Om vivait dans l'appartement, elle le voyait dévorer à belles dents des quantités de nourriture qui témoignaient d'un appétit tout autre que celui d'un oiseau. Ce qui supprimait une des causes possibles — sa maigreur n'était pas due à une sous-alimentation.

« Ça ne pourra pas marcher, dit-elle, discutant du sujet avec Ishvar, et lui rappelant son vieux soupçon. Ce garçon va devoir assumer une grande responsabilité. Mais quel genre de mari et de père fera-t-il avec un ventre plein de vers ?

— Comment en êtes-vous si sûre, Dinabai ?

— Il se plaint de maux de tête et de démangeaisons à certains endroits. Il mange énormément, mais

681

continue à n'avoir que la peau sur les os. Ce sont des signes qui ne trompent pas. »

Le lendemain, elle montra à Ishvar la bouteille de vermifuge qu'elle avait achetée chez le pharmacien. « C'est le meilleur cadeau de mariage que je puisse lui faire. »

Il fallait avaler le liquide rose en une seule fois. Ishvar déboucha la bouteille : elle dégageait une odeur franchement désagréable.

« Mais s'il avait autre chose que des vers ?

— De toute façon, le médicament ne lui fera pas de mal. Il agit comme une purge. Om devra rester à jeun ce soir, et prendre le vermifuge plus tard. Regardez, tout est expliqué sur l'étiquette. »

Mais Ishvar maniait un anglais trop élémentaire, ne s'aventurant guère au-delà des mots tour de poitrine, manches, col et taille, pour pouvoir comprendre les instructions. Il promit de faire en sorte que son neveu avale sa dose avant d'aller se coucher.

Le plus difficile fut de convaincre Om de sauter le dîner. « Quelle injustice, gémit-il. Affamer le cuisinier qui fait vos chapatis.

— Si tu manges, les vers mangent. Il faut les laisser attendre à l'intérieur de ton ventre, la bouche grande ouverte de faim. Si bien que quand tu prends le médicament, ils l'avalent gloutonnement et meurent. »

Maneck raconta qu'il avait vu un film, un jour, l'histoire d'un médecin qui devenait minuscule afin de pouvoir entrer dans le corps de son malade et combattre la maladie. « Je pourrais prendre un minuscule fusil et tuer tous tes vers.

— Sûr, dit Om. Ou un minuscule parapluie, pour les poignarder. Comme ça, je n'aurais pas besoin de boire ce truc immonde.

— Tu oublies une chose, dit Ishvar. Si tu es très petit dans le ventre, les vers auront la dimension de cobras et de pythons géants. Hahnji, jeune homme, il y en aura des centaines, grouillant, pullulant, sifflant autour de toi.

— Je n'avais pas pensé à ça, dit Maneck. Oubliez ce que j'ai dit. J'annule mon voyage. »

Au septième voyage d'Om aux toilettes, Dina renonça à compter. « Je suis mort, geignit-il. Il ne reste rien de moi. »

Puis, en fin d'après-midi, il surgit, triomphant.

« C'est tombé ! Ça ressemblait à un petit serpent !

— Il gigotait ou il était inerte ?

— Il gigotait comme un fou.

— Ça signifie que le médicament ne l'a pas endormi. Quel parasite ! Quelle taille avait-il ? »

Il étendit une main.

« A peu près ça, dit-il, indiquant la distance entre le bout des doigts et le poignet. Environ quinze centimètres.

— Maintenant, tu sais pourquoi tu es si maigre. La sale créature et ses petits avalaient toute ta nourriture. Des centaines de ventres à l'intérieur du tien. Et personne ne voulait me croire quand je parlais de vers. Peu importe. Tu vas reprendre du poids et tu seras bientôt aussi costaud que Maneck.

— Oui, dit Maneck. Nous avons trois semaines pour faire de toi un mari vigoureux.

— Et le père d'une demi-douzaine de garçons, ajouta Ishvar.

— Ne lui donnez pas de mauvais conseils, dit Dina. Deux enfants seulement. A la rigueur, trois. Vous n'écoutez pas ce que disent les gens du Planning familial ? Souviens-toi, Om, traite ta femme avec respect. Pas de cris, d'injures ou de coups. Et une chose est sûre : j'interdirai tout réchaud à pétrole dans la véranda. »

Ishvar comprit l'allusion. Il protesta. C'était chez les hautes castes cupides, dit-il, que les brus mouraient brûlées pour des histoires de dots, pas dans sa communauté.

« Vraiment ? Et qu'est-ce que dit votre communauté en ce qui concerne les enfants mâles et femelles ? Y a-t-il une préférence ?

— Nous ne pouvons pas décider de ces choses. Tout est entre les mains de Dieu. »

Maneck donna un coup de coude à Om et murmura :

« C'est pas dans les mains de Dieu, c'est dans ton pantalon. »

Il fallut à Om toute une journée pour se remettre du vermifuge. Le lendemain soir, Maneck proposa d'aller fêter sa résurrection sur la plage, avec du bhel-puri et du lait de coco.

« Tu gâtes trop mon neveu, dit Ishvar.

— Mais non. C'est la première fois que je l'invite vraiment. Avant, c'était son ver familier qui mangeait tout. »

Ishvar fixa l'homme qui se tenait sur le pas de la porte, essayant de le situer, car la voix lui était familière, mais pas le visage. Puis il le remit, reconnut le ramasseur de cheveux, mais totalement transformé : le crâne lisse et brillant, la moustache rasée.

« Toi ! D'où viens-tu ? » Il se demanda s'il devait lui dire d'aller se faire pendre ailleurs ou le menacer d'appeler la police.

Épaules basses, tête baissée, Rajaram évitait son regard. « J'ai tenté ma chance, dit-il. Ça fait si longtemps, je ne savais pas si tu travaillais encore ici.

— Qu'est-il arrivé à tes cheveux ? » demanda Om, malgré le claquement de lèvres désapprobateur de son oncle.

Ishvar ne voulait pas renouer avec ce meurtrier.

« Tu as raison de me parler de mes cheveux. » Dans les yeux de Rajaram, la flamme qui dénotait une énergie jamais défaillante avait disparu. « Vous êtes mes seuls amis. Et j'ai besoin de votre aide. Mais j'ai tellement honte... je ne vous ai même pas remboursé votre dernier prêt. »

Ishvar se retint de lui manifester son dégoût. Se retrouver mêlé à des histoires de police, juste quelques jours avant la tournée des fiancées, serait de très mauvais augure. Si quelques roupies pouvaient le débarrasser du tueur, il les lui donnerait. Il recula de quelques pas pour laisser Rajaram entrer dans la véranda. « Qu'est-ce qui ne va pas cette fois-ci ?

— J'ai de terribles ennuis. Rien que des ennuis. Depuis qu'on a démoli nos baraques, ma vie n'a été qu'une accumulation d'immenses obstacles. Je suis prêt à renoncer au monde. »

Bon débarras, songea Ishvar.

« Excusez-moi, dit Dina. Je ne vous connais pas très bien, mais en tant que Parsie, je suis obligée de vous le dire : se suicider est mal, ce n'est pas aux humains de choisir la date de leur mort. Car alors, ils pourraient aussi sélectionner le moment de leur naissance. »

Les yeux fixés sur ses cheveux, Rajaram attendit quelques instants avant de répondre : « Choisir la fin n'a rien à voir avec choisir le début. Les deux sont indépendants. Quoi qu'il en soit, vous m'avez mal compris. Ce que je voulais dire, c'est que je veux renoncer au monde matériel, devenir un sanyasi, passer ma vie à méditer dans une grotte. »

Pour Dina, il s'agissait d'une évasion comparable au suicide. « Ça revient au même.

— Je ne suis pas d'accord, dit Maneck.

— S'il vous plaît, ne m'interrompez pas, Maneck. » Puis, s'adressant de nouveau à Rajaram : « Et comment va ma vieille trousse de coiffeur ? Est-ce qu'elle est toujours en état de marche ? Les outils sont *Made in England*, vous savez ? »

Il pâlit.

« Oui, ils sont parfaits. »

Il s'abstint d'en dire plus en présence de Maneck et de Dina. « Puis-je offrir une tasse de thé à mes deux vieux amis ? C'est comment déjà, ce restaurant où vous allez — l'Aram ?

— Le Vishram », dit Ishvar, qui vérifia qu'il avait assez d'argent dans ses poches.

Il y avait de fortes chances, malgré l'invitation, qu'il dût finir par payer.

Ils marchèrent en silence jusqu'au coin de la rue, et s'installèrent autour de l'unique table. Le cuisinier les héla, levant une main graisseuse en signe de salut. « C'est l'heure des histoires ! cria-t-il gaiement. C'est sur quoi aujourd'hui ?

— Sur notre ami qui meurt d'envie de boire ton thé, dit Ishvar en riant. Il vient de très loin pour nous voir. »

Rajaram regarda autour de lui d'un air gêné ; il avait oublié l'exiguïté de la salle du Vishram qui n'offrait aucune possibilité d'intimité. Heureusement, le ronflement des fourneaux couvrait la conversation.

« Bon, pourquoi est-ce que tu es allé inventer cette histoire de sanyasi ? demanda Om.

— Mais je suis sérieux, je veux renoncer au monde.

— Et la coiffure ?

— C'est là que le problème a commencé. Je me suis planté dès le premier jour. Toutes ces années que j'avais passées à ramasser des cheveux m'avaient rendu impropre au métier. »

Ishvar était décidé à ne pas croire un seul mot de ce tueur.

« Tu veux dire que tu as oublié comment on les coupe ?

— Bien pire que ça ! Chaque fois qu'un client s'asseyait sur le trottoir et demandait une coupe, il repartait quasiment chauve.

— Comment cela ?

— C'était plus fort que moi. Au lieu de couper, d'égaliser et de mettre en forme, je taillais tout. En un sens, c'était drôle — certains étaient si gentils et polis que lorsque je leur tendais le miroir, ils disaient : "Bien, très bien, merci beaucoup." Ils ne voulaient probablement pas me blesser. Mais la plupart n'étaient pas aussi aimables. Ils hurlaient, refusaient de payer, menaçaient de me dérouiller. Mais je ne pouvais tout simplement pas arrêter mes ciseaux ou la tondeuse. Mon instinct de ramasseur était devenu trop puissant, j'étais un monstre. »

La rumeur se répandit du maniaque aux ciseaux,

et plus personne ne s'arrêta à son éventaire. Il n'eut bientôt plus d'autre choix que de reprendre son boulot de ramasseur à plein temps. Là-dessus, le problème se présenta : où entreposer les sacs de petites mèches qui constituaient son fonds de commerce ? « Et vous n'auriez pas pu les garder dans votre malle. Il faut un petit entrepôt pour ça. Vous avez vu ma cabane dans le lotissement, bourrée du sol au plafond. » Il se tordit les mains. « Si seulement j'avais pu trouver ne serait-ce qu'un seul assortiment de cheveux de vingt-cinq à trente centimètres de long chaque semaine, j'aurais survécu. Ça m'aurait payé mon repas quotidien. Mais il n'y avait pas de cheveux longs dans mon horoscope.

— Et les colis que tu as laissés à Shankar, l'interrompit Om. Ils contenaient des cheveux longs.

— Ça, c'était plus tard. Un peu de patience, je vais me confesser entièrement. » Il regardait au loin, l'air songeur, comme s'il voyait défiler des beautés chevelues. « Je ne comprendrai jamais pourquoi les femmes s'accrochent à leurs cheveux longs. C'est beau à voir, certes, mais si difficile d'entretien. »

Il avala une gorgée de thé et s'essuya les lèvres. « Je ne me tenais pas pour battu. Pas encore. J'ai proposé aux mendiants, aux vagabonds, aux ivrognes de leur couper les cheveux gratuitement. » Tard dans la nuit, quand ils avaient fini de faire la manche et bu tout leur soûl, Rarajam entreprenait les individus au crâne le plus garni. Pour quelques-uns, il fallait ajouter une petite pièce. Quand ils se trouvaient dans un état comateux, ou étaient trop diminués pour comprendre ce qui se passait, il se servait sans façon.

Mais l'affaire échoua, pour cause de mauvaise qualité de la récolte. Au dire de son grossiste, ces cheveux, emmêlés et sales, ne valaient pas plus que les mèches fournies par les barbiers de trottoir. De plus, les rondes de police entreprises au nom de la loi sur l'embellissement rendirent l'approvisionnement très hasardeux.

Affamé, sans abri, Rajaram couvait d'un œil noir les femmes qui passaient devant lui, leurs longues nattes brinquebalantes. Cette richesse qu'elles portaient sur leur tête était pour lui une provocation ambulante. Parfois il en suivait une, une dame élégante de la bonne société, cliente potentielle d'un salon de coiffure, qui envisageait peut-être de se débarrasser de ses tresses. Les femmes qu'il poursuivit ainsi le menèrent au domicile de leurs amies, chez leur médecin, leur astrologue, leur guérisseur, au restaurant, chez leur marchand de saris, jamais chez un coiffeur.

Il scruta les hommes aussi : hippies, étrangers et indigènes, avec leurs colliers et leur barbe — les étrangers devenus des indigènes en chappals, kurta et pyjama, les indigènes se traînant en tennis, pantalons pattes d'éléphant et tee-shirts, tous sentant aussi mauvais. Il se demandait combien une tête blonde ou rousse pouvait rapporter, mais ne se donnait pas la peine de les suivre, sachant que jamais ils n'iraient se faire couper les cheveux.

Quelle tristesse, ressassait-il, ces cheveux si fermement accrochés à la tête de leur propriétaire, si difficiles à dérober. Plus difficiles que la bourse la plus étroitement serrée, plus hors d'atteinte qu'un portefeuille bien garni dans un pantalon collant. Échappant aux doigts du plus habile des détrousseurs de poches. Ou détrousseurs de têtes. Qu'une chose aussi belle et légère qu'un cheveu pût s'accrocher avec une telle ténacité était proprement stupéfiant. A la façon dont ses racines s'enfonçaient dans le crâne, ç'aurait tout aussi bien pu être un banyan ancré de toute sa puissance à la terre. A moins, bien sûr, que l'alopécie s'installe.

Pour passer le temps, dit Rajaram, poursuivant son récit, il se mit à rêver de devenir le premier détrousseur de têtes. De mettre au point un système qui vaincrait la répugnance naturelle des cheveux à quitter une tête. Peut-être en inventant un produit chimique qui, vaporisé sur le crâne d'une victime, ferait fondre les racines tout en laissant le cheveu intact. Ou un mantra magique qui hypnotiserait l'individu et ferait bondir les cheveux de sa tête, à la façon dont les anciens shlokhas védiques psalmodiés par les sadhus pouvaient faire s'enflammer des bûches ou se déchirer en pluie des nuages.

A l'issue de ces nombreuses heures où il rêva pour oublier sa faim, il parvint à la conclusion qu'un détrousseur de têtes n'avait besoin ni d'invention ni de pouvoir surnaturel : les techniques pratiquées par les détrousseurs de poches, légèrement modifiées (et utilisées avec douceur), suffiraient. Dans des lieux surpeuplés, aucune poche ne résistait à leurs lames effilées. Lui, Rajaram, possédait toujours ses ciseaux bien aiguisés. Un seul geste, et les cheveux seraient à lui.

Et il finit par prendre ses idées folles au sérieux, par croire qu'il n'y avait rien de commun, d'un point de vue éthique, entre le fait de détrousser des poches et celui de pratiquer des coupes de cheveux non sollicitées. Dans le premier cas, il s'agissait d'un crime qui dépouillait les victimes de leur argent. Dans l'autre, d'une bonne action, qui soulageait d'un poids encombrant, érasait le pâturage des poux, épargnant ainsi aux victimes le temps et les efforts qu'il leur en coûtait pour se gratter, sans parler de l'argent dépensé en achats de shampooings et de lotions capillaires. Le mot « victime » ne convenait d'ailleurs guère en l'occurrence. « Bénéficiaire » était sûrement plus approprié. Il fallait sûrement imputer à la vanité le refus des gens de voir où était leur bien, et donc leur prêter une main secourable. En tout état de cause, il ne s'agirait que d'une perte temporaire ; les cheveux repousseraient.

« J'ai commencé à m'entraîner sérieusement », dit-il, caressant sa tête chauve tandis que les tailleurs se trémoussaient sur leur banc, médusés par son récit. « J'ai parcouru la banlieue jusqu'à ce que je trouve un endroit désert où m'exercer. »

Là, à l'abri des regards, il bourra de journaux un

sac afin de le transformer en ballon, de la dimension d'une tête, mais beaucoup plus léger, assez léger pour se balancer au moindre souffle quand Rajaram le suspendait à une branche. Au sac il attacha des grappes luxuriantes de ficelles. Puis il s'entraîna à les couper à ras de la tête, sans faire trembler le sac. Pour varier, il nouait les fils en tresses ou en épaisse queue de cheval, ou bien les laissait pendre en boucles cascadantes.

Son habileté croissant, il modifia l'installation de façon à simuler des situations réelles. Tenant un sac en tissu ouvert sous la tresse, dans lequel elle pût tomber, il plongeait les ciseaux et refermait le sac — le tout dans un même mouvement coulé. Ce tour, il le pratiqua dans des endroits très confinés, afin d'habituer ses mains à travailler au milieu d'une foule. Quand il y fut parvenu, il retourna à la bousculade des rues et des bazars.

« Mais pourquoi t'es-tu embarqué dans une telle folie ? demanda Ishvar. Si le ramassage des cheveux ne marchait plus, n'aurait-il pas été plus simple de ramasser autre chose ? Des journaux, des dabbas, des bouteilles ?

— Je me suis posé la même question. La réponse est oui. Il y avait des dizaines d'autres possibilités. Au pire, j'aurais pu me faire mendiant. Une voie qui aurait été préférable à celle dans laquelle j'étais en train de m'engager. Mais l'aveuglement m'avait saisi. Plus la collecte des cheveux longs devenait difficile, plus je m'y accrochais, comme si ma vie en dépendait. Ainsi, je ne voyais pas la folie de mon projet. »

De fait, quand il le mit en pratique, il s'aperçut qu'il avait mis au point une brillante technique. Armé de son sac en tissu et de ses ciseaux, il se glissait au milieu de la foule, sélectionnait avec soin la victime (ou le bénéficiaire), jamais impatient, jamais avide. Une seule tête d'où pendaient deux tresses lui suffisait — il n'en cherchait jamais une seconde. Et il résistait toujours à la tentation de couper trop près de la nuque, le centimètre supplémentaire risquant de tout gâcher.

Au bazar, Rajaram évitait les femmes qui faisaient leurs achats accompagnées d'une servante, aussi luxuriants que fussent leurs cheveux. Ainsi que les mères de famille suivies de leur marmaille — les réactions des enfants sont imprévisibles. La femme qu'il élisait comme récipiendaire de son coup de ciseaux était seule, de préférence pauvrement vêtue, tout occupée à acheter des légumes pour sa famille, affolée par les prix, marchandant ferme, ou surveillant avec le plus grand soin la balance et les poids qu'y plaçait le vendeur afin de ne pas se faire avoir.

Mais bientôt, c'est de ses cheveux qu'elle se faisait avoir. Passant inaperçu au milieu de la foule, Rajaram sortait son instrument. Un coup, rapide et net, et hop, la tresse tombait dans le sac, et lui, Rajaram, disparaissait, ayant délivré encore une pauvre créature humaine d'une entrave qu'elle ignorait.

Aux arrêts d'autobus, Rajaram choisissait entre toutes les femmes celle qui couvait son sac, le serrant étroitement sous son bras, la chaleur du cuir ou du plastique se communiquant à sa peau. Des cercles de sueur se répandaient comme une épidémie sur son corsage. Rajaram se joignait aux passagers, travailleur épuisé regagnant son logis. Et quand l'arrivée du bus transformait la file en une horde sauvage, l'instant d'hésitation qu'avait la femme avant d'y plonger suffisait pour permettre aux ciseaux de faire leur œuvre.

Il n'opérait jamais deux fois sur le même marché ou au même arrêt d'autobus. Souvent, néanmoins, il retournait les mains vides sur le lieu de son crime (ou de son acte bénéfique) pour écouter ce qu'on racontait.

Au début, il ne se raconta rien. Probablement, se dit-il, parce que les femmes n'osaient pas, dans leur embarras, faire d'histoires. Peut-être aussi parce que personne ne voulait les croire ou qu'on jugeait l'affaire trop futile.

Peu à peu, cependant, des sarcasmes, des plaisanteries à propos de cheveux perdus, volés, ou ayant changé de support, commencèrent à se répandre. Notamment une, que colportaient les vendeurs de paan, selon laquelle les taudis ayant disparu depuis l'instauration de l'état d'urgence, une nouvelle race de rongeurs urbains avait éclos, qui n'aimaient pas les ordures mais les cheveux féminins. Sur les docks, les mathadis qui déchargeaient les bateaux applaudissaient aux exploits du mystérieux chasseur de cheveux, convaincus que c'était l'œuvre d'un de leurs frères de basse caste prenant sa revanche sur les hautes castes qui, depuis des siècles, les opprimaient, violaient leurs femmes, leur rasaient la tête. Dans les échoppes à thé et les restaurants iraniens, les intellectuels racontaient en souriant jaune qu'une maladresse bureaucratique était à l'origine de l'agrandissement du champ d'application du Programme de Nettoyage des Bidonvilles : dans un mémorandum émanant des échelons supérieurs, un typographe avait transformé la Police de l'Embellissement en Police des Esthéticiens, dont les forces maintenant éradiquaient les cheveux avec la même cruauté qu'elles avaient éradiqué les taudis. Il ne manquait que la main de l'étranger, qui ne tarda pas à faire son apparition, sous la forme d'agentes de la CIA occupées à répandre des histoires de cheveux disparus afin de démoraliser la nation.

« Comme tout le monde plaisantait, je ne m'inquiétais pas, dit Rajaram. Ma confiance augmenta, et je songeai à prendre de l'expansion. »

Les hippies, qu'il avait longtemps considérés comme des bénéficiaires parfaits mais impossibles à atteindre, devinrent l'objet de tous ses soins. Il découvrit qu'aux petites heures de la matinée ils gisaient complètement drogués autour des addaas des dealers à qui ils achetaient leur haschisch.

Soulager ces étrangers catatoniques de leurs tresses fut un jeu d'enfant. Si, par hasard, l'un d'entre eux ouvrait les yeux et voyait tondre son compagnon, il se croyait en proie à une hallucination ; il gloussait stupidement ou murmurait quelque chose du genre : « Sensass, mec », ou « waou, c'est chouette », et retombait dans son sommeil après s'être gratté l'entrejambe. Une fois, Rajaram tondit même un couple en train de forniquer. D'abord l'homme, au-dessus, puis sa compagne quand, en pleine action, ce fut elle qui monta sur lui. « Oh, mec ! dit l'homme, excité par cette vision. Super ! Je vois Kama qui te prépare au nirvana ! » Et la femme murmura : « Moi pareil, chéri, c'est un karma instantané ! »

Rajaram pensa que ses affaires étaient enfin en train de reprendre. Il se réjouit de l'invasion des étrangers, contrairement à la fraction conservatrice de ses concitoyens qui déplorait les mœurs dégoûtantes et les manières décadentes que ces Américains et ces Européens dégénérés transmettaient à une jeunesse impressionnable. Tant que ces étrangers portaient des cheveux leur tombant jusque-là, sur les épaules ou même plus bas, Rajaram était heureux de les voir affluer dans la cité.

C'est à peu près à ce moment-là que, la loi sur l'embellissement achevant sa carrière schizophrénique et devenant moribonde, les mendiants reprirent leur place sur les trottoirs. L'œil professionnel du ramasseur de cheveux s'en aperçut immédiatement. Bien entendu, compte tenu de l'état prospère de son commerce, il ne courut plus après les chignons sales de ces gens. Certains, le reconnaissant, lui réclamaient leur coupe gratis, mais il les laissait dire.

« Si seulement j'avais continué à les ignorer, soupira Rajaram, j'aurais une vie toute différente aujourd'hui. Mais notre destinée est gravée sur notre front à la naissance. Et ce sont les mendiants qui précipitèrent ma chute. Pas les belles femmes du bazar que je craignais tant d'approcher. Pas les hippies fumeurs de haschisch, qui finiraient un jour, me disais-je, par me tabasser. Non — ce furent deux malheureux mendiants. »

Rajaram s'arrêta, jetant un œil soupçonneux sur le

caissier-serveur qui leur souriait de derrière son comptoir, espérant toujours être invité à écouter l'histoire. Il en fut pour ses frais. « Nous savons tout sur l'affaire des mendiants, dit Ishvar. Pourquoi as-tu dû les tuer ?

— Vous savez ! s'exclama Rajaram. Mais, bien sûr, le Maître des mendiants — mais je ne voulais pas, c'est-à-dire, je voulais... ce fut une erreur ! » Il enfouit sa tête dans ses mains posées sur la table, incapable de regarder ses amis. Puis il se redressa, se frottant le nez. « Cette table pue. Mais, s'il vous plaît, aidez-moi ! Je vous en prie ! Ne me laissez pas...

— Calme-toi, dit Ishvar. Le Maître des mendiants ne sait rien. Il nous a simplement dit que deux de ses mendiants avaient été assassinés et leurs cheveux volés. Nous avons aussitôt pensé à toi. »

Rajaram prit un air peiné.

« Ç'aurait pu être quelqu'un d'autre. Nous sommes des centaines de ramasseurs de cheveux dans cette ville. Vous n'étiez pas obligés de penser aussitôt à moi. » Il inspira un bon coup. « Ainsi, vous ne lui avez rien dit ?

— C'était pas nos oignons.

— Dieu soit loué. Je n'avais rien contre ces malheureux, croyez-moi, ça a été une terrible erreur. »

Une nuit, en rentrant de sa tournée, il tomba sur deux mendiants, un homme et une femme, endormis sous un auvent, les genoux ramenés contre leur ventre creux. Il les aurait dépassés sans même y penser si la lumière du réverbère n'avait révélé leurs chevelures. Qui étaient superbes. Chacune resplendissait d'un éclat, d'un lustre, d'un brillant profond qu'il avait rarement rencontré au cours de ses nombreux voyages. C'est de ce genre de cheveux que rêvent les concepteurs de films publicitaires. Les clients se battraient pour se les approprier — leur brillance ferait la fortune de produits tels que le Savon Shikakai ou l'Huile de coco parfumée de chez Tata.

Mais n'était-il pas étrange, se dit Rajaram, qu'un tel trésor orne la tête de deux mendiants ratatinés ? Il s'agenouilla à côté d'eux et toucha du bout des doigts les tresses scintillantes; on aurait cru de la soie. Incapable de résister, il les prit dans ses mains, s'enivra de leur texture. Ses doigts se raidirent, en proie à une agonie sensuelle, comme s'ils allaient dérober le secret de leur rayonnement et de leur douceur.

Les mendiants bougèrent, rompant le charme. Se rappelant son devoir professionnel, Rajaram sortit ses ciseaux et se mit au travail, en commençant par la femme. Pour la première fois de sa carrière, il éprouva des regrets. C'était un crime, se dit-il, de séparer de telles splendeurs de leurs racines — leur reflet magique allait s'éteindre, aussi sûrement que l'éclat d'une fleur cueillie.

Les mèches tombèrent dans ses mains. Il les tressa et les enferma dans son sac en tissu. Puis il s'affaira sur la tête de l'homme. Rien ne distinguait ses cheveux de ceux de sa compagne.

Alors que Rajaram achevait sa tâche, la femme se réveilla et le vit, accroupi à côté d'elle, les ciseaux luisant dans le noir comme une arme meurtrière. Elle poussa un cri à vous glacer le cœur. Ce qui réveilla l'homme, lequel à son tour poussa des hurlements à vous figer le sang.

« Ces cris, dit Rajaram, frissonnant comme s'ils résonnaient encore dans ses oreilles. Ils m'ont tellement effrayé. J'étais sûr que la police allait s'amener et me tabasser à mort. Je suppliai les mendiants d'arrêter. Ils n'avaient rien à craindre, leur dis-je, je ne voulais pas leur faire de mal. Je me coupai une mèche, pour leur montrer que ce n'était pas douloureux. Je sortis des billets et des pièces de ma poche, les leur montrai. Mais ils continuaient à hurler. Sans arrêt, sans arrêt! Ça m'a rendu fou! »

Il paniqua, leva les ciseaux et frappa. D'abord la femme, ensuite l'homme. A la gorge, dans la poitrine, dans le ventre: dans tous les endroits qui aspiraient le souffle et accéléraient le fonctionnement des organes d'où émanaient ces horribles cris. Il frappa, encore, encore et encore, jusqu'à ce que retombe le silence.

Personne ne vint voir ce qui se passait. La rue a l'habitude des fous miaulant à la mort et des ivrognes vociférant leurs désillusions. De l'autre côté de la rue, quelqu'un partit d'un rire hystérique ; des chiens aboyèrent, la cloche d'un temple résonna. Rajaram s'enfuit, marchant aussi vite qu'il le pouvait sans risquer d'attirer l'attention.

Plus tard, il se débarrassa des ciseaux, de ses vêtements tachés de sang et des cheveux. Dès que l'occasion se présenta, il se rasa la tête et la moustache, car, lorsque la police les interrogerait, les mendiants ne manqueraient pas de décrire le type qui traînait constamment dans les parages, et qui coupait et ramassait les cheveux.

« Mais je ne suis pas sorti d'affaire, dit Rajaram. Bien que tout ça remonte à plusieurs mois, la police criminelle me recherche toujours. Dieu sait pourquoi mon cas les fascine — il se commet des centaines d'autres crimes chaque jour. » Dans sa tasse, le thé avait refroidi. Il l'avala en faisant la grimace. « Voilà, maintenant vous savez tout ce qui m'est arrivé. Voulez-vous m'aider ?

— Mais comment ? dit Ishvar. Le mieux serait peut-être que tu ailles te livrer. Ton cas me semble désespéré.

— Si, il y a de l'espoir. » Rajaram se rapprocha d'eux, les fixant d'un regard qui brillait un peu à présent. « Comme je vous l'ai dit en commençant, je veux renoncer à ce monde d'ennuis et de souffrances. Je veux mener l'existence simple d'un sanyasi. Je veux méditer de longues heures dans une grotte sombre et froide de l'Himalaya. Je dormirai sur des surfaces dures. Me lèverai avec le soleil et me coucherai avec les étoiles. Ma chair mortifiée supportera sans broncher la pluie et les vents, quelle que soit leur force. Je jetterai mon peigne, et mes cheveux et ma barbe pousseront, pleins de nœuds. De minuscules créatures s'y réfugieront, s'y enfonceront autant qu'elles le voudront, car je ne les dérangerai pas. »

Ishvar arqua les sourcils et Om roula des yeux, mais Rajaram ne s'en aperçut pas. Il repoussa sa tasse de thé, lentement, délibérément, comme s'il accomplissait son premier acte d'abnégation. La vision folle, romantique d'un ascète stimulait son imagination, lui donnant une tournure imagée.

« J'irai pieds nus, plante et talon gercés, déchirés, saignant d'une douzaine de lésions et de lacérations sur lesquelles on n'appliquera aucun baume. Les serpents croisant mon chemin dans les jungles sombres ne m'effraieront pas. Des chiens errants me mordront les chevilles quand je traverserai des villes étrangères et des villages perdus. Je mendierai ma nourriture. Enfants et parfois même adultes se moqueront de moi et me jetteront des pierres, effrayés par mon étrange apparence et mes yeux au regard fou tourné vers l'intérieur. J'irai affamé et nu si nécessaire. Je trébucherai à travers des plaines rocailleuses et le long de pentes raides. Je ne me plaindrai jamais. »

Délaissant l'auditoire, ses yeux convergeaient vers le lointain, ayant déjà entrepris leur voyage à travers le sous-continent. Il semblait s'amuser beaucoup, comme s'il étudiait un itinéraire de vacances. Dans son coin, le fourneau s'éteignit faute de combustible. Sans son grondement, un grand calme régna sur la salle.

Le silence tira Rajaram de son rêve éveillé, le ramena à la table solitaire et malodorante. Le cuisinier sortit chercher un bidon de pétrole. Ils le regardèrent insérer l'entonnoir et remplir le fourneau.

« La vie terrestre m'a conduit au désastre, dit Rajaram. Comme elle le fait toujours pour nous tous. Simplement, ce n'est pas toujours aussi évident que dans mon cas. Et maintenant je suis à votre merci.

— Mais comment devient-on un sanyasi ? Nous n'y connaissons rien, dit Ishvar. Qu'attends-tu de nous ?

— De l'argent. Le prix du billet pour atteindre l'Himalaya. C'est là que je peux espérer me racheter — si je peux échapper à la police. »

Ils retournèrent à l'appartement. Rajaram attendit à la porte pendant qu'Ishvar demandait à Dina de prélever sur leurs économies le prix d'un billet de troisième classe dans le *Courrier de la Frontière*.

« C'est votre argent et vous le dépensez comme bon vous semble, je n'ai pas mon mot à dire. Mais s'il renonce au monde, pourquoi a-t-il besoin de prendre le train ? Il peut s'y rendre à pied, en mendiant sur le chemin comme les autres sadhus.

— C'est vrai, reconnut Ishvar. Mais ça lui prendrait plein de temps. Il a hâte de trouver le salut. »

Il apporta l'argent à Rajaram, qui le compta puis hésita.

« Est-ce que je pourrais avoir encore dix roupies ?

— Pour quoi faire ?

— Supplément pour une couchette. C'est vraiment inconfortable de passer toute la nuit assis pendant un si long trajet.

— Désolé, dit Ishvar, prêt à reprendre les billets. C'est tout ce que nous pouvons te donner. Mais viens nous voir si tu es de nouveau en ville un de ces jours, nous irons boire une tasse de thé.

— Ça m'étonnerait. Les sanyasis ne prennent pas de vacances. »

Il eut un petit rire forcé, et s'en alla.

Om se demanda s'ils le reverraient jamais.

« Malgré cette fâcheuse habitude qu'il avait de nous emprunter de l'argent, c'était un type intéressant. Il nous apportait des nouvelles du monde.

— Ne t'inquiète pas, dit Ishvar. Avec la chance qu'il a, il ne restera plus une grotte de libre quand il arrivera là-bas. Il nous reviendra en racontant qu'il y avait des pancartes dans l'Himalaya indiquant : "COMPLET". »

14

Le retour de la solitude

La poussière et les particules de fibre firent éternuer Dina qui rangeait la chambre aux machines. Sous l'effet de souffle, des bouts de tissu se soulevèrent. Elle avait livré les dernières commandes chez Au Revoir Export et informé Mrs Gupta qu'elle prenait six semaines de congé.

A présent, elle attendait avec curiosité l'arrivée de ces journées vides. Comme un cours de recyclage à la solitude, se dit-elle. Un bon exercice. Sans tailleurs, sans hôte payant, seule avec ses souvenirs, à les égrener un par un, les examiner comme une collection de pièces de monnaie, pour en jauger le brillant, les taches et le filigrane. Si elle désapprenait à vivre seule, un jour elle le paierait cher.

Elle mit de côté les meilleurs échantillons pour le couvre-lit, entassa les autres dans le tiroir du bas, repoussa les Singer dans un coin avec les tabourets par-dessus, ce qui libéra de l'espace autour du lit. Les tailleurs avaient bouclé leur malle et rangé dans des boîtes en carton les affaires qu'ils n'emportaient pas.

A deux jours du départ et n'ayant plus rien à faire, le temps leur paraissait s'écouler d'une façon bizarre, des heures molles et sans structure, comme si on avait relâché les coutures, tantôt s'affaissant tantôt se gonflant.

Après dîner, Dina se remit à son patchwork.

Encore un carré de soixante centimètres et le couvre-lit atteindrait la taille désirée, deux mètres cinquante sur un mètre quatre-vingts. Assis par terre, Om massait les pieds de son oncle. Maneck les observait, se demandant ce qui se passerait s'il massait les pieds de papa.

« Ça a belle allure, dit Om. Vous devriez avoir terminé quand on reviendra.

— Peut-être, si je me sers de tissus déjà utilisés. Mais la répétition est fastidieuse. J'attendrai d'avoir de nouveaux tissus. »

Ils prirent chacun le couvre-lit par un bout et l'étalèrent. Les rangées de points, bien nettes, se croisaient comme des colonnes symétriques de fourmis.

« Que c'est beau ! dit Ishvar.

— Oh, c'est à la portée de n'importe qui, dit-elle modestement. Ce ne sont jamais que des reliquats.

— Oui, mais le talent, c'est de les avoir assemblés comme vous l'avez fait.

— Regardez, dit Om, regardez ça — un morceau de popeline de nos tout débuts.

— Tu t'en souviens, constata Dina avec plaisir. Avec quelle rapidité vous avez terminé ces robes. J'ai cru avoir trouvé deux génies.

— Nos ventres affamés guidaient nos doigts, gloussa Ishvar.

— Ensuite il y a eu ce calicot jaune avec des rayures orange. Le mal que m'a donné ce garçon. Toujours à se disputer et à batailler à propos de tout.

— Moi ? Batailler ? Jamais.

— Je reconnais ces fleurs bleues et blanches, dit Maneck. C'étaient les jupes que vous étiez en train de coudre le jour de mon arrivée ici.

— Vous en êtes sûr ?

— Oui, c'est le jour où Ishvar et Om ne sont pas venus travailler — ils avaient été kidnappés pour assister au meeting du Premier ministre.

— Oh, c'est exact. Et tu te rappelles ce merveilleux voile de coton, Om ? »

Il rougit, prétendit que non.

« Allons, un petit effort, dit-elle. Comment peux-tu avoir oublié ? C'est celui que tu as éclaboussé de ton sang le jour où tu t'es coupé le pouce avec les ciseaux.

— Je ne me souviens pas de ça, dit Maneck.

— C'était avant votre arrivée. Le motif était vicieux, difficile pour les raccords, le tissu glissait, ça mettait Om hors de lui. »

Ishvar se pencha, montrant un carré de percale.

« Vous voyez celui-ci ? Notre baraque a été détruite sur ordre du gouvernement le jour où nous avons commencé à coudre ces modèles. Ça me rend triste chaque fois que je le vois.

— Donnez-moi les ciseaux, dit-elle. Je vais le découper et le jeter.

— Non, non, Dinabai, il fait très beau là où il est. » Ses doigts caressaient le tissu, recapturant le temps. « Parler de tristesse à propos d'un bout de tissu n'a pas de sens. Juste à côté, il y en a un qui évoque la joie — notre installation dans la véranda. Et le suivant — les chapatis. Et puis ce tussor mauve — quand nous avons fait le masala-wada et que nous avons commencé à cuisiner tous ensemble. Sans oublier ce bout de crêpe Georgette, le jour où le Maître des mendiants nous a sauvés des goondas du propriétaire. »

Il recula, content de lui, comme s'il avait élucidé un théorème compliqué. « Voilà la règle qu'il faut se rappeler : l'ensemble est beaucoup plus important que chaque pièce qui le compose.

— Ouah ! ouah ! s'exclamèrent les garçons en applaudissant.

— Ça me paraît très sage, dit Dina.

— Mais c'est de la philosophie ou de la trucologie ? »

Pour se venger, Ishvar ébouriffa les cheveux de son neveu.

« Arrête, yaar, il faut que je sois beau pour mon mariage. »

Om sortit son peigne, refit sa raie et son toupet.

« Ma mère confectionne des pelotes de bouts de ficelle, dit Maneck. Quand j'étais petit, on jouait à les dérouler et à essayer de se rappeler d'où provenait chaque bout.

— Essayons avec le couvre-lit », dit Om.

Ils localisèrent le plus ancien morceau de tissu et ensuite, pièce par pièce, en suivant l'ordre chronologique, remontèrent la chaîne de leurs erreurs et de leurs triomphes, jusqu'à l'extrémité inachevée.

« Nous voilà coincés, dit Om. Fin de la route.

— Il vous suffit d'attendre, remarqua Dina. Ça dépend du tissu que nous recevrons pour les prochaines commandes.

— Hahnji, jeune homme, un peu de patience. Avant que tu puisses reconnaître ce bout, notre avenir doit devenir passé. »

Prononcés d'un ton enjoué, ces mots firent sur Maneck l'effet d'une douche froide ; sa joie s'éteignit comme une lampe. L'avenir devenait *effectivement* passé, tout s'évanouissait dans le néant, et quand on essayait de rattraper quelque chose on récoltait — quoi ? Un bout de ficelle, des vieux morceaux de tissu, ombres de l'âge d'or. Si l'on pouvait renverser le cours du temps, transformer le passé en avenir, et le saisir à la volée, pendant son voyage à travers la ligne toujours changeante du présent...

« Vous m'écoutez ? demanda Dina. Voyons si votre mémoire est bonne. Pouvez-vous vous rappeler tout ce qui s'est passé cette année sans regarder mon patchwork ?

— J'ai l'impression que ça fait beaucoup plus d'un an, dit Om.

— Ne sois pas idiot, dit Maneck. C'est exactement l'inverse.

— Hoi-hoi, dit Ishvar. Comment le temps peut-il être long ou court ? Le temps n'a ni durée ni souffle. Ce qui compte c'est ce qui s'est passé pendant son déroulement. Et ce qui s'est passé, c'est que nos vies se sont assemblées.

— Comme ces pièces de tissu », dit Om.

Rien n'obligeait Dina, dit Maneck, à arrêter son œuvre quand elle aurait comblé le vide qui restait. « Vous pourriez continuer à ajouter des morceaux, tante.

— Voilà que vous recommencez à dire des bêtises. Qu'est-ce que je ferais d'un patchwork si monstrueux ? Ne me troublez pas l'esprit avec votre Dieu, manitou. »

Au milieu de la matinée, Dina se retrouva désemparée. Les corvées d'eau terminées, la vaisselle de la veille nettoyée, la lessive faite — et l'appartement ne résonnant plus des vibrations des Singer —, la journée s'allongeait devant elle, vide. Elle s'assit et regarda Maneck avaler un petit déjeuner tardif.

« Vous auriez dû accompagner Ishvar et Om, lui dit-il, en essayant de la dérider. Vous auriez pu les aider à choisir la fiancée.

— Vous jouez encore les petits malins ?

— Non, je suis sûr qu'ils auraient été heureux de vous emmener. Vous auriez adhéré au Comité de Sélection de la Mariée. »

Il faillit s'étouffer avec son morceau de toast.

Elle lui tapota le dos. « On ne vous a jamais appris qu'il ne faut pas parler la bouche pleine ?

— C'est Ishvar qui est dans ma gorge. Qui se venge parce que je me moque de son événement mémorable.

— Le pauvre homme. J'espère simplement qu'il sait ce qu'il fait. Et que, quelle que soit la jeune fille, elle essaiera de s'adapter à nous.

— Je suis sûr qu'elle le fera. Om ne va pas se choisir une femme de mauvais caractère ou désagréable.

— Oh, je sais. Mais il n'aura peut-être pas le choix. Dans ces mariages arrangés, astrologues et parents décident de tout. Après quoi la femme devient propriété de la famille du mari, corvéable et taillable à merci. C'est un odieux système, qui transforme les plus gentilles filles en sorcières. Mais il faudra qu'elle comprenne que je suis chez moi ici, et qu'elle se conforme à mes habitudes, comme vous, Ishvar et Om l'avez fait. Ou ce sera impossible de vivre ensemble. »

Elle s'arrêta, constatant qu'elle s'exprimait comme une belle-mère.

« Allons, finissez cet œuf, dit-elle. Vos examens commencent demain ? »

Il acquiesça de la tête.

« Et cinq jours après, vous partez. Vous avez réservé vos places de train ?

— Oui, tout est fait. Et je serai vite revenu. N'allez pas donner ma chambre à quelqu'un d'autre, tante. »

Le courrier arriva, avec une lettre des parents de Maneck. Il l'ouvrit, tendit le chèque du loyer à Dina, puis la lut.

« Votre papa et votre maman vont bien, j'espère ? dit-elle, voyant son visage s'assombrir.

— Oh oui, tout est normal. Toujours la même rengaine. Ils recommencent à se plaindre : "Pourquoi veux-tu passer encore trois ans à l'université ? Ce n'est pas une question d'argent, mais tu vas nous manquer. Et il y a tant de travail dans le magasin, nous n'y arrivons pas seuls, tu devrais prendre les choses en main." » Il reposa la lettre. « Si je décidais de rentrer, je n'arrêterais pas de me bagarrer avec papa.

— La vie déroute les parents comme n'importe qui d'autre, dit-elle, en lui caressant l'épaule. Mais ils s'efforcent de réagir le mieux possible. »

Il lui tendit la lettre, et elle lut la fin. « Maneck, je crois vraiment que vous devriez faire ce que votre maman vous demande — aller rendre visite aux Sodawalla. Vous ne les avez pas vus une seule fois en un an. »

Il haussa les épaules, fit la grimace et passa dans sa chambre. Quand il en sortit, elle remarqua la boîte sous son bras. « Vous emportez votre jeu d'échecs à la fac ?

— Il n'est pas à moi. Il appartient à un ami. Je vais le lui rendre aujourd'hui. »

Tout en marchant vers l'arrêt d'autobus, il réfléchit à la lettre — l'agitation de papa, l'angoisse de maman, leurs doutes et leurs craintes transparaissant à travers les mots. Et si vraiment ils pensaient ce qu'ils disaient ? Peut-être que ça marcherait cette fois-ci, peut-être que cette année avait aidé papa à accepter les changements survenus dans sa vie.

Il fit un petit détour pour passer devant le Vishram et dire bonjour à Shankar. Le mendiant ne le remarqua pas, distrait, allongeant le cou et les yeux fixés sur le coin de la rue. Maneck se pencha, le salua de nouveau, et Shankar lui rendit son salut en tapant sa boîte contre sa planche. « O babu, tu vas bien ? Mes amis sont partis ?

— Hier.

— Quelle aventure excitante. Et moi aussi je vais vivre une journée excitante. Le barbier du Maître vient me raser. Si seulement Ishvar et Om étaient là. Ils auraient aimé voir ma figure après.

— Je serai là, ne t'inquiète pas. Je te verrai demain. »

Les yeux de Shankar suivirent Maneck jusqu'à ce qu'il ait disparu au coin de la rue, puis se remirent à attendre le barbier. La planche ne bougeait pas, la boîte à aumônes restait vide, on n'entendait pas la complainte du mendiant. Shankar ne faisait rien pour attirer l'attention. Il ne pouvait penser qu'à une chose, au somptueux traitement qu'allait lui administrer le barbier personnel du Maître des mendiants.

Shankar ignorait que, le matin même, le barbier avait refusé la tâche. Il ne travaillait pas sur les trottoirs, avait-il dit au Maître, mais il lui avait présenté quelqu'un d'autre. « Voici Rajaram. Il est très bon et pas cher du tout.

— Namaskaar, dit Rajaram.

— Écoute, dit le Maître. Shankar n'est peut-être qu'un mendiant, mais je l'aime tendrement — je veux ce qu'il y a de mieux pour lui. Ce n'est pas pour t'offenser, mais je m'interroge sur tes talents. Qu'est-ce qu'un chauve peut connaître aux cheveux ?

— Votre question n'est pas juste, dit Rajaram. Est-ce qu'un mendiant possède de l'argent ? Non. Pourtant, il sait le manier. »

La réponse avait plu au Maître, qui avait donné son accord. C'est ainsi que Rajaram arriva devant le Vishram, armé de sa trousse.

Shankar eut le sentiment de connaître cet homme. « Babu, est-ce qu'on s'est déjà rencontrés ?

— Je ne t'ai jamais vu de ma vie », dit Rajaram, hanté par leur vieille histoire.

Il prenait un risque, il le savait, en restant en ville, mais il avait décidé qu'il serait plus sûr d'entreprendre son voyage vers l'Himalaya équipé en sanyasi. Or la robe safran, les colliers et le bol à bhikshas en bois, taillé à la main, coûtaient cher ; l'argent qu'il toucherait du Maître serait le bienvenu.

Il noua un linge blanc autour du cou du mendiant et fit mousser l'eau savonneuse avec le blaireau. Shankar pencha la tête vers la tasse pour en capter l'odeur, ce qui faillit lui faire perdre l'équilibre. Rajaram le repoussa. « Reste tranquille », dit-il d'un ton hargneux, afin de décourager toute tentative de conversation.

La hargne était monnaie courante pour Shankar et ne put diminuer sa bonne humeur. « On dirait de la crème fouettée, remarqua-t-il en voyant la mousse remplir la tasse.

— Pourquoi n'en manges-tu pas un bol ? »

Rajaram humecta les joues et, à coups de blaireau hasardeux, appliqua le savon, qui pénétra également dans la bouche ouverte de Shankar. Manquant de pratique, il oublia aussi de lui pincer les narines quand il barbouilla la lèvre supérieure. Il ouvrit le rasoir et se mit à affiler la lame.

Shankar en aima le bruissement. « Est-ce que tu ne fais jamais d'erreur avec ton rasoir ? demanda-t-il.

— Des tas de fois. Certaines gorges ont des formes si bizarres qu'elles se coupent facilement. Et la police ne peut pas arrêter les barbiers pour des accidents de travail, c'est la loi.

— Tu ferais mieux de ne pas te tromper avec ma gorge ! Le Maître des mendiants te punirait ! »

Malgré sa fanfaronnade, Shankar se tint très tranquille, tendu même, jusqu'à ce que la lame ait terminé son parcours. Rajaram épongea quelques traces de mousse épargnées par le rasoir, puis passa sans appuyer un morceau d'alun sur les parties rasées. La peau avait été sérieusement égratignée à certains endroits.

« Passe-moi la glace », demanda Shankar, sentant les picotements et craignant que le rasoir ne se soit égaré.

Rajaram la lui tendit. Le mendiant s'y regarda, angoissé, mais la pierre d'alun avait arrêté le saignement, et il ne vit aucune trace rouge.

« Bon. Maintenant le massage facial. C'est ce que le Maître a ordonné ! » Prenant un flacon dans sa boîte, Rajaram en fit couler une noix de crème qu'il étendit sur les joues.

Shankar se raidit, pas très sûr de ce que ces mains musclées étaient en train de faire. Puis il s'abandonna, poussant des oh ! et des ah ! de plaisir, tandis que les doigts pétrissaient ses joues, travaillaient sous ses yeux, autour du nez, sur le front et les tempes, chassant une vie de douleurs et de souffrances.

« Encore un peu », supplia-t-il quand le barbier s'arrêta et s'essuya les mains. « Une petite minute, je t'en prie, babu, c'est si merveilleux.

— C'est terminé », dit Rajaram. Il n'avait jamais aimé les massages faciaux, même quand, au sommet de sa carrière, il avait eu affaire à une clientèle bourgeoise. Il plia les doigts avant de s'emparer des ciseaux et du peigne. « Maintenant les cheveux, dit-il.

— Non, je ne veux pas.

— Le Maître m'a dit ce que je devais faire. »

Il le força à baisser la tête afin de rafraîchir la nuque, pressé d'en finir et de s'en aller.

« Aray, babu, je ne veux pas ! se mit à hurler Shankar. J'ai dit non. J'aime avoir les cheveux longs ! » Il secoua sa boîte pour attirer l'attention, mais la matinée n'avait rien donné, et la boîte demeura silencieuse. Il la frappa sur le trottoir.

Les passants ralentirent, étonnés par ce duo, et Rajaram se calma, ne tenant pas à ce qu'on les remarque davantage. « N'aie pas peur, je vais faire très attention, tu auras une très belle coupe.

— Je m'en fiche de la beauté ! Je ne veux pas de coupe !

— S'il te plaît, ne crie pas. Dis-moi ce que tu veux. Un massage crânien ? Un traitement contre les pellicules ? »

Shankar réussit à extraire un paquet de dessous sa planche. « Tu es expert en cheveux, n'est-ce pas ? »

L'autre acquiesça.

« Je veux que tu ajustes ça à mes cheveux. » Il poussa le paquet dans sa direction.

Rajaram l'ouvrit et sursauta en voyant les deux superbes queues de cheval qui s'en échappèrent. « Tu veux que j'accroche ça à tes cheveux ?

— Pas seulement les accrocher. Je les veux en permanence. Elles doivent sortir de ma propre tête. »

Rajaram était désemparé. A sa grande époque de barbier, il avait eu son lot de tâches particulières : tailler la barbe d'une femme, actrice de cirque ; tresser en petites nattes les poils des parties intimes d'un gigolo ; imaginer des coiffures pubiques pour un bordel qui visait la clientèle de ministres et de cadres supérieurs ; raser (un bandeau sur les yeux) l'entrecuisse d'une femme, car son mari, très respectueux des règles de sa caste, ne voulait pas qu'elle se pollue en accomplissant une aussi basse besogne. De toutes ces tâches, et de bien d'autres, Rajaram s'était toujours tiré avec un aplomb professionnel. Mais la requête de Shankar dépassait ses compétences.

« Ça n'est pas possible, dit-il.

— Tu le dois, tu le dois, tu le dois ! » hurla Shankar. Les attentions récentes, soudaines et excessives, dont il avait été l'objet avaient transformé le gentil mendiant en enfant gâté. Il refusa d'écouter les explications du barbier. « On peut greffer une rose ! s'écria-t-il. Alors greffe-moi des cheveux ! Tu es un expert ! Sinon je me plaindrai au Maître. »

Rajaram le supplia de parler plus doucement, lui promit qu'il reviendrait le lendemain avec un appareillage spécial pour ce travail compliqué.

« Je veux que ça se fasse aujourd'hui ! hurla derechef Shankar. Je veux mes cheveux longs immédiatement ! »

Le caissier-serveur et le cuisinier du Vishram les observaient, sur le pas de la porte. D'autres passants s'arrêtèrent, s'attendant à un spectacle intéressant. Sur quoi, un vendeur de billets de loterie évoqua le cas de ces mendiants qui avaient été tués pour leurs cheveux, quelques mois auparavant. Quelle coïncidence, dit-il, que deux épaisses nattes de cheveux se retrouvent entre les mains de ce mendiant.

Les spéculations fleurirent. Peut-être y avait-il un rapport entre les deux faits — un rituel propre aux mendiants incluant le sacrifice humain. A moins que ce mendiant-ci ne fût un psychopathe. Quelqu'un mentionna l'abominable tueur Raman Raghav, auteur d'une série de meurtres quelques années auparavant ; les assassinats de mendiants suggéraient une même soif de sang.

Tremblant de peur, Rajaram s'éloigna de Shankar. Il rangea sa trousse, recula jusqu'à se fondre dans la foule et, dès qu'il le put, s'évanouit dans la nature.

Les gens se rapprochèrent encore un peu plus de Shankar, qui se prit à trembler. A présent, il regrettait de s'être livré à toutes ces simagrées, d'avoir oublié la règle cardinale de tout bon quêteur : un mendiant peut se faire voir, et entendre, mais pas trop — surtout sur des sujets étrangers à la mendicité.

Pressée autour de lui, la foule lui cachait le soleil, le trottoir devint noir. Il tenta d'apaiser tous ces gens en leur chantant sa rengaine : « O babu ek paisa day-ray », tout en portant plusieurs fois à son front ses paumes bandées. Sans résultat. Les esprits continuèrent de s'échauffer.

« Où as-tu volé ces cheveux, voyou ? cria quelqu'un.

— Mes amis me les ont donnés, pleurnicha Shankar.

— Saala meurtrier !

— Quel monstre ! » s'émerveilla un autre, partagé entre la répulsion et l'admiration. « Une telle dextérité ! Arriver à commettre tous ces crimes sans doigts et sans jambes !

— Peut-être qu'il dissimule ses doigts et ses jambes. Ces gens apprennent à modifier leur corps. »

Shankar jura en pleurant qu'il n'avait commis aucune mauvaise action, qu'il était un bon mendiant qui ne harcelait personne et savait rester à sa place. « Puisse Dieu veiller sur vous à jamais ! O babu, écoutez, je fais toujours un salaam à ceux qui passent à côté de moi ! Même quand je souffre, je souris ! Certains mendiants injurient ceux qui leur jettent une aumône scandaleusement faible, mais moi je donne toujours des bénédictions, que la pièce soit petite ou grande ! Interrogez tous ceux qui me connaissent ! »

Un policier s'approcha pour connaître la cause de ce chahut. Il se pencha, Shankar aperçut son visage au milieu du fouillis de jambes. La foule s'écarta pour permettre à l'agent de mieux voir. Shankar se dit que c'était maintenant ou jamais. Poussant sur sa planche, il fonça dans l'ouverture.

Les gens s'esclaffèrent à la vue de cet avorton replié sur lui-même et se propulsant de toute la force de ses bras. « Chalti Ka Naam Gaadi ! » dit quelqu'un, suscitant un regain de rire de la part de ceux qui se rappelaient le vieux film.

« Le Grand Prix des mendiants ! » dit un autre.

Quelques centaines de mètres après le Vishram, Shankar se retrouva en terrain inconnu. A cet endroit, le trottoir s'abaissait brutalement, et les roulettes accélérèrent leur mouvement. A une telle vitesse, il allait être impossible de négocier le tournant. Mais Shankar n'avait pas réfléchi si loin. La seule chose qu'il voulait, c'était échapper à la masse.

Il atteignit la bordure du trottoir et poussa un hurlement. La planche s'envola, retomba au beau milieu de la circulation, en plein carrefour.

Maneck se tenait dans l'escalier de la résidence, au centre des marches, à équidistance de la rampe souillée de paan et du mur barbouillé de Dieu sait quoi. Sa vieille répulsion l'avait repris. Paquets de cigarettes vides, ampoules cassées, peaux de bananes pourries, chapatis dans un journal, pelures d'oranges jonchaient les couloirs. Le jharoowalla était-il en retard, ou bien y avait-il eu une nouvelle avalanche d'ordures depuis le balayage du matin ?

Il n'espérait pas trouver Avinash, mais décida de laisser la boîte à quelqu'un, peut-être à la réception dans le hall. Il parvint à son étage, retint sa respiration en passant devant les toilettes. La puanteur témoignait de leur éternel délabrement, une odeur si puissante qu'elle pénétrait dans sa gorge.

Son ancienne chambre était vide, la porte non fermée à clef. Personne ne l'avait occupée depuis son départ, elle était exactement dans l'état où il l'avait laissée. Étrange de regarder cela — comme s'il était coupé en deux, une moitié de lui-même vivant toujours ici, l'autre chez tante Dina. Et le lit, à trente centimètres du mur, ses quatre pieds dans des bidons d'eau. La méthode d'Avinash pour décourager les cafards et autres insectes rampants — qui avait très bien marché. Avinash répétait souvent en plaisantant que s'il y avait encore des choses qu'on ignorait sur les cafards et les punaises après avoir grandi dans les logements ouvriers, c'est que ces choses étaient sans intérêt.

Maneck se rapprocha, s'attendant presque à voir de l'eau dans les bidons. Ils étaient secs et vides, à l'exception d'œufs de cafard marron, d'un papillon mort et d'une araignée assoupie. L'eau avait laissé des anneaux sur les pieds en bois. Sa laisse de basse mer : Maneck Vécut Ici. Table et chaise, témoins de tant de parties d'échecs, se trouvaient à côté de la fenêtre, où il les avait placées pour capter plus de lumière. Des lustres auparavant, lui semblait-il.

Il sortit et referma doucement la porte sur le passé. A sa grande surprise, des bruits lui parvinrent de la chambre d'à côté. Que dirait Avinash en le voyant ? Et lui, que lui dirait-il ? Il se composa une attitude calme et sûre de soi.

Il frappa.

La porte s'ouvrit, un couple d'âge mûr le dévisagea d'un air interrogateur. Tous deux avaient des cheveux gris, l'homme les joues creuses et une affreuse toux, la femme les yeux rougis. Ce sont sans doute ses parents, se dit Maneck.

« Bonjour, je suis un ami d'Avinash. Est-ce que vous l'attendez ?

— Non. » L'homme parlait d'une voix faible. « L'attente est terminée. Tout est terminé. » Ils reculèrent lentement, comme croulant sous le poids d'une charge invisible, et lui firent signe d'entrer. « Nous sommes son père et sa mère. Sa crémation a eu lieu aujourd'hui.

— Pardon ? Sa quoi ?

— Sa crémation, oui. Et avec un très grand retard. Pendant des mois et des mois, nous avons cherché notre fils. Couru tous les postes de police, suppliant qu'on nous aide. Personne ne l'a fait. »

Il dut s'arrêter, le temps de se reprendre. « Il y a quatre jours, on nous a dit qu'il y avait un corps à la morgue. Qu'il fallait qu'on aille vérifier. »

La mère se mit à pleurer, le visage enfoui dans un coin de son sari. La toux du père déchira l'air ; de ses doigts, en un geste de consolation, il effleura le bras de sa femme. Une porte claqua quelque part dans le couloir.

« Mais quoi — je veux dire... rien, personne... », bégaya Maneck. Le père lui posa une main sur l'épaule. Maneck fit un nouvel essai, s'éclaircit la gorge. « Nous étions amis. » Et les parents hochèrent la tête, semblant trouver un certain réconfort dans ce simple fait. « Mais je ne savais pas... que s'est-il passé ? »

Ce fut au tour de la mère de parler, laissant échapper des paroles presque inaudibles : « Nous ne le savons pas non plus. Nous sommes venus tout droit ici après la crémation. Elle s'est bien déroulée, par la grâce de Dieu. Pas de pluie, et le bûcher a bien flambé, de belles flammes. Nous y sommes restés toute la nuit. »

Le père acquiesça.

« Ils nous ont dit qu'on avait trouvé le corps il y a des mois, sur la voie de chemin de fer, sans moyen de l'identifier. Ils ont dit qu'il était mort en tombant d'un train. Ils ont dit qu'il devait s'accrocher à la portière ou être assis sur le toit. Mais Avinash était prudent, il ne faisait jamais ces choses-là. » Ses yeux larmoyaient de nouveau, il s'arrêta pour les essuyer. De ses doigts, la mère lui effleura le bras.

Il put continuer. « Enfin, après si longtemps, nous avons vu notre fils. Nous avons vu des brûlures sur les parties honteuses de son corps, et quand sa mère a soulevé sa main pour la porter à son front, nous avons vu qu'il n'avait plus d'ongles. Alors nous avons demandé aux gens de la morgue comment ces choses-là pouvaient arriver en tombant d'un train. Ils ont dit que tout peut arriver. Personne ne nous a aidés.

— Vous devez raconter ça ! » dit Maneck, refoulant ses larmes. « Vous devez ! Au... au ministre — je veux dire, au gouverneur. Ou au commissaire de police !

— Nous l'avons fait, nous avons déposé une

plainte. Les policiers ont noté tout ça dans leur livre. »

Ils se remirent à rassembler les affaires d'Avinash. Impuissant, Maneck les regarda porter vêtements, livres et papiers, et les déposer avec révérence dans la malle, embrassant tel ou tel objet avant de le ranger. Seul le bruit de leurs pas troublait le silence de la chambre.

« Vous a-t-il parlé de ses trois sœurs ? dit soudain la mère. Quand elles étaient petites, il m'aidait à m'en occuper. Il aimait beaucoup les faire manger. Parfois elles lui mordaient les doigts, et il riait. Est-ce qu'il vous a raconté ça ?

— Il m'a tout raconté. »

En quelques minutes ils furent prêts à partir. Maneck insista pour qu'ils le laissent descendre la malle, heureux de cet effort qui empêchait les larmes de déborder. Confronté à leur gratitude, il ne pouvait penser qu'à une chose, à ce premier jour où Avinash était apparu à la porte avec le vaporisateur à insecticide. Ils avaient tué les cafards. Ils avaient joué aux dames. Ils s'étaient raconté l'histoire de leur vie. Et maintenant il était mort.

Il leur dit au revoir et se dirigea vers le bâtiment des ateliers. Puis il se rappela qu'il avait toujours l'échiquier. Il courut à la grille. Aucune trace des parents. Je suis vraiment idiot, se dit-il, cela aurait tant signifié pour eux, ce prix qu'avait reçu Avinash pour avoir gagné le tournoi d'échecs.

Il rebroussa chemin et se retrouva dans le hall. Là, il prit une décision : d'une façon ou d'une autre, il lui fallait rendre l'échiquier aux parents. Il avait l'impression d'être un voleur, qui leur dérobait une source de réconfort.

Soudain, cette tâche devenait d'une urgence extrême, une question de vie ou de mort. Il pleurait en silence, tout en montant l'escalier, sous le regard curieux d'une poignée d'étudiants. Quelqu'un siffla et cria quelque chose qu'il ne put saisir. Ils se mirent à chantonner : « Bébé, bébé, pleure pas, maman fait le biberon, papa attrape le papillon... »

Il se glissa dans son ancienne chambre, s'assit sur le lit moisi. Peut-être y avait-il quelque chose dans la chambre d'Avinash, dans la corbeille à papier, une vieille enveloppe avec l'adresse. Il alla jeter un coup d'œil. Rien. Pas le moindre bout de papier. Il pouvait se renseigner auprès des voisins d'étage. Mais ces salopards allaient recommencer leurs plaisanteries infantiles, le rendre ridicule.

Serrant l'échiquier contre sa poitrine, il ferma les yeux, essayant de réfléchir calmement. L'adresse. La réponse était simple — le bureau du directeur. C'est là qu'il la trouverait.

Il rouvrit les yeux, l'échiquier vacilla à travers ses larmes. Il se rappela cette soirée à la cantine : il avait les blancs, avait fait mat en trois coups — alors les végétariens s'étaient mis à vomir. Le souvenir le fit sourire. La révolution par la régurgitation, avait dit Avinash. Et il lui avait demandé de conserver le jeu d'échecs.

Et il ne le lui avait jamais réclamé. C'était son cadeau. Le jeu de sa vie. Il n'avait pas le droit de le renvoyer. Il allait le garder. Jusqu'à la fin de ses jours.

Dina exhorta Maneck à rester calme, à réciter mentalement un Ashem Vahu avant de lire l'énoncé de l'examen, et un autre avant de commencer à rédiger ses réponses. « Je ne suis pas moi-même particulièrement religieuse, dit-elle, mais prenez ça comme une assurance. Il me semble que ça aide. Et bonne chance.

— Merci, tante. »

Il ouvrit la porte et faillit trébucher sur le Maître des mendiants qui avait le doigt posé sur la sonnette.

« Excusez-moi, dit-il. J'apporte de très mauvaises nouvelles. » Il paraissait épuisé, les yeux ternis d'avoir pleuré. « Puis-je voir les tailleurs ?

— Mais ils sont partis depuis deux jours.

— Oh, bien sûr, j'ai oublié — le mariage. »

Il semblait sur le point de s'effondrer.

« Entrez », dit Dina.

Il fit quelques pas dans la véranda et, ravalant un sanglot, leur apprit la mort de Shankar.

L'incrédulité, qui vous laisse le temps d'avaler le choc, voilà ce que Maneck appela à la rescousse. « Mais nous lui avons parlé il y a trois jours — Ishvar, Om et moi, quand nous sommes allés prendre le thé. Et hier matin, il m'a annoncé la venue du barbier. Il était frais et gaillard, comme d'habitude.

— Oui, jusqu'à hier matin.

— Que s'est-il passé ?

— Un terrible accident. Il a perdu le contrôle de sa gaadi. S'est envolé du trottoir... droit dans un bus à impériale. » Il déglutit, dit qu'il n'avait pas assisté à l'accident, mais avait identifié les restes. « Depuis tant d'années que je suis dans la profession, mes yeux ont vu beaucoup d'horreurs. Mais jamais rien d'aussi abominable. Tous les deux, Shankar et la gaadi, ont été complètement broyés — impossible de les séparer. Ôter les morceaux de bois et de roues incrustés dans sa chair n'aurait fait que mutiler un peu plus son pauvre corps. Ils brûleront avec lui. »

Tandis que la sinistre image s'imposait à leur imagination, le Maître éclata en sanglots irrépressibles. « J'aurais dû lui dire que nous étions frères. J'ai attendu trop longtemps. Et maintenant c'est trop tard. Si seulement il avait eu des freins sur sa planche... J'y avais pensé, mais ça paraissait idiot. Il pouvait à peine se traîner... ça n'avait rien d'une voiture. J'aurais peut-être dû l'enlever du trottoir.

— Ne vous blâmez pas, dit Dina. Vous essayiez de faire ce qui était le mieux pour lui.

— Vraiment ? L'ai-je fait ? Comment en être sûr ?

— C'était un si gentil garçon, dit Maneck. Ishvar et Om nous ont raconté la façon dont il les a soignés dans ce camp de travail. Vous ne l'avez jamais rencontré, tante, mais à bien des égards, il ressemblait à n'importe qui. Il lui arrivait même de faire des plaisanteries.

— J'ai l'impression de l'avoir connu. Ishvar et Om

m'ont apporté ses mesures et me l'ont décrit, vous vous souvenez ? Et le gilet spécial que j'ai conçu pour lui ?

— Vous avez été très aimable, dit le Maître, se remettant à pleurer en pensant à la façon dont il avait déchiré et sali le vêtement, afin de le rendre conforme aux besoins de Shankar.

— Voulez-vous un verre d'eau ? » demanda Dina.

Il fit signe que oui, et Maneck alla le lui chercher.

Le Maître retrouva son sang-froid après avoir bu. « Je voulais inviter les tailleurs à la crémation. Demain après-midi, à quatre heures. Ils étaient ses seuls amis. Il y aura beaucoup de mendiants, mais la présence d'Om et d'Ishvar aurait eu un caractère particulier.

— J'irai », dit Maneck.

Le Maître ne dissimula pas sa surprise. « Vraiment ? Je vous en serai si reconnaissant. » Il serra la main de Maneck. « Le cortège funéraire se forme devant le Vishram. J'ai pensé que ce serait un bon lieu de rassemblement — par respect pour Shankar. Vous ne croyez pas ?

— Oui, je vous y retrouverai.

— Et votre examen ? demanda Dina.

— Il se termine à trois heures.

— Oui, mais il y a celui du lendemain. » Elle essayait de le décourager, mal à l'aise à l'idée de le voir assister aux funérailles d'un mendiant. « Ne devriez-vous pas rentrer directement à la maison et le préparer ?

— C'est ce que je ferai, aussitôt après la crémation.

— Excusez-moi une minute », dit-elle au Maître, et elle rentra dans l'appartement.

« Maneck ! » appela-t-elle depuis la pièce du fond. Il haussa les épaules et la rejoignit.

« Qu'est-ce que c'est que cette idée absurde ? Pourquoi devez-vous y aller ?

— Parce que je le veux.

— Ne faites pas le malin ! Vous savez combien cet

homme me fait peur. Je ne le tolère que parce qu'il protège la maison. Inutile de pousser la familiarité.

— Je refuse de discuter, tante, j'irai à la crémation. »

Il s'exprimait d'une voix calme, détachant chaque mot.

Dina attribua son comportement à la tension qu'il éprouvait à la veille des examens. « Bien. Je ne peux pas vous en empêcher. Mais dans ce cas, j'irai avec vous. » Du moins pourrait-elle veiller sur lui.

Ils regagnèrent la véranda. « Nous parlions de demain après-midi, dit-elle. Nous irons tous les deux.

— Oh, c'est merveilleux! Comment pourrai-je jamais vous remercier? J'étais en train de penser que, d'une certaine façon, c'est une bonne chose qu'Ishvar et Om ne soient pas là. Le chagrin aurait gâché le mariage. Et un mariage c'est comme la mort, ça n'arrive qu'une fois.

— Comme c'est vrai, dit-elle. Si seulement les gens étaient plus nombreux à le comprendre. »

Que, sur ce sujet, il exprimât des idées aussi conformes aux siennes la confondait.

Le Maître des mendiants donna congé à tout son monde, afin qu'ils pussent assister à la cérémonie de crémation. Bientôt ce rassemblement de paralytiques, aveugles, manchots, culs-de-jatte et autres déshérités attira les curieux, qui se demandèrent si quelque hôpital, par manque de place, n'installait pas un dispensaire en plein air.

Dina et Maneck rejoignirent le Maître à l'intérieur du Vishram. « Regardez-moi cette foule, dit-il d'un ton dégoûté. Ils se croient au cirque.

— Et ils ne donnent même pas la pièce, dit Dina.

— Pas étonnant. La pitié ne se manifeste qu'à petites doses. A voir tant de mendiants réunis en un seul endroit, le public se comporte comme ça. » De ses poings appuyés sur les yeux il imita des jumelles. « C'est un spectacle de monstres. Les gens oublient à quel point eux-mêmes sont vulnérables malgré leurs chemises, leurs chaussures et leurs serviettes, et que ce monde affamé et cruel pourrait les dépouiller, les laissant dans la même situation que mes mendiants. »

A observer le comportement du Maître, qui s'efforçait par ce bavardage de dissimuler sa douleur, Maneck se demanda pourquoi les êtres humains traitaient ainsi leurs sentiments. Colère, amour ou tristesse, ils essayaient toujours de faire croire à autre chose. Sans compter ceux qui prétendaient éprouver des émotions plus fortes, plus grandes que celles de n'importe qui d'autre. Qu'ils fussent légèrement fâchés et ils s'affirmaient sous le coup d'une rage gigantesque ; là où un petit sourire, un simple gloussement auraient suffi ils partaient d'un rire hystérique. Dans l'un et l'autre cas, c'était malhonnête.

« Et puis, continua le Maître, cette apathie du public que vous constatez illustre un point important. Dans ce commerce, comme dans d'autres, il y a trois éléments cruciaux : l'implantation, l'implantation, l'implantation. Si, à l'instant même, je déplaçais ces mendiants et les installais dans un grand temple ou un lieu de pèlerinage, l'argent coulerait à flots. »

Le corps de Shankar reposait sur une civière en bambou, dans la ruelle derrière le Vishram, près d'un hangar contenant des réchauds de secours, des assiettes, divers ustensiles et du pétrole. Le Maître expliqua qu'on avait dissimulé le visage car la vue en était insupportable. Un drap recouvrait le cadavre mutilé et, par-dessus le drap, une couverture de fleurs fraîches : roses et lis.

Tandis qu'il contemplait la civière, Maneck se demanda si le cortège funéraire d'Avinash était parti de la morgue. Ou bien avait-on le droit de transporter le corps chez soi pour les prières ? Cela dépendait probablement de l'état de décomposition et du temps qu'il tiendrait à la température de la pièce.

Dans un monde non réfrigéré où tout se terminait mal.

« C'est aimable de la part du Vishram de laisser Shankar reposer ici, avant les funérailles, dit Dina.

— Aimable, façon de parler. J'ai grassement payé le cuisinier et le serveur. » Se penchant pour voir à travers la vitrine, le Maître salua de la main quatre hommes qui venaient d'arriver. « Bon, maintenant nous pouvons commencer. »

Les quatre hommes, coolies à la gare, avaient été engagés pour porter la civière. « Je n'avais pas le choix, expliqua le Maître. Je suis son seul parent. Bien entendu, je porterai mon frère de temps à autre, pour l'honorer, mais je ne peux autoriser aucun des mendiants à le faire. Ils ne sont pas assez forts. Tout risquerait de s'effondrer. »

Il n'avait pas lésiné sur la dépense, achetant le meilleur ghee et le meilleur encens, et des montagnes de bois de santal. Le tout attendait sur le site de la crémation, avec le mahapaatra qui allait accomplir les rites funéraires. Les membres du cortège disposaient de paniers pleins de pétales de roses qu'ils répandraient sur la civière pendant la longue marche. Et, à l'issue des cérémonies, le Maître ferait une donation au temple, au nom de Shankar.

« Une seule chose m'inquiète, dit-il. J'espère que les autres mendiants ne vont pas s'imaginer que c'est la procédure normale, qu'ils auront droit aux mêmes adieux somptueux. »

La procession la plus lente à avoir jamais sillonné la ville se mit en marche juste après quatre heures de l'après-midi. Une vitesse d'escargot qu'elle devait à la quantité d'infirmes qui la composaient. Certains, le corps atrophié par leurs difformités, avançaient accroupis comme des grenouilles, balançant leurs bras en guise de leviers. Quelques-uns ne pouvaient se déplacer qu'à l'oblique, à la manière des crabes. D'autres, pliés en deux, rampaient à quatre pattes, leur postérieur dressé leur faisant une bosse de chameau. Par un accord tacite, le cortège progressait au rythme de la plus petite commune vélocité, mais la joyeuse humeur qui y régnait, rires et bavardages, une expérience toute nouvelle pour la plupart des participants, lui donnait plus l'apparence d'une procession de fête que d'un cortège funéraire.

« C'est très triste, dit Dina. Il y a un mort mais pas de deuil. Et le Maître ne leur demande même pas de se conduire convenablement.

— A quoi vous attendiez-vous, tante ? Ils envient probablement Shankar. »

De toute façon, se dit-il, à quoi servait le deuil ? Ç'aurait pu être lui sur cette civière, et le monde n'aurait pas changé pour autant.

Le Maître longeait la colonne, d'un bout à l'autre, comme un surveillant, pour s'assurer qu'il n'y avait pas de retardataires. Dina le saisit au passage. « Ni Maneck ni moi n'avons jamais assisté à des funérailles hindoues, confessa-t-elle. Que devrons-nous faire ?

— Rien. Vous honorez Shankar par votre seule présence. Le pujari dira les prières. Et c'est moi qui allumerai le bûcher et casserai le crâne à la fin, puisque Shankar n'a pas de fils.

— Est-ce que c'est pénible à regarder ? Quelqu'un m'a dit que l'odeur est très forte. Voit-on réellement la chair brûler ?

— Oui, mais n'ayez pas peur, c'est beau à voir. Vous vous en retournerez apaisée, avec le sentiment que Shankar est parti dans les meilleures conditions pour son voyage éternel. Et, j'espère, sans plus avoir besoin de planche à roulettes. C'est ce que je ressens toujours après avoir assisté à une crémation — une plénitude, un calme, un équilibre parfait entre la vie et la mort. Pour cette raison, il m'arrive même d'assister à la crémation d'étrangers. Quand j'ai le temps et que je tombe sur un cortège funéraire, je m'y joins, tout simplement. »

Il se dépêcha de remonter jusqu'à la tête de la colonne afin d'apaiser les agents de la circulation mécontents que l'allure de ce défilé exaspérait. « Avancez », telle était leur devise, et ils avaient la phobie de tout ce qui se déplaçait lentement — voitures, charrettes à bras, chiens pariahs ou êtres humains. Ils ne faisaient de rare exception que pour les vaches. S'efforçant d'imprimer un rythme salutaire à la colonne, ils agitaient les bras, donnaient des coups de sifflet, hurlaient et suppliaient, gesticulaient, grimaçaient, se tapaient le front, brandissaient les poings. Mais cette méthode qui avait fait ses preuves, en l'occurrence ne servait à rien : aussi perçants que fussent les coups de sifflet et vigoureux les gestes, ils ne pouvaient forcer à réagir des membres qui n'existaient pas.

Les porteurs, habitués à trotter avec de lourds bagages, avaient également du mal à s'accorder à ce rythme non orthodoxe. Quand la psalmodie des « Ram naam satya hai ! » semblait s'évanouir très loin derrière eux, ils comprenaient qu'ils avaient avancé trop vite et s'accordaient une halte jusqu'à ce que la colonne les rejoigne.

A mi-chemin du terrain des crémations, alors que le cortège se traînait ainsi depuis une heure, un petit contingent de policiers casqués chargea sans prévenir, bâtons levés. Les porteurs firent un écart afin d'éviter les coups, le cadavre de Shankar roula à bas de la civière. Hurlant de terreur, les mendiants s'effondrèrent sur le sol, de leurs paniers les pétales allèrent s'écraser sur la chaussée, la recouvrant d'une délicate flaque rose.

« Vous voyez ? Voilà pourquoi j'avais peur de vous laisser venir », haleta Dina tout en courant avec Maneck se réfugier sur le trottoir. « C'est une mauvaise époque — les troubles peuvent surgir sans prévenir. Mais quelle mouche a piqué ces stupides policiers ? Pourquoi s'en prennent-ils aux mendiants ?

— Ils attrapent peut-être des gens pour un nouveau camp de travail. »

Puis, tout aussi soudainement, la troupe se retira. Son officier vint présenter ses excuses au Maître pour avoir profané la sainteté d'un événement religieux. « Je suis moi-même homme de prière, et très sensible aux questions religieuses. Il s'agit d'une erreur très regrettable. A cause de renseignements erronés. »

On les avait informés par radio d'une parodie de procession funèbre destinée à une prise de parole politique qui enfreignait tous les règlements de l'état d'urgence. C'était ce rassemblement d'un si grand nombre de mendiants, expliqua-t-il, qui avait suscité les soupçons. « On les a pris pour des activistes politiques déguisés — fauteurs de troubles se livrant à du théâtre de rue, transformant les membres du gouvernement en escrocs et criminels décidés à rabaisser la nation au stade de la mendicité. Ce genre de choses, vous voyez.

— Une erreur compréhensible », dit le Maître, acceptant l'explication.

Il en voulait beaucoup plus à ceux qui avaient préparé la civière — de quelle négligence avaient-ils dû faire preuve pour que le corps de Shankar ait pu glisser si facilement. En même temps, raisonnait-il, ce n'était pas entièrement de leur faute, ils avaient probablement eu peu d'occasions d'apprêter des restes aussi fragmentés que ceux de Shankar.

Toujours aussi gêné, l'officier de police continuait à s'excuser. « Dès que nous avons vu que le cadavre n'était pas un mannequin, nous avons compris notre erreur. Tout ceci est très regrettable. » Il ôta sa casquette à visière noire. « Puis-je vous présenter mes condoléances ?

— Merci, dit le Maître en lui serrant la main.

— Faites-moi confiance, des têtes tomberont pour cette gaffe », promit l'officier tandis que ses hommes se dépêchaient de rattraper la tête qui était déjà tombée : de la civière jusqu'à sur la chaussée — ainsi que d'autres parties du corps.

A titre de compensation, il insista pour fournir une escorte officielle. L'escouade anti-émeutes reçut l'ordre de remettre la civière en état, de ramasser les pétales de roses jonchant l'asphalte et d'en remplir les paniers des mendiants. « Ne vous inquiétez pas, dit-il au Maître. Bientôt tout le monde va marcher droit jusqu'au terrain des crémations. »

Au moment où la procession s'ébranlait, une voiture s'arrêta en bordure du trottoir et klaxonna. « Oh non ! s'exclama Dina, c'est mon frère. Il rentre probablement chez lui. »

Assis à l'arrière, Nusswan abaissa la vitre. « Tu fais partie du cortège ? J'ignorais que tu avais des amis hindous.

— J'en ai.

— Qui est le mort ?

— Un mendiant. »

Il se mit à rire, puis sortit de la voiture. « Ne plaisante pas sur des sujets aussi sérieux. » Ce devait être une personnalité importante, se dit-il, pour disposer d'une escorte de police. Quelque ponte de la société Au Revoir, peut-être — le président ou le directeur général. « Allons, arrête de te moquer, qui est-ce ?

— Je te l'ai dit. C'est un mendiant. »

Nusswan ouvrit et ferma la bouche : l'ouvrit d'exaspération, la ferma d'horreur en constatant les caractéristiques du cortège. Sa sœur ne plaisantait pas.

Maintenant, il l'ouvrait de nouveau, sans qu'aucun son en sortît. « Ferme-la, Nusswan, lui dit Dina, sinon une mouche va entrer. »

Il la ferma. Il n'arrivait pas à croire qu'une telle chose pût lui arriver. « Je vois, dit-il lentement. Et tous ces mendiants sont... les amis du défunt ? »

Elle hocha la tête.

Les questions se croisaient dans son esprit : Pourquoi des funérailles pour un mendiant ? Avec une escorte de police ? Et pourquoi sa sœur y assistait-elle, ainsi que Maneck ? Qui payait ? Mais les réponses pouvaient attendre. « Montez, ordonna-t-il en ouvrant la portière.

— Comment ça, montez ?

— Allons, ne discute pas. Montez tous les deux. Je vous ramène à l'appartement. » Tous ses griefs, accumulés depuis trente ans, lui revinrent en un éclair. « Tu ne feras pas un pas de plus dans ce cortège ! Il ne manquait plus que ça — assister aux funérailles d'un mendiant ! Jusqu'où t'abaisseras-tu ? Que diront les gens en voyant ma sœur... »

Le Maître et l'officier de police s'approchèrent d'eux. « Est-ce que cet homme vous ennuie ?

— Pas du tout, dit Dina. C'est mon frère. Il présente ses condoléances pour la mort de Shankar.

— Merci, dit le Maître. Puis-je vous inviter à vous joindre à nous ? »

Nusswan vacilla. « Euh... c'est que je suis très occupé. Désolé, une autre fois. » Il se glissa dans la voiture, fermant en toute hâte la portière derrière lui.

Ils le saluèrent de la main puis regagnèrent le cortège, non qu'ils eussent un grand retard à rattraper : la colonne avait à peine avancé d'une douzaine de mètres. Le Maître courut à l'avant et, repoussant l'un des porteurs, prit sa place sous la civière.

« Ce que c'était drôle, dit Dina à Maneck. Je crois qu'il va faire de mauvais rêves cette nuit. Des cauchemars de bûchers — sa réputation s'envolant en fumée. »

Maneck sourit, mais ses pensées allaient à l'autre crémation, celle d'il y avait trois jours. Où il aurait dû être. Celle où la mort s'était trompée de génération. Le père d'Avinash allumant le bûcher. Craquements du bois. Fumée piquant les yeux. Et les doigts de flammes agaçant, chatouillant le cadavre, le forçant à se cambrer, comme s'il essayait de s'asseoir... signe, dit-on, que l'esprit proteste. Avinash se cambrait souvent ainsi quand ils jouaient aux échecs, se renversant presque à plat sur le lit, la tête tournée de côté, contemplant l'échiquier. Se soulevant sur un coude pour atteindre la pièce, pour la bouger.

Echec et mat. Et puis les flammes.

Le temps passa lentement, comme s'il ne s'intéressait plus au monde. Dina dépoussiéra les Singer. Rien de plus inanimé que des machines à coudre silencieuses, se dit-elle.

Elle se remit à son patchwork, rectifiant une couture, rognant une pièce, ajustant ce qui lui paraissait de travers. Réfracté par le verre du ventilateur, le soleil de l'après-midi tachetait les carrés de tissu sur ses genoux.

« Poussez-le un peu vers la gauche, tante, dit Maneck.

— Pourquoi ?

— Je veux voir ce que le carré jaune donne avec des cercles de lumière. »

Elle obtempéra.

« C'est beau, dit-il.

— Et pourtant vous n'y avez pas cru la première fois que vous l'avez vu, vous vous souvenez ?

— Je n'avais aucune expérience des couleurs et des dessins à l'époque.

— Et maintenant, vous êtes un grand spécialiste, c'est ça ? »

Elle saisit le bord opposé.

« Vous allez l'étendre sur votre lit, quand ça sera fini ?

— Non.

— Alors quoi, vous voulez le vendre ? »

Elle secoua la tête.

« Pouvez-vous garder un secret ? Ce sera le cadeau de mariage d'Om. »

Il n'aurait pas été plus heureux s'il y avait pensé lui-même. Son visage laissa percevoir son émotion.

« N'ayez pas l'air si fâché, dit-elle. J'en ferai un autre pour votre mariage.

— Je ne suis pas fâché. Je trouve que c'est une superbe idée.

— Mais n'allez pas blablater auprès d'Ishvar et Om dès que vous les reverrez. Je finirai celui-ci dès que les travaux de couture reprendront, quand j'aurai de nouveaux tissus. D'ici là, pas un mot. »

La période des examens s'acheva. Maneck eut le sentiment d'avoir rendu des copies très médiocres. Il ne souhaitait qu'une chose : que ses notes fussent au moins assez bonnes pour lui permettre d'accéder au cycle supérieur, de trois ans.

Dina lui demanda comment il s'en était sorti, et il répondit : « Bien. »

Elle perçut le manque de conviction dans sa voix. « Nous devrons attendre les résultats pour en juger », dit-elle.

Le dernier soir, talonné par Dina, il satisfit enfin à la requête de sa mère et rendit visite à sa famille. Pendant deux heures, il supporta les effusions des Sodawalla et s'obstina à refuser les différentes sortes de petits canapés et de boissons froides. « Merci, mais j'ai déjà mangé.

— La prochaine fois, tu dois venir l'estomac vide, dirent-ils. Nous voulons avoir le plaisir de te nourrir. »

Ils essayèrent de le convaincre de les accompagner au cinéma puis de rester souper, et même de coucher chez eux, éventuellement.

« Je vous en prie, excusez-moi, mais je dois partir. Je dois me lever de bonne heure demain matin. »

Revenu à l'appartement, il accusa Dina de lui avoir gâché sa soirée. « Je n'y retournerai jamais, tante. Ils parlent sans arrêt et se conduisent comme des enfants stupides.

— Ne soyez pas méchant, c'est la famille de votre mère. »

Elle l'aida à descendre sa valise du haut de l'armoire et la lui épousseta. Puis le regarda la remplir, l'interrompant fréquemment pour lui donner des conseils, des instructions : n'oubliez pas ça, prenez ceci, faites cela. « Et surtout, soyez gentil avec vos parents, ne vous disputez pas avec eux. Vous leur avez tellement manqué durant cette année. Passez des vacances heureuses.

— Merci, tante. Et, s'il vous plaît, n'oubliez pas de nourrir les chats.

— Non, je n'oublierai pas. Je cuisinerai même leur plat favori. Dois-je mettre des couverts ou mangeront-ils avec les doigts ?

— Non, tante, gardez les couverts pour votre belle-fille. Elle sera là dans trois semaines. »

Elle le menaça d'une fessée. « Votre mère ne vous en a pas assez donné quand vous étiez petit. »

De bonne heure le lendemain matin, il la serra dans ses bras. L'instant d'après, il était parti.

Ce retour à la solitude ne se déroula pas exactement comme Dina s'y attendait. Pendant toutes ces années, songea-t-elle, j'ai érigé en vertu la réalité inéluctable, la baptisant paix et calme. Alors, après avoir passé seule la majeure partie de son existence, comment pouvait-elle ressentir à nouveau le poids de la solitude ? Le cœur et l'esprit n'apprenaient-ils donc rien ? Suffisait-il d'un an pour anéantir sa capacité de résistance ?

Pour la énième fois, elle vérifia les dates sur le calendrier : encore trois semaines avant qu'Ishvar et Om ne reviennent ; et trois autres semaines pour Maneck.

Les jours se traînaient. Elle décida que c'était l'occasion rêvée pour nettoyer l'appartement de fond en comble. Obsédant, l'écho des plaisanteries incessantes des tailleurs la poursuivit tandis qu'elle lessivait la cuisine, balayait les plafonds avec le balai à long manche, lavait les fenêtres et les ventilateurs, lessivait les sols.

Dans la chambre de Maneck, elle trouva l'échiquier au fond de l'armoire. Qu'il rendrait à son ami à la rentrée universitaire, supposa-t-elle.

Ensuite, elle vida entièrement sa propre armoire, à l'exception de l'étagère du bas. Elle dépoussiéra l'intérieur, tria ses vêtements, fit un tas séparé des choses qu'elle ne portait plus. Pour les offrir à la femme d'Om. En fonction de sa taille, évidemment. Et du genre de personne qu'elle se révélerait être.

Puis Dina s'attaqua à l'étagère du bas, sur laquelle s'entassaient tous les bouts de tissu, dépouilles d'une année de travail, bons à rien d'autre qu'à fabriquer des serviettes périodiques. Elle y plongea les bras en riant tout haut. Cinquante années de règles ne suffiraient pas à en venir à bout. Elle en remplit un sac et se prépara à se débarrasser du reste.

Puis elle pensa de nouveau à la femme d'Om, à sa jeunesse et à sa vitalité. Et, tout heureuse, elle repoussa le tout sur l'étagère.

Plusieurs jours passèrent ainsi, en frénésie de nettoyage. Quand vint le tour de la véranda, qui allait abriter le jeune couple et son oncle, elle se dit que les litières individuelles n'allaient plus convenir et elle décida de coudre des draps, là encore grâce aux libéralités de la maison Au Revoir Export.

Elle s'installa à la Singer d'Ishvar, mais eut beaucoup de mal à faire marcher la pédale. Elle n'avait jamais travaillé sur ce type de machine. Elle reprit alors la vieille machine à manivelle de tante Shirin, et trouva cela très drôle.

L'image d'Ishvar, d'Om et de sa femme dormant dans la véranda la tourmentait. Comme si, se dit-elle, pour ma nuit de noces oncle Darab et tante Shirin avaient dormi dans la même chambre que Rustom et moi.

La seule solution qui lui vint à l'esprit fut de scinder la véranda en deux en tirant un rideau. Elle prit des mesures puis assembla les restes des tissus les plus épais qu'elle put trouver. Mieux valait un mur symbolique que rien.

Elle espéra qu'Ishvar et Om apprécieraient ses efforts. Elle avait fait tout ce qu'elle avait pu. Si la jeune épouse en faisait ne serait-ce que la moitié autant, alors, à n'en pas douter, ils s'entendraient tous très bien.

Deux clous, une longueur de ficelle, et la séparation symbolique fut en place. Elle recula, observa son rideau. La vie des pauvres était riche de symboles, conclut-elle.

15

Planning familial

Un personnage barbu et décharné se précipita pour accueillir les tailleurs qui déchargeaient leur malle sur le quai. « Enfin ! s'écria-t-il. Vous voici !

— Ashraf Chacha ! Nous nous apprêtions à venir vous surprendre à la boutique ! »

Ils se serrèrent les mains, s'embrassèrent, riant au seul plaisir d'être de nouveau ensemble.

Aucun autre passager n'était descendu du train. Assis par terre à côté du robinet d'eau, deux coolies ne bougèrent pas ; l'instinct leur disait qu'on n'avait pas besoin de leurs services. La petite gare endormie se réveilla sous le souffle de la locomotive. Vendeurs de fruits, de boissons froides, de thé, pakoras, glaces, lunettes de soleil, magazines assiégèrent le train, agrémentant l'air de leurs piaillements.

« Allons, dit Ashraf. Rentrons à la maison, vous devez être fatigués. Nous mangerons puis vous me raconterez toutes les merveilles que vous avez vues à la ville. »

Une femme portant un petit panier de figues les appela : « Unjir ! » Lancé comme une supplique, le cri perçant se termina en reproche quand elle les vit passer devant elle sans s'arrêter. Elle tenta alors sa chance auprès des passagers du train, véritable galerie de portraits encadrés dans les fenêtres. Elle courut le long des wagons et le panier sur ses hanches rebondissait comme un bébé. Le chef de gare porta son sifflet à sa bouche, réveillant en sursaut un roquet aux poils crème qui dormait près de la voie de garage. Il se gratta languissamment derrière l'oreille, museau plissé à la manière d'un homme qui se rase.

« Chachaji, vous êtes un génie, dit Om. Nous ne vous écrivons pas notre date d'arrivée et pourtant vous êtes à l'arrivée du train. Comment avez-vous su ?

— Je l'ignorais, dit-il en souriant. Mais je savais que ce serait cette semaine. Et le train arrive à la même heure chaque jour.

— Alors, vous êtes venu tous les jours ? Et la boutique, hahn ?

— Il n'y a pas tant à faire. »

Il voulut les aider à porter leurs bagages. Sa main, tressée de grosses veines, tremblait de façon incontrôlable. Le sifflet retentit à nouveau, le train s'ébranla. Les vendeurs disparurent. Comme une maison abandonnée, la gare tomba du sommeil dans l'oubli.

Mais cela ne dura pas. Lentement, une bonne douzaine de personnages émergèrent de l'ombre des auvents et des hangars. Enveloppés de haillons, emmitouflés dans leur faim, ils enjambèrent le rebord du quai et commencèrent à se mouvoir sur la voie, de traverse en traverse, à la recherche des épaves, courbant leur corps fragile, ramassant les déchets des voyageurs. Quand deux mains agrippaient la même proie, la bagarre éclatait. A l'emplacement des toilettes du train, le bois et le gravier étaient mouillés, puants, assaillis de mouches. L'armée des loqueteux récupéra papiers, déchets de nourriture, sacs en plastique, bouchons de bouteilles, verre cassé, autant de joyaux largués par le train à son départ. Elle les fourra dans des sacs de jute, puis se fondit dans l'ombre de la gare afin de trier ses trésors et d'attendre le prochain train.

« La cité a été bonne pour vous, nah ? » dit Ashraf, tandis qu'ils empruntaient le passage à niveau pour se rendre de l'autre côté. « Vous avez l'air prospères, tous les deux.

— Chachaji, vos yeux sont généreux », dit Ishvar. Le tremblement des mains d'Ashraf le désespérait. Le temps, profitant de l'absence des tailleurs, l'avait finalement obligé à courber les épaules. « Nous n'avons pas à nous plaindre. Mais vous, comment allez-vous ?

— En pleine forme, pour mon âge. » Ashraf se redressa, se tapota la poitrine, mais pour se revoûter aussitôt. « Et toi, Om ? Tu étais si réticent à partir. Et maintenant, regarde-toi, ton visage respire la santé.

— C'est parce que mes vers ont déserté les lieux. »

Il expliqua avec flamme comment le vermifuge avait eu raison des parasites.

« Ça fait un an et demi que tu n'as pas vu Chachaji, et tout ce dont tu sais lui parler c'est de tes vers ?

— Pourquoi pas ? dit Ashraf. La santé est la chose la plus importante. Vous n'auriez jamais pu obtenir ici un aussi bon médicament. Une raison de plus pour être heureux d'être partis, nah ? »

Ishvar et Om ralentirent en approchant de l'auberge, mais Ashraf les tira par la manche. « Pourquoi dépenser de l'argent pour un lit plein de punaises ? Venez chez moi.

— Ça va trop vous déranger.

— J'insiste — vous devez utiliser ma maison pour recevoir avant le mariage. Faites-moi cette faveur. Elle a été si délaissée depuis un an.

— Mumtaz Chachi ne serait pas contente de vous entendre dire ça, dit Om. Sa compagnie ne compte donc pas ? »

La stupeur assombrit le sourire d'Ashraf.

« Vous n'avez pas reçu ma lettre ? Ma Mumtaz est morte, environ six mois après votre départ. »

Ils s'arrêtèrent net, les bagages leur échappèrent des mains. La malle frappa durement le sol.

« Attention ! » Ashraf se pencha pour la soulever. « Je vous ai écrit, aux bons soins de Nawaz.

— Il ne nous a pas donné la lettre, s'indigna Om.

— Peut-être est-elle arrivée trop tard — après notre déménagement dans le lotissement.

— Il aurait pu vous l'apporter.

— Oui, mais qui sait s'il l'a reçue. »

Abandonnant leurs spéculations, ils serrèrent Ashraf Chacha dans leurs bras, l'embrassèrent trois fois sur les joues, autant pour leur propre réconfort que pour le sien.

« Je me suis inquiété de ne pas avoir de réponse, dit-il. J'ai pensé que vous deviez être très occupés à essayer de trouver du travail.

— Même si nous avions été très occupés, nous aurions écrit, dit Ishvar. Nous serions venus. C'est terrible — nous aurions dû être là pour les funérailles, elle était comme une mère pour moi, nous n'aurions jamais dû partir.

— C'est idiot de parler comme ça. Personne ne peut prévoir l'avenir. »

Ils se remirent en marche, et Ashraf leur raconta la maladie qui s'était emparée de Mumtaz Chachi, puis l'avait emportée. En l'écoutant, ils comprirent pourquoi il les avait attendus tous les jours sur le quai de la gare : il se mettait en phase avec le temps, ce grand tourmenteur.

« C'est une chose étrange. Du vivant de ma Mumtaz, je restais seul toute la journée, à coudre ou à lire. Et elle, de son côté, était occupée à faire la cuisine, le ménage, et à prier. Mais la solitude n'existait pas, les jours passaient aisément. Savoir qu'elle était là me suffisait. Et maintenant elle me manque tant. Il est impossible de se fier au temps — quand je veux qu'il file, les heures se collent à moi comme de la glu. Et il a un caractère très changeant. Le temps est le fil qui ligote nos vies en paquets d'années et de mois. Ou un élastique qui s'étire selon le bon vouloir de notre imagination. Le temps peut être le joli ruban qui orne les cheveux d'une petite fille. Ou les rides sur un visage, ou celui qui vous vole le teint et les cheveux de votre jeunesse. » Il soupira et sourit tristement. « Mais pour finir, le temps est un nœud coulant passé autour du cou, qui vous étrangle lentement. »

Divers sentiments, tous pénibles, agitaient Ishvar — culpabilité, chagrin, conscience de sa propre vieillesse tapie en embuscade. Il aurait souhaité pouvoir assurer Ashraf Chacha qu'ils ne l'abandonneraient pas de nouveau à sa solitude. Au lieu de quoi il dit : « Nous aimerions nous rendre sur la tombe de Mumtaz Chacha. » Une requête à laquelle Ashraf fut très sensible.

« La date anniversaire de sa mort est la semaine prochaine. Nous irons ensemble. Mais vous avez fait un long voyage pour préparer un joyeux événement. Parlons-en. »

Les rencontres préliminaires avec chacune des quatre familles auraient lieu dans trois jours, expliqua-t-il. « Au début, le fait que ce soit moi, un musulman, qui m'occupe des préparatifs, les a choqués.

— Comment ont-ils osé ? s'indigna Ishvar. Ne savaient-ils pas que nous formons une seule famille ?

— Non, pas au début. » Mais d'autres personnes, connaissant les liens qui les unissaient depuis si longtemps tous les trois, avaient mis les parents au courant. « Donc, tout est arrangé maintenant. Le fiancé doit être impatient. » En manière de plaisanterie, il martela l'estomac d'Om. « Tu devras attendre encore un peu. Inch'Allah, tout ira bien.

— Je ne m'inquiète pas, dit Om. Maintenant, dites-nous, qu'y a-t-il de neuf en ville ?

— Pas grand-chose. On a ouvert un centre de Planning familial. Je ne pense pas que ça t'intéresse beaucoup, fit-il en riant. Et tout le reste, bon ou mauvais, est demeuré dans le même état. »

En apercevant leur rue, puis l'enseigne Muzaffar Couture, Om fut saisi d'une vive émotion. Il fila devant, salua le quincaillier, le banya, le meunier, le charbonnier, qui, se penchant par la porte ouverte, le couvrirent de vœux et de bénédictions pour l'heureux événement.

« Quand vous aurez faim, dites-le-moi. J'ai préparé du dal et du riz. Et puis votre achaar de mangue favori. »

Om se lécha les lèvres.

« C'est si bon d'être de retour.

— C'est bien que vous soyez là.

— Oui, dit Ishvar. Vous savez, Chachaji, Dinabai est très gentille et nous nous entendons très bien maintenant, mais ici c'est différent. C'est chez nous. Ici, je me détends plus. A la ville, chaque fois que je vais quelque part, j'ai un peu peur.

— Allons, yaar, c'est parce que tu continues à être hanté par tous ces malheurs. Oublie-les maintenant, c'est du passé.

— Malheurs ?

— Ça n'a pas grande importance. Nous vous raconterons plus tard. Mangeons avant que le dal et le riz se dessèchent », dit Ishvar.

Installés dans la boutique, ils parlèrent jusque tard dans la nuit, Ishvar et Om veillant, d'instinct, à donner un récit allégé de leurs épreuves, afin de ne pas trop peiner Ashraf.

Vers minuit, Om commença à piquer du nez, et Ashraf proposa d'aller se coucher. « Ma pauvre tête pourrait vous écouter toute la nuit, elle n'a pas besoin de beaucoup de sommeil. Mais vous deux, vous devez vous reposer. »

Ishvar repoussa les chaises afin de pouvoir dérouler leur literie. Ashraf l'arrêta. « Pourquoi ici ? Il n'y a que moi là-haut. Venez. » Ils grimpèrent l'escalier derrière lui. « Que de vie il y a eu ici jadis. Mumtaz, mes quatre filles, mes deux apprentis. Nous nous sommes bien amusés tous ensemble, nah ? »

D'un coffre sentant la naphtaline, il sortit draps et couvertures. « Ma Mumtaz les a rangés là aussitôt après le mariage et le départ de nos filles. Elle était si soigneuse — chaque année elle les aérait, et mettait des boules d'antimite neuves. »

Om s'endormit, à peine la tête sur l'oreiller. « Ça me rappelle toi et Narayan, chuchota Ashraf. Quand vous êtes arrivés ici, encore tout petits. Tu t'en souviens ? Vous descendiez dans la boutique après dîner et étaliez vos nattes. Vous dormiez si paisiblement, comme si vous étiez chez vous. C'était le plus grand plaisir que vous pouviez me faire.

— Vous saviez si bien veiller sur nous, Mumtaz Chachi et vous, que nous nous sentions à la maison. »

Ils évoquèrent encore quelques souvenirs avant d'éteindre la lumière.

Ashraf voulut leur offrir des chemises neuves.

« Nous nous en occuperons cet après-midi.

— Hoi-hoi, Chachaji. C'est beaucoup trop !

— Vous voulez me faire de la peine en refusant mon cadeau ? Pour moi aussi, le mariage d'Om est une chose importante. »

Ces chemises, ils devaient les porter pour les visites aux familles des quatre jeunes filles à marier. Quant aux vêtements de cérémonie, ils feraient l'objet d'une discussion avec les parents de l'heureuse élue.

Ishvar céda, à condition que lui et Om participent à la fabrication des chemises. Pas question de laisser Chachaji s'échiner tout seul sur sa machine.

« Mais qui parle de coudre ? dit Ashraf. Il y a la nouvelle boutique de prêt-à-porter dans le bazar. Celle qui nous a volé nos clients. Vous avez oublié ? C'est pour ça que vous êtes partis. »

Il leur raconta la désertion, l'un après l'autre, de ses plus fidèles clients, y compris ceux qui s'habillaient déjà chez Muzaffar Couture du vivant de son père. « Attirée par des prix plus bas, la loyauté de deux générations s'est dissipée comme la fumée par un jour de grand vent. Quel puissant diable que l'argent ! Vous êtes partis quand il le fallait, il n'y a pas d'avenir ici. »

Om ne tarda pas cependant à évoquer l'autre raison, celle qu'on évitait toujours, de leur fuite dans la métropole. « Que devient Thakur Dharamsi ? Vous n'en avez pas parlé. Est-ce que ce daakoo est toujours vivant?

— Le district l'a nommé responsable du Planning familial.

— Et quelle est sa méthode? Est-ce qu'il assassine les bébés pour contrôler la population? »

Ishvar et Ashraf échangèrent des regards gênés.

« Nous devrions nous rassembler et aller tuer ce chien.

— Ne recommence pas à dire n'importe quoi, Omprakash », l'avertit son oncle.

Ashraf prit la main d'Om.

« Mon enfant, ce démon est trop puissant. Depuis l'instauration de l'état d'urgence, son pouvoir s'est étendu jusqu'ici. Maintenant, c'est un personnage important du parti du Congrès, on dit qu'il deviendra ministre après les prochaines élections — si le gouvernement décide un jour de faire des élections. A présent, il se donne l'air respectable, évite le moindre goonda-giri. Quand il veut menacer quelqu'un, il n'envoie plus ses hommes, il se contente de prévenir la police. Ils attrapent le pauvre diable, le tabassent, puis le relâchent.

— Pourquoi perdre notre temps à parler de cet homme, protesta Ishvar. Nous sommes ici pour un joyeux événement, nous n'avons rien à faire avec lui, Dieu s'occupera de Thakur Dharamsi.

— Exactement, dit Ashraf. Allons acheter les chemises. »

Il accrocha une pancarte à la porte, disant que la boutique rouvrirait à dix-huit heures. « Non que ce soit important. Personne ne vient. » Le voyant se battre avec la grille de fer, Om accourut à son aide. La grille s'accrochait à son rail, exigeant d'être repliée, puis secouée, puis dépliée avec force cajoleries. « Besoin d'être huilée, haleta Ashraf. Comme mes vieux os. »

Ils prirent le chemin conduisant au bazar, chemin de terre battue dure sous les pieds, qui longeait des hangars à blé et de misérables cabanes de paysans.

Leurs sandales écrasaient et soulevaient de fines langues de poussière.

« Est-ce qu'il a plu dans la cité ?

— Beaucoup trop, dit Ishvar. Les rues ont été inondées plusieurs fois. Et ici ?

— Pas assez. Le diable a ouvert son parapluie au-dessus de nos têtes. Espérons qu'il le fermera cette année. »

Comme ils passaient devant le tout nouveau centre du Planning familial, Om ralentit pour jeter un coup d'œil à l'intérieur. « Vous avez dit que c'est Thakur Dharamsi qui dirige ce centre ?

— Oui, et ça lui rapporte plein d'argent.

— Comment ça ? Je croyais que le gouvernement payait les gens pour qu'ils se fassent opérer ?

— Le salopard met tout cet argent dans sa poche. Les villageois sont impuissants. Se plaindre ne sert qu'à leur attirer encore plus d'ennuis. Quand la bande au Thakur part à la recherche de volontaires, les pauvres bougres n'osent pas broncher, ils expédient leurs femmes ou s'offrent eux-mêmes.

— Hai Ram. Pour qu'on laisse prospérer un démon comme celui-ci, c'est que le monde traverse les ténèbres de Kaliyug.

— Et c'est moi que tu accuses de dire des idioties, le reprit Om. Tuer ce porc serait le moyen le plus intelligent de sortir de Kaliyug.

— Calme-toi, mon enfant, dit Ashraf. Celui qui crache du paan au plafond ne fait que s'aveugler lui-même. C'est dans le Prochain Monde que seront punis les crimes de celui-ci.

— Certes, souffla Om, éberlué. Mais, dites-moi, ça lui rapporte combien d'argent, cet endroit ? Le béné-fice n'est pas très élevé.

— Oh, mais il n'y a pas que ça. Les patients qui arrivent au dispensaire, il les met aux enchères.

— Qu'est-ce que ça veut dire ?

— Les fonctionnaires du gouvernement doivent fournir chaque mois deux ou trois stérilisations. S'ils ne remplissent pas leur quota, on diminue leur salaire. Alors le Thakur invite au dispensaire tous les instituteurs, les responsables du développement urbain, les percepteurs des impôts, les inspecteurs de l'alimentation. A chacun de proposer un prix pour chaque villageois. Celui qui propose le plus voit les stérilisations figurer sur son quota.

— Allons, venez », dit Ishvar, désespéré. Il se boucha les oreilles. « Je ne veux plus rien entendre sur ce sujet.

— Je ne t'en blâme pas, dit Ashraf. Entendre ce qui se passe dans cette vie, c'est comme boire du venin — ça empoisonne ma tranquillité. Chaque jour je prie pour que ce nuage diabolique qui recouvre notre pays se dissipe, pour que la justice s'occupe de ces malheureux. »

Ils allaient s'éloigner quand quelqu'un apparut sur le seuil. « Je vous en prie, entrez, dit-il. Pas d'attente, le docteur est là, on peut vous opérer sur-le-champ.

— Touche pas à ma virilité », dit Om.

L'homme entreprit d'expliquer d'un ton las que les gens se faisaient une idée erronée de la vasectomie, qu'elle ne diminuait en rien la virilité, que le docteur ne touchait même pas cet endroit.

« Oui, oui, sourit Ashraf. Nous savons. Le garçon ne fait que vous taquiner. » Il le salua cordialement et ils poursuivirent leur chemin.

A l'extérieur du magasin de prêt-à-porter, des ensembles chemise-pantalon ballottaient sur des cintres en fil de fer suspendus à l'auvent comme des épouvantails sans tête. Le gros du stock était entassé dans des boîtes en carton, sur des étagères.

S'étant enquis des tailles, le vendeur leur présenta quelques modèles. Om fit la grimace.

« Ça ne vous plaît pas? »

Om secoua la tête. L'homme repoussa les boîtes et leur sortit tout un choix d'autres modèles. Il observa ses clients, l'air anxieux.

« Celle-ci est jolie », dit Ishvar, par gentillesse. Il examinait une chemise à manches courtes, à carreaux. « Exactement comme celle que porte Maneck.

— Oui, mais regarde comme les boutons sont mal cousus, objecta Om. Un lavage et ils tomberont.

— Si la chemise te plaît, prends-la, dit Ashraf. Je consoliderai les boutons.

— Laissez-moi vous en montrer d'autres, dit le vendeur. Dans cette boîte, nous avons les modèles particuliers, premier choix, de la Maison de Vêtements Liberty. » Il étala une demi-douzaine de chemises sur le comptoir. « Les rayures sont très à la mode en ce moment. »

Om sortit de son enveloppe en plastique transparent une chemise bleu clair à rayures bleu foncé. « Regardez-moi ça, fit-il d'un ton dégoûté. La poche est tout de travers, les rayures ne se raccordent même pas.

— Vous avez raison, admit le vendeur. Moi, je vends les vêtements, je ne les fabrique pas. Que faire ? Personne n'a plus la fierté du travail soigné, de nos jours.

— Très juste, dit Ishvar. C'est comme ça partout. »

Se lamenter en chœur sur l'époque les aida à trouver des chemises acceptables. L'homme replia avec soin les modèles choisis, les reglissa dans l'enveloppe transparente. La Cellophane crissa, recréant l'illusion de valeur et de qualité, ficelle et papier emballèrent le tout soigneusement. Ayant tiré de la bobine la longueur de ficelle désirée, le vendeur la coupa avec ses dents.

« Je vous en prie, revenez. Je serai heureux de vous servir.

— Merci », dit Ashraf.

Une fois dans la rue, ils discutèrent de ce qu'ils allaient faire ensuite. « On pourrait se balader dans le bazar, dit Om, voir s'il y a quelqu'un qu'on connaît.

— J'ai un meilleur plan, dit Ashraf. Demain, c'est le marché. Allons-y le matin. Tous les gens du village seront là, vous retrouverez des tas d'amis.

— C'est une bonne idée, approuva Ishvar. Et maintenant, laissez-moi vous offrir du paan, avant de rentrer.

— Ne me dis pas que tu t'es mis au paan, dit Ashraf, réprobateur.

— Non, non, mais aujourd'hui est un jour particulier, nous nous revoyons après si longtemps. »

La bouche pleine du mélange de noix de bétel, chunam et tabac, ils reprirent le chemin de Muzaffar Couture, repassant devant le centre du Planning familial, où Ashraf, tout en crachant son trop-plein de jus dans le caniveau, leur montra une voiture garée devant. « C'est le nouvel engin de Thakur Dharamsi. Il doit être à l'intérieur, en train de compter ses victimes. »

Ishvar les entraîna de l'autre côté de la rue.

« Pourquoi cours-tu ? demanda Om. Nous n'avons pas à avoir peur de ce chien.

— Mieux vaut éviter un pépin.

— Je suis d'accord, dit Ashraf. Pourquoi voir le visage du démon si on peut l'éviter ? »

A cet instant, Thakur Dharamsi émergea du bâtiment, et Om se dirigea vers lui, dans l'intention évidente de lui rentrer dedans. Ishvar le tira, tentant de le ramener à côté d'Ashraf Chacha. Chaussé de sandales à semelles de cuir lisse, Om dérapa sur le trottoir. Il se sentit ridicule. Son oncle continuait à le haler, et son acte de défi se transformait en humiliation sous les yeux du Thakur.

Om cracha.

Le jet rouge atterrit à plusieurs centimètres de son objectif, imbibant le sol entre eux et le Thakur qui s'immobilisa. Les deux hommes qui l'accompagnaient attendirent ses instructions. Tous les gens qui se trouvaient à proximité s'esquivèrent, craignant d'assister à ce qui allait suivre.

Le Thakur dit très doucement : « Je sais qui vous êtes. » Il monta en voiture, claqua la portière et démarra.

Pendant tout le reste du trajet, Ishvar ne décoléra pas. « Tu es fou ! Bilkool paagal ! Si tu veux mourir, pourquoi n'avales-tu pas de la mort-aux-rats ? Tu es venu pour un mariage ou pour un enterrement ?

« — Mon mariage et l'enterrement du Thakur.

— Cesse de faire le malin ! Je devrais te flanquer une gifle !

— Si tu ne m'avais pas arrêté, j'aurais pu lui cracher dessus. Droit dans la figure. »

Ishvar leva la main pour frapper, mais Ashraf l'en empêcha.

« Ce qui est fait est fait. Désormais, nous éviterons de nous trouver sur le chemin de ce démon.

— Je n'ai pas peur de lui, dit Om.

— Bien sûr que non ! Simplement, nous voulons éviter que quoi que ce soit vienne gâcher les préparatifs du mariage. Notre joie n'a pas besoin d'être assombrie par l'ombre de ce démon. »

Ashraf continua de parler, appliquant ses mots comme un baume sur l'angoisse d'Ishvar. Qui, de temps en temps, en proie à un soudain accès de terreur, se répandait en propos amers sur la stupidité de son neveu. « Agir comme un héros et penser comme un zéro. Voilà ce que ça me rapporte de t'avoir acheté du paan. Chouette revêche, t'appelait Dinabai. Qu'as-tu fait de ton humour et de ton sens de la plaisanterie ? Sans Maneck, tu ne sais plus rire, tu ne sais plus jouir de la vie.

— Tu aurais dû l'emmener avec toi, si tu le trouves si merveilleux. Moi, je serais resté.

— Tu ne dis que des idioties. Nous ne sommes là que pour quelques jours. Bientôt nous retournerons au travail. Tu ne peux pas te conduire intelligemment, même pour si peu de temps ?

— C'est ce que tu as dit quand on est arrivés en ville — que nous n'y resterions pas longtemps, que bientôt nous retournerions dans notre village.

— Et alors ? Est-ce de ma faute si gagner de l'argent en ville c'est plus dur que je ne m'y attendais ? »

Là-dessus, ils abandonnèrent le sujet d'un commun accord. Continuer à se quereller les aurait conduits à détailler leurs malheurs, permettant ainsi à Ashraf Chacha de connaître des faits qu'ils avaient tenu à lui épargner.

Le marché était plus bruyant que de coutume car des haut-parleurs diffusaient à pleine puissance les slogans de la campagne de stérilisation du centre du Planning familial, qui s'était installé dans une baraque au milieu de la place. Des bannières, tendues sur toute la largeur de la rue, exhortaient à participer au Nussbandhi Mela. L'habituel fourbi des fêtes foraines — ballons, fleurs, bulles de savon, lanternes colorées, amuse-gueule — servait à attirer citadins et villageois. Entre deux chansons de films, des annonces vantaient la nécessité pour le pays d'un contrôle des naissances, la prospérité et le bonheur qui attendaient les volontaires, les primes généreuses offertes en cas de vasectomie ou de ligature des trompes.

« Où opèrent-ils ? demanda Om. Ici même ?

— Pourquoi ? Tu veux y assister ? » dit Ishvar.

Ashraf expliqua qu'en général le centre érigeait des tentes à l'extérieur de la ville. « Ils fonctionnent comme une usine. Une incision ici, une entaille là, quelques agrafes — et le produit est bon pour l'expédition.

— C'est comme dans la couture, yaar.

— En réalité, nous les tailleurs avons beaucoup plus le souci du travail bien fait. Nous montrons beaucoup plus de considération pour le tissu que ces monstres pour les êtres humains. C'est la honte de notre pays. »

Non loin de la baraque du centre, un homme vendait des potions contre l'impuissance et la stérilité. « Le charlatan attire plus de monde que les gens du gouvernement », constata Ishvar.

L'homme, cheveux noirs huilés coiffés en halo autour de sa tête, poitrine nue, portait une peau de bête sur les épaules. Une lanière enserrant étroitement le haut de son bras droit faisait ressortir les veines tout le long du membre. Chaque fois que ses histoires de reproduction exigeaient une illustration, il brandissait son avant-bras, engorgé et dur.

Devant lui, sur une natte, des jarres contenant des herbes et des bouts d'écorce. Et, afin qu'on ne confonde pas ces produits avec les attributs d'un banal apothicaire, il avait comblé l'espace entre chaque d'un assortiment de lézards et de serpents morts — de son étalage se dégageait ainsi une virilité sauvage, une électricité reptilienne. Dans un coin, un crâne humain et, au centre de la natte, une tête d'ours, aux grands yeux brillants, mâchoires grandes ouvertes, mais qui avait souffert au cours de ses voyages : de petits cônes de bois peints en blanc remplaçaient deux crocs disparus. Cette denture risible suffisait à supprimer toute la férocité de la bête, lui conférant au contraire un aspect clownesque.

Armé d'une baguette, le Vendeur de Virilité commentait des tableaux dressant la liste des symptômes et des traitements, et des graphiques censés représenter des circuits électriques. Au milieu de son exégèse, il saisit son dhoti par le bord et tira — de plus en plus haut, révélant mollets, genoux, et pour finir cuisses musclées. Sa peau foncée brillait au soleil. Pour quelqu'un à la poitrine aussi velue, ses jambes étaient étrangement lisses. Puis, pour souligner ses propos, il frappa plusieurs fois ses cuisses. La chair ferme renvoya un bruit sec, comme un claquement de mains saines.

Son baratin se fondait sur la technique des questions-réponses. « Avez-vous des difficultés à faire des enfants ? Votre hathiyar rechigne-t-il à se dresser ? Dort-il et oublie-t-il de se réveiller ? » Sa baguette retomba tristement. « N'ayez crainte, il y a un traitement ! Comme un soldat au garde-à-vous, il se tiendra ! Un, deux, trois — boum ! » Sa baguette bondit.

Certains spectateurs ricanèrent, d'autres éclatèrent franchement de rire, quelques-uns prirent une mine sévère de censeurs.

« Est-ce qu'il se dresse, mais pas assez droit ? L'outil est-il un peu courbé ? Penchant vers la gauche comme le parti marxiste-léniniste ? Vers la droite comme les fascistes Jan Sangh ? Ou ballotte-t-il bêtement au milieu, comme le parti du Congrès ? N'ayez crainte, on peut le redresser! Refuse-t-il de durcir même avec des caresses et des massages? Alors essayez mon onguent et il deviendra aussi dur que le cœur du gouvernement! Tous vos troubles disparaîtront avec cet onguent stupéfiant fabriqué à partir des organes de ces animaux sauvages! Capable de transformer n'importe quel homme en chauffeur de locomotive! Aussi ponctuel que les trains sous l'état d'urgence! D'avant en arrière, votre piston fonctionnera chaque nuit! Les chemins de fer voudront domestiquer votre énergie! Appliquez cet onguent une fois par jour et votre femme sera fière de vous! Appliquez-le deux fois par jour, et elle devra vous partager avec tout le quartier! »

Cette dernière saillie fit crouler de rire des jeunes gens. Les femmes dissimulèrent des sourires derrière leurs mains; quelques gloussements leur échappèrent même, avant qu'elles ne se ressaisissent. Les censeurs s'éloignèrent d'un air dégoûté.

Le Vendeur de Virilité brandit le crâne humain grimaçant. « Si j'étalais mon onguent sur la tête de ce bonhomme, vous assisteriez à quelque chose de surprenant. Mais je n'ose pas, je dois penser aux dames présentes dans l'assistance et à la protection de leur vertu! » Le public applaudit chaleureusement.

Il continua encore un peu dans cette veine avant d'aborder les problèmes des femmes. Il tenait à présent son autre rôle, celui du Fakir de la Fertilité. « Votre vie est-elle assombrie parce que votre voisine a plus d'enfants que vous? Avez-vous besoin d'un plus grand nombre de mains pour vous aider aux travaux des champs, pour porter l'eau, pour ramasser le bois de chauffage? Vous demandez-vous avec angoisse qui s'occupera de vous quand vous serez vieilles et impotentes parce que vous n'avez pas de fils? N'ayez crainte! Ce tonique fera tomber de votre ventre des enfants vigoureux! Une cuillerée par jour et vous donnerez six fils à votre mari! Deux cuillerées, et votre giron produira une armée! »

Dans la foule nombreuse qui entourait le boni-menteur, on comptait pourtant peu d'acheteurs. Les gens étaient là surtout pour s'amuser. De plus, ache-ter ouvertement de tels produits revenait à admettre qu'on possédait des organes déficients. Les ventes auraient lieu plus tard, après la fin du spectacle et l'envol des rieurs.

« Est-ce que tu penses à acheter ? dit Ishvar, cha-touillant Om qui écoutait avidement.

— Je n'ai pas besoin de toutes ces saletés.

— Bien sûr que non, dit Ashraf, passant le bras autour des épaules du garçon. Inch'Allah, filles et garçons arriveront en temps voulu. »

Ils reprirent leur vagabondage à travers le bazar jusqu'à ce qu'ils tombent sur les étals des Chamaars. « Tais-toi, ne bouge pas, dit Om. Voyons combien de temps ils mettront à nous remarquer. »

Ils firent semblant d'examiner sandales, outres, sacs, ceintures, lanières à affûter les rasoirs, harnais. La riche odeur de cuir neuf s'infiltrait au plus pro-fond d'eux-mêmes, réveillant des souvenirs enseve-lis. Enfin, quelqu'un du village les reconnut.

Il poussa un cri de plaisir, aussitôt repris par les autres. L'accueil fut euphorique. Les gens se rassem-blèrent autour d'eux, parlant tous ensemble, avides de combler le vide qu'avaient laissé les tailleurs depuis leur si longue absence.

Ishvar et Om apprirent que l'ami d'enfance de Dukhi, Gambhir, dans l'oreille de qui, il y avait bien longtemps, on avait fait couler du plomb fondu, venait de mourir. Sa brûlure n'avait cessé de suppu-rer, mais c'est un empoisonnement du sang qui l'avait emporté, pour s'être entaillé la jambe avec une faux rouillée. Les vieilles femmes, Amba, Pyari, Padma et Savitri, se portaient bien. De tout le village, c'est elles qui conservaient les souvenirs les plus vivaces de la famille des tailleurs ; leur histoire favo-rite demeurait celle du voyage en bus avec Roopa, Dukhi et des douzaines d'autres, pour aller examiner la future femme de Narayan.

Après avoir rendu hommage aux morts et aux anciens, ils passèrent au présent. La nouvelle de la tournée d'inspection en vue du nouveau mariage s'était répandue dans la communauté chamaar. Deux hommes placèrent Om sur leurs épaules et le portèrent en triomphe comme s'il s'agissait d'un héros, comme si le mariage était chose accomplie. On l'inonda de félicitations. Embarrassé, il fut incapable, pour une fois, de trouver une repartie, cependant que son oncle souriait aux anges et acquiesçait de la tête.

Pour ceux qui avaient connu son père, l'occasion revêtait une signification particulière. Ils étaient heureux que la lignée d'une personne aussi remarquable que Narayan, le Chamaar-devenu-tailleur qui avait osé défier les hautes castes, ne s'éteigne pas. « Nous avons prié pour le retour du fils, dirent-ils, et nos prières ont été exaucées. Om doit poursuivre l'œuvre de son père. Et les petits-fils feront de même. »

Aux oreilles d'Ishvar, les souhaits de sa communauté résonnèrent comme autant de provocations, de propos inconsidérés. Il tremblait encore de peur au souvenir de la conduite téméraire d'Om face à Thakur Dharamsi, la veille. Il interrompit sèchement les admirateurs. « Il n'est pas question que nous revenions. Nous avons un très bon travail en ville. L'avenir s'annonce brillant pour Omprakash. »

Les Chamaars se remémorèrent les années qui avaient vu Ishvar et son frère quitter le village pour entrer en apprentissage chez Muzaffar Couture. Ils dirent à Om le brillant tailleur qu'avait été son père, approuvés par le professeur, Ashraf, qui hochait la tête en souriant. « Il était magique, dirent-ils. Narayan prenait les rebuts d'un propriétaire bien gras et savait les transformer avec sa machine en vêtements tout neufs à nos mesures. Et de nos haillons il était capable de faire des habits pour un roi. Nous n'en reverrons jamais un comme lui. Si généreux, si courageux. »

Ishvar changea de nouveau de sujet, inquiet des effets que ces paroles pouvaient avoir sur son neveu. « Ashraf Chacha nous parle du passé depuis que nous sommes arrivés. Racontez-nous plutôt ce qui se passe de nos jours. »

Ishvar et Om apprirent ainsi que, dans le lit d'un ruisseau récemment asséché, on avait découvert une pierre parfaitement sphérique aux propriétés curatives. Dans un autre village, le tronc d'un arbre sous lequel avait médité un sadhu s'était couvert de rides, après le départ du sage, à l'image du seigneur Ganesh. Ailleurs encore, pendant la procession du Mata Ki Sawari, quelqu'un était entré en transe et avait identifié une femme bhil comme la sorcière responsable des malheurs de la communauté. Elle fut battue à mort, les villageois escomptant de cet acte des temps meilleurs ; hélas, un an après, ils attendaient toujours.

Avant que la conversation ne s'égare de nouveau dans le passé, Ishvar dit : « Nous vous verrons au mariage, si tout va bien », et ils se séparèrent sous les rires et les bons vœux.

Dans la partie du marché réservée aux légumes, Ishvar choisit des petits pois, de la coriandre, des épinards et des oignons. « Ce soir je vais vous préparer ma spécialité.

— Et le spécialiste en chapatis nous fera bénéficier de son talent », dit Ashraf, entourant de nouveau Om de son bras.

Il résistait mal à l'envie de toucher, d'embrasser constamment ces deux hommes qu'il considérait comme son fils et son petit-fils.

« Encore un arrêt avant de rentrer », dit Ishvar. Il les conduisit vers les stands d'objets religieux et acheta un coûteux chapelet. « Un petit cadeau de notre part, dit-il à Ashraf. Avec l'espoir que vous vous en servirez pendant de nombreuses années.

— Inch'Allah. » Ashraf embrassa les perles d'ambre. « Vous avez choisi exactement ce qu'il me fallait.

— C'est mon idée, dit Om. Nous avons remarqué que vous passez davantage de temps en prière.

— Oui, la conscience de la mort et la vieillesse produisent cet effet sur nous, pauvres mortels. » Il interrompit le vendeur qui fabriquait une pochette en papier journal pour y mettre le chapelet. « Pas besoin de ça », dit-il, et il enroula le précieux collier autour de ses doigts.

Tout à côté, le marchand de barbe à papa poussa son cri : « Aga-ni-dadhi! Aga-ni-dadhi! »

« J'en veux une, dit Om.

— Aray, prends-en deux! » et il fit tinter sa clochette de cuivre.

Ishvar leva un doigt, l'homme mit en marche sa machine.

Ils regardèrent se former les tortillons roses autour de l'axe, virent l'homme plonger un bâton dans la cuve et brasser l'air pour moissonner les fils de soie. Quand la boule atteignit la dimension d'une tête humaine, il arrêta la machine.

« Vous savez comment ça marche, nah? dit Ashraf. Il y a une grande araignée à l'intérieur de la machine, qui se nourrit de sucre et de peinture rose. Au commandement de l'homme, elle se met à filer sa toile.

— Sûr, dit Om, en lui tirant sa belle barbe blanche. C'est comme ça aussi que votre dadhi a été fabriqué? » Il était presque midi. Des camions vides remontèrent la rue principale et se garèrent devant la place du marché. Personne n'y fit attention. La circulation était toujours dense ce jour de la semaine.

« Vous voulez goûter? » Om tendit son bâtonnet.

Ishvar refusa. Ashraf décida d'essayer, s'amusant à pousser la boule duveteuse à travers son collier de barbe. Des bouts s'y accrochèrent, roses sur le blanc des poils, et Om rugit de rire. Il l'entraîna devant la vitrine d'un marchand de saris, et lui montra son menton en barbe à papa. « Vous êtes très beau, Chachaji. Vous pourriez lancer un nouveau style.

— Maintenant tu sais pourquoi ça s'appelle aga-ni-dadhi », dit Ashraf, arrachant la friandise de ses poils.

Ishvar les regardait, souriant de bonheur. Malgré tout, la vie est belle, songeait-il. Comment pouvait-il se plaindre alors qu'Om et lui jouissaient de l'amitié de gens tels qu'Ashraf Chacha, Dinabai et Maneck ?

D'autres camions arrivèrent, occupant les ruelles menant au bazar. Cette fois, il s'agissait de bennes à ordures, au toit rond et avec une ouverture à l'arrière.

« Pourquoi si tôt ? s'étonna Ashraf. Le marché dure encore plusieurs heures, le nettoyage ne commence qu'en fin d'après-midi.

— Peut-être que les chauffeurs veulent eux aussi faire quelques achats. »

Soudain, sirène hurlante, des fourgons de police envahirent le marché. La mer humaine s'ouvrit en deux. Les véhicules s'arrêtèrent au centre de la place et dégorgèrent une escouade de policiers.

« Une garde policière pour le bazar ? dit Ishvar.

— Quelque chose ne va pas », dit Ashraf.

Les acheteurs regardaient, perplexes. Alors, les policiers se mirent en marche, alpaguant les gens au passage. Affolés, les captifs résistaient, hurlant, interrogeant : « D'abord dites-nous ! Dites-nous ce que nous avons fait ! Comment pouvez-vous attraper les gens comme ça ? Nous avons le droit d'être ici, c'est jour de marché ! »

Pour toute réponse, les policiers distribuèrent des coups de lathi. La panique s'empara de la foule ; poussant, se débattant, elle essaya de briser le cordon qui l'enserrait. Mais c'était du travail bien fait. Ceux qui réussissaient à atteindre la périphérie se voyaient refoulés, à coups de trique, dans les bras d'autres policiers.

Eventaires et stands s'écroulèrent, paniers renversés, boîtes écrasées. En quelques secondes, la place fut jonchée de tomates, oignons, pots de terre, farine, épinards, coriandre, piments — taches d'orange, de blanc et de vert se fondant en un

759

magma. L'ours du Vendeur de Virilité, piétiné, perdit encore quelques dents, les lézards et les serpents moururent une deuxième fois. Le centre de Planning familial continuait à déverser sa musique, par-dessus les hurlements des gens.

« Venez par ici, vite, dit Ashraf. Nous allons trouver un abri. » Il les conduisit jusqu'à l'auvent d'un marchand de tissus qui autrefois adressait des clients à Muzaffar Couture. La boutique était fermée, Ashraf sonna. En vain. « Peu importe, nous resterons ici jusqu'à ce que les choses se calment. La police doit être à la recherche de criminels. »

Mais les agents attrapaient les gens au hasard, poussant dans les camions vieillards, jeunes garçons, femmes accompagnées d'enfants. Quelques-uns réussirent à s'échapper; la plupart se retrouvèrent piégés comme de la volaille dans un poulailler, sans autre issue que de se faire ramasser par les forces de la loi.

« Regardez, dit Ashraf. Dans ce coin, il n'y a qu'un seul havaldar. Si vous courez vite, vous réussirez à passer.

— Et vous ?

— Je serai en sécurité ici, je vous retrouverai plus tard à la boutique.

— Nous n'avons rien fait de mal, dit Ishvar, refusant de le quitter. Nous n'avons pas besoin de courir comme des voleurs. »

De leur auvent, ils regardèrent les policiers continuer à pourchasser ceux qui se débattaient frénétiquement au milieu des fruits et des céréales répandus, du verre cassé. Quelqu'un trébucha, tomba sur les éclats et s'entailla le visage. Son poursuivant s'en désintéressa, le lâcha pour une nouvelle proie.

« Hai Ram ! dit Ishvar. Voyez tout ce sang ! Et maintenant ils l'ignorent ! Que se passe-t-il ?

— Je ne serais pas surpris que ce démon de Dharamsi soit derrière tout ça, dit Ashraf. Les bennes à ordures lui appartiennent. »

La place se vidait au fur et à mesure que les

camions se remplissaient, les policiers redoublaient d'efforts pour attraper les derniers rescapés. Il ne fallut pas longtemps pour que six agents fondent sur les tailleurs. « Vous trois ! Dans le camion !

— Mais pourquoi, policier-sahab ?

— Allons, ne discutez pas », dit l'homme en brandissant son lathi.

Ashraf leva les mains pour se protéger le visage. Le policier agrippa le chapelet, tira, cassant le fil. Les perles roulèrent doucement sur la chaussée.

« Oh ! la la ! » hurlèrent deux autres policiers, qui glissèrent sur les petites boules.

Voyant tomber ses camarades, le premier réagit en frappant. Ashraf gémit et s'effondra lentement.

« Ne lui faites pas de mal, je vous en prie, ce n'est pas de sa faute ! » supplia Ishvar.

Lui et Om s'agenouillèrent pour lui soulever la tête.

« Debout ! ordonna le policier. Il fait semblant. Je l'ai à peine effleuré.

— Mais sa tête saigne.

— Juste un peu. Allons, grimpez dans le camion. »

Les tailleurs refusèrent d'obéir. Un bon coup de pied dans les côtes les fit glapir. Voyant le policier près de récidiver, ils se levèrent.

« Et Ashraf Chacha ? hurla Ishvar avant de grimper dans le camion. Allez-vous le laisser par terre ?

— Je t'interdis de me crier dessus, je ne suis pas ton domestique ! Saala, tu vas avoir mon poing sur la figure !

— Je m'excuse, policier-sahab, pardonnez-moi ! Mais Chachaji est blessé, je veux l'aider ! »

Le policier se retourna : le sang suintait à travers la chevelure blanche clairsemée, s'écoulait en un lent filet sur le trottoir. Mais les forces de l'ordre avaient pour consigne de ne pas embarquer de gens inconscients dans les véhicules. « D'autres prendront soin de lui, ce n'est pas votre problème », dit-il.

Sur le trottoir, un chien reniflait la barbe à papa qu'Om avait laissée tomber. Le sucre lui collait au museau. De la patte, il s'escrimait sur cette barbe rose, ses singeries suscitant la joie d'un enfant assis sur les genoux de sa mère dans le camion. Quand tous les véhicules furent pleins, le ramassage s'arrêta. Soudain, les personnes restant sur la place se retrouvèrent libres de partir.

Le camp de stérilisation était à une faible distance de la ville. Une douzaine de tentes se dressaient dans un champ où traînait encore le chaume de la moisson qui venait de s'achever. Bannières, ballons et chansons identiques à celles qu'avaient diffusées la baraque du Centre sur la place du marché accueillirent les bennes à ordures. Elles allèrent se garer derrière les tentes, à côté d'une ambulance et d'un générateur diesel, tandis qu'augmentaient les lamentations des passagers terrifiés.

Partant du générateur, dont les ronflements dominaient presque la musique, des câbles couraient jusqu'à deux tentes, plus vastes et plus solides que les autres. Des bouteilles de gaz comprimé s'alignaient à l'extérieur, à côté de réchauds; à l'intérieur, des tables de bureau recouvertes de draps en plastique faisaient office de tables d'opération.

Des effluves nauséabonds, traces indélébiles du chargement habituel des véhicules, parvinrent aux narines du médecin responsable du camp. « Attendez dix minutes, dit-il aux policiers, que nous finissions de prendre notre thé. Et n'amenez que quatre personnes à la fois — deux hommes et deux femmes. » Il ne voulait pas avoir sous la tente plus de patients que n'en pouvaient traiter les médecins.

« Personne ne nous offre du thé, à nous, grommelèrent les policiers entre eux. Et cette musique idiote. Les mêmes chansons répétées sans arrêt. »

Une demi-heure plus tard, on leur dit que tout était prêt. Du camion le plus proche, ils sortirent quatre personnes, les entraînèrent, hurlantes, dans les deux tentes, les couchèrent de force sur les tables. « Arrêtez de vous débattre, dit le médecin. Si le couteau dérape, tout ce que vous gagnerez c'est d'avoir mal. » L'avertissement les réduisit au silence.

Les policiers surveillaient les tentes afin de fournir un contingent régulier selon les instructions. Mais plusieurs, qui ne savaient pas lire, commirent des erreurs : ils conduisirent des femmes dans la section réservée à la vasectomie. Confusion compréhensible : à l'exception d'un écriteau rédigé à la main, rien ne différenciait les deux tentes, quant aux médecins, en blouse blanche, ils se ressemblaient tous.

« Les hommes dans la tente de gauche, les femmes dans celle de droite », ne cessaient-ils de répéter, soupçonnant même les policiers de se tromper volontairement — peut-être une sorte d'humour particulier à cette profession. Finalement, un infirmier améliora les écriteaux. Avec un stylo-feutre noir, il dessina des personnages, comme ceux qui signalent les latrines publiques. Le turban des hommes, le sari et la longue natte des femmes ne pouvaient prêter à confusion.

Les interventions se poursuivirent. A un moment, une femme âgée essaya de raisonner le médecin. « Je suis vieille, dit-elle, mon ventre est stérile, il n'y a plus d'œufs dedans. Pourquoi gâcher de l'argent pour m'opérer ? »

Le médecin s'approcha du fonctionnaire qui tenait les registres des opérations du jour. « Cette femme a passé l'âge de porter des enfants, dit-il. Vous devriez la rayer de vos listes.

— S'agit-il d'une conclusion médicale ?

— Bien sûr que non. Je n'ai pas l'équipement nécessaire ici pour procéder à une vérification clinique.

— Dans ce cas, poursuivez. Ces gens mentent souvent sur leur âge. Et les apparences sont trompeuses. Compte tenu de leur mode de vie, à trente ans ils en paraissent soixante, tellement ils sont tannés par le soleil. »

Au bout de deux heures de travail, une infirmière accourut auprès des policiers avec de nouvelles instructions. « Ralentissez la fourniture des femmes, dit-elle. Il y a un problème technique dans la tente. »

Profitant de l'occasion, un homme d'âge moyen héla l'infirmière. « Je vous en supplie, pleura-t-il, prenez-moi, ça m'est égal — j'ai déjà trois enfants. Mais mon fils, ici, n'a que seize ans ! Pas marié ! Epargnez-le !

— Ce n'est pas à moi de décider, vous devez en parler au docteur. »

Et elle courut s'occuper du problème technique. L'autoclave ne fonctionnant plus, elle devait faire bouillir de l'eau pour désinfecter les instruments.

« Tu vois, j'avais raison, chuchota Ishvar, serrant Om dans ses bras. Le docteur te laissera partir, c'est ce que l'infirmière vient de dire. Nous devons parler au docteur et lui dire que tu n'as pas encore d'enfants. »

Dans leur camion, une femme allaitait son bébé, insensible à l'angoisse qui l'entourait. Elle chantonnait doucement, se balançant pour aider l'enfant à s'endormir. « Vous voudrez bien tenir mon enfant quand mon tour viendra ? demanda-t-elle à Ishvar.

— Hahnji, ne vous inquiétez pas, ma sœur.

— Je ne m'inquiète pas. J'attends ça avec impatience. J'ai déjà cinq enfants, et mon mari ne me laisserait pas arrêter. De cette façon, il n'a pas le choix — c'est le gouvernement qui arrête. » Elle se remit à chanter. « Na-na-na-na Narayan, dors mon petit Narayan... »

Petit à petit, son tour arriva. Elle écarta l'enfant de sa poitrine. Le téton gonflé fit un petit flop quand la bouche le lâcha. Om la regarda rentrer ses seins dans son choli. Ishvar tendit les bras, prit l'enfant, qui se mit à pleurer au moment où sa mère descendit du camion.

Ishvar la rassura d'un signe de tête, et berça le bébé sur ses genoux. Om s'efforça de le distraire en faisant des grimaces. Puis Ishvar se mit à chantonner comme la mère, imitant sa petite voix : « Na-na-na Narayan, dors mon petit Narayan. »

764

Le bébé s'arrêta de pleurer. Ils échangèrent des regards triomphants. Quelques minutes plus tard, les larmes coulaient sur les joues d'Ishvar. Om détourna la tête. Il n'avait pas besoin d'en demander la raison.

Gênés par le mauvais état de l'équipement, les médecins furent obligés de ralentir leur rythme, et le Nussbandhi Mela se poursuivit jusqu'après six heures du soir, heure réglementaire de cessation des opérations. Le second autoclave s'était cassé, lui aussi. Vers sept heures, un des directeurs du centre du Planning familial arriva, accompagné de son assistant personnel. Les policiers rectifièrent leur tenue, se mirent au garde-à-vous.

Les deux hommes passèrent l'inspection du camp, le directeur ne cachant pas son mécontentement devant le nombre de personnes qui restaient encore dans les camions. S'approchant des médecins, qui attendaient auprès des réchauds et des pots d'eau bouillante, il décida de leur dire leur fait.

« Arrêtez de perdre du temps, jappa-t-il, en réponse à leurs paroles de bienvenue. N'avez-vous aucun sens du devoir ? Il reste encore des dizaines de personnes à opérer. Un chupraasi peut faire le thé à votre place.

— Nous ne faisons pas du thé. L'eau, c'est pour nettoyer les instruments. La machine ne marche pas.

— Les instruments sont assez propres. Combien de temps voulez-vous laisser chauffer l'eau ? L'efficacité prime avant tout dans un Nussbandhi Mela, il faut atteindre les objectifs en respectant le budget. Qui va payer toutes ces bouteilles de gaz ? »

Il les menaça d'un rapport aux autorités supérieures pour absence de coopération, ce qui entraînerait des refus de promotion et un gel des salaires.

Les médecins reprirent le travail avec un équipement mal stérilisé. Ils connaissaient des collègues dont la carrière avait souffert pour des raisons semblables.

Le directeur resta un moment à les observer, calculant le temps moyen consacré à chaque opération. « Trop lent, dit-il à son assistant. Ils font toute une histoire d'une simple affaire de coupe-coupe. »

Avant de partir, il sortit l'ultime menace de son arsenal :

« Rappelez-vous, Thakur Dharamsi viendra lui-même vérifier les chiffres totaux. S'il n'est pas content de vous, vous pouvez vous préparer à envoyer votre démission.

— Oui, monsieur », dirent les médecins.

Satisfait, il partit inspecter les autres tentes. Debout à ses côtés, comme un interprète, son assistant éclairait par les expressions de son visage le discours de son supérieur.

« Nous devons nous montrer fermes avec les médecins, confia le directeur. Si on s'en remet à eux pour combattre l'explosion de la population, la nation va périr étouffée — ce sera la fin de notre civilisation. C'est donc à nous de veiller à ce que la guerre soit gagnée.

— Oui, monsieur — absolument, monsieur », dit l'assistant, tout excité de se voir promu réceptacle de cette perle de sagesse.

Le soleil disparaissait à l'horizon quand arriva le tour de l'oncle et du neveu. Ishvar implora l'agent de police qui l'attrapait par le bras : « Policier-sahab, il y a eu une erreur. Nous n'habitons pas ici, nous sommes venus de la grande ville parce que mon neveu va se marier.

— Je n'y peux rien », dit-il en allongeant le pas.

Ishvar sautillait, résistant à la poigne qui l'entraînait. « Est-ce que je peux voir le responsable ? haleta-t-il.

— C'est le docteur, le responsable. »

Arrivé sous la tente, Ishvar dit d'une voix timide : « Il y a une erreur, Doctorji. Nous n'habitons pas ici. »

L'homme, épuisé, ne répondit pas.

« Doctorji, vous êtes comme un père et une mère

pour nous, pauvres gens, vous nous gardez en bonne santé. Et je crois aussi que le nussbandhi est très important pour le pays. Je ne me marierai jamais, Doctorji, je vous en prie, opérez-moi, je vous en serai reconnaissant, mais, je vous en prie, ne touchez pas à mon neveu, il s'appelle Omprakash, et il va se marier bientôt, je vous en supplie, Doctorji, écoutez-moi ! »

On les poussa sur les tables, on leur ôta leur pantalon. Ishvar se mit à pleurer. « Je vous en prie, Doctorji ! Pas mon neveu ! Coupez-moi tant que vous voudrez ! Mais épargnez mon neveu ! On est en train d'arranger son mariage ! »

Om ne dit rien. Se bouchant les oreilles pour ne pas entendre les supplications humiliantes, souhaitant que son oncle se conduise avec plus de dignité. Le plafond de toile ondulait légèrement sous la brise. Hébété, il regarda se balancer les ampoules électriques tandis qu'on l'attachait.

La nuit était tombée quand les infirmières aidèrent les deux hommes à descendre de la table d'opération. « Aïe ! s'écria Om. Ça fait mal.

— C'est normal, pendant quelques heures, dit le médecin. Pas de quoi vous inquiéter. »

On les conduisit, boitillant, jusqu'à la tente de repos. « Pourquoi nous gardez-vous ici ? sanglota Ishvar. On ne peut pas rentrer chez nous ?

— Si, vous le pouvez, dit l'infirmière. Mais mieux vaut vous reposer un peu. »

Quelques pas encore et la douleur se fit plus vive. Ils décidèrent de suivre les conseils de l'infirmière et s'allongèrent sur les matelas de crin. Personne ne prêta attention aux larmes d'Ishvar; chagrin et pleurs étaient monnaie courante sous les tentes. On leur donna de l'eau et deux biscuits chacun.

Ishvar sanglotait toujours. « C'est un désastre, dit-il en passant ses biscuits à Om. Les quatre familles ne voudront plus de nous pour leurs filles.

— Je m'en fiche, dit Om.

— Tu es un idiot, tu ne comprends pas ce que ça signifie ! J'ai failli à ma parole envers ton père ! Notre nom de famille va s'éteindre, c'est la fin de tout — tout est perdu !

— Peut-être pour toi. Mais moi, j'ai toujours ma dignité. Je ne pleure pas comme un bébé. »

L'homme allongé sur la paillasse à côté de la leur les écoutait avec attention. Il se souleva sur un coude. « Ô bhai, dit-il, ne pleurez pas. Écoutez, j'ai entendu dire que l'opération n'est pas irréversible.

— Mais c'est impossible, une fois que le nuss a été coupé.

— Si, bhai, c'est possible. Des spécialistes, dans les grandes villes, peuvent le rebrancher.

— Vous êtes sûr ?

— Absolument. La seule chose, c'est que c'est très cher.

— Tu entends ça, Om ? Il y a encore un espoir ! » Ishvar s'essuya la figure. « Peu importe le prix — nous le ferons faire ! Nous travaillerons comme des fous pour Dinabai, nuit et jour ! Tu récupéreras ton nuss ! » Il s'adressa à son bienfaiteur, son donneur d'espoir : « Dieu vous bénisse pour cette information. Puissiez-vous, vous aussi, le récupérer.

— Je n'y tiens pas. J'ai quatre enfants. Il y a un an, je suis allé trouver mon docteur et je me suis fait opérer volontairement. Ces animaux viennent de recommencer.

— C'est comme si on exécutait un mort. Est-ce qu'ils n'écoutent rien ?

— Que peut-on faire, bhai, quand les gens instruits se conduisent comme des sauvages ? Comment leur parler ? Quand les gens au pouvoir ont perdu la raison, il n'y a pas d'espoir. »

Une douleur aiguë au bas-ventre l'obligea à se rallonger.

Ishvar se rallongea lui aussi. Il tendit le bras vers le matelas voisin, caressa l'épaule de son neveu. « Bas, mon enfant, nous avons trouvé la solution, plus besoin de nous inquiéter. Nous allons rentrer, te

768

faire opérer en sens inverse, et nous reviendrons l'année prochaine pour le mariage. Il y aura d'autres familles que ça intéressera. Et peut-être que d'ici là ce maudit état d'urgence n'existera plus, et que le gouvernement sera de nouveau sain d'esprit. »

Le bruit d'un robinet qui coule, une sorte de chuintement, leur parvint de l'extérieur : quelqu'un était en train d'uriner. En entendant le jet puissant frapper le sol, l'homme à la double vasectomie laissa éclater sa colère. « Vous voyez ce que je vous ai dit ? Des animaux. Ces policiers n'ont même pas la décence d'aller au bout du champ pour vider leur vessie. »

Il ne restait plus que quelques patients sur les tables quand Thakur Dharamsi arriva. Policiers et employés du Planning familial se répandirent en courbettes, se bousculant pour lui toucher les pieds. Il adressa quelques mots aux médecins et aux infirmières, puis parcourut les tentes de repos, saluant les patients, les remerciant d'avoir coopéré au succès de la campagne de stérilisation.

« Vite, tourne la tête, Om, chuchota Ishvar en voyant approcher le Thakur. Cache-la sous tes bras, fais semblant de dormir. »

Thakur Dharamsi s'arrêta au pied du matelas d'Om et le regarda. Il murmura quelque chose à un homme à ses côtés. Celui-ci s'éloigna et revint quelques minutes plus tard, accompagné d'un médecin.

Le Thakur lui parla doucement, le médecin recula, secouant la tête avec véhémence. Le Thakur lui parla de nouveau. Le médecin devint pâle.

Bientôt deux infirmières arrivèrent et aidèrent Om à se mettre debout. « Mais je veux me reposer, protesta-t-il. J'ai encore mal.

— Le docteur veut vous voir.

— Pourquoi ? cria Ishvar. Vous l'avez opéré ! Qu'est-ce que vous lui voulez encore ? »

Dans la tente chirurgicale, le médecin se tenait le dos tourné à l'entrée, surveillant l'eau qui était en train de bouillir. Le scalpel brillait dans le fond du récipient, au milieu des bulles. Il fit signe aux infirmières d'installer le patient sur la table.

« Tumeur des testicules, se crut-il obligé de leur expliquer. Thakurji a autorisé l'ablation, par faveur spéciale pour le garçon. » Le tremblement de sa voix trahissait le mensonge.

Pour la deuxième fois, Om fut déshabillé. On lui appliqua sur le nez un chiffon imprégné de chloroforme. Il tenta de l'arracher, puis son corps devint flasque. Le médecin incisa rapidement, enleva les testicules, referma, posa un gros pansement.

« Ne renvoyez pas ce patient avec les autres, dit-il. Il devra dormir ici cette nuit. » Ils le recouvrirent d'une couverture, le placèrent sur un brancard et le ramenèrent dans l'autre tente.

« Que lui avez-vous fait ? hurla Ishvar. Il est parti sur ses deux pieds et vous le ramenez inanimé ! Qu'avez-vous fait à mon neveu ?

— Du calme », conseillèrent-ils en faisant glisser Om sur la paillasse. « Il était très malade et le docteur l'a opéré gratuitement pour lui sauver la vie. Vous devriez être reconnaissant au lieu de hurler. Ne vous inquiétez pas, il se sentira bien quand il se réveillera. Le docteur a dit qu'il doit se reposer ici jusqu'à demain matin. Vous pouvez rester aussi. »

Ishvar s'approcha de son neveu, l'exhortant à le rassurer. Profondément endormi, Om ne répondit pas. Ishvar repoussa la couverture et l'examina : mains, doigts, orteils étaient intacts. Il vérifia le dos — pas de traces sanglantes de coups de fouet. La bouche — en bon état elle aussi, langue et dents n'avaient pas souffert.

Puis il découvrit des taches de sang dans l'entrejambe du pantalon. Était-ce une suite de la vasectomie ? Il se regarda — il n'y avait pas de sang. Les doigts tremblants, il déboutonna le pantalon d'Om et vit le gros pansement. Déboutonnant le sien, il ne remarqua qu'une petite compresse maintenue par du sparadrap. Il posa la main sur le bandage : il sentit le vide. Pris de frénésie, il tâta tout autour, espérant localiser les testicules quelque part, refusant de croire qu'il n'y en avait plus.

Alors, il hurla.

« Hai Ram ! Regardez ! Regardez ce qu'ils ont fait ! A mon neveu ! Regardez ! Ils en ont fait un eunuque ! »

Quelqu'un arriva de la tente principale et lui dit de se tenir tranquille. « Pourquoi criez-vous de nouveau ? N'avez-vous pas compris ? Le garçon était très malade, il avait une grosseur dangereuse, un gaanth plein de poison, il fallait l'enlever. »

L'homme à la double vasectomie était déjà parti. Les derniers occupants de la tente, en proie à leurs propres tourments, tâchaient de surmonter nausées et vertiges. Un par un, quand ils se sentirent assez forts, ils se levèrent et, la honte au visage, rentrèrent chez eux. Il ne resta plus personne pour réconforter Ishvar.

Toute la nuit, il la passa à hurler et à pleurer, s'endormant quelques minutes quand il était trop épuisé, puis se remettant à pleurer. Un peu après minuit, Om émergea de l'anesthésie, vomit et se rendormit.

A l'issue de la rafle, Ashraf Chacha avait été transporté à l'hôpital municipal. Il mourut quelques heures plus tard. Se conformant aux ordres impératifs, l'hôpital attribua sa mort à des causes accidentelles : « Après avoir trébuché, il est tombé et s'est fracassé la tête contre le trottoir. » Les proches d'Ashraf, les propriétaires de l'entrepôt de bois, l'enterrèrent le lendemain aux côtés de Mumtaz Chachi, alors qu'Ishvar et Om, sortis du camp de stérilisation, prenaient le chemin du retour.

A l'exception d'une légère douleur à l'aine, Ishvar se sentait bien. Om, en revanche, souffrait beaucoup. Au bout de quelques pas, il se remit à saigner. Son oncle essaya de le porter sur son dos, ce qui ne fit qu'aggraver la souffrance. Le prendre dans ses bras, allongé de tout son long comme un bébé, était la seule solution, relativement confortable pour Om, totalement épuisante pour Ishvar. Tous les cinquante mètres, il devait reposer le garçon sur le sol.

En début d'après-midi, un homme qui traînait une charrette à bras vide s'arrêta à leur hauteur. « Qu'est-ce qu'il a ? »

Ishvar le lui dit, l'homme proposa son aide. Ils couchèrent Om, l'homme défit son turban, qu'il transforma en oreiller, lui et Ishvar poussèrent la charrette. Ils avançaient très lentement, non en raison du poids, mais à cause des innombrables ornières de la route, chaque cahot provoquant chez Om des cris déchirants.

Il faisait nuit quand ils atteignirent Muzaffar Couture. L'homme refusa le moindre paiement. « J'allais dans cette direction de toute façon. »

Le neveu d'Ashraf était là, venu garder la boutique. « J'ai de mauvaises nouvelles, leur dit-il. Chachaji a eu un accident, il est mort. »

Dans l'état d'affolement où ils se trouvaient, les tailleurs étaient incapables de pleurer cette perte, ni même de vraiment la comprendre. Les événements de la veille se fondaient avec toutes les autres tragédies de leur vie. « Merci d'être venu nous informer, ne cessait de répéter Ishvar mécaniquement. Je dois assister aux funérailles, et Om viendra lui aussi, oui, il ira mieux demain. »

Il fallut leur répéter quatre fois qu'Ashraf Chacha était déjà enterré, avant qu'ils ne l'admettent. « Ne vous inquiétez pas, vous pouvez rester ici jusqu'à ce que vous alliez bien, dit le neveu. Je n'ai pas encore décidé ce que je vais faire de cette maison. Et surtout, dites-moi si vous avez besoin de quoi que ce soit. »

Ils se couchèrent sans manger, n'éprouvant que répugnance pour la nourriture. Pour éviter à Om de grimper l'escalier, Ishvar arrangea un matelas par terre, à côté du comptoir. Durant la nuit, Om se débattit, en proie au délire. « Non ! Pas les ciseaux d'Ashraf Chacha ! Où est le parapluie ? Donne-le-moi, que je leur montre, à ces goondas ! »

Ishvar se réveilla en sursaut, trouva l'interrupteur, alluma; il vit une tache sombre sur le drap. Il nettoya la blessure, et passa le restant de la nuit assis à côté d'Om, à le maintenir, de peur que le pansement ne se déchire.

Au matin, tantôt le tirant, tantôt le portant, il l'amena dans un dispensaire privé de la ville. La castration, si elle révolta le médecin, ne l'étonna pas. Il soignait régulièrement des victimes de violences intercastes, venues des villages environnants, et avait renoncé à obtenir que la loi défende la cause de la justice. « Insuffisance de preuves pour enregistrer le cas », lui répondait-on régulièrement, que l'organe manquant fût un doigt, une main, un nez ou une oreille.

« Vous avez de la chance, dit le médecin. Ça a été fait très proprement et recousu comme il le fallait. Une semaine de repos, et ça guérira. » Il désinfecta la blessure, posa un nouveau pansement. « Empêchez-le de marcher, sinon ça se remettra à saigner. »

Ishvar paya la note sur l'argent réservé au mariage, puis ne put s'empêcher de demander, bien que connaissant la réponse : « Pourra-t-il avoir des enfants ? »

Le docteur secoua la tête.

« Bien que le conduit soit intact ?

— Les vaisseaux qui produisent la semence ont été coupés. »

Afin de suivre le conseil du médecin, Ishvar, titubant, ramena son neveu dans ses bras et le mit au lit. Il trouva une bouteille et un seau de façon qu'Om pût se soulager sans avoir à se rendre aux toilettes. Les voisins d'Ashraf Chacha ne se manifestèrent pas. Dans la minuscule cuisine où Mumtaz Chachi avait cuisiné pour sa famille de six personnes, plus deux apprentis, Ishvar prépara des repas sans joie. Les fantômes amicaux de son enfance ne parvenaient pas à le réconforter, les repas se déroulaient en silence, au chevet d'Om.

Au bout de sept jours, Ishvar le porta de nouveau

au dispensaire. Dans la rue, on remarquait aisément les victimes de vasectomie forcée, surtout chez ceux qui ne possédaient pas de vêtements de rechange. Des taches de pus dans l'entrejambe racontaient l'histoire.

« La guérison est à peu près achevée, dit le médecin. Vous pouvez marcher — mais sans vous presser. » Il ne fit pas payer cette seconde consultation.

Du dispensaire, ils se rendirent à petits pas prudents jusqu'au poste de police où ils demandèrent à déposer une plainte. « Mon neveu a été transformé en eunuque », dit Ishvar, incapable de réprimer un sanglot en prononçant le mot.

L'agent de service en fut perturbé, craignant une nouvelle explosion de violences intercastes, et de sérieux maux de tête pour ses collègues et lui. « Qui a fait ça ?

— Ça s'est passé pendant le Nussbandhi Mela. Dans la tente du médecin. »

La réponse soulagea le policier. « Ce n'est pas du ressort de la police. C'est une affaire pour le centre du Planning familial. C'est leur bureau qui s'occupe des plaintes concernant leur personnel. » Selon toute probabilité, se dit-il, ces deux hommes confondaient, comme souvent, stérilisation et castration. Une visite au centre mettrait les choses au clair.

Les tailleurs quittèrent le poste de police et se rendirent, toujours aussi lentement, au centre du Planning familial. Leur rythme de marche convenait également à Ishvar : depuis trois jours, il souffrait terriblement dans la région de l'aine, une douleur que, trop inquiet pour son neveu, il négligeait.

Om remarqua sa démarche et lui en demanda la cause.

« Ce n'est rien. » Il grimaça sous l'effet de la vague de douleur qui descendit le long de sa jambe. « Juste une raideur à la suite de l'opération. Ça s'arrangera. » Mais il savait que ça empirait ; ce matin, ses jambes avaient commencé à enfler.

Au centre, quand Ishvar prononça le mot

eunuque, ils refusèrent d'en entendre davantage. « Fichez le camp, ordonna l'employé. On en a marre de vous tous et de votre ignorance. Combien de fois faudra-t-il vous expliquer ? Le nussbandhi n'a rien à voir avec la castration. Pourquoi n'écoutez-vous pas nos conférences ? Pourquoi ne lisez-vous pas les brochures qu'on vous distribue ?

— Je comprends la différence, dit Ishvar. Mais un seul coup d'œil, et vous verrez ce que votre docteur a fait. »

Il fit signe à Om d'enlever son pantalon.

A peine le garçon commençait-il à se déboutonner que l'employé se précipita sur lui et le saisit par la ceinture. « Je vous interdis de vous déshabiller dans mon bureau. Je ne suis pas médecin, et quoi que vous ayez dans votre pantalon, ça ne m'intéresse pas. Si on commençait à vous croire, tous les eunuques du pays fondraient sur nous, nous rendant responsables de leur condition et essayant de nous soutirer de l'argent. On connaît vos tours. On n'aurait plus les moyens d'exécuter notre programme. Le pays serait ruiné. Suffoquant sous la croissance incontrôlée de la population. Et maintenant sortez, avant que j'appelle la police. »

Ishvar le supplia de revenir sur sa décision, de jeter au moins un coup d'œil. Om parla à l'oreille de son oncle, lui demandant instamment de ne pas se remettre à pleurer. L'homme avançait, menaçant. Ils furent forcés de reculer jusqu'à la rue. La porte se referma derrière eux, avec l'affichette : FERMÉ POUR LE DÉJEUNER.

« Tu as réellement cru qu'ils nous aideraient ? dit Om. Tu ne comprends donc pas ? Pour eux, nous sommes moins que des animaux.

— N'ouvre pas la bouche. C'est ta stupidité qui nous a conduits là.

— Comment ça ? A cause de ma stupidité, j'ai perdu mes couilles. Mais est-ce que ton nussbandhi, c'est de ma faute ? Ça serait arrivé, de toute façon. C'est arrivé à tous les gens du marché. » Il s'arrêta, puis reprit d'un ton amer : « En fait, tout est de *ta* faute. De *ta* folie à vouloir venir ici pour me trouver une femme. Nous étions en sécurité en ville, dans la véranda de Dinabai. »

Les yeux d'Ishvar se remplirent de larmes.

« Tu prétends donc que nous aurions dû rester cachés dans la véranda jusqu'à la fin de nos jours ? Qu'est ce que c'est que cette vie, que ce pays où l'on ne peut pas aller et venir comme on veut ? Est-ce un péché que d'aller revoir mon village natal ? De vouloir marier mon neveu ? »

Incapable de continuer à marcher, il s'effondra sur le sol, pris de tremblements.

« Allons, siffla Om entre ses dents, pas de drame dans la rue, ça fait très mauvais effet. »

Mais son oncle continua à pleurer, et Om s'assit à côté de lui. « Je ne pensais pas ce que j'ai dit, yaar, ce n'est pas de ta faute, ne pleure pas.

— La douleur. » Ishvar frissonnait. « Elle est partout... c'est trop... Je ne sais pas quoi faire.

— Rentrons. Je vais t'aider. Tu dois te reposer, les pieds en l'air. »

Ils se relevèrent et — Ishvar boitant, se traînant, tremblant de souffrance — réussirent à atteindre la boutique d'Ashraf Chacha. Une bonne nuit de sommeil, convinrent-ils, voilà ce qu'il fallait. Om arrangea matelas et oreillers pour son oncle, puis lui massa les jambes. Ils s'endormirent en même temps, les pieds d'Ishvar serrés dans les mains de son neveu.

Une semaine plus tard, les jambes d'Ishvar avaient l'épaisseur d'un poteau. Son corps brûlait de fièvre. De l'aine au genou, la chair était noire. Ils retournèrent au centre du Planning familial, jetèrent un coup d'œil timide par la porte ouverte. Par chance, un médecin était là, et l'homme à qui ils avaient parlé la dernière fois ne se montra pas.

« Le nussbandhi est réussi, dit le médecin, après un examen rapide. Ça n'a pas de rapport avec l'état de vos jambes. Vous avez un poison dans le corps, vous devriez aller à l'hôpital. »

Content de se trouver face à un homme raisonnable, Ishvar évoqua la castration de son neveu. Le médecin se transforma instantanément. « Sortez! dit-il. Si c'est pour dire des absurdités, disparaissez de ma vue immédiatement! »

Ils se rendirent à l'hôpital, où Ishvar reçut des comprimés, à prendre quatre fois par jour pendant quinze jours. Les comprimés firent tomber la fièvre, mais n'améliorèrent pas l'état de ses jambes. A la fin du traitement, il ne pouvait plus du tout marcher. Le noir avait gagné la totalité des membres inférieurs, jusqu'aux orteils, lui rappelant la teinture du cuir qui imprégnait sa peau quand, jeune garçon, il travaillait avec son père et les Chamaars.

Cet après-midi-là, au marché, Om retrouva l'homme à la charrette, et lui demanda son aide. « C'est pour mon oncle, cette fois-ci. Il ne peut pas marcher, il faut l'emmener à l'hôpital. »

L'homme était en train de décharger une cargaison d'oignons. L'odeur âcre de bulbes écrasés pendant le transport imprégnait l'air. L'homme s'essuya les yeux, hissa un sac sur ses épaules, le porta jusqu'à l'entrepôt. Bien qu'il se tînt à une certaine distance, Om sentit ses yeux lui piquer.

« Bon, je suis prêt », dit l'homme vingt minutes plus tard. Il nettoya le fond de sa carriole et ils allèrent chercher Ishvar. Arrivés devant Muzaffar Couture, ils placèrent la charrette au bas des marches, puis y installèrent Ishvar. Cachés derrière leurs rideaux, les voisins regardèrent l'attelage s'éloigner en cahotant en direction de l'hôpital.

Le charretier attendit à l'extérieur tandis qu'Ishvar se blottissait dans l'entrée et qu'Om partait en quête de la salle des urgences. « Les comprimés n'ont pas agi, dit le médecin après l'examen. Le poison dans le sang est trop fort. Il va falloir couper les jambes pour empêcher le poison de gagner le haut. C'est le seul moyen de lui sauver la vie. »

Le lendemain matin, Ishvar fut amputé. Le chirurgien dit qu'on allait le garder en observation pendant quelques jours, pour s'assurer que les moignons étaient sains. Ishvar passa deux mois à l'hôpital. Chaque jour, Om lui apportait de quoi manger et restait avec lui jusqu'au soir.

« Tu dois écrire à Dinabai, lui rappelait constamment son oncle. Dis-lui ce qui s'est passé, elle doit s'inquiéter.

— Oui », promettait Om, mais il n'osait pas s'y mettre.

Que devait-il écrire ? Comment donner ne serait-ce qu'un début d'explication sur un bout de papier ?

Quand les deux mois se furent écoulés, l'homme à la charrette retourna à l'hôpital pour aider à ramener Ishvar chez Muzaffar Couture. « Ma vie est finie, pleurait Ishvar. Jette-moi dans la rivière qui arrose notre village. Je ne veux pas être une charge pour toi.

— Allons, yaar, ne dis pas de bêtises. Comment ça, ta vie est finie ? As-tu oublié Shankar ? Il n'avait même pas de doigts. Tu as encore tes deux mains, tu peux coudre. Dinabai possède une vieille machine qui fonctionne à la main, elle te laissera t'en servir.

— Tu es fou. Je ne peux pas m'asseoir, je ne peux pas bouger, et tu me parles de coudre.

— Faites-moi savoir si vous avez encore besoin d'un moyen de transport, dit le charretier. A partir de maintenant, ça vous coûtera le prix d'un ticket d'autobus.

— Oui, nous vous paierons, dit Om. Ne vous inquiétez pas. Mon oncle aura besoin d'aller à l'hôpital. Et peut-être que, dans quelques semaines, quand il se sentira plus fort, vous pourrez nous emmener à la gare. Nous allons bientôt retourner dans notre ville. »

La convalescence fut lente. Leur argent s'épuisait. Ishvar ne mangeait guère, ses nuits se passaient entre accès de fièvre et cauchemars. Il se réveillait souvent en pleurant. Om le réconfortait, lui demandait ce qui lui ferait plaisir.

« Masse mes pieds, ils me font trop mal », répondait-il invariablement.

Un soir, le neveu d'Ashraf Chacha vint les voir. Il avait trouvé un acheteur pour la boutique. « Je suis désolé de devoir vous forcer à partir. Mais qui sait quand je recevrai une nouvelle offre ? » Il proposa de les loger à l'entrepôt de bois, sous un abri ou dans une baraque, il y aurait certainement un endroit qui leur conviendrait.

« Non, ce n'est pas la peine, dit Om. Nous allons retourner en ville et nous remettre à coudre. »

Cette fois-ci, Ishvar fut d'accord avec lui. Mieux valait partir, se disait-il, que de rester dans cet endroit qui ne leur avait apporté que le malheur. Chaque jour, désormais, leur valait une nouvelle mortification, avec ces allers-retours vers l'hôpital sous le regard des voisins, qui chuchotaient entre eux et se dissimulaient à l'approche de la charrette.

« Pouvez-vous nous rendre un dernier service ? demanda Om au neveu d'Ashraf Chacha. Pouvez-vous faire fabriquer par votre charpentier un chariot avec de petites roues pour mon oncle ? »

Rien de plus aisé, dit le neveu. Le lendemain, il apporta la planche à roulettes. Un crochet à l'avant, dans lequel passait une ficelle, permettait à Om de la traîner.

« Cette corde est inutile, insista Ishvar. Je ferai avancer la gaadi avec mes mains, comme Shankar. Je veux être indépendant.

— D'accord, yaar, nous verrons. »

Ils enlevèrent la ficelle, et Ishvar se mit à s'exercer à l'intérieur de la boutique. Il lui fallait apprendre à tasser son corps de façon à demeurer stable sans le contrepoids des jambes. Dans l'état de faiblesse où il se trouvait, il n'arrivait pas à faire bouger la planche. Il était hors de question de s'aventurer dans la rue.

« Patience, dit Om. Tu y parviendras quand tu auras repris des forces.

— Quelle patience ! sanglota Ishvar. La patience ne fera pas repousser mes jambes. »

Vaincu, il dut accepter qu'on rattache la ficelle.

Près de quatre mois après avoir débarqué dans la petite ville pour les préparatifs du mariage, les tailleurs reprirent le chemin de la gare, et celui de la métropole. En route, ils s'arrêtèrent au cimetière, sur les tombes d'Ashraf Chacha et de Mumtaz Chachi. » Je les envie, dit Ishvar. Ils connaissent une telle paix maintenant.

— Ne recommence pas à dire des bêtises, dit Om, tout en poussant la planche pour lui faire faire demi-tour.

— On ne peut pas rester un peu plus longtemps ?

— Non, il faut partir. »

Om empoigna la corde, les roues sautillèrent sur la terre sèche du cimetière. Comme mon oncle est léger, songea-t-il, aussi léger qu'un bébé, le tirer n'exige pas le moindre effort.

16

La boucle est bouclée

La première chose que vit Zenobia quand Dina lui ouvrit la porte, ce fut le rideau en patchwork qui partageait la véranda en deux. « Qu'est-ce que c'est? Ta lessive? s'esclaffa-t-elle. Ou commences-tu un dhobi service?

— Non, c'est la suite nuptiale », dit Dina en éclatant de rire.

Elle avait très mal supporté ces quatre semaines de solitude. L'irruption inattendue de son amie lui était un grand soulagement.

Zenobia trouva la plaisanterie très drôle, sans comprendre ce qu'elle signifiait. Elles se rendirent dans la pièce du devant. Entre de nouveaux éclats de rire, Zenobia apprit pourquoi la véranda était séparée en deux.

« Ils devraient rentrer d'un jour à l'autre maintenant, dit Dina. Le rideau n'est pas assez épais pour étouffer les bruits des jeunes mariés, mais c'est ce que je peux faire de mieux. »

Zenobia ne trouva plus cela drôle. Elle regarda fixement Dina, comme si celle-ci était devenue folle. « Comme tu as changé! Est-ce que tu entends ce que tu es en train de dire? Il y a seulement un an, tu refusais de prendre un brave hôte payant inoffensif. Il m'a fallu des jours pour te convaincre que le fils d'Aban Kohlah ne constituait pas un danger, qu'il n'allait pas envahir tout ton appartement.

— Et tu avais tout à fait raison — Maneck est un garçon adorable. Encore deux semaines, et lui aussi sera de retour. Regarde ce couvre-lit que j'ai fait. Ce sera mon cadeau de mariage pour Om. »

Zenobia passa outre. « Soudain, tu t'es enhardie, jusqu'à laisser les tailleurs vivre ici. Et comme si tu n'en avais pas encore fait assez, tu veux les autoriser à amener une femme ? Tu le regretteras, crois-moi. Tout le clan jing-bang finira dans ta véranda. La moitié de leur village. Et tu ne pourras plus t'en débarrasser. Avec leurs habitudes de primitifs sans hygiène, ils transformeront cet endroit en porcherie. »

Le sinistre pronostic amusa Dina, mais cette fois, elle fut seule à rire. Afin d'apaiser son amie, elle adopta un ton plus sérieux. « Ils n'oseraient pas profiter de moi, Ishvar est un parfait gentleman. Quant à Om, c'est un garçon intelligent et bon, tout comme Maneck. Simplement moins chanceux. »

Zenobia resta encore une demi-heure, plaidant, menaçant, cajolant, faisant tout son possible pour amener son amie à prendre une autre décision. « Ne sois pas stupide, laisse-les partir. Nous n'aurons aucun mal à te trouver d'autres tailleurs. Mrs Gupta nous aidera, j'en suis sûre.

— Mais la question n'est pas là. Je les autoriserais à rester même s'ils ne travaillaient pas pour moi. »

Le temps que Zenobia comprenne que cette discussion ne la mènerait nulle part, elle avait épuisé toutes ses capacités d'émotion. Pour sauver son orgueil, elle partit fâchée.

Quand Dina ouvrit la lettre de Maneck, ses mains tremblaient. « Chère tante, lut-elle. J'espère que vous allez bien et que vous êtes au sommet de la perfection, comme nous le sommes tous en approchant de la fin. Maman et papa vous envoient leur meilleur souvenir. Ils ont dit qu'ils étaient très heureux de me voir, et que je leur avais manqué.

« J'ai enfin eu des nouvelles de la fac. Suis navré

de devoir reconnaître que mes notes n'étaient pas fameuses. Ils m'ont refusé l'accession au deuxième cycle, je devrai donc me satisfaire de mon diplôme de première année. »

Elle sut ce qui allait suivre, mais continua à lire, s'efforçant de dédaigner la douleur qui lui tordait le ventre.

« Vous auriez dû voir tout ce qui s'est mis en branle quand la nouvelle est arrivée. Si vous vous souvenez, quand j'ai parlé de faire trois années d'études supplémentaires, mes parents ont protesté. Et voilà maintenant qu'ils m'en voulaient, pour la raison opposée. Que vas-tu faire de ta vie ? ne cessait de répéter papa. Fini, tout est fini, ce garçon ne se rend absolument pas compte du désastre, ma vie n'a été qu'une succession de désastres, je pensais que mon fils allait changer le cours des choses, mais j'aurais dû le savoir, les lignes de mes mains sont définitives, aucune altération possible, c'est mon destin, je ne peux pas lutter.

« Vous vous rappelez le cirque d'Ishvar quand il a décidé qu'il lui fallait trouver une femme pour Om ? Ce n'était rien, tante, comparé au cinéma de papa. Je n'aurais jamais dû leur dire que j'envisageais de passer un doctorat.

« Par chance, quand ils se furent calmés, un de leurs amis est arrivé, porteur de bonnes nouvelles. Le général Grewal a des contacts dans ces riches pays arabes du Golfe, où l'argent pousse sur les arbres. Il m'a promis un bon job dans une société de réfrigération et de climatisation de Dubaï. Le général se prend pour un grand comique. D'après lui, tout le monde dans le désert possède un appareil de réfrigération dans sa tente, et avec les tempêtes de sable et le simoun qui secouent le moteur et le ventilateur, il y a une demande constante de personnel capable de réparer et d'entretenir les appareils.

« A cause du sens de l'humour pathétique du général Grewal, j'ai décidé d'accepter le boulot. Si je vais à Dubaï, je n'aurai pas à écouter ses plaisanteries. Et le salaire, les primes, l'allocation de logement sont fantastiques. On raconte par ici qu'on peut se faire une petite fortune en quatre ou cinq ans. Je pourrai peut-être alors revenir dans la métropole et ouvrir ma propre affaire de climatisation. Ou même mieux, nous pourrions démarrer une affaire de couture. Avec toute l'expérience que j'ai acquise en un an, je serais le patron, bien entendu. (Je plaisante.) »

Les larmes qui lui piquaient les yeux rendaient la lecture difficile. Elle ferma les paupières plusieurs fois de suite et prit une profonde inspiration.

« Je dois être à Dubaï dans trois semaines, et en s'activant pour préparer mes affaires, maman rend tout le monde cinglé. Nous assistons à la répétition de ce qui s'est passé l'année dernière au moment de mon départ pour l'université. Quant à papa, il est toujours le même. Il ne m'a pas parlé convenablement une seule fois depuis mon retour, bien que j'aie fait exactement ce qu'il voulait. Il veut maintenant qu'on croie que je les abandonne, lui et le Magasin général. Il veut le beurre et l'argent du beurre. Qu'est-ce qu'il s'imagine qu'il va se passer s'il continue à gérer la boutique comme avant ? Quand j'essaie de lui faire des suggestions, il me regarde avec cet air tragique dont il a le secret. Il se sentira mieux quand je serai parti, ma présence ne lui procure simplement aucun plaisir. Je l'ai su le jour où il m'a envoyé en pension, dès la sixième.

« S'il vous plaît, dites à Om que je suis désolé de ne pas être là pour faire la connaissance de sa femme. Je suis sûr qu'elle sera très heureuse avec une merveilleuse belle-mère comme vous. (Ha, ha, je plaisante encore, tante.) Mais l'année prochaine, quand je rentrerai du Golfe pour mes vacances, je prévois de m'arrêter pour vous voir tous avant d'aller chez moi.

« Enfin, je tiens à vous remercier de m'avoir reçu dans votre appartement, et d'avoir si bien veillé sur moi. »

La phrase suivante avait été rayée, mais elle put

déchiffrer quelques mots sous l'épais gribouillis : « le plus heureux » et « vie ».

Il ne disait plus grand-chose après cela. « Bonne chance pour les travaux de couture. Toute mon affection à Ishvar et Om, ainsi qu'à vous. »

Sous sa signature, il avait un ajouté un post-scriptum.

« J'ai demandé à maman de remplir le chèque ci-joint représentant trois mois de loyer, puisque je n'ai pas donné le préavis légal. J'espère que ça vous convient. Merci encore. »

Les lignes se brouillaient complètement maintenant. Elle enleva ses lunettes et s'essuya les yeux. Un si merveilleux garçon. S'habituerait-elle jamais à ne plus l'avoir auprès d'elle ? Ses taquineries, son constant bavardage, sa nature sociable, le sourire du matin, ses bouffonneries avec les chats, même si ses idées sur la vie et la mort étaient assez sinistres. Quant au montant élevé du chèque, c'était à lui, sans aucun doute, qu'elle le devait.

Mais il était égoïste de sa part, se dit-elle, d'éprouver de la tristesse ; elle devait se réjouir de la chance qui s'offrait à Maneck. Il avait raison, des tas de gens avaient fait fortune en travaillant dans ces riches pays pétroliers.

Deux jours après avoir reçu la lettre, Dina se rendit au Venus Beauty Salon. La réceptionniste alla l'annoncer et revint lui dire que Zenobia était occupée avec une cliente. « S'il vous plaît, madame, attendez-la ici. »

Dina s'assit à côté d'une plante rabougrie, et se mit à feuilleter un vieux numéro de *Woman's Weekly*. A l'évidence, Zenobia n'avait pas encore digéré l'histoire de la femme d'Om et tenait à le lui faire savoir, sinon elle aurait accouru, ciseaux et peigne en main, pour lui dire bonjour et repartir aussitôt.

Trois quarts d'heure s'écoulèrent avant que Zenobia n'apparaisse, raccompagnant sa cliente. La femme à la coiffure extravagante n'était autre que

Mrs Gupta. « Quelle surprise de vous voir ici, Mrs Dalal, dit-elle Vous venez vous faire coiffer par Zenobia ? » Malgré son sourire, la façon qu'elle avait de soulever le coin gauche de sa lèvre supérieure suggérait que cette idée ne lui plaisait pas.

« Oh non, je ne pourrais jamais m'offrir ses services ! Je suis juste passée bavarder un peu.

— J'espère que ses tarifs de bavardage sont plus raisonnables que ceux de ses coups de peigne, ricana bêtement Mrs Gupta. Mais je ne me plains pas, c'est un génie. Voyez — quel miracle elle a accompli aujourd'hui. »

Elle tourna lentement la tête, de gauche à droite puis de droite à gauche, pour se figer dans une immobilité de statue, le regard fixé sur le ventilateur du plafond.

« C'est ravissant », se dépêcha de commenter Dina. Dans l'attente d'un compliment, Mrs Gupta était capable de tenir indéfiniment la pose.

« Merci », dit sobrement Mrs Gupta, autorisant son crâne à bouger de nouveau. « Mais quand allons-nous vous revoir à Au Revoir ? Est-ce que vos tailleurs sont rentrés ?

— Je pense que nous reprendrons notre travail la semaine prochaine.

— Espérons qu'ils ne vous demanderont pas un congé de lune de miel à la fin de leur congé de mariage. Sinon, il y aura un nouvel accroissement de population. »

Mrs Gupta ricana de nouveau. Se regardant dans la glace placée derrière le comptoir de la réception, elle se tapota les cheveux et sortit, à contrecœur — l'image que lui avait renvoyée le miroir, disposé selon un angle particulier, lui avait procuré une immense satisfaction.

Restée seule avec son amie, Dina lui adressa un sourire de connivence, expression muette de leur opinion commune sur Mrs Gupta. Mais Zenobia ne réagit pas. « Tu voulais me demander quelque chose ? demanda-t-elle froidement.

— Oui, j'ai reçu une lettre de Maneck Kohlah. Il n'a plus besoin de ma chambre.

— Ça ne me surprend pas. » Petit reniflement de dédain. « Il doit en avoir marre de vivre avec les tailleurs.

— En réalité, ils se sont tous très bien entendus. »

Elle prit conscience, au moment même où elle prononçait ces mots qu'elle ne rendait pas justice à ce qu'avait été sa maisonnée. Mais que dire d'autre ? Comment décrire à Zenobia l'intimité qui s'était développée entre Maneck et Om, au point de les rendre inséparables, le soin avec lequel Ishvar s'était occupé d'eux, les considérant tous deux comme ses fils ? Comment lui dire qu'ils avaient cuisiné et mangé ensemble, tous les quatre, qu'ils s'étaient réparti les travaux du ménage et de la lessive, qu'ils avaient fait les courses et avaient ri ensemble, qu'ils avaient partagé les mêmes inquiétudes ? Qu'ils se souciaient d'elle et lui montraient plus de respect que ne l'avaient fait nombre de ses proches parents ? Qu'elle avait su, durant ces derniers mois, ce que signifie avoir une famille ?

C'était impossible à expliquer. Zenobia lui rétorquerait qu'elle était idiote et s'imaginait des choses, qu'elle transformait une nécessité financière en donnée sentimentale. Ou bien, elle accuserait les tailleurs de l'avoir manipulée par leurs flatteries et leur flagornerie.

Dina se contenta donc d'ajouter : « Maneck ne revient pas parce qu'il a trouvé un très bon job dans le Golfe.

— Bon, dit Zenobia. Quelle que soit la véritable raison, tu as besoin d'un nouvel hôte payant.

— Oui, et c'est pourquoi je suis là. Tu connais quelqu'un ?

— Pas dans l'immédiat. Je vais y réfléchir. » Elle se leva pour retourner travailler. « Ça va être difficile. Quiconque verra ton rideau en technicolor et ta tribu de tailleurs dans la véranda s'enfuira à toutes jambes.

— Ne t'inquiète pas, j'enlèverai le rideau. »

Dina se disait que son amie ne tarderait pas à oublier sa colère ; dans quelques jours, elle n'y penserait plus.

Elle rentra chez elle et s'attela à rendre la chambre de Maneck impeccable. Il fallait qu'elle arrête de l'appeler la chambre de Maneck, décida-t-elle. En nettoyant l'armoire, elle trouva l'échiquier et la boîte avec les pions. Allait-elle les renvoyer à Maneck ? Le temps que le paquet lui parvienne, dans sa petite station de montagne, il serait parti pour le Golfe. Mieux valait conserver le tout jusqu'à sa visite, l'année prochaine comme il l'avait annoncé.

Dina rangea l'échiquier parmi ses propres affaires, dans la chambre aux machines. Elle avait l'impression de prendre ainsi plus sûrement date pour la venue de Maneck, une pensée qui la réconfortait et submergeait l'autre, douloureuse — il ne vivrait plus jamais ici.

Le soir, elle s'approcha de la fenêtre de la cuisine et nourrit les chats, les appelant par les noms qu'il leur avait donnés.

Les six semaines prévues s'étaient largement écoulées, mais elle continuait d'attendre patiemment, certaine à chaque coup de sonnette de voir Ishvar et Om sur le pas de la porte. Puis l'homme avec qui ils avaient signé le contrat de location-vente des Singer vint exiger son dû.

« Les tailleurs reviennent la semaine prochaine, louvoya-t-elle. Vous savez ce que c'est, des préparatifs de mariage.

— Ils ont payé en retard trop souvent, grommela l'homme. Et c'est moi que la société rend responsable. »

Il accepta néanmoins d'attendre encore une semaine.

Un peu plus tard, ce matin-là, la sonnette retentit de nouveau. Elle courut ouvrir.

C'était le Maître des mendiants. Il apportait un

petit cadeau de mariage. « Une bouilloire pour le thé, en aluminium, dit-il, déçu de ne pas trouver les tailleurs.

— Je les attends pour la semaine prochaine au plus tard, répéta Dina. La maison d'exportation s'impatiente elle aussi.

— Je rapporterai le cadeau jeudi. »

Elle savait ce qu'il voulait en réalité : sa mensualité, comme le loueur de machines. « Il n'y aura pas de problème avec mon propriétaire, n'est-ce pas? Parce que les tailleurs ne vous ont pas payé? Je peux vous verser une petite somme tout de suite, si vous insistez.

— Absolument pas. Je surveille l'appartement, ne vous inquiétez pas. Avec des gens aussi bien que vous tous, je ne m'en fais pas pour les arriérés. Vous êtes venus aux funérailles de Shankar, je ne l'oublierai jamais. »

Il nota quelque chose dans son agenda et referma sa serviette. « Hier, j'ai enfin fait la donation au temple à la mémoire de Shankar. Il y a eu une petite puja et, quand le prêtre a agité la clochette, j'ai éprouvé une merveilleuse paix. Peut-être est-il temps que j'abandonne mes affaires, que je me consacre à la prière et à la méditation.

— Vous parlez sérieusement? Qu'arrivera-t-il à tous vos mendiants? Ainsi qu'à moi et aux tailleurs? »

Le Maître hocha la tête, l'air préoccupé. « C'est le problème. Au nom de mes devoirs terrestres, je dois mettre en veilleuse mes besoins spirituels. N'ayez crainte, je n'abandonnerai aucun de ceux qui dépendent de moi. » La chaîne qui rattachait la serviette à son poignet grinça légèrement. Dina remarqua qu'elle commençait à rouiller.

Malgré ce serment solennel, la tranquillité d'esprit de Dina s'évanouit en quelques minutes. Après les deux visites du matin, l'anxiété qu'elle avait réussi à dominer jusque-là se manifesta, rôdant et l'encerclant comme un prédateur. A présent, elle était certaine que si les tailleurs n'étaient pas revenus, cela signifiait plus qu'un léger retard. Et ils ne lui avaient même pas envoyé une carte postale. Qu'avait-il bien pu se passer qu'ils ne pouvaient lui expliquer en quelques mots : s'il vous plaît, excusez-nous, Dina-bai, nous avons décidé de nous réinstaller dans notre village, Om et sa femme préfèrent ça ? Juste quelques lignes. Était-ce trop demander ? Zenobia avait raison, c'était pure sottise que de faire confiance à ce genre de personnes. Ils s'étaient servis d'elle, puis l'avaient larguée.

Pour compléter cette journée, la sonnette retentit à nouveau, en fin d'après-midi. Elle tourna la poignée de la porte sans mettre la chaîne de sécurité. Le soleil qui brillait encore semblait rendre la précaution inutile. Devant elle se dressa une apparition terrifiante.

« Ohhh ! » hurla-t-elle. L'homme, décharné, le front couturé de cicatrices encore fraîches, un regard fou, paraissait surgir de son lit de mort.

Elle tenta de refermer la porte. Mais il parla, et ses craintes diminuèrent. « N'ayez pas peur, ma-ji, haleta-t-il. Je ne vous veux aucun mal. » C'était le gémissement d'une créature blessée, le souffle rauque de poumons endommagés. « Est-ce que deux tailleurs travaillent ici ? Ishvar et Omprakash ?

— Oui. »

L'homme faillit s'évanouir de soulagement.

« S'il vous plaît, je peux les voir ?

— Ils sont partis pour quelques jours. »

Dina recula de quelques pas ; il répandait une puissante odeur.

« Ils vont revenir bientôt ?

— Peut-être. Qui êtes-vous ?

— Un ami. Nous avons vécu dans le même jho-padpatti, jusqu'à ce que le gouvernement le fasse raser. »

Un instant, Dina se demanda s'il pouvait s'agir de Rajaram, celui qui voulait renoncer au monde et devenir un sanyasi. Elle ne l'avait vu qu'une fois ou deux — était-il possible que les privations imposées par les sanyasis l'aient déjà tant changé ? « Vous n'êtes pas le ramasseur de cheveux, n'est-ce pas ? » demanda-t-elle.

Il secoua la tête. « Je suis l'homme aux singes. Mais mes singes sont morts. » Du doigt, il toucha délicatement les cicatrices de son front. « Les tailleurs m'avaient dit qu'ils travaillaient dans ce quartier. Depuis hier, j'ai fait tous les immeubles de cette rue, frappé à tous les appartements. Et maintenant — ils ne sont pas là. » Il semblait près de pleurer. « Est-ce qu'Ishvar et Om sont toujours avec le Maître des mendiants ?

— Je le pense.

— Savez-vous où il habite ?

— Non. Le Maître passe toujours pour la collecte. En fait, il était là aujourd'hui.

— Il y a combien de temps ? Où est-il allé ? »

Les yeux de l'homme aux singes s'éclairèrent.

« Je ne sais pas — il y a des heures de cela, ce matin. »

L'espoir disparut du visage de l'homme. Comme une ampoule électrique qu'on allume et qu'on éteint, songea-t-elle.

« Je suis en affaire avec lui, une affaire très importante, et je ne sais pas où le trouver. »

Son impuissance si manifeste, son corps maltraité, le désespoir de sa voix — Dina ne put résister. « Le Maître des mendiants reviendra jeudi prochain », dit-elle.

L'homme aux singes porta les mains à son front et s'inclina. « Que Dieu vous bénisse et exauce tous vos souhaits, pour avoir aidé un misérable comme moi. »

Le responsable de la location-vente réapparut la semaine suivante et dit qu'il ne pouvait reporter davantage le règlement de la mensualité. S'attendant à de nouvelles échappatoires de la part de Dina, il était décidé à se montrer ferme cette fois-ci.

« Je ne veux pas vous retarder, lui rétorqua Dina sèchement. Emportez les machines immédiatement, je ne veux pas les garder une minute de plus.

— Merci, dit-il, stupéfait. Notre camionnette viendra les prendre demain matin.

— Vous m'avez écoutée ? J'ai dit immédiatement. Si elles sont encore là dans une heure, je les jette dehors. Je les laisserai au milieu de la rue. »

L'homme alla téléphoner à son bureau, qu'on lui envoie d'urgence la camionnette.

A l'idée de s'être débarrassée des machines, elle se sentit mieux. Que les salopards reviennent et trouvent leurs Singer envolées, se dit-elle. Ils se souviendront de la leçon jusqu'à la fin de leurs jours.

Puis elle attendit le Maître des mendiants et son cadeau de mariage. Avec lui aussi elle décida de changer de tactique, de lui apprendre que les tailleurs avaient disparu. N'étant pas payé, il réagirait sans attendre, les traquerait partout jusqu'à ce qu'il les retrouve.

Mais le Maître ne vint pas au rendez-vous. C'était étrange, songea-t-elle, et si contraire à ses habitudes. Se pouvait-il que lui et les tailleurs aient fait alliance contre elle, programmant de se débarrasser d'elle et de s'emparer de l'appartement ? Stimulée par l'angoisse, son imagination s'enflamma, lui présenta des complots infâmes, qui ne cessèrent d'empoisonner son âme jusqu'à ce que, le lendemain matin, un coup à la porte lui révèle la vérité.

Désillusion, trahison, joie, peines de cœur, espoir — tout pénétrait dans sa vie par cette porte, se dit-elle. Elle prêta l'oreille, guettant le cliquetis de la chaîne qui reliait la serviette au poignet du Maître des mendiants. Rien. Puis un deuxième coup, ténu. Le visiteur, quel qu'il fût, refusait la sonnette. Elle entrouvrit la porte, sans ôter la chaîne de sécurité.

Un tortillon de barbe blanche se glissa par l'interstice, puis la voix se fit entendre : « S'il vous plaît, ma sœur, laissez-moi entrer ! Je serai puni si quelqu'un du bureau me voit, je ne suis pas censé être ici. »

A contrecœur, elle laissa entrer Ibrahim. « Comment ça, vous n'êtes pas censé être ici ? Vous êtes le collecteur de loyers.

— Je ne le suis plus, ma sœur. Le propriétaire m'a renvoyé la semaine dernière. Disant que je suis un être destructeur, que j'abîme trop de classeurs. Il m'a montré les registres de fournitures de bureau depuis mon entrée en fonction, il y a quarante-huit ans. J'ai usé sept classeurs — un à reliure cuir, trois en grosse toile, trois en plastique. Sept, c'est la limite, m'a dit le propriétaire, sept classeurs et je vous fiche dehors.

— C'est absurde. Vous en avez toujours pris soin, veillant à leur propreté, les ouvrant et les fermant avec précaution. Ce n'est pas de votre faute s'ils vous donnent des classeurs de mauvaise qualité, qui se déchirent en quelques années.

— Il voulait juste une excuse pour se débarrasser de moi. Je connais la vraie raison.

— Et quelle est-elle ? »

Il attendit, comme se demandant si, oui ou non, il allait la lui révéler, puis il soupira. « La vraie raison, c'est que je n'ai plus la passion de ma tâche. Je ne suis plus assez méchant avec les locataires, mes menaces ne les effraient plus, j'ai perdu le feu sacré. Par conséquent, je ne sers plus à rien.

— Ne pouvez-vous pas faire quelques efforts ? Employer un langage plus menaçant, ou que sais-je ? »

Il secoua la tête. « Quand la flamme s'est éteinte, on ne peut pas la ranimer. Elle a disparu ici même, dans cet appartement, ma sœur. Vous ne vous rappelez pas ? La nuit où j'ai amené ces goondas ? Après ce qui s'est passé ici, je n'aurais même pas pu faire peur à un bébé. Et j'en remercie Dieu. »

Elle se souvint de la terreur qu'il lui avait inspirée cette nuit-là, mais au lieu d'en éprouver de la colère, elle se sentit d'une certaine façon responsable de la perte de son emploi. « Avez-vous trouvé un autre travail ?

— A mon âge ? Qui m'engagerait ?

« — Alors, comment vous en sortez-vous ? »

Il regarda le sol, d'un air honteux. « Certains locataires m'aident un peu. Récemment, je me suis fait quelques amis parmi eux. Je reste dehors, devant l'immeuble, et ils... ils m'aident. Mais n'en parlons plus, ma sœur, laissez-moi vous donner la véritable raison de ma visite. Je suis venu vous prévenir, vous êtes en grand danger — à cause du propriétaire.

— Je n'ai pas peur de ce salaud. Le Maître des mendiants veille sur moi.

— Mais ma sœur, le Maître des mendiants est mort !

— Comment ? Vous êtes devenu fou ?

— Non, il a été assassiné hier, j'ai tout vu, j'étais dehors, c'était horrible ! Horrible ! »

Ibrahim se mit à trembler, à tituber. Elle lui avança une chaise et l'y fit asseoir.

« Bon, maintenant, respirez à fond et racontez-moi tout. »

Il respira à fond.

« Hier matin, je me tenais près de la porte avec ma boîte de conserve, attendant l'aide de mes locataires — je veux dire de mes amis. J'ai tout vu. La police m'a dit que j'étais leur témoin-vedette, et ils m'ont emmené faire une déclaration complète. Ils m'ont gardé toute la nuit pour me poser des questions.

— Qui a tué le Maître des mendiants ? »

Il inspira à nouveau.

« Un homme à l'air très mal en point. Il se cachait derrière le pilier de la porte. Quand le Maître des mendiants est entré, il lui a sauté dessus et a essayé de le poignarder. Mais il était si faible, ses coups si peu appuyés, qu'il n'arrivait pas à faire pénétrer le couteau. N'importe qui pouvait échapper à un si piètre attaquant.

— Alors pourquoi le Maître des mendiants ne l'a-t-il pas fait ?

— Parce qu'il n'avait pas la chance avec lui ce jour-là. »

Ce qu'il avait avec lui, expliqua Ibrahim, c'était la

grande serviette, enchaînée à son poignet, pleine des pièces qu'il avait récoltées auprès de ses mendiants. Ancré au sol par ce poids mortel, une main immobilisée, il était piégé. Il battait l'air de sa main libre, lançait des coups de pied, tandis que le frêle meurtrier s'acharnait, à califourchon sur le dos de sa victime, essayant de faire passer la lame à travers les vêtements, de couper la peau, de pénétrer dans la chair et de percer le cœur.

« Au début, ça paraissait vraiment comique. Comme s'il jouait avec un couteau en plastique acheté au marchand de jouets. Mais il a pris son temps et, finalement, le Maître des mendiants a cessé de bouger. Lui qui avait vécu des aumônes d'infirmes impuissants est mort de ces aumônes, figé sous leur poids. Vous voyez, ma sœur, de temps à autre, un minuscule brin de justice se glisse dans l'univers. »

Mais Dina se rappelait tous les mendiants aux funérailles de Shankar. Certes, ils étaient libres désormais. Mais à quoi leur servait cette liberté ? Éparpillés sur les trottoirs misérables de la métropole, orphelins, livrés à eux-mêmes — n'étaient-ils pas mieux sous la garde du Maître des mendiants ?

« Ce n'était pas un homme totalement mauvais, dit-elle.

— Qui sommes-nous pour trancher de la question du bien et du mal ? Il arrive que, pour une fois, les plateaux paraissent s'équilibrer. Pour être honnête, ma sœur, hier quand j'ai vu le Maître approcher, moi aussi j'ai pensé à lui demander de l'aide — qu'il me procure un bon emplacement. Mais le tueur l'a eu avant moi.

— Est-ce qu'il a essayé de voler l'argent ?

— Non, le sac ne l'intéressait pas. Sinon, il aurait dû couper le poignet. Non, il a juste laissé tomber le couteau et s'est mis à crier qu'il était l'homme aux singes, qu'il avait tué le Maître des mendiants pour se venger. »

Dina pâlit et se laissa tomber sur une chaise. Ibrahim se leva avec peine de la sienne et vint lui toucher le bras. « Vous ne vous sentez pas bien, ma sœur ?

— Celui qui a dit s'appeler l'homme aux singes — est-ce qu'il avait une grosse cicatrice sur le front ?

— Il me semble.

— Il est venu ici la semaine dernière, il voulait rencontrer le Maître des mendiants pour une affaire. Je lui ai dit qu'il passait ici jeudi — hier. » Elle se couvrit la bouche de son poing. « J'ai aidé le meurtrier.

— Ne dites pas ça, ma sœur. Vous ne saviez pas qu'il allait tuer. »

Il lui tapota la main et elle constata qu'il avait les ongles sales. Naguère, elle aurait trouvé cet attouchement répugnant ; maintenant, elle lui en était reconnaissante. La vue de sa peau, fripée et squameuse comme celle d'un reptile, la remplit d'étonnement et de tristesse. Pourquoi l'ai-je tant détesté ? se demanda-t-elle. En ce qui concerne les êtres humains, les seuls sentiments valables qu'ils puissent nous inspirer sont l'étonnement, pour leur capacité à supporter l'adversité, et la tristesse, car ils n'ont rien à espérer. Peut-être Maneck a-t-il raison : tout finit mal.

« Vous ne devez pas vous en vouloir, ma sœur, dit-il en lui tapotant de nouveau la main.

— Pourquoi vous évertuez-vous à m'appeler sœur ? Vous avez plutôt l'âge de mon père.

— D'accord, je dirai donc ma fille. » Il sourit, un sourire qui n'avait rien d'automatique. « Croyez-moi, ce type, l'homme aux singes, il aurait trouvé le Maître des mendiants tôt ou tard, que vous l'ayez aidé ou non. La police a dit que c'est un malade mental ; il n'a même pas essayé de s'enfuir, il est resté là, à hurler toutes sortes d'absurdités, qu'il avait perdu connaissance et que le Maître en avait profité pour lui voler deux enfants, qu'il leur avait coupé les mains, les avait rendus aveugles, bossus et en avait fait des mendiants, mais que maintenant la prophétie était accomplie et que sa vengeance était complète. Qui sait quels démons tourmentent l'esprit du pauvre homme. »

De nouveau, il lui toucha la main. « Maintenant que le Maître des mendiants est mort, le propriétaire va sûrement vous faire jeter dehors. C'est pourquoi je suis venu vous avertir.

— Face à ses goondas, je suis impuissante.

— Vous devez agir avant lui. Il vous reste peut-être un peu de temps. Puisque votre hôte payant et vos tailleurs sont partis, il lui faudra inventer une autre excuse. Prenez un avocat et...

— Je n'ai pas les moyens de me payer un grand avocat.

— Un petit avocat bon marché fera l'affaire. Il doit...

— Je ne sais pas où le trouver.

— Allez au tribunal. C'est eux qui vous trouveront. Dès que vous aurez franchi les portes, ils se précipiteront sur vous.

— Et ensuite ?

— Posez-leur des questions, choisissez celui qui est dans vos moyens. Dites-lui que vous voulez intenter une action contre le propriétaire, pour mesures d'intimidation et autres formes de harcèlement, que le *statu quo* doit demeurer jusqu'à ce que...

— Attendez que je note tout cela, sinon je ne m'en souviendrai pas. » Elle prit du papier et un crayon. « Vous croyez que ça marchera ?

— Si vous agissez vite. Ne perdez pas de temps, ma fille. Partez — partez tout de suite. »

Elle fouilla dans son sac, en sortit un billet de cinq roupies. « Jusqu'à ce que vous trouviez un emploi, lui dit-elle en fourrant le billet dans la main squameuse.

— Non, je ne peux pas accepter, vous avez assez d'ennuis.

— Est-ce qu'une fille ne peut pas aider son vieux père ? »

Ibrahim prit le billet. Il avait les yeux pleins de larmes.

Un flot continuel entrait et sortait par les portes du tribunal, des gens qui avaient passé des heures à traquer la justice, qui en avaient encore pour des jours, des semaines, des mois, et qui cherchaient à se sustenter auprès des marchands d'un petit bazar surgi spontanément aux abords immédiats du bâtiment. Les plaideurs expérimentés se remarquaient aisément — munis de paniers qu'ils avaient pris soin d'apporter, ils se tenaient à l'écart et mâchonnaient avec flegme. Le vendeur de bhajias attirait une foule affamée. Pas étonnant, se dit Dina, tant l'arôme faisait saliver. A côté de lui, un étal d'ananas givrés sur un grand pain de glace. Dina observa la femme qui, armée d'un long couteau pointu, entaillait le fruit, enlevait les yeux, formait des tranches rondes aux dentelures bien nettes.

Éléments essentiels à l'activité du tribunal, les dactylographes siégeaient dans leurs stalles, à l'extérieur. Assis jambes croisées devant leurs majestueuses Underwood comme devant un autel, ils tapaient les documents pour les plaignants et les requérants. Vendaient papier de dimension légale, agrafes, classeurs, rubans de tissu cramoisi pour lier les notes dactylographiées, des crayons bleus et rouges, des stylos et de l'encre.

Des membres du barreau en veston noir rôdaient parmi la foule, faisant la chasse aux affaires. Dina les évita avec soin, ayant décidé de chercher à l'intérieur même du palais de justice. « Non, merci », répétait-elle à ceux qui lui offraient leur aide.

Près du bâtiment principal, la foule était encore plus dense, donnant l'impression d'une cohue incontrôlable. Des gens s'engouffraient par la grande porte, en jaillissaient, ceux qui étaient à l'intérieur gesticulaient comme des fous à l'intention de leurs correspondants à l'extérieur, ceux de l'extérieur leur hurlaient de sortir. De temps à autre, quelqu'un laissait tomber ses précieux documents et, en essayant de les ramasser, déclenchait une bousculade durant laquelle d'autres objets, mouchoirs, chappals, calots, dupattas, échappaient à leurs propriétaires.

Dina se laissa porter par un flot qui se précipitait à l'intérieur. Elle se retrouva dans un couloir donnant sur la cour. Là aussi, des gens ne cessaient d'aller et venir, entrant et sortant de petites salles de tribunal pleines à craquer, montant et descendant l'escalier, comme frappés par une épidémie de perte du sens de l'orientation. Les salles, les corridors résonnaient du vacarme incessant des voix, parfois réduit à un bourdonnement régulier qu'interrompaient de brusques éclats. Dina se demanda comment quiconque pouvait suivre les débats.

Elle se tint à l'entrée d'une salle où un procès semblait en cours. Le juge suçait d'un air méditatif les branches de ses lunettes. L'avocat de la défense était au prétoire. On n'entendait pas un mot de ce qu'il disait. Seuls les mouvements précis de ses mains et les tendons gonflés de sa gorge indiquaient qu'il était en train de présenter ses arguments.

Parfois, des gens s'arrêtaient net dans le couloir et se mettaient à hurler un nom ou un numéro. Puis ils se séparaient et s'égaillaient dans toutes les directions, ce nom ou ce numéro sur les lèvres. Peut-être, s'étonna Dina, des incidents perturbaient-ils le système judiciaire, une grève par exemple ? Peut-être les plantons, les garçons de bureau, les secrétaires s'étaient-ils fait porter malades, plongeant le palais de justice dans cette folle pagaille.

Elle décida d'emboîter le pas à un petit groupe, une famille, qui semblait savoir où aller. Où ces gens coururent, elle courut, quand ils parlèrent elle écouta, où leurs yeux se portèrent, elle regarda. Et, finalement, elle crut discerner un schéma, sous ce tourbillon et ce désordre. Comme lorsqu'on coud une nouvelle robe, se dit-elle. Les différentes pièces des patrons en papier paraissent disposées au petit bonheur, jusqu'à ce qu'on les assemble systématiquement.

A présent, elle comprenait que cette agitation frénétique était le lot d'une journée normale au tribunal. Ces hordes qui se ruaient dans les couloirs, par exemple, essayaient simplement de découvrir le bureau capable de leur indiquer le numéro d'inscription de leur affaire et la salle où elle serait jugée. Les gens qui s'abritaient dans les coins sombres étaient des intermédiaires négociant des pots-de-vin, ceux qui hurlaient des noms, des avocats appelant leurs clients, ou vice versa, parce que leur affaire allait passer. Après des mois, voire des années d'attente, on pouvait comprendre la frénésie des plaignants. Imaginait-on le désastre que cela aurait représenté pour eux si la cour avait reporté l'audience parce que l'avocat avait choisi ce moment crucial pour se rendre aux toilettes, ou aller prendre une tasse de thé, sans en informer l'huissier ?

Ayant perçu l'ordre sous la confusion, Dina reprit confiance. Elle ressortit dans la cour et passa en revue les avocats qui proposaient leurs services. Certains brandissaient des pancartes écrites à la main, énumérant leurs spécialités : DIVORCES ; TESTAMENTS ET SUCCESSIONS ; VENTES D'ORGANES, DE REINS ; DÉPOSITIONS RÉDIGÉES AVEC RAPIDITÉ ET CLARTÉ EN BON ANGLAIS.

D'autres préféraient vociférer leurs offres comme des vendeurs au marché : « Copies conformes, cinq roupies seulement ! Certificats, quinze roupies ! Toutes affaires, toutes infractions, à bas prix ! »

Une pancarte retint son attention, qui indiquait en tête de menu : LITIGES À PROPOS DE CONTRATS DE LOCATION

— 500 ROUPIES SEULEMENT. Comme elle se préparait à parler au propriétaire de la pancarte, une horde de ses semblables, flairant l'occasion, fondit sur elle, veston noir au vent. Ou plutôt gris, car la teinture avait pâli à force de lavages.

Les avocats s'efforcèrent d'attirer son attention, tout en donnant à leur compétition, afin de sauvegarder leur dignité, un aspect impersonnel. Rien ne se lisait sur leur visage, pas le moindre plissement de front ; ils n'échangeaient pas la moindre insulte. Tout en quêtant l'approbation du client, chacun semblait inconscient de la présence des autres.

L'un d'entre eux s'avança au premier rang et fourra sous le nez de Dina ses diplômes universitaires. « S'il vous plaît, ô madame ! Regardez ça — diplôme authentique d'une bonne université ! Des tas de faussaires se font passer pour avocats ! Qui que vous choisissiez, soyez prudente, rappelez-vous de toujours vérifier ses qualifications ! »

« Offre spéciale ! brailla un homme à l'arrière du groupe. Pas de supplément demandé pour dactylographie de documents — tarif concurrentiel, tout compris ! »

Ils l'avaient totalement encerclée. Harassée, elle tenta de s'extraire de la mêlée. « Excusez-moi, je vous prie, je suis...

— Quelles sont les accusations, madame ? cria quelqu'un, dressé sur la pointe des pieds pour mieux se faire voir. Je traite tout, affaires civiles et criminelles ! »

Des postillons atterrirent sur les lunettes et les joues de Dina. Elle tressaillit et tenta à nouveau de se libérer. Sur quoi, une main lui tâta les fesses tandis qu'une autre glissait sur sa poitrine.

« Filous ! Salopards ! » Elle joua des coudes et réussit à balancer quelques coups de pied dans des tibias avant que la meute ne se disperse. Si seulement elle avait eu son parapluie-pagode — elle leur aurait infligé une bonne leçon.

Ses mains tremblaient et elle dut faire appel à

toute sa concentration pour arriver à marcher sans perdre l'équilibre. Elle se réfugia dans une partie plus dégagée du terrain, sur le côté du bâtiment. Des bancs de bois s'alignaient le long de la clôture. Des gens se reposaient sur l'herbe, dormaient, la tête posée sur leurs sandales en guise d'oreillers. D'autres mangeaient, leurs gamelles en acier inoxydable posées sur les genoux. Une mère pelait un chickoo avec un canif et passait les morceaux du fruit brun et sucré à son enfant. De la musique s'échappait d'un transistor, remplissant l'air chaud de bourdonnements semblables à ceux d'une libellule.

Assis sur un banc cassé, un homme contemplait un manguier. Trois petits garçons, dont les parents somnolaient sur la pelouse, lançaient des pierres sur les fruits verts et coriaces. Leurs efforts furent récompensés : une mangue tomba, dans laquelle ils mordirent tour à tour, leur bouche se contractant au contact de la chair acide. Frissonnant de plaisir, les yeux fermés, ils serrèrent les dents pour en savourer la saveur astringente.

L'homme assis sur le banc cassé sourit et secoua la tête, goûtant les souvenirs que lui rappelaient les enfants. Des stylos gonflaient sa poche de poitrine, insérés dans un étui en plastique. A ses pieds, posé sur une brique, un rectangle de carton, d'environ trente centimètres sur vingt.

Curieuse, Dina s'approcha et lut l'inscription figurant sur le carton : VASANTRAO VALMIK — LD, SDB. Étrange, se dit-elle, s'il était avocat, qu'il se contentât de rester assis tranquillement ici. Sans même un veston noir, sans faire le moindre effort pour attirer des clients.

« Madame, au nom de ma profession, je voudrais m'excuser pour cette manifestation détestable près de l'entrée, dit Mr Valmik.

— Merci.

— Non, je vous en prie, c'est à moi de vous remercier d'accepter mes excuses. C'était honteux, la façon dont ils vous ont assiégée. J'ai tout vu d'ici. »

Il décroisa les jambes, ses orteils bousculèrent le carton, qui tomba. Il le redressa et équilibra la brique qui le portait.

« De mon banc, j'observe beaucoup de choses chaque jour. Et la plupart me plongent dans le désespoir. Mais à quoi d'autre peut-on s'attendre quand le droit de juger appartient à des animaux bestiaux, que les dirigeants du pays ont échangé sagesse et bon gouvernement contre lâcheté et enrichissement personnel? Notre société pourrit, du haut vers le bas. »

Il se poussa jusqu'au bord du banc délabré, laissant à Dina la partie la moins effondrée. « Je vous en prie, asseyez-vous. »

Dina accepta, impressionnée par son langage et ses manières. Il n'était pas à sa place dans cet environnement. Elle le voyait beaucoup mieux dans un bureau agencé avec goût, table d'acajou, fauteuil de cuir, étagères garnies de livres. « De ce côté du palais de justice, tout est si calme, dit-elle.

— Oui, n'est-ce pas? Des familles qui se reposent paisiblement en attendant que les Roues de la Justice broient leurs affaires. Qui croirait que dans ce lieu si beau s'exposent rancœur et désir de revanche, un théâtre misérable où se jouent farces et tragédies? Ce terrain ressemble plus à une aire de piquenique qu'à un champ de bataille. Il y a quelques mois, j'ai même vu une femme, prise des douleurs de l'enfantement, accoucher heureusement sans difficulté. Elle ne voulait pas aller à l'hôpital, ne voulait pas que son procès soit à nouveau reporté. C'était ma cliente. Nous avons gagné.

— Ainsi, vous exercez?

— Oui, bien sûr. » Il montra sa pancarte. « Tout à fait qualifié. Mais il fut un temps, il y a des années de cela, quand j'étais à l'université, en première année de licence, mes amis disaient que je n'avais pas besoin d'étudier, que j'étais déjà un SDB.

— Comment ça?

— Seigneur du Dernier Banc, dit Mr Valmik, en

souriant. Ils m'avaient donné ce titre honorifique parce que, en classe, je m'asseyais toujours dans la rangée du fond — pour avoir une bonne vue des choses. Et c'est vrai que j'y ai plus appris sur la nature humaine et sur la justice qu'en écoutant les cours des professeurs. »

Il toucha les stylos dans sa poche, pour s'assurer, eût-on cru, qu'ils étaient tous là. Ils se hérissèrent dans leur étui en plastique, comme des flèches dans un carquois. « Et maintenant, me voici, avec un nouveau diplôme : SBC — Seigneur du Banc Cassé. Et mon éducation continue. » Il rit, et Dina se joignit à lui, par politesse. Leur siège bancal trembla.

« Mais comment se fait-il, Mr Valmik, que vous ne soyez pas devant, avec les autres avocats, à essayer d'attirer des clients ? »

Il détourna les yeux vers le manguier. « Je trouve, dit-il, ce type de comportement d'une totale grossièreté, absolument *infra dig*... — indigne de moi, s'empressa-t-il de corriger, ne voulant pas qu'elle prît cet emploi de la locution latine pour un signe de snobisme.

— Mais si vous restez assis ici, comment gagnez-vous votre vie ?

— Ça se fait tout seul. Un peu à la fois. Les gens finissent par me découvrir. Des gens comme vous, dégoûtés par ces avocats vulgaires, ces rabatteurs clinquants. Certes, ils ne sont pas tous mauvais — ils cherchent désespérément du travail. » Il salua gentiment de la main un greffier qui passait, toucha de nouveau ses stylos. « Même si j'avais le tempérament à me conduire vulgairement, ma déficience vocale m'empêcherait de me joindre à cette bruyante compétition. J'ai un sérieux handicap de gorge. Si j'élève la voix, je la perds complètement.

— Oh ! quel malheur !

— Non, non, pas tant que cela », la rassura-t-il. Mr Valmik n'aimait pas voir gaspiller une sympathie sincère. « Non, je m'en soucie comme d'une guigne. On n'a plus guère besoin de nos jours d'avocats dont la voix résonne dans toute la salle, tenant juges et jury sous le charme de leurs brillants talents oratoires. Plus besoin d'un Clarence Darrow — les Grands Procès contre les Singes n'existent plus. Bien que des singes, il y en ait plein les tribunaux, prêts à se produire pour des bananes et des cacahuètes. »

Il poussa un profond soupir, le chagrin remplaçant le sarcasme. « Que dire, madame, que penser de l'état de cette nation ? Quand la plus haute juridiction du pays transforme la culpabilité du Premier ministre en innocence, alors tout ceci — il indiqua l'imposant édifice de pierre —, tout ceci devient un musée des coups tordus plutôt que l'applicateur vivant, respirant, de la loi, qui renforce les nerfs de la société. »

Sensible à son angoisse, Dina demanda : « Pourquoi la Cour suprême a-t-elle fait cela ?

— Qui le sait, madame ? Pourquoi la maladie, la famine, la souffrance existent-elles ? Tout ce que nous pouvons répondre, c'est comment, où et quand. Le Premier ministre triche aux élections, et l'on se dépêche de modifier la loi qui statue sur ces agissements. *Ergo*, elle n'est pas coupable. Nous, pauvres mortels, devons accepter de n'avoir pas prise sur les événements courants, tandis que le Premier ministre jongle avec les lois au fil du temps. »

Mr Valmik s'arrêta brusquement, se rendant compte qu'il divaguait en présence d'un client potentiel. « Mais parlons de votre affaire, madame. Vous paraissez être un vétéran de cette institution.

— Non, je n'ai jamais eu affaire à la justice jusqu'à maintenant.

— Dans ce cas, vous avez été bénie, murmura-t-il. Je ne veux pas jouer les inquisiteurs, mais avez-vous besoin d'un avocat ?

— Oui, c'est à propos de mon appartement. Les ennuis ont commencé il y a dix-neuf ans, après la disparition de mon mari. »

Elle lui raconta tout — à commencer par le premier avertissement du propriétaire quelques mois après la mort de Rustom, le jour de leur troisième anniversaire de mariage —, sur les tailleurs, l'hôte payant, le harcèlement continuel du collecteur de loyers, les menaces des goondas, la protection du Maître des mendiants et sa mort.

Mr Valmik joignit les mains, doigts bout à bout, et écouta. Il ne bougea pas une seule fois, pas même pour caresser ses bien-aimés stylos. Elle s'émerveilla qu'il mît à l'écouter la même attention, ou presque, qu'à s'exprimer.

Quand elle eut fini, il baissa ses mains. Puis il dit de sa voix douce qui commençait à devenir rauque : « C'est une situation très difficile. Vous savez, madame, il peut paraître parfois plus expéditif d'agir *ex curia* — c'est-à-dire, s'empressa-t-il d'ajouter en voyant sa mine interloquée, hors du tribunal. Mais ça finit par déboucher sur de nouveaux problèmes. Il y a, c'est exact, pléthore de goondas dans ces temps sauvages que nous vivons. Après tout, ce pays est un Raj Goonda. Par conséquent, qui peut vous blâmer de choisir cette voie ? Qui voudrait entrer dans le Temple souillé de la Justice, où repose le cadavre de la Justice, massacrée par ses propres gardiens ? Et maintenant ses assassins parodient le processus sacré en vendant des répliques de sa vertu aveugle au plus offrant. »

Dina souhaita que Mr Valmik cessât de parler de cette façon ampoulée. Il l'avait amusée pendant un moment, mais il devenait très ennuyeux. C'est fou ce que les gens adoraient discourir, se dit-elle. Boursouflure et rhétorique contaminaient le pays, des ministres aux avocats, aux collecteurs de loyers et aux ramasseurs de cheveux.

« Voulez-vous dire qu'il n'y a pas d'espoir ? l'interrompit-elle.

— Il y a toujours de l'espoir — pour équilibrer notre désespoir. Sinon, nous serions perdus. »

Il sortit un carnet de sa serviette, choisit avec amour un stylo parmi ceux qui garnissaient sa poche de chemise et se mit à prendre des notes. « Peut-être le fantôme de la Justice erre-t-il encore autour de nous, désireux de nous aider. Si un juge correct écoute notre plainte et accorde le sursis, vous serez tranquille jusqu'à ce que le procès ait lieu. Comment vous appelez-vous, madame ?

— Mrs Dalal. Dina Dalal. Mais quels sont vos honoraires ?

— Ceux que vos moyens vous permettent. Nous nous occuperons de cela plus tard. » Il nota le nom du propriétaire, l'adresse du bureau, des détails sur l'historique de l'affaire. « Mon conseil est le suivant : ne laissez pas l'appartement inoccupé. La possession constitue les neuf dixièmes de la loi. Et les goondas sont fondamentalement des lâches. Vous est-il possible de demander à des parents ou à des amis d'habiter avec vous ?

— Il n'y a personne.

— Oui, il n'y a jamais personne, n'est-ce pas ? Pardonnez ma question. » Il s'interrompit et fut pris d'un accès de toux impressionnant. « Excusez-moi, coassa-t-il, je crois que j'ai dépassé le quota de conversation imparti à ma gorge.

— Seigneur, dit Dina, ça a l'air vraiment grave.

— Et j'ai suivi un traitement, se vanta-t-il. Vous auriez dû m'entendre il y a un an. Je ne pouvais que couiner comme une souris.

— Mais qu'est-ce qui a abîmé votre gorge à ce point ? Vous avez eu un accident ?

— On peut dire ça, soupira-t-il. Après tout, nos vies ne sont qu'une succession d'accidents — une chaîne cliquetante d'incidents hasardeux. Une ligne de choix, inopinés ou délibérés, qui s'ajoutent à cette calamité majeure que nous appelons la vie. »

Le voilà reparti, se dit-elle. Mais ses mots sonnaient juste. Sa propre expérience en donnait la preuve. Le hasard contrôlait tout : la mort de son père, quand elle avait douze ans. La vie entière des tailleurs. Et Maneck — une minute, il revient, l'instant d'après, il part pour Dubaï. Elle ne le reverrait probablement jamais, ni Ishvar ni Om. Ils avaient fait irruption dans sa vie, venant de nulle part, et avaient disparu, on ne savait où.

Pendant ce temps Mr Valmik caressait ses précieux stylos, puis se mit en devoir de raconter son histoire. Dina trouva quelque chose de vaguement obscène à cette habitude. Toutefois, toucher ses stylos valait mieux que de se toucher l'entrejambe, comme le faisaient certains hommes, afin de pousser leurs avantages vers la droite ou vers la gauche, ou sans raison particulière.

La voix gutturale, il évoqua l'étudiant enthousiaste de la faculté de droit, au talent prometteur reconnu par tous ses professeurs, mais qui, parvenu au barreau, chercha la paix et la solitude, et la trouva dans la correction d'épreuves. « J'ai joui pendant vingt-cinq ans de la compagnie civilisée des mots. Jusqu'au jour où mes yeux sont devenus allergiques et où mon univers a basculé sens dessus dessous. »

Sa gorge émettait des sons si grinçants et si déformés que Dina avait du mal à le comprendre. Mais elle finit par s'accoutumer à ces timbres peu courants et à ces fréquences étranges. Elle se rendit compte que, quoi que prétendît Mr Valmik en peignant sa vie comme une succession d'accidents, il n'y avait rien d'accidentel dans sa façon experte de mener son récit. Ses phrases s'enchaînaient comme des coutures parfaites, soutenant le tissu de son histoire sans que se remarquent les points. Veillait-il à agencer les événements spécialement pour elle ? Peut-être pas — peut-être que le fait même de raconter créait un dessin naturel. Peut-être les êtres humains possédaient-ils ce don de mettre de l'ordre dans leurs existences désordonnées — une arme de survie cachée, comme des anticorps dans le flux sanguin.

Tout en parlant, il prit distraitement un stylo, dévissa le capuchon, porta la plume à son nez. Elle l'observa, perplexe, presser chaque narine contre l'objet et inhaler profondément l'odeur d'encre.

Fortifié par sa dose de bleu roi, il poursuivit :

810

« Désormais, afin de nourrir ma bedaine, je devais affronter le monde bruyant des morchas et des cortèges de protestation. Fabricant de slogans, crieur de slogans, telle fut ma nouvelle profession. Et c'est ainsi que commença le délabrement de mes cordes vocales. »

La fabrication du récit rappela à Dina celle de son couvre-lit en patchwork. Le cadeau de mariage d'Om. Mr Valmik possédait ses propres pièces avec lesquelles il façonnait son patchwork oral, et qu'il dévidait à sa seule intention. Comme un prestidigitateur sortant de sa bouche une chaîne ininterrompue de foulards de soie.

« En dernier lieu, le hasard a joué une nouvelle fois — en me permettant de trouver un sergent au moment voulu. Hurler lui était une seconde nature. Il hurlait même quand ce n'était pas nécessaire. Sa gorge s'endurcit encore et je pus enfin reposer la mienne. »

Il s'arrêta pour offrir à Dina une pastille contre la toux ; elle refusa. Il en fit sauter une dans sa propre bouche. « J'avais des plans d'expansion, je rêvais d'ouvrir des bureaux dans chaque grande ville, d'acheter un hélicoptère et d'entraîner une équipe de Crieurs de Slogans Volants. Partout où se déclencherait une grève ou une manifestation, chaque fois qu'il faudrait une marche de protestation, un coup de téléphone, et mes hommes descendraient du ciel, bannières prêtes. »

La lueur conquérante s'effaça sans empressement de son œil. « Malheureusement, sous l'état d'urgence, morchas et manifestations sont interdites par le gouvernement. Alors, depuis l'année dernière, je reste assis sur ce banc cassé, armé de mon diplôme de droit. La boucle est bouclée. »

Il croqua la pastille à demi sucée ; la transférer d'une joue à l'autre l'agaçait. « Que n'ai-je pas perdu à parcourir la boucle ? Ambition, solitude, mots, vision, cordes vocales. En fait, voilà le thème central de l'histoire de ma vie — la perte. Mais n'en est-il pas de même de toutes les vies ? La perte est essentielle. La perte est une partie et une parcelle de cette calamité nécessaire appelée vie. »

Elle hocha la tête, pas tout à fait convaincue.

« Attention, je ne me plains pas. Grâce à la voie que nous trace quelque inexplicable force universelle, ce sont toujours les forces sans valeur que nous perdons — dont nous nous dépouillons comme un serpent qui mue. Perdre, perdre encore et toujours, telle est la base même du processus de vie, jusqu'à ce qu'il ne nous reste plus que l'essence nue de l'existence humaine. »

A présent. Dina n'en pouvait plus de Mr Valmik. Cette dernière sortie était un tissu d'absurdités. « Le serpent a une peau toute neuve en dessous, le coupat-elle. Je préférerais ne pas perdre mon appartement, à moins qu'un autre ne pousse à sa place. »

Mr Valmik donna l'impression d'avoir reçu un coup dans le diaphragme. Mais il se remit rapidement et sourit, appréciant l'argument. « Très bon, vraiment très bon, Mrs Dalal. Mon exemple était minable. Et vous m'avez eu. Très bon. Sans compter votre sens de l'humour. L'absence totale d'humour constitue l'une des tares de ma profession. Le droit est une chose sévère, sinistre. Mais pas la justice. La justice est spirituelle, fantasque, bonne et charitable. »

Il ramassa sa pancarte, rangea la brique sous le banc, où elle attendrait une prochaine utilisation. Époussetant la poussière rouge qu'elle avait laissée sur ses mains, il déclama : « Je vais me lever et partir, et j'irai écrire cette supplique, convaincre par une pétition constituée de mots et de passion. »

Surprise par ce style étrange, Dina le dévisagea. Elle se demanda si elle avait vraiment choisi le bon avocat.

« Ne vous inquiétez pas, dit-il. Je suis inspiré par le poète Yeats. Je trouve ses mots particulièrement adaptés à cet état d'urgence honteux. Vous savez — les choses qui se désintègrent, le centre qui vous échappe, l'anarchie qui se répand sur le monde, ce genre de trucs, quoi.

— Oui. Et tout finit mal.

— Non, ça c'est trop pessimiste pour Mr Yeats. Il n'aurait jamais pu écrire ce vers. Mais, s'il vous plaît, venez à mon bureau après-demain, et je vous mettrai au courant.

— Votre bureau ? Où cela ?

— Ici même, dit-il en riant. Ce banc cassé voilà mon bureau. » Il tapota tendrement le stylo qu'il avait réinséré dans l'étui en plastique. « Mrs Dalal, je tiens à vous remercier d'avoir écouté mon histoire. Peu de gens ces temps-ci se montrent d'une telle indulgence. La dernière occasion que j'ai eue, ce fut l'année dernière, avec un étudiant. Nous faisions tous les deux un long voyage en train. Merci encore.

— Je vous en prie, Mr Valmik. »

Après son départ, un nouveau groupe de jeunes entreprit de dépouiller le manguier de ses derniers trésors. Leurs efforts et leur excitation étaient amusants à observer. Dina s'accorda encore quelques minutes avant de regagner son appartement.

Une querelle opposait un officier de police et son agent à deux autres hommes à propos du cadenas sur la porte d'entrée. Cette scène, Dina l'avait fréquemment vécue en pensée ; aussi ne se sentit-elle pas prise de court. Une phase de sa vie s'achevait, une autre commençait. Le temps est venu du dernier acompte, se dit-elle. Une nouvelle pièce dans le couvre-lit.

Elle reconnut les deux hommes : les goondas du propriétaire. Mais avec des mains qui n'étaient plus les mêmes, grâce au Maître des mendiants. Des doigts recourbés d'une façon grotesque, difformes, d'une longueur incongrue, comme dans un dessin d'enfant. L'homme était mort, mais son ouvrage lui survivait.

« Que se passe-t-il, que voulez-vous ? fanfaronna-t-elle.

« — Sergent Kesar, madame », dit l'officier, extrayant les pouces de son ceinturon où il les avait plaqués durant l'altercation avec les goondas. « Désolé de vous ennuyer. J'ai un ordre d'expulsion pour cet appartement.

— Vous ne pouvez pas faire ça. Je reviens de chez mon avocat, il est en train de déposer une demande de sursis. »

Le goonda chauve grimaça un sourire. « Désolé, ma sœur, nous avons été les premiers.

— Comment ça, les premiers ? » Elle en appela au sergent Kesar. « Ce n'est pas une course, j'ai le droit d'aller en justice. »

Il secoua tristement la tête ; il entretenait des rapports de longue date avec les goondas, et attendait avec impatience le jour où il pourrait les boucler. « A proprement parler, madame, je ne peux rien y faire. Parfois la justice fonctionne exactement comme une course en sac. L'expulsion doit avoir lieu. Vous pourrez faire appel après.

— Autant me cogner la tête contre un mur de brique. »

Les goondas opinèrent, l'air apitoyé. « Les tribunaux ne servent à rien. Débats et ajournements, témoignages et preuves. Ça n'en finit jamais. Toutes ces idioties sont inutiles sous l'état d'urgence. » Son compère secoua le cadenas, rappelant aux forces de l'ordre leur devoir.

« S'il vous plaît, madame, dit le sergent Kesar, voulez-vous ouvrir ?

— Et si je refuse ?

— Alors, je me verrai dans l'obligation de casser le cadenas.

— Et que se passera-t-il après que j'aurai ouvert ?

— Nous devrons vider l'appartement, murmura-t-il, la honte rendant ses propos inaudibles.

— Pardon ?

— Vider, répéta-t-il un peu plus fort. Votre appartement sera vidé.

— Tout sera jeté sur le trottoir ? Pourquoi ? Pourquoi se conduisent-ils comme des animaux? Au moins, donnez-moi un jour ou deux pour me retourner.

— A proprement parler, madame, cela dépend du propriétaire.

— C'est trop tard, dit le goonda chauve. En qualité de représentants du propriétaire, nous ne pouvons accepter de tactique dilatoire.

— Ne vous inquiétez pas madame, dit le sergent Kesar, votre mobilier sera sauvé. Je veillerai à ce qu'ils le traitent avec soin. Mon agent montera la garde. Si vous voulez, je peux l'envoyer louer une camionnette en votre nom. »

Elle trouva la clef dans son sac et ouvrit la porte. Les goondas voulurent se précipiter, comme s'ils craignaient qu'elle ne se referme, mais le bras du sergent Kesar les immobilisa. Jouant l'agent de la circulation, il le tendit à l'horizontale. « Après vous, madame. » Il s'inclina, puis lui emboîta le pas.

La première chose qu'ils virent furent les cartons empilés par les tailleurs dans un coin de la véranda. Les goondas entreprirent de les sortir.

« Ces cartons ne sont pas à moi, je n'en veux pas, s'écria Dina, dirigeant sa colère contre les absents — *ils* l'avaient abandonnée, *ils* l'avaient laissée affronter cela toute seule.

— Pas à vous? Alors, nous les prenons. »

Elle fourra vêtements et babioles dans des tiroirs et des armoires, essayant de prendre un peu d'avance sur les goondas qui commençaient à transporter les meubles dehors. Le sergent Kesar tournait autour d'elle, souhaitant pouvoir l'aider. « Avez-vous décidé où porter tout cela, madame?

— Je vais aller au Vishram téléphoner à mon frère. Il m'enverra le camion de son bureau.

— D'accord, je garde un œil sur ces deux lascars. Y a-t-il autre chose que je puisse faire en votre absence?

— Vous avez le droit d'aider une criminelle? »

Il secoua la tête.

« A proprement parler, madame, les criminels, ce sont ces deux-là, et le propriétaire.

— Et pourtant, on me jette dehors.

— C'est ce monde fou dans lequel nous vivons. Si je n'avais pas une famille à nourrir, croyez-vous que je ferais ce boulot ? Surtout après les ulcères qu'il m'a causés ? Mes ulcères ont commencé avec le début de l'état d'urgence. J'ai d'abord cru que c'était simplement de l'acidité stomacale. Mais le docteur a confirmé le diagnostic, je dois me faire opérer bientôt.

— J'en suis navrée. » Elle trouva le tournevis sur l'étagère de la cuisine, et le lui tendit. « Si le cœur vous en dit, vous pouvez enlever la plaque sur la porte d'entrée, vous me rendrez service. »

Il se saisit de l'objet avec empressement. « Oh, très certainement, j'en serai heureux, madame. » Son sentiment de culpabilité un peu apaisé, il s'éloigna et on l'entendit bientôt s'escrimer sur la plaque de cuivre terni, bataillant contre les vis et transpirant à grosses gouttes.

« Quoi ? hurla Nusswan au téléphone. Expulsée ? Tu m'appelles quand le mobilier est déjà sur le trottoir ? Tu creuses un puits quand la maison brûle ?

— C'est arrivé soudainement. Peux-tu m'envoyer un camion, oui ou non ?

— Est-ce que j'ai le choix ? C'est mon devoir. Qui d'autre t'aidera, si ce n'est pas moi ? »

Quand elle rentra, les hommes avaient presque terminé le déménagement. Il ne restait plus que le réchaud de la cuisine, les casseroles et les poêles. Sur le trottoir, l'agent de police montait la garde. Ainsi entassés, ses biens paraissaient si peu de chose, songea-t-elle, on se demandait comment ils avaient pu remplir trois pièces et représenter vingt et un ans de sa vie.

En apprenant l'arrivée prochaine du camion, le sergent Kesar ne cacha pas son soulagement. « Vous avez de la chance, madame, d'avoir au moins un endroit où aller. Chaque jour, je vois des cas de personnes qui n'ont d'autre solution que de faire du trottoir leur habitation. Ils s'allongent là, épuisés, perdus, vaincus. Le plus stupéfiant, c'est la vitesse à laquelle ils apprennent à utiliser le carton, le plastique et le papier journal. »

Il pria Dina de faire une dernière tournée d'inspection. « Etes-vous sûre de ne pas vouloir de la camelote qui est dans la véranda ? murmura-t-il.

— Ça ne m'appartient pas — en ce qui me concerne, vous pouvez la jeter aux ordures.

— C'est que, madame, tout ce qui reste revient automatiquement au propriétaire.

— C'est nous », dirent les goondas en attrapant les cartons.

Ils fermèrent la porte et y mirent un cadenas neuf. Le sergent Kesar liquida les formalités : la signature de documents en trois exemplaires.

Les goondas s'intéressèrent alors au contenu des cartons, pressés de découvrir cette gratification inattendue. « Eh, une seconde, s'écria le chauve en soulevant des tresses de cheveux noirs. Qu'est-ce que c'est que cette saleté ?

— Pourquoi de la saleté ? s'esclaffa son acolyte. Des cheveux, c'est exactement ce dont tu as besoin. »

Le chauve ne trouva pas ça drôle. « Voyons ce qu'il y a dans l'autre carton. »

Le sergent Kesar les observa une minute, puis cala ses pouces dans son ceinturon. Il était prêt pour l'action. Il se rappelait le meurtre de deux mendiants — l'infâme Affaire du Tueur Affamé de Cheveux. Voilà enfin l'occasion qu'il attendait. Il déboucla le rabat de son étui-revolver, juste au cas où, et chuchota des instructions à son agent.

« Excusez-moi, dit-il poliment aux goondas. Vous êtes tous les deux en état d'arrestation pour meurtre. »

Cela les fit rire. « Eh, eh, le sergent Kesar est devenu un plaisantin. » Mais quand l'agent de police leur eut impeccablement menotté les poignets, ils estimèrent que la plaisanterie était allée trop loin. « Qu'est-ce que cette histoire ? Nous n'avons assassiné personne !

— A proprement parler, si : deux mendiants. Un cas parfait de preuve évidente. Les deux mendiants ont été scalpés, puis on a volé les cheveux. Qui se retrouvent maintenant entre vos mains. Toute l'histoire est donc là.

— Mais nous venons juste de les trouver ! Vous nous avez vus ouvrir la boîte !

— A proprement parler, je n'ai rien vu.

— Vous n'avez pas de preuves ! Comment savez-vous que ce sont les mêmes cheveux ?

— Ne vous inquiétez pas pour ça. Comme vous le disiez vous-mêmes tout à l'heure, on n'a plus besoin désormais de choses aussi stupides que des preuves. Aujourd'hui, nous disposons de l'état d'urgence et du MSI.

— C'est quoi, le MSI ? s'enquit Dina.

— La loi sur le Maintien de la Sécurité Intérieure, madame. Très commode. Permet la détention sans procès, pendant deux ans s'il le faut. Avec prorogation possible, sur demande. » Il sourit gentiment et s'adressa de nouveau aux goondas : « J'ai failli oublier de vous dire — vous avez le droit de garder le silence, mais si vous le faites, mes hommes, au poste, feront en sorte que vos os vous facilitent la confession. »

Les goondas durent s'accroupir, mains menottées croisées au-dessus de la tête. Le sergent Kesar n'était pas encore prêt à les emmener. Il fourra les cheveux dans la boîte. « Pièce à conviction A », dit-il à Dina. « Ne vous inquiétez pas, madame, j'attends ici jusqu'à l'arrivée du camion. Qui sait tout ce qui disparaîtrait, si je quittais mon poste. Quand je vous saurai en sécurité, je conduirai ces chiens au poste de police.

— Merci beaucoup.

— Non, merci à vous. Vous avez enrichi ma journée. » Il vérifia l'attache de son étui-revolver. « Est-ce que vous aimez les films de Clint Eastwood, madame ? *L'Inspecteur Harry* ?

— Je n'en ai jamais vu. Ils sont bons ?

— Très excitants. Dramatiques et pleins d'action. Dirty Harry est un détective de première. Il accomplit son devoir de justicier même quand la loi rend la chose impossible. » Baissant la voix, il murmura : « Au fait, madame, comment les cheveux sont-ils arrivés dans votre véranda ?

— Je ne sais pas très bien. J'ai eu deux tailleurs qui travaillaient pour moi, et ils avaient un ami, un ramasseur de cheveux, et... je ne sais pas, ils ont tous disparu.

— Des tas de gens ont disparu sous l'état d'urgence, dit-il en secouant la tête. Mais vous avez peut-être côtoyé sans le savoir des meurtriers maniaques. Remerciez votre bonne étoile, madame, de vous en être tirée sans mal.

— Mais alors, ces deux goondas ne sont pas réellement coupables ?

— A proprement parler, ils le sont — d'autres crimes. Ils méritent à coup sûr la prison. C'est comme une comptabilité sur deux colonnes — crédit-débit. D'une certaine façon, l'inspecteur Harry est aussi un comptable. L'équilibre final, voilà ce qui lui importe. »

Elle acquiesça, regardant une volée de corneilles, plongées dans l'eau figée d'un caniveau, de l'autre côté de la rue, jacasser et se disputer les friandises. Sur quoi, le camion arriva.

« Avez-vous des enfants ? demanda-t-elle au sergent Kesar, pendant que les hommes de Nusswan chargeaient le mobilier.

— Oh oui ! dit-il fièrement, visiblement heureux qu'elle lui ait posé la question. Deux filles. L'une de cinq ans, l'autre de neuf ans.

— Elles vont à l'école ?

— Oh oui ! L'aînée prend également des leçons de sitar, une fois par semaine. C'est très cher, mais je fais des heures supplémentaires. Les enfants sont notre unique trésor, n'est-ce pas ? »

Quand le chargement fut terminé, elle grimpa à côté du chauffeur et remercia de nouveau le sergent Kesar pour son aide. « Je vous en prie, ce fut un plaisir, dit-il. Tous mes vœux, madame.

— Pour vous également. J'espère que votre opération de l'estomac se passera bien. »

Le chauffeur eut du mal à faire demi-tour, la rue étant étroite. Quand ils émergèrent sur la voie principale, elle vit Ibrahim derrière son pilier, tendant sa boîte aux passants.

Au passage du camion, il voulut porter la main à son fez pour la saluer. Mais sa douleur à l'épaule l'en empêcha. Il se contenta de tirer sur le col de son sherwani et d'agiter les doigts.

« Désolé, je suis en retard », dit Nusswan en embrassant Ruby puis en étreignant sa sœur. « Ces réunions qui n'en finissent pas. » Il se frotta le front. « Le transport s'est fait sans dommages ?

— Oui, merci, dit Dina.

— Je suppose que tes mendiants, tes tailleurs et ton hôte payant t'ont dit Au Revoir. »

Il rit de sa plaisanterie.

« Arrête, Nusswan, dit Ruby. Sois gentil avec elle, elle en a bavé.

— Ce n'est qu'une taquinerie. Vous n'imaginez pas comme je suis heureux que Dina soit revenue. » Sa voix s'adoucit, se chargea d'émotion. « Pendant des années et des années, j'ai prié Dieu de te ramener à la maison. Ça me faisait tant de peine que tu aies choisi de vivre seule. Au bout du compte, seule la famille vous vient en aide, quand le reste du monde vous tourne le dos. »

La gorge nouée, il déglutit. Très touchée, Dina aida Ruby à mettre la table, alla chercher le pot d'eau et les verres, qu'elle trouva à leur place, dans le placard. Rien n'a changé en tant d'années, songea-t-elle.

« Fini les humiliations avec des tailleurs ou des mendiants, dit Nusswan. Tu n'as pas besoin d'eux, tu n'as plus de souci à te faire à propos de l'argent.

821

Rends-toi utile à la maison — c'est la seule chose que je te demande.

— Nusswan ! s'exclama Ruby. La pauvre Dina m'a toujours aidée. Une chose est sûre, elle n'est pas paresseuse.

— Je sais, je sais, gloussa-t-il. Têtue, voilà ce qu'elle est, pas paresseuse. »

Après dîner, ils examinèrent les objets rapportés de l'appartement. Nusswan en fut sidéré. « Où as-tu trouvé ces horreurs ? »

Elle haussa les épaules. Répondre n'était pas toujours nécessaire. Comme elle l'avait appris au contact de Maneck.

« Écoute, il n'y a pas de place ici pour tout cela. Regarde-moi cette vilaine petite table. Et ce canapé, il doit dater de Bawa Adam. » Il jura d'appeler un jaripuranawalla et de se débarrasser du tout d'ici quelques jours.

Elle ne discuta pas. Ne supplia pas au nom des souvenirs qui donnaient tout leur prix à ces maigres biens.

Nusswan s'étonna du changement intervenu chez sa sœur. Dina était trop docile, beaucoup trop humble et calme, il en ressentait une certaine inquiétude. Et s'il ne s'agissait que d'un faux-semblant, faisant partie d'un plan qu'elle révélerait brusquement quand il s'y attendrait le moins ?

Ils transférèrent le contenu des tiroirs dans l'armoire de l'ancienne chambre de Dina. « Elle t'attend, lui confia Ruby. L'armoire de ton père. Je suis vraiment heureuse que tu sois revenue. »

Dina sourit. Elle ôta le couvre-lit, le rangea dans l'armoire, le remplaça par son propre ouvrage, son patchwork, qu'elle replia au pied du lit.

« C'est très beau ! dit Ruby, l'étalant afin de mieux l'admirer. Absolument superbe ! Mais qu'est-il arrivé à ce coin, pourquoi ce trou ?

— J'ai manqué de tissu.

— Quel dommage. » Elle réfléchit un instant. « Tu sais quoi, j'en ai du merveilleux, ça donnera l'ultime touche. Ce sera parfait.

— Merci. »

Mais Dina avait déjà décidé qu'elle n'ajouterait plus rien à son couvre-lit.

La nuit, une fois couchée, elle tira le couvre-lit à elle et se mit à récapituler les innombrables événements que recelaient tous ces bouts, tous ces fragments qu'elle avait étroitement rassemblés avec une aiguille, du fil et de l'affection. Quand elle trébuchait, le patchwork l'invitait à poursuivre. Le lampadaire, dans la rue, répandait juste assez de lumière par la fenêtre ouverte pour lui permettre de naviguer dans cette bigarrure. Son conte du soir.

A un moment, il était plus de minuit et elle s'était raconté une bonne moitié de son histoire, Nusswan et Ruby frappèrent à la porte et déboulèrent dans la chambre. « Dina ? Tu as besoin de quelque chose ?

— Non.

— Tu vas bien ?

— Bien sûr !

— Nous avons entendu des voix, dit Ruby. Nous avons cru que tu parlais en dormant, que tu faisais un mauvais rêve ou je ne sais quoi. »

Dina comprit alors qu'elle était passée d'une récitation silencieuse à une lecture à voix haute. « Je ne faisais que dire mes prières. Désolée de vous avoir dérangés.

— Ce n'est pas grave, dit Nusswan. Mais je n'ai absolument pas reconnu le passage. Tu ferais mieux de prendre des leçons avec le successeur de Dustoor Daab-Chaab au temple du feu. »

Ils rirent de la plaisanterie et retournèrent se coucher.

« Tu te souviens de l'état où elle se trouvait après la mort de Rustom ? chuchota Nusswan à Ruby. Quand elle l'appelait toutes les nuits ?

— Oui, mais c'était il y a très longtemps. Pourquoi en serait-elle encore bouleversée ?

— Peut-être qu'elle ne s'en est jamais remise.

— Oui. Peut-être qu'on ne se remet jamais de certaines choses. »

Dans sa chambre, Dina replia le couvre-lit. A cause de lui, des mots intrus avaient surgi de son silence; elle devait maintenant le ranger dans l'armoire. Elle avait peur de l'étrange magie qu'il opérait sur son esprit, peur du terrain où il la conduisait. Elle ne voulait pas franchir définitivement cette frontière.

Nusswan cessa de taquiner Dina parce que ce n'était pas drôle de la voir sans réaction. Il lui arrivait, seul dans sa chambre, de regretter cette tête de mule, indomptable, qu'avait été sa sœur. Voilà, soupirait-il, ce que fait la vie à ceux qui refusent d'apprendre ses leçons; elle les terrasse, les casse mentalement. Mais du moins Dina en avait-elle terminé avec ses épreuves. Désormais, sa famille allait prendre soin d'elle.

Peu de temps après, la servante qui venait chaque matin balayer, laver et épousseter fut renvoyée. « Cette sale bonne femme exigeait une augmentation, expliqua Nusswan. Sous prétexte qu'avec une personne de plus dans la maison, ça donnait plus de travail à son balai et à sa serpillière. Le genre d'excuses habituelles à cette racaille. »

Dina saisit l'allusion et assuma les tâches. Elle absorbait tout comme une éponge. Durant ses moments de solitude, elle s'essorait et se retrouvait prête à s'imbiber de nouveau.

A présent, Ruby s'absentait presque toute la journée. Mais avant de partir, elle demandait toujours si elle pouvait se rendre utile. Dina l'encourageait à sortir, préférant être seule.

« C'est grâce à Dina que je peux enfin profiter de ma carte de membre du Club Willingdon, dit-elle à Nusswan. Avant, mes cotisations étaient perdues.

— Il n'y a pas deux Dina sur un million, renchérit-il. Je l'ai toujours dit. Nous nous sommes beaucoup disputés, beaucoup bagarrés, n'est-ce pas Dina ? Surtout à propos de mariage. Mais j'ai toujours admiré ta force et ta détermination. Je n'oublierai jamais ta conduite courageuse après la disparition du pauvre Rustom, le jour de votre troisième anniversaire de mariage.

— Nusswan! Est-ce que tu dois vraiment nous rappeler ça pendant le dîner?

— Désolé, désolé. » Il changea obligeamment de sujet, passa au commentaire sur l'état d'urgence. « Le problème c'est qu'il ne soulève plus l'enthousiasme. La peur initiale, qui disciplinait les gens, les forçait à être ponctuels et durs au travail — cette peur a disparu. Le gouvernement devrait faire quelque chose pour relancer le programme. »

Il renonça à discuter mariage au cours des dîners. A quarante-trois ans, la marchandise était quelque peu défraîchie, confia-t-il à Ruby.

Le dimanche soir, ils jouaient aux cartes. « Allons tout le monde », claironnait Nusswan quand cinq heures approchaient, « c'est l'heure des cartes! »

Il observait le rituel religieusement. Cela donnait un peu de réalité à son rêve d'une famille unie. Parfois, à l'occasion de la visite d'un ami, ils jouaient au bridge. La plupart du temps, toutefois, ils n'étaient que tous les trois, et Nusswan gouvernait, partie de rummy après partie de rummy, courant avec opiniâtreté après le bonheur familial.

« Saviez-vous que les jeux de cartes sont nés en Inde? demanda-t-il.

— Vraiment? » dit Ruby.

Nusswan l'impressionnait toujours beaucoup par ce genre de connaissances.

« Mais oui, et les échecs aussi. En fait, la théorie veut que les jeux de cartes aient dérivé des échecs. Et ils ne se sont pas propagés en Europe avant le treizième siècle, en passant par le Moyen-Orient.

— Ça alors! » dit Ruby.

Il réarrangea ses cartes, en abattit une face contre table et annonça :

« Rummy! »

Il étala sa main, puis analysa les erreurs commises par les deux femmes. « Tu n'aurais jamais dû te défausser du valet de cœur, dit-il à Dina. C'est pour cela que tu as perdu.

— J'ai risqué le coup. »

Il ramassa et battit les cartes.

« Bon, c'est à qui de donner ?

— A moi », dit Dina, et elle prit le paquet de cartes.

Épilogue : 1984

Le jour était levé quand l'avion ramenant Maneck au pays, après un départ retardé, atterrit dans la capitale. Il avait essayé de dormir pendant le vol, mais l'écran sur lequel était projeté un film, en classe économique, ne cessait de scintiller devant ses paupières, à la façon d'un tube fluorescent défaillant. La mine défaite, il se joignit à la file qui attendait de passer la douane.

En raison d'importants travaux d'agrandissement de l'aéroport, les passagers se retrouvaient entassés dans un enclos temporaire en tôle ondulée. Les travaux commençaient tout juste quand il était parti pour Dubaï, il y avait de cela huit ans, se rappela-t-il. Imprégné de soleil, le métal frissonnait, émettant des vagues de chaleur qui ricochaient sur la foule. Une odeur de sueur, de fumée de cigarette, de parfum tourné et de désinfectant traînait dans l'air. Les gens s'éventaient avec leur passeport et les formulaires de déclaration de douane. Quelqu'un s'évanouit. Deux employés s'efforcèrent de le ranimer en le plaçant dans le courant d'air émis par le ventilateur posé sur la table d'un officier douanier. On envoya chercher de l'eau.

L'inspection des bagages reprit après cette interruption. Un passager, derrière Maneck, maugréa, vitupérant la lenteur, et Maneck haussa les épaules :

« Ils ont peut-être reçu un tuyau, l'avis qu'un gros poisson arrive aujourd'hui de Dubaï.

— Non, c'est comme ça tout le temps, dit l'homme. Avec tous les vols en provenance du Moyen-Orient. Ce qu'ils recherchent, c'est des bijoux, de l'or et de l'appareillage électronique. » Le zèle des douaniers s'était accru, expliqua-t-il, à la suite d'une récente directive gouvernementale proposant des primes spéciales — un pourcentage sur chaque saisie. « Résultat, ils nous harcèlent plus que jamais.

— Mes saris vont être complètement froissés », se plaignit l'épouse de l'homme.

L'agent qui inspecta la valise de Maneck glissa la main sous les vêtements et palpa le fond. Maneck se demanda quelle punition encourrait celui qui placerait un piège à souris dans ses bagages. Après force tâtonnements, le douanier le laissa partir, à contre-cœur.

Maneck referma sa valise, sortit en courant, sauta dans un taxi et demanda à se faire conduire à la gare. Le chauffeur refusa. « C'est en plein milieu des émeutes. C'est trop dangereux.

— Quelles émeutes?

— Vous ne savez pas? Les gens se font tabasser, massacrer, brûler vifs. »

Plutôt que d'argumenter avec lui, Maneck en chercha un autre. Mais tous les chauffeurs de taxi auxquels il s'adressa refusèrent pour la même raison. Certains lui conseillèrent de prendre une chambre d'hôtel près de l'aéroport en attendant que les choses se calment.

En désespoir de cause, il décida d'offrir un stimulant au prochain qui se présenterait. « Vous aurez le double de la somme inscrite au compteur, d'accord? Je dois rentrer chez moi, mon père vient de mourir. Si je manque mon train, je manquerai les funérailles de mon père.

— Mon problème, ce n'est pas le compteur, sahab. Votre vie et la mienne valent beaucoup plus. Mais montez, je vais faire de mon mieux. »

Il se pencha vers le compteur et d'un geste brusque fit basculer le signal « LIBRE ».

Le taxi se dégagea de la masse de véhicules qui encombraient les allées de l'aéroport, et bientôt ils se retrouvèrent sur la nationale. Tout en surveillant la circulation dans son rétroviseur, le chauffeur observait son passager. Maneck sentait les yeux de l'homme posés sur lui.

« Vous devriez songer à raser votre barbe, sahab. On risque de vous prendre pour un sikh. »

Maneck était très fier de sa barbe ; quelle importance qu'on le confondît avec un sikh ? Voilà deux ans qu'il avait commencé à la laisser pousser, qu'il la taillait avec le plus grand soin pour lui donner la forme qu'elle avait à présent. « Comment peut-on me prendre pour un sikh ? Je n'ai pas de turban.

— Des tas de sikhs ne portent pas de turban, sahab. Mais je crois que vous seriez beaucoup plus en sécurité après un bon rasage.

— Plus en sécurité ? Ça veut dire quoi ?

— Vous prétendez vraiment ne pas savoir ? C'est les sikhs qu'on massacre en ce moment. Depuis trois jours, on brûle leurs boutiques et leurs maisons, on décapite les hommes et les gamins. Et la police se contente de courir ici et là, feignant de protéger les quartiers. »

Il se porta à l'extrême gauche de la voie afin de laisser passer un convoi de camions militaires. Hurlant pour mieux se faire entendre par-dessus le vacarme, il dit à Maneck : « C'est la Force de protection des frontières ! Les journaux racontent qu'on l'a appelée aujourd'hui. »

Le convoi le doubla, sa voix redevint normale. « Nos meilleurs soldats, la FPF. En première ligne en cas d'invasion ennemie. Maintenant, ils doivent garder les frontières à l'intérieur même de nos villes. Quelle honte pour le pays.

— Mais pourquoi uniquement les sikhs ?

— Pardon ?

— Vous avez dit qu'on n'attaque que les sikhs. »

Dans le rétroviseur, le regard du chauffeur était incrédule. Son passager feignait-il l'ignorance ? Il opta pour la sincérité. « Ça a commencé il y a trois jours, après l'assassinat du Premier ministre. Ce sont ses gardes du corps sikhs qui l'ont tuée. Donc, ces massacres sont censés être une revanche. » Il se retourna et regarda directement Maneck. « Où étiez-vous, sahab, pour n'avoir rien entendu sur ce qui se passait ?

— J'ai appris l'assassinat mais pas les émeutes. » Il contempla les craquelures du siège de vinyle devant lui et le col de chemise effiloché visible au-dessus du dossier. De petits furoncles, pas encore mûrs, ornaient le cou du chauffeur. « Je voulais rentrer à temps pour les funérailles de mon père et j'ai eu plein de choses à faire.

— Oui, dit le chauffeur avec sympathie. Ça a dû être très difficile. »

Il fit une embardée pour éviter un chien, un bâtard jaune, galeux et squelettique.

Maneck regarda par la vitre arrière pour voir si l'animal s'en était sorti. Un camion qui venait derrière eux l'écrasa. « Le problème c'est que j'ai quitté le pays depuis huit ans, dit-il, à titre d'excuse supplémentaire.

— Ça fait très longtemps, sahab. Ça signifie que vous êtes parti avant la fin de l'état d'urgence — avant les élections. Bien entendu, pour les gens ordinaires, ça n'a rien changé. Le gouvernement continue à démolir les maisons des pauvres et les jhopadpattis. Dans les villages, ils disent qu'ils ne creuseront des puits qu'après un certain nombre de stérilisations. Et aux paysans ils promettent des engrais une fois qu'ils auront subi le nussbandhi. Vivre, c'est affronter un danger après l'autre. » Il klaxonna pour avertir quelqu'un qui marchait sur le bas-côté. « Vous avez entendu parler de l'attaque contre le Temple d'Or, non ?

— Oui. Ces choses-là, c'est difficile de les manquer. »

Est-ce que ce type le croyait tombé de la lune ? Un silence s'installa, pendant lequel Maneck se rendit compte qu'en fait il savait très peu de choses sur les années qui s'étaient écoulées depuis son départ. Il se demanda quelles autres tragédies ou farces avaient marqué le pays tandis qu'il dirigeait les travaux de réfrigération de l'air chaud du désert.

Il reprit la conversation. « Quelle est votre opinion sur le Temple d'Or ? »

Le chauffeur fut heureux qu'on sollicitât son avis. Il quitta la nationale pour déboucher dans les faubourgs de la capitale. Ils dépassèrent une carcasse calcinée de voiture, renversée sur le toit. « Je ne vais pas pouvoir prendre le chemin direct pour la gare, sahab, il vaut mieux éviter certaines rues. » Puis il revint à la question de Maneck. « Le Premier ministre a dit que des terroristes sikhs se cachaient à l'intérieur du Temple d'Or. L'attaque de l'armée ne remonte qu'à quelques mois. Mais l'important, c'est de savoir comment le problème a démarré, il y a des années de ça, n'est-ce pas ?

— Oui. Comment ?

— De la même façon que tous ses problèmes ont démarré. Par sa propre méchanceté. Comme au Sri Lanka, au Cachemire, en Assam, au Tamilnadu. Au Pendjab, elle a aidé un groupe de gens à fomenter des troubles contre le gouvernement de l'État. Ensuite, ce groupe est devenu si puissant, luttant pour la séparation et le Khalistan, que c'est contre elle seulement qu'ils ont fomenté des troubles. Elle a donné sa bénédiction aux fusils et aux bombes, après quoi ces instruments de violence et de mal se sont mis à frapper son propre gouvernement. Comment dit-on en anglais — tel est pris qui croyait pendre, c'est ça ?

— Qui croyait prendre, murmura Maneck.

— Exactement. Et puis elle a rendu la situation de plus en plus dramatique, ordonnant à l'armée d'attaquer le Temple d'Or et de capturer les terroristes. Ils y sont allés avec des chars et toute leur grosse artillerie, comme des hooligans. Tant pis pour le sanctuaire. C'est le lieu le plus sacré pour les sikhs, la sensibilité de chacun en a souffert. »

La litote n'échappa pas à Maneck. « Elle a créé un monstre, reprit le chauffeur, et le monstre l'a avalée. Maintenant, il avale des innocents. Une si horrible boucherie depuis trois jours. » Ses doigts agrippaient le volant, sa voix tremblait. « Ils arrosent les sikhs d'essence et y mettent le feu. Ils attrapent les hommes, leur arrachent les cheveux ou les tranchent avec leur épée, puis ils les tuent. Des familles entières sont mortes brûlées chez elles. »

Il se passa la main sur la bouche, inspira profondément et poursuivit le récit du massacre auquel il avait assisté. « Et tout ça, sahab, dans la capitale de notre pays. Tout ça pendant que la police continue d'agir sans vergogne et que les politiciens disent : que voulez-vous qu'on y fasse, les gens sont bouleversés, ils vengent le meurtre de leur chef. Et moi, voilà ce que je leur dis à ces chiens puants : *phtoo!* » Et il cracha par la vitre ouverte.

« Mais je croyais que les gens n'aimaient pas beaucoup le Premier ministre ? Pourquoi sont-ils si bouleversés ?

— C'est vrai, sahab, elle n'était pas aimée des gens ordinaires, même si elle avait l'allure d'une devi avec son sari blanc. Mais supposons qu'ils l'aient adorée — vous croyez que des gens ordinaires se comporteraient de cette façon ? Aray, c'est l'œuvre de criminels, des gangs payés par son parti. Ils sont même aidés par des ministres, qui leur fournissent des listes d'habitations et de commerces sikhs. Sinon, les tueurs ne pourraient pas agir si efficacement, avec tant de précision, dans une si grande ville. »

A présent, ils traversaient des rues bordées de ruines fumantes, les trottoirs jonchés de déblais, des femmes et des enfants assis au milieu, hébétés ou pleurants. Le visage du chauffeur se tordit, Maneck crut que c'était de peur. « Ne vous inquiétez pas, dit-il, ma barbe ne causera aucun problème. S'ils

834

nous arrêtent, ils verront tout de suite que je suis parsi — je leur montrerai que je porte un sudra et un kusti.

— Oui, mais ils pourraient vouloir vérifier ma licence.

— Et alors ?

— Vous n'avez pas deviné ? Je suis sikh — j'ai rasé ma barbe et je me suis coupé les cheveux il y a deux jours. Mais je porte toujours mon kara. »

Il leva la main, montrant le bracelet de fer autour de son poignet.

Maneck scruta le visage du chauffeur, et soudain l'évidence lui apparut : sur la peau, qui n'en connaissait pas l'usage, le rasoir avait laissé plusieurs entailles. Soudain, tout ce que l'homme lui avait raconté — les mutilations, les matraquages et les décapitations, les différentes façons qu'avait la populace de casser les os, de percer la chair et de répandre le sang — et que Maneck avait écouté avec un certain détachement, tout cela prenait une sombre réalité. Les taches rouges coagulées sur le menton et les mâchoires auraient pu être des fleuves de sang, si intenses paraissaient-elles sur la peau blême et tout juste imberbe.

Maneck fut pris de nausées, son visage se couvrit de sueur. « Les salauds ! bredouilla-t-il. J'espère qu'ils seront arrêtés et pendus.

— Les véritables meurtriers ne seront jamais punis. Pour des voix aux élections et pour le pouvoir, ils jouent avec les vies humaines. Aujourd'hui, c'est les sikhs. L'année dernière, c'était les musulmans ; avant, les harijans. Un jour, votre sudra et votre kusti ne suffiront peut-être pas à vous protéger. »

La voiture s'arrêta devant la gare. Maneck vérifia le compteur et sortit de son portefeuille le double de la somme, mais le chauffeur ne voulut accepter que le montant réel de la course. « S'il vous plaît, dit Maneck, s'il vous plaît, prenez. » Il lui mit l'argent dans la main, comme si cela pouvait l'aider à surmonter sa terreur, et l'homme finit par céder.

« Je ne comprends pas, dit Maneck, pourquoi n'enlevez-vous pas votre kara pour le moment ?

— Je n'y arrive pas. » Montrant son poignet, il tira le bracelet de toutes ses forces. « Je prévoyais de le faire couper, mais je dois trouver un lohar à qui me fier, qui n'ira pas tout raconter à qui il ne faut pas.

— Laissez-moi essayer. »

Maneck saisit la main du chauffeur, tira, tordit le kara. Le bracelet butait contre la base du pouce.

Le chauffeur sourit. « Aussi solide qu'une menotte. Je suis menotté à ma religion — un prisonnier heureux.

— Alors, portez au moins des manches longues. Cachez votre poignet.

— Mais je dois parfois sortir la main pour signaler que je tourne. Sinon, je me ferais arrêter pour infraction au code. »

Maneck renonça, abandonna le kara. Le chauffeur prit la main de Maneck entre les siennes et la serra très fort. « Faites bon voyage », dit-il.

Quand son fils apparut, Aban Kohlah se mit à pleurer. C'était si bon de le revoir, dit-elle, mais pourquoi ces huit ans d'absence, était-il fâché, croyait-il qu'on ne voulait pas de lui? Tout en parlant, elle le serrait dans ses bras, lui tapotait les joues, lui caressait les cheveux.

« J'aime ta barbe, dit-elle d'un ton soumis. Ça te rend très beau. Tu aurais dû nous envoyer une photo, papa aurait pu la voir lui aussi. Mais peu importe, je suis sûre qu'il nous regarde de là-haut. »

Maneck écoutait sans mot dire. Pas un jour ne s'était écoulé durant son long exil sans qu'il ne pense à ses parents, à sa maison. A Dubaï, il s'était senti pris au piège. Piégé, pensa-t-il, aussi sûrement que cette jeune femme rencontrée à l'occasion d'un de ses déplacements à domicile pour l'entretien d'un réfrigérateur. Elle était venue dans le Golfe, comme servante, attirée par une promesse de salaire très élevé.

« Qu'y a-t-il, Maneck? insista Mrs Kohlah. Tu ne veux plus jamais vivre ici, dans les montagnes — c'est ça? Tu trouves cet endroit trop ennuyeux?

— Non, c'est beau. »

Il lui caressait les mains, l'esprit ailleurs. Il ne cessait de se demander ce qu'était devenue cette jeune femme. Surchargée de travail, molestée par les hommes de la maison, enfermée dans sa chambre la nuit, son passeport confisqué, elle l'avait supplié de l'aider, lui parlant en hindi afin que sa maîtresse ne comprenne pas. Mais elle avait dû quitter la cuisine, appelée dans une autre pièce, avant que Maneck ait pu dire quoi que ce fût. N'osant pas vraiment intervenir, il s'était contenté d'un coup de téléphone anonyme au consulat indien.

Quelle chance il avait, comparé à cette pauvre femme. Pourquoi, dans ces conditions, se sentait-il aussi désarmé qu'elle, même ici, dans sa propre maison ?

Et maintenant, face à sa mère en pleurs, il aurait tant aimé pouvoir répondre à ses questions. Mais il était incapable d'expliquer, ni à elle ni à lui-même. Il ne savait offrir que les excuses banales, rebattues : les exigences de son travail, la pression qui s'exerçait sur lui, le manque de temps — la répétition des mots vides qu'il griffonnait dans sa lettre annuelle.

« Non, donne-moi la véritable raison, dit-elle. Mais nous en parlerons plus tard, quand tu te seras reposé. Pauvre papa, tu lui manquais tellement, et pourtant il ne se plaignait jamais, jamais. Mais je savais qu'au-dedans de lui, ça le rongeait.

— Tu m'accuses donc d'être responsable de son cancer.

— Non ! Je ne voulais pas dire ça ! Je ne voulais pas ! » Sa mère prit son visage entre ses mains, répétant sa dénégation jusqu'à obtenir l'assurance qu'il la croyait. « Tu sais, papa m'a dit une fois que le pire jour de sa vie était celui où il s'était laissé convaincre par le général Grewal que ce serait bon pour toi d'aller travailler dans le Golfe. »

Ils s'assirent sur la terrasse et elle l'informa des dispositions prises pour les funérailles le lendemain matin : les dustoors arriveraient du temple du feu le plus proche, qui se trouvait néanmoins à une distance assez considérable. Elle avait eu du mal à en trouver deux prêts à accepter de célébrer la cérémonie. La plupart avaient refusé quand ils avaient

découvert que le défunt allait faire l'objet d'une crémation, disant qu'ils réservaient leurs services aux
seuls zoroastriens partant pour les Tours du Silence
— même si ça supposait un long voyage en train.

« Quelle mesquinerie chez ces gens, dit-elle en
secouant la tête. Bien sûr, c'est papa qui a souhaité
être incinéré, mais que font les gens qui ne peuvent
pas payer le transport du corps ? Ces prêtres leur
refusent-ils leurs prières ? »

Ce ne serait pas un bûcher en plein air, expliqua-
t-elle. Elle avait retenu le crématorium électrique,
dans la vallée — ce serait plus convenable. Et papa
n'ayant pas manifesté de désir précis sur ce point, ça
n'avait donc pas d'importance.

Le Magasin général était resté fermé depuis sa
mort. Elle avait l'intention de le rouvrir la semaine
suivante et de continuer comme avant. « Envi-
sages-tu de te réinstaller ici ? demanda-t-elle timidement, craignant de paraître s'immiscer dans ses
affaires.

— Je n'y ai pas encore réfléchi. »

Autour d'eux, le jour commençait à faiblir.
Maneck observa un lézard, immobile sur le mur de
pierre. De temps à autre, son corps frêle se détendait
comme un arc pour attraper une mouche.

« Es-tu heureux à Dubaï ? Est-ce que ton travail est
intéressant ?

— Ça va.

— Parle-m'en davantage. Tu as écrit que tu es
directeur à présent ?

— Chef d'équipe. Je dirige une équipe d'entretien
— d'un système de conditionnement d'air. »

Elle hocha la tête. « Et à quoi ressemble Dubaï ?

— Ça va. » Il chercha quelque chose à ajouter, et
se rendit compte qu'il ne connaissait pas l'endroit, ne
voulait pas le connaître. Les gens, leurs coutumes, la
langue — tout lui demeurait aussi étranger que
lorsqu'il avait atterri huit ans auparavant. Il semblait
condamné à demeurer un éternel déraciné. « Des tas
de grands hôtels. Et des centaines de boutiques ven-

dant des bijoux, des chaînes stéréo et des téléviseurs. »

Elle hocha de nouveau la tête. « Ça doit être très beau. » Confrontée à la tristesse de Maneck, quasiment palpable, elle se dit que le moment était bien choisi pour parler de son retour à la maison. « Le magasin est à toi, tu sais cela. Tu peux le diriger, le moderniser, faire tout ce que tu veux. Et si tu préfères le vendre et utiliser l'argent pour fonder ta propre affaire de réfrigération, ça aussi c'est possible. »

Il perçut l'hésitation dans sa voix, se sentit minable. Une mère apeurée à l'idée de parler à son fils — était-il réellement si intimidant ? « Je n'ai pas réfléchi à tout cela, répéta-t-il.

— Prends ton temps, il n'y a pas d'urgence. Fais ce que tu souhaites. »

La voir ainsi tenter de l'apaiser lui arracha une grimace de douleur. Pourquoi ne lui disait-elle pas qu'elle était révoltée par sa conduite, par sa si longue absence, ses lettres rares et superficielles ? Et si elle le lui disait, se défendrait-il ? Trouverait-il des raisons, essaierait-il d'expliquer à quel point tout lui paraissait dénué de sens ? Non. Car elle se remettrait à pleurer, il lui dirait d'arrêter, elle exigerait des détails et il lui répondrait de s'occuper de ses propres affaires.

« Je pensais... » Mrs Kohlah passa à un sujet moins dangereux. « Après tant d'années, tu pourrais peut-être profiter de l'occasion pour aller rendre visite à nos parents. Toute la famille Sodawalla meurt d'envie de te revoir.

— C'est trop loin, je n'ai pas le temps.

— Même pas deux-trois jours ? Tu pourrais aller saluer la dame chez qui tu as vécu quand tu étais à l'université. Elle en serait si heureuse.

— Après tout ce temps, elle m'a oublié, c'est sûr.

— Je ne le crois pas. Sans elle, tu n'aurais pas passé ton diplôme. Tu détestais la résidence universitaire, tu voulais rentrer à la maison, tu t'en sou-

viens ? Tu dois ton succès à Dina Dalal et à son hospitalité.

— Oui, je m'en souviens. »

Au mot succès, il se fit tout petit.

Le crépuscule tomba, et le lézard qu'il avait
observé commença à se fondre dans le mur de
pierre, ne redevenant visible que lorsqu'il bougeait.
Mais l'appétit de l'animal devait être saturé car il ne
courait plus après les mouches — il arborait un
ventre nettement rebondi.

« Maneck. » Elle attendit qu'il tourne la tête vers
elle. « Maneck, pourquoi es-tu si loin ? »

Il plissa les yeux pour mieux la voir — sa mère ne
s'autorisait pas en général de telles niaiseries. « C'est
parce que mon boulot est à Dubaï.

— Ce n'est pas de cette distance que je parlais. »

Il se sentit ridicule. Lui touchant gentiment
l'épaule, elle dit : « Je vais préparer le dîner », et elle
rentra dans la maison.

Des bruits lui parvinrent de la cuisine, feutrés
comme les paroles de sa mère. Casseroles et poêles,
puis le couteau — des petits coups sur la planche,
indiquant qu'elle hachait quelque chose. L'eau coulant dans l'évier. Un choc sourd, le loqueteau qui
s'enfonce, la fenêtre qu'elle referme pour empêcher
l'air glacé du soir de pénétrer.

Mal à l'aise, Maneck s'agita sur sa chaise. Tous ces
bruits, le froid du crépuscule, le brouillard s'élevant
de la vallée drainaient à leur suite une escorte de
souvenirs. Les matins de son enfance, quand il se
réveillait et que de l'immense baie vitrée de sa
chambre il regardait les pics enneigés, le lever du
soleil et le ballet des pans de brume, tandis que
maman préparait le petit déjeuner et que papa
s'apprêtait à ouvrir le magasin. Puis, l'appétit aiguisé
par l'odeur des toasts et des œufs frits, il glissait ses
pieds chauds dans ses pantoufles froides, dévalait
l'escalier, embrassait maman et se pelotonnait sur sa
chaise. Bientôt, papa arrivait en se frottant les
mains, buvait à grandes gorgées le thé servi dans sa

tasse réservée, debout à la fenêtre donnant sur la vallée, puis il s'asseyait, prenait son petit déjeuner accompagné d'une autre tasse de thé, et maman disait...

« Maneck, il commence à faire froid dehors. Veux-tu un pull-over ? »

L'interruption brutale creusa une brèche dans sa mémoire ; ses pensées s'effondrèrent comme un château de cartes. « Non, je vais bientôt rentrer », répondit-il, irrité, comme si, pour peu qu'il eût disposé d'un peu plus de temps, il lui eût été possible de capturer, de reconstruire, de faire revivre ces jours heureux.

Le lézard s'accrochait toujours au mur, camouflé par la nouvelle coloration de la pierre. Maneck décida de ne rentrer que lorsque l'animal serait devenu totalement invisible. Il détestait sa forme, sa teinte, sa vilaine tête. Sa façon de lancer sa langue, d'engloutir les mouches. Tout comme le temps engloutit les efforts et la joie des humains. Le temps, cet ultime grand maître qui ne pourrait jamais être mis échec et mat. Aucune voie n'existait hors de son ventre distendu. Il lui fallait anéantir la méprisable créature.

Il prit une canne posée dans un coin de la terrasse, avança tout doucement, et frappa en direction du lézard. La canne produisit un bruit mat en s'abattant sur la pierre. Il recula rapidement, examina le sol à ses pieds, prêt à assener un second coup si nécessaire. Mais il ne vit rien. Il regarda le mur. Rien. Il avait frappé l'air.

A présent, il se sentait soulagé de n'avoir pas tué le lézard. Il se demanda à quel moment l'animal avait disparu, lui laissant la charge de conjurer sa présence reptilienne. Il se rapprocha du mur, fit courir ses doigts à la surface pour découvrir l'endroit. La marque — une bosse, une craquelure ou un trou — à laquelle ses yeux s'étaient laissé piéger.

Mais la marque n'existait plus. Il eut beau essayer, il ne put ressusciter l'image. Le lézard imaginaire s'était volatilisé aussi proprement que le vrai lézard.

Le lendemain de la crémation, Maneck, accompagné de sa mère et portant le coffret de bois, s'en alla répandre les cendres sur le flanc de la montagne que son père avait tant aimé parcourir. Il avait demandé qu'on le disperse dans le paysage, aussi loin et sur une surface aussi vaste que les pas d'un humain pourraient le porter. *Engagez un sherpa, s'il le faut,* avait-il plaisanté. *Ne me déversez pas à un seul endroit.*

« Je crois que, finalement, papa a réussi à me faire faire une longue marche avec lui », dit Mrs Kohlah, balayant ses larmes du revers de la main, gardant ses doigts secs pour les cendres.

Maneck se désola de n'avoir pas accompagné plus souvent son père dans ses sorties. Il regretta que ce ravissement et cette ardeur qu'il avait manifestés étant enfant se soient taris avec les années, au moment où son père avait le plus besoin de lui. Il n'avait éprouvé alors que de la gêne devant les propos de plus en plus exubérants de son père à propos des cours d'eau, des oiseaux et des fleurs, une gêne qui s'était encore accrue quand, en ville, les gens avaient commencé à parler de l'étrange comportement de Mr Kohlah, de cette manie qu'il avait de tapoter les rochers et de caresser les arbres.

Aujourd'hui le temps était calme. Aucun souffle d'air ne venait les aider à disperser les cendres. Plongeant la main chacun à son tour dans le coffret, Maneck et sa mère éparpillaient la poudre grise.

Quand ils en eurent répandu la moitié, Aban Kohlah fut prise brusquement d'un sentiment de culpabilité, de l'intuition qu'ils n'agissaient pas tout à fait comme son mari l'aurait souhaité. Elle s'aventura dans des endroits plus difficiles, essayant de lancer une pleine poignée dans une petite cascade, d'en mélanger un peu à une touffe inaccessible de fleurs sauvages, d'en étaler autour d'un arbre qui poussait en surplomb.

843

« Ici, c'était l'endroit favori de papa, dit-elle. Il m'a souvent décrit cet arbre, sa façon étrange de pousser.

— Fais attention, maman. Dis-moi où tu veux les répandre, ne te penche pas trop par-dessus bord. »

Mais ce ne serait pas la même chose, se dit-elle, et elle continua à s'aventurer sur des chemins escarpés. Finalement, ce que Maneck redoutait arriva. Elle fit un faux pas et dévala une pente.

Il se précipita à son secours. Recroquevillée, elle se frottait le genou. « Ohhh! gémit-elle en se levant et en essayant de marcher.

— Ne bouge pas, lui intima-t-il. Attends-moi ici, je vais chercher de l'aide.

— Non, ça va, je peux remonter. »

Elle fit deux pas et s'effondra de nouveau.

Il plaça le coffret de cendres à l'abri derrière un rocher, se dépêcha de regagner la route, cria à quelqu'un qui passait que sa mère était blessée. En moins d'une demi-heure un groupe d'amis et de voisins arriva à la rescousse, mené par la redoutable Mrs Grewal.

Depuis la mort de son mari, l'épouse du général Grewal s'était muée, petit à petit, en commandant en chef. Où qu'elle se trouvât, elle prenait automatiquement les choses en main. Au grand contentement de la plupart de ses amis, pour qui cela signifiait moins de travail, qu'il s'agît d'organiser un dîner ou une sortie.

Après avoir évalué l'état de Mrs Kohlah, Mrs Grewal envoya chercher deux porteurs qui travaillaient maintenant comme serveurs dans un hôtel quatre étoiles. Jadis, les deux hommes transportaient en palanquin, le long des chemins et des pistes de montagne, les touristes âgés ou infirmes à qui ils permettaient ainsi d'admirer le paysage. Avec la construction de la nouvelle route, assez large pour permettre la circulation des grands autocars panoramiques, ils avaient perdu leur emploi.

Ils furent heureux de ressortir leur palkhi pour le bénéfice de Mrs Kohlah. Maneck leur demanda s'ils se sentaient capables de la ramener saine et sauve, étant donné que, après toutes ces années passées en allées et venues entre la cuisine et la salle à manger de leur hôtel confortable, ils ne devaient plus avoir le pied si sûr.

« Ne craignez rien, sahab, dirent-ils. Le portage était une tradition familiale, nous l'avons dans le sang. » Avoir la chance d'exercer à nouveau leurs talents, aussi brièvement que ce fût, les mettait visiblement au comble de l'excitation.

« Maneck, veux-tu rester et finir de vider le coffret ? demanda Mrs Kohlah quand on l'installa dans le palanquin.

— Oui, il restera, décréta Mrs Grewal. Maneck, achève de répandre les cendres, tu nous rattraperas plus tard. Ta maman sera en sûreté avec moi. »

Elle fit signe aux porteurs ; hissant le palanquin sur leurs épaules, ils se mirent à trotter en parfait accord, leurs jambes et leurs bras fonctionnant comme des machines bien huilées, et adoptèrent un rythme souple pour éviter à leur passagère des soubresauts inutiles sur les chemins accidentés. Cela rappela à Maneck la locomotive à vapeur que son père lui avait permis un jour de voir de près... Papa le soulevant dans ses bras, à la gare, le chauffeur de la locomotive donnant un coup de sifflet... arbres, moyeux, pistons vibrant et s'élançant dans un puissant mouvement symétrique...

« Oh, si seulement Farokh pouvait voir ça, dit Mrs Kohlah, souriant et pleurant à la fois. Sa femme ramenée en palkhi après avoir disséminé ses cendres. Comme il rirait de ma coquette maladresse. »

Maneck regarda l'équipage disparaître dans le tournant suivant, puis il récupéra le coffret caché derrière la roche. Il recommença à répandre les cendres. Petit à petit, un vent se leva. Les nuages, qui dérivaient lentement, se livrèrent une course tapageuse à travers le ciel, leur ombre comme une menace au-dessus de la vallée. Maneck laissa les cendres ruisseler de ses doigts, happées par les griffes du vent. Il racla les parois intérieures du coffret, le renversa, en tapota le fond. Les derniers vestiges s'envolèrent explorer l'immensité.

De temps en temps Mrs Grewal, qui se propulsait à grandes enjambées juste derrière les porteurs, leur criait ses instructions : « Attention, cette branche est très basse. Vous ne voudriez pas que Mrs Kohlah se cogne la tête.

— N'ayez pas peur, memsahab, soufflèrent-ils. Nous connaissons encore notre travail.

— Hum, dit Mrs Grewal. Attention, maintenant, il y a une très grosse pierre, ne trébuchez pas. »

Pour le coup, c'est Mrs Kohlah qui la rassura : « Ne vous inquiétez pas, ce sont des experts. Je suis très confortablement installée. »

Quand les deux palkhiwallas, émergeant du sentier de montagne, empruntèrent la route qui menait à la ville, le cortège des voisins et des amis les gratifia d'une salve d'applaudissements. Cela faisait des années qu'on n'avait plus vu un palkhi se balancer par les rues. Tous ceux qui le croisèrent saluèrent avec ravissement ce fantôme du passé. Un bon nombre décidèrent de le suivre, grossissant les rangs des acclamateurs spontanés.

A plusieurs reprises, la chaise et son cortège durent s'arrêter sur le côté pour laisser passer les bus et les camions. A la cinquième halte, Mrs Grewal se mit en colère. « Ça suffit, décréta-t-elle. Allons, vous tous, placez-vous au milieu de la rue. Nous n'en bougerons plus pour qui que ce soit. Mrs Kohlah a priorité, c'est un jour particulier pour elle. La circulation peut attendre. »

Tout le monde acquiesça, et pendant trente-cinq glorieuses minutes le cortège progressa à pas décidés dans les rues de la ville, suivi des cris et des coups de klaxon d'une file de conducteurs impatients. Mrs Grewal les traita par le mépris, cette minable cacophonie, décida-t-elle, ne méritait pas de réponse. Une ou deux fois cependant, emportée par la colère, elle ne put s'empêcher de leur crier : « Un peu de respect, je vous prie ! Cette femme est veuve ! »

Finalement, l'escorte arriva à bon port ; on installa confortablement Mrs Kohlah dans un fauteuil, le genou entouré de cubes de glace. Mrs Grewal s'assit en face d'elle, raide comme une sentinelle sur sa chaise à dossier droit, et refusa de partir avec les autres. « Vous ne pouvez pas rester seule le lendemain des funérailles », décréta-t-elle.

Mrs Kohlah s'amusa de ces manières, mais apprécia la compagnie. Elles évoquèrent la grande époque du Magasin général, les temps glorieux du cantonnement, les thés et les dîners. Que la vie était merveilleuse alors, l'air pur et doux — quand on était fatigué ou malade, il suffisait de faire quelques pas dehors, de respirer profondément, et, immédiatement, l'on se sentait mieux, sans avoir besoin d'avaler des médicaments ou des vitamines. « A présent, c'est toute l'atmosphère qui a changé », dit Mrs Grewal.

Sur ces mots, Maneck entra, suscitant un silence gêné. Il se demanda de quoi elles pouvaient bien discuter.

« Tu es revenu très vite, observa Mrs Grewal. Jeune âge et jambes fortes. Et tu t'en es sorti avec les cendres ?

— Oui, merci.

— Tu es sûr d'avoir agi comme il le fallait, Maneck ? s'enquit sa mère.

— Oui. »

Nouveau silence.

« Et qu'as-tu fait à Dubaï ? demanda Mrs Grewal. A part t'être laissé pousser la barbe ? »

Il sourit pour toute réponse.

« Te voilà bien secret. J'espère que tu as gagné beaucoup d'argent. »

Il sourit derechef. Elle partit quelques minutes plus tard, disant qu'elle n'avait plus de raison de rester. « Tu vas pouvoir t'occuper de ta mère », ajouta-t-elle d'un ton significatif.

Maneck vérifia l'état des cubes de glace, puis proposa de faire des sandwiches au fromage pour le déjeuner.

« Mon fils vient me voir au bout de huit ans, et je ne peux même pas lui préparer son repas, se lamenta sa mère.

— Quelle différence ça fait que ce soit toi ou moi qui prépare les sandwiches ? »

Elle saisit l'avertissement contenu dans sa voix et fit machine arrière, puis elle essaya de nouveau : « Maneck, s'il te plaît, ne te fâche pas. Ne veux-tu pas me dire pourquoi tu es si malheureux ?

— Il n'y a rien à dire.

— Nous sommes tristes tous les deux à cause de la mort de papa. Mais ça ne peut pas être la seule raison. Nous nous y attendions depuis qu'on avait diagnostiqué son cancer du côlon. Il y a quelque chose de différent dans ta tristesse, je le sens. »

Elle attendit, l'observant pendant qu'il coupait le pain, mais il demeura impassible. « Est-ce parce que tu n'es pas venu quand il vivait encore ? Tu ne dois pas t'en vouloir. Papa comprenait que c'était difficile pour toi de bouger. »

Il reposa le couteau à pain et se retourna. « Tu veux vraiment savoir pourquoi ?

— Oui. »

Il reprit le couteau, coupa les tranches avec soin, parla d'un ton égal : « Vous m'avez envoyé au loin, toi et papa. Et ensuite, je n'ai plus pu revenir. Vous m'avez perdu, et moi j'ai tout perdu. »

Elle se leva, s'approcha de lui en boitillant, lui prit le bras. « Regarde-moi, Maneck, dit-elle, en larmes. Tu te trompes, tu signifies tout pour moi et pour papa ! Quoi que nous ayons fait, nous l'avons fait pour toi ! S'il te plaît, crois-moi ! »

Il retira son bras, gentiment, et continua à préparer les sandwiches.

« Comment peux-tu dire quelque chose de si blessant et ensuite garder le silence ? Tu te plaignais toujours de ce que papa se complaisait dans des attitudes théâtrales. Et maintenant, tu te comportes exactement comme lui. »

Il refusa de discuter. Elle clopina derrière lui dans la cuisine, plaidant sa cause.

« A quoi ça sert que je fasse les sandwiches si tu continues à marcher avec ton genou abîmé ? » dit-il, exaspéré.

Elle obéit et se rassit en attendant qu'il ait fini. Quand tout fut sur la table, et pendant qu'ils mangeaient, elle l'observa à la dérobée. Le ciel commença à s'assombrir sérieusement. Il lava leurs assiettes et les mit à sécher sur l'égouttoir. Les grondements du tonnerre roulèrent au-dessus de la vallée.

« Nous avons eu de la chance ce matin, dit-elle, quand les premières gouttes tombèrent. A présent, je vais aller me reposer. Tu penseras à fermer les fenêtres si la pluie pénètre dans les pièces ? »

Il hocha la tête et l'aida à monter l'escalier. Elle sourit malgré sa douleur, s'appuyant avec bonheur sur l'épaule de son fils, fière de sa force et de sa rigueur.

Une fois sa mère couchée, Maneck redescendit et, debout à la fenêtre, observa avec ravissement le spectacle, le déchaînement des éclairs suivis des coups de tonnerre. La pluie lui avait manqué à Dubaï. La vallée disparaissait sous une couverture de brouillard. Il arpenta un moment la maison, puis se rendit au magasin.

Il examina les étagères, savourant les noms inscrits sur les jarres et les boîtes, ces noms qu'il n'avait pas vus depuis tant d'années. Mais que le magasin était petit, délabré, se dit-il. Ce magasin jadis le centre de son univers. Et maintenant il s'en était éloigné. A un point tel qu'il lui semblait impossible d'y revenir. Il chercha à comprendre ce qui l'en éloignait ainsi. A coup sûr pas la propre, la rutilante Dubaï.

Il descendit à la cave où dormait la machine à embouteiller. Les toiles d'araignées s'en étaient emparées, ensevelissant l'appareil vaincu. La demande de Cola Kohlah avait pratiquement disparu, lui avaient écrit ses parents — juste une demi-douzaine de bouteilles par jour, pour les amis et les voisins fidèles.

Il traîna parmi les bouteilles vides et les caisses en bois. Dans un coin de la cave, en partie dissimulée par une montagne de sacs de jute, une pile de journaux s'effritait. Il caressa les sacs, sentant sous sa main la rudesse de la fibre, respirant son odeur de bois vert et de végétation luxuriante. Les journaux dataient de ces dix dernières années, témoignage de la décennie conservé par hasard. C'était étrange, se dit-il, parce que papa s'en servait régulièrement dans le magasin, pour envelopper les colis ou rembourrer les paquets. Ceux-là avaient dû échapper à son attention.

Il résolut de les remonter et de les feuilleter. Parcourir de vieux journaux semblait la façon la plus appropriée de passer cet après-midi pluvieux et triste.

Installé près de la fenêtre, il ouvrit les feuilles jaunies et poussiéreuses du numéro en tête de la pile. Il datait de la période qui avait suivi l'état d'urgence et qui avait vu le Premier ministre perdre les élections au profit d'une coalition regroupant l'opposition. Des articles racontaient les abus commis durant l'état d'urgence, rapportaient les témoignages de victimes de la torture, dénonçaient avec hargne les morts innombrables dans les geôles de la police. Les éditorialistes, réduits au silence sous le règne précédent, réclamaient une commission spéciale pour enquêter sur les méfaits du Premier ministre et la punir.

Il passa à un autre journal, lassé par le côté répétitif de ces reportages. Le récit des atermoiements gouvernementaux quant au sort à réserver à l'ex-Premier ministre ne fournissait pas non plus une lecture très stimulante, à l'exception d'un article citant ces propos d'un ancien ministre : « Elle doit être punie, c'est une femme terrible, aussi perverse que Cléopâtre. » La seule décision, prise à l'unanimité par ce gouvernement paralysé, avait été de bannir du pays le Coca-Cola, la firme refusant de livrer sa formule et ses secrets de gestion; en l'accommodant et en le tripatouillant un peu, c'était un acte qui convenait à toutes les idéologies de la coalition.

Encore quelques journaux et, les querelles incessantes ayant eu raison de la coalition, de nouvelles élections allaient avoir lieu. L'ex-Premier ministre s'apprêtait à jeter son préfixe aux orties et à reprendre le pouvoir. Renonçant à leurs discours venimeux, les éditorialistes adoptaient un ton obséquieux rappelant celui en vigueur sous l'état d'urgence. L'un de ces scribes prosternés écrivait : « Le Premier ministre peut-elle avoir incarné quelques-uns des dieux qui l'habitent ? Sans aucun doute, elle possède un pouvoir dormant, enroulé à la base de sa colonne vertébrale, le Shakti Kundalini qui est en train de se réveiller et de lui faire atteindre la transcendance. »

Pas le moindre sarcasme ne sous-tendait ce texte, qui n'était qu'une partie d'un plus long panégyrique.

Ecœuré, Maneck consulta les pages sportives. Il y vit des photos de matches de cricket et la déclaration d'un capitaine australien à propos de « ce troupeau de gueux du tiers monde qui croient qu'ils savent jouer au cricket ». Puis la jubilation, les feux d'artifice et les fêtes quand le troupeau de gueux avait vaincu l'Australie au cours des éliminatoires.

Il accéléra sa lecture. Au bout d'un moment, même les photos se ressemblaient toutes. Déraillements de trains, inondations dues à la mousson, effondrements de ponts; ministres décorés de guirlandes de fleurs, ministres prononçant des discours, ministres visitant des régions endommagées par la nature ou par la main de l'homme. Il feuilleta les numéros entre deux coups d'œil au spectacle qui s'offrait à lui par la fenêtre — rafales de pluie, cèdres courbés sous le vent, déchaînement d'éclairs.

Puis quelque chose, dans un des journaux, attira son regard. Il y revint. C'était la photographie de trois jeunes femmes. Elles se balançaient à un ventilateur de plafond, une extrémité de leur sari attachée au crochet du ventilateur, l'autre nouée autour de leur cou. La tête ballottait, les bras pendouillaient, mous comme ceux d'une poupée de chiffon.

Il lut le récit qui accompagnait la photo, ses yeux se reportant sans cesse à cette vision d'horreur. Elles étaient trois sœurs, âgées respectivement de quinze, dix-sept et dix-neuf ans, et s'étaient pendues en l'absence de leurs parents. En laissant un mot pour expliquer leur conduite. Elles savaient que leur père était malheureux de ne pouvoir leur payer une dot à chacune. Après de nombreuses discussions et beaucoup d'angoisses, elles avaient décidé d'en finir ainsi, d'épargner à leur père et à leur mère la honte d'avoir trois filles non mariées. Elles suppliaient leurs parents de leur pardonner cet acte qui leur causerait un grand chagrin ; elles ne concevaient pas d'alternative.

La photo attira de nouveau le regard de Maneck, une image à la fois dérangeante, pitoyable et affolante de par sa pure tranquillité. Les trois sœurs semblaient déçues comme si elles avaient attendu autre chose de la pendaison, quelque chose de plus que la mort, pour finir par découvrir qu'il n'y avait rien d'autre que la mort. Il se surprit à admirer leur courage. Quelle force morale il leur avait fallu, pensa-t-il, pour dérouler leur sari, s'en nouer l'extrémité autour du cou. A moins que ce n'eût été facile, une fois l'acte lesté de sa beauté logique et du poids du bon sens.

Il se força à lire le reste de l'article. Le journaliste avait rencontré les parents ; ils avaient, écrivait-il, eu plus que leur part normale de chagrin — durant l'état d'urgence, ils avaient perdu leur fils aîné dans des circonstances qui n'avaient jamais été complètement élucidées. La police avait affirmé qu'il s'agissait d'un accident de chemin de fer, mais les parents parlaient de blessures qu'ils avaient remarquées sur le corps de leur fils à la morgue. Selon le journaliste, cela concordait avec d'autres histoires, des récits avérés de tortures. « Qui plus est, compte tenu du climat politique qui régnait sous l'état d'urgence, et du fait que leur fils, Avinash, était membre actif de l'Union des étudiants, il semblerait que l'on soit en présence d'un cas supplémentaire de mort durant une détention préventive dans les locaux de la police. »

L'article commentait ensuite les travaux de la commission parlementaire d'enquête sur les excès de l'état d'urgence, mais Maneck avait cessé sa lecture.

Avinash.

La pluie rebondissait sur le toit, entrait par la fenêtre ouverte. Il tenta de replier le journal correctement, selon ses anciens plis, mais ses mains tremblaient, et il l'abandonna, pages battantes et froissées, sur ses genoux. La pièce manquait d'air. Il se força à se lever de sa chaise. Le journal, avec son odeur de terreau, de cave pourrissante, roula sur le sol. Il alla sur la terrasse, inspirant à grandes goulées l'air chargé de pluie. Le vent s'engouffra par la porte ouverte. Les pages du journal s'éparpillèrent dans la pièce tandis que les rideaux battaient contre les vitres. Il ferma la porte, arpenta la terrasse mouillée puis partit sous la pluie, les larmes coulant sur son visage.

En quelques secondes, il se retrouva vêtements trempés, cheveux plaqués sur le front. Il fit le tour de la maison : descendit la pente, entra dans le jardin de derrière, contourna le niveau inférieur, puis remonta de l'autre côté. A travers le mur de pluie, il vit les câbles d'acier retenant les fondations à la pente. Les câbles valeureux, qui n'avaient pas cédé depuis quatre générations. Mais il aurait pu jurer que la maison avait bougé pendant son absence. *Une maison aux tendances suicidaires,* avait dit Avinash. Un peu plus, encore un peu plus... et elle s'arracherait à ses ancres, dévalerait la colline. Cela semblait dans l'ordre des choses. Tout perdait ses amarres, glissait au loin, jusqu'à devenir irrécupérable.

Presque en courant, il suivit la rue qui menait à l'extérieur de la ville. Sans se préoccuper du regard des gens fixé sur lui. Ne voyant que la photographie. Les trois saris serrés autour de ces cous fragiles... les trois sœurs d'Avinash... qu'il aimait faire manger quand elles étaient petites et qui lui mordaient les doigts pour s'amuser. Et les pauvres parents... Le monde avait-il un sens ? Où était Dieu, ce Sacré Imbécile ? Ne possédait-Il aucune notion de justice et d'injustice ? Ne savait-Il pas lire un simple bilan ? S'Il avait dirigé une entreprise, il y a longtemps qu'Il aurait été saqué, compte tenu de ce qu'Il laissait faire... à la jeune servante, aux milliers de sikhs tués dans la capitale et à mon pauvre chauffeur de taxi, avec son kara qu'il ne pouvait enlever.

Maneck leva les yeux vers le ciel. Les cendres de papa, répandues ce matin. Détrempées, entraînées au loin. Pensée intolérable, car alors il n'y aurait plus rien... et maman, qui resterait toute seule...

Il courut le long du chemin, qui devint vite mou et glissant. Il courut, dérapa, trébucha, espérant trouver un endroit encore vert et charmant, un lieu de bonheur, de sérénité, où marcherait son père, vigoureux et confiant, le bras passé autour des épaules de son fils.

Pataugeant dans la boue, il perdit l'équilibre, tendit brusquement les bras sur le côté pour ne pas tomber. A présent, il comprenait le désespoir qui s'était emparé de son père quand son monde familier s'était écroulé autour de lui, les vallées déchirées et enlaidies, les forêts éradiquées. Papa avait raison, pensa-t-il, les montagnes meurent, et j'étais stupide de croire qu'elles étaient éternelles, qu'un père pouvait demeurer jeune à jamais. Si seulement je lui avais parlé. Si seulement il m'avait laissé me rapprocher de lui.

Mais les cendres... drainées par la pluie froide. Il courut jusqu'à l'endroit où il avait vidé le coffret, le matin. Haletant, il s'arrêta à chaque emplacement où s'était attardée sa mère, mais ne trouva pas trace des cendres grises. Bientôt secoué de gros sanglots, il repoussa les feuilles, à coups de pied renversa un rocher, déplaça une branche cassée.

Rien. Il était trop tard. Il fit un faux pas, tomba à genoux, les doigts dans la vase. La pluie dégringolait sans pitié. Il se sentit incapable de se lever. Il se couvrit le visage de ses mains boueuses et pleura, pleura, pleura encore.

Un chien se dirigea en pataugeant vers Maneck qui, à cause du bruit de la pluie, ne l'entendit pas. L'animal s'approcha, le renifla. Quand Maneck sentit le museau sur ses mains, il sursauta et ôta les mains de son visage. Le chien lui lécha la joue. Il le caressa ; était-ce un de ceux que papa nourrissait sur la terrasse ? Il remarqua une plaie suppurante sur la hanche et se demanda si l'onguent que fabriquait son père et avec lequel il soignait les chiens errants était encore sur l'étagère, sous le comptoir.

La cataracte commençait à perdre de sa violence. Maneck se leva, s'essuya le visage sur sa manche mouillée, regarda au loin. Des trous apparaissaient entre les nuages, des pans de vallée émergeaient du brouillard.

Il ne bougea pas jusqu'à ce que la pluie ait presque cessé de tomber, remplacée par une petite bruine, si fine qu'elle semblait plus légère qu'un souffle sur la peau. Il retourna à l'endroit où l'arbre poussait en surplomb. Le chien le suivit pendant un moment. L'abcès le faisait boiter, l'infection avait probablement pénétré jusqu'à l'os. La pauvre bête n'avait plus que quelques semaines à vivre, pensa Maneck, il n'y avait personne pour la soigner et la guérir. Sans papa pour s'en occuper, qui s'en soucierait ?

Les yeux à nouveau pleins de larmes, il reprit le chemin de la maison. De nombreux petits ruisselets, nés de la pluie, dévalaient la montagne. Ils allaient grossir les torrents et renforcer les cascades. Demain, ce serait une explosion de verdure et de fraîcheur. Il imagina les cendres, transportées par toute cette eau miroitante, circulant sur les flancs de la montagne. Le vœu de son père était exaucé — il se retrouvait éparpillé, plus totalement que par les soins d'un être humain, quel qu'il fût : la nature, puissante et scrupuleuse, s'en était chargée et, désormais, il était partout, inséparable du lieu qu'il avait tant aimé.

Emmitouflée dans un châle de cachemire, Mrs Kohlah se tenait sur la terrasse, les yeux rivés avec anxiété sur la route. Quand elle aperçut Maneck, elle lui fit des signes frénétiques. Il accéléra le pas.

« Maneck ! Où étais-tu ? Je me suis réveillée et tu étais parti ! Et il pleuvait tant, je me suis inquiétée. » Elle lui saisit le bras. « Regarde-moi ça, tu es trempé ! Et tu as de la boue sur le visage et les vêtements ! Que s'est-il passé ?

— Ce n'est rien, dit-il gentiment. Je vais bien, j'ai eu envie de marcher un peu. J'ai glissé, ajouta-t-il pour expliquer la boue.

— Tout comme papa, il faut que tu fasses des choses insensées. Lui aussi aimait marcher sous la pluie. Mais va te changer, pendant ce temps je te préparerai du thé et des toasts. »

Les années n'existaient plus, balayées par la pluie. Il était de nouveau son petit garçon, transi et ayant besoin d'aide.

« Comment va ton genou ?

— Beaucoup mieux. La glace a bien aidé. »

Il monta à sa chambre, se lava et passa des vêtements secs. Le thé était prêt quand il redescendit. Sa mère ajouta deux cuillerées de sucre pour lui, une pour elle. Elle lui avait servi le sien dans la tasse de son père. Elle remua avant de la pousser vers lui. « Tu te rappelles l'habitude qu'avait papa de boire sa première tasse en marchant dans la cuisine ? » Il hocha la tête.

Elle sourit. « Toujours dans mes pieds quand j'étais le plus occupée. Mais il avait arrêté de faire ça, les dernières années. Il entrait et s'asseyait, tranquillement. » Se penchant sur sa chaise, elle effleura doucement la tête de Maneck. « Regarde, tes cheveux sont encore tout dégoulinants. »

Elle prit une serviette de table dans l'armoire à linge et entreprit de le sécher. A coups rapides et vigoureux, qui lui faisaient valser la tête. Il faillit protester, puis trouva le traitement reposant et la laissa continuer. Il ferma les yeux. Il se revit sur la plage avec Om, huit ans auparavant, il revit les masseurs auxquels les clients, assis sur le sable, livraient leur crâne pour qu'ils le massent, le frottent, le tapotent. Avec en arrière-plan les vagues qui se brisaient sur le rivage et une douce brise de fin d'après-midi. Et le parfum de jasmin émanant des fleurs à la blancheur de lait que des vendeurs débitaient à la chaîne aux femmes qui les piquaient dans leurs cheveux.

« Je crois que je *vais* aller rendre visite à nos parents. Et à tante Dina. » Sous l'effet des mouvements brusques de sa mère, sa voix vibrait curieusement.

« Quelle drôle de voix tu as. Comme si tu essayais de parler et de te gargariser en même temps. » Elle rit et reposa la serviette. « Ils seront si contents de te voir. Quand vas-tu partir ?

— Demain matin.

— Demain ? » Elle se demanda s'il s'agissait d'une ruse pour s'éloigner d'elle. « Et quand reviendras-tu ici ?

— Je crois que j'irai directement à Dubaï. De là-bas, c'est plus commode. »

Elle savait que sa peine se lisait sur son visage, pourtant il ne semblait pas s'en apercevoir. Prononçant des mots qu'elle avait du mal à capter, qui parcouraient déjà la distance que bientôt il mettrait entre elle et lui.

« Ce que je veux faire, poursuivit-il, c'est vite retourner à mon travail — leur signifier mon congé, qu'ils me disent dans combien de temps je serai libre.

« — Tu veux dire démissionner ? Et après ?

— J'ai décidé de revenir m'installer ici. »

Elle respira plus vite. « C'est un merveilleux projet », dit-elle, s'efforçant de maîtriser la vague d'émotion qui la submergeait. « Tu peux démarrer ta propre affaire en vendant le magasin et...

— Non, c'est pour le magasin que je reviens.

— Papa serait content. »

Il quitta la table et s'approcha de la fenêtre. Tout ne se terminait pas forcément mal — il allait se le prouver. D'abord il retrouverait tous ses amis : Om, heureux mari, sa femme et au moins leurs deux ou trois enfants ; quels noms leur avaient-ils donnés ? S'il y avait un garçon, sûrement celui de Narayan. Et Ishvar, le grand-oncle, fier et souriant derrière sa machine à coudre, disciplinant les plus jeunes, les empêchant de s'aventurer trop près des volants vrombissants et des aiguilles galopantes. Et tante Dina, supervisant les travaux de couture pour l'exportation, orchestrant la maisonnée, régnant sur une cuisine sans cesse en activité.

Oui, il allait voir cela, de ses propres yeux. S'il y avait abondance de misère dans le monde, il y avait aussi de la joie — pour peu qu'on sache où regarder. Bientôt, il reviendrait s'occuper du Cola Kohlah et du Magasin général. Il fallait vérifier la solidité des câbles soutenant les fondations. Rénover la maison. Il installerait de nouvelles machines d'embouteillage. Ses économies y suffiraient amplement.

Mrs Kohlah le rejoignit à la fenêtre. Il avait posé ses mains sur le rebord, et les serrait si fort l'une contre l'autre que ses jointures étaient blanches. Des mains fortes, comme celles de son père, pensa-t-elle.

« Le ciel se couvre à nouveau, dit-il. Il va encore pleuvoir cette nuit.

— Oui, ce qui signifie que tout sera vert et vigoureux demain. Ce sera une belle journée. »

Il serra sa mère contre lui et, bien que ce fût le

soir, lui donna le baiser de son enfance, celui du matin. Elle poussa un soupir de bonheur, presque inaudible. Et ce fut d'une main ferme et chaude qu'elle étreignit celle qui reposait sur son épaule.

La pluie suivit Maneck dans sa descente des montagnes et sa traversée des plaines, durant les trente-deux heures du voyage qui le mena vers le Sud. Il faillit manquer son train ; des glissements de boue avaient retardé le bus qui menait du centre-ville à la gare. La promesse de la veille, de soleil, de verdure et de fraîcheur, n'avait pas été tenue, l'orage grondait toujours. Et, au bout du voyage, quand il émergea de la foule et des clameurs de la gare, les rues de la ville luisaient d'une récente et lourde averse.

Il n'y avait pas de taxi à la station. Il attendit au bord du trottoir, environné de flaques d'eau, faisant passer sa valise d'une main à l'autre.

Alors, il remarqua la fissure dans le dallage derrière lui. Des vers en sortaient en un pullulement rouge foncé qui sillonnait le pavé mouillé *Phylum annelida*. Bon nombre finissaient en bouillie sous les pieds des passants. Des douzaines d'autres surgissaient, glissant le long d'une pellicule d'eau, ondulant par-dessus leurs congénères morts.

Et tandis qu'il les observait, les aiguilles du temps inversèrent leur cours et, sans le moindre effort, la chaussée encombrée devint la salle de bains de tante Dina. C'était son premier matin dans l'appartement, il l'entendait qui l'appelait à travers la porte, et il se tenait pétrifié, surveillant la progression du bataillon de serpentins. Comme elle s'était moquée de lui, après. Le souvenir le fit sourire. A présent, la fissure dans le dallage semblait s'être vidée de ses vers, les derniers se hâtaient vers la sécurité du caniveau.

Il résolut de passer la soirée dans la famille de sa mère, de se débarrasser de cette corvée. Il pourrait ainsi consacrer toute la journée du lendemain à tante Dina, à Om et à Ishvar.

Un taxi s'arrêta dans un grand bruit de ferraille. Le chauffeur, le bras pendant par la vitre baissée, lui adressa un regard d'invite, reniflant la bonne course.

« Grand Hôtel », dit Maneck en ouvrant la portière.

Il se lava, changea de chemise et partit se livrer aux touchantes attentions de la famille Sodawalla. Dans le courant de la soirée, il accepta de se laisser appeler Mac, sursautant néanmoins sous leurs embrassades, caresses et tapotements. Il avait l'impression d'être le lauréat d'un concours canin.

« Quel choc nous avons eu en apprenant que ton papa était décédé, dirent-ils. Et vous vivez si loin que nous n'avons même pas pu nous rendre aux funérailles. Nous sommes désolés.

— Ne vous en faites pas, je comprends. »

Il se rappela ce que papa disait des Sodawalla — pas de pep, aussi fades qu'une eau plate, pourraient bien se faire mourir d'ennui. Et, pour finir, c'est papa qui avait perdu son effervescence.

Brusquement, Maneck se sentit oppressé, épuisé, convaincu qu'il allait s'évanouir s'il restait plus longtemps. Il se leva, tendit la main :

« J'ai été très heureux de vous revoir.

— Reste, insistèrent-ils, passe la nuit ici. Ce sera si agréable. Au petit déjeuner, on mangera de l'omelette et on fera des beignets de crevettes. »

Il refusa fermement.

« J'ai un dîner d'affaires. Et aussi des rendez-vous tôt le matin, pour le petit déjeuner. Je dois rentrer à l'hôtel. »

Ils se montrèrent compréhensifs, leur curiosité

éveillée par cette notion nouvelle de petit déjeuner d'affaires. Ils le laissèrent partir, le couvrant de bénédictions et le pressant de revenir les voir très vite. « Ne nous fais pas à nouveau languir pendant des années », dirent-ils.

Sur le chemin de l'hôtel, il s'arrêta au bureau de la compagnie d'aviation et vérifia que sa réservation tenait toujours. « C'est pour après-demain, monsieur, confirma l'employé. Le vol de vingt-trois heures trente-cinq. S'il vous plaît, soyez à l'aéroport avant vingt et une heures.

— Merci », dit Maneck.

Au Grand Hôtel, il se rendit à la salle à manger et se fit servir un biryani de mouton. Ensuite, il lut un journal, dans le hall, puis il prit sa clef et alla se coucher. Il s'endormit en pensant à tante Dina et à cette période où, Ishvar et Om ayant disparu, ils avaient travaillé côte à côte jusque tard dans la nuit pour remplir la commande d'Au Revoir Export. C'était le temps des Ennuis, avec un *E* majuscule.

Les travaux de rénovation avaient tellement transformé l'immeuble que, pendant quelques instants, Maneck crut s'être trompé d'adresse. Escalier en marbre, gardien à l'entrée, les murs du hall recouverts de granit resplendissant, air conditionné dans chaque appartement, jardin sur le toit — les habitations à loyer modéré s'étaient converties en appartements de luxe.

Il lut les noms sur les plaques à l'entrée. Le salaud de propriétaire était parvenu à ses fins et s'était débarrassé de tante Dina — pour elle, cela s'était *vraiment* mal terminé. Et les tailleurs, où pouvaient-ils bien travailler maintenant ?

Une fois dehors, avec le soleil qui lui tapait sur la tête, le désespoir de nouveau l'envahit. Tante Dina saurait peut-être où étaient Ishvar et Om. Elle ne pouvait avoir trouvé refuge qu'à un seul endroit : chez son frère, Nusswan. Mais il n'en connaissait pas l'adresse. Et pourquoi s'en inquiéter — serait-elle réellement heureuse de le voir ? Il avait la ressource de chercher dans l'annuaire téléphonique, mais sous quel nom ?

Il s'efforça de retrouver dans sa tête le nom de jeune fille de tante Dina. Elle l'avait mentionné à une occasion. Une nuit qu'Ishvar, Om et lui l'avaient écoutée raconter sa vie. C'était après le dîner, et elle tenait son ouvrage sur les genoux, le couvre-lit auquel elle ajoutait une pièce. *Ne jamais se retourner avec regret sur son passé,* avait-elle dit. Et aussi quelque chose à propos de son brillant avenir perdu... non, assombri... quand elle était encore écolière et qu'elle s'appelait — Dina Schroff.

Il s'arrêta au drugstore pour consulter l'annuaire téléphonique. Il y avait plusieurs Schroff, mais un seul Nusswan Schroff. Il releva l'adresse et l'employé du drugstore lui dit que ce n'était pas très loin. Maneck décida d'y aller à pied.

Sorti du vieux quartier familier, il eut du mal à se repérer. Il demanda son chemin à un menuisier assis au bord du trottoir, ses outils dans un sac. Un gros pansement entourait son pouce. Il dit à Maneck de tourner à droite au prochain croisement, après le maidaan, le terrain de cricket.

Une tente se dressait à l'extrémité du maidaan, bien qu'aucun match ne se déroulât. Les gens y affluaient, jetaient un coup d'œil à l'intérieur. Au-dessus de l'entrée, une pancarte proclamait : SA SAINTETÉ BAL BABA SOUHAITE LA BIENVENUE À TOUS — DARSHAN DISPONIBLE DE 10 H À 16 H TOUS LES JOURS, DIMANCHE ET JOURS FÉRIÉS INCLUS.

Voilà une divinité qui ne rechigne pas à la tâche, pensa Maneck, en se demandant quelle pouvait bien être sa spécialité — faire sortir des montres en or de nulle part, des larmes des yeux des statues, des pétales de roses du sillon mammaire des femmes ?

Mais il y avait une astuce dans son nom, en rapport avec le mot cheveux. Maneck interrogea une personne postée à l'entrée : « Qui est Bal Baba ?

— Bal Baba est un très très saint homme, dit le

préposé. Il nous revient après de très très nombreuses années de méditation dans une grotte de l'Himalaya.

— Que fait-il?

— Il possède un pouvoir très particulier, très saint. Il vous dit toutes sortes de choses que vous voulez savoir. Pour ça il lui suffit de tenir quelques-uns de vos cheveux entre ses saints doigts pendant seulement dix secondes.

— Et combien il prend pour ça?

— Bal Baba ne prend rien », protesta l'homme d'un ton indigné. Puis il ajouta, avec un sourire onctueux : « Mais la Fondation Bal Baba accepte volontiers tous les dons, quel qu'en soit le montant. »

Sa curiosité éveillée, Maneck entra. Juste pour un bref coup d'œil, se promit-il — au dernier truqueur de la ville, comme dirait Om. Ce serait amusant de raconter aux tailleurs ce qu'il avait vu. Quelque chose dont ils pourraient rire ensemble, après huit ans.

La foule était plus importante à l'extérieur qu'à l'intérieur de la tente. Seul un petit nombre de personnes attendaient près d'un écran derrière lequel se tenait le très très saint Bal Baba. Ça ne devrait pas être long, se dit Maneck, au rythme de dix secondes par méditation et par client.

Il se mit dans la queue et, bientôt, ce fut son tour. L'homme, derrière l'écran, était chauve et parfaitement rasé. Même ses sourcils et ses cils avaient été arrachés. Pas un poil ne se voyait sur son visage ou sur la peau que ne recouvrait pas la robe.

Malgré cette apparence étrangement lisse et brillante, Maneck le reconnut. « Vous êtes Rajaram, le ramasseur de cheveux!

— Hein? » sursauta Bal Baba, surpris au point de laisser échapper cette exclamation si peu sainte. Puis il reprit contenance, leva la tête et énonça, extasié et enjolivant ses mots de gracieux mouvements de mains et de doigts : « Rajaram le ramasseur de cheveux a renoncé à sa vie, à ses joies et à ses peines, à ses vices et à ses vertus. Pourquoi? Afin que Bal Baba puisse s'incarner et mettre ses humbles dons au service de l'humanité, tout au long du chemin qui mène au moksha. »

Ayant ainsi parlé, il s'arrêta, baissa la tête et demanda d'une voix normale : « Mais qui êtes-vous?

— Vous vous rappelez Ishvar et Om? Les tailleurs qui vous prêtaient de l'argent au cours de votre incarnation précédente — les années-cheveux? J'ai vécu dans le même appartement qu'eux. » Le temps pour Bal Baba de digérer l'information, Maneck ajouta : « Je me suis laissé pousser la barbe. C'est peut-être pour cela que vous ne me reconnaissez pas.

— Absolument pas. Ni coiffure ni barbe ne sauraient tromper Bal Baba, déclara-t-il avec superbe. Alors, quelle question voulez-vous me poser?

— Vous plaisantez?

— Non, essayez. Allez-y, questionnez-moi sur votre travail, votre santé, les perspectives de mariage, votre femme, les enfants, l'éducation, n'importe quoi. Je vous donnerai la réponse.

— Je possède déjà la réponse. Je cherche la question. »

Bal Baba le regarda de travers, le mécontentement inscrit sur son visage glabre — les énoncés énigmatiques de ce genre étaient sa chasse gardée. Mais il se contrôla et réafficha le sourire illuminé de rigueur.

« A la réflexion, j'ai une question, dit Maneck. Comment pourriez-vous aider un chauve comme vous?

— Ce n'est qu'un léger obstacle. La Fondation Bal Baba vend un revigorant spécial cheveux au prix coûtant — frais d'expédition et de manutention en supplément. Fabriqué avec des herbes rares de l'Himalaya, produit des résultats magiques. En quelques semaines, le crâne chauve se couvre d'une épaisse chevelure. Alors la personne vient me trouver, je prends dans mes mains une poignée de ses cheveux pour méditer, et je réponds à la question.

— Vous n'avez jamais envie de les couper ? Pour votre collection ? »

Furieux, Bal Baba s'écria :

« C'était dans une autre vie, une autre personne. Tout ça est terminé, ne comprenez-vous pas ?

— Je vois. Et avez-vous rendu visite à Ishvar et à Om depuis que vous êtes revenu de votre grotte ? Ils pourraient avoir des questions à vous poser.

— Bal Baba ne peut se permettre le luxe de visiter qui que ce soit. Il est retenu ici, afin de fournir aux gens l'occasion du darshan.

— Très juste, dit Maneck. Dans ce cas, je ferais mieux de ne pas vous faire perdre votre temps. Ils sont des milliers à attendre dehors.

— Puissiez-vous trouver bientôt la félicité du contentement », dit Bal Baba, levant une main en signe d'adieu transcendantal.

La fureur se lisait toujours dans ses yeux.

Maneck décida de revenir le lendemain, accompagné d'Om et d'Ishvar — il ne devait partir pour l'aéroport qu'en fin de soirée. Ce serait très amusant de dégonfler la suffisance de Bal Baba.

On sortait par l'arrière de la tente, en passant à côté d'un homme assis à une table branlante, sur laquelle s'empilaient lettres et enveloppes. Maneck le dévisagea, essayant de se rappeler où il l'avait rencontré. Alors, il remarqua l'étui de plastique dans la poche de poitrine de l'homme, avec sa batterie de stylos et de stylos-billes. Tout lui revint — le train, le passager à la voix rauque.

« Excusez-moi, vous êtes correcteur d'épreuves, n'est-ce pas ?

— Je le fus jadis. Vasantrao Valmik, pour vous servir.

— Vous ne me reconnaissez pas parce que j'ai une barbe, je suis l'étudiant qui a voyagé avec vous dans le train, il y a bien des années de cela, quand vous alliez consulter un spécialiste pour votre problème de gorge.

— N'en dites pas plus, sourit, ravi, Mr Valmik. Je

m'en souviens parfaitement, je ne vous ai jamais oublié. Nous avons beaucoup parlé pendant ce voyage, n'est-ce pas ? » Il gloussa et revissa le capuchon de son stylo. « Vous savez, c'est rare de trouver quelqu'un qui vous écoute si bien raconter votre histoire. La plupart des gens ne supportent pas qu'un étranger leur raconte sa vie. Vous avez été un auditeur parfait.

— Oh, je vous ai écouté avec plaisir. Ça a raccourci le voyage. Et puis, votre vie est si intéressante.

— Vous êtes très aimable. Laissez-moi vous dire un secret : une vie inintéressante, ça n'existe pas.

— Essayez la mienne.

— J'adorerais. Il faudra qu'un jour vous me racontiez l'histoire de votre vie, pleine et entière, ni abrégée ni expurgée. Nous réserverons le temps qu'il faudra pour cela, et nous nous verrons. C'est très important. »

Maneck sourit.

« Pourquoi est-ce important ? »

Les yeux de Mr Valmik s'écarquillèrent.

« Vous ne le savez pas ? C'est très important parce que ça aide à se rappeler qui on est. Après quoi, on peut aller de l'avant, sans crainte de se perdre dans ce monde en perpétuel changement. » Il fit une pause, palpa sa poche de poitrine. « Je dois être vraiment béni car j'ai eu l'occasion de raconter deux fois toute mon histoire. D'abord à vous, dans le train, puis à une charmante dame dans l'enceinte du palais de justice. Mais c'était aussi il y a bien des années. Je me languis de trouver un nouvel auditoire. Oh oui, partager son histoire rachète tout.

— Comment cela ?

— Je ne le sais pas exactement, mais je le sens, là. »

Il posa de nouveau la main sur sa poche de poitrine.

Il le sentait dans ses stylos ? Mais non, Maneck comprit que le correcteur d'épreuves parlait de son cœur. « Et que faites-vous à présent, Mr Valmik ?

— Je m'occupe des affaires par correspondance de Bal Baba. Il fait également des prophéties par correspondance. Les gens lui envoient des mèches de cheveux. J'ouvre les enveloppes, je jette les cheveux, j'encaisse les chèques et je rédige les réponses à leurs questions.

— Ça vous plaît ?

— Oui, beaucoup. Le champ est illimité. Mes réponses peuvent prendre toutes les formes — essai, poème en prose, prose poétique, aphorismes. » Il caressa sa poche et ajouta : « Mes petits chéris fonctionnent à plein, créant fiction après fiction, des fictions qui deviendront plus réelles dans la vie des destinataires que toutes leurs tristes réalités.

— J'ai été content de vous rencontrer, dit Maneck.

— Et quand nous reverrons-nous ? Vous devez vraiment tout me dire de vous.

— Peut-être demain. J'envisage de revenir avec deux amis de Bal Baba.

— Bien, bien, alors à bientôt. »

A la sortie, le préposé tendit un bol de cuivre contenant de la petite monnaie. « Tout don est le bienvenu. » Maneck jeta quelques pièces, avec le sentiment de n'avoir pas gaspillé son argent.

En réponse au coup de sonnette de Maneck, la porte mit un certain temps à s'ouvrir. La personne à la canne qui se tenait devant lui n'avait rien à voir avec la tante Dina qu'il avait quittée huit ans auparavant. Huit années, en s'écoulant, avaient le droit de prélever leur tribut — mais ceci n'était pas un tribut, c'était du pur brigandage.

« Oui ? » demanda-t-elle, en se penchant en avant. Ses yeux, derrière des verres deux fois plus épais que ceux dont Maneck se souvenait, étaient réduits à des têtes d'épingle. Dans ses cheveux, le gris avait totalement vaincu le noir.

« Tante... » Sa voix buta sur le parcours d'obstacles qu'était devenue sa gorge. « C'est Maneck.

— Quoi ?

« — Maneck Kohlah — votre hôte payant.

— Maneck ?

— Je me suis laissé pousser la barbe. C'est pour cela que vous ne me reconnaissez pas. »

Elle se rapprocha encore. « Oui. Vous avez une barbe. »

Il perçut la froideur de sa voix. Quel idiot j'ai été de m'attendre à autre chose, se dit-il « Je suis allé à votre appartement... et... vous n'y étiez pas.

— Comme l'aurais-je pu ? Ce n'est pas mon appartement.

— Je voulais vous revoir, vous et les tailleurs, et...

— Il n'y a plus de tailleurs. Entrez. »

Elle ferma la porte et, à petits pas précautionneux, le précéda dans le couloir sombre, les murs et les meubles lui servant de guide.

« Asseyez-vous, dit-elle quand ils arrivèrent au salon. Vous êtes apparu si soudainement. Sorti de nulle part. »

Il comprit l'accusation et hocha la tête. Il n'avait rien à présenter pour sa défense.

« Cette barbe. Vous devriez la raser. Vous ressemblez à une balayette de cabinets. »

Il rit et elle aussi, juste un peu. Il fut soulagé de retrouver l'intonation cristalline, qui cependant ne supprimait pas totalement la froideur. La pièce dans laquelle ils se tenaient était opulente. Un mobilier ancien de grande valeur, des porcelaines, anciennes elles aussi, dans des vitrines, et, au mur, un ravissant tapis en soie persan.

« La prochaine fois que nous nous verrons, je vous promets, tante, que la barbe aura disparu.

— Je mettrai alors peut-être moins de temps à vous reconnaître. » Elle renfonça une épingle à cheveux qui cherchait à s'échapper. « Ma vue est terriblement mauvaise. Ces carottes que vous m'avez forcée à manger n'ont servi à rien. Rien ne peut sauver ces yeux-là. »

Il tenta de nouveau un petit rire, mais cette fois-ci elle ne le suivit pas.

« Vous avez mis beaucoup de temps à revenir. Encore quelques années et je ne vous aurais plus vu du tout. Déjà maintenant, vous n'êtes qu'une ombre dans cette pièce.

— J'étais loin, je travaillais dans le Golfe.

— Et comment c'était ?

— C'était... c'était... vide.

— Vide ?

— Vide... comme un désert.

— Mais c'est un pays désertique. » Elle marqua une pause. « Vous ne m'avez pas écrit de là-bas.

— Je suis désolé. Mais je n'ai écrit à personne. Ça semblait si... si inutile.

— Oui, dit-elle. Inutile. Et, de toute façon, j'avais changé d'adresse.

— Mais qu'est-il arrivé à l'appartement, tante ? » Elle le lui raconta.

Il se pencha vers elle pour chuchoter. « Et vous êtes bien ici ? Nusswan vous traite comme il faut ? » Il baissa encore la voix : « Est-ce qu'il vous donne assez à manger ?

— Vous n'avez pas besoin de chuchoter, il n'y a personne à la maison. » Elle ôta ses lunettes, les essuya avec l'ourlet de sa jupe et les remit. « Il y a bien trop de nourriture pour l'appétit dont je dispose. »

Il bougea, mal à l'aise : « Et Ishvar et Om ? Où travaillent-ils maintenant ?

— Ils ne travaillent pas.

— Alors comment s'en sortent-ils ? Surtout Om, avec sa femme et ses enfants ?

— Il n'y a ni femme ni enfants. Ils sont devenus mendiants.

— Je m'excuse, tante... mais... qu'avez-vous dit ?

— Ce sont des mendiants, tous les deux.

— C'est impossible ! Ça a l'air fou ! Ils n'ont pas honte ? Ils ne pouvaient pas faire autre chose, s'il n'y a plus de travaux de couture ? Je veux dire...

— Sans rien savoir, vous vous croyez en droit de les juger ? » le coupa-t-elle.

870

Sous le ton cinglant, il modéra ses paroles : « S'il vous plaît, dites-moi ce qui s'est passé. »

Au fur et à mesure qu'elle parlait, une lame de glace le cisaillait, le figeait, le transformant en l'une de ces figurines de porcelaine dans les vitrines qui l'entouraient. Quand elle arriva au bout de son récit, il n'avait toujours pas bougé. Elle lui toucha le genou. « Vous m'écoutez ? »

Il fit un léger signe de tête. Le faible mouvement échappa à la vue de Dina qui redemanda, irritée : « Est-ce que vous m'écoutez ou est-ce que je m'épuise à parler pour rien ? »

Cette fois-ci, il se servit de mots. « Oui, tante, j'écoute », dit-il d'une voix morte.

Aussi vide que son visage, pensa-t-elle. « Vous ne les reconnaîtriez pas si vous les voyiez. Ishvar a rétréci — pas seulement parce qu'il n'a plus de jambes — tout en lui a rétréci. Quant à Om, il est devenu très gras. Un des effets de la castration.

— Oui, tante.

— Vous vous souvenez, quand nous faisions la cuisine ensemble ? »

Il hocha la tête.

« Vous vous rappelez les chatons ? »

Nouveau signe de tête.

Elle tenta encore de lui insuffler un peu de vie. « Quelle heure est-il ?

— Midi et demi.

— Si vous n'êtes pas pressé, vous pourrez voir Ishvar et Om. Ils vont venir ici à une heure. »

L'émotion perça dans la voix de Maneck, mais pas celle que Dina espérait. « Je suis désolé — je ne peux pas rester. » On le sentait terrorisé, les mots se bousculaient pour sortir. « J'ai tellement de choses à faire... avant le départ de mon avion demain. La famille de ma mère, quelques courses, puis aller à l'aéroport. Peut-être la prochaine fois que je viendrai.

— La prochaine fois. Oui, c'est ça. Nous vous attendrons tous la prochaine fois. »

Ils se levèrent et reprirent le couloir. « Attendez, dit-elle quand ils atteignirent la porte. J'ai quelque chose pour vous. »

Elle s'éloigna, revint, de ses petits pas précautionneux. « Vous aviez laissé ça dans mon appartement. »

C'était le jeu d'échecs d'Avinash.

« Merci. » Il chancela, mais sa voix demeura calme. Il tendit une main pour prendre l'échiquier et la boîte en contreplaqué marron. Puis il se ravisa : « Je n'en ai pas un réel besoin, tante. Gardez-le.

— Et qu'est-ce que j'en ferais ?

— Donnez-le à quelqu'un — à vos neveux ?

— Xerxes et Zarir ne jouent pas. Ce sont des hommes très occupés. »

Maneck fit signe qu'il comprenait. « Merci, répéta-t-il.

— Il n'y a pas de quoi. »

Il hésita, tournant et retournant la boîte, en caressant doucement les arêtes de ses doigts. « Au revoir, tante. »

Elle hocha la tête, sans mot dire. Il se pencha et l'embrassa sur la joue, un léger baiser, rapide. Elle leva la main, comme pour l'agiter, recula, entreprit de fermer la porte. Se détournant, il se jeta à pas pressés dans l'allée pavée.

Il s'arrêta en entendant la porte se refermer. Il était sous un arbre, au bout du passage. Un oiseau chantait dans les branches. Il l'écouta, fixant l'échiquier et la boîte qu'il tenait dans ses mains. Quelque chose lui tomba sur la tête, il fit un saut de côté pour éviter une nouvelle fiente. Ses doigts tâtèrent la tache gluante. Se servant de feuilles de l'arbre, il s'essuya les cheveux et regarda en l'air. Il ne vit qu'une corneille, l'oiseau chanteur s'était envolé. Il se demanda lequel s'était déchargé dans ses cheveux. Papa disait que les fientes de la corneille commune vous portaient une chance peu commune.

Il consulta sa montre : une heure moins vingt. Ish-

872

var et Om allaient bientôt arriver. S'il restait là encore quelques minutes, il pourrait les voir. Et ils le verraient. Mais que dirait-il?

Dans la ruelle calme, il se mit à faire les cent pas. D'une extrémité à l'autre, jusqu'au bas de la maison de tante Dina. Après plusieurs allers-retours, il vit déboucher deux mendiants, en provenance de la rue principale.

L'un affaissé sur une planche à roulettes, cul-de-jatte. L'autre tirant la planche à l'aide d'une corde qui passait par-dessus son épaule. Son obésité paraissait un étrange coffrage, comme un vêtement rembourré et trop grand. Sous le bras, il portait un parapluie déchiré.

Que vais-je dire? se demanda désespérément Maneck.

Ils se rapprochèrent, et celui qui était sur la planche fit tinter les pièces dans sa boîte de conserve. « O babu, ek paisa? » supplia-t-il, le regard timide.

Ishvar, c'est moi, Maneck! Tu ne me reconnais pas? Les mots se précipitaient dans sa tête, incapables de trouver une sortie. Dis quelque chose, s'ordonna-t-il, dis n'importe quoi!

L'autre mendiant exigea : « Babu! Aray, paisa day! » Il avait la voix haut perchée, pleine de défi, le regard direct et moqueur. Ils s'arrêtèrent, main tendue, secouant la boîte.

Om! Figure de citron acide, mon ami! M'as-tu oublié?

Mais ses mots d'amour, de chagrin et d'espoir ne s'exprimèrent pas plus que des pierres.

Le mendiant sans jambes toussa et cracha. Le crachat, remarqua Maneck, était teinté de sang. Quand la planche passa devant lui, il remarqua qu'Ishvar se tenait sur un coussin. Non, non pas un coussin. Quelque chose de sale et d'effiloché, replié à la taille d'un coussin. Le couvre-lit en patchwork.

Attendez, voulut-il crier — attendez-moi. Il voulait courir derrière eux, revenir avec eux chez tante Dina, lui dire qu'il avait changé d'avis.

Il ne fit rien. Les deux autres tournèrent dans le passage pavé et disparurent de sa vue. Il entendit les roulettes cliqueter sur les pierres inégales. Le son s'affaiblit, mourut; il poursuivit sa route.

Le terrain de cricket, la tente de Bal Baba, le menuisier blessé au bord du trottoir, Maneck passa devant eux à toute allure, ne ralentissant que lorsqu'il se retrouva dans un environnement familier. Il aperçut la nouvelle enseigne au néon du Vishram Vegetarian Hotel. L'endroit, agrandi des deux boutiques mitoyennes qu'il avait avalées, semblait être devenu un restaurant prospère, avec cet éclairage idiot qui bourdonnait et vacillait au soleil de l'après-midi. MANGEZ, BUVEZ, GOÛTEZ NOTRE CONFORT CLIMATISÉ, proclamait l'écriteau placé sous l'enseigne au néon.

Il entra, on lui indiqua une table au plateau de verre miroitant. Un serveur apparut, en tenue impeccable, portant un impressionnant menu sur papier glacé. Maneck déposa l'échiquier sur une chaise vide à côté de lui et commanda un café.

L'animation régnait dans la salle; c'était l'heure du déjeuner. Le serveur revint tout de suite, avec un verre d'eau. « Le café est en train de passer, sahab. Encore deux minutes. »

Maneck hocha la tête. Du haut d'une étagère, derrière la caisse, un haut-parleur diffusait une musique sirupeuse, sans objet dans cette ambiance bruyante. Il observa les tables autour de lui — employés de bureau en chemisette, cravate et veste mangeant avec appétit, leurs conversations animées accompagnant le tintement des couverts — discussions de bureau à propos de la traîtrise de la direction et la médiocrité des salaires, à propos des budgets et des promotions. Une nouvelle sorte de clientèle, très éloignée des garçons de courses et des ouvriers en sueur qui venaient déjeuner ici jadis.

Le café arriva. Maneck mit du sucre, remua longuement, but une gorgée. Aussitôt le garçon, qui traînait non loin, s'avança. « Est-ce qu'il est bon, sahab ?

— Oui, merci. »

L'homme rectifia la position de la salière et du poivrier, essuya avec vigueur le cendrier. « Ainsi, sahab, le fils du Premier ministre est au pouvoir. Vous croyez qu'il sera un bon dirigeant ?

— Qui sait ? L'avenir nous le dira.

— C'est vrai. Tous, ils disent une chose et en font une autre.

Il partit s'occuper d'une autre table, où les gens avaient fini de manger. Maneck le regarda empiler les assiettes, puis celles de la table d'à côté, et, titubant sous le poids, gagner la cuisine.

Il réapparut bientôt et remarqua la tasse à moitié vide de Maneck. « Vous voulez manger quelque chose, sahab ? »

Maneck secoua la tête.

« Nous avons aussi de très bonnes glaces.

— Non, merci. »

Cet excès d'attentions commençait à l'énerver — le sourire poli, comme un élément du nouveau décor du nouveau Vishram. Où il était seul. L'ancien Vishram, il y était toujours venu avec Ishvar et Om. Les après-midi, à l'unique table malodorante. Et Shankar sur sa planche à l'extérieur, agitant ses mains tronquées, tortillant ses moignons de cuisses, souriant, secouant sa boîte à aumônes. Et puis le bûcher funéraire. Les psalmodies du prêtre, le bois de santal qui brûle, la fumée odorante. La plénitude. C'est ce qui avait manqué dans le crématorium, pour papa, un bûcher à ciel ouvert était décidément beaucoup mieux. Beaucoup mieux pour les vivants...

Des consommateurs quittèrent leur table en repoussant bruyamment leurs chaises ; un nouveau groupe les remplaça aussitôt, qui salua les serveurs par leur nom. Des habitués, apparemment. Maneck attrapa la boîte de contreplaqué, fit glisser le couvercle, pêcha une pièce au hasard. Un pion. Il le retourna entre le pouce et l'index, remarqua que la feutrine à la base se décollait.

Le serveur le vit également. « Vous devriez utiliser la Colle de Chameau, sahab, ça tient fort. »

Maneck hocha la tête. Il but son restant de café et laissa retomber le pion dans la boîte.

« Mon fils aussi joue à ça, dit le serveur en se rengorgeant.

— Oh, fit Maneck. Est-ce qu'il a un échiquier ?

— Non, sahab, c'est trop cher. Il ne joue qu'à l'école. »

Remarquant la tasse vide, le garçon proposa de nouveau le menu. « Il est deux heures, sahab, la cuisine va bientôt fermer. Nous avons de très bons karais de poulet, et des biryanis. Ou bien des choses plus légères ? Sandwich au mouton, pakora avec du chutney, puri-bhaji ?

— Non, juste un autre café. »

Maneck se leva et se dirigea vers le fond, à la recherche des toilettes.

C'était occupé. Il attendit dans le couloir, d'où il put observer la joyeuse animation régnant dans la cuisine. L'aide-cuisinier, transpirant à grosses gouttes, hachait, faisait frire, remuait ; un garçonnet maigrichon vidait les assiettes et les mettait à tremper dans l'évier.

Malgré le chrome, le verre et l'éclairage fluorescent, il restait quelque chose du vieux Vishram, se dit Maneck — les fourneaux à pétrole et à charbon.

Quand il ressortit des toilettes, la table la plus proche de la cuisine était libre. Il décida de la prendre. Le serveur se précipita pour lui rappeler que son café l'attendait à l'autre table.

« Je le prendrai ici, dit Maneck.

— Mais ce n'est pas bien ici, sahab. Il y a les bruits et les odeurs, et tout le reste.

— Ça ne fait rien. »

Le garçon s'exécuta, apporta le café et le jeu d'échecs, puis alla discuter avec un collègue des manies et des idiosyncrasies des clients.

Quelqu'un lança une commande de chiche-kebab. L'aide-cuisinier bourra son fourneau de charbon de bois ; quand les boulets rougeoyèrent, il en étala quelques-uns sur un brasero, puis posa dessus les brochettes d'agneau et de foie. Les boulets se ravivèrent quand il les éventa.

Comme ils flamboient, pensa Maneck — des êtres vivants qui respirent et palpitent. Démarrant modestement, avec une chaleur modérée, puis parvenant à l'incandescence, crachant et happant, leurs langues de feu crépitant, chaleur et passion, transformant, menaçant, dévorant. Et puis... l'apaisement. Une douce tiédeur, la soumission et, pour finir, le parfait repos...

Le service du déjeuner était terminé. A trois heures passées, le serveur se permit quelques allusions, qu'il voulut teintées d'humour. « Ils ont tous filé au bureau, sahab, depuis un bon moment. La peur du patron. Mais vous devez être un très grand patron, il n'y a plus que vous ici, vous êtes le seul abandonné. »

Oui, plus que moi, se dit Maneck. *On n'abandonne que les traînards.*

« Vous êtes en vacances ?

— Oui. La note, s'il vous plaît. »

Dans la cuisine, les fourneaux étaient éteints ; les aides-cuisiniers finissaient de nettoyer, afin que tout soit prêt pour la clientèle du dîner. Sur le brasero, il ne restait plus que des cendres.

La note, pour les deux cafés, se montait à six roupies. Maneck en déposa dix dans la soucoupe et se dirigea vers la porte.

« Attendez, sahab, attendez ! » cria le serveur en se précipitant derrière lui. « Vous avez oublié votre paakit sur la chaise ! Et votre jeu d'échecs !

— Merci. »

Maneck glissa le portefeuille dans sa poche-revolver et prit l'échiquier.

« Vous oubliez toutes vos affaires, aujourd'hui, dit le serveur avec un petit rire. Soyez prudent, sahab. »

Maneck sourit et franchit la porte, quittant la fraîcheur climatisée du Vishram pour la fournaise de l'après-midi.

Il avait de plus en plus de mal à avancer. Il réalisa soudain qu'il marchait à contre-courant. Le soir était tombé, tandis qu'il errait dans les rues de la ville ; jaillissant des immeubles de bureaux, les gens se dépêchaient de rentrer chez eux. Un coup d'œil à sa montre lui apprit qu'il était six heures et quart. Il prit la direction de la gare, pour se laisser porter par la marée humaine.

L'heure de pointe était passée, mais sous les hautes voûtes, le hall résonnait encore du fracas des trains. Les gens faisaient la queue au guichet. Il se rappela une histoire qu'on lui avait racontée à propos de voyageurs sans billet, jadis.

Abandonnant la file d'attente, il joua des coudes pour atteindre le quai. Le tableau d'affichage indiquait que le prochain train était un express, qui ne devait pas s'arrêter ici.

Il regarda autour de lui — passagers en attente, perdus dans leurs journaux, se trémoussant avec leurs bagages, buvant du thé. Une mère tirait l'oreille de son fils pour y enfoncer quelque leçon. Un grondement se fit entendre au loin, et Maneck avança vers le bord du quai. Il contempla les rails. Ils miroitaient, comme la promesse de la vie elle-même, s'étiraient à l'infini dans les deux directions, rubans d'argent volant au ras du ballast, reliant entre elles les traverses noircies de bois usé.

Il remarqua, debout à côté de lui, une vieille femme à lunettes noires. Il se demanda si elle était aveugle. Cela pouvait être dangereux pour elle de se tenir si près du bord — peut-être devait-il l'aider à se mettre en sécurité.

Elle sourit et dit : « Train rapide, ne s'arrête pas ici. J'ai vérifié sur le tableau. » Elle fit quelques pas en arrière, l'invitant du geste à reculer lui aussi.

Donc elle n'était pas aveugle, se donnait un genre, simplement. Il lui rendit son sourire et ne bougea pas, serrant l'échiquier contre lui. A présent, on voyait arriver l'express, dans le lointain, qui venait de négocier la courbe. Le grondement s'accentua, se transformant en rugissement. Quand le premier wagon entra en gare, il sauta du quai, sur les rails argentés et miroitants.

La vieille femme aux lunettes noires fut la première à crier. Puis le hurlement des freins pneumatiques noya tous les autres sons. Il fallut plusieurs centaines de mètres au rapide pour s'arrêter.

Maneck eut juste le temps de se dire qu'il possédait toujours les pièces du jeu d'Avinash.

Sous l'arbre, à l'endroit où le chemin pavé se heurtait au trottoir, Om lâcha la corde qui lui servait à tirer Ishvar, et ils s'arrêtèrent pour attendre. Un oiseau tressaillit dans l'épais feuillage au-dessus d'eux. Leur regard se portait uniquement sur les montres des passants auprès de qui ils quémandaient.

A une heure, ils quittèrent le trottoir, se remirent à rouler sur les pavés, cachés à la vue des voisins par les arbustes et le mur du jardin entourant la résidence des Schroff. Ils se dirigèrent tout droit vers la porte de derrière et frappèrent doucement.

Dina se dépêcha de les faire entrer. Elle leur offrit un verre d'eau et, tandis qu'ils buvaient, leur prépara du masoor dans les assiettes du service de Ruby, celui de tous les jours. Combien de temps encore pourrait-elle agir ainsi avant que Nusswan ou Ruby ne s'en aperçoivent? se demanda-t-elle. « Quelqu'un vous a vus arriver? »

Ils secouèrent la tête.

« Mangez vite, dit-elle. Ma belle-sœur va rentrer plus tôt que d'habitude.

— C'est très bon », dit Ishvar, calant avec précaution l'assiette sur ses genoux.

Om grommela son approbation, tout en ajoutant : « Les chapatis sont un peu secs, pas aussi bons qu'hier. Vous n'avez pas suivi ma méthode, ou quoi?

— Ce garçon se croit tout permis, se plaignit-elle.

— Qu'y faire ? dit Ishvar en riant. C'est le champion du monde des chapatis.

— Ils datent d'hier soir, dit Dina. Je n'en ai pas fait des frais. J'ai eu une visite. Vous ne devinerez jamais de qui.

— Maneck, dirent-ils.

— Nous l'avons vu, il y a une demi-heure. Nous avons su que c'était lui, malgré sa barbe, dit Ishvar.

— Vous ne lui avez pas parlé ? »

Ils secouèrent la tête.

« Il ne nous a pas reconnus, dit Om. Ou a feint de ne pas nous reconnaître. Nous avons même crié : "Babu, ek paisa", pour attirer son attention.

— Vous avez beaucoup changé depuis l'époque où vous viviez ensemble. » Elle tendit le plat de chapatis. « Servez-vous encore. »

Ishvar en prit un, qu'il partagea avec Om.

« Je lui ai dit que vous alliez venir à une heure, et je lui ai demandé d'attendre, mais il était en retard. La prochaine fois, a-t-il dit.

— Ça nous fera plaisir », dit Ishvar.

Om haussa les épaules avec colère. « Le Maneck que nous connaissions aurait attendu aujourd'hui.

— Oui », dit Ishvar en raclant la dernière miette de masoor dans son assiette. « Mais il est parti si loin. Quand on va si loin, on change. La distance est difficile à vivre. Nous ne devons pas le blâmer. »

Dina approuva. « Bon, n'oubliez pas, demain c'est samedi, tout le monde sera à la maison — vous ne devez pas revenir avant deux jours. » Elle déposa les assiettes dans l'évier et leur ouvrit la porte.

« Aïe, aïe ! s'écria Ishvar. Qu'est-ce que c'est que ça ? » Un fil pendait du couvre-lit sur lequel il était assis et s'entortillait autour d'une roulette.

« Laisse-moi voir. » Ishvar se souleva légèrement sur les bras pour permettre à Om de retirer le couvre-lit. Ils trouvèrent la pièce qui s'effilochait.

« Heureusement que vous l'avez vue, dit Dina. Sinon toute la pièce se serait décousue.

— C'est facile à réparer, dit Ishvar. Pouvez-vous me prêter votre aiguille, Dinabai ? Pour quelques minutes ?

— Non, pas maintenant. Je vous ai dit que ma belle-sœur allait rentrer plus tôt. » Mais elle alla dans sa chambre chercher une pelote de fil avec une aiguille piquée dedans. « Prenez ça. » Elle leur ouvrit de nouveau la porte. « N'oubliez pas le parapluie. » Elle le fourra sous le bras d'Om.

« Il m'a été très utile la nuit dernière, dit-il. J'en ai frappé un type qui essayait de nous voler. » Il saisit la corde et tira. Ishvar fit claquer sa langue contre ses dents, imitant le *clac-clac* d'un conducteur de char à bœufs. Son neveu piaffa et tendit le cou.

« Arrêtez ça, leur intima-t-elle. Si vous vous comportez ainsi, personne ne vous donnera la moindre paisa.

— Allons, mon tout bon, dit Ishvar. Soulève tes sabots ou c'est avec de l'opium que je te nourrirai. »

Gloussant, Om partit en trottant lourdement. Ils cessèrent de jouer les clowns quand ils débouchèrent sur la rue.

Dina referma la porte en hochant la tête. Décidément, ces deux-là ne cesseraient jamais de la faire rire. Comme Maneck autrefois. Elle lava les deux assiettes et les rangea dans le placard afin que Nusswan et Ruby les trouvent pour le dîner. Puis elle s'essuya les mains et décida de faire un petit somme avant de préparer le repas du soir.

Glossaire

achhoot-jatis : caste d'intouchables.
afargan : cérémonie parsie.
ahimsa : non-violence.
alayti-palayti : préparation culinaire.
aloo : pomme de terre.
aray! : hé! ho!
argabatti : encens.
ashirvaad : bénédiction.
ayah : nounou, servante.

baaj : cérémonie parsie.
« **babu, ek paisa day-ray** » : « hé! monsieur donne-
    moi un sou ».
baithuk : du verbe s'asseoir.
bajri : millet.
banya : marchand.
bas : assez!
batata : pomme de terre.
batcha : enfant.
bevda : liqueur (se dit d'une personne ivre).
bhagatbhai : dévot (ou dévote) — peut avoir le sens
    de « tartuffe ».
bhagwan : seigneur.
bhai : frère.
bhaiya : frère (vocatif).
bhaji : friture (salée).

bhajia : boulette frite.

bhakra : galette salée.

bhel : mélange.

bhel-puri : mélange sucre-salé (célèbre à Bombay).

bhikhari : mendiant.

bhil : nom d'une tribu.

bhiksha : aumône.

bhistee : porteur d'eau.

bhojpuri brinjal : préparation à base d'aubergines (du pays bhojpur, Bihar).

bhung : boisson à base de haschisch.

bhunghi : balayeur, éboueur.

bibi : épouse.

biryani : préparation faite à base de riz, de viande et d'épices.

brinjal : aubergine

budmaas : immoral, vilain.

burfi : pâtisserie au lait sucré.

burkha : long voile porté par les femmes musulmanes.

bustee : village, hameau, habitation.

chaiwalla : vendeur de thé.

chakardee : littéralement : cercle. Un soleil.

« Chalti Ka Naam Gaadi » : littéralement : « ce qui avance a nom voiture ».

chapati : galette de pain sans levain cuite dans une poêle.

chappal : sandale.

charpoy : lit de sangles ou de cordes.

chawl : dortoir.

chee ! : zut !

chickoo : petit fruit rond.

chikna : gras, huileux. D'où gominé, pour les cheveux.

choli : corsage très court porté avec le sari.

chootia : salaud.

chumpee : massage avec de l'huile.

chupraasi : péon.

cooma : baiser.

daab-chaab : autorité, pression, contrôle.
daakoo : brigand.
dabba : gamelle.
dadaji : dada : grand-père paternel.
dal : soupe de pois ou de lentilles.
darshan : téléviseur.
devi : déesse.
dhaba : échoppe où l'on sert du thé.
dhobi : blanchisseur.
dharmique : religieux.
dhoti : vêtement masculin (pièce de tissu drapée autour des hanches).
Divali : fête hindoue des lumières en l'honneur de Lakshmi, épouse de Vishnou.
doordarshan : télévision nationale.
dupatta : voile porté par les femmes sur les épaules.
dustoor : prêtre parsi.

faroksy : cérémonie parsie.

gaanth : nœud.
gaadi : trône.
gaddi : un type, un bonhomme.
gandoo : vient de ganda : dégoûtant.
ghaghra : jupon ou longue jupe.
ghee : beurre clarifié.
goonda : voyou.

haandi : grand pot généralement en argile.
hafta : semaine.
Hai Ram : Ô, Rama.
hahnji : oui ji (hahn = oui).
haramzadi : bâtarde.
harijan : « enfant de Dieu » (euphémisme pour intouchable, nom donné par Gandhi).
havaldar : sergent de police.

hero-ka-batcha : fils de héros.
Horlicks : Ovomaltine.

jagré : sucre non raffiné.
jalebi : beignet de farine trempé dans un sirop de sucre.
Jan Sangh : parti de droite hindou.
« **Jana Gana Mana** » : premiers mots de l'hymne national.
jaripuranawalla : brocanteur.
jati : caste.
jharoowalla : balayeur.
jhopadpatti : jhopdi = hutte, baraque. Jhopadpatti : bidonville.
ji : (suffixe conatif).
jowar : seigle.
jyotshi : astrologue.

kaaj : travail, « affaire ».
Kaliyug : l'Age des Ténèbres.
karai : sauteuse ou friteuse
Khalistan : l'État sikh.
kholi : petite pièce, chambre.
Khordad Sal : fête parsie.
kothmeer-mirchi : mirchi = piment, kothmeer = coriandre.
« **Khuda hafiz** » : au revoir.
kurta : tunique.
kusti : cordon de laine.
« **Kya karta hai ? Chalo, jao !** » : « Que fait-il ? Allez ! va-t'en ! »

laddoo : boulette sucrée (à base de farine de pois chiches).
lakh : cent mille.
lathi : bâton ferré.
loata : petit pot en métal.
lohar : forgeron.
lund : pénis.

lussi : boisson à base de yaourt et d'eau (salée ou sucrée).

maaderchod : insulte à connotation sexuelle.
ma-gose : pulpe (purée de).
masala-wada : pâté (frit) de farine de dal.
masjid : mosquée.
masoor : dal rouge.
Mata Ki Sawari : littéralement : « chevaucheur de mère ».
matka : jeu de hasard utilisant un pot d'argile.
« Meri dosti mera pyar » : « mon ami, mon amour ».
mochi : ouvrier du cuir, cordonnier (caste d'intouchables).
mohalla : quartier.
moksha : délivrance (dans le système hindou).
morcha : manifestation (organisateur).

naankhatai : petit biscuit rond à base de farine de riz, de beurre clarifié et de sucre.
naatak : comédie.
namaskaar : salut.
Narak : Enfer.
nawab : gouverneur, prince (nabab).
napusakta : impuissance sexuelle.
Navroze : fête parsie.
neem : margousier.
nussbandhi : vasectomie (nuss = canal).
Nussbandhi Mela : Mela = foire, rassemblement.

Okayji : OK (ji : suffixe conatif).

paagal : fou.
paagal-ka-batcha : enfant de fou.
paan : noix de bétel écrasée enveloppée dans une feuille.
paanwalla : vendeur de paan.

pakora : beignet de farine de pois chiches fourré aux légumes.

paneer : fromage frais (non salé).

pao-bhaji : petit pain servi avec un ragoût de lentilles.

puja : rite d'hommage aux divinités.

pujari : prêtre.

pukka : mûr, cuit, mais aussi pour une construction : « en dur ».

pulao-dal : riz et lentilles.

punchayet : conseil (de caste, de village, etc.).

puri-bhaji : préparation culinaire.

rasmalai : sucrerie au lait.

saala : frère de l'épouse (et insulte).

sadhu : ascète.

« sahibji-salaam » : « monsieur, bonjour ».

salwar : pantalon bouffant porté par les femmes.

samosa : petit pâté frit de forme triangulaire fourré aux légumes.

sanyasi : renonçant (au monde).

saros-nu-paatru : cérémonie parsie.

sati : femme fidèle (et veuve qui s'immole sur le bûcher du mari).

shahenshahi : royal, impérial ; arrogance.

shak-bhaji : friture aux légumes.

sherwani : long manteau étroit.

Shiv Sena : armée du dieu Shiva.

shlokha : verset.

shudra : quatrième catégorie sociale (la plus basse, impure).

sudra (sudreh) : tunique blanche.

tamaater : tomate.

tamasha : spectacle.

thakur : seigneur, propriétaire terrien.

thanedar : agent de police.
« **toba** » : Dieu m'en garde.
trishul : trident (symbole du dieu Shiva).

vanaspati : graisse végétale.
varnas : catégories sociales héréditaires de la société
   brahmanique.
vasanu : préparation culinaire.
vindaloo : sauce épicée.

wada : frit, frite, pâtés frits.
yaar : mon pote, mon vieux (terme d'adresse).

zamindar : propriétaire terrien.